De bekentenissen van Barney

December 2001

Treer.

Vertaald door Jos den Bekker

Mordecai Richler

DE BEKENTENISSEN VAN BARNEY

Met voetnoten en een nawoord
van Michael Panofsky

1998 Prometheus Amsterdam

Voor Florence,
en ter nagedachtenis aan vier afwezige vrienden:
Jack Clayton, Ted Allan, Tony Godwin en Ian Mayer

Deze uitgave is totstandgekomen met financiële steun van The Canada Council

Oorspronkelijke titel *Barney's Version*

Omslagontwerp en -fotografie Het Lab – Arnhem, Erik Vos
ISBN 90 5333 692 3

I

CLARA

1950-1952

I

Terry is de aanstoot. De splinter onder mijn vingernagel. Eerlijk gezegd begin ik aan deze puinhoop, het ware verhaal van mijn verknoeide leven (waarmee ik, door op mijn oude dag nog een eerste boek te pennen, een plechtige gelofte schend), als riposte op de grove aantijgingen die Terry McIver heeft gemaakt in zijn nog te verschijnen autobiografie – over mij en mijn drie vrouwen, ofwel de trojka van Barney Panofsky, de aard van mijn vriendschap met Boogie en, natuurlijk, het schandaal dat ik als een bochel mee mijn graf in zal dragen. Terry's geluid van twee klappende handen, *De Koortsige Tijd*, zal binnenkort op de markt gebracht worden door De Groep (sorry, de groep), een gesubsidieerde kleine uitgeverij in Toronto die tevens een maandblad publiceert, *de goede aarde*, gedrukt op kringlooppapier, het kan niet missen.

Terry McIver en ik, allebei geboren en getogen in Montreal, zaten samen in Parijs in het begin van de jaren vijftig. De arme Terry werd slechts geduld door onze parmantige groep van hitsige jonge schrijvers, platzak en tot over onze oren in de geretourneerde manuscripten, maar niettemin uiterlijk vol vertrouwen dat alles mogelijk was – roem, adorerende groupies en fortuin bevonden zich om de hoek van de straat, net als die legendarische man van de Wrigley-kauwgum uit mijn jeugd. Die man, zo werd beweerd, zou je op straat verrassen met een knisperend nieuw dollarbiljet, als je een Wrigley-wikkel in je zak had. De grote gever van Wrigley heeft mij nooit te pakken gekregen, maar roem viel verscheidenen van onze groep ten deel: de gedreven Leo Bishinsky, Cedric Richardson, zij het onder een andere naam, en natuurlijk Clara. Clara, die nu postuum roem geniet als feministisch icoon, gesmeed op het aambeeld van de mannelijk-chauvinistische gevoelloosheid. Mijn aambeeld, zeggen ze.

Ik was een anomalie. Nee, een anomie. Een geboren ondernemer. Ik had geen prijzen gewonnen aan de McGill-universiteit, zoals Terry, of op Harvard of Columbia gezeten, zoals sommige anderen. Ik had maar net met de hakken over de sloot de middelbare school gehaald, omdat ik meer tijd aan de tafels van de Mount Royal Billiards Academy had doorgebracht dan in de les, almaar snooker spelend met Duddy Kravitz. Ik kon niet schrijven. Ik schilderde niet. Ik had totaal geen artistieke pretenties, tenzij je mijn droom meetelt om zanger en danser te worden in het variété: mijn matelot aantikkend bij wijze van groet aan het geëerd publiek op het balkon, klikklakte ik het toneel af en nijgde voorover met Peaches, Ann Corio[1], Lili St. Cyr, of een andere exotische danseres die, in de tijd lang

1 De juiste spelling is Coreo.

voordat *lap-dancers* de norm waren geworden in Montreal, haar act onder tromgeroffel tot een climax bracht met een opwindende flits van een blote tiet.

Ik was een verwoed lezer, maar het zou onjuist zijn om dat als een blijk van kwaliteit te zien. Of van sensibiliteit. In de grond ben ik, moet ik met een knikje naar Clara bekennen, een proleet. Een akelige streber. Wat mij op dreef bracht was niet *De dood van Iwan Iljitsj* van Tolstoi, of *De geheim agent* van Conrad, maar het oude tijdschrift *Liberty*, dat boven elk artikel vermeldde hoe lang het duurde om het te lezen: laten we zeggen vijf minuten en vijfendertig seconden. Dan zette ik mijn Mickey Mousehorloge op onze keukentafel met het geblokte linoleumkleed, las het in, zeg, vier minuten en drie seconden uit en beschouwde mezelf als een intellectueel. Van *Liberty* promoveerde ik naar een *Mr. Moto*-pocket, destijds voor een kwartje te koop in de kapperszaak van Jack en Moe, hoek Park Avenue en Laurier, in het hart van de oude joodse arbeiderswijk in Montreal, waar ik opgroeide. Die buurt, die het enige communistische parlementslid uit de geschiedenis van Canada (Fred Rose) afvaardigde, heeft gezorgd voor een paar degelijke boksers (Louis Alter, Maxie Berger), het obligate aantal dokters en tandartsen, een bekende gokker-cum-casino-eigenaar, meer spijkerharde advocaten dan nodig is, diverse onderwijzers en *sjmate*-miljonairs, een paar rabbijnen, en minstens één vermoedelijke moordenaar.

Ik.

Ik herinner me sneeuwbanken van anderhalve meter hoog, wentelende buitentrappen die in de vorst geveegd moesten worden en, in de tijd dat er nog geen sneeuwbanden bestonden, het geratel van passerende auto's en vrachtwagens met sneeuwkettingen. Keihard bevroren lakens aan de waslijn in de achtertuin. In mijn slaapkamer, waar de hele nacht de radiator siste en ratelde, maakte ik uiteindelijk kennis met Hemingway, Fitzgerald, Joyce, Gertrude Stein en Alice B. Toklas, alsmede onze eigen Morley Callaghan. Als adolescent benijdde ik hun avontuurlijke verblijf in het buitenland en nam, op grond daarvan, in 1950 een ernstig besluit.

Ah, 1950. Dat was het laatste jaar dat Bill Durnam, vijfvoudig winnaar van de Vezina-trofee, de beste keeper in de National Hockey League, in het doel zou staan van mijn geliefde Montreal Canadiens. In 1950 konden *nos glorieux* al een formidabele verdediging opstellen, met de jonge Doug Harvey als spil. De Punch Line was toen nog maar voor twee derde intact: in afwezigheid van Hector 'Toe' Blake, die er in 1948 uit stapte, schaatsten Maurice 'The Rocket' Richard en Elmer Lach een *line* met Floyd 'Busher' Curry. Ze eindigden tweede, achter het klote-Detroit, in de gewone competitie en verloren, tot hun eeuwige schande, met vier verloren wedstrijden uit vijf van de New York Rangers in de halve finale van de Stanley Cup. 'The Rocket' had tenminste nog een goed jaar: hij eindigde met op één na de beste individuele score in de gewone competitie: drieënveertig goals en tweeëntwintig beslissende voorzetten.[2]

2 In werkelijkheid eindigde Richard vierde in de individuele score. Ted Lindsay van de Detroit Red Wings eindigde als eerste met drieëntwintig goals en vijfenvijftig beslissende voorzetten. Sid Abel eindigde tweede, Gordie Howe derde, en toen kwam Richard.

Maar goed, in 1950, ik was tweeëntwintig, ging ik weg bij het revuemeisje met wie ik in een souterrain in Tupper Street samenwoonde. Ik nam het beetje spaargeld dat ik had verdiend met kelneren in de oude Normandy Roof (een baantje dat mijn vader, rechercheur Izzy Panofsky, voor me geregeld had) van de City and District Savings Bank op, en boekte een passage naar Europa op de Queen Elizabeth[3], vertrekhaven New York. In mijn onschuld was ik vastbesloten op zoek te gaan naar, en me te laven aan, wat ik toen beschouwde als de zuiveren van hart, de kunstenaars, de 'ongekroonde wetgevers van de wereld'. En toen, toen kon je nog ongestraft schuifelen met meisjesstudenten. Een, twee, cha-cha-cha. *If I knew You Were Coming, I'd've Baked a Cake.* Op de maanverlichte nachten aan dek droegen de mooie meiden pettycoats, brede strakke riemen, enkelbanden en tweekleurige schoenen, en je hoefde niet bang te zijn dat ze je veertig jaar later zouden aanklagen wegens ongewenste intimiteiten, wanneer hun verdrongen verkrachtingsherinneringen naar boven werden gehaald door vrouwelijke psychoanalytici die zich schoren.

Niet roem maar fortuin viel mij ten deel. Dat fortuin, als het die naam mag hebben, had bescheiden wortels. Om te beginnen werd ik gesponsord door een overlevende van Auschwitz, Yossel Pinsky, die in een hokje achter een gordijn in een fotozaak in de Rue des Rosiers dollars voor ons wisselde op de zwarte markt. Op een avond kwam Yossel aan mijn tafeltje in The Old Navy zitten, bestelde een *café filtre*, gooide zeven suikerklontjes in zijn kopje en zei: 'Ik heb iemand nodig met een geldig Canadees paspoort.'

'Waarvoor?'

'Om geld te verdienen. Wat valt er verder nog te beleven?' vroeg hij en haalde een Zwitsers zakmes te voorschijn waarmee hij zijn overgebleven vingernagels schoonmaakte. 'Maar we moeten elkaar eerst een beetje beter leren kennen. Heb je al gegeten?'

'Nee.'

'Laten we dan samen gaan eten. Hé, ik bijt niet hoor! Kom op, *bojtsjik*.'

En zo kwam het dat ik, een jaar later al, op aanwijzingen van Yossel, exporteur werd van Franse kazen naar het steeds rijker wordende naoorlogse Canada. Thuis regelde Yossel het dat ik vertegenwoordiger werd voor Vespa's, die Italiaanse scootertjes die iedereen vroeger zo graag wilde hebben. Daarna maakte ik, met Yossel als compagnon, ook winst in de handel in olijfolie – net als de jonge Meyer Lansky – alsmede in rollen stof, geweven op de eilanden Lewis en Harris, in oudijzer – ik kocht het zaakje in en verkocht het weer zonder er ooit wat van te zien –, in verouderde DC-3's, waarvan er nog een paar binnen de poolcirkel vliegen, en, nadat Yossel, de gendarmes één stap voor, naar Israël was geëmigreerd, in Egyptische oudheden, gestolen uit kleinere graven in het Dal der Koningen.

3 Het was de Queen Mary, die haar laatste reis in 1967 maakte en op 25 september 1967 om tien minuten na middernacht op volle zee de Queen Elizabeth ontmoette.

Maar ik heb mijn principes. Ik heb nooit gehandeld in wapens, drugs of reformartikelen.

Maar uiteindelijk verviel ik tot zonde. Eind jaren zestig begon ik met de productie van in Canada gefinancierde films, die nooit ergens langer dan een beschamende week draaiden, maar die mij, en soms ook mijn financiers, honderdduizenden dollars opleverden vanwege een maas in de belastingwet die sindsdien gedicht is. Vervolgens begon ik aan de lopende band in Canada gesitueerde tv-series te produceren, die kitscherig genoeg waren om aan de VS te slijten, en, in het geval van ons kassucces, de serie *McIver van de Bereden Politie*, waarin flink gewipt wordt in kano's en in iglo's, aan Groot-Brittannië, en ook aan andere landen.

Als het nodig was kon ik me voordoen als een hedendaagse patriot, de laatste toevlucht van de schurk, zoals de grote Samuel zei. Telkens wanneer een minister, een voorstander van de vrije markt die gevoelig was voor Amerikaanse druk, dreigde de wet te dumpen die zo veel (en zo lekker vet gesubsidieerde) *made-in-Canada*-verontreiniging van onze ether voorschrijft dook ik gauw het hypocrietenkleedhokje in en trok mijn Captain Canada-uitrusting aan om voor de onderzoekscommissie te verschijnen. 'Wij definiëren Canada voor de Canadezen,' zei ik dan tegen ze. 'Wij zijn het geheugen van dit land, zijn ziel, zijn hypostase, het laatste bastion tegen de overname door de monsterlijke cultuurimperialisten ten zuiden van ons.'

Ik dwaal af.

Wij druktemakende provincialen, dolgelukkig om in Parijs te zijn en dronken van de schoonheid van onze omgeving, gingen in onze dagen van ballingschap node 's avonds naar onze hotelkamers aan de Linkeroever, bang dat we thuis wakker zouden worden, teruggehaald door ouders die ons zouden voorhouden hoeveel ze in onze opvoeding geïnvesteerd hadden, en dat het tijd werd de handen uit de mouwen te steken. In mijn geval was geen luchtpostbrief van mijn vader compleet zonder de ingebouwde steek onder water: 'Yankel Schneider, ken je die nog, hij stotterde? Weet je wat? Hij is nu registeraccountant en rijdt in een Buick.'

In ons zootje ongeregeld zaten ook een paar schilders, zogezegd, allebei New-Yorkers. We hadden de geschifte Clara en we hadden de lepe Leo Bishinsky, die zijn artistieke carrière beter regelde dan Wellington, weet je wel, die slag bij een Belgisch stadje.[4] Hij verliet een bal om ernaar toe te gaan. Of hij staakte een spelletje bowls. Nee, dat was Drake.

Een garage in Montparnasse diende als Leo's atelier en daar zwoegde hij aan zijn kolossale drieluiken, hij mengde zijn verf in emmers en schilderde met een vaatkwast. Soms zwaaide hij die kwast in het rond en liet hem van een afstand van drie meter tegen het doek vliegen. Een keer toen ik er was en we samen een joint

4 Waterloo, waar de hertog van Wellington en de Pruisische veldmaarschalk Gebhard Leberecht von Blücher op 18 juni 1815 Napoleon versloegen.

rookten, gooide hij me die kwast toe. 'Nou jij,' zei hij.

'Weet je het zeker?'

'Wat dacht je?'

Weldra, dacht ik, zou Leo zich scheren en zijn haar laten knippen en bij een reclamebureau in New York gaan werken.

Ik had het goed mis.

Wie had kunnen weten dat Leo's monsterlijkheden veertig jaar later in de Tate Gallery, het Guggenheim Museum, het Museum of Modern Art en The National Gallery in Washington zouden hangen en dat andere voor miljoenen verkocht zouden worden aan junkbondkenners en arbitragegoeroes die vaak niet tegen Japanse verzamelaars konden opbieden? Wie had kunnen denken dat Leo's gedeukte Renault deux-cheveaux[5] op een dag opgevolgd zou worden door een garage in Amagansett met tien auto's: een Rolls Royce Silver Cloud, een vintage Morgan, een Ferrari 250 berlinetta en een Alfa Romeo, plus nog wat ander speelgoed? Of dat ik, door nu zijn naam te noemen, beschuldigd zou kunnen worden van *name-dropping*? Leo heeft op het omslag gestaan van *Vanity Fair*: uitgedost als Mefistofeles, compleet met hoorntjes, een rode cape en een sleep, schilderde hij magische tekens op het naakte lijf van een snoepje-van-de-week-filmster.

Vroeger wist je altijd met wie Leo neukte, want *tout court* kwam er dan een wittebrood-jongedame uit Nebraska in een kasjmieren twinset, die voor het Marshallplan werkte, in La Coupole opdagen en zag er geen been in om aan tafel in haar neus te zitten peuteren. Maar tegenwoordig komen massa's fotomodellen naar Leo's landhuis op Long Island en bieden om het hardst hun schaamhaar aan zodat het in zijn schilderijen kan worden verwerkt, samen met glasscherven, visgraten, salamistompjes en nagelschilfers.

In 1951 ging mijn clubje aankomende kunstenaars prat op hun bevrijding van wat ze, *de haut en bas*, denigrerend de *rat race* noemden, maar de zure waarheid is dat ze, met de stralende uitzondering van Bernard 'Boogie' Moscovitsch, allemaal rivalen waren. Stuk voor stuk waren ze even grote concurrenten van elkaar als elke *Organization Man* of *Man in the Grey Flannel Suit*, als iemand van jullie oud genoeg is om die lang vergeten bestsellers, een seizoen lang in de mode, nog te kennen. Net als Colin Wilson. Of de hoelahoep. En ze werden evengoed gedreven door de behoefte aan succes als elke straatjongen van St. Urbain Street in Montreal die probeerde wat te verdienen met een nieuwe herfstcollectie van après-skikleding. Proza is wat zij aan de man probeerden te brengen. Het nieuw maken, zoals Ezra Pound had verordonneerd voordat hij krankzinnig werd verklaard. Maar, let op, zij hoefden niet met stalen te venten bij inkopers van warenhuizen, op 'een glimlach en een gepoetste schoen', zoals Clifford Odets[6] het eens

5 In werkelijkheid was de 2CV een Citroën. Hij werd in 1948 op de Autotentoonstelling van Parijs geïntroduceerd en in 1990 uit productie genomen.

6 Niet Odets, maar Arthur Miller in *Death of a Salesman*, Viking Press, New York 1949, p. 138.

uitdrukte. Nee, zij verstuurden hun koopwaar naar de redacties van uitgeverijen en tijdschriften, met een geadresseerde en gefrankeerde envelop ingesloten. Behalve Boogie, mijn idool.

Alfred Kazin heeft eens over Saul Bellow geschreven dat hij, ook toen hij nog jong en onbekend was, al een aura had van iemand die bestemd is voor grootheid. Ik had hetzelfde gevoel bij Boogie, die destijds ongewoon genereus was tegenover andere jonge schrijvers, al dienden ze wel te begrijpen dat hij boven hen allemaal stond.

In zijn manische buien kon Boogie een rookgordijn van woorden optrekken en vragen ontwijken over zijn werk door de pias uit te hangen. 'Moet je mij zien,' zei hij een keer. 'Ik heb alle tekortkomingen van Tolstoi, Dostojevski en Hemingway bij elkaar. Ik ben bereid vrijwel iedere boerenmeid te neuken die me wil hebben. Ik ben een geobsedeerde gokker. Een dronkelap. En, moet je horen, met alle respect voor Fjodor D.: ik ben zelfs een antisemiet, hoewel dat in mijn geval misschien niet telt omdat ik zelf joods ben. Het enige wat tot dusver in de vergelijking ontbreekt is mijn eigen Jasnaja Poljana, erkenning van mijn grootse talent en geld om te gaan eten, tenzij je me uitnodigt. God zegene je, Barney.'

Boogie, vijf jaar ouder dan ik, had aan de invasie van Normandië meegedaan en het Ardennenoffensief overleefd. Hij zat in Parijs met een beurs die alle soldaten kregen die in de Tweede Wereldoorlog hadden gevochten, wat hem honderd dollar per maand opleverde, aangevuld met een toelage van thuis, die hij meestal, met sporadisch geluk, investeerde in de baccarattafels van de Aviation Club.

Nou ja, niet op reageren, op die venijnige roddel, onlangs weer opgerakeld door de leugenachtige McIver, die me tot aan mijn dood zal achtervolgen. De waarheid is dat Boogie de beste vriend was die ik ooit heb gehad. Ik aanbad hem. En onder het genot van menige joint of fles *vin ordinaire* heb ik een deel van zijn afkomst kunnen reconstrueren. Boogies grootvader, Moisje Lev Moscovitch, geboren in Bjalystok, zette vanuit Hamburg zeil naar Amerika en klom door hard werken en sparen op van kippenventer met een handkar tot enige eigenaar van een kosjere slagerij in Rivington Street in de Lower East Side van New York. Zijn eerstgeboren zoon Mendel bouwde die slagerij uit tot de Peerless Gourmet Packers, leveranciers van noodrantsoenen aan het Amerikaanse leger in de Tweede Wereldoorlog. Later werd Peerless de leverancier van verpakte Virginia Plantation Ham, Olde English Sausages, Mandarin Spare Ribs en Granny's Gobler's (bevroren kalkoen, klaar voor in de oven) aan supermarkten in New York State en New England. In het voorbijgaan kocht Mendel, zijn naam inmiddels witgewassen tot Matthew Morrow, ook nog eens een appartement met veertien kamers aan Park Avenue, voorzien van een dienstmeid, een kok, een butler-cum-chauffeur en een Engelse gouvernante uit de buurt van Old Kent Road in Londen voor zijn eerstgeboren zoon Boogie, die later spraakles moest nemen om van zijn Cockney-accent af te komen. In plaats van dat hij vioolles kreeg of Hebreeuws van een *malamoed*, werd Boogie, die de familie diep het nest van de WASP-elite in moest infiltreren, naar een militair zomerkamp in Maine gestuurd. 'Ik moest leren paardrijden, schieten, zeilen, tennissen en de andere wang toekeren,' zei hij. Bij de inschrijving vulde Boogie, op instructie van zijn moeder, 'atheïst' in onder 'religie'. De kampleider knipoogde, streepte het door en schreef 'joods'. Boogie doorstond het kamp en de Andover Academy, maar hij ging in zijn tweede jaar, 1941, van Harvard af en nam dienst als soldaat, waarbij hij zijn naam weer terugveranderde in Moscovitsch.

Eén keer, in antwoord op hardnekkige vragen van een doodserieuze Terry McIver, liet Boogie los dat in het eerste hoofdstuk van zijn aardverschuivende roman-in-wording, die zich in 1912 afspeelde, de hoofdpersoon van boord gaat van de Titanic, die zojuist zijn eerste reis heeft gemaakt en veilig in de haven van New York is aangekomen. Hij wordt ondervraagd door een journaliste. 'Hoe was de reis?' vraagt ze.

'Saai.'

Improviserend, daar ben ik van overtuigd, vertelde Boogie verder dat zijn hoofdpersoon twee jaar later in een koets zit met aartshertog Ferdinand van Oostenrijk-Hongarije en zijn gemalin. Hij laat zijn toneelkijkertje vallen als ze over een bobbel in de weg gaan en de aartshertog, die erg hecht aan *noblesse oblige*, bukt zich om hem op te rapen, waardoor hij ontsnapt aan een moordaanslag door een Servische malloot. Maar een paar maanden later vallen de Duitsers evengoed België binnen. Vervolgens zit Boogies hoofdpersoon in 1917 in een café in Genève met Lenin te kletsen en vraagt hem uit te leggen hoe dat zit met die meerwaarde, en Lenin raakt geboeid door het onderwerp, talmt te lang bij zijn *millefeuille* en *café au lait* en mist zijn trein, zodat de verzegelde coupé zonder hem in het Fins Station van St. Petersburg aankomt.

'Is dat nou niet echt iets voor die klote-Iljitsj?' vraagt de leider van de delegatie die hem op het perron verwelkomt. 'Wat moeten we nu?'

'Misschien dat Leon een paar woorden wil zeggen.'

'Een paar woorden? Leon? Dan staan we hier over twee uur nog.'

Boogie vertelde aan Terry dat hij de voornaamste taak van de kunstenaar vervulde – orde scheppen uit chaos.

'Ik had beter moeten weten dan jou een serieuze vraag te stellen,' zei Terry en verliet ons cafétafeltje.

In de stilte die daarna viel wendde Boogie zich tot mij en legde, bij wijze van verontschuldiging, uit dat hij *Le droit de moribondage* van Heinrich Heine had geërfd.

Boogie schudde dat soort conversatiestoppers, waar ik een hoop van opstak en die me als een haas naar de bibliotheek deden rennen, zomaar uit zijn mouw.

Ik hield van Boogie en ik mis hem vreselijk. Ik zou mijn fortuin (zeg de helft) ervoor overhebben om dat raadsel, die één meter negentig lange vogelverschrikker, weer mijn deur te zien binnenkomen, paffend aan een Romeo y Julieta, terwijl hij met een dubbelzinnig glimlachje vraagt: 'Heb je Thomas Bernard al gelezen?' Of: 'Wat vind je van Chomsky?'

God weet dat hij zijn duistere kant had, wekenlang verdween hij – volgens sommigen naar een *jesjiva* in Mea Shearim en anderen beweerden bij hoog en bij laag naar een klooster in Toscane – maar niemand wist echt waar naar toe. Dan verscheen hij – letterlijk – zonder enige uitleg weer in een van onze stamcafés, vergezeld van een bloedmooie Spaanse hertogin of een Italiaanse contessa.

Als hij een slechte bui had, reageerde Boogie niet op mijn kloppen op zijn hotelkamerdeur, of anders zei hij alleen maar: 'Ga weg. Laat me met rust.' En dan wist ik dat hij op zijn bed lag, high van de heroïne, of dat hij aan zijn tafel lijsten zat te maken met de namen van alle jongemannen die met hem hadden meegevochten en die al dood waren.

Het was Boogie die mij wees op Gontsjarov en Huysmans, Céline en Nathanael West. Hij leerde Russisch van een Wit-Russische horlogemaker met wie hij bevriend was geraakt. 'Hoe kan iemand leven,' vroeg hij, 'die niet in staat is Dostojevsky, Tolstoj en Tsjechov in het origineel te lezen?' Hij sprak vloeiend Duits en Hebreeuws en bestudeerde één keer in de week de Zohar, het heilige boek van de Kabbala, samen met een rabbijn in een synagoge in de Rue Notre Dame de Lorette, een plek die hij heerlijk vond.

Tien jaar geleden heb ik alle acht cryptische korte verhalen van Boogie verzameld die gepubliceerd waren in *Merlin*, *Zero* en *Paris Review*, met de bedoeling ze uit te geven in een beperkte oplage, met genummerde exemplaren, chic gedrukt, op geld hoefde niet gekeken te worden. Het verhaal van hem dat ik, om voor de hand liggende redenen, keer op keer gelezen heb, is een variatie op een verre van origineel thema, maar door hem briljant uitgewerkt, net als alles wat hij schreef. 'Margolis' gaat over een man die een pakje sigaretten gaat kopen en nooit meer naar zijn vrouw en kind terugkeert, hij gaat elders onder een andere naam wonen.

Ik schreef een brief aan de zoon van Boogie in Santa Fe en bood hem een voorschot van tienduizend dollar aan, plus honderd gratis exemplaren en alle winst die uit de onderneming zou voortvloeien. Zijn antwoord kwam in de vorm van een aangetekende brief waarin hij er zijn verbazing over uitsprak dat uitgerekend ik zo'n project wilde entameren en me waarschuwde dat hij niet zou aarzelen naar de rechter te stappen als ik het waagde. Dus dat was dat.

Wacht even, niet afhaken. Ik zit vast. Ik probeer me de naam van de schrijver van *The Man in the Grey Flannel Suit* te herinneren. Of was het *The Man in the Brooks Brothers Shirt*? Nee, dat heeft die jokkebrok geschreven. Lillian hoe-heet-ze-ook-weer? Kom nou. Ik weet het wel. Het klinkt als dat mayonaisemerk. Lillian Kraft? Nee. *Hellman. Lillian Hellman.* De naam van de schrijver van *The Man in the Grey Flannel Suit* doet er niet toe. Die is niet belangrijk. Maar nu het begonnen is, kan ik vanavond weer niet slapen. Die steeds frequenter wordende aanvallen van geheugenverlies maken me gek.

Gisteravond, toen ik eindelijk in slaap sukkelde, kon ik me de naam niet meer herinneren van dat ding waarin je spaghetti afgiet. Stel je voor. Ik heb het duizend keer gebruikt. Ik zag het zo voor me. Maar ik kon me niet herinneren hoe dat kolereding heette. En ik wilde niet uit bed komen om in de kookboeken te gaan kijken die Miriam heeft achtergelaten, want dat zou me er alleen maar aan herinneren dat het mijn schuld was dat ze weg is en ik zou toch om drie uur mijn bed uit moeten om te gaan pissen. Niet de harde bruisende straal van mijn dagen aan de Linkeroever, nee meneertje. Nu was het drip-drip-drip en hoe hard ik hem ook uitschudde, hij druppelde na in de pijp van mijn pyjamabroek.

In het donker foeterend, zei ik hardop het nummer dat ik moest bellen als ik een hartaanval kreeg.

'U bent verbonden met het General Hospital van Montreal. Als u een telefoon heeft met druktoetsen en u weet het nummer van het toestel waarmee u verbonden wilt worden, toets dat nummer dan nu in. Toets anders 17 voor inlichtingen in de taal van *les maudit anglais*, of 12 voor inlichtingen *en français*, de glorieuze taal van ons onderdrukte volksdeel.'

Eenentwintig voor de spoedambulance.

'U bent verbonden met de ambulancedienst. Blijft u aan de lijn, dan wordt u te woord gestaan zodra ons spelletje strippoker uit is. Prettige dag verder.'

Terwijl ik wachtte, speelde de automatische band het *Requiem* van Mozart.

Ik tastte naar mijn nachtkastje om me ervan te vergewissen dat mijn hartpillen, mijn leesbril en mijn gebit binnen handbereik lagen. Ik knipte even een lamp aan en trok mijn boxershorts naar beneden om te zien of er remsporen in zaten, want als ik in mijn slaap doodging, zouden vreemden kunnen denken dat ik een viezerik was. Vervolgens probeerde ik de gebruikelijke trucjes. Denk aan iets anders, iets fijns, en de naam van dat spaghettiding komt vanzelf aanwaaien. Dus stelde ik me Terry McIver voor, bloedend als een rund in een van haaien vergeven zee, en net op het moment dat een reddingshelikopter hem uit het water wil opvissen, voelt hij weer een ruk aan zijn beenstompjes. Wat er ten slotte overblijft van de leugenachtige, zelfingenomen auteur van *De Koortsige Tijd*, een druipende torso, wordt naar boven gehaald en dobbert als een stuk aas in het woelige water terwijl de haaien ernaar happen.

Vervolgens was ik weer de verfomfaaide veertienjarige en maakte voor de eerste opwindende keer het kanten behaatje los van de lerares die ik juffrouw Ogilvy zal noemen, terwijl uit de radio in haar huiskamer een van die nonsensliedjes klonk:

> Mairzy doats,
> and dozy doats,
> andlittlelambseativy,
> akid'lleativytoo,
> wouldn'tyou?

Tot mijn verbazing verzette ze zich niet, maar, grote schrik, schopte haar schoenen uit en begon haar Schotse rok af te stropen. 'Ik weet niet wat me overkomt,' zei de lerares die me had beloond met een tien voor mijn opstel over *A Tale of Two Cities*, dat ik, met hier en daar een parafrase, had overgeschreven uit een boek van Granville Hicks. 'Je zou mijn zoon kunnen zijn.' En toen bedierf ze in mijn ogen alles door er een beetje schooljufachtig pinnig aan toe te voegen: 'Maar moeten we de spaghetti niet eerst afgieten?'

'Ja. Zeker. Maar wat voor dinges gebruik je daarvoor?'

'Ik belief hem *al dente*,' zei ze.

En toen, juffrouw Ogilvy een tweede kans gevend en hopend dat het deze keer beter ging, dwaalde ik in gedachten opnieuw naar het verleden en tuimelde samen met haar op de sofa, in het voorbijgaan hopend op minstens een semi-demi-erectie in mijn afgetakelde hier en nu.

'O, wat ben je toch ongeduldig,' zei ze. 'Wacht. Nog niet. *En français s'il vous plaît?*'

'Wat?'

'O, jee. Wat een manieren. We bedoelen: "Wat zegt u?", nietwaar. Goed. Wat is "nog niet" in het Frans?'

'*Pas encore*.'

'Heel goed,' zei ze en trok de la van een bijzettafeltje open. 'Nu hoop ik niet dat je me bazig vindt, maar wil je zo attent zijn om dit eerst om je schattige kleine piemeltje te doen?'

'Ja, juffrouw Ogilvy.'

'Geef me je hand. O, heb je ooit zulke vieze vingernagels gezien! Ja, daar. Zo! Zachtjes. O ja, ja. Wácht!'

'Wat heb ik nu weer verkeerd gedaan?'

'Ik dacht alleen dat je wel graag zou willen weten dat het niet Lillian Hellman was die *The Man in the Brooks Brothers Shirt* heeft geschreven. Dat was Mary McCarthy.'

Klote klote klote. Ik stapte uit bed, schoot de versleten kamerjas aan die ik niet weg wilde doen omdat hij een cadeautje was van Miriam, en slofte naar de keuken. Rommelend in laden haalde ik keukengerei te voorschijn dat ik een-twee-drie benoemde: soeplepel, eierwekker, grijptang, taartschep, aardappelschilmesje, theezeefje, maatbekers, blikopener, spatel... en daar, aan een haak aan de muur, hing de dinges die gebruikt wordt om spaghetti af te gieten. *Maar hoe heette hij?*

Ik heb de rooie hond overleefd, de mazelen, twee berovingen, platjes, het trekken van al mijn tanden, een plastic heup, een aanklacht wegens moord, en drie echtgenotes. De eerste is dood en De Tweede Mevrouw Panofsky zou, zelfs na al die jaren, bij het horen van mijn stem 'Moordenaar, wat heb je met het lijk gedaan?' brullen voordat ze de hoorn erop gooide. Maar Miriam wilde wel met me praten. Misschien lachte ze wel om mijn dilemma. O, zinderde dit huis maar weer van haar lach. Haar geur. Haar liefde. Het probleem is dat Blair waarschijnlijk de telefoon zou opnemen en met die pretentieuze lul had ik me de vorige keer dat ik belde al geblameerd. 'Ik wil graag mijn vrouw spreken,' zei ik.

‘Ze is je vrouw niet meer, Barney, en je bent duidelijk onder de invloed.’

Echt iets voor hem om te zeggen ‘onder de invloed’. ‘Natuurlijk ben ik dronken. Het is vier uur ’s nachts.’

‘En Miriam slaapt.’

‘Maar ik wilde met jou praten. Ik was bezig hier mijn bureauladen op te ruimen en ik vond een paar adembenemende naaktfoto’s van haar toen ze nog bij mij was. Ik vroeg me af of jij die graag zou willen hebben, al was het maar om te weten hoe ze eruitzag in haar beste jaren.’

‘Je bent walgelijk,’ zei hij en hing op.

Gelijk had-ie. Maar niettemin danste ik de huiskamer door, in mijn imitatie van de *Shim Sham Shimmy* van de grote Ralph Brown, een tumbler met Cardhu in de hand.

Er zijn mensen die Blair een fijne kerel vinden. Een uitmuntend geleerde. Zelfs mijn zoons nemen het voor hem op. We kunnen ons voorstellen hoe je je voelt, zeggen ze dan, maar hij is een intelligente, liefhebbende man en hij is dol op Miriam. Lulkoek. Hij is een loonslaaf en hij kwam in de jaren zestig vanuit Boston naar Canada om de militaire dienst te ontduiken, net als Dan Quayle en Bill Clinton, wat hem een held maakte in de ogen van zijn studenten. Ik voor mij kan niet begrijpen dat iemand Toronto verkiest boven Saigon. Maar goed, ik heb het faxnummer van zijn vakgroep, en denkend aan hoe Boogie daarvan gebruik zou maken, ga ik er af en toe voor zitten om er een aan Blair te versturen.

Fax aan Herr Doktor Blair Hopper, geboren Hauptman
Van Sexorama Producten

ACHTUNG
PRIVÉ EN VERTROUWELIJK

Geachte Herr Doktor Hopper,
In antwoord op uw verzoek van 26 januari delen wij u mede dat wij belangstelling hebben voor uw idee om op het Victoria College het oude gebruik van traditionele universiteiten in te voeren om een selecte groep van vrouwelijke studenten naakt te laten poseren voor lichaamsfotografie, van voren, van achteren, alsmede en profil. Uw suggestie om gebruik te maken van jarretelles en andere accessoires is uitstekend. Het project heeft, zoals u stelt, een groot commercieel potentieel. Wij zullen echter eerst de foto’s moeten beoordelen voordat we op uw voorstel kunnen ingaan om nieuwe speelkaarten op de markt te brengen.

Hoogachtend,
Dwayne Connors
Sexorama Producten

PS Wij bevestigen de retourzending van onze STOEIKNAPEN-kalender voor 1995, maar kunnen de aankoopsom niet restitueren aangezien de augustus- en septemberbladen aan elkaar geplakt zitten.

Kwart voor één 's nachts. Ik hield de spaghettidinges in mijn hand vol levervlekken, gerimpeld als de rug van een hagedis, maar kon nog steeds niet op de naam komen. Ik smeet hem aan de kant, schonk mezelf een paar vingers Macallan in, pakte de telefoon en belde mijn oudste zoon in Londen. 'Ha, die Mike. Dit is de wekdienst, het is zes uur. Tijd voor je ochtendjog.'

'Het is veertien voor zes hier, om precies te zijn.'

Mijn nauwgezette zoon eet crunchy's en yoghurt voor zijn ontbijt, weggespoeld met een glas citroenwater. De mensen vandaag de dag.

'Gaat het niet goed met je?' vroeg hij en zijn bezorgdheid deed me bijna de tranen in de ogen schieten.

'Kon niet beter. Maar ik heb een probleem. Hoe noem je dat ding waarmee je spaghetti afgiet?'

'Ben je dronken?'

'Zéér zéker níet.'

'Heeft dokter Herscovitsch je niet gewaarschuwd dat het je dood wordt als je weer begint?'

'Ik zweer bij mijn kleinkinderen dat ik in geen weken een druppel gedronken heb. Ik bestel zelfs geen *coq au vin* meer in restaurants. Wil je nu alsjeblieft antwoord geven op mijn vraag?'

'Ik pak even de telefoon in de huiskamer. Ik hang hier op en dan praten we zo meteen verder.'

We mogen Madame de Gezondheidsfascist niet wakker maken.

'Hé, daar ben ik weer. Bedoel je een vergiet?'

'Natuurlijk bedoel ik een vergiet. Het lag op het puntje van mijn tong. Ik wilde het net zeggen.'

'Neem je je pillen wel in?'

'Reken maar van yes. Heb je nog iets van je moeder gehoord de laatste tijd?' flapte ik er impulsief uit, terwijl ik gezworen had nooit meer naar haar te vragen.

'Zij en Blair zijn samen drie dagen hier geweest in oktober. Ze kwamen de vierde[7], op weg naar een conferentie in Glasgow.'

'Ik geef niks meer om haar. Je weet niet wat een genot het is om niet bestraffend te worden toegesproken als je vergeet de pleebril omhoog te zetten. Maar als onpartijdige buitenstaander zeg ik dat ze beter verdient.'

'Je bedoelt dat ze jou verdient.'

7 Volgens mijn agenda kwamen Blair en mijn moeder op 7 oktober aan en de conferentie was in Edinburgh.

'Vertel aan Caroline,' zei ik, om iets gemeens terug te zeggen, 'dat ik ergens heb gelezen dat sla bloedt als je het snijdt en dat wortels er een trauma aan overhouden als je ze uit de grond trekt.'

'Pap, het bevalt me maar niks dat jij daar alleen bent in die grote lege flat.'

'Toevallig heb ik vanavond – ik denk dat ze het tegenwoordig "een hulppersoon", of is het "een sekswerkster"?, noemen – bij me in huis. Wat boerenpummels zoals ik vroeger een moppie noemden. Vertel het maar aan je moeder. Van mij mag het.'

'Waarom kom je niet overvliegen en een poosje door ons huis spoken?'

'Omdat in Londen, zoals ik het me herinner, de verplichte eerste gang in zelfs het meest chique restaurant een grijsbruine Windsor-soep was, of een grapefruit met een maraskino-kers als een tepel in het midden, en de meeste mensen met wie ik daar omging inmiddels dood zijn, wat tijd werd ook. Harrods is een Eurotrashtempel. Overal waar je komt in Knightsbridge staan rijke Japanners elkaar te filmen. De White Elephant is kassiewijle en Isow's ook, en L'Etoile is niet meer wat het geweest is. Het interesseert me niet wie met Diana neukt, of dat Charles gereïncarneerd is als tampon. De pubs zijn onverdraaglijk met die lawaaierige gokmachines en stampende oerwoudmuziek. En te veel van onze mensen daar zijn niet helemaal je-dat. Als ze op Oxford of Cambridge gezeten hebben, of meer dan honderdduizend pond per jaar verdienen, zijn ze niet joods meer maar "van joodse afkomst", wat niet hetzelfde is.'

Ik heb nooit echt in Londen gewoond, maar in de jaren vijftig ben ik er een keer drie maanden geweest, en in 1961 twee, waardoor ik de Stanley Cup miste. Vergeet niet dat dat het jaar was waarin de hoogst favoriete Montreal Canadiens in zes wedstrijden van de halve finale werden uitgeschakeld door de Black Hawks uit Chicago. Ik wou nog steeds dat ik die tweede wedstrijd gezien had, in Chicago, toen de Hawks na tweeënvijftig minuten in de verlenging met 2-1 wonnen. Dat was de avond dat scheidsrechter Dalton McArthur, die bemoeizieke lul, Dickie Moore *in de verlenging* naar het strafbankje stuurde wegens pootje haken, waardoor Murray Balfour de gelegenheid kreeg de winnende goal te scoren. Een woedende Toe Blake, die toen onze coach was, stormde het ijs op om McArthur een hengst te verkopen en kreeg een boete van tweeduizend dollar. Ik was in '61 naar Londen gevlogen om te werken aan die coproductie met Hymie Mintzbaum die tot zo'n lelijke ruzie leidde dat we jaren niet meer tegen elkaar spraken. Hymie, geboren en getogen in de Bronx, is een anglofiel, maar ik niet.

Je kunt de Britten eenvoudigweg niet vertrouwen. Bij Amerikanen (of bij Canadezen, wat dat betreft) weet je altijd waar je aan toe bent. Maar ga op Heathrow in een 747 zitten naast een ogenschijnlijk saaie oude Engelsman met onderkinnen, de aangeleerde stotter, duidelijk iemand in de City, verdiept in zijn kruiswoordraadsel in *The Times*, en waag het niet brutaal tegen hem te doen, want mr. Milquetoast, in werkelijkheid een judoka met zwarte band, was vermoedelijk in 1943 in de Dordogne geparachuteerd, waar hij een trein of wat opblies en de cellen van de Gestapo overleefde door zich te concentreren op wat later de definitieve vertaling zou worden van het Gilgamesj-epos door Sin-leqe-unninni. En nu, zijn koffer volgepakt met de meest verleidelijke cocktailjurken van zijn vrouw, is hij ongetwijfeld op weg naar de jaarlijkse conferentie van travestieten in Saskatoon.

Mike herhaalde dat ik hun *garden flat* kon hebben. Privacy. Met mijn eigen opgang. En hoe verschrikkelijk heerlijk het zou zijn voor zijn kinderen, die genoten hadden van *Vrijdag de 13de*, om hun grootvader te leren kennen. Maar ik haat grootvader zijn. Het is obsceen. In mijn ogen ben ik nog steeds vijfentwintig. Drieëndertig op z'n hoogst. Zeker niet zevenenzestig, riekend naar aftakeling en teleurgestelde verwachtingen. Zure adem. Mijn gewrichten moeten nodig doorgesmeerd worden. En nu ik gezegend ben met een plastic heup, ben ik zelfs niet meer bio-afbreekbaar. De milieuactivisten zullen nog protesteren tegen mijn begrafenis.

Op een van mijn laatste jaarlijkse visites aan Mike en Caroline arriveerde ik beladen met cadeautjes voor mijn kleinkinderen en de freule (zoals Saul, mijn tweede zoon, haar noemt), maar mijn *pièce de résistance* had ik gereserveerd voor Mike: een doos Cohibas, voor mij gekocht in Cuba. Met pijn in het hart nam ik afscheid van die sigaren, maar ik hoopte dat Mike, met wie ik een moeilijke relatie had, er blij mee zou zijn en dat was hij ook. Dat dacht ik tenminste. Een maand later echter was een compagnon van Mike, Tony Haines, die toevallig ook een neef was van Caroline, voor zaken in Montreal. Hij belde op om te zeggen dat hij een cadeautje voor me had van Mike, gerookte zalm van Fortnum's. Ik nodigde hem uit voor een drankje bij Dink's. Tony haalde zijn sigarenkoker te voorschijn en bood me een Cohiba aan. 'O, heerlijk,' zei ik. 'Dank je wel.'

'Bedank mij maar niet. Die heb ik van Mike en Caroline voor mijn verjaardag cadeau gekregen.'

'O, werkelijk?' zei ik, opgezadeld met een nieuwe familiegrief om te herkauwen. Of te koesteren, volgens Miriam. 'Sommige mensen verzamelen postzegels, of lucifermapjes,' zei ze een keer. 'Maar jij, liefje, verzamelt grieven.'

Tijdens dat bezoek kreeg ik van Mike en Caroline een slaapkamer op de eerste verdieping, alles modern, van Conran of The General Trading Company. Een boeket fresia's en een fles Perrier op het nachtkastje, maar geen asbak. Ik opende de la van het nachtkastje op zoek naar iets wat ik kon gebruiken en vond een gescheurde panty. Ik rook eraan en herkende de geur onmiddellijk. Miriam. Zij en Blair hadden dit bed gedeeld, het vervuild. Ik sloeg de lakens terug en zocht naar sportvlekken. Niets. Ha, ha, ha. Professor Mankepik maakte niks klaar. Herr Doktor Hopper, geboren Hauptman las haar waarschijnlijk in plaats daarvan hardop voor in bed. Zijn *pensées déconstructionistes* over het racisme van Mark Twain. Of de homofobie van Hemingway. Voor alle zekerheid haalde ik een spuitbus met dennengeur uit de badkamer en sprayde de matras, waarna ik zo goed en zo kwaad als het ging het bed opmaakte voordat ik erin stapte. Nu kropen de lakens op in een gekmakende kluwen. De kamer stonk naar dennengeur.

Ik zette een raam wagenwijd open. Steenkoud was het. Een in de steek gelaten echtgenoot was ik, duidelijk gedoemd aan een longontsteking te creperen in een bed dat eens gezegend was met Miriams warmte. Haar schoonheid. *Haar verraad.* Tja, vrouwen van die leeftijd leden aan opvliegers en raakten soms in de war, waardoor ze om onverklaarbare redenen tot winkeldiefstal vervielen. Als ze gearresteerd werd, zou ik weigeren voor haar te getuigen. Nee, ik zou getuigen dat ze altijd lange vingers had gehad. Laat haar rotten in het gevang. Miriam, Miriam, mijn grote liefde.

Mike, de lieve jongen, is stinkend rijk, wat hij compenseert door zijn haar in een paardenstaart te blijven dragen en bij voorkeur in spijkerbroeken te lopen (Polo Ralph Lauren's, welteverstaan), maar gelukkig draagt hij geen oorringetjes. En ook geen Nehru-jasjes meer. Of Mao-petten. Hij is een onroerendgoedmagnaat. Hij bezit een paar kasten van huizen in Highgate, Hampstead, Swiss Cottage, Islington en Chelsea, die hij aankocht voor de inflatie toesloeg en tot appartementscomplexen verbouwde. Hij doet ook iets met offshore, maar dat wil ik liever niet weten, en hij handelt op de termijnmarkt. Hij en Caroline wonen in het modieuze Fulham, dat ik me nog herinner van vóór de invasie door de doe-het-zelf-yuppies. Ze zijn ook in het bezit van een datsja hoog in de heuvels van de Alpes-Maritimes, niet ver van Vence, met een wijngaard op de hellingen. In drie generaties van de *sjtetl* naar de makers van Château Panofsky. Wat kan ik verder nog zeggen?

Mike is compagnon in een restaurant voor de smart-set. Het is in Pimlico en heet The Table, de kok heeft meer slechte manieren dan talent, wat *de rigueur* is dezer dagen, niet? Te jong om zich Pearl Harbor te herinneren, of wat er gebeurde met de Canadezen die gevangen werden genomen in – in – je weet wel, die onneembare buitenpost in het Verre Oosten. Niet waar de dageraad als een donderklap opkomt, nee. Waar de Sassoons fortuin maakten. Singapore? Nee. Het heet net als die gorilla in de film met Fay Wray. *Kong*. Hong Kong. En moet je luisteren, ik weet dat Wellington Napoleon versloeg bij Waterloo, en ik herinner me wie *The Man in the Grey Flannel Suit* schreef. Ik weet het zo, ik hoef er niet naar te zoeken. *The Man in the Grey Flannel Suit* werd geschreven door Frederic Wakeman[8] en in de film speelden Clark Gable en Sydney Greenstreet de hoofdrollen.

Maar goed, Mike, te jong om zich Pearl Harbor te herinneren, investeerde grof in de Japanse markt in de begintijd en dumpte alles op het juiste moment. Hij verdiende goud tijdens de oliecrisis en joeg zijn inzet op naar het dubbele; in 1992 sloeg hij weer een grote slag met speculaties in het Engelse pond. Hij had

8 *The Man in the Grey Flannel Suit* werd geschreven door Sloan Wilson (1955) en *The Hucksters* van Frederic Wakeman werd verfilmd met in de hoofdrollen Clark Gable, Deborah Kerr en Sydney Greenstreet (MGM, 1947). Nu ook te zien in een computer-ingekleurde versie.

zijn kaarten al op Bill Gates gezet voordat iemand ooit van e-mail had gehoord.

Ja, mijn eerstgeboren zoon is een multimiljonair met zowel een sociaal als een cultureel geweten. Hij zit in het bestuur van een trendy theatergezelschap, een promotor van recht-voor-z'n-raap-toneelstukken waarin langbenige dochters van vooraanstaande burgers de vrijheid nemen net te doen of ze op het toneel schijten en gozers van de Royal Academy of Dramatic Art met overgave spelen dat ze kontneuken. *Ars longa, vita breve.* Hij is een van de ruim tweehonderd financiers van het maandblad *Red Pepper* ('feministisch, antiracistisch, milieuactivistisch en internationalistisch'), waarop hij mij, niet zonder een rehabiliterend gevoel voor humor, geabonneerd heeft. In het laatste nummer van *Red Pepper* stond een paginagrote advertentie, een inzamelingsactie van London Lighthouse, met een foto van een ziekelijke jonge vrouw die met zwartomrande ogen in een handspiegel staart.

ZE HEEFT HAAR MAN VERTELD DAT ZE SEROPOSITIEF IS. HIJ WAS ER NIET BLIJ MEE.

Hoe had die arme sloeber dan moeten reageren? Haar mee uit eten nemen naar The Ivy om het te vieren?

Maar in ieder geval, zoals meneer Bellow al heeft opgemerkt, er sterven er meer aan hartzeer. Of aan longkanker, zeg ik, als iemand die als eerste in aanmerking komt.

Weliswaar gaat Mike naar Harvey Nichols om zwarte champignons, Japans zeewier, nishiki-rijst en shiromiso-soep in te slaan, maar als hij in Sloane Street komt vergeet hij nooit een exemplaar van de *Big Issue* te kopen bij de zwerver die daar rondhangt. Hij is eigenaar van een galerie in Fulham die zichzelf, als het ware, bewezen heeft door twee keer aangeklaagd te worden wegens obsceniteiten. Hij en Caroline maken er een punt van werk te kopen van nog onbekende schilders en beeldhouwers die, in het taaltje van Mike, 'grensverleggend bezig zijn'. Mijn bijdetijdse, bij de pinken zoon houdt zich bezig met gangsta-rap, informatiesnelwegen (in tegenstelling tot bibliotheken), *dissing*, *quality time*, Internet, alles wat 'cool' is en elk ander taalcliché van zijn generatie. Mike heeft nooit de *Illias* gelezen, of Gibbon, Stendhal, Swift, dr. Johnson, George Eliot, of welke andere in diskrediet geraakte eurocentrische zeloot dan ook, maar er is geen overgewaardeerde nieuwe romanschrijver of dichter van een 'zichtbare minderheid' wiens boek hij niet bij Hatchards heeft besteld. Ik wed dat hij nooit een uur lang naar dat schilderij van Velázquez van de koninklijke familie heeft staan kijken,[9] je weet wel welk ik bedoel, in het Prado, maar nodig hem uit voor een vernissage waar een kruisbeeld in de pis drijft, of een harpoen uit de bloedende aars van een vrouw steekt, en hij staat klaar met zijn chequeboek. 'O,' zei ik, vastbesloten ons transatlantische gesprek gaande te houden, 'ik wil me nergens mee bemoeien, maar ik hoop wel dat je onlangs nog eens contact hebt gehad met je zus.'

'Kijk uit. Nou begin je net als mam te praten.'

9 *Las meninas.*

'Dat is geen antwoord.'

'Het heeft geen zin om Kate te bellen. Ze gaat net weg of ze heeft net een etentje en kan me niet te woord staan.'

'Niks voor Kate.'

'Kom nou, pap, in jouw ogen kan ze geen kwaad doen. Ze is altijd je lieveling geweest.'

'Dat is niet waar,' loog ik.

'Maar Saul belde gisteren om te vragen wat ik vond van zijn laatste filippica in dat neofascistische vod waarin hij schrijft. Jezus, ik had het die ochtend pas met de post ontvangen. Hij is echt ongelooflijk. Het kostte hem een kwartier om me op de hoogte te stellen van zijn ingebeelde gezondheidsproblemen en moeilijkheden met zijn werk, en vervolgens gaat hij op me afgeven dat ik een salonsocialist ben en dat Caroline gierig is. Met wie woont hij tegenwoordig samen, als ik vragen mag?'

'Hé, ik heb gelezen dat de Engelsen protesteren omdat kalveren naar Frankrijk worden verscheept, waar ze in kooien worden opgesloten in plaats van dat ze een kamer krijgen in het Crillon. Heeft Caroline meegedaan met de demonstraties?'

'Beneden je peil, pap. Maar kom ons gauw een keer opzoeken,' zei Mike met koelere stem, en ik vermoedde dat Caroline zojuist de kamer was komen binnenzeilen met een veelbetekenende blik op haar horloge, niet wetend dat ik voor het gesprek betaalde.

'Doe ik,' zei ik en ik hing op, walgend van mezelf.

Waarom had ik hem niet kunnen zeggen dat ik zoveel van hem hield en dat hij me in de loop van de jaren zo veel plezier heeft bezorgd?

Stel dat dit ons laatste gesprek was?

'Maar de dood, weet u,' schreef Samuel Johnson aan dominee Thomas Wharton, 'is doof voor smeekbeden en houdt geen rekening met de wensen der stervelingen.'

En wat als Miriam en ik nooit meer met elkaar verzoend worden?

2

We hebben allemaal meer dan het nodige in literaire tijdschriften gelezen over de onterecht verwaarloosde romanciers, maar zelden iets over de terecht verwaarloosde, de kladschrijvers die met hun minne onderscheidingen te koop lopen à la Terry McIver. Een vertaling in het IJslands, of een uitnodiging voor het kunstfestival van de Britse Commonwealth in Auckland (met een paar 'witte schrijvers', zoals de moderne nomenclatuur luidt, alsmede een door positieve discriminatie samengestelde melange van Maori's, Inuits en indianen die goed kunnen spellen).

Maar na al deze jaren als mislukkeling heeft mijn oude vriend en hedendaagse nemesis een klein maar luidruchtig gevolg gekregen, de Can.Lit-apparatsjiks voorop. Die schoelje is tegenwoordig overal in Canada en houdt toespraken voor de radio en op tv, geeft lezingen alom.

Het kwam door de vader van die op zijn borst kloppende fielt – in *De Koortsige Tijd* spreekt hij ook kwaad over hem – dat ik Terry überhaupt ontmoette. Mr. McIver, enige eigenaar van The Spartacus Bookshop in St. Catherine Street West, was de meest beminnelijke, zij het naïeve, man. Hij was een schriele Schot, opgegroeid in de Gorbals, de onwettige zoon van een wasvrouw en een lasser uit Clydeside die aan de Somme sneuvelde. Meneer McIver raadde me boeken aan van Howard Fast, Jack London, Emile Zola, Upton Sinclair, John Reed, Edgar Snow, en die Rus, weet je wel, laureaat van Lenin, hoe heet-ie? Anathema voor Solzjenitsyn. *Kom op, Barney. Je weet het wel.* In Rusland hebben ze een prachtige film gemaakt van zijn herinneringen aan zijn kindertijd. Jezus, het ligt op het puntje van mijn tong. Voornaam Max – nee, Maxim –, achternaam klinkt als een gojse zure bom. Maxim Cornichon? Stel je niet aan. Maxim Gurkie? Fout. Gorki. Maxim Gorki.

Maar goed, die boekwinkel was als een doolhof, met overal torenhoge stapels tweedehands boeken die je per ongeluk omver kon stoten als je achter de kleppe-rende slippers van meneer McIver aan liep naar de achterkamer. Zijn heiligdom. Waar hij aan zijn cilinderbureau zat met gaten in de ellebogen van zijn oeroude maar ongerafelde cardigan en scholing gaf over het kwaad van het kapitalisme en studenten toast en aardbeienjam en thee met melk serveerde. Als ze de laatste Algren of Graham Greene, of de eerste roman van die jonge Amerikaan, Norman Mailer, niet konden betalen, leende hij ze een gloednieuw exemplaar, mits ze beloofden het onbeschadigd terug te brengen. De studenten toonden hun dankbaarheid door op weg naar buiten boeken te jatten die ze de week daarop weer aan hem terugverkochten. Een paar zaten zelfs met hun hand in de kas, of schoven een ongedekte cheque af voor tien of twintig dollar, waarna ze hun neus nooit meer in de boekwinkel lieten zien. 'Dus jij gaat naar Parijs,' zei hij tegen me.

'Ja.'

Dat leidde onvermijdelijk tot een college over de Parijse Commune. Ten ondergang gedoemd, net als de Spartacusbond in Berlijn. 'Zou je een pakje voor mijn zoon willen meenemen?' vroeg hij.

'Natuurlijk.'

Ik ging het die avond in de ongeventileerde, oververwarmde flat van de McIvers ophalen.

'Een paar overhemden,' zei meneer McIver. 'Een trui die mevrouw McIver voor hem gebreid heeft. Zes blikken zalm. Een slof Player's Mild. Dat soort dingen. Terry wil schrijver worden, maar...'

'Maar wat?'

'Maar wie wil dat niet?'

Toen hij naar de keuken ging om water op te zetten voor thee, overhandigde mevrouw McIver me een envelop. 'Voor Terence,' fluisterde ze.

Ik trof McIver in een klein hotelletje in de Rue Jacob, en wonderlijk genoeg was het een veelbelovend begin van onze kennismaking. Hij gooide het pakje op zijn onopgemaakte bed, maar scheurde wel meteen de envelop open. 'Weet je hoe ze dat geld verdiend heeft?' vroeg hij ziedend. 'Die achtenveertig dollar?'

'Geen idee.'

'Met babysitten. Achterlijke kinderen bijspijkeren in algebra of Franse grammatica. Ken jij hier iemand, Barney?'

'Ik ben hier drie dagen en jij bent de eerst met wie ik praat.'

'Kom om zes uur naar de Mabillon, dan zal ik je aan een paar mensen voorstellen.'

'Ik weet niet waar het is.'

'Kom dan naar mijn hotel. Wacht even. Geeft mijn vader nog steeds van die ad-hocsymposiums voor studenten die hem achter zijn rug uitlachen?'

'Er zijn er die hem heel graag mogen.'

'Hij is een idioot. Hij wil dolgraag dat ik misluk. Net als hij. Tot straks.'

Natuurlijk kreeg ik vóór de publicatie een exemplaar van *De Koortsige Tijd*, complimenten van de auteur. Ik heb me er nu twee keer doorheen geworsteld, de aperte leugens en de meest beledigende passages aanstrepend, en vanochtend mijn advocaat gebeld, maître John Hughes-McNoughton. 'Kan ik iemand een proces wegens laster aandoen die me in druk beschuldigt van mishandeling van mijn vrouw, intellectuele fraude, productie van rotzooi, dronkenschap, gewelddadige neigingen en vermoedelijk moord?'

'Het klinkt alsof hij het allemaal goed heeft.'

Nauwelijks had ik opgehangen of Irv Nussbaum, de *capo di tutti capi* van United Jewish Appeal, belde. 'Heb je de *Gazette* van vanochtend gelezen? Schitterend nieuws. Een grote drugsadvocaat is gisteravond voor de deur van zijn landhuis aan Sunnyside in zijn Jaguar doodgeschoten en het staat met grote koppen op de voorpagina. Godzijdank is hij joods. Hij heet Larry Bercovitch. Vandaag wordt een goeie dag. Ik zit mijn kaartsysteem met donateurs al door te nemen.'

Vervolgens belde Mike met een van zijn aandelentips. Ik weet niet waar mijn zoon zijn vertrouwelijke beursinformatie vandaan haalt, maar in 1989 spoorde hij me op in het Beverly Wilshire Hotel. Ik was op dat moment in Hollywood voor een van die televisiefestivals waar ze zelfs een prijs, in plaats van een elektrische stoel, hebben voor de regisseur van de 'meest briljante' reclamespot. Ik was niet voor prijzen gekomen, maar voor een markt om mijn rotzooi te slijten. 'Koop aandelen van *Time*,' zei Mike.

'Kan er geen "Hallo" of "Hoe gaat het met je, beste vader" meer af?'

'Bel meteen je effectenmakelaar.'

'Ik kan dat tijdschrift niet eens meer lezen. Waarom zou ik er dan in investeren?'

'Wil je alsjeblieft doen wat ik zeg?'

Ik deed het en, klootzak die ik ben, ik zat me al te verkneukelen dat ik mijn geld zou verliezen en de schuld op hem kon schuiven. Maar een maand later sloeg zowel Warners als Paramount aan het kopen en verdubbelde de waarde van de aandelen.

Ik loop op de dingen vooruit. Uit hoofde van mijn taak als marskramer, die avond in Beverly Hills, was ik genoodzaakt twee functioneel analfabeten, managertypes van NBC-tv, mee uit dineren te nemen in La Scala, en gehoor gevend aan Miriams vermaning bij het afscheid was ik vastbesloten beleefd te blijven. 'Je kunt beter iemand anders naar Los Angeles sturen,' had ze gezegd, 'want de kans is groot dat je te veel drinkt en iedereen beledigt.' En nu, bezig aan mijn derde Laphroaig, zag ik Hymie Mintzbaum aan een ander tafeltje met een snolletje, jong genoeg om zijn kleindochter te kunnen zijn. Na die ruzie in Londen hadden Hymie en ik, telkens als we elkaar in de loop van de jaren hier en daar tegenkwamen op de kruiswegstaties van de internationale showbiz (Ma Maison, Elaine's, The Ivy, L'ami Louis, et cetera, et cetera), alleen maar kort tegen elkaar geknikt. Af en toe kwam ik hem tegen, vergezeld van een vleierig would-be filmsterretje, en hoorde zijn raspende stem aan een tafeltje in een of ander restaurant. 'Zoals Hemingway een keer tegen me zei...' Of: 'Marilyn was veel intelligenter dan de meeste mensen beseften, maar Arthur was niet de juiste man voor haar.'

Op een keer, in 1964, wisselden Hymie en ik zelfs een paar woorden met elkaar.

'Dus Miriam heeft mijn advies niet opgevolgd,' zei hij. 'Ze is uiteindelijk met je getrouwd.'

'We zijn toevallig heel gelukkig met elkaar.'

'Begint het ooit ongelukkig?'

En die avond, ruim twintig jaar later, was hij er weer. Hij knikte. Ik knikte. Hymie had duidelijk een facelift ondergaan sinds de laatste keer dat ik hem had gezien. Hij verfde zijn haar zwart en droeg een vliegeniersjack, designerjeans en Adidas schoenen. Het toeval wilde dat we elkaar op de wc bijna letterlijk tegen het lijf liepen. 'Stomme idioot,' zei hij. 'Als we dood zijn, dan is het voor een hele lange tijd en maakt het niet uit dat de film die we in Londen draaiden naar een oorspronkelijk verhaal van Boogie was.'

'Ik vond dat het er wel toe deed.'

'Omdat je verteerd werd door schuldgevoel?'

'Na al die jaren vind ik dat Boogie mij verraden heeft.'

'Zo denken de meeste mensen er niet over.'

'Hij had op mijn proces moeten komen.'

'Opstaan uit het graf?'

'Een vliegtuig nemen vanwaar hij ook zat.'

'Je bent onverbeterlijk.'

'O ja?'

'Lul. Weet je wat ik nu doe? Een film-van-de-week voor ABC-tv. Maar het is een erg leuk script en er kunnen hele grote dingen van komen. Ik ben met een psychoanalytica, tegenwoordig. We werken samen aan een sensationeel script en ik neuk haar, wat meer is dan ik ooit aan die andere gehad heb.'

Toen ik terugkwam bij mijn tafeltje, zei een van die jonge managertypes met een zweem van neerbuigendheid in zijn glimlach: 'Dus jij kent die ouwe Mintzbaum?'

De ander schudde zijn hoofd en zei: 'Godsallemachtig, moedig hem niet aan bij ons te komen zitten, want dan begint hij weer zijn ideeën aan te smeren.'

'Die ouwe Mintzbaum,' zei ik, 'riskeerde zijn leven in de Amerikaanse luchtmacht voordat jij geboren was, zelfingenomen, strontvervelende hufter dat je bent. En jij, clichélul,' zei ik tegen de andere, 'ik wed dat je een privé-coach betaalt om elke morgen je baantjes in dat klotezwembad van je te klokken. Jullie zijn geen van tweeën goed genoeg om Mintzbaum zijn schoenveters vast te maken. Lazer op, allebei.'

1989 was dat. Ik schiet van hot naar her. Ik weet het, ik weet het. Maar gezeten aan mijn bureau dezer dagen van het eindspel, mijn blaas geblokkeerd door een vergrote prostaat, mijn ischias een steeds weerkerende kwelling, me afvragend wanneer ik weer aan mijn heup geopereerd zal worden, me voorbereidend op een longemfyseem, paffend aan een Montecristo Nr. 2, een fles Macallan binnen handbereik, probeer ik enige zin uit mijn leven te peuren door het te ontrafelen. Terugdenkend aan die hemelse dagen in Parijs, begin jaren vijftig, toen we jong en dol waren, hef ik mijn glas op de afwezige vrienden: Mason Hoffenberg, David Burnett, Alfred Chester en Terry Southern, allemaal dood. Ik vraag me af wat er geworden is van het meisje dat altijd op de Boulevard Saint-Germain verscheen met een krijsende chimpansee op haar schouder. Is ze teruggegaan naar Houston en getrouwd met een tandarts? Is ze inmiddels grootmoeder en een bewonderaar van Newt Gingrich? Of is ze gestorven aan een overdosis, net als de exquise Marie-Claire, die in rechte lijn van Roland afstamde?

Ik weet 't niet. Ik weet 't gewoon niet. Het verleden is een vreemd land, de mensen doen de dingen daar anders, zoals E.M. Forster[1] eens schreef. Maar goed, dat waren nog eens tijden. We waren niet zozeer in de Lichtstad aangekomen, als wel ontsnapt aan de beperkingen van onze onderbelichte provinciaalse afkomst, in mijn geval het enige land dat de verjaardag van koningin Victoria tot een nationale feestdag had verklaard. Ons leven was ongestructureerd. Volslagen. We aten als we honger hadden en sliepen als we moe waren, en we neukten iedereen die zich aandiende wanneer het maar mogelijk was, terend op drie dollar per dag. Met uitzondering van de altijd chic geklede Cedric, een zwarte Ame-

1 In werkelijkheid was het L.P. Hartley in *The Go-Between*, blz. 1, Hamilton Hamilton, Londen 1953.

rikaan die een geheime bron van inkomsten had waar wij eindeloos over speculeerden. Geld van zijn familie was het in ieder geval niet, en ook waren het niet de zielige bedragen die hij verdiende met de verhalen die hij publiceerde in *London Magazine* of *Kenyon Review*. Ik geloofde niet in het gerucht, dat in die tijd van doorgedraaid anticommunisme onder sommige andere zwarte Amerikanen van de Linkeroever ging, dat Cedric een maandelijkse toelage ontving van de FBI, of de CIA, om over hun activiteiten te rapporteren. Hoe het ook zij, Cedric zat niet in een goedkoop hotel, maar in een comfortabele flat in de Rue Bonaparte. Zijn Jiddisch, dat hij had opgestoken in Brighton Beach, waar zijn vader als conciërge van appartementsgebouwen werkte, was goed genoeg om te dollen met Boogie, die hem de *sjeiner reb* Cedric noemde, de *sjwartzer goan* van Brooklyn. Hij had geen merkbare raciale frustraties en was heel gezellig in de omgang, en hij speelde het spelletje mee met Boogie, die grapte dat hij in werkelijkheid een opdringerige Jemeniet was die voor neger wilde doorgaan omdat dat hem onweerstaanbaar maakte voor de jonge blanke vrouwen die naar Parijs waren gekomen om bevrijd te worden, zij het op een maandelijkse toelage van hun bezorgde ouders. Hij reageerde ook altijd met een mengeling van warmte en respect als Boogie, onze erkende meester, zijn laatste korte verhaal prees. Maar ik vermoedde dat die blijdschap geveinsd was. Achteraf ben ik bang dat hij en Boogie, altijd de degens kruisend, elkaar in feite niet mochten.

Vergis je niet. Cedric had echt talent en dus kreeg hij onvermijdelijk op een dag een contract van een uitgever in New York voor zijn eerste roman, met een voorschot van 2500 dollar op de royalty's. Cedric nodigde Leo, Boogie, Clara en mij uit voor een diner in La Coupole om het te vieren. En vieren deden we het, blij dat we samen waren, de ene fles wijn na de andere soldaat makend. De uitgever en zijn vrouw, zei Cedric, zouden de volgende week naar Parijs komen. 'Uit zijn brief,' zei Cedric, 'krijg ik de indruk dat hij denkt dat ik geen cent te makken heb en op een zolderkamertje woon, en dat ik sta te popelen om door hem uit eten te worden gevraagd.'

Dat leidde tot grappen of Cedric *chitlins* zou kunnen bestellen bij Lapérouse, of op blote voeten naar de Deux Magots komen. En toen maakte ik mijn blunder. In de hoop indruk te maken op Boogie, die gewoonlijk degene was die onze meest bizarre practical jokes bedacht, stelde ik voor om Cedric zijn uitgever en zijn vrouw bij hem thuis te laten uitnodigen, waar wij met z'n vieren dan net zouden doen of we zijn huispersoneel waren. Clara en ik zouden koken en Boogie en Leo zouden met witte overhemden en zwarte vlinderdassen aan tafel bedienen. 'Geweldig,' zei Clara, in haar handen klappend. Maar Boogie wilde er niets van weten.

'Waarom niet?' vroeg ik.

'Omdat ik bang ben dat onze vriend Cedric hier dat net iets te leuk zou vinden.'

Er viel een pijnlijke stilte over ons tafeltje. Cedric deed of hij moe was, vroeg om de rekening en ieder van ons ging zijn eigen weg in de nacht, geplaagd door zijn eigen sombere gedachten. Na een paar dagen was het incident echter weer vergeten en opnieuw kwamen we laat in de nacht in Cedrics flat bij elkaar, als de jazzclubs dicht waren, om zijn voorraad hasjiesj aan te spreken.

In die tijd speelde niet alleen Sidney Bechet, maar ook Charlie Parker en Miles Davis in de kleine *boîtes de nuit* die wij frequenteerden. Op lome voorjaarsnamiddagen haalden we onze post op en luisterden naar de laatste roddels in de English Book Shop van Gaït Frogé in de Rue de Seine, of slenterden naar het kerkhof Père Lachaise om ons te vergapen aan de graven van Oscar Wilde en Heinrich Heine en andere onsterfelijken. Maar doodgaan, een ziekte waar oudere generaties aan leden, kwam in onze plannen niet voor. Dat stond niet in ons balboekje.

Elk tijdperk krijgt de kunstmecenassen die het verdient. De weldoener van onze groep was Maurice Girodias, geboren Kahane, enige eigenaar van de Olympia Press, uitgever van de hete boekjes in de Traveller's Library. Ik weet nog dat ik verschillende keren op de hoek van de Rue Dauphine op Boogie heb staan wachten, die met pakweg twintig bladzijden porno die hij de avond tevoren geschreven had het kantoor van Girodias in de Rue Neslé binnenstiefelde en, als hij geluk had, naar buiten kwam met laten we zeggen vijfduizend broodnodige franken als voorschot op een seksboek dat zo snel mogelijk diende te worden afgeleverd. Hij vond het wel geestig dat hij een keer bijna tegen de zedenpolitie opbotste, mannen in regenjassen van *La Brigade Mondaine*, die waren komen binnenvallen om exemplaren in beslag te nemen van *Wie Gaf Paulo een Douw*, *De Zweepengelen*, *Heleen en het Verlangen* en het *Boek der Limericken* van graaf Palmiro Vicarion:

> Een schildersmodel, een debutantje,
> Poseerde met een los schouderbandje.
> De schilder zei: 'Jouw visites,
> Bevorderen coïtus.'
> En hij nam haar in 't zoveelste standje.

Als we er zin in hadden, of gewoon omdat we onverwacht achter op een motor konden meerijden, gingen we een paar dagen naar Venetië, of liftten naar de *feria* in Valencia, waar we Litri en Aparicio en de jonge Dominguín in de Plaza de Toros konden zien. Op een middag in de zomer van 1952 kondigde Boogie aan dat we naar Cannes gingen om als figuranten bij de film te werken, en zo had ik mijn eerste ontmoeting met Hymie Mintzbaum.

Hymie, gebouwd als een ijshockeyer, met grove trekken en zwart krulhaar als van een terriër, bruine, gretige ogen, grote flaporen, forse mismaakte neus, twee keer gebroken, had in 1943 in het 281ste bomeskader van de Amerikaanse luchtmacht op de basis Ridgewell, vlak bij Cambridge, gediend. Hij was op zijn negenentwintigste majoor, piloot van een B-17. Met zijn hypnotiserende raspende stem vertelde hij Boogie en mij – met z'n drieën zaten we op het terras van de Colombe d'Or in St.-Paul-de-Vence, die zomer van '52, bezig aan onze tweede fles Dom Pérignon, elke *flûte* aangesterkt met Courvoisier xo, rondje van Hymie – dat de taak van zijn eskader bestond uit precisiebombardementen op klaarlichte dag. Hij was erbij geweest, bij de tweede aanval op de kogellagerfabriek van Schweinfurt, waarin de Amerikaanse luchtmacht 60 van de 320 bommenwerpers had verloren die in East Anglia waren opgestegen. 'Op vijfenzeventighonderd meter hoogte, met een temperatuur van vijfenveertig graden onder nul,' zei hij, 'moesten we, zelfs met verwarmde vliegenierspakken, uitkijken dat we niet bevroren, en dan zwijg ik maar van Görings persoonlijke eskader van ME-109's en FW-109's, die om ons heen cirkelden en achterblijvers neerhaalden. Weet een van jullie jonge genieën,' vroeg hij, het woord 'genieën' cursief uitsprekend, 'toevallig wie die jonge vrouw is die daar in de schaduw zit, tweede tafeltje links van ons?'

Jonge genieën. Boogie, pienterste van allen, kon niet tegen drank, hij werd er sloom van, dus begreep hij niet dat we vanuit de hoogte werden toegesproken. Ongetwijfeld voelde Hymie, die destijds tegen de veertig liep, zich bedreigd door de jeugd. Mijn mannelijkheid, zelfs misschien die van Boogie, werd duidelijk in twijfel getrokken, omdat ik nooit in de strijd gewond was geraakt. En ik was ook niet oud genoeg om voldoende te hebben geleden tijdens de Crisisjaren. Ik had niet rondgehangen in Parijs, in de goede oude tijd, vlak na de bevrijding, martini's achteroverslaand met Papa Hemingway in de Ritz. Ik had niet gezien hoe Joe Louis Max Schmeling in de eerste ronde tegen het canvas sloeg en kon niet bevatten wat dat betekende voor een jood die in de Bronx was opgegroeid. En ik had al evenmin Gypsy Rose Lee zien stripteasen op de Wereldtentoonstelling. Hymie leed aan het waanidee van de zure oude man die denkt dat iedereen die na hem komt te laat geboren is. Hij was, in ons spraakgebruik, een beetje een zeur. 'Nee,' zei ik. 'Ik heb geen idee wie ze is.'

'Jammer,' zei Hymie.

Hymie, destijds op de zwarte lijst van Hollywood, draaide onder pseudoniem een Franse *film noir* in Monte Carlo, een detective met Eddie Constantine, waarin Boogie en ik figureerden. Hij bestelde nog een Dom Pérignon, gaf de kelner opdracht de fles Courvoisier xo op tafel te laten, en vroeg om olijven, amandelen, verse vijgen, een bordje garnalen, paté met truffels, brood, boter, gerookte zalm en wat je allemaal nog niet meer te knabbelen kunt krijgen daar.

De zon, die onze botten had verwarmd, begon achter de olijfgroene heuvels te zakken en leek ze daarbij in brand te steken. Een kar, voortgetrokken door een ezel, de voerman een verrimpelde oude gozer in een blauwe kiel, klipklopte onder langs de bordesmuur van ons terras en in de avondbries roken we de geur van zijn vracht rozen. De rozen waren bestemd voor de parfumerieën in Grasse. Vervolgens kwam een dikke bakkersknecht puffend langs ons tafeltje, een van die enorme rieten manden vol versgebakken baguettes op zijn rug gebonden, en ook die geur roken we. 'Als ze op iemand wacht,' zei Hymie, 'dan is hij beschamend laat.'

De vrouw met het glanzende haar die alleen aan het tweede tafeltje links van ons zat, leek achter in de twintig. Een geschenk uit de hemel. Haar delicate armen bloot, haar linnen jurk bevallig, haar lange blote benen over elkaar geslagen. Ze dronk witte wijn en rookte een Gitane. Toen ze ons stiekem blikken zag werpen, sloeg ze haar ogen neer, tuitte haar lippen, pakte het boek uit haar strooien schoudertas, *Bonjour Tristesse*[2] van Françoise Sagan, en begon te lezen.

'Wil je dat ik haar vraag bij ons te komen zitten?' vroeg Boogie.

Hymie krabde over zijn purperen baard. Hij trok rimpels in zijn voorhoofd. 'Neu, ik denk het niet. Het zou alles kunnen bederven als ze bij ons kwam zitten. Ik moet even bellen. Ben over een paar minuten terug.'

'Ik begin de zenuwen van 'm te krijgen,' zei ik tegen Boogie. 'Zodra hij terugkomt moeten we ervandoor, vind ik.'

'Nee.'

Hymie was algauw terug en begon aan name-dropping te doen, een karakterzwakte die ik niet kan verdragen. Hollywood-manna. John Huston: zijn vriend. Dorothy Parker: geen katje om zonder handschoenen aan te pakken. De tijd dat hij samen aan een scenario werkte met die verklikker Clifford Odets. Zijn tweedaagse kroegentocht met Humphrey Bogart. Vervolgens vertelde hij ons dat zijn commandant alle bemanningen vóór hun eerste vlucht in een Nissenhut bij elkaar had geroepen voor een briefing. 'Ik wil niet dat er straks mietjes zogenaamd mechanische storing gaan krijgen op vijfhonderd kilometer voor het doel en hun bommen op de dichtstbijzijnde koeienwei laten vallen, waarna ze als de donder op huis aan gaan. O, jeetje. Jonge-jonge. Dat zou een afgang zijn voor de vrouwtjes thuis die het zware werk moeten doen, om maar te zwijgen van die afgekeurde jidden die op de zwarte markt smakken geld binnenhalen en alle meiden naaien die jullie achter hebben gelaten. Je kunt beter neerstorten dan mij met dat verhaal aankomen.' Waarna hij eraan toevoegde: 'Over drie maanden is twee derde van jullie dood. Zijn er nog stomme vragen?'

Maar Hymie overleefde het en had bij zijn demobilisatie zo'n vijftienduizend dollar op de bank, het meeste gewonnen aan de pokertafel. Hij ging recht naar Parijs, nam zijn intrek in de Ritz, vertelde hij, en was zes maanden lazarus. Daarna, toen hij nog maar drieduizend dollar overhad, boekte hij passage op de Île de France en vertrok naar Californië. Beginnend als derde-assistent-regisseur werkte hij zich met schoppen en slaan omhoog en intimideerde studiobonzen, die eervol oorlogsobligaties hadden uitgevent aan het thuisfront, door in zijn vliegeniersjack op dinnerparty's te verschijnen. Hymie draaide een *Blondie* in elkaar, een paar Tim Holt-westerns en één film in *The Falcon*-serie met Tom Conway, voordat hij een komedie mocht regisseren met Eddie Bracken en Betty hoe-heet-ze-ookweer? Weet je wel, haar naam lijkt op die van de effectenmakelaars. Betty Merrill Lynch? Nee. Betty Lehman Bros.? Ga toch weg. Betty zoals in die reclame. Als die-en-die spreekt, luistert iedereen. *Hutton.* Betty Hutton. Hij werd een keer

2 Het moet een ander boek geweest zijn, want *Bonjour Tristesse* verscheen pas in 1954.

voorgedragen voor een Academy Award, was drie keer gescheiden en toen kreeg de McCarthy-commissie hem te grazen. 'Die slijmbal Anderson, mijn kameraad,' zei hij, 'een vijfhonderd-dollar-per-week-scenarioschrijver, verklaarde onder ede voor de commissie dat hij wekelijks bij mij aan huis in Benedict Canyon de contributie voor de partij kwam ophalen. Hoe had ik moeten weten dat hij een FBI-agent was?'

Hij liet zijn blik over het tafeltje gaan en zei: 'Er ontbreekt nog iets. *Garçon, apportez-nous des cigares, s'il vous plaît.*'

Toen kwam er een Fransman, duidelijk passé, dik boven de vijftig, het terras op gehuppeld. Hij droeg een zwierige schipperspet en zijn marineblauwe blazer met koperen knopen had hij los als een cape om zijn schouders geslagen. Hij kwam de jonge vrouw twee tafeltjes links van ons opeisen. Als een vlinder in zijn rust gestoord stond ze op en begroette hem opgetogen.

'Comme tu es belle,' kirde hij.

'Merci, chéri.'

'Je t'adore,' zei hij en aaide over haar wang. Vervolgens riep hij gebiedend om de ober, *le roi le veut*, haalde opzichtig een met een gouden speld bij elkaar gehouden bundel bankbiljetten te voorschijn en betaalde de rekening. Samen liepen ze in de richting van ons tafeltje, waar zij hem stilhield en met een minachtend gebaar naar de resten van ons festijn zei: 'Les Américains. Dégueulasses. Comme d'habitude.'

'We don't like Ike,' zei de Fransman giechelend.

'Fiche-moi la paix,' zei Hymie.

'Toi et ta fille,' zei ik.

Gepikeerd liepen ze door, met de armen om elkaars middel, naar zijn Aston-Martin, de hand van de oude man liefkozend op haar billen. Hij opende het portier voor haar, ging achter het stuur zitten, trok zijn racehandschoenen aan, maakte een obsceen gebaar naar ons, en trok op.

'Laten we maken dat we hier wegkomen,' zei Hymie.

We persten ons in Hymies Citroën en scheurden naar Hauts-de-Cagnes. Hymie en Boogie hieven oude synagogegezangen aan terwijl we de haast loodrechte helling naar Jimmy's Bar boven op de heuvel opreden, en toen begon mijn stemming te bederven. Winter is het jaargetijde van mijn ziel. En die avond, volmaakt ware het niet voor mijn fulminante aanwezigheid, was mijn hart vol afgunst. Afgunst op Hymies oorlogservaringen. Zijn charme. Zijn geld. Op de moeiteloze manier waarmee Boogie een verstandhouding met hem had weten te kweken, hun plagerijen gingen nu vaak buiten mij om.

Jaren later, kort nadat de aanklacht wegens moord tegen mij was geseponeerd en Hymie weer thuis was, toen de zwarte lijst een voorbije nachtmerrie was, drong hij er bij mij op aan tot rust te komen in het huis aan het strand dat hij voor de zomer in de Hamptons had gehuurd. 'Ik weet dat je niemand wilt zien in de stemming waarin je nu verkeert, maar dit is precies wat de dokter voorschrijft.

Rust en stilte. Zee. Zand. Pastrami. In scheiding liggende vrouwen. Wacht tot je mijn kasja geproefd hebt. En niemand die iets van je problemen af weet.'

Rust en stilte. Hymie. Ik had beter moeten weten. Hij was de gulste gastheer die er bestond en zijn huis was haast elke avond tot de nok toe gevuld met gasten, de meesten jong, en allemaal probeerde hij ze te verleiden. Hij onthaalde ze op verhalen over de groten en bijna-groten die hij naar zijn zeggen had gekend. Dashiell Hammett: een vorst. Bette Davis: onbegrepen. Peter Lorre: zó'n peer. Idem ditto Spencer Tracy. Alle gasten langsgaand liet hij zijn licht op ze schijnen als een lantaarnopsteker. Hij fluisterde elke jonge vrouw in het oor dat ze de mooiste en intelligentste was op Long Island en vertrouwde alle mannen toe dat ze uniek en begaafd waren. Hij duldde niet dat ik in een hoekje ging zitten broeden en drong me letterlijk aan de ene vrouw na de andere op. 'Ze vindt je waanzinnig aantrekkelijk.' Vervolgens stelde hij me voor met: 'Dit is mijn oude vriend Barney Panofsky. Hij wil dolgraag kennis met je maken. Je zou het niet zeggen, ik weet het, maar hij heeft zojuist de perfecte misdaad gepleegd. Vertel het haar maar, jongen.'

Ik nam Hymie apart. 'Ik weet dat je het goed bedoelt, Hymie, maar het punt is dat ik een vriendin heb in Toronto.'

'Natuurlijk heb je dat. Dacht je dat ik je niet aan de telefoon heb horen flikflooien als een puistige tiener zodra ik naar bed ben?'

'Luister je mee op het toestel in je slaapkamer?'

'Moet je horen, jongen. Miriam is daar en jij bent hier. Amuseer je.'

'Je begrijpt het niet.'

'Nee, jij begrijpt het niet. Als je zo oud bent als ik, heb je niet spijt van de keren dat je een beetje naast de pot piste, maar van de keren dat je het niet deed.'

'Zo is het niet met ons.'

'Ik wed dat jij als kind in je handjes klapte voor Elfje.'

Elke ochtend vroeg, weer of geen weer, toog Hymie, die destijds onder behandeling was van een psychiater van de school van Reich, de duinen in en slaakte daar oerkreten die eventuele haaien naar dieper water deden vluchten. Daarna begon hij aan zijn ochtendjog, onderweg kakelend met andermans kinderen, elfjarige meisjes ten huwelijk vragend en negenjarige jongetjes uitnodigend voor een biertje, waarna hij ze ten slotte meenam naar de plaatselijke snoepwinkel voor een traktatie. Terug in het strandhuis maakte hij voor ons samen salami-omeletten gegarneerd met bergen gebakken aardappels klaar. Dan, direct na het ontbijt, nog schor van zijn duintherapie, belde Hymie, die door middel van zijn telefoon met de buitenwereld verbonden was, zijn agent. 'Wat was je van plan vandaag voor me te doen, *kakker*?' Of hij kreeg een producer aan de lijn en begon te vleien, te smeken, te dreigen, onderwijl slijm in zijn zakdoek hoestend en de ene sigaret met de andere aanstekend. 'Ik heb het in me om de beste Amerikaanse film sinds *Citizen Cane* te regisseren, maar ik hoor nooit iets van jou. Hoe komt dat?'

Ik werd vaak vroeg in de ochtend gewekt door Hymies gebrul over de telefoon tegen een van zijn ex-echtgenotes, zich verontschuldigend dat hij de alimentatie te laat had betaald, zich beklagend over iets wat slecht was afgelopen, of hij schreeuwde tegen een van zijn zoons, of zijn dochter in San Francisco. 'Wat doet ze allemaal?' vroeg ik een keer.

'Winkelen. Zwanger worden. Trouwen. Scheiden. Heb je weleens gehoord van seriemoordenaars? Zij is een seriebruid.'

Hymies kinderen waren een voortdurende bron van verdriet en een eindeloze financiële aderlating. De zoon in Boston, een Wiccan en eigenaar van een occulte boekwinkel, schreef het definitieve boek over astrologie. Als hij niet de hemelen bestudeerde, had hij de gewoonte op aarde ongedekte cheques uit te schrijven die Hymie vervolgens moest verzilveren. Zijn andere zoon, een rondzwervende rockmuzikant, ging de ene peperdure ontwenningskliniek in en de andere weer uit, en had een zwak voor joyriding in sportwagens die hij onveranderlijk in de prak reed. Dan belde hij vanuit een politiebureau in Tulsa, of een ziekenhuis in Kansas City, of een advocatenkantoor in Denver, om te zeggen dat er sprake was van een misverstand. 'Maar je moet je geen zorgen maken, pap. Ik ben niet gewond.'

Zelf nog geen vader zijnde, verwaardigde ik me hem de les te lezen. 'Als ik ooit kinderen krijg,' zei ik, 'dan moeten ze op hun eenentwintigste op eigen benen staan. Er moet ergens een grens zijn.'

'Het graf,' zei hij.

Hymie onderhield een schlemiel van een broer, een talmoed-geleerde, en zijn ouders in Florida. Op een keer trof ik hem om twee uur 's nachts huilend aan de keukentafel aan, omgeven door chequeboekjes en vellen papier waarop hij haastig berekeningen had gemaakt. 'Kan ik iets doen?' vroeg ik.

'Ja. Bemoei je met je eigen zaken. Nee, ga zitten. Besef je dat als ik morgen een hartaanval krijg, er twaalf mensen op straat zouden staan, zonder een nagel om aan hun kont te krabben? Hier, lees dit.' Het was een brief van zijn broer. Hij had eindelijk een van Hymies films gezien tijdens een late uitzending op tv: ontuchtig, obsceen, smakeloos en een schande voor de goede naam van de familie. Als hij echt zulke rotzooi moest maken, kon hij dan geen pseudoniem gebruiken? 'Weet je hoeveel geld hij al van me gekregen heeft, die *mamzer*? Ik betaal zelfs het collegegeld van zijn dochter.'

Ik was geen goed gezelschap. Verre van. Ik werd zwetend wakker om drie uur 's nachts, ervan overtuigd dat ik nog steeds in de bajes in St. Jérôme zat te rotten, geen kans om op borgtocht vrijgelaten te worden, met levenslang als het meest waarschijnlijke vooruitzicht. Of ik droomde dat ik opnieuw gewogen werd door die suffige jury van varkenshouders, sneeuwruimers en automonteurs. Of ik kon niet slapen en rouwde om Boogie, me afvragend of de duikers hun werk niet goed hadden gedaan en hij nog steeds in de waterplanten verstrikt zat. Of dat zijn opgezwollen lijk tijdens mijn afwezigheid boven was komen drijven. Maar dan maakte mijn bezorgdheid een uur later weer plaats voor woede. Hij leefde nog, die klootzak. Ik voelde het aan mijn botten. Waarom was hij dan niet naar mijn rechtszaak gekomen? Omdat hij er niets van gehoord had. Hij zat in een van zijn retraites in een asjram in India. Of hij lag in een heroïne-stupor in een hotel in San Francisco. Of hij zat in dat trappistenklooster in Big Sur, om af te kicken, starend naar zijn lijst met namen van de doden. Elke dag kon ik een van zijn cryptische briefkaarten ontvangen. Zoals die ene uit Acra:

> In diezelve dagen was er geen koning in Israël; een iegelijk deed wat recht was in zijn ogen.
>
> RICHTEREN 17:6

De dag na mijn vrijlating uit de gevangenis was ik naar mijn huisje aan het meer gereden, in mijn motorboot gesprongen en had elke centimeter van de kust en de beken in de omgeving afgezocht. Rechercheur O'Hearne zat me op mijn aanlegsteiger op te wachten. 'Wat doe jij hier?' vroeg ik.

'Een boswandeling. Je hebt wel ontiegelijk veel geluk gehad, meneer P.'

Laat op een avond zaten Hymie en ik op de waranda cognac te drinken. 'Je was zo'n zenuwpees toen we elkaar voor het eerst ontmoetten,' zei hij. 'Je was een en al ressentiment en agressie achter dat aangemeten hippe pantser. Maar wie had kunnen denken dat je eens ongestraft een moord zou plegen?'

'Ik heb het niet gedaan, Hymie.'

'In Frankrijk zou je er met een berisping van afgekomen zijn. *Crime passionel*, zo noemen zij dat. Ik zweer je dat ik nooit had gedacht dat je daar het lef voor had.'

'Je begrijpt het niet. Hij leeft nog. Hij is ergens. In Mexico. Nieuw-Zeeland. Macao. Wie zal het zeggen?'

'Uit wat ik gelezen heb, heb ik begrepen dat er naderhand nooit meer geld van zijn bankrekening is gehaald.'

'Miriam heeft ontdekt dat er drie keer is ingebroken in de zomerhuisjes aan het meer in de dagen na zijn verdwijning. Zo is hij waarschijnlijk aan kleren gekomen.'

'Ben je blut nu?'

'Mijn advocaat. Alimentatie. Zaken verwaarloosd. Natuurlijk ben ik blut.'

'We gaan samen een scenario schrijven.'

'Doe niet zo geschift. Ik ben geen schrijver, Hymie.'

'D'r zit anderhalve ton voor ons in, samen delen. Hé, wacht even. Ik bedoel een derde voor jou en twee derde voor mij. Wat vind je?'

Toen we aan het script begonnen te werken, trok Hymie de scènes uit mijn schrijfmachine en las ze over de telefoon voor aan een voormalige maîtresse in Parijs, een nicht in Brooklyn, zijn dochter, of zijn agent. 'Moet je horen, dit is geweldig.' Als de reactie anders uitpakte dan hij had verwacht, antwoordde hij:

'Het is nog maar een eerste versie en ik zei al tegen Barney dat het niet werkte. Hij is een beginneling, moet je weten.' De mening van zijn werkster werd gevraagd, hij raadpleegde zijn psychiater, gaf bladzijden aan dienstertjes te lezen en veranderde dingen op hun aanwijzingen. Hij kon wel om vier uur 's nachts mijn kamer binnenstormen en me wakker schudden. 'Ik kreeg net een briljant idee. Kom.' IJs slurpend uit een emmertje dat hij uit de ijskast had gehaald, drentelde hij in zijn boxershorts door de kamer, krabbend in zijn kruis en dicterend. 'Dit is spul waar je een Oscar voor krijgt. IJzersterk.' Maar de volgende ochtend, als hij teruglas wat hij had gedicteerd, zei hij: 'Barney, dit is troep. Laten we serieus worden vandaag.'

Op slechte dagen – droge dagen – kon hij plotseling op de bank neerzijgen en zeggen: 'Weet je wat ik nou wel zou willen? Dat iemand me pijpt. Technisch gesproken is dat geen overspel. Maar wat maak ik me te sappel? Ik ben niet eens getrouwd.' Vervolgens sprong hij op, griste *Fanny Hill* of *Histoire d'O* van een boekenplank, en verdween naar de wc. 'Dat moet je minstens één keer per dag doen. Houdt je prostaat gezond. Dat heeft een dokter me verteld.'

In Jimmy's Bar, in 1952, stapten we opnieuw in Hymies Peugeot[3] en het volgende wat ik me herinner is een van die drukke, kleine, rokerige bar-tabacs met een zinken toog in een steegje vlak bij de markt in Nice, waar we met z'n drieën cognacjes achteroversloegen met kruiers en vrachtvoerders. We toostten op Maurice Thorez, Mao, Harry Bridges en daarna op La Pasionaria en El Campesino, ter ere van de twee Catalaanse vluchtelingen in het gezelschap. En vervolgens, beladen met gratis tomaten, die nog roken naar de moestuin, bosuien en vijgen, verkasten we naar Juan les Pins, waar we nog een nachtclub open vonden. 'Staartschutter Joe,' zei Hymie, 'mijn onverschrokken strijdmakker senator Joseph McCarthy, die kakkerlak, heeft in werkelijkheid nooit een missie gevlogen...'

En op dat moment schakelde de ogenschijnlijk comateuze Boogie plotseling in de overdrive. 'Als de heksenjacht voorbij is,' zei hij, 'en iedereen zich schaamt, net als na de Palmer Raids, dan zou McCarthy postuum weleens gewaardeerd kunnen worden als de grootste filmcriticus aller tijden. Beter dan Agee. De senator heeft in ieder geval schoon schip gemaakt.'

Hymie zou dat van mij nooit gepikt hebben, maar nu Boogie het zei, liet hij het passeren. Het was verbazend. Hier was Hymie, een geslaagde en redelijk welgestelde man, een succesvolle filmregisseur, en daar was Boogie, arm, onbekend, een sappelende schrijver die alleen nog maar in een paar kleine tijdschriftjes had gepubliceerd. Maar het was een geïntimideerde Hymie die Boogies goedkeuring wilde verwerven. Boogie had dat effect op mensen. Ik was de enige niet die zijn zegen nodig had.

'Mijn probleem,' ging Boogie verder, 'is dat ik wel respect heb voor de *Hollywood Ten* als mensen, maar niet als schrijvers van zelfs maar de tweede garnituur.

3 Op blz 32 is het een Citroën.

Je m'excuse. De derde garnituur. Hoewel ik het politieke standpunt van Evelyn Waugh verafschuw, lees ik toch nog altijd liever een van zijn romans dan een van hun weeë films uit te moeten zitten.'

'Wat ben je toch een grappenmaker, Boogie,' zei een deemoedige Hymie.

'"De besten hebben geen enkele overtuiging,"' zei Boogie, '"terwijl de minsten/Vol hartstochtelijke intensiteit zijn." Aldus sprak meneer Yeats.'

'Ik moet toegeven,' zei Hymie, 'dat onze groep – ik reken mezelf er ook maar bij – waarschijnlijk zo veel integriteit in onze schuldbewuste politiek heeft geïnvesteerd, dat er weinig overbleef voor ons werk. Ik veronderstel dat je kunt betogen dat Franz Kafka geen zwembad nodig had. Of dat George Orwell nooit een scriptconferentie heeft bijgewoond, maar...' En toen, onwillig om met Boogie te gaan steggelen, vierde hij zijn woede bot op mij. 'En ik hoop dat ik altijd hetzelfde van jou kan zeggen, Barney, arrogant eikeltje dat je bent.'

'Hé, ik ben geen schrijver. Ik probeer me gewoon te amuseren. Kom op, Boogie, laten we gaan.'

'Laat mijn vriend Boogie erbuiten. Hij zegt tenminste wat hij denkt. Over jou heb ik zo mijn twijfels.'

'Ik ook,' zei Boogie.

'Krijg de kolere, jullie allebei,' zei ik, sprong op en verliet de nachtclub.

Boogie haalde me buiten in. 'Volgens mij ben je pas tevreden als hij je knockout slaat.'

'Ik kan hem wel aan.'

'Hoe verdraagt Clara jouw driftbuien?'

'Wie anders zou Clara verdragen?'

Dat maakte hem aan het lachen. Mij ook. 'Oké,' zei hij, 'laten we weer naar binnen gaan en dan gedraag je je, begrepen?'

'Hij werkt op mijn zenuwen.'

'Iedereen werkt op jouw zenuwen. Je bent een gemeen, maf lulletje. Maar als je geen *mensj* kunt zijn, doe dan maar gewoon alsof. Kom op, ga mee.'

Weer terug bij ons tafeltje stond Hymie op om me te omarmen. 'Het spijt me. Echt waar. En nu kunnen we allemaal wel een beetje frisse lucht gebruiken.'

Op het strand van Cannes keken we hoe de zon opkwam boven de donkere, wijnkleurige zee, onderwijl etend van onze tomaten, bosuien en vijgen. Daarna deden we onze schoenen uit, rolden onze broekspijpen op en waadden tot onze knieën in het water. Boogie spatte met water naar me. Ik spatte terug en in een mum van tijd hadden we een watergevecht en in die tijd hoefde je je nog geen zorgen te maken over drollen of gebruikte condooms die met het tij kwamen binnendrijven. Ten slotte gingen we naar een café aan de Croisette voor *oeufs sur le plat, brioches* en café au lait. Boogie beet het puntje van een Romeo y Julieta, stak hem aan en zei: 'Après tout, c'est un monde passable,' God weet wie citerend.[4]

4 Voltaire.

Hymie rekte zich uit, geeuwde en zei: 'Ik moet weer aan het werk. Over een uur beginnen we met de opnamen in het Casino. Laten we om zeven uur vanavond afspreken in het Carlton om wat te drinken. Daarna weet ik een plek in Gulf-Juan waar ze een uitstekende bouillabaisse maken.' Hij gooide de sleutels van zijn hotelkamer op. 'Voor het geval jullie je willen wassen, of maffen, of mijn post lezen. Ik zie je later.'

Boogie en ik slenterden helemaal naar de haven om naar de jachten te kijken en daar lag die Franse suikeroom te zonnebaden op zijn teakhouten dek, op de eindeloos deinende Middellandse Zee, zijn geliefde in geen velden of wegen te bekennen. Hij zag er absoluut zielig uit met een leesbril en zijn buik puilend uit zijn zwembroekje terwijl hij *Le Figaro* las. De beurspagina, ongetwijfeld. Verplichte lectuur voor mensen zonder een innerlijk leven. 'Salut, grandpère,' riep ik. 'Comment va ta concubine aujourd d'hui?'

'Maricons,' riep hij terug, zijn vuist naar me schuddend.

'Laat je je dat zeggen?' vroeg Boogie. 'Sla de tanden uit zijn bek. Droog hem af. Als je je er maar beter door gaat voelen.'

'Oké,' zei ik. 'Oké.'

'Je bent ook om bang van te worden,' zei hij en nam me mee.

3

Het scenario dat Hymie en ik op Long Island schreven, werd nooit geproduceerd, maar nog geen jaar later, in 1961, belde hij me vanuit Londen. 'Kom hierheen. We gaan samen een andere film schrijven. Ik ben zo enthousiast over dit project dat ik al mijn toespraak voor de Academy Award heb geschreven.'

'Hymie, ik heb mijn bord vol hier. Ik breng elk weekend in Toronto door met Miriam, of zij vliegt hierheen en we gaan samen naar een ijshockeywedstrijd. Waarom neem je deze keer geen echte schrijver?'

'Ik wil geen echte schrijver. Ik wil jou, schat. De film is gebaseerd op een verhaal dat ik jaren geleden gekocht heb.'

'Ik kan hier niet zomaar weg.'

'Ik heb al een ticket eersteklas voor je geboekt. Je vertrekt morgen uit Toronto.'

'Ik zit in Montreal.'

'Wat maakt dat uit? Het is toch allemaal Canada?'

Buiten vroor het vijfentwintig graden en de zoveelste werkster had me in de steek gelaten. Er groeiden schimmelige dingen in mijn ijskast. Mijn flat stonk naar verschaalde tabak en ongewassen overhemden en zweetsokken. In die tijd begon ik 's ochtends met een pot zwarte koffie, aangesterkt met cognac, en een droge bagel die ik in water moest dopen en verwarmen in een oven vol aangekoekt vet. Ik was toen al gescheiden van De Tweede Mevrouw Panofsky. Ik was ook een maatschappelijke paria. Onschuldig verklaard door de rechtbank, maar door vrijwel iedereen veroordeeld als moordenaar die God op zijn blote knieën mocht danken dat hij op vrije voeten was. Ik speelde kinderachtige spelletjes. Als de Montreal Canadiens tien keer achter elkaar wonnen, of als LaFleur op zaterdagavond een hattrick scoorde, dan zou er maandagmorgen een briefkaart van Boogie komen waarin hij schreef dat hij me die withete uitlatingen, die harde woorden waarvan ik zweer dat ik ze niet meende, vergaf. Ik schreef of belde naar gemeenschappelijke vrienden, die ik opspoorde in Parijs en Chicago en Dublin en, weet je wel, die arty woestijn-pueblo-cum-Hollywood-sjetl in Arizona, geliefd bij korte producers in cowboylaarzen, met van die macrobiotische restaurants waar je niet mag roken en iedereen knoflook- en vitaminepillen naar binnen slaat met zijn dagelijkse rauwvezels. Het is niet ver van die plaats waar ze de atoombom maakten, of waar D.H. Lawrence woonde met hoe-heet-ze-ook-weer. Santa-nog-iets.[1]

Maar niemand had iets gezien of gehoord van Boogie en sommigen stelden mijn vragen niet op prijs. 'Wat probeer je nou te bewijzen, lul?' Ik bezocht Boogies oude stamkroegen in New York: de San Remo, The Lion's Head. 'Moscovitch,' zei de barkeeper in de San Remo, 'die is ergens in Canada vermoord, dacht ik.'

'Mooi niet.'

In die tijd had ik ook problemen met Miriam, die alles voor me zou veranderen: toen, nu en voor altijd. Ze was nog in dubio. Naar Montreal verhuizen en met mij trouwen zou betekenen dat ze haar baan bij CBC Radio moest opgeven. Bovendien vond ze me een moeilijke man. Ik belde haar. 'Ga maar,' zei ze. 'Londen zal je goed doen en ik wil een poosje alleen zijn.'

'Nee, dat wil je niet.'

'Ik kan niet nadenken als jij hier bent.'

'Waarom niet?'

'Je verslindt me.'

'Ik wil dat je me belooft dat als ik langer dan een maand in Londen blijf, je me een paar dagen komt opzoeken. Het zal geen afzien worden.'

Ze beloofde het. Dus, dacht ik, waarom niet? Het werk was niet zwaar, ik had het geld hard nodig en het enige wat Hymie wilde was meelevend gezelschap. Iemand om achter de typemachine te zitten en hard te lachen om zijn oneliners, terwijl hij al ijsberend de telefoon bediende, toeterend, mooie praatjes verkopend tegen sletjes, agenten, producers of zijn psychiater. 'Ik herinner me net iets belangrijks.'

De film van Hymie bleek een van zijn dubieuze lappendekenprojecten, waarvan de financiering her en der in elkaar gestikt was door verkoop van de distribu-

1 Santa Fe in New Mexico.

tierechten in verschillende landen: Groot-Brittannië, Frankrijk, Duitsland en Italië. Zijn eens zo krullende zwarte haar was asgrijs geworden en hij kraakte met zijn knokkels en groef zijn duimnagels in zijn handpalmen dat de huid er pijnlijk rauw van werd. Hij had zijn Reich-psychiater verruild voor een Jung-psychiater, die hij elke ochtend bezocht. 'Ze is ongelooflijk. Een tovenares. Je moet haar eens zien. Eindeloze tieten.'

Hymie leed inmiddels aan slapeloosheid, hij slikte tranquillizers en snoof af en toe een lijntje. Hij had een LSD-sessie gedaan met de modieuze R.D. Laing. Zijn probleem was dat niemand in Hollywood zijn diensten nog nodig had. Zijn telefoontjes naar agenten en studiobonzen in Beverly Hills bleven merendeels onbeantwoord, of hij werd dagen later door een ondergeschikte teruggebeld, van wie er een zelfs aan Hymie vroeg zijn naam te spellen. 'Bel me maar terug, jochie,' zei Hymie, 'als je stem gebroken is.' Maar zoals beloofd hadden we grote keet samen in de suite die Hymie gehuurd had in het Dorchester Hotel, waar hij het kamermeisje aanmoedigde om poëzie te gaan schrijven en de kelner in de eetzaal om een vakbond op te richten. We rookten Montecristo's en dronken cognac en frisdranken tijdens het werk en belden roomservice om gerookte zalm en kaviaar en champagne voor de lunch te bestellen. 'Weet je, Barney, misschien dat we nooit meer dit hotel uit komen, want ik weet niet zeker of mijn financiers de rekening wel kunnen betalen.' Waarbij inbegrepen waren mijn lange telefoongesprekken met Toronto, vaak tweemaal per dag. 'Hé,' zei Hymie dan soms, terwijl hij ophield midden in het voorspelen van een scène, 'je hebt al in geen zes uur meer met je schattebout gepraat. Misschien is ze wel veranderd!'

Na pakweg tien dagen van onze samenwerking belde ik een keer vroeg in de middag en er werd steeds maar niet opgenomen. 'Ze zei dat ze vanavond thuis zou zijn. Ik begrijp het niet.'

'Wij worden verondersteld te werken hier.'

'Ze rijdt heel slecht auto en vanmorgen heeft het daar geijzeld. Stel dat ze een ongeluk heeft gehad?'

'Ze is naar de film. Of uit eten met vrienden. Laten we nu wat werken hier.'

Het was vijf uur in de ochtend, Engelse tijd, voordat iemand haar telefoon opnam. Ik herkende de stem onmiddellijk. 'McIver, klootzak, wat doe jij in godsnaam daar?'

'Wie is dit?'

'Barney Panofsky is het en ik wil onmiddellijk Miriam spreken.'

Gelach op de achtergrond. Tinkelende glazen. Eindelijk kwam ze aan de telefoon. 'God, Barney, waarom ben jij nog wakker op dit uur?'

'Je hebt geen idee hoeveel zorgen ik me heb gemaakt. Je zei dat je vanavond thuis zou zijn.'

'Larry Keefer is vandaag jarig. We zijn met z'n allen gaan eten en ik heb iedereen hier uitgenodigd voor een nachtmutsje.'

'Waarom heb je me niet gebeld toen je thuiskwam?'

'Omdat ik veronderstelde dat je zou slapen.'

'Hoe komt die McIver daar?'

'Hij is een oude vriend van Larry.'

'Je moet geen woord geloven van wat hij over mij zegt. Hij is een pathologische leugenaar.'

'Barney, ik heb hier een kamer vol met gasten en dit wordt nu wel erg gênant. Ga slapen. We praten morgen verder.'

'Maar ik...'

'Sorry,' zei ze en haar stem verhardde. 'Dat vergat ik nog. Hoe heb ik dat kunnen vergeten? Chicago heeft vanavond met 3-2 van Detroit gewonnen. Bobby Hull heeft twee keer gescoord. Dus de competitie is onbeslist nu.'

'Daarom belde ik niet. Dat kan me niet schelen. Het gaat me om jou...'

'Welterusten,' zei ze en hing op.

Ik overwoog een paar uur te wachten en dan terug te bellen, zogenaamd om mijn excuses te maken maar in feite om me ervan te overtuigen dat ze alleen was. Gelukkig verwierp ik dit idee na enig nadenken. Maar ik was toch woedend. Wat zal die lul van een McIver genoten hebben! 'Je bedoelt dat hij helemaal vanuit Londen belde voor de ijshockeyscores? Niet te geloven.'

Geld of niet, Hymie leefde als een vorst. Dus zowat elke avond dineerden we in de Caprice, de Mirabelle of The White Elephant. Zolang we maar met z'n tweeën waren, was Hymie het beste gezelschap dat je je wensen kon, een geboren verteller, weergaloos charmant. Maar als er aan het volgende tafeltje een Hollywoodbons zat, veranderde hij als bij toverslag in een slijmbal die tegen de ene duidelijk geïrriteerde nitwit zei hoe geweldig het zou zijn met hem te werken, en tegen een andere dat zijn laatste, ondergewaardeerde film in werkelijkheid het product van een genie was. 'En dat zeg ik niet omdat u er nu bij bent.'

Een paar dagen voor Miriam eindelijk naar Londen zou vliegen, maakte ik de fout een serieus gesprek met Hymie proberen te beginnen. 'Ze is erg delicaat, dus ik zou graag willen dat je je best deed niet vulgair te zijn.'

'Ja, papa.'

'En die laatste "ontdekking" van je, die achterlijke Diana, gaat zeker niet mee uit eten als Miriam hier is.'

'Als we in een restaurant zitten en ik moet bijvoorbeeld een kleine boodschap doen, moet ik dan mijn vinger opsteken?'

'En niet van die scabreuze roddelverhalen over Hollywood, alsjeblieft. Ze zou het vreselijk gênant vinden.'

Ik had me over Miriams ontmoeting met Hymie geen zorgen hoeven te maken. Ze was meteen dol op hem toen ze hem zag in de White Elephant, waar we dineerden. Hij maakte haar harder aan het lachen dan ik ooit gekund had, de kolerelijer. Hij maakte haar aan het blozen. En tot mijn verbazing kon ze niet genoeg krijgen van zijn sappige verhalen over Bette Davis, Humphrey Bogart of

Orson Welles. Daar zat ik dan, zwijmelend bij mijn lief, schaapachtig lachend in haar aanwezigheid, maar zonder meer *de trop*.

'Hij heeft verteld dat je intelligent bent,' zei Hymie, 'maar hij heeft er geen enkele keer bij gezegd dat je zo mooi bent.'

'Het is hem waarschijnlijk nog niet opgevallen. Ik heb ook nooit een hattrick gescoord, of de winnende goal in een verlenging.'

'Waarom met hem trouwen als ik beschikbaar ben?'

'Heeft hij gezegd dat ik met hem wil trouwen?'

'Dat is niet waar. Ik heb gezegd dat ik hóópte dat je met...'

'Zullen wij met z'n tweeën morgenmiddag gaan lunchen? Dan geef ik hem wel iets te typen.'

Lunchen? Ze bleven uren weg en toen Miriam eindelijk onze hotelkamer binnenstrompelde, was ze rood aangelopen en praatte met een dikke tong en moest gaan liggen. Ik had een tafeltje voor ons gereserveerd in de Caprice, maar ik kreeg haar niet uit bed. 'Vraag maar of Hymie meegaat,' zei ze, draaide zich om en snurkte verder.

'Waarover praatten jullie zo lang?' vroeg ik Hymie later.

'Ditjes en datjes.'

'Je hebt haar dronken gevoerd.'

'Eet je bord leeg, boitsjik.'

Nadat Miriam weer teruggevlogen was naar Toronto, zetten Hymie en ik onze braspartijen voort. De hel voor Hymie, dat was niet 'de anderen', met alle respect voor Camus[2], maar zonder de anderen. Als ik van ons tafeltje opstond in de White Elephant of de Mirabelle, met het excuus dat ik moe was, schoof hij ongenood aan bij een ander tafeltje, waar hij zich welkom maakte door het gezelschap versteld te doen staan met anekdotes over beroemdheden. Of hij ging naar de bar om vrouwen die alleen waren te versieren. 'Weet je wie ik ben?'

Op een avond, ik krijg nog steeds koude rillingen als ik eraan denk, kwam Ben Shahn in de White Elephant met een groepje bewonderaars. Hymie, die een tekening van Shahn had, nam op grond daarvan de vrijheid zich aan zijn tafeltje te vervoegen. Met zijn wijsvinger naar Shahn uitgestoken zei hij: 'De volgende keer dat je Cliff ziet, moet je hem zeggen dat hij een smerige rat is.'

Cliff was natuurlijk Odets, die namen genoemd had tegen de McCarthy-commissie.

Stilte daalde als een lijkwade over de tafel neer. Shahn schoof onverstoorbaar zijn bril op zijn voorhoofd, keek Hymie onderzoekend aan en vroeg: 'En wie zal ik zeggen dat de boodschapper was?'

'Laat maar,' zei Hymie, voor mijn ogen in elkaar krimpend. 'Vergeet het maar.' En terwijl hij wegliep, leek hij even van zijn stuk gebracht, oud, onzeker van zichzelf.

2 In werkelijkheid was het Jean-Paul Sartre.

Eindelijk, maanden later, kwam de dag dat ik met Hymie in Beverly Hills in een screening-room zat en de aftiteling van de film zag. Verbijsterd las ik:

NAAR EEN OORSPRONKELIJK VERHAAL
VAN BERNARD MOSCOVITCH

'Klootzak dat je bent!' brulde ik, sleurde Hymie uit zijn stoel en schudde hem door elkaar. 'Waarom heb je me niet verteld dat het naar een verhaal van Boogie was?'

'Opgewonden standje, hè?' zei hij en kneep me in mijn wang.

'Alsof ik al niet genoeg problemen heb. Nu gaan de mensen ook nog zeggen dat ik zijn werk plunder.'

'Ik heb een vraag. Als hij zo'n goede vriend van je was en hij leeft nog, waarom is hij dan niet op de rechtszaak gekomen?'

Als antwoord haalde ik uit en kraakte Hymies twee keer gebroken neus voor de derde keer, iets wat ik al had willen doen vanaf het moment dat hij vier uur lang met Miriam was gaan lunchen. Hij plantte zijn knie in mijn kruis. We bleven elkaar bewerken, rollend over de vloer, en er waren drie mannen voor nodig om ons uit elkaar te halen, maar ook toen nog bleven we elkaar uitschelden.

4

Poëzie zit de Panofsky's in het bloed. Neem mijn vader. Rechercheur Izzy Panofsky verliet dit tranendal in gezegende toestand. Vandaag op de kop af zesendertig jaar geleden stierf hij aan een hartaanval op de tafel van een massagesalon in de North End in Montreal, vlak nadat hij geëjaculeerd had. Ik werd geroepen om mijn vaders stoffelijke resten op te eisen, en het zichtbaar geschokte Haïtiaanse meisje nam me even apart. Ze kon me geen laatste woorden van hem mededelen, maar wees er wel op dat Izzy was heengegaan zonder zijn creditcardreçu te tekenen. Als plichtsgetrouwe zoon betaalde ik voor mijn vaders laatste eruptie van passie, deed er een royale fooi bovenop en verontschuldigde me voor de overlast. En vanmiddag, op de verjaardag van mijn vaders dood, heb ik mijn jaarlijkse pelgrimage naar het kerkhof Tsjevra Kadisja gemaakt om, zoals elk jaar, een fles Crown Royal-whisky over zijn graf te gieten. In plaats van een kiezelsteentje liet ik een roggepuntje met gerookt vlees en een zure bom op zijn zerk achter.

Ware onze God een rechtvaardige God, wat Hij niet is, dan zou mijn vader nu in het weelderigste bordeel van de hemel vertoeven, een bordeel dat tevens was voorzien van een eetbuffet, een bar met een koperen reling en een kwispedoor, een kist White Owl-corona's en een tv met een sportkanaal dat vierentwintig uur per dag uitzond. Maar de God waar wij joden mee zitten opgescheept, is zowel wreed als naijverig. Zoals ik het zie was Jehovah tevens de eerste joodse stand-up-comedian, met Abraham als Zijn aangever. 'Neem nu uw zoon,' zeide de Heere tot Abraham, 'uw enige, dien gij liefhebt, Izak, en ga heen naar het land Moría, en offer hem aldaar tot een brandoffer op een van de bergen dien Ik u zeggen zal.' En Bram, de eerste van de veel te vele joodse hielenlikkers, zadelde zijn ezel en deed wat hem gezegd werd. Hij bouwde een altaar en schikte het hout en bond zijn zoon Izak en legde hem op het altaar boven op het hout. 'Hé, paps,' sprak de verontruste Izak, 'ziet het vuur en het hout, doch waar is het lam voor het brandoffer?' Als antwoord stak Bram zijn hand uit en greep het mes om zijn zoon te doden. Maar op dat punt zond Jehovah, gierend van het lachen, een engel naar beneden die zei: 'Stop, Bram. Strek uw hand niet uit aan uw zoon.' En Abraham hief zijn ogen op en zag om, en zie, achter was een ram in de verwarde struiken vast met zijn hoornen; en Abraham ging en nam dien ram en offerde hem ten brandoffer in zijns zoons plaats. Maar ik betwijfel of het ooit weer goed kwam tussen Bram en Izzy.

Ik dwaal af. Ik weet het, ik weet het. Maar dit is het enige verhaal dat ik heb en ik ga het precies vertellen zoals ik wil. Wat nu volgt is een korte omweg door het gebied dat eens door Holden Caulfield werd afgekraakt als dat Nicholas Nickleby-gelul[1]. Of was het Oliver Twist? Nee, Nickleby. Ik weet het zeker.

Clara vroeg me een keer: 'Hoe komt het dat jouw familie uitgerekend naar Canada is geëmigreerd? Ik dacht dat de joden naar New York gingen.'

Ik was in Canada geboren, legde ik uit, omdat mijn grootvader, een ritueel slachter, twee joetjes en een vijfje tekortkwam. Het was 1902 toen Moisje en Malka Panofsky, pas getrouwd, naar de Joodse Vereniging voor Hulp aan Immigranten in Boedapest gingen voor een gesprek met Simtsja Debrofsky. 'We willen papieren voor New York,' zei mijn grootvader.

'Siam is niet goed genoeg voor jullie? India hebben jullie niet nodig? Oké, ik kan erin komen. Dus nu pak ik de telefoon en bel Washington en zeg tegen de president: "Hebben jullie nog een tekort aan *greenhorns* daar in Canal Street, Teddy? Je wilt nog meer mensen die geen woord Engels spreken? Dan heb ik goed nieuws voor je. Ik heb hier een paar schlemielen die wel in New York willen wonen." Als je de *goldene medine* wilt, Panofsky, dan kost dat vijftig Amerikaanse dollars, handje contantje.'

'We hebben geen vijftig dollar, meneer Debrofsky.'

'Ga weg? Dan weet ik het goed gemaakt. Ik heb vandaag een speciale aanbieding. Voor vijfentwintig dollar kan ik jullie allebei Canada in krijgen.'

Ik had niet zo'n legendarische joodse moeder, een streber die haar enige zoon vertroetelde en voor wie geen offer te zwaar was om hem een beter leven te

1 In feite was het *David Copperfield*. Zie *Catcher in the Rye* van J.D. Salinger, blz. 1, Little, Brown, Boston 1951.

schenken. Als ik thuiskwam van school en de voordeur opengooide, riep ik: 'Mam, ik ben thuis.'

'Sst,' zei ze dan, met een vinger op haar lippen terwijl ze bij de radio zat te luisteren naar *Pepper Young Ma Perkins* of *One Man's Family*. Alleen tijdens een reclamepauze verwaardigde ze zich om te zeggen: 'In de ijskast staat pindakaas. Smeer zelf maar een boterham.'

De andere jongens in de straat benijdden mij, want het kon mijn moeder niet schelen wat voor rapport ik had, of hoe laat ik 's avonds thuiskwam. Ze las *Photoplay*, *Silver Screen* en andere fanbladen. Ze maakte zich zorgen over Shirley Temple nu die een teenager was geworden, of Clark Gable en James Stewart wel veilig terug zouden keren uit de oorlog, en of Tyrone Power ooit een duurzame liefde zou vinden. Andere moeders in Jeanne Mance Street gaven hun zoontjes *Microbe Hunters* van Paul de Kruif te lezen, in de hoop dat ze daardoor geïnspireerd zouden raken om medicijnen te gaan studeren. Of ze bespaarden stiekem op het huishoudgeld om *The Books of Knowledge* te kopen, ideaal om een voorsprong te krijgen in het leven. Duinkerken, de Slag om Engeland, Pearl Harbor, het beleg van Stalingrad dreven als verre wolken voorbij, maar dat gold niet voor de vete tussen Jack Benny en Fred Allen, die haar diep raakte. De stripverhalen waren voor haar reëler dan ik ooit ben geweest. Ze schreef aan Chester Gould om te zeggen dat hij Dick Tracy met Tess Trueheart moest laten trouwen. Toen Raven Sherman in de armen van haar geliefde, Dude Hennick, stierf in *Terry and the Pirates*, was zij een van de duizenden die een condoleancetelegram stuurden. Ze hoopte maar dat Daisy Mae op Sadie Hawkins Day kon aanpappen met Li'l Abner, voordat hij verleid werd door Wolf Gal of Moonbeam McSwine.

Mijn één meter vijfenzeventig lange vader, die misschien wel vijf keer naar *Naughty Marietta* met Nelson Eddy en Jeanette MacDonald was geweest en wiens favoriete melodie 'Indian Love Call' was, wilde bij de Bereden Politie, maar ze vonden hem te klein. Dus, na besloten te hebben dan maar dienst te nemen bij de politie van Montreal, ging hij op Snorders Dag naar The Boy Wonder.

Jerry Dingleman, alias The Boy Wonder, deed gewoonlijk zaken in de penthouse-suite van zijn opulente gokpaleis aan de andere oever van de St. Lawrence River, maar 's woensdags hield hij kantoor voor de plaatselijke losers in een klein kamertje achter de danszaal van de Tico-Tico, een van de vele nachtclubs waarvan hij eigenaar was. De woensdag werd door de intimi van The Boy Wonder Snorders Dag genoemd en van tien tot vier kwamen en gingen de mensen die iets van hem gedaan wilden krijgen.

'Waarom wil je uitgerekend politieman worden?' vroeg Dingleman geamuseerd aan mijn vader.

'Ik zal u mijn hele leven dankbaar zijn, meneer Dingleman, als u me, zeg maar, behulpzaam wilt zijn in de vervulling van mijn roeping.'

The Boy Wonder pleegde een telefoontje met Tony Frank en zei vervolgens tegen mijn vader dat hij zich moest vervoegen bij dr. Eustache St. Clair voor een medische keuring. 'En wat mag je niet vergeten als eerste te doen, Izzy?'

'Een bad nemen?'

'Iemand met jouw scherpzinnigheid wordt in een mum van tijd rechercheur.'

Maar een maand later zag The Boy Wonder, die bij Levitt's op de Main aankwam voor twee roggepuntjes met gerookt vlees, tot zijn verbazing dat mijn vader nog steeds achter de toonbank vlees stond te snijden. 'Waarom heb jij nog geen uniform aan?' vroeg hij.

'Dr. St. Clair heb me afgekeurd vanwege de putjes in mijn gezicht die ik heb overgehouden van de jeugdpuistjes.'

Dingleman zuchtte. Hij schudde zijn hoofd. 'Heeft hij je niet verteld dat die te genezen zijn?'

Dus Izzy Panofsky maakte een nieuwe afspraak met dr. St. Clair en deze keer bevestigde hij, zoals afgesproken, met een paperclip een biljet van honderd dollar aan zijn aanvraagformulier en werd goedgekeurd. 'In die tijd,' vertelde mijn vader me eens, kauwend op een tot pulp vermalen White Owl, 'als je een goj was en je had platvoeten en een buik – ze haalden ze binnen uit de Gaspé, het zat er vol mee, grote dikke kerels en wij moesten betalen om bij het korps te komen. Van het begin af aan,' zei hij, één neusgat dichthoudend en een straal uit de andere schietend, 'waren er problemen. De rechter die me beëdigde, een zuiplap met uitpuilende ogen, hoe heet 't, keek verbaasd. "Ben jij geen jood?" vroeg hij. En op de politieschool, waar ik jiujitsu en worstelen kreeg, probeerden de gojim me altijd uit. Ierse *sjikers* en Frans-Canadese *chazerim.* Dombo's. Ignorantussen. Ik bedoel, ik had op z'n minst zevende klas en ik heb het nooit tegen hun af moeten leggen, niet één keer.'

In zijn eerste wijk, Notre-Dame-de-Grâce, verrichte mijn overijverige vader te veel arrestaties, dus werd hij naar het centrum overgeplaatst. Op zijn ronde door St. Catherine Street, waakzaam, rekende hij prompt een zakkenroller in voor de ingang van het Capitol, waar Helen Kane, de enige echte *Boop-Boop-a-Doop-Girl*, triomfen vierde. Mijn rechtschapen vader verwachtte een pluim voor zijn waakzaamheid, maar in plaats daarvan werd hij door twee rechercheurs in een kamertje achter in het politiebureau apart genomen. 'Als je niet de laan uit wilt worden gestuurd,' zeiden ze, 'reken dan allejezus nooit meer een van die gozers in. Ze hebben een vergunning, als je begrijpt wat ik bedoel.'

Andere politieagenten verrijkten zich met smeergeld van zware jongens en hun advocaten, maar mijn vader was niet te koop. 'Zeg maar, ik moest wel eerlijk zijn, Barney,' zei hij. 'Ik bedoel, mijn naam was Panofsky en ik kon het me niet veroorloven dat hun gingen zeggen: "die kolerejood". Dan was ik erbij, Jezus, hun zeiden *als je één uitglijer* maakt, weet je wel?, dan zouden hun me krijgen.'

In de loop van de jaren verbitterde mijn rechtschapen vader als hij zag hoe hij door Ierse sjikers en Frans-Canadese chazerim, lui die hij zelf had opgeleid, gepasseerd werd. Izzy bleef negen jaar lang brigadier. 'Toen ik eindelijk tot inspecteur werd bevorderd, weet je wat hun toen deden?, ik word nog misselijk als ik eraan denk, hun gingen naar de vakbond en vertelden een verhaal dat ik mijn schietexamen niet had gehaald. Ik controleerde mijn mensen, weet je. Ik was eerlijk. Hun haatten me als de pest. Dus gingen hun bij de vakbond over me klagen.'

Izzy Panofsky's problemen in het korps hielden niet op.

'Moet je horen, toen ik een examen moest doen voor promotie zat Gilbert in de commissie en hij zeg, hoe komt het dat de joden slimmer zijn. Daar heb ik twee antwoorden op, zeg ik. Je heb ongelijk. D'r bestaat niet zoiets als een supermens. Maar het enige wat ik je ga vertellen is, als je een hond neemt en je schop 'm, dan wordt-ie alert, hij moet je vóór kunnen zijn. Nou, wij zijn tweeduizend jaar geschopt. Wij zijn niet slimmer, wij zijn alerter. Het andere antwoord is het verhaal over die Ier en die jood. Hoe komt het dat jullie slimmer zijn? vraagt die Ier aan die jood. Nou, wij eten een bepaald soort vis, zegt die jood. Toevallig heb ik er een bij me en hij laat hem aan die Ier zien. Jezus, zegt die Ier, die vis wil ik wel hebben. Goed, zegt die jood, geef maar tien dollar. Dus hij geeft tien dollar. Dan kijkt die Ier eens goed naar die vis en zegt, hé, dat is helemaal geen vis. Dat is een haring. Waarop die jood zegt, zie je wel? Je wordt al slimmer.'

5

Vannacht droomde ik dat McIver in zijn enkel gebeten was door een berenteek en het stom genoeg had afgedaan als een muggenbeet. Een maand later, liggend op bed op de twintigste verdieping van hotel The Four Seasons in Toronto, de vreselijke ziekte van Lyme al kolkend door zijn bloedstroom, wordt McIver gewekt door een toeter in zijn kamer, gevolgd door een paniekerige stem op de intercom: 'Er is brand uitgebroken. De liften doen het niet. De trappenhuizen zijn door zwarte rook tijdelijk ontoegankelijk. De gasten dienen in hun kamers te blijven en natte handdoeken onder de deur te leggen. Sterkte en dank u voor uw verblijf in The Four Seasons.' Verstikkende rook begon in McIvers kamer door te dringen, maar ten prooi aan verlamming kon hij zelfs zijn armen niet optillen, laat staan zijn benen bewegen. De vlammen verteerden zijn deur en dansten om hem heen, lekkend aan een stapel exemplaren van *De Koortsige Tijd* op de grond, elk boek nog ongesigneerd en daardoor een potentieel collectors' item… en toen sprong ik uit bed met zingend gemoed. Ik haalde de ochtendkrant die voor de voordeur lag, zette koffie en schuifeldanste naar de keuken terwijl ik zong: *Take your coat and grab your hat…*

Ik sloeg eerst de sportpagina van de *Montreal Gazette* op, een levenslange gewoonte. Niets om over te juichen. De knoeikonten van de Canadiens, niet langer *nos glorieux*, hadden zich opnieuw te schande gemaakt door met 5-1 te verliezen van – let op – The Mighty Ducks uit Californië. Toe Blake draaide zich vast in zijn graf om. In zijn tijd zou maar één van die brokkenmakende miljonairs in de National Hockey League hebben kunnen meespelen, ook al lopen ze nu in het pak van de eens zo legendarische *Club de hockey canadien.* Ze hebben er niet één bij die voor het net durft te komen, bang dat hij een hengst krijgt. O, waar is de tijd gebleven dat Larry Robinson een lange pass gaf aan Guy Lafleur en wij uit onze stoelen opveerden en scandeerden: 'Guy! Guy!' terwijl hij in z'n eentje op het doel afging. *Hij schiet. Hij scoort.*

De telefoon ging en het was Kate, natuurlijk. 'Ik heb je gisteravond misschien wel vijf keer proberen te bellen. De laatste keer was volgens mij om één uur. Waar zat je?'

'Liefje, ik waardeer het dat je je zorgen maakt. Echt waar. Maar ik ben je kind niet. Ik ben je vader. Ik was niet thuis.'

'Je hebt geen idee hoeveel zorgen ik me om je maak dat je daar helemaal in je eentje zit. Stel dat je, God verhoede, een beroerte krijgt en niet aan de telefoon kunt komen?'

'Dat ben ik niet van plan.'

'Ik had bijna Solange gebeld om te vragen bij je langs te gaan.'

'Misschien moet ik je maar elke avond bellen als ik thuiskom.'

'Je hoeft niet bang te zijn dat je me wakker maakt. Spreek maar een boodschap in op het antwoordapparaat als we slapen.'

'Je bent lief, Kate, maar ik heb nog niet ontbeten. We praten morgen wel verder.'

'Vanavond. Eet je eieren met spek, ondanks je belofte?'

'Gestoofde pruimen. Müsli.'

'Ja, dat zal wel.'

Ik draaf weer door. Ik dwaal af. Maar dit is het ware verhaal van mijn verknoeide leven en eerlijk gezegd zijn er slechts beledigingen te wreken en wonden te likken. Bovendien, op mijn leeftijd, met meer verleden om te ordenen dan toekomst om naar uit te kijken, buiten de sanatoria in het hoge gras, heb ik er recht op om af te dwalen. Deze zielige poging tot – tot – je weet wel, mijn verhaal. Zoals wat Waugh schreef over zijn jonge jaren. Of Jean-Jacques Rousseau. Of Mark Twain, in dat boek over Leven op de hoe-heet-die-rivier? Godsallemachtig, nog even dan weet ik mijn eigen naam niet eens meer.

Spaghetti giet je af in een vergiet. Mary McCarthy schreef *The Man in the Brooks Brothers Suit* of *Shirt.* Een van de twee. Walter 'Turk' Broda was de keeper van de Toronto Maple Leafs, die in 1951 de Stanley Cup wonnen. Stephen Sondheim schreef de liedteksten voor *West Side Story. Ik weet het. Ik hoefde het niet op te zoeken. De Mississippi, Leven op.*

Om kort te gaan, deze zielige poging tot *autobiografie*, naar aanleiding van de laster van Terry McIver, wordt geschreven in de vage hoop dat Miriam, als ze dit leest, overweldigd zal worden door schuldgevoel.

'Wat is dat voor boek waar je zo door gegrepen bent?' vraagt Blair.

'Nou, deze door de kritiek geprezen bestseller is de autobiografie van mijn enige ware liefde, stoethaspel in loondienst dat je bent.'

Waar was ik gebleven? O ja, Parijs 1951. Terry McIver. Boogie. Leo. Clara, zaliger nagedachtenis. Tegenwoordig als ik de krant opensla, kijk ik eerst naar de Dow Jones en vervolgens naar de rouwadvertenties, de laatste om te zien of er vijanden bij zijn die ik heb overleefd, of beroemdheden die niet langer onder de snelvoetigen zijn. 1995 begon slecht voor de drankorgels. Peter Cook en een delirische kolonel John Osborne, allebei de pijp uit.

1951. Quemoi en Matsoe, als iemand die vlekjes in de Chinese Zee nog kan vinden,[1] werden door de communisten beschoten, een voorspel, volgens sommigen, op een invasie van wat toen nog Formosa heette. In Amerika was iedereen nog bang voor De Bom. Ik ben een beetje een bewaarmiep, dus ik heb nog steeds de Bantampocket *Hoe Overleef ik een Atoombom*:

> Dit boek is in de vorm van vragen en antwoorden geschreven door een vooraanstaande expert en vertelt u hoe u uzelf en uw gezin kunt beschermen in het geval van een atoomaanval. U wordt niet bang gemaakt in dit boek. Als u het leest zult u zich zelfs béter voelen.

Leden van de Rotary Club groeven atoomvrije schuilkelders in hun achtertuin en stopten ze vol met voorraden gebotteld water, droge soep en zakken rijst, alsmede stapels *Reader's Digests* en platen van Pat Boone[2], om de radioactief besmette weken door te komen. Senator Joe McCarthy en zijn twee helpers, Cohn en Schein, gingen als dollen tekeer. Julius en Ethel Rosenberg waren de pineut en zowat iedereen *liked Ike* voor 1952. In het toen nog niet querulante Canada BV werden we in plaats van door een premier geregeerd door een vaderlijke president-directeur, Louis St. Laurent. In Quebec, mijn geliefde Quebec, was de boef Maurice Duplessis nog premier en hoofdman van een bende rovers.

We stonden laat op en waren dan meestal met z'n allen in het Café Sélect of de Mabillon te vinden, aan de tafel waar Boogie Moscovitch de scepter zwaaide. Daar lazen we de *Herald Tribune*, te beginnen met *Pogo* en de sportpagina om te zien wat Duke Snider en Willie Mays de avond tevoren gepresteerd hadden. Maar Terry was er nooit bij. Als Terry al aan een cafétafeltje gesignaleerd werd, dan zat hij in zijn eentje aantekeningen te maken in de marge van zijn Everyman's Library-editie van Walter Savage Landors *Imaginary Conversations of Literary Men and Statesmen.* Of hij schreef een repliek op het hoofdartikel van Jean-Paul Sartre in

1 Quemoi en Matsoe zijn eilanden respectievelijk in de Straat van Taiwan en de Japanse Zee, en de communisten van het vasteland begonnen pas in augustus 1958 met de bombardementen. Na een dreigement van de Amerikaanse minister van Buitenlandse Zaken, John Foster Dulles, beperkten ze plotseling de bombardementen tot de oneven dagen van de maand. Vervolgens, in maart 1959, hielden de bombardementen geheel op, zonder enige verklaring.

2 Pat Boone had zijn eerste hit pas in 1955: 'Two Hearts, Two Kisses'.

Les Temps Modernes. Zelfs in die tijd leek Terry zich geen zorgen te maken dat, in de woorden van MacNeice[3], 'niet alle kandidaten erdoor komen'. Nee, meneer. Terry McIver poseerde al voor zijn portret van de knappe jonge kunstenaar die zijn manifeste roeping vervult. Hij dulde geen frivoliteit. Hij was een wandelende vermaning aan de rest van ons slampampers.

Op een avond toen ik de Boulevard Saint-Germain des Prés afwandelde, op weg naar een Amerikaanse fuif waarvoor Terry niet was uitgenodigd, zag ik hem nog net even een half huizenblok verderop zijn pas vertragen, in de hoop dat ik hem zou vragen mee te gaan. Dus ik bleef staan om naar de boeken in de etalage van La Hune te kijken, tot hij in de verte verdwenen was. Een andere avond laat slenterden een verre van nuchtere Boogie en ik over de Boulevard Montparnasse, op zoek naar vrienden op caféterrasjes van wie we een drankje of een joint konden bietsen, toen we Terry in het Café Sélect in een van zijn cahiers zagen zitten schrijven. 'Ik wil tien tegen één wedden,' zei ik, 'dat hij zijn schriften genummerd en gedateerd heeft voor toekomstige literatuurwetenschappers.'

Terry, een man van intimiderende integriteit, had natuurlijk geen hoge dunk van Boogie. Voor een broodnodige vijfhonderd dollar had Boogie een smeuïg romannetje geschreven in de reeks Traveller's Companion van Maurice Girodias. *Vanessa's Poesje* was opgedragen aan de onloochenbaar trouwe vrouw van de professor aan Columbia University die Boogie had laten zakken voor een college Elizabethaanse poëzie. De opdracht luidde:

Voor de lubrieke Vanessa Holt
in zoete herinnering aan priapische nachten

Boogie had attentvol exemplaren van *Vanessa's Poesje* naar zijn professor en het hoofd van de faculteit Letteren van Columbia gestuurd, alsmede aan de redacteuren van de *New York Times Book Review* en de boekenbijlage van de *New York Herald-Tribune.* Maar het is moeilijk te zeggen wat ze ervan vonden want Boogie had *Vanessa's Poesje* onder pseudoniem geschreven: Baron Claus von Manheim. Een laatdunkende Terry retourneerde zijn ongelezen presentexemplaar. 'Schrijven,' zei hij, 'is geen baan, het is een roeping.'

Hoe het ook zij, het succes van *Vanessa's Poesje* was zo groot, dat Boogie prompt opdracht kreeg er meer te schrijven. Wij wilden maar al te graag helpen en kwamen bij elkaar in het Café Royal St. Germain, sindsdien al lang vervangen door Le Drugstore, om seksuele tableaux vivants bij elkaar te improviseren die in een gymzaal konden worden opgevoerd, of onder water, of met gebruikmaking van de objecten in de tuigkamer van een manege, of de studeerkamer van een rabbijn. Terry onthield zich natuurlijk van die nachtelijke workshops, geshockeerd als hij was door ons wellustige gelach.

3 In werkelijkheid Auden. *Selected Poems*, Faber & Faber, Londen 1979.

Boogies opus twee voor de Traveller's Companion, door Marquis Louis de Bonséjour, deed hem kennen als een man die zijn tijd vooruit was, een literaire vernieuwer die karaoke voorzag, interactieve tv, computerporno, cd-roms, Internet en andere hedendaagse plagen. De viriele held van *Scharlaken Kant*, gezegend met een monsterlijke uitrusting, bleef naamloos, wat niet wil zeggen dat hij anoniem was. Overal waar zijn naam had moeten staan, was een stukje van de regel wit gelaten, zodat de lezer daar zijn eigen naam kon invullen wanneer een van zijn bloedmooie, door seks ontbrande veroveringen tijdens het genieten van een veelvoudig orgasme dankbaar '———, mijn geweldige man!' uitriep.

Het was Clara, een dwangmatige vuilbekker, die Boogie de meest fantasievolle, zij het exotische, pornografische ideeën aan de hand deed. Dat was verbazend, in aanmerking genomen wat ik toen als haar probleem beschouwde. We waren destijds al gaan samenwonen, niet uit bewuste keuze, maar omdat het zo uitkwam: dat was de manier waarop de dingen in die tijd gingen.

Bot gezegd, wat er gebeurde was dat Clara laat op een avond – ze leed aan *le cafard*, zoals ze zei – mededeelde dat ze gewoon niet meer terug kon naar haar hotelkamer omdat er een klopgeest rondwaarde. 'Weet je, dat hotel is in de oorlog een bordeel van de Wehrmacht geweest,' zei ze. 'Het zal de geest van dat meisje wel zijn dat daar stierf, na God weet hoeveel keer genaaid te zijn in alle mogelijke lichaamsopeningen.' Vervolgens, maar pas toen ze sympathieke blikken van ons aan de tafel geoogst had, giechelde ze en voegde eraan toe: 'Bofkont.'

'Waar ga je dan slapen?' vroeg ik.

'Slik je tong in,' zei Boogie.

'Op een bank in het Gare Montparnasse. Of onder de Pont Neuf. De enige clochard in de stad die *magna cum laude* van Vassar is afgestudeerd.'

Zo kwam het dat ik haar meenam naar mijn kamer, waar we een celibataire nacht doorbrachten, Clara onrustig slapend in mijn armen. 's Morgens vroeg ze me zo lief te zijn haar doeken en tekeningen en schriften en koffers in Le Grand-Hôtel Excelsior in de Rue Cujas te gaan halen, met de verzekering dat ik haar maar een paar nachten hoefde te tolereren, tot ze een hotel had gevonden dat haar beter aanstond. 'Ik zou wel met je mee willen gaan om je te helpen,' zei ze. 'Maar Madame Defarge,' zo noemde ze de conciërge, 'haat me.'

Boogie stemde met tegenzin toe om me te vergezellen naar het hotel. 'Ik hoop dat je weet waaraan je begint,' zei hij.

'Het is maar voor een paar nachtjes.'

'Ze is gek.'

'En jij?'

'Maak je geen zorgen. Ik kan het wel aan.'

We hadden het over drugs. Boogie was van de hasjiesj gepromoveerd naar de heroïne. 'We moeten alles uitproberen,' zei hij. 'Nuffige joodse prinsesjes voordat ze weer naar huis gaan om met een arts te trouwen. Arabische jongens in Marrakesj. Negerinnen. Opium. Absint. Alruin. Magische paddestoelen. Kisjke. Halvah.

Alles op en onder de tafel. We leven maar één keer. Behalve Clara, natuurlijk.'

'Wat zou dat moeten betekenen?'

'Miss Chambers van Gramercy Park in het chique Manhattan met een buitenhuis in Newport gelooft in reïncarnatie. Dat is erfelijk. Wist je dat niet?'

Tussen Clara's spullen zaten een tweedelige editie van *The Secret Doctrine* van H.P. Blavatsky, een waterpijp, een satanistisch woordenboek, een opgezette uil, verscheidene boeken over astrologie, tekeningen met handlijnen, een stok tarotkaarten en een ingelijst portret van Aleister Crowley, Het Beest 666, met de hoofdtooi van Horus. De conciërge stond echter pas toe dat we spullen uit haar kamer haalden toen ik haar 4200 frank aan achterstallige huur had betaald. 'Geld, ik vind het walgelijk,' zei Clara. 'Jouw geld, mijn geld, het doet er niet toe. Het is niet de moeite waard om erover te praten.'

Clara was niet gewoon lang, ze was zo lang als een sliert. Mager dat je haar ribben kon tellen. Haar handen zaten nooit stil: haar sjaals verschikken, haar rokken gladstrijken, het haar achterover strijken, etiketten van wijnflessen pulken. Haar vingers zaten vol nicotine- en inktvlekken, haar nagels waren gebroken of afgekloven. Haar oren staken als theeschoteltjes uit haar haar – 'Het heeft de kleur van stront,' zei ze. 'Ik haat het' – dat golvend tot op haar slanke taille viel. Ze had flinterdunne wenkbrauwen en haar zwarte ogen gloeiden van intelligentie. En van misprijzen. En van paniek. Ze zag ziekelijk bleek, wat nog geaccentueerd werd door dotten rouge als volle manen op haar wangen, en door oranje, groene of paarse lippenstift, afhankelijk van haar stemming. Haar borsten, vond ze, waren te vol voor haar figuur. 'Met uiers als deze,' zei ze, 'zou ik wel een drieling kunnen zogen.' Ze klaagde dat haar benen te lang en te dun waren en haar voeten te groot. Maar ondanks alle denigrerende opmerkingen over haar uiterlijk kon ze toch nooit langs een spiegel in een café lopen zonder even stil te staan en zichzelf te bewonderen. O ja, haar ringen. Ik vergat haar ringen nog te vermelden. Een topaas. Een blauwe saffier. En, haar favoriet, een anch.

Jaren voordat het mode werd droeg Clara losse, met kralen afgezette, enkellange Victoriaanse jurken en hoge rijgschoenen, die ze op de rommelmarkt vond. Ze wikkelde zich ook in sjaals, waarvan de kleuren vaak met elkaar vloekten, en dat vond ik raar voor iemand die schilderde. Boogie noemde haar 'Het Genrestuk'. '*Sauve qui peut.* Daar heb je Barney en Het Genrestuk,' zei hij dan. En om eerlijk te zijn genoot ik daarvan. Ik kon niet schrijven. Ik schilderde niet. En zelfs toen al was ik niet aardig. Toen al was ik een zure, moralistische man. Maar plotseling had ik een bepaald cachet gekregen. Ik was interessant geworden. Ik was de hoeder van malle Clara.

Clara was een dwangmatige klefkont en dat ging me irriteren toen we samenwoonden. In cafés viel ze gierend van de lach in de armen van andere mannen en aaide over hun knieën. 'Als Groompie er nu niet bij was, konden we samen gaan neuken.'

Geheugentest. Vlug, Barney. De namen van de Zeven Dwergen. Groompie, Niezel,

Dommel, Doc. Ik weet de namen van de andere drie. Ik had ze gisteravond nog goed. Ze komen wel weer boven. Ik ga ze niet opzoeken.

Clara vond het vooral leuk om Terry McIver te pesten en daar stond ik van harte achter. Idem dito Cedric Richardson, lang voordat hij beroemd werd als Ismail ben Joessef, schrik van de joodse slavendrijvers in het verleden en huisjesmelkers in het heden, en wraker der 'ijsmensen' alom.

Nagaan wat er van iedereen geworden is, dat houdt me op mijn oude dag nog op de been. Het is verbazend. Verbijsterend. De linke Leo Bishinsky die miljoenen opstrijkt met zijn gotspes op canvas. Clara, die andere vrouwen verachtte, geniet postuum roem als feministische martelares. Ik, in lichte mate berucht als de macho die haar verraadde en nog een vermoedelijke moordenaar op de koop toe. De onuitsprekelijk vervelende romans van Terry McIver, die pathologische leugenaar, worden tegenwoordig behandeld op universitaire colleges in het hele land. En mijn eens zo geliefde Boogie is ergens daarginder, ontiegelijk gekwetst, niet in staat te vergeven, ziedend. Hij had mijn exemplaar van *Rabbit, Run* gepakt en tot mijn stomme verbazing gezegd: 'Ik kan gewoon niet geloven dat je die shit leest.'

Groompie, Niezel, Soc... Snoopy? *Nee, stommeling. Dat is die hond in Pogo. Ik bedoel Peanuts.*

Vooruit maar weer. Een dezer dagen kwam ik een verslag tegen van Ismail ben Joessefs jongste verkondigingen, geciteerd in *Time*, maar in plaats dat ik kwaad word, zit ik te grinniken bij de foto van Cedric getooid met een fez, rastalokken en een kaftan in alle kleuren van de regenboog. Ik heb hem een keer een brief geschreven.

> Salaam, Ismail:
> Ik schrijf je namens de Stichting De Ouderen van Zion. We zamelen geld in voor de instelling van een studiebeurs voor tasjesdieven ten behoeve van onze zwarte broeders en zusters, in blijvende herinnering aan drie jonge bloedzuigende jidden (Chaney[4], Goodman en Schwerner), die zich in 1964 in Mississippi waagden om zwarte stemgerechtigden te registreren en als gevolg daarvan werden koud gemaakt door een bende 'ijsmensen'. Ik vertrouw erop dat we op jouw bijdrage kunnen rekenen.
> Mogelijk kun je me ook helpen met een filosofisch raadsel. Toevallig ben ik het eens met het *aperçu* van Louis Farrakhan dat de antieke Egyptenaren zwart waren. Laat me, als extra bewijs hiervoor, citeren uit *Flaubert in Egypt: A Sensibility on Tour.* Vooruitlopend op de bewering van sjeik Anta Diop dat de wieg van de beschaving zwart was, schreef hij over de sfinx: '... zijn hoofd is grijs, oren erg groot en opzij uitstekend als van een neger... (en) het feit dat de neus ontbreekt versterkt het platte, negroïde effect... de lippen zijn dik...'

4 In werkelijkheid was James E. Chaney, 21 jaar oud, zwart.

Maar, hemeltjelief, als de antieke Egyptenaren zwart waren, dan was Mozes, een prins van het hof van de farao's, het ook. En daaruit volgt dat de slaven die Mozes bevrijdde ook zwarten waren, anders zou hij zijn opgevallen als de spreekwoordelijke non in de sneeuw en zouden de notoir dwarsliggende Israelieten zijn gaan klagen: 'Moet je horen, zijn we nu zo laag gezonken dat we veertig jaar lang door de woestijn gaan dwalen en ons in kringetjes laten rondleiden door een sjwartzer?'

Dus, aangenomen dat Mozes en zijn stam zwart waren, wat mij dan verbijstert is de vraag of de onloochenbaar welbespraakte Farrakhan, wanneer hij mijn volk hekelt, mogelijkerwijs en zonder het zelf te weten, in feite de zoveelste aan zelfhaat lijdende jood à la Philip Roth is.

Ik kijk uit naar je reactie, broeder, om niet te spreken van je cheque, en sluit een geadresseerde en gefrankeerde envelop in.

Allah Akbar!

Je oude vriend en bewonderaar
Barney Panofsky

Ik wacht nog steeds op antwoord.

Toen ik onlangs deze oude brief herlas, kreeg ik een van mijn frequente aanvallen van spirituele voice-mail: Miriam, mijn geweten, betrapte me.

Als ik de klok terug kon draaien, dan zou het naar de tijd zijn dat Miriam en ik niet van elkaar konden afblijven. We vreeën in het bos en op een keukenstoel, na vroeg te zijn weggegaan van een vervelend etentje, en op de vloer van hotelkamers en in treinen, en één keer werden we bijna gesnapt op de wc van de Shaar Hashomiyim Synagoge tijdens een van Irv Nussbaums fundraising-diners. 'Je had wel geëxcommuniceerd kunnen worden,' zei ze. 'Net als Spinoza.'

Op een gedenkwaardige namiddag deden we het op het tapijt van mijn kantoor. Miriam was onverwacht gekomen, recht van haar gynaecoloog, die haar, zes weken nadat ze van Saul bevallen was, fit had verklaard. Ze deed de deur op slot, trok haar bloes uit en stapte uit haar rok. 'Ze hebben me verteld dat je hier je actrices laat auditeren.'

'O, God,' zei ik quasi geshockeerd, 'stel dat mijn vrouw onverwacht binnenkomt?'

'Ik ben niet alleen je vrouw,' zei ze terwijl ze aan mijn broekriem trok, 'en de moeder van je kinderen. Ik ben ook je hoer.'

Hoe heerlijk was het leven toen we nog gewekt werden door kinderen die in hun pyjama's halsoverkop kwamen binnenstormen en op bed sprongen.

'Mama heeft niks aan.'

'Papa ook niet.'

Hoe had ik de eerste tekenen van leed, hoe zeldzaam ze ook waren, kunnen missen? Een keer, toen ze terugkeerde van wat ik had gehoopt dat een leuk diner zou worden met haar voormalige producer bij CBC Radio, Kip Horgan, die bemoeizuchtige klootzak, leek ze afwezig. Ze begon schilderijen aan de muur recht te hangen en de kussens op de bank op te schudden, altijd een veeg teken. 'Kip is teleurgesteld in me,' zei ze. 'Hij had nooit gedacht dat ik me tevreden zou stellen met het bestaan van huisvrouw.'

'Dat ben je niet.'

'Natuurlijk ben ik dat wel.'

'Shit.'

'Raak nou niet overstuur.'

'Laten we naar New York gaan komend weekend.'

'Saul heeft nog koorts...'

'Achtendertig?'

'... en je hebt Mike beloofd dat je hem zaterdagavond meeneemt naar een hockeywedstrijd.' Vervolgens, als een donderslag bij heldere hemel, voegde ze eraan toe: 'Als je van me weggaat, dan heb ik liever dat je het nu doet, voordat ik oud ben.'

'Kan ik tien minuten de tijd krijgen om mijn koffer te pakken?'

Later rekenden we uit dat Kate waarschijnlijk die avond verwekt was. Klote klote klote. Dat Miriam weg is, is zeker te wijten aan mijn botheid. *Mea culpa.* Maar toch vind ik het unfair dat ik me nog steeds tegen haar morele oordelen moet verdedigen. Het is zielig dat ik nog steeds behoefte heb aan haar goedkeuring. Twee keer ben ik nu al op straat blijven stilstaan om haar verwijtend toe te spreken, een gekke ouwe sok die in zichzelf staat te praten. En nu, met de brief aan Cedric in mijn hand, kan ik haar bijna horen zeggen: 'Soms is wat jij leuk vindt in werkelijkheid lelijk en bedoeld om te kwetsen.'

O ja? Nou, misschien ben ik wel degene die het recht heeft zich gekwetst te voelen. Hoe kon Cedric, eens lid van onze broederschap, vanaf de kansels van de universiteiten mij en mijn soort de les gaan lezen vanwege onze religie en huidskleur? Waarom verruilde zo'n getalenteerde jongeman de literatuur voor het vulgaire toneel van de politiek? God, met zijn gaven zou ik dag en nacht schrijven.

Ik wil door Farrakhan, Jesse Jackson, Cedric *et al.* met rust gelaten worden. Ja, Miriam. Ik weet het, Miriam. Sorry, Miriam. Als ik had moeten doorstaan wat zij en hun lotgenoten in Amerika hebben doorstaan, dan zou ik ook bereid zijn geweest te geloven dat Adam en Eva zwart waren en dat Kaïn wit van schrik werd toen God hem veroordeelde voor het doden van Abel. Toch klopt het niet.

Maar goed, in die tijd op de Linkeroever werd Cedric zelden gesignaleerd zonder een blank meisje aan zijn arm. Clara, die net deed of ze jaloers was, begroette hem altijd met: 'Hoe lang duurt het nog voor je mijn kaartje knipt?'

Bij Terry gooide ze het over een andere boeg. 'Voor jou, honnepon, ben ik bereid me als jongen te verkleden.'

'Maar ik zie je liever zoals je bent, Clara. Altijd uitgedost als een harlekijn.'

Of Clara, die een verwoed lezer van Virginia Woolf was, deed net of ze een sportvlek op zijn broek zag. 'Daar kun je blind van worden, Terry. Of hebben ze daar in Canada nog nooit van gehoord?'

Clara maakte niet alleen getroebleerde non-figuratieve schilderijen, maar ook angstaanjagende inkttekeningen, krioelend van de dreigende gargouilles, ronddansende duiveltjes en kwijlende saters die van alle kanten op nubiele vrouwen aanvielen. Ze bedreef ook poëzie, die voor mij onbegrijpelijk was, maar die gepubliceerd werd in zowel *Merlin* als *Zero*, zodat ze van James Laughlin van de New Directions Press het verzoek kreeg om meer te laten zien. Clara jatte in winkels, ze stopte spullen onder haar volumineuze sjaals. Blikjes sardientjes, flessen shampoo, boeken, kurkentrekkers, ansichtkaarten, rollen lint. Fauchon was een favoriete plek, tot haar de toegang werd geweigerd. Onvermijdelijk werd ze een keer gesnapt bij het jatten van een paar nylons in de MonoPrix, maar ze kwam er genadig van af, zei ze, door met de dikke, vettige flik mee te rijden naar het Bois de Boulogne en hem aan haar borsten te laten voelen. 'Net als mijn beste oom Horace deed toen ik nog maar twaalf jaar oud was. Alleen schopte hij me niet uit een rijdende auto, lachend terwijl ik over de grond rolde, en allerlei vunzige scheldwoorden naar me roepend, maar presenteerde me elke keer een biljet van twintig dollar om ons geheimpje te bewaren.'

Onze kamer in Hôtel de la Cité op het Île de la Cité was altijd donker, het enige kleine raampje keek uit op een binnenplatje zo nauw als een liftschacht. Er was een klein wastafeltje in de kamer, maar het gemeenschappelijke toilet was aan het eind van een lange gang. Het was een hurk-wc, niet meer dan een gat in de vloer en twee verhogingen voor je voeten en een knijper aan de muur met vierkante velletjes krantenpapier, uitgeknipt uit de politiek relevante *L'Humanité* of *Libération*. Ik kocht een bunsenbrander en een klein pannetje zodat we voor de lunch een baguette met hardgekookte eieren konden eten. Maar de kruimels lokten muizen aan en ze werd gillend wakker als er 's nachts een over haar gezicht trippelde. Een andere keer opende ze de la van een dressoir om een sjaal te pakken en zag drie pasgeboren muizen in hun nest. Ze begon te gillen. Dus aten we maar niet meer op onze kamer.

We luierden een groot deel van de tijd in bed, niet om te vrijen, maar op zoek naar warmte, af en toe induttend, lezend (ik in *Paroles* van Jacques Prévert, waar zij haar neus voor optrok), elkaar verhalen vertellend over onze moeilijke jeugd en elkaar feliciterend dat we er wonderwel van afgekomen waren. In de privacy van ons toevluchtsoord, ver van de cafétafeltjes waar ze zich gedwongen voelde om te shockeren, of, vooruitlopend op kritiek, bij anderen de wonden van hun zwakte open te krabben, was ze een geweldige verteller, mijn eigen Sheherezade. Ik op mijn beurt onderhield haar met verhalen over de heldendaden van rechercheur Izzy Panofsky.

Clara verafschuwde haar moeder. In een vorig leven, zei ze, was mevrouw Chambers vast een Indiase ayah geweest. Of, bij een andere omwenteling van het reïncarnatiewiel, een Chinese met afgebonden voetjes die ten tijde van de Mingdynastie kleine trippelpasjes maakte in de Verboden Stad. Ze was het ultieme kindvrouwtje. *'Très mignonne.* Niet bepaald een virago,' zei Clara. Het vreemdgaan van haar man vond ze een zegen, want dat betekende dat ze niet langer tussen de lakens van hem te lijden had. 'Het is verbazend wat een man allemaal overheeft,' zei ze een keer tegen Clara, 'voor dertig seconden wrijving.' Na meneer Chambers een zoon geschonken te hebben, Clara's jongere broer, vond ze dat ze haar plicht had gedaan en verhuisde maar wat graag naar haar eigen slaapkamer. Maar ze bleef gloriëren als een voorbeeldige chatelaine, en met zwier zwaaide ze de scepter over het herenhuis in Gramercy Park en het landhuis in Newport. Mevrouw Chambers zat in het bestuur van de Metropolitan Opera Company. Giuseppe di Stefano had op een van haar soirees gezongen. Elizabeth Schwarzkopf kwam geregeld dineren. Mevrouw Chambers nodigde Kirsten Flagstad nadrukkelijk uit voor de lunch in Le Pavillon toen ze het bij de joden verbruid had. 'Mijn moeder zou een beroerte krijgen als ze wist dat ik samenwoonde met een jood,' zei Clara terwijl ze me onder mijn neus kriebelde met een van haar boa's van struisvogelveren. 'Ze vindt jullie het vergif dat de bloedstroom van Amerika verontreinigt. Wat heb je daarop te zeggen?'

Haar vader, vertelde ze me een keer, was vennoot in het oude advocatenkantoor van John Foster Dulles. Hij hield Arabische volbloeden en vloog één keer per jaar naar Schotland om op zalm te vissen in de Spey. Maar een andere keer zei ze weer dat hij een effectenmakelaar in Wall Street was en kweker van zeldzame orchideeën, en als ik daar, wanneer we alleen waren, over doorvroeg, zei ze: 'O, jij neemt ook alles zo verdomde letterlijk. Wat maakt het uit?' En ze rende weg, verdween om de hoek van de Rue de Seine, en keerde die nacht niet meer naar onze kamer terug. 'Niet om het een of ander,' zei ik toen ze de volgende avond in de Pergola verscheen, 'maar waar heb je vannacht geslapen?'

'Ik ben je eigendom niet, hoor. Mijn poesje is van mij.'

'Dat is geen antwoord.'

'Toevallig verblijft mijn tante Honor in het Crillon. Ik mocht bij haar logeren. We hebben bij Lapérouse gegeten.'

'Ik geloof je niet.'

'Hier,' zei ze en haalde een bundel biljetten van duizend frank uit haar jurk, die ze me toegooide. 'Neem maar wat ik je schuldig ben voor kost en inwoning. Ik wed dat je het hebt bijgehouden.'

'Mag ik ook rente rekenen?'

'Ik vertrek vanavond met de trein naar Venetië, samen met mijn tante. We gaan logeren bij Peggy Guggenheim.'

Een week later, kort na één uur 's nachts, keerde Clara in onze kamer terug, kleedde zich uit en gleed bij me in bed. 'We hebben eindeloos Bellini's gedronken in Harry's Bar met Tennessee Williams. Peggy heeft ons een keer meegenomen naar Torcello voor de lunch. Voor jou heb ik het Campo del Ghetto Nuovo bezocht. Als je daar in die tijd had gewoond, zou je 's avonds na tienen niet meer naar buiten hebben gemogen. Ik wou je een ansichtkaart sturen van het Rialto,' zei ze, 'om te zeggen dat er geen nieuws was, maar ik ben het vergeten.'

De volgende ochtend zag ik toevallig de agressieve striemen op haar rug. Een waar spoor. 'Peggy heeft Russische windhonden,' zei Clara. 'Ze raakten door het dolle heen toen ik met ze stoeide op de mat.'

'Naakt?'

'We moeten alles uitproberen. Dat zegt jouw mentor toch?'

'Boogie is niet mijn mentor.'

'Moet je hem zien. Vol opgekropte woede. Je zou me wel op straat willen schoppen, maar dat doe je niet. Want je vindt het maar wat leuk om met mij te pronken, je malle, chique *sjikse*.'

'Het zou helpen als je af en toe een bad nam.'

'Jij bent geen kunstenaar, zoals wij. Jij bent een voyeur. En als je terug naar huis gaat om geld te verdienen, wat gezien je karakter onvermijdelijk is, en je bent getrouwd met een keurig joods meisje, zo een die graag winkelt, dan kun jij de jongens op het diner van United Jewish Appeal vermaken met verhalen over de tijd dat je samenwoonde met de extravagante Clara Chambers.'

'Voordat ze beroemd werd.'

'Als je me nu niet waardeert, dan komt het later wel. Want waar jij nu mee bezig bent is je geheugen opladen. Terry McIver, die heeft je door.'

'O ja? Wat heeft die gluiperd over mij te vertellen?'

'Als je wilt weten wat Boogie gisteren dacht, luister dan vandaag naar Barney. Hij noemt jou Barney de Pianola. Altijd iemand anders zijn muziek afdraaien want van jezelf heb je niets.'

Gepikeerd gaf ik haar een klap, hard genoeg dat ze met haar hoofd tegen de muur sloeg. En toen ze me met haar vuisten begon te bewerken, sloeg ik haar tegen het bed. 'Ben je met iemand geweest die Carnofsky heet?' vroeg ik.

'Ik weet niet waar je het over hebt.'

'Ik heb gehoord dat iemand die zo heet hier en daar foto's van jou heeft laten zien en naar je geïnformeerd heeft.'

'Ik ken niemand van die naam. Ik zweer het je, Barney.'

'Heb je weer in winkels gejat?'

'Nee.'

'Ongedekte cheques afgegeven? Iets anders wat ik zou moeten weten?'

'O, wacht. Nu weet ik het,' zei ze met een sluwe blik in haar ogen. 'Ik had vroeger een tekenleraar in New York die *Ch*arnofsky heette. Een echte leipo. Hij volgde me naar m'n loft in de Village en bleef buiten naar het raam staan kijken. Er kwamen obscene telefoontjes. Eén keer exhibitioneerde hij voor me op Union Square.'

'Ik dacht dat je niemand kende die Carnofsky heette.'

'Het schoot me net weer te binnen, maar hij heette *Ch*arnofsky. Dat moet 'm zijn, die pervert. Hij mag me niet vinden, Barney.'

Pas na een week verliet ze onze hotelkamer weer en dan nog heimelijk, haar gezicht verborgen achter sjaals, en ze vermeed onze stamkroegen. Ik wist dat ze loog over Carnofsky, of Charnofsky, maar ik had toen niet in de gaten wat er aan de hand was. Had ik het geweten, dan had ik haar misschien kunnen redden. Mea culpa, wederom. Shit. Shit. Shit.

6

'Saul, ik ben het.'

'Wie anders zou het kunnen zijn zo vroeg in de ochtend?'

'Jezus Christus, het is halfelf.'

'Ik heb tot vier uur zitten lezen. Ik voel een griep opkomen. Ik heb gisteren dun gepoept.'

Op een keer, hij was pas achttien, opende een briesende Saul de voordeur van ons huis, liet zijn boeken vallen en riep op die toon vol walging van hem: 'Shit. Shit. Shit', waarna hij de woonkamer kwam binnenvallen, waar ik met Miriam zat. 'Dit is zo'n godsgruwelijke dag geweest,' zei hij. 'Ik heb ruzie gekregen met die halvegare in loondienst die mijn filosofieprofessor is. Ik was zo stom te gaan lunchen bij Ben's en van toen af was mijn maag van streek. Ik heb waarschijnlijk een voedselvergiftiging opgelopen. Ik heb net zowat een stomme lul van een bibliothecaris knock-out geslagen en ik weet niet wat ik gedaan heb met mij collegeaantekeningen Engels, niet dat het de moeite waard is iets op te schrijven van wat die raaskallende idioot zegt. Ik heb veertig minuten op mijn bus moeten wachten. Ik heb ruziegemaakt met Linda. Ik heb weer een verschrikkelijke koppijn. Ik hoop dat we vanavond niet weer spaghetti eten.' Pas toen zag hij dat Miriams been, boven op een poef, in het gips zat. 'O,' zei hij. 'Wat is er gebeurd?'

'Je moeder heeft vanmorgen haar enkel gebroken, maar daar moet jij je niet ongerust over maken.'

Nu zei ik: 'Weet je nog dat ik jou en de anderen een keer meenam naar *Sneeuwwitje en de Zeven Dwergen*? Je had Niezel, Dommel, Doc, Groompie en...'

'Groompie? Je bedoelt Grumpie zeker?'

'Dat zei ik. Nu de andere drie.'

'Giechel?'

'Die ken ik. En verder?'

'Die twee andere schieten me niet zo gauw te binnen.'

'Denk eens na.'

'Verdorie, pap, ik heb mijn tanden nog niet eens gepoetst.'

'Ik hoop maar dat ik Sally niet wakker heb gemaakt.'

'Met Sally is het uit. Dorothy zul je bedoelen. Nee, die is al naar haar werk. Shit. Shit. Shit.'

'Wat is er nu weer mis?'

'Ze heeft de *Times* niet op mijn bed gelegd en ik zie dat ze vergeten is mijn was mee te nemen. Moet je horen, ik probeer nog wat te slapen als je het niet erg vindt.'

Hij is briljant, mijn Saul, veel intelligenter dan ik, maar vol ontevredenheid. Zuur. Bijtend. Behept met een geweldige drift, wat ik een hoogst onaantrekkelijke eigenschap vind. Maar hij is ook gezegend met iets van Miriams schoonheid. Haar gratie. Haar originaliteit. Ik ben dol op hem. Voordat hij magna cum laude van McGill afstudeerde, verwaardigde hij zich mee te doen aan een vergelijkend examen voor een Rhodes-beurs, en nadat hij die gewonnen had, weigerde hij hem in zijn eigen onnavolgbare stijl. 'Cecil Rhodes,' zei hij tegen de commissie, 'was een gemene imperialist en een eervollere besteding van het geld voor de beurzen zou zijn om het aan de zwarten die hij uitbuitte terug te geven. Ik wil niets te maken hebben met zijn bloedgeld.' Oxford versmadend deed Saul zijn doctoraal aan Harvard. Maar mijn jongen aanvaardde zijn bul natuurlijk niet, want in die tijd beschouwde hij dat nog als een bourgeois-stigma.

Ergens kreeg mijn zoon kortsluiting. Een paar draden raakten elkaar. Mike, een militante socialist, is stinkrijk en getrouwd met een aristo. Maar Saul, herboren als neoconservatief, is straatarm en woont in een gribus in New York, in een loft in de East Village, waar de ene meid die hij het hoofd op hol maakt na de andere komt en gaat en voor hem kookt en naait en zijn ondergoed wast. Saul schraapt een karig bestaan bij elkaar met polemieken schrijven voor rechtse bladen: de *American Spectator*, de *Washington Times*, *Commentary* en de *National Review*. Een bundel van zijn essays is gepubliceerd door de Free Press, en altijd als ik een boekhandel buiten Montreal zie ga ik met drie dure kunstboeken naar de kassa en vraag: 'Hebben jullie toevallig ook een exemplaar van Saul Panofsky's briljante *Minority Reports*?' En als ze dan nee zeggen, zeg ik: 'Nou, in dat geval heb ik deze ook niet nodig.'

Saul is een doordraver. Zijn rechtse tirades, ontegenzeggelijk goed geschreven, zijn beledigend, homofoob, zonder enige compassie voor de armen, maar ik vind ze ook ontiegelijk amusant, want in 1980, toen hij nog maar zeventien was, was Saul een marxistische stokebrand. Hij was een hartstochtelijk voorstander van de onafhankelijkheid van Quebec, volgens hem een, noodzakelijk korte, overgangsfase naar de eerste Noord-Amerikaanse arbeidersstaat, wanneer hij en zijn kameraden het Winterpaleis van Quebec City zouden hebben bestormd, maar niet vóór elf uur 's ochtends. Hij hield ook toespraken op schaars bezochte bijeenkomsten waarin hij Israël veroordeelde als een racistische staat en gerechtigheid eiste voor de Palestijnen. 'Als God het land Kanaäns voor de nakomelingen van Abraham heeft bestemd, dan horen daar de nazaten van Ezau ook bij.'

In die tijd woonde Saul niet meer thuis, in het huis dat ik na de geboorte van

Michael in Westmount had gekocht, maar zat in een commune, grotendeels bestaande uit rijke joodse jongetjes, in een flat zonder warm stromend water in St. Urbain Street, midden in mijn oude buurt. Ik ga daar nog weleens naar toe, tevergeefs op zoek naar bekende gezichten en oude plekken. Maar net als ik zijn de jongens met wie ik opgroeide lang geleden verhuisd: degenen die goed boerden naar Westmount of Hampstead, en degenen die nog steeds sappelen naar de nondescripte buitenwijken van Côte St. Luc, Snowdon of Ville St. Laurent. Op straat krioelt het er nu van de Italiaanse, Griekse of Portugese kinderen, hun ouders even afgetobd als de onze waren, goochelend met onbetaalde huishoudrekeningen. Tekenen des tijds. In de plaats van de schoenpoetser, waar ik eertijds de gleufhoeden van mijn vader in de vorm liet zetten, is een uniseks-kapper gekomen. De Regent-bioscoop, waar ik vroeger twee hoofdfilms kon zien voor vijfendertig cent en drie uur lang ononderbroken kon zitten drooggeilen met de beruchte Goldie Hirschorn, is dichtgespijkerd. De uitleenbibliotheek waar ik boeken haalde (*Forever Amber; Farewel, My Lovely; King's Row; The Razor's Edge*) voor drie cent per dag bestaat niet meer. In de Uiterst Kosjere Vleesmarkt van meneer Katz zit een videotheek: GESPECIALISEERD IN FILMS VOOR VOLWASSENEN. Mijn oude buurt kan nu ook bogen op een New Age-boekwinkel, een vegetarisch restaurant, een winkel waar ze holistische medicijnen verkopen en een soort boeddhistische tempel voor de behoeften van Saul en zijn kornuiten en andere types zoals zij.

Dat was me een gezelschap waar Saul in verkeerde. Posters met de gebruikelijke tronies hingen aan de muren. Lenin. Fidel. Che. Rosa Luxemburg. Louis Riel. Dr. Norman Bethune. WEG MET PIERRE TRUDEAU was met een spuitbus op een muur geklad en VIVE LE QUEBEC LIBRE op een andere. De flat rook naar zweetsokken en muffe scheten en stuf. Her en der lagen half opgegeten pizza's. Ik ging er weleens op bezoek. Een keer kwam Saul onwillig zijn kamer uit om me te begroeten, zijn lange bruine haar golvend tot op zijn schouders, een Cree-hoofdband om als een afgezakt aureool, een boek over de Chinese revolutie in zijn hand. Hij begon me prompt, onder de bewonderende blikken van zijn vrienden, de les te lezen over de ontberingen van de Lange Mars.

'Lange Mars, me neus,' zei ik, een Montecristo opstekend. 'Dat was een wandelingetje, jongen. Een zondagse picknick. Ik zal je over een lange mars vertellen. Veertig jaar zwoegen door de woestijn zonder loempia's of pekingeend, onze voorouders...'

'Jij steekt overal de draak mee. De politie filmt onze bijeenkomsten.'

'Saul, mijn jongen, *abei gezoent*.'

Het slungelige meisje in bh en slipje dat op een matras op de grond lag, bewoog. 'Wat betekent dat?' vroeg ze.

'Het is een gezegde van onze voorouders. Weet je wel, de huisjesmelkers van Kanaän. Het betekent "als je maar tof bent".'

'Och, krijg toch de kolere,' zei ze, stond op en sjokte de kamer uit.

'Wat een bekoorlijke jongedame. Breng haar eens een keer mee om te eten.'

Een ander meisje – sjofel, slaperig, naakt – strompelde uit een kamer naar de keuken en wiegde met haar kont naar me. 'Mag ik vragen wie van deze verrukkelijke wezens jouw vriendin is?'

'Wij doen hier niet aan eigendomsrechten.'

Een andere jonge revolutionair, zijn vettige haar in een paardenstaart, kwam uit de keuken gezeild, koffie slurpend uit een jampot. 'Wie is die ouwe lul?' vroeg hij.

'Praat niet zo tegen mijn vader,' zei Saul. Vervolgens nam hij me apart en fluisterde: 'Ik wil niet dat jij of mam ongerust wordt, maar ze komen me misschien halen.'

'De inspectie volksgezondheid?'

'De bereden politie. Mijn activiteiten zijn niet onopgemerkt gebleven.'

Daar had hij gelijk in. Een jaar eerder had Saul, die een inhaalsemester deed aan Wellington College, ontdekt dat de universiteit aandelen had in Amerikaanse zusterondernemingen, waarvan er één bougies maakte die gebruikt werden in Israëlische tanks. Verontwaardigd waren Saul en de zijnen als één man opgestaan en hadden de club van de wetenschappelijke staf bezet. Daarmee vervreemdden ze onmiddellijk bepaalde professoren van zich die, ofschoon met nieuw-linkse sympathieën, plotseling geen drank meer op krediet konden krijgen. Het manifest 'De 18de van Vijftien November' werd uit een raam van de club gegooid en tussen meldingen van verkeershelikopters door 's morgens uitgezonden in het inbelpraatprogramma van Pepper Logan. De volgende eisen werden gesteld:

> Wellington diende zich te onthouden van investeringen in ondernemingen die zaken deden met fascistische of racistische landen.
> Ter erkenning van de uitbuiting van het Québécois volksdeel, de Blanke Negers van Noord-Amerika, diende vijftig procent van de colleges aan Wellington voortaan in het Frans te worden gegeven.
> Voortaan mocht in de colleges geschiedenis – als de studie van het overbodige verleden überhaupt werd voortgezet – niet meer gesproken worden van 'emancipatie', maar diende de term 'eman-en-vrouw-cipatie' te worden gebruikt.

De politie barricadeerde Wellington, maar er werden geen kanonnen opgesteld. Beddenlakens met slogans erop geklad werden uit de ramen gehangen. DOOD AAN DE GORILLA'S. VIVE LE QUEBEC LIBRE. LAAT DE VRIJHEIDSSTRIJDERS VAN HET FRONT LIBERATION QUEBECOIS TERUGKEREN UIT BALLINGSCHAP. De derde dag werd de elektriciteit afgesloten, wat betekende dat De 18de van Vijftien November zichzelf niet meer op de tv konden zien. Toen de meubels werden kapotgehakt en in open haarden verstookt, verergerde Judy Frishmans astma. Vervolgens, toen het brandhout op was, vatte Marty Holtzman kou. Hij kon zijn moeder aan de andere kant van de barricades zien, gewapend met zijn kasjmieren trui en jas met schapenbontvoering, maar op die tantaliserende afstand verergerde dat zijn niesbuien alleen maar. Voor sommigen was een dieet van chocoladerepen voldoende, maar Martha Ryan kreeg er uitslag van, waardoor ze, ijdelheid boven het bevorderen van de zaak verkiezend, weigerde nog langer met ontblote borsten in het open raam voor de fotografen te poseren. Het behoeft geen verbazing dat ze op de vergadering van die avond als een burgertrut aan de kaak werd gesteld.

Onvermijdelijk zorgde de nauwe ruimte, het donker en de lage temperaturen voor onenigheid in de gelederen. Greta Pincus raakte door haar allergiepillen heen en verzocht om gezondheidsredenen vrijgelaten te worden. Men ontdekte dat Donald Potter jr. stiekem op de wc contactlensvloeistof in zijn ogen spoot, zonder zijn voorraad te delen met de twee andere kameraden die niets meer hadden. Potter werd aangeklaagd. Hij sloeg terug door de anderen te beschuldigen van homofobie. Molly Zucker verzocht om donderdags weg te mogen voor haar afspraak met haar psychiater, maar het verzoek werd afgestemd. Op de toiletten, die dagenlang niet waren doorgetrokken, was het niet meer te harden. Dus op de negende dag van het beleg besloten de gefrustreerde 18de van Vijftien November het bezette gebouw precies op tijd te verlaten voor de deadline van CBC-tv National News. Ze marcheerden in een ordelijke rij naar buiten, het hoofd opgeheven, het saluut met de gebalde vuist makend, terwijl ze in het gereedstaande politiebusje werden geladen. Ik keek toe, een angstige Miriam naast me, die zo hard haar vingernagels in de palm van mijn hand dreef dat ik er tranen van in mijn ogen kreeg.

Onder Miriams schijnbaar serene aard school een vrouwelijke krijger, tot aanvallen bereid. Anders gezegd, iedereen die in ons land in een bos gaat wandelen, is wijs genoeg om niet willens en wetens tussen een berin en haar jongen te komen, maar ik zou nog liever een vechtpartij met een grizzly riskeren dan aan Miriams kinderen komen.

'Gaan ze Saul nu in elkaar slaan op het politiebureau?' vroeg ze.

'Bij dit groepje zullen ze hun handen wel thuishouden. Sommigen van die studenten hebben ouders met connecties. Bovendien staan er al advocaten klaar met borgsommen, onder anderen John Hughes-McNoughton. Saul is morgenvroeg weer thuis.'

'We rijden achter dat politiebusje aan naar het bureau en waarschuwen die klootzakken dat als ze Saul één haar durven te krenken…'

'Miriam, zo moet je dat niet aanpakken.'

In weerwil van haar hete tranen stond ik erop dat we naar huis reden. 'Denk je dat ik me geen zorgen maak? Natuurlijk wel,' zei ik. 'Maar jij bent zo naïef. Jij hebt er geen idee van hoe die dingen werken. Met politieagenten bedreigen kom je nergens. Net zomin als met petities tekenen. Of ingezonden brieven schrijven. Wat je in zo'n geval moet doen, is met de juiste mensen smoezen en op cruciale plaatsen een paar flappen deponeren. En dat is precies wat Hughes-McNoughton en ik morgenochtend gaan doen.'

'We zouden minstens naar het politiebureau kunnen gaan en daar blijven tot hij morgenochtend op borgtocht wordt vrijgelaten.'

'Nee, Miriam.'

'Ik ga wel.'

'Dat doe je niet.'

We begonnen te ruziën en uiteindelijk viel ze heftig snikkend in mijn armen en bedaarde pas toen ik haar naar bed bracht. Om vijf uur de volgende ochtend, toen ik beneden kwam, liep ze door de woonkamer te ijsberen en begroette me met haar meest ijselijke blik. 'God helpe je, Barney Panofsky, ik hoop voor jou dat je gelijk hebt met de manier waarop je dit moet aanpakken.'

'Maak je geen zorgen,' zei ik, maar de waarheid was dat mijn zelfvertrouwen meer dan een beetje geforceerd was.

Saul werd later die ochtend op borgtocht vrijgelaten. Het leed geen twijfel dat hij de aanstichter was en hij werd onder andere beschuldigd van ordeverstoring en het moedwillig vernielen van privé-eigendom. Niemand wist precies met welke aanklacht Wellington zou komen, maar, zoals ik haastig uitlegde aan Miriam, Calvin Potter zat in het college van bestuur en Marty Holtzmans vader was minister in het kabinet van Trudeau.

Na het ontbijt stelde ik een lijst op van mensen die konden helpen en vervolgens riep ik Saul naar mijn werkkamer; Miriam en Kate kwamen achter hem aan om hem in bescherming te nemen. 'Ik wil niet dat je je zorgen maakt, kameraad,' zei ik. 'Maître Hughes-McNoughton gaat met wat mensen praten hier en daar en ik ga een paar anderen opzoeken in Ottawa.'

'Natuurlijk. Dat spreekt. Deze maatschappij is tot op het bot verrot.'

'Gelukkig maar voor jou, want je loopt kans op twee jaar bajes, volgens John, en ik weet hoe dat is en ik kan je vertellen dat het jou niet zal bevallen. Dus je zegt geen woord tegen de journalisten of andere lakeien van het kapitalisme tot dit voorbij is. Geen manifesten. Geen Gedachten van Voorzitter Saul. Begrepen?'

'Wil je hem alsjeblieft niet bedreigen,' zei Miriam.

'Ik ben bereid naar jou te luisteren, mam, want jij vindt het niet nodig om te gaan schreeuwen om je zwakke argumenten kracht bij te zetten, en jij levert geen financiële bijdragen aan het instandhouden van het Israëlische bezettingsleger in het thuisland van de Palestijnen.'

'Saul, de gevangenis is heel anders dan je denkt. Al sluiten ze je maar een half jaar op, je zult elke avond door een hele bende aangerand worden.'

'Ik hoef niet naar die homofobe vooroordelen van jou te luisteren.'

'Shit. Shit. Shit.'

'Ik weiger mijn kameraden te verraden.'

'Spartacus heeft gesproken.'

'Lieverd, luister naar je vader. Je hoeft je kameraden niet te verraden.'

De rechter, hoorde ik, zou mr. Bartolomé Savard van Saint-Eustache worden, die een beetje de reputatie had van rokkenjager en bon-vivant. John had me een keer aan hem voorgesteld in Les Halles. 'Ik ben een groot bewonderaar van uw volk,' zei hij. 'Het mijne kan zeker heel wat van het uwe leren wat betreft samenhorigheid en door dun en dik gaan.'

Ik haastte me naar huis om Miriam met het nieuws te troosten. 'We hebben een prijs in de loterij gewonnen, lief. Toevallig is de rechter de broer van mijn vroegere redder, de brave bisschop Sylvain Gaston Savard.'

Maar ze reageerde niet zoals ik had gehoopt. 'Ik zou weleens willen weten,' zei ze, 'waarom je nooit aan iemand hebt toegegeven wat de werkelijke reden was dat je dat idiote boek over zijn afgrijselijke tante in het Engels hebt laten vertalen. Denk maar niet dat ik er nooit naar gevraagd word.'

Ik had niet alleen betaald voor de in eigen beheer uitgegeven Engelse editie van die korte hagiografie van zuster Octavia, maar me destijds ook verplicht een flink deel bij te dragen aan de kosten van een standbeeld ter ere van dat kreng in Saint-Eustache. Bisschop Savard hoopte dat zijn tante eens heilig verklaard zou worden, zo niet voor haar nobele werk onder de armen, dan toch voor haar campagne in 1937, waarin ze haar volk op het hart drukte niet bij joodse winkeliers te kopen, 'wie het bedrog in het bloed zat'.

'Omdat,' zei ik, 'als de waarheid aan het licht komt, het de zaken alleen maar erger zou maken.'

'Je bent niet eerlijk,' zei ze, duidelijk door me geïrriteerd. 'Het komt omdat je na al deze jaren nog steeds een wit voetje wilt halen bij Boogie. Hij zou het prachtig vinden als hij wist dat je een schandaal had veroorzaakt. "Kijk maar, Boogie, ondanks de schijn van het tegendeel, kan ik nog steeds *épater le bourgeois*, zoals je me geleerd hebt." '

'Vanavond neem je een slaaptablet.'

'Nee, dat doe ik niet.'

Ik reed naar Ottawa, waar ik in de lobby van het Château Laurier toevallig Graham Fielding, de slungelige staatssecretaris van Justitie, tegen het lijf liep. Samen gingen we naar het restaurant van het National Arts Centre aan de overkant. Fielding was een telg uit een immens rijke familie van effectenmakelaars in Montreal. Zijn vrouw, die zijn haar knipte en zijn sokken stopte, mocht niet zelf haar kleren kopen: één keer per jaar vergezelde hij haar naar de Oxfam Nearly New Store. We hadden elkaar voor het eerst ontmoet, en samen een paar biertjes gedronken, vele jaren terug in Parijs, toen hij aan de Sorbonne studeerde. Tegen de vijftig nu en constant met zijn wijsvinger tegen de brug van zijn hoornen bril drukkend, leek Fielding nog steeds op een vroegrijp schooljongetje, het verklikkertje van de klas. We waren al een end heen met ons tweede digestief, toen hij de ober wenkte en om een kist Montecristo's vroeg. Is dat niet aardig van hem? dacht ik. Vervolgens zag ik hem een sigaar voor zichzelf uitkiezen, die hij door de ober liet afsnijden en aansteken, waarna hij hem wegwuifde. Geamuseerd vertelde ik hoezeer ik de geometrische schilderijen van zijn vrouw bewonderde, allemaal gedaan in verschillende tinten geel, en dat het toch verdomd schande was dat ze nog geen tentoonstelling in New York had gehad, waar haar werk *zeker groot geld zou maken.* Als ze zo goed wilde zijn me een paar dia's te sturen, dan zou ik ze doorgeven aan de grote Leo Bishinsky, een oude vriend van me. Vervolgens vertelde ik hem van Saul, het verhaal oppoetsend om het zo onderhoudend mogelijk te maken.

'Je realiseert je toch wel,' zei Fielding terwijl hij zijn lange benen onder de tafel wegtrok, 'dat vervolgingen ingesteld door provinciale autoriteiten een wereld apart zijn.'

'Graham, ik zou je nooit van deze zaak verteld hebben als ik had vermoed dat jij de rechtsgang op de een of andere manier zou kunnen beïnvloeden. Dat zou hoogst ongepast zijn,' zei ik en vroeg om de rekening. Ik gaf hem mijn kaartje. 'En vergeet alsjeblieft niet me die dia's te sturen.'

Daarna deed ik een beroep op een oude vriend van me om me mee uit lunchen te nemen in de Mount Royal Club op een dag dat ik wist dat Calvin Potter sr. er zou zijn. Ik stopte bij zijn tafeltje en feliciteerde hem met de verloving van zijn dochter en de zoon van senator Gordon McHale, die zo'n zonnige politieke toekomst tegemoet ging. 'Jammer genoeg is het calvinisme nog steeds niet uitgestorven,' zei ik. 'De oude Gordon, bijvoorbeeld, kan homoseksualiteit gewoon niet verdragen. Hij vindt het een ziekte.'

Potter veranderde van onderwerp en voer uit tegen zinloze vernielingen en dolgedraaid radicalisme en stelde beslist dat de jonge vandalen van Wellington, zijn eigen zoon incluis, een lesje geleerd moest worden.

'U hebt gelijk, maar mijn bezorgdheid gaat uit naar de onschuldige familieleden. Als er een lang proces van komt, dan zullen de pekelzonden van sommige verdachten, van wie er een paar duidelijk seksueel in de war zijn – zij het tijdelijk, dat spreekt vanzelf –, door de pers, gezien haar onlesbare dorst naar schandalen onder hun maatschappelijk meerderen, opgeblazen worden.'

Links en rechts oude schulden vereffenend versierde ik een uitnodiging voor de Club Saint-Denis, waar ik de Québécois minister van Justitie aanklampte en vol hartstocht betoogde dat áls Canada enige cultuur bezat, die toch wel Frans-Canadees was. En in dat weekend ging ik op retraite naar het benedictijner klooster Saint-Benoît-du-Lac, waar ik mijn kennismaking kon hernieuwen met de goede bisschop Sylvain Gaston Savard, het toegewijde neefje van de verfoeilijke zuster Octavia. We omhelsden elkaar, zoals het oude vrienden betaamt, en kletsten wat. De bisschop vertelde me over het slechte onderhoud van zijn kathedraal in Saint-Eustache en het nijpend tekort aan geld om het gebouw in zijn voormalige luister te herstellen. 'Dat is interessant,' zei ik, 'want ik ben Quebec zo dankbaar – niet Canada als geheel, want dat moet als natie nog geboren worden – voor de steun die het mij en mijn familie heeft gegeven, dat ik graag iets terug zou willen doen. Maar met jouw broer als rechter in de zaak die aanhangig is gemaakt tegen mijn zoon, zou dat natuurlijk ongepast zijn.'

Dus zelfs Miriam moest toegeven dat ik er al het mogelijke aan had gedaan, en de rechtszaak zelf begon onrustbarend goed. Het was eigenlijk om te beginnen al een soort anticlimax. De advocaten van Wellington probeerden niet het onderste uit de kan te halen, waarschijnlijk omdat ze mild waren gestemd door ouders van de verdachten die beloofd hadden een leerstoel voor zichtbare minderheden in te stellen. Saul, deemoedig en gepast wit om de neus, droeg een pak en antwoordde met zo'n timide stem op de gestelde vragen dat rechter Savard hem een paar keer moest verzoeken luider te spreken.

Op de ochtend dat het vonnis over Saul en zijn kameraden zou worden geveld, verzamelden zich sympathisanten voor het gerechtsgebouw. Ze droegen borden met BEVRIJD DE 18DE VAN VIJFTIEN TOENOVEMBER. GEDENK LES PATRIOTES. Gelukkig was de rechter, die nog nooit zo veel aandacht had gekregen, in een joviale bui. Samenvattend verhaalde hij van zijn eigen protesten als rebellerende jongere in Saint-Eustache, eraan toevoegend dat hij opgroeide in een tijd dat je niet in het Frans te woord kon worden gestaan in een warenhuis van Eaton's en de recepten op de spaghettidozen alleen in het Engels waren. Hij verhaalde van de Crisistijd. De Tweede Wereldoorlog, die hij op het bioscoopjournaal had gevolgd. Hij erkende dat het huidige tijdsgewricht een zielsbeproeving was voor jonge mannen en vrouwen. Er was de Koude Oorlog. Er waren drugs. Er was milieuvervuiling. Promiscuïteit. Er waren pornotijdschriften en pornofilms. Ongelukkige spanningen tussen de Engels- en Franssprekenden in Quebec. Een betreurenswaardige leegloop van de kerken en, voegde hij er met een twinkeling in zijn ogen aan toe, van de synagogen. Dus de jeugd van tegenwoordig, speculeerde hij, was duidelijk getroebleerd, vooral de meer gevoeligen onder hen. Hij wees er echter op dat dit hun niet het recht gaf amok te maken en privé-eigendommen te vernielen. Niemand stond boven de wet. En toch – en toch – dacht hij hardop, zou het enig belang dienen om de zonen en dochters van respectabele, oppassende families samen met ordinaire misdadigers op te sluiten? Ja, natuurlijk, als ze vasthielden aan hun radicale overtuigingen. Nee, wellicht, indien ze oprecht berouw toonden. Aldus, na Saul de woorden in de mond te hebben gegeven, vroeg hij hem of hij, voordat het vonnis werd geveld, nog iets te zeggen had.

Helaas was Saul zich inmiddels bewust geworden van de journalisten in de rechtszaal, alsmede van zijn vele bewonderaars. Stil, verwachtingsvol. 'Wel, jongeman?' porde rechter Savard hem met een welwillende glimlach.

'Het kan me geen flikker schelen wat voor straf je wilt uitdelen, ouwe lul, want ik erken de bevoegdheid van deze rechtbank niet. Jij bent gewoon de zoveelste lakei van het kapitalisme.' Vervolgens, zijn gebalde vuist heffend, brulde hij: 'Alle macht aan het volk. *Vive le Québec libre.*'

Miriam was ontsteld, ervan overtuigd dat Saul het verknald had. En maître Hughes-McNoughton en ik, bang dat al onze inspanningen tevergeefs waren geweest, wisselden wanhopige blikken. Terwijl rechter Savard de orde probeerde te herstellen, zat er niets anders voor me op dan de rechtszaal te ontvluchten, smachtend naar een rokertje.

Binnen een paar minuten kwam een stralende Miriam naar buiten, gevolgd

door een teleurgestelde Saul, die onmiddellijk werd omhelsd door Mike en Kate.
'Hij heeft een voorwaardelijke straf gekregen,' zei Miriam, 'mits hij niet meer verantwoordelijk is voor verdere wetsovertredingen en thuis blijft wonen. Er moet ook een boete worden betaald.'

Toen pas zag ik de goede bisschop Sylvain Gaston Savard naderen met een map vol bouwtekeningen en bestekken. Hij glimlachte breed.

7

Vanochtend een verhaal in de *Gazette* over de voormalige manager van het restaurant in het Smithsonian Museum in Washington, die 400.000 dollar kreeg toegewezen toen voor de rechtbank werd verklaard dat hij door zijn baas 'ouwe lul' was genoemd. De manager, die destijds nog een jonkie was, maar net vijfenvijftig, beweerde dat zijn baas regelmatig opmerkingen over zijn leeftijd had gemaakt, zoals 'Kijk eens naar Jim zijn grijze haar', of 'Hoe gaat het, ouwe jongen?' en 'Daar komt de bejaarde, pak de rolstoel.'

Helaas heb ik net als Jim geen lange weg meer te gaan. Gisteren kwam ik uit de martelkamer van de man die mijn rug manipuleert als mijn ischias ondraaglijk wordt, en het regende dat het goot en ik kon geen taxi vinden. Dus stapte ik op een bus in Sherbrooke Street. Bomvol. Geen zitplaatsen meer. Maar recht voor me zat een aantrekkelijke jonge vrouw, minirokje, benen over elkaar. Ik begon haar meteen in gedachten uit te kleden, tergend langzaam ritssluitingen en drukknoopjes losmakend. Ze moet telepathisch geweest zijn, want zowaar, ze lonkte naar míj, tenzij ze een zenuwtic had. Ze glimlachte echt tegen de oude Barney Panofsky en mijn hart sloeg een slag over. Ik glimlachte terug. Ze sprong overeind en zei: 'Gaat u zitten, meneer.'

'Ik kan heus wel staan,' zei ik terwijl ik haar terug op haar stoel duwde.

'Goh,' zei ze, 'dat krijg je er nou van als je attent bent tegenwoordig.'

Voort. Op gevaar af dat ik mijn buren beledig, misschien zelfs een proces aan mijn broek krijg, zoals de baas van Jim, die leeftijdsdiscriminerende pummel, moet ik eerlijkheidshalve zeggen dat het gebouw in de binnenstad van Montreal dat ik mijn huis noem, eigenlijk een soort kasteel van een ouwe rijke lul is. Er is geen slotgracht of ophaalbrug, maar toch kan het gemakkelijk doorgaan voor een fort voor belegerde Engelstalige zeventig-plussers die op hun tenen lopen uit angst voor onze separatistische provinciale premier, wiens bijnaam op school 'De Wezel' was. De meesten van mijn buren hebben hun familievilla's in Westmount leeggehaald en voor alle zekerheid hun aandelenportefeuilles in Toronto ondergebracht, in afwachting van hoe de *québécois pure laine* (dat wil zeggen, raszuivere Franstaligen) in een tweede referendum over de onafhankelijkheid, zoals dat heet, ja of nee, van deze provinciale achterhoek, genaamd Quebec, zullen stemmen.

Ons appartementsgebouw is kortgeleden van de hand gedaan door de Teitelbaums, rechtstreeks verkocht aan nieuwkomers uit Hong Kong, die met koffers vol contant geld kwamen. Het heet de Lord Byng Manor, naar burggraaf Byng, de Britse generaal die in 1917 duizenden Canadezen naar de slachtbank leidde bij La Crête de Vimy en die later een van onze gouverneurs-generaal werd. De Hong Kong-jongens, die weten uit welke hoek de wind waait, willen onze deftige granietklomp omdopen tot Le Château Dollard des Ormeaux, ter ere van de historische held van Nieuw-Frankrijk. Dollard des Ormeaux had volgens sommigen zichzelf en zijn zestien jonge metgezellen opgeofferd om Ville-Marie, zoals Montreal in de jaren 1660 genoemd werd, te redden in een veldslag met een leger van driehonderd Iroquois bij Long Sault. Of, de tegengestelde visie, hij was een bonthandelaar, uit op eigenbelang, met wie het terecht slecht afliep toen hij met zijn plunderaars in een hinderlaag werd gelokt. In ieder geval, mijn buren zijn woedend over deze belediging aan hun Engelstalig erfgoed en er circuleert een petitie om te protesteren tegen de voorgestelde naamsverandering.

Een buurman van mij, eens een gevreesd federaal minister, maar nu over de tachtig, is malende geworden. Hij gaat nog steeds pront gekleed, altijd een tweed hoedje op, regimentsdas, rij-jasje en gekeperde wollen broek aan. Maar zijn ogen zijn leeg. Als het weer het toestaat, laat een opgewekte jonge verpleegster hem één keer per dag uit voor een rondje over de binnenplaats. Daarna strijken ze op een bankje in de zon neer, de verpleegster verdiept in een boekje van de Bouquetreeks en de voormalige minister op snoepjes zuigend en kijkend naar de auto's die de parkeerplaats op en af rijden en waarvan hij het kenteken in een blocnote noteert. Altijd als ik voorbijkom glimlacht hij en zegt: 'Gefeliciteerd.'

De senator die onlangs in ons penthouse is komen wonen, is niemand minder dan Harvey Schwartz, voormalige *consigliere* van drankmagnaat Bernard Gursky. Harvey is goed voor tig miljoen. Hij en zijn vrouw Becky zijn eigenaars van een Hockney, die ik wel zou willen hebben, een Warhol, een schilderij van hoe-heetie, die met een fiets over zijn doeken reed,[1] plus een Leo Bishinsky, die almaar in waarde stijgt. Ik klampte de Schwartzen onlangs in de lobby aan, toen ze allebei duidelijk op weg waren naar een gekostumeerd liefdadigheidsbal, verkleed als een jaren twintig gangster met zijn liefje. 'Wel, *I'll be damned*, zei ik. Als dat Bonnie en Clyde Schwartz niet zijn. Niet schieten!'

'Negeer hem,' zei Harvey. 'Hij is weer dronken.'

'Even wachten,' zei ik. 'Ken je die Bishinsky die jullie hebben?'

'Jij bent nooit in ons appartement uitgenodigd,' zei Harvey, 'en dat zul je ook nooit worden. Vergeet het maar.'

'Ik dacht dat je wel graag zou willen weten dat ik daar ook aan heb meege-

1 Jackson Pollock (1912-1956).

werkt. Ik heb er een keer een klodder verf op gesmeten met een vaatkwast die Leo aan me gaf.'

'Dat is het meest bespottelijke dat ik ooit heb gehoord,' zei Becky.

'Ik wil tien tegen één wedden dat je Bishinsky zelfs nooit hebt ontmoet,' zei Harvey terwijl hij straal langs me heen liep.

In de Lord Byng Manor kunnen we ook bogen op een gezelschap gescheiden vrouwen van een bepaalde leeftijd. Mijn favoriete, een anorectica met een helm van onder de lak gespoten geblondeerd haar, borsten die eens zo plat waren als belegen pannenkoeken en benen zo dun als pijpenragers, heeft geen woord meer tegen me gesproken sinds die keer dat we elkaar tegen het lijf liepen toen ze net terug was van een herkansingskliniek in Toronto, waar ze naar toe was gegaan voor een facelift en een tietenvulling. Ik had haar in de lobby begroet met een kus op haar wang.

'Wat kijk je?' vroeg ze.

'Ik wil zien of de deuk erin blijft.'

'Klootzak.'

Ik hoef niet meer echt naar het kantoor van mijn productiebedrijf, waar ik als uitgeteld word beschouwd. Ik zou overal kunnen gaan wonen. In Londen bij Mike en Caroline. In New York bij Saul en zijn nieuwste scharrel. Of in Toronto bij Kate. Kate is mijn lieveling. Maar in Toronto zou ik vroeg of laat in aanraking komen met Miriam en Blair Hopper, geboren Hauptmann, Herr Doktor Professor van Panaceeën.

CBC Radio was dolblij dat Miriam terug was in Toronto en vond onmiddellijk een plaatsje voor haar. Ze is haar meisjesnaam, Greenberg, weer gaan gebruiken, waarmee ze eerder landelijke bekendheid had gekregen als kunstjournaliste, en presenteert nu een ochtendprogramma van klassieke muziek, *Op Speciaal Verzoek* genaamd. Luisteraars mogen om elke opname vragen die ze willen en wij worden getrakteerd op de onverdraaglijk dottige verhaaltjes die achter hun keuze zitten. Ik neem die programma's op en hou bij welke wijsjes het meest populair zijn bij meneer en mevrouw Bankstel. Dat zijn, in willekeurige volgorde, de *Ouverture Wilhelm Tell*, de *Mondscheinsonate*, het *Warsaw Concerto*, *De Vier Jaargetijden* en de *Ouverture 1812*. 's Avonds speel ik die bandjes in het donker af, een Macallan in de hand, en geniet van de stem van mijn enige ware liefde, terwijl ik me verbeeld dat ze in de badkamer is in plaats van op de radio, bezig met haar avondlijke wasrituelen, zich opmakend om naar bed te gaan, waar ze tegen me aan zal kruipen en mijn oude botten warmen, en ik houd haar borsten in mijn hand tot ik in slaap val. Als ik genoeg Macallan op heb, laat ik me zo door mijn verbeelding meeslepen dat ik hardop tegen haar zeg: 'Ik weet dat je je zorgen maakt dat ik rook, liefje, dus doe ik mijn sigaar nu uit en kom direct naar bed.'

Arme Miriam. Haar programma is prut. Tussen de plaatjes door moet ze de brieven van de luisteraars hardop voorlezen. Een keer las ze – tot mijn eeuwige vreugde – een brief voor die zogenaamd afkomstig was van ene mevrouw Doreen Willis van Vancouver Island.

Beste Miriam,
Ik hoop dat je het niet erg vindt dat ik zo familiair doe, maar hier op Vancouver Island beschouwen we je zo'n beetje als familie. Dus daar gaat-ie dan. Ik moet er haast van blozen. Vandaag veertig jaar geleden was ik met Donald op de 'weg met de gele stenen' naar Banff op onze huwelijksreis. We reden in een Plymouth Compact. Hij was blauw, mijn favoriete kleur. Ik hou ook van oker, zilver en lila. Ik vind kanariegeel sommige mensen wel staan, als je begrijpt wat ik bedoel? Maar roodbruin kan ik gewoon niet uitstaan. Het regende pijpenkrullenstelen. En weet je wat? We kregen een lekke band. Donald, die toen in het beginstadium was van multiple sclerose, hoewel we dat destijds nauwelijks vermoedden (ik dacht dat het gewoon zijn onhandigheid was), kon hem niet repareren. En ik zei de gek? Nou, ik wilde het risico niet lopen om smeer te krijgen op mijn gloednieuwe polka deux-pièce met half bijpassend jasje tot vlak over de taille. Het was turquoise. Toen kwam er net op tijd een Barmhartige Samaritaan voorbij die ons hachétje redde. Oeps! Ik denk niet dat jij dat eet, aan je naam te zien, maar ik bedoel er niets mee, zal ik maar zeggen. We waren doodmoe tegen de tijd dat we in het Springs Hotel in Banff aankwamen. Toch stond Donald erop dat we onze behouden aankomst vierden met een paar Singapore Slings. De barkeeper had zijn radio aanstaan en Jan Peerce zong 'The Bluebird of Happiness'. Ik zal je wel vertellen, ik kreeg er kippenvel van. Het paste precies bij onze stemming. Vandaag vieren we onze veertigjarige bruiloft en Donald, die al jaren in een rolstoel zit, heeft vandaag een beetje de *blues* (maar blauw is natuurlijk ook mijn favoriete kleur). Je moet echter weten dat hij nog steeds zijn oude gevoel voor humor heeft. Ik noem hem Beefje en dan lacht hij zo hard dat ik zijn kin moet afvegen en zijn neus snuiten. Ach ja, in voorspoed en in tegenspoed, dat hadden we toch beloofd?, *hoewel ik sommige vrouwen bij naam zou kunnen noemen die zich er niet aan houden.*
Draai alsjeblieft 'The Bluebird of Happiness' van Jan Peerce voor Donald, want ik weet dat hij daarvan opkikkert. Veel dank van een trouwe luisteraar.

Hoogachtend,
Doreen Willis

Hebbes, dacht ik en deed een zachte shuffle terwijl ik mezelf een stevig glas inschonk. Vervolgens ging ik zitten om aantekeningen te maken voor een volgende brief.

Op mijn oude dag blijf ik in Montreal hangen en riskeer beijzelde straten in de winter ondanks mijn steeds brosser wordende botten. Het komt me wel goed uit om in een stad te wonen die net als ik met de dag slinkt. Gisteren nog maar pas, lijkt het, startten de separatisten officieel hun referendumcampagne met een show voor een publiek van duizend ware gelovigen in het Grand Théâtre van Quebec City. Hun wijdlopige, zij het absoluut premature, Soevereiniteitsverklaring, voorgelezen door een duo in een spotlight, had meer te danken aan de Hallmark-wenskaarten dan aan Thomas Jefferson.

> Wij, het volk van Quebec, verklaren dat wij vrij zijn om onze eigen toekomst te kiezen.
> Wij kennen de winter in onze zielen. Wij kennen zijn winderige dagen, zijn eenzaamheid, zijn valse eeuwigheid en zijn ogenschijnlijke dood. Wij weten wat het is om gebeten te worden door de winterkou.

We hebben te maken met een tweekoppig beest: onze provinciale premier, alias De Wezel, en zijn handlangers in Quebec City, en Dollard Redux, de brallende leider van het Bloc Québécois in Ottawa. Dollard Redux heeft een verwoesting aangericht hier. Weldra zullen de enig overgebleven Engelssprekenden in Montreal ouden van dagen, invaliden en armen zijn. Al wat er nu nog bloeit, zijn borden met TE KOOP/A VENDRE die elke dag als verlate narcissen in voortuintjes opschieten, en overal in de vroeger zo chique straten hangen plakkaten met TE HUUR/A LOUER aan de winkels. In mijn stamkroeg in Crescent Street wordt minstens één keer in de maand een wake gehouden voor de laatste stamgast die zijn buik vol heeft van het tribalisme en naar Toronto of Vancouver verhuist. Of, God sta hen bij, Saskatoon, 'een goede plek om kinderen te laten opgroeien'.

Dink's is de naam van de bar waar ik zowat elke dag ga lunchen, en waar ik om vijf uur 's middags weer naar toe ga, een tijdstip dat het er vol is met ouwe mannetjes. Die aanbiddelijke wildebras die mijn persoonlijke assistente is bij Volslagen Onnodige Producties, de onmisbare Chantal Renault, kent mijn dagelijkse routine. De mannen negerend, die altijd onrustig worden van haar aanwezigheid, komt en gaat ze met cheques die getekend moeten worden en meer van dat soort irritante dingen. Gelukkig werkt Arnie Rosenbaum niet meer bij ons. Arnie, die bij mij in de klas zat op Fletcher's Field High School, is de nebbisj die ik zo stom was om in dienst te nemen voor het kantoor in Montreal van mijn kaasimportbedrijf. Uit schuldgevoel hield ik zijn betrekking aan toen ik, in 1959, mijn premature tv-productiebedrijf begon: ik vond een plaatsje voor hem op de boekhouding. Die tijd. Godallemachtig. Met de schuldeisers steeds op mijn hielen stelde ik de betaling van laboratoriumrekeningen, filmmateriaal en de huur van camera's tot het allerlaatste moment uit. En dan was Arnie er nog. Tandenknarsende Arnie die leed aan slechte adem, astma, maagzweren en flatulentie, kwalen die verergerd werden door de pesterijen van Hugh Ryan, onze eigen registeraccountant. Een keer kwam Arnie op kantoor en vond een boeking in een van zijn leggers die niet van hemzelf was, waardoor hij uren verknoeide met futiele berekeningen. Een andere keer nam hij een van zijn pillen – dacht hij – en kreeg vóór het middag was een plotselinge aanval van diarree. Dan was er die keer, op een middag, dat Arnie bij me kwam in Dink's en zijn regenjas op de bar smeet. 'Ik kom net terug van de stomerij,' zei hij. 'Moet je zien wat ze in mijn zakken vonden.' Condooms. Een vibrator. Een gescheurd zwart damesslipje. 'Stel dat Abigail mijn zakken had leeggehaald?'

Ik had ook een gloeiende hekel aan Hugh, maar durfde hem niet te ontslaan. Hij was het neefje van onze federale minister van Financiën en frequent te gast op de diners van de presidenten van de Bank of Montreal en de Royal Bank of Canada. Zonder hem als zekerstelling zou mijn broodnodige kredietplafond instorten. 'Arnie, ik wou dat je eens leerde hem te negeren, dan zou hij je gauw met rust laten. Maar ik zal wel met hem praten.'

'God verhoede, maar op een dag pak ik nog een keer een mes en ram dat tussen zijn schouderbladen. Ontsla hem, Barney. Ik kan zijn werk wel doen.'

'Ik zal erover nadenken.'

'Dat is precies wat ik had verwacht. Bedankt, maar niet heus,' zei hij.

Onder de stamgasten van Dink's zijn tegenwoordig ook een paar gescheiden vrouwen, een aantal journalisten, onder wie Zack Keeler, de columnist van de *Gazette*, een paar slome hannesen waar je beter met en boog omheen kunt lopen, wat advocaten, een verdwaalde Nieuw-Zeelander en een niet onaardige homokapper. Onze ster en mijn beste vriend daar is een advocaat, die meestal rond het middaguur zijn kruk aan de bar inneemt en die pas om zeven uur weer vrijgeeft, wanneer we Dink's overlaten aan de oorverdovende rockmuziek van jongeren die mekaar daar komen aflikken.

John Hughes-McNoughton, geboren in het rijke Westmount, is zijn morele kompas jaren geleden kwijtgeraakt. Zijn dunne haar is bruin geverfd, hij is lang, schraal, loopt een beetje voorovergebogen en zijn blauwe ogen kijken smalend. John was een briljante strafpleiter, tot twee kostbare echtscheidingen en een fatale combinatie van drank en oneerbiedigheid hem de das omdeden. Een paar jaar geleden verdedigde hij een notoire flessentrekker-cum-vrouwenversierder, een man die werd beschuldigd van aanranding van een vrouw die hij had opgepikt in de Esquire Show Bar, en maakte toen de fout een lange, rijk overgoten lunch bij Delmo's te gebruiken voordat hij zijn pleidooi ging houden. Waggelend in de advocatenbank sprak hij met dikke tong: 'Dames en heren van de jury, het is thans aan mij een gloedvol betoog te houden ter verdediging van mijn cliënt. Daarna kunt u uw voordeel doen met de onpartijdige samenvatting door de rechter van de getuigenissen die u hier hebt gehoord. En vervolgens, dames en heren van de jury, zult u in uw wijsheid verklaren of u mijn cliënt schuldig of onschuldig acht. Echter, de woorden van Juvenalis indachtig, die eens schreef *probitas laudatur et alget*, hetgeen ik, om u niet te beledigen, niet zal vertalen, moet ik bekennen dat ik veel te dronken ben om een pleidooi te houden. In al mijn jaren bij de rechtbank moet ik nog een onpartijdige rechter tegenkomen. En u, dames en heren van de jury, bent niet capabel om te beslissen of mijn cliënt schuldig is of niet.' Daarna ging hij zitten.

In 1989 hield John toespraken op openbare bijeenkomsten ten behoeve van een malle protestpartij voor Engelssprekenden die vier zetels zou winnen in onze zogenaamde Nationale Assemblee in Quebec City. Hij publiceerde ook hier en daar bijtende opiniërende artikelen waarin hij de draak stak met de ridicule taalwetten van Quebec die, onder andere dwaze dingen, bepaalden dat voortaan Engelstalige, of zelfs tweetalige, reclameteksten *verboten* waren, een affront voor de *visage linguistic* van *la belle province*. In die conflictueuze tijd kreeg zelfs Dink's bezoek van een inspecteur (of 'taalagent', zoals wij ze noemden) van de *Commission de protection de la langue française*. Deze hedendaagse, kwakbuikige *patriote* in een hawaïhemd en bermudashorts ontdekte tot zijn verdriet een vlaggetje dat aan de bar hing waarop stond:

ALLONS-Y EXPOS
GA D'R VOOR, EXPO'S

De inspecteur – zijn manieren waren onberispelijk – gaf toe dat de sentimenten lovenswaardig waren, maar dat jammer genoeg het vlaggetje illegaal was omdat de Engelse letters even groot waren als de Franse, terwijl de wet duidelijk voorschreef dat het Frans twee keer zo groot moest zijn als het Engels. Het was na drieën in de middag dat de inspecteur aldus sprak en John, goed in de olie, was al op schreeuwsterkte. 'Als je een inspecteur stuurt die twee keer zo groot is als wij Engelstaligen,' brulde hij, 'dan halen we het vlaggetje weg. Maar tot het zover is blijft het hangen.'

'Bent u *le patron*?'

'Fiche le camp. Espèce d'imbécile.'

Een half jaar later was John in het nieuws. Hij had zes jaar lang geen provinciale inkomstenbelasting betaald. Een vergissing. Dus hij liet de journalisten naar Dink's komen. 'Ik word vervolgd,' sprak hij, 'omdat ik Engelstalig ben, een spreekbuis voor mijn volk dat zijn grondwettelijke recht wordt onthouden. Reken erop dat ik me niet zal laten intimideren of muilkorven. En ik zal overleven. Want, zoals Terentius stelde, *fortes fortuna juvat*. Dat spelt u T, E, R, E, N, T, I, U, S, mijne heren.'

'Maar hebt u nu wel of niet uw inkomstenbelasting betaald?' vroeg een verslaggever van *Le Devoir*.

'Ik weiger in te gaan op vijandige vragen van politiek gemotiveerde journalisten van de francofone pers.'

Als hij zich goed vol had laten lopen met wodka en cranberrysap, zijn lievelingsneut, kon John echt hatelijk worden en was zijn favoriete pispaal de onschuldige homokapper, tegen wie hij tekeerging en die hij uitmaakte voor darmkever, of erger, waarmee hij Betty, onze weergaloze barmeid, en ook alle andere gasten, woedend maakte. Betty, in de wieg gelegd voor haar baan, zorgt ervoor dat alleen erkende leden van onze groep aan onze kant van de hoefijzervormige bar gaan zitten. Ze handelt ongewenste telefoontjes met zwier af. Als bijvoorbeeld de vrouw van Gold belt, dan kijkt ze hem recht aan voor een teken terwijl ze roept: 'Is Nate Gold hier?' Ze int cheques voor Zack Keeler, onder anderen, en houdt ze vast tot ze zeker weet dat ze niet wegens gebrek aan saldo geretourneerd worden. Als John door de drank onuitstaanbaar is geworden, neemt ze hem zachtjes bij de arm en zegt: 'Je taxi is er.'

'Maar ik heb helemaal geen...'

'O, jawel. Is het niet, Zack?'

John is een vlerk, zeker, maar hij is ook een intelligente en originele man, een soort waaraan deze stad gebrek heeft. Bovendien sta ik voor eeuwig bij hem in het krijt. Hoewel ik zeker weet dat hij vermoedde dat ik schuldig was, verdedigde hij me met verve voor de rechtbank. Hij stond voor me klaar toen alleen Miriams bezoeken aan de gevangenis in St. Jérôme me behoedden voor een zenuwinzinking.

'Natuurlijk geloof ik je,' had ze toen gezegd, 'maar ik denk dat je me niet alles hebt verteld.'

Tot op de dag van vandaag, als de politieagent die belast was met het onderzoek, rechercheur Sean O'Hearne, zijn neus bij Dink's laat zien, doet John zijn uiterste best om hem te kleineren. 'Als je je dan toch moet opdringen aan dit uitgelezen gezelschap hier, O'Hearne, zul je wel je drankjes zelf moeten betalen nu je met pensioen bent.'

'Als ik u was, maître Hughes-streepje-McNoughton, dan zou ik me met mijn eigen zaken bemoeien.'

'*Ite, misa est*, rat die je bent. Val mijn cliënt hier niet lastig. We kunnen je nog steeds laten vervolgen wegens geweldpleging, hoor.'

Raskolnikov haalt het niet bij mij. Of, anders gezegd, elke verdachte krijgt zijn eigen inspecteur Porfiri. O'Hearne blijft me in de gaten houden, hopend op een laatste bekentenis.

Arme O'Hearne.

Wij allemaal die Dink's in de namiddag frequenteren, hebben geleden onder de tand des tijds, maar de voorbije jaren zijn vooral hard geweest voor O'Hearne, die nu begin zeventig is. Eens was hij zo vierkant als een bokser, geen grammetje vet, een vechterstype uit de vroege films van Warner Bros, en hij had een zwak voor borsalino's, brede opzichtige dassen en maatpakken die hij op de pof aanschafte. Vroeger was louter zijn aanwezigheid in Dink's, of iedere andere kroeg in Crescent Street, voldoende om pooiers, dealers en helers, die geen van allen wilden dat O'Hearne zag dat ze veel geld uitgaven, de deur uit te jagen. Maar nu was O'Hearne, nog steeds zijn scheiding in het midden van zijn overgebleven sneeuwwitte haar, losse sliertenaan beiden kanten met brillantine tegen zijn hoofd geplakt, niet zozeer corpulent als wel opgepompt met bier, vol blubber zonder schijnbaar enige substantie. Prik in hem met een vork, dacht ik, en er spuit vet uit als worstjes in een pan. Vol halskwabben, zweterig, wiebelende onderkinnen en een enorme buik. Hij rookte niet meer de ene Player's Mild na de andere, maar was blijven zitten met, en werd vaak overmand door, zo'n scheurende hoest dat wij allemaal besloten als we thuiskwamen ons testament nog maar eens door te nemen. De laatste keer dat hij aankwam om te zien of ik er was en hij zich piepend naast me op een barkruk hees, zei hij: 'Weet je wat ík nou het ergste zou vinden? Darmkanker. Dat ik moet schijten in een boterhamzakje dat op mijn heup hangt. Net als die arme ouwe Armand Lemieux. Ken je die nog?'

Lemieux was degene die me de handboeien had omgedaan.

'Ik zit tegenwoordig wel een uur op de plee 's morgens,' zei hij, 'voordat ik klaar ben. Het komt er in venijnige keuteltjes uit.'

'Dat is bijzonder interessant, je stoelgang. Waarom ga je niet naar de dokter?'

'Eet jij Japans?'

'Niet als het niet hoeft.'

'Ik heb die nieuwe tent uitgeprobeerd in Bishop. De Lotusbloesem, of hoe ze hem ook noemen, en ze serveerden me rauwe koude vis en warme wijn. Ik zeg, luister eens goed, tegen die dienster. Ik hou van wárm eten en kóude wijn. Neem maar weer mee en probeer het nog een keer, oké? Hé, ik lees heel wat af de laatste tijd.'

'Terwijl je op de plee zit?'

'Lemieux herinnert zich jou nog als de dag van gisteren. Hoe jij dat had aangepakt, zegt hij, dat moest het werk van een genie zijn.'

'Ik ben diep ontroerd.'

'Lemieux heeft een aardig dingetje opgescharreld voor een ouwe politieagent. Een Italiaanse weduwe met tieten van hier tot ginder, ze heeft een garage in de North End. Maar hoe moet dat voor haar zijn? Ik bedoel, hij ligt in het nest met haar, van hoepsa, hoepsa, hoepsa, en ze kijkt en gatverdee dat boterhamzakje loopt vol. Verveel ik je?'

'Ja.'

'Weet je, na al die jaren nodigt De Tweede Mevrouw Panofsky, zoals jij haar met alle geweld wilt noemen, me nog steeds af en toe uit om te komen eten.'

'Heb jij mazzel. Van al mijn vrouwen is zij tot nu toe de beste kok geweest. Dat mag je tegen haar zeggen,' zei ik, hopend dat mijn roddel aan Miriam zou worden doorgebriefd.

'Ik denk niet dat ze het compliment van jou zal appreciëren.'

'Ze int nog steeds mijn maandelijkse cheques.'

'Even serieus. Het is net of haar leven op dat moment gestopt is. Ze heeft de handelingen van het proces in marokijnleer laten inbinden en leest ze almaar opnieuw, aantekeningen makend, zoekend naar mazen in het net. Hé, weet je wat het verschil is tussen Christopher Reeves en O.J. Simpson?'

'Ik zou het niet weten.'

'O.J. Simpson hoeft niet lang meer te zitten,' zei hij bulderend van het lachen.

'Wat ben je toch een oen, Sean.'

'Snap je het dan niet? Reeves is die acteur, hij speelde Superman en hij heeft een auto-ongeluk gehad en hij is voor het leven verlamd. O.J. is zo schuldig als wat, weet je. Net als jij. Ach, kom op. Niet zo sikkeneurig. Dat is allemaal al lang verleden tijd. In jouw positie had ik misschien hetzelfde gedaan. Niemand neemt het je kwalijk.'

'Waarom kom je hier steeds, Sean?'

'Ik stel je gezelschap op prijs. Echt waar. Wil je iets voor me doen? Laat me een brief na waarin je schrijft wat je ermee gedaan hebt.'

'Met het lijk?'

Hij knikte.

'Maar jij gaat waarschijnlijk als eerste de pijp uit, Sean. Met die kilo's die je tegenwoordig rondtorst, vraag je gewoon om een hartaanval.'

'Ik zwaai jou nog uit op het kerkhof, Panofsky. Gegarandeerd. Schrijf die brief voor me. Ik beloof dat ik hem na lezing zal vernietigen. Ik ben nieuwsgierig, verder niks.'

8

Irv Nussbaum hing vanochtend weer aan de lijn voordat ik mijn koffie op had. 'Geweldig nieuws,' zei hij. 'Zet de CJAD aan, vlug. Jongeren hebben een hakenkruis op de muren van een Talmoed Torah-school geverfd vannacht. Ruiten ingegooid. De groeten.'

En een fascinerend bericht uit Orange County, Californië, in de *Globe and Mail* vandaag. Een zeventigjarige vrouw die voor haar echtgenoot zorgt die aan kanker lijdt – zijn luiers verschonen, voeren, niet meer dan een paar uur per nacht slapen vanwege zijn voortdurende tv-gekijk – ging door het lint. Ze overgoot haar wederhelft van vijfendertig jaar huwelijk met schoonmaakalcohol en stak hem in brand toen ze ontdekte dat hij haar chocoladereep had opgegeten. 'Ik was even naar de brievenbus gegaan en toen ik terugkwam was de chocoladereep weg. Er was niemand anders, dus moest hij het gedaan hebben,' zei ze. 'Hij krijgt ook nog elke dag snoep. Maar hij nam mijn chocoladereep. Dus ik pakte een theelepel alcohol en gooide het naar hem toe. Ik had lucifers in mijn zak. Hij vloog zo in brand. Ik bedoelde het niet zo. Ik wilde hem alleen maar bang maken.'

Ik had een afspraak om één uur en vertrok in donderstemming, maar op tijd. In tegenstelling tot Miriam ging ik er prat op punctueel te zijn. Toen stokte ik plotseling. Opeens wist ik niet meer wat ik ging doen... het bordje op de hoek van de straat zei Sherbrook Street. Ik had geen idee waar ik naar toe ging. Of waarom. Ten prooi aan duizeligheid, badend in het zweet ondanks de kou, schuifelde ik naar de dichtstbijzijnde bushalte en zeeg op een bank neer. Een jongeman die op de bus stond te wachten, zijn baseballpetje met de klep naar achteren, boog zich over me heen en vroeg: 'Gaat het wel, opa?'

'Kop dicht,' zei ik. Vervolgens begon ik voor me uit te prevelen wat zo langzamerhand mijn mantra is. Spaghetti laat je uitlekken in dat ding dat in de keuken aan de muur hangt. Mary McCarthy schreef *The Man in the Brooks Brothers Suit* of *Shirt*. Een van de twee. Ik ben eenmaal weduwnaar en twee keer gescheiden. Ik heb drie kinderen – Michael, Kate en die andere jongen. Mijn favoriete gerecht is gesmoorde borststuk met mierikswortel en latkes. Miriam is mijn grote liefde. Ik woon in Sherbrook Street West in Montreal. Het huisnummer doet er niet toe, ik herken het gebouw van een afstand.

Met bonzend hart, het dreigde bijna uit mijn borst te springen, tastte ik naar een Montecristo en slaagde erin hem aan te steken en een trek te nemen. Schaapachtig grijnzend naar de bezorgde jongeman die nog steeds over me heen gebogen stond, zei ik: 'Het spijt me. Het was niet mijn bedoeling grof te doen.'

'Ik kan een ambulance bellen.'

'Ik weet niet wat me overkwam. Maar nu gaat het wel weer. Echt.'

Hij leek niet overtuigd.

'Ik heb een afspraak met Stu Henderson bij Dink's. Dat is een bar in Crescent Street. De volgende straat moet ik links en daar is het.'

Stu Henderson, een sappelende freelance tv-producer, die vroeger lid was van de Nationale Filmraad, zat aan de bar op me te wachten. John zat reeds op zijn gebruikelijke kruk naast hem, zo te zien dagdromend. In 1960 had Stu al een bekroonde maar saaie documentaire gemaakt over de Canadair CL-215, een blusvliegtuig dat destijds nog op verschillende meren in de Laurentians werd getest en dat zonder tot stilstand te komen vijfenhalfduizend liter water kon scheppen om het over de dichtstbijzijnde bosbrand uit te storten. En nu was hij gekomen om me een project aan te smeren. Hij wilde een beginkapitaal voor een onafhankelijke productie, een documentaire over Stephen Leacock. 'Dat is erg interessant,' zei ik, 'maar ik vrees dat ik niet aan culturele projecten doe.'

'Gezien al het geld dat je hebt verdiend met het produceren van rotzooi...'

John, zijn ogen glazig, interrumpeerde: '*Non semper erit aestas*, Henderson. Ofwel, in je moerstaal, de vlieger gaat niet op.'

Ik houd er een uit het lood geraakt waardestelsel op na, het stamt nog uit mijn jonge jaren in Parijs. Het zijn Boogies normen, die inhouden dat iemand die een artikel heeft geschreven voor *Het Beste*, of een bestseller op zijn naam heeft staan, of die gepromoveerd is, er niet bij hoort. Maar een pornografisch romannetje voor Girodias eruit rammen was klasse. Ook schrijven voor de film was verachtelijk, tenzij het een echte giller van een Tarzan-film was. Dus geld binnenhalen met het idiote *McIver van de Bereden Politie* was strikt kosjer, maar een serieuze documentaire over Leacock financieren zou *infra dignitatem* zijn, zoals John als eerste zou betogen.

Terry McIver onderschreef Boogies waardestelsel natuurlijk niet. Wat hem betrof waren wij een onvergeeflijk frivool stelletje. Louche. Ons gemeenschappelijke politieke standpunt, gevoed door de *New Statesman*, resoluut links, trof hem als pathetisch naïef. En Parijs was een politiek circus in die dagen, de gekste stunts werden uitgehaald. Op een nacht plakten de rabiaat anticommunistische idioten van *Paix et Liberté* overal posters waarop de rode vlag met de hamer en sikkel van de Eiffeltoren wapperde. De tekst eronder luidde: WAT ZOU U HIERVAN VINDEN? Vroeg de volgende ochtend liepen communistische knokploegen alle posters na en plakten de Stars and Stripes over de Sovjetrussische vlag.

Clara, Boogie, Cedric, Leo en ik zaten op het terras van de Mabillon, dronken en de stapel bierviltjes werd steeds hoger, op de dag dat generaal Ridgway, vers van de Koreaanse oorlog, Parijs binnenreed om Eisenhower te vervangen bij SHAPE. Alleen wat schaarse, verveelde nieuwsgierigen waren komen opdagen om de generaal te zien, maar toch waren de gendarmes overal, en de Boulevard Saint-Germain zag zwart van de Gardes Mobiles, hun gepoetste helmen blinkend in de zon. Opeens was de Place de l'Odéon vol met communistische betogers, mannen, vrouwen en jonge jongens schoten uit de zijstraten te voorschijn en haalden bezemstelen vanonder hun wijde jassen vandaan waar borden aan zaten met anti-Amerikaanse posters. Clara begon te kreunen. Haar handen trilden.

'RIDGWAY' brulden de mannen.

'À la porte,' krijsten de vrouwen ten antwoord.

Onmiddellijk dreven de gendarmes een wig tussen de demonstranten, zwaaiend met die charmante blauwe capes die op vrijwel geen enkel Frans toeristenaffiche dat ik gezien heb ontbreken, maar die in werkelijkheid verzwaard waren met loden pijpen in de voering. Neuzen werden gebroken. Koppen ingeslagen. De aanvankelijk zo gedisciplineerde leuze *Ridgway à la porte* vervaagde en stierf vervolgens geheel weg. De demonstranten trokken terug, uiteengejaagd, de handen tegen hun bloedende hoofden. En ik rende de vluchtende Clara achterna.

Op een andere dag kwam een Duitse generaal, op bevel van de NAVO, naar Parijs, en Franse joden en socialisten paradeerden somber zwijgend in concentratiekamppakken over de Champs-Elysées. Onder hen was Yossel Pinsky, de geldwisselaar van de Rue des Rosiers die weldra mijn compagnon zou worden. '*Misjt zich nisjt erein*,' zei hij. Hou je erbuiten. De moeilijkheden met Algerije waren begonnen. Gendarmes vielen de hotels op de Linkeroever een voor een binnen op zoek naar Arabieren zonder papieren. Op een ochtend om vijf uur bonsden ze op onze deur en vroegen om onze paspoorten. Ik haalde het mijne te voorschijn terwijl Clara, de deken tot haar kin opgetrokken, jammerend in bed in elkaar dook. Haar voeten staken eruit, elke nagel in een andere kleur gelakt, een ware regenboog. 'Laat in jezusnaam je paspoort zien.'

'Kan ik niet. Ik ben naakt.'

'Zeg dan waar het is.'

'Nee, je moet het niet pakken.'

'Godverdomme, Clara.'

'Shit. Fuck.' De deken zo goed en zo kwaad als het ging om zich heen gewikkeld, nog steeds snotterend terwijl de gendarmes elkaar grinnikend aankeken, viste ze haar paspoort onder uit een koffer, liet hem zien, en deed de koffer weer op slot.

'Ze hebben mijn gleuf gezien, die klootzakken. Ze stonden ernaar te kijken.'

Die middag liep ik Terry tegen het lijf in het Café Bonaparte, waar ik was gaan flipperen. Mijn aanvankelijke band met Terry berustte op het feit dat we allebei uit Montreal kwamen. Ik uit de buurt van Jeanne Mance Street in de oude joodse arbeiderswijk en Terry uit de net even betere, blank-protestantse wijk Notre-Dame-de-Grâce, waar zijn vader een karig inkomen bij elkaar had geschraapt met zijn tweedehands-boekwinkel gespecialiseerd in marxistische teksten. Zijn moeder had voor de klas gestaan op een lagere school, tot de ouders ertegen gingen protesteren dat hun kinderen naar documentaires over een kolchoz in de Oekraïne moesten kijken in plaats van naar tekenfilms van Bugs Bunny.

De meesten van ons hadden weinig geld, maar Terry was volslagen blut. Althans, zo leek het. Er waren dagen dat zijn dieet uitsluitend bestond uit een baguette en een café au lait. Hij droeg non-iron overhemden, die hij in zijn wastafel uitspoelde en 's nachts te drogen hing. Een meisje dat hij kende, ze had een kamer in de *cité universitaire*, knipte zijn haar voor hem. Terry hield zich in leven met het schrijven van artikelen van zeshonderd woorden voor de UNESCO, die over de hele wereld gratis aan kranten werden verstrekt. Voor vijfendertig dollar produceerde hij een geleerd stuk ter herdenking van de honderdste geboortedag van een beroemde schrijver, of de vijftigste verjaardag van de eerste uitzending van de eerste draadloze boodschap van Marconi, of de ontdekking van majoor Walter Reed dat gele koorts door muskieten wordt overgedragen. Hij werd door ons groepje nauwelijks geduld, zoals ik misschien al eerder heb gezegd, dus als er ergens een feestje was echode het van café tot café: 'In godsnaam, zeg niets tegen Terry.' Terry de paria. Maar ik raakte van de weeromstuit op hem gesteld en nam hem eens per week mee uit eten in een van mijn favoriete restaurants in de Rue du Dragon. Clara ging nooit mee. 'Hij is de meest *dégoûtante* persoon die ik ooit onder ogen heb gekregen,' zei ze. 'Volslagen *déraciné*, een *frondeur*. En bovendien heeft hij een slechte aura en stuurt constant elementaire geesten op me af.' Maar ze gaf ook niet veel om Yossel. 'Ik krijg de kriebels van hem. Hij stinkt naar al het kwaad van de wereld.'

Terry intrigeerde me. Wij waren allemaal onbezorgd en ongedwongen en dachten destijds niet na over hoe oud we waren: drieëntwintig, of zevenentwintig, of wat dan ook. Wij dachten niet in termen van levensverwachtingen. Of, anders gezegd, de kogels sloegen toen nog niet zo dicht bij de loopgraaf in. Maar Terry was zich ervan bewust dat hij jong was en zijn 'Parijse periode' doormaakte. Zijn leven was niet om van te genieten en roekeloos te verspillen, zoals het zaad van Onan. Het was een verantwoordelijkheid. Een kapitaal dat beheerd diende te worden. Het was als een zwart-wittekening in een kleurboek die hij met uiterste autobiografische zorgvuldigheid moest inkrijten, rekening houdend met toekomstige kritiek. Dus hij leek in de armoede te zwelgen in plaats van die te verduren, het was een ritueel van zijn literaire inwijding. Dr. Johnson had erger meegemaakt. En Mozart. Alles wat hij deed en hoorde was voedsel voor zijn dagboeken, waarin hij de feiten verdraaide, zoals ik te laat ontdekte.

Terry, die de spot dreef met de politieke overtuiging van zijn ouders, had niettemin een aantal van hun vooroordelen geërfd en fulmineerde tegen alles wat Amerikaans was. De Coca-Cola-cultuur maakte hem wanhopig. Het Nieuwe Rome. 'Weet je nog die avond,' zei hij, 'dat Cedric ons mee uit nam om het tekenen van het contract voor zijn roman te vieren en zo verdomd te koop liep met zijn nieuwe rijkdom. Ik wilde geen domper op zijn fanfare zetten, dat klinken van die Nubische cimbalen, dus ik hield me stom destijds, wat jij ongetwijfeld toeschreef aan afgunst. De waarheid is echter dat Scribner's kort daarvoor de eerste drie hoofdstukken van mijn roman-in-wording had teruggestuurd met een lovende brief en een voorbehoud. Helaas was de belangstelling voor Canadese zaken te verwaarlozen. Zoudt u willen overwegen uw roman in Chicago te situeren? Hugh MacLennan, die ik niet hoogacht, had wat dit betreft gelijk: "Man ontmoet vrouw in Winnipeg. Wie kan het wat schelen?" En hoe staan de zaken tegenwoordig met de onvoorspelbare Clara?'

'Ze had wel mee willen gaan eten, maar ze voelde zich niet goed.'

'Je hoeft voor mij geen uitvluchten te verzinnen. Ik lijd niet aan die dwang van jou om de goedkeuring van anderen te verwerven, ongetwijfeld een residu van je Jeanne Mance Street-afkomst. Maar wat ik niet kan bevatten is waarom je hardnekkig als een hondje achter Boogie aan blijft lopen.'

'Wat ben je toch een lul, Terry.'

'Kom op nou. Je aanbidt die charlatan. Je hebt zelfs een paar gebaren van hem overgenomen.' Terry – gescoord naar zijn gevoel – leunde achterover en keek naar me met een meewarige glimlach.

Terry's eerste publicatie verscheen in *Merlin*, een van die dunne Parijse tijdschriftjes van die tijd. 'Paradiso' was onverdraaglijk poëtisch, joyceaans, *literaturig*, en we moesten er het woordenboek bij halen om dingen op te zoeken: didynamica, mataeologie, *chaude mellé*, sforzato.

Ik ben tegenwoordig een soort verzamelaar van Canadiana, met een speciale belangstelling voor de journaals van de eerste ontdekkingsreizigers in Zuid-Canada, en ik krijg regelmatig catalogi van antiquaren. Onlangs viel mijn oog op de volgende beschrijving:

Uiterst Zeldzaam en in Goede Staat

McIver, Terry. De eerste publicatie van de schrijver, 'Paradiso', een kort verhaal. Een vroeg maar invloedrijk werk waarin de aanzetten te vinden zijn voor de latere obsessies van een van onze grootste schrijvers. *Merlin*, Parijs 1952.
Zie Lande, 78; Sabin, 1052.
C$300.

Op een avond trof een uitgelaten Terry me in het Café Royal Saint-Germain aan. 'George Whitman heeft mijn verhaal gelezen,' zei hij, 'en hij heeft me gevraagd in zijn boekwinkel te komen voorlezen.'

'O, maar dat is geweldig,' zei ik, enthousiasme veinzend. Maar de rest van de dag was ik in een slecht humeur.

Boogie wilde per se met Clara en mij mee naar de boekwinkel tegenover de Notre Dame. 'Zoiets mag je niet missen,' zei Boogie, die duidelijk stoned was. 'In later jaren zullen mensen vragen: Waar was jij de avond toen Terry McIver voorlas uit zijn *chef-d'oeuvre*? Minder gelukkigen zullen kunnen zeggen dat ze bezig waren hun hoofdprijs in de loterij te innen, of Ava Gardner te neuken. Of Barney zal kunnen opscheppen dat hij er bij was op de avond dat zijn geliefde Montreal Canadiens voor de zoveelste keer de Stanley Cup wonnen. Maar ik zal kunnen beweren dat ik erbij was op de avond dat er literaire geschiedenis werd geschreven.'

'Je gaat niet mee. Er komt niks van in.'

'Ik zal heel bescheiden zijn. Ik zal naar adem happen bij zijn metaforen en bij elk *mot juste* applaudisseren.'

'Boogie, ik wil dat je belooft dat je hem niet gaat onderbreken.'

'Och, zeik toch niet zo,' zei Clara. 'Je bent Terry's moeder niet.'

Er stonden klapstoeltjes voor veertig mensen, maar er waren slechts negen aanwezigen toen Terry, een half uur te laat, begon voor te lezen.

'Ik geloof dat Edith Piaf vanavond ergens aan de Rechteroever een nieuwe voorstelling geeft,' zei Boogie *sotto voce*, 'anders zouden er wel meer mensen gekomen zijn.'

Terry was goed en wel op dreef toen een troep *lettristes* de boekwinkel binnenviel. Het waren aanhangers van het blad *Ur, Cahiers pour un dictat culturel*, dat onder redactie stond van Jean-Isador Isou. De geduchte Isou was tevens de auteur van *Un Réponse à Karl Marx*, een dunne repliek die door meisjes in de Rue de Rivoli en voor het gebouw van American Express aan toeristen werd uitgevent – toeristen die in de tantaliserende illusie verkeerden dat ze pikante lectuur kochten. De lettristes waren van mening dat de kunst dood was en alleen opnieuw tot leven gewekt kon worden door een synthese van al haar absurditeiten. Hun eigen poëzie, die ze meestal reciteerden in een café op de Place Saint-Michel, bestond uit kreten en grommen, onsamenhangende samenraapsels van letters, opgezegd onder antimuzikale begeleiding, en een tijdlang was ik een van hun bewonderaars. En nu, terwijl Terry met monotone stem verderlas, speelden ze op harmonica's, bliezen op fluitjes, knepen in toeters en maakten met hun handen onder hun oksels scheetgeluiden.

Diep in mijn hart ben ik een chauvinist. Ik juich voor de Montreal Canadiens en, toen ze nog in Delormiers Downs speelden, onze eigen Triple-A Royals. Dus ik schoot Terry instinctief te hulp. '*Va te faire foutre! Tapettes! Salauds! Petits merdeurs! Putes!*' Maar dat hitste de radbrakers alleen maar op.

Terry las met een verhit gezicht door. En door. En door. Ogenschijnlijk in een trance, zijn starre glimlach was akelig om aan te zien. Ik voelde me misselijk. *Wacht even.* Ja, ik maakte me echt zorgen om hem, maar, klootzak die ik ben, ik was even opgelucht dat er niet veel mensen naar hem waren komen luisteren. Of dat hij geen bijval oogstte. Na afloop zei ik tegen Boogie en Clara dat ik ze later wel zou zien in The Old Navy, maar dat ik eerst wat met Terry ging drinken. Voor we uit elkaar gingen, zei Boogie tot mijn verrassing: 'Ik heb erger dingen gehoord, hoor.'

Terry en ik gingen naar een café op de Boulevard Saint-Michel en namen als enigen plaats op het terras, twee Canoeken die geen last hadden van de kou. 'Terry,' zei ik, 'die clowns wilden bloed zien en ze zouden zich niet anders hebben gedragen als Faulkner daar vanavond was komen voorlezen.'

'Faulkner wordt overschat. Hij zal spoedig vergeten zijn.'

'Maar toch. Ik vind het erg wat er gebeurd is. Het was barbaars.'

'Barbaars? Het was absoluut geweldig,' zei Terry. 'Weet je dan niet dat de eerste uitvoering van *Le Nozze di Figaro* van Mozart in Wenen met boegeroep werd ontvangen en dat de impressionisten werden uitgelachen toen ze voor het eerst hun werk toonden?'

'Ja, goed, maar...'

'"... u dient te weten,"' zei hij, duidelijk iemand citerend: '"dat dat wat Groots is, noodzakelijk Obscuur is voor de Zwakken van Geest. Dat wat Uitgelegd kan worden aan de Idioot is mijn aandacht niet waard."'

'En wie heeft dat precies gezegd, als ik vragen mag?'

'William Blake schreef dat in een brief aan dominee dr. John Trusler, die een paar aquarellen bij hem had besteld en vervolgens het werk afkeurde. Maar wat vond jij ervan, niet dat het er iets toe doet?'

'Wie kon er wat verstaan met dat kabaal?'

'Geen uitvluchten tegen mij, alsjeblieft.'

Ik was nu voldoende geïrriteerd om door zijn pantser van arrogantie te willen stoten en terwijl ik mijn cognacje achteroversloeg zei ik: 'Oké. Velen zijn geroepen, weinigen uitverkoren.'

'Je bent zielig, Barney.'

'Precies. En jij?'

'Ik ben door idioten omgeven.'

Daar moest ik om lachen.

'Waarom reken je niet af – per slot heb jij mij uitgenodigd – en ga naar de plek waar je hebt afgesproken met je oenige Trilby en vuilbekkende Paphiaan.'

'Mijn vuilbekkende wat?'

'Lichtekooi.'

De Tweede Mevrouw Panofsky heeft eens opgemerkt dat als ik niet liefheb, er een kluwen van woede in me rondtolt. En nu, mijn bloed kokend, sprong ik op, trok Terry uit zijn stoel en peerde hem keihard in zijn gezicht, zijn stoel viel ervan omver. Vervolgens boog ik me over hem heen, uitzinnig, mijn vuisten klaar om toe te slaan. Met moord in het hart. Maar Terry vocht niet terug. Hij zat op de stoep, grijnzend, zijn neus deppend met een zakdoek. 'Goedenavond,' zei ik.

'De rekening. Ik heb niet genoeg geld bij me. Betaal de rekening, verdomme.'

Ik gooide wat bankbiljetten naar hem toe en wilde er net vandoor gaan toen hij hulpeloos begon te snikken en te beven. 'Help me,' zei hij.

'Wat?'

'... mijn hotel...'

Ik slaagde erin hem overeind te krijgen en we begonnen te lopen, hij klappertandend en met elastieke benen. Bij de volgende zijstraat begon hij te beven. Nee, te vibreren. Hij zeeg op zijn knieën en ik hield zijn hoofd vast terwijl hij achter elkaar overgaf. Ik weet niet meer hoe, maar we kwamen bij zijn kamer in de Rue Saint-André-des-Arts. Ik stopte hem in bed en toen hij weer begon te rillen legde ik alle kleren die ik kon vinden boven op de dekens. 'Het is de griep,' zei hij. 'Ik ben niet van streek. Dit heeft niets te maken met mijn voorlezing. Je zegt niets.'

'Wat zou ik moeten zeggen?'

'Er is geen twijfel aan mijn talent. Mijn werk zal standhouden. Ik weet het.'

'Ja.'

Toen begon hij zo razend te klappertanden dat ik vreesde voor zijn tong. 'Ga alsjeblieft nog niet weg.'

Ik stak een Gauloise voor hem op, maar hij kon hem niet vasthouden.

'Mijn vader wil niets liever dan dat ik misluk, net als hij.'

Hij begon weer te huilen. Ik pakte de prullenbak en hield zijn hoofd vast, maar met al zijn kokhalzen kwam er maar een dun straaltje groen slijm uit. Zodra het braken ophield, haalde ik een glas water voor hem. 'Het is de griep,' zei hij.

'Ja.'

'Ik ben niet van streek.'

'Nee.'

'Ik vergeef het je nooit als je dit aan de anderen vertelt.'

'Ik zeg er geen woord over.'

'Zweer het.'

Ik zweerde het en ik bleef bij hem zitten tot hij ophield met schokken en in een onrustige slaap viel. Maar ik was getuige geweest van zijn deconfiture en zo, beste lezer, maak je vijanden.

9

Ik ben vastbesloten fair te zijn. Een betrouwbare getuige. De waarheid is dat Terry McIvers romans, inclusief *De Geldmaker*, waarin ik de grote rol speel van de inhalige Benjy Perlman, niet lijden aan verbeeldingskracht. Zijn romans zijn zonder uitzondering prozaïsch, serieus, zo smakelijk als macrobiotisch eten en, dat spreekt vanzelf, humorloos. De personages van zijn romans zijn zo dor dat je ze voor aanmaakhout kunt gebruiken. Alleen in Terry's journaals komt de fantasie aan bod. In ieder geval staan zijn dagboekaantekeningen over Parijs vol verzinsels. De verzinsels van een zieke geest. Mary McCarthy heeft een keer opgemerkt dat alles wat Lillian Hellman schreef een leugen was, inclusief de woordjes 'en' en 'maar'. Hetzelfde kan gezegd worden van Terry's journaals.

Hier volgt een voorbeeld. Enkele pagina's uit de journaals van Terry McIver (*Officer of the Order of Canada*, winnaar van de Governor General's Award), zoals ze binnenkort zullen verschijnen in zijn autobiografie *De Koortsige Tijd*, uitgegeven door de groep, Toronto, die dankbaar de steun vermeldt van de heilige drie-eenheid der middelmatigheid: de Canada Council, de Ontario Arts Council en de City of Toronto Arts Council.

> Parijs, 22 september 1951. Kon vanmorgen niet door *Mort à Crédit* van Céline komen. Het was me aanbevolen door de aandoenlijk onzekere P..., wat niet verbaast, gezien het feit dat hij gebukt gaat onder zijn eigen onverwerkte woede op de wereld. Ik heb een uiterst ijle band met P..., een gedwongen gevolg van het feit dat we allebei uit Montreal komen, nauwelijks een vorm van verwantschap.
>
> P... kwam op een dag in het voorjaar in Parijs opdagen, hij had mijn adres van mijn vader gekregen. Hij kende niemand hier en kwam me daarom elke dag opzoeken. Hij stoorde me in mijn werk, nodigde me uit voor de lunch en vroeg me in ruil daarvoor de namen van alle cafés die hij diende te frequenteren, en hij wilde graag dat ik hem links en rechts introduceerde. Binnen een week had hij het modieuze negertaaltje onder de knie, kritiekloos overgenomen. Ik zal nooit vergeten dat hij een keer bij me kwam toen ik op een terras *Vile Bodies* van Evelyn Waugh zat te lezen.
>
> 'Hé, *man*, goed boek of is het een *drag*?'
>
> 'U zegt?'
>
> *'Would I dig it?'*
>
> Uiteindelijk slaagde ik erin hem kwijt te raken aan een kliekje frivole Amerikanen wier gezelschap ik uit alle macht meed. Aanvankelijk waren ze me bepaald niet dankbaar, maar ze kwamen er algauw achter dat P..., die vastbesloten was zich in te likken, makkelijk geld uit de zak geklopt kon worden. Leo Bishinsky leende geld van hem om doek en verf te kopen en de anderen profiteerden van

hem, al naar gelang hun behoeften. Terloops zei ik een keer tegen Boogie: 'Ik zie dat je een nieuwe vriend hebt.'
'Iedereen heeft recht op zijn eigen Vrijdag, vind je niet?'
Boogie, die veel aan de speeltafel had verloren en uit zijn hotel dreigde te worden gezet, kreeg P... zover dat hij zijn hotelrekening betaalde.
Net als alle autodidacten heeft P... de onbedwingbare behoefte met de namen te schermen van de schrijvers die hij leest en lardeert hij zijn conversaties met citaten uit hun werk. Geboren en getogen in de straatcultuur van het getto, zit de vulgariteit hem in het bloed, maar hij is tevens zowel geneigd tot dronkenschap als tot lichamelijk geweld, wat verbazend is, gezien zijn joodse afkomst. Ontkenning? Mogelijk.
Hoewel P... geboren is in Montreal en opgegroeid in een Engelssprekend gezin heeft hij nog steeds de neiging de volgorde van zijn zinnen om te draaien, alsof ze rechtstreeks uit het Jiddisch zijn vertaald, zoals bijvoorbeeld: 'Hij was een akelige klootzak, Clara's dokter,' of, na de gebeurtenis: 'Als ik het geweten had, dan zou het anders geweest zijn, mijn gedrag.' Ik moet niet vergeten die eigenaardige syntaxis te gebruiken als ik de dialoog van een jood schrijf.
P... heeft geen onaardig gezicht. Zwart krullend haar, zo hard als staalwol. Sluwe koopmansoogjes. Sensuele mond. Lang, houterig en een paraderende tred. Hij lijkt nog steeds verloren hier, niet op zijn plaats, maar is nu de volgeling van een van de meest verfoeilijke poseurs van het quartier, achter wie hij aan loopt als ware hij zijn schandknaap, zijn Ganymedes, hetgeen niet het geval is. Geen van beiden is homoseksueel.
Vandaag 600 woorden geschreven en vervolgens verscheurd. Inadequaat. Middelmatig. Net als ik?

Parijs, 3 oktober 1951. De echtgenoot van S... is voor zaken in Frankfurt en zodoende stuurde ze me vanochtend een *pneumatique* om me uit te nodigen voor een diner in onze *oubliette*, een bistro in de Rue Scribe, waar we geen van tweeën veel kans liepen een bekende tegen te komen. Prudente bourgeoise, bevreesd voor roddeltongen ('Elle entretient un gigolo, Tiens donc'), als ze is, reikte S... onder de tafel naar mijn hand en gaf me voldoende francs om de rekening te betalen.
Ik heb nu drie maanden als de trouwe minnaar van S... gediend. Ze pikte me op een zomeravond op van het terras van Café de Flore. Alleen gezeten aan het tafeltje naast het mijne glimlachte ze, wees op het boek dat ik las en zei: 'Niet veel Amerikanen zijn in staat Robbe-Grillet in het Frans te lezen. Ik moet bekennen dat ik hem zelfs moeilijk vind.'
Ze zegt dat ze veertig is, maar ik vermoed dat ze een beetje ouder is, getuige haar striatie. S..., die zich nu opwerpt als mijn hoeri, loopt bepaald niet het gevaar voor Aphrodite te worden aangezien, maar ze is aangenaam knap, slank.

Ze begint 's morgens met drinken ('Gin-vermouth, *comme la reine anglaise*'), en ze heeft vanavond bij het eten het grootste deel van de wijn opgedronken, me daarbij aanstotend om erop te wijzen dat ze haar benen onder de tafel vaneen had gedaan, een uitnodiging om mijn schoen en sok uit te trekken en haar met mijn tenen te masseren.
Later gaan we naar mijn walgelijke kleine hotelkamer die ze voorgeeft schattig te vinden omdat hij tegemoetkomt aan haar gevoel van *nostalgie de la boue*, alsmede aan haar idee van wat gepast is voor een behoeftige jonge kunstenaar. We copuleren tweemaal, één keer van voren en één keer van achteren, en vervolgens weiger ik haar cunnilingus. Daarvan gaat ze mokken. Ze vrolijkt echter weer op als ik, op haar aandringen, voorlees uit mijn roman in wording. Ze verklaart dat het *merveilleux* is, *vraiment incroyable*.
S... droomt ervan in mijn geschriften te gloriëren en heeft de naam Héloise voor zichzelf uitgekozen. In weerwil van de stortregen en mijn moeheid breng ik haar te voet naar haar Austin-Healey, op een discrete afstand geparkeerd, en verzeker haar van mijn hoge waardering voor haar schoonheid, geestigheid en intelligentie. Terug in mijn kamer ga ik onmiddellijk zitten om 500 woorden te schrijven, nu het nog vers in mijn geheugen zit, over hoe een orgasme haar doet sidderen.
Om twee uur wakker door een niesbui. Mijn thermometer gepakt en ontdekt dat ik 37,3 heb. Mijn pols was snel. Gewrichten deden zeer. Ik wist wel dat ik niet naar buiten had moeten gaan in de regen.

Parijs, 9 oktober 1951. Er ligt al tien dagen een brief van mijn vader op tafel en vanmorgen heb ik het eindelijk aangedurfd de deprimerend dikke envelop te openen.
Ik zie mijn vader voor me als hij die brief schrijft in zijn hanenpoten, gezeten aan zijn eiken cilinderbureau achter in de boekwinkel. Hij rookt een Export A met een tandenstoker in het peukje zodat hij trekjes kan blijven nemen tot hij zijn lippen dreigt te branden. Op het bureau staat een metalen pin met een stapel onbetaalde rekeningen eraan gespietst en een sigarendoos waarin hij paperclips, elastiekjes en buitenlandse postzegels bewaart voor de Frans-Canadese postbode die hij probeert te bekeren. Er liggen ook kruimels van zijn lunch. De resten van zijn hardgekookt ei dat hij nooit helemaal opeet, of een lekkend sardineblikje. Het klokhuis van een appel. Zuigend op zijn gele tanden schrijft hij met een ouderwetse pen met kurken houder, net zoals hij zich nog steeds met een scheermes scheert en zijn gebarsten puntschoenen elke ochtend poetst.
Zijn brief begint, zoals gewoonlijk, met politiek galspugen. Julius en Ethel Rosenberg zijn vanzelfsprekend schuldig bevonden en ter dood veroordeeld. De H-bom is in de Stille Oceaan getest, een provocatie voor de Sovjet-Unie en andere volksdemocratieën. Eenentwintig communistische leiders zijn in de

Verenigde Staten gearresteerd op beschuldiging van het propageren van en aanzetten tot omverwerping van de regering. Vervolgens begint hij over het dagelijks leven. Moeder is niet beter. Ze kan niet alleen gelaten worden thuis, dus rijdt hij haar elke ochtend naar de boekwinkel, en er zal gauw weer ijs en sneeuw komen en hoe moet dat, nu zijn artritis zo erg is? Ze dut of leest achter in de boekwinkel tot hij klaar is om de blinden dicht te doen en haar naar huis te rijden. Thuis, waar hij haar in bad zal doen, masseren met alcohol en vervolgens een blik Campbell's tomatensoep voor haar warm maken, gevolgd door aan dobbelsteentjes gesneden wortels en maïs, allemaal uit blik. Of hij bakt een paar eieren voor haar in ranzig spekvet, met omkrullende bruine randen. Laat op de avond leest hij haar voor met zijn rokersstem, ten prooi aan hoestbuien, slijm opschrapend in een vuile zakdoek. Howard Fast, Gorky, Ilya Ehrenburg, Aragon, Brecht. Bij afwezigheid van een kruisbeeld hangt er een ingelijste kopie van Mao's tribuut aan Kameraad Norman Bethune boven hun bed, dat nu om harentwille een rubberen onderlaken behoeft. Op sommige avonden borstelt hij haar klittende grijze haar terwijl hij haar in slaap zingt:

Komt, sluit u bij de vakbond aan
Mannen, vrouwen, al tezaâm.
We rukken op in grote drommen
De luie kapitalisten te verstommen.
Want eendracht geeft ons macht
Doch verdeeld kennen wij geen kracht.
Laat het nu uit alle kelen schallen:
Allen voor één en één voor allen.

Mijn vader schrijft dat het hem nu schier onmogelijk is om het hoofd boven water te houden. Als ik thuiskom, zal hij me al mijn zonden vergeven. Ik zou de achterslaapkamer kunnen krijgen met de radiator die de hele nacht sist en ratelt. Met het raam dat een inspirerend uitzicht biedt over andermans lange Penman-onderbroeken die in de achtertuin aan de waslijn hangen te wapperen, en steenhard bevroren lakens in de winter. Ik zou 's ochtends kunnen schrijven, af en toe kijken hoe moeder het maakt, de pot in haar rolstoel legen, goed voor mijn eetlust bij de lunch. Vervolgens zou ik hem 's middags kunnen aflossen en op de boekwinkel passen, marxistische panaceeën slijten aan de kameraden. Of de incidentele argeloze klant helpen die binnenkomt om te vragen: 'Hebt u misschien een exemplaar van *De Kracht van het Positieve Denken* van Norman Vincent Peale?' of misschien *Lijk Jonger, Leef Langer* van Gayelord Hauser? Hij zou me vijfentwintig dollar per week betalen.
'Ik word er niet jonger op en dat geldt al evenmin voor je toegewijde moeder, en we hebben je hulp nodig, aangezien ons leven ten einde loopt.'
En mijn leven dan? vraag ik me af. Waarom zou ik dat voor hen opofferen? Ik

snijd nog liever mijn polsen door, zoals de arme Clara[1] (Clara, wier overvloedige talent ik als een van de eersten onderkende), dan terugkeren naar dat akelige huis. Dat zogenaamde 'thuis', waar ik nooit mijn vriendjes na schooltijd mee naar toe kon nemen, omdat ze kans liepen de les gelezen te worden over de Algemene Staking in Winnipeg en stapels pamfletten in hun handen te krijgen gedrukt om mee te nemen naar hun ouders.
Ik herlees mijn vaders missive en corrigeer met potlood zijn grammaticale fouten en de interpunctie. Ik merk tevens op dat er, typisch, in alle zeven kantjes van de brief niet geïnformeerd wordt naar hoe ik het maak. Geen jota interesse in mijn werk.
Onvermijdelijk brengt deze vaderlijke oproep een migraine teweeg. Werken blijkt onmogelijk. Ik slenter door de Jardin du Luxembourg naar de Rue Vavin en vervolgens naar Montparnasse. Dat was dom van me, want al die lichaamsbeweging verhoogt mijn eetlust en ik heb geen geld voor de lunch. Langs de Dôme komend zie ik P... samenzweerderig in gesprek met de zwendelaar die nu naar verluidt een van zijn intimi is. Hij is de geldwisselaar van de Rue des Rosiers.
Een verknoeide dag, leeg, geen woord geschreven.

Parijs, 20 oktober 1951. De cheque van de UNESCO, die er allang had moeten zijn, is nog steeds niet gekomen. Verhaal door de *New Yorker* geretourneerd met een voorgedrukte afwijzing. De ontboezemingen van Irwin Shaw vallen meer bij hen in de smaak. Ik had beter moeten weten.
S... gaat altijd mooi gekleed in jurken van Dior of Chanel. Ik zou maanden kunnen leven van het geld dat ze aan één van die kledingstukken uitgeeft. Die parelketting met de diamanten sluiter. Die ringen. Het polshorloge van Patek Philippe. Haar echtgenoot heeft een hoge functie bij Crédit Lyonnais. Hij heeft al meer dan een jaar niet met haar gevreeën. Ze is tot de slotsom gekomen dat hij een *tante* is, maar dat hij *à voile et à vapeur* kan gaan, zoals ze een keer zei.
S... is weer in de Rue Faubourg St.-Honoré wezen winkelen. Bij terugkomst van de markt in de Rue de Seine kreeg ik van de conciërge een klein pakje met een lintje eromheen dat persoonlijk was bezorgd. Het kwam van Roger et Gallet. Een fles reukwater voor mannen. Drie stukken geparfumeerde zeep. O, de arrogantie der rijken.
Vervolgens, net als ik aan mijn tafel ben gaan zitten, komt ze buiten adem binnen, niet gewend om vijf trappen te lopen. 'Ik heb maar een uur de tijd,'

1 De aantekening over Clara in het handgeschreven origineel van McIvers journaals in de bibliotheek van de University of Calgary luidt: 'Ik snijd nog liever mijn polsen door, zoals Clara deed (zonder succes, *faute de mieux*, zoals al het andere wat ze heeft ondernomen).' Cahier 31, sept.-nov. 1951, blz. 83.

zegt ze, haar kus geurend naar haar knoflooklunch.
'Maar ik ben aan het werk.'
Ze heeft een gekoelde fles Roederer Crystal meegebracht en kleedt zich al uit.
'Schiet op,' zegt ze.
300 woorden vandaag. Meer niet.

Parijs, 22 oktober 1951. De paternalistische P... heeft me vandaag uit lunchen gevraagd in dat goedkope restaurant in de Rue du Dragon, en natuurlijk verwacht hij in ruil daarvoor dankbaarheid. Hij heeft wat geld verdiend, zegt hij, als gevolg van een dubieuze zaak met zijn medeplichtige geldwisselaar. Demonstratief bezorgd biedt hij me wat geld te leen aan. Mijn behoefte is nijpend, maar ik wijs zijn aanbod van de hand, daar hij niet van het slag is aan wie ik iets verschuldigd wil zijn. P... wendt alleen maar bezorgdheid voor. Hij is schreeuwend onzeker van zichzelf en deelt gunsten uit in de hoop mensen die boven hem staan aan zich te binden.
Later wandelen we samen helemaal naar het Jeu de Paume, waar hij erg gecharmeerd is van de Seurats.
'Seurat wordt de uitvinding van een nieuwe stijl toegeschreven,' zeg ik, 'maar hij was, evenals sommige impressionisten, waarschijnlijk bijziend en schilderde de dingen zoals hij ze in werkelijkheid zag.'
'Dat is belachelijk,' zegt hij.

Parijs, 29 oktober 1951. Het kliekje zat bijeen aan een tafeltje in de Mabillon. Leo Bishinsky, Cedric Richardson, een stel wier namen ik me niet meer herinner, een meisje dat nieuw voor me was, met glinsterend-harige oksels, en natuurlijk P..., vergezeld van zowel zijn Svengali als zijn Clara. In antwoord op hun gemaakt vriendelijke begroeting stop ik even bij hun tafeltje en ik weiger me te laten provoceren door Boogies schimpscheuten. Ze zijn allemaal high van de hasjiesj, waardoor ze nog vervelender zijn dan gewoonlijk.
Ter vermaak van mezelf heb ik gepoogd een passende naam te verzinnen voor dat groepje. De Yahoos? De Luiaards? Ik houd het ten slotte op de Mottige Meute.
Zij zijn niet gekomen om zich te laven aan de Franse cultuur maar om elkaar te ontmoeten. Niet een van hen heeft de moeite genomen Butor, Sarraute of Simon te lezen. Op een avond dat ik het me kan veroorloven de laatse Ionesco, of een voorstelling van Louis Jouvet te zien, juichen zij Sidney Bechet toe in de Vieux Colombier. Gezeten aan een tafeltje in het een of andere café discussiëren ze eindeloos over de merites van Ted Williams versus Joe DiMaggio, of wanneer P... in een van zijn vermoeiende hockeybuien is, Gordie Howe versus Maurice Richard. Of ze doen wie de tekst uit het hoofd kent van een liedje van de Andrew Sisters. Of wie wat zei in de film *Casablanca.* Ze prijzen elkaar en trekken er samen op uit als ze een bioscoop ontdekken waarin een oude lach-

film met Bud Abbott en Lou Costello draait, of een musical met Esther Williams. En na afloop gaan ze naar The Old Navy, of de Mabillon, om uren aan één stuk te bulderen van het lachen.

Parijs, 8 november 1951. George Whitman heeft erop aangedrongen dat ik in zijn boekwinkel kom voorlezen. Ik neem aan dat James Baldwin niet beschikbaar was.
Vijfenveertig mensen zijn er als ik begin, inclusief P... en zijn kornuiten, die duidelijk gekomen zijn om de spot met me te drijven. Dan komt er een troep lettristes, ongetwijfeld door Boogie gestuurd, demonstreren. Maar ze vergissen zich lelijk als ze denken dat ze me kunnen intimideren. Ik ga door, ondanks hun gejoel, ten behoeve van de mensen die gekomen zijn om te luisteren.
P..., duidelijk opgetogen dat ik aangevallen word, nodigt me na afloop uit om iets te gaan drinken, zodat hij de gelegenheid krijgt zich te verkneukelen. Ongelooflijk bekommerd biedt hij me opnieuw geld te leen aan. Misschien, zegt hij, moet ik naar Montreal terugkeren en les gaan geven. 'Jij met je McGill-beurs en Arts Medal,' zegt hij met nauwverholen afgunst.
'Zij die niet kunnen, preken,' zeg ik tegen hem.
Gepikeerd probeert hij ervandoor te gaan zonder de rekening te betalen. Ik stel beslist dat ik uitsluitend op zijn uitnodiging naar het café ben gekomen. Ziedend omdat ik hem de waarheid zeg, trekt hij me uit mijn stoel en slaat me een bloedneus. Vervolgens vlucht hij de nacht in en laat mij achter om de rekening te betalen.
Het is niet de eerste keer dat P... probeert een tegenslag met zijn vuisten te overkomen. En ik vermoed dat het ook niet de laatste zal zijn. Hij is een gewelddadige man. Op een dag in staat een moord te plegen, vrees ik.[2]

10

Hallo, hallo. Rebbe Leo Bishinksy is weer in het nieuws. Het Museum of Modern Art houdt een retrospectieftentoonstelling, die vervolgens naar de Art Gallery of Ontario zal reizen, eindelijk wereldklasse. Volgens de foto van Leo in de *Globe and Mail* gaat hij nu gekleed in een tapijt – zo te zien gemaakt van zijn verzameling schaamhaar van beroemde fotomodellen. Zijn borst is ontbloot, hij kijkt vrolijk, en wordt omhelsd door zijn tweeëntwintigjarige minnares, een echte barbiepop, haar armen om zijn enorme harige buik zo groot als een pastramiton. Ik mis Leo.

2 In de handgeschreven versie van McIvers Cahier 31, sept.-nov. 1951, blz. 89, ontbreekt de laatste zin. 'Op een dag in staat een moord te plegen, vrees ik' moet later, na de gebeurtenis, zijn toegevoegd.

Echt waar. 'Voordat ik 's morgens aan het werk ga,' vertrouwde hij de verslaggever van de *Globe* toe, 'loop ik het omringende bos in en luister naar de bomen.'

Pagina drie van de *Globe* levert een nog rijkere oogst.

Vergeet Abelard en Héloïse. Niks Romeo en Julia. Of Chuck en Di. Of Michael Jackson en de oudste zoon van die orthodontist uit Beverly Hills. De *Globe* van vanmorgen biedt een onvervalste Ontario-variant van dat soort gevoelvolle liefdesverhalen. Een zekere Walton Sue is gisteren getrouwd, waarmee hij, volgens de verslaggever van de *Globe*, 'een extra bedrijf toevoegde aan het welhaast shakespeariaanse drama van liefde, geld en familievetes waarin hij en zijn vrouw als onwaarschijnlijke hoofdrolspelers zijn gecast'. Walton Sue, die lichamelijk en geestelijk gehandicapt is sinds hij vijftien jaar geleden door een auto werd aangereden, is nu getrouwd met Maria DeSousa, die aan spastische verlamming lijdt en aan een rolstoel is gekluisterd. Ze werden in de echt verbonden in een 'geheime' ceremonie die plaatsvond in het Old City Hall-gerechtsgebouw van Toronto en waar meer mensen van de media aanwezig waren dan familieleden, schreef de *Globe*.

Het probleem van Sue was dat zijn vader, die sterk gekant was tegen het huwelijk, het beheer had over de 245.000 dollar die hij als schadevergoeding voor het ongeluk uitgekeerd had gekregen. Maar eergisteren had een advocaat Sue onmachtig laten verklaren om zijn eigendommen te beheren, zodat het geld onder controle kwam van de Voogdijraad van Ontario, en Sue en Maria DeSousa in een gehandicaptenflat konden trekken.

Ik steek niet de draak met dit stel, dat ik uit de grond van mijn hart *mazzeltof* toewens. Wat ik wil zeggen is, dat ik denk dat Sue vanwege zijn geestelijke handicap meer kans heeft op een gelukkig huwelijk dan ik ooit gehad heb, en ik spreek als een veteraan die drie keer de stoute schoenen heeft aangetrokken. De laatste keer gehuwd met een vrouw 'wie ouderdom niet kan verwelken, noch gewoontes sleur 't eeuwig nieuw ontroven',[1] maar die mij uiteindelijk onwaardig heeft gekeurd, wat nog zacht uitgedrukt is. Miriam, Miriam, mijn grote liefde.

Ware mijn eerste vrouw nog in leven, ik zou haar, samen met De Tweede Mevrouw Panofsky en Miriam, uitnodigen voor een chique lunch in Le Mas des Oliviers – een symposium over het echtelijk falen van de weledele heer Barney Panofsky. Cynicus, rokkenjager, dronkelap, pianola. En ook nog moordenaar, misschien.

Le Mas des Oliviers, mijn favoriete restaurant hier, levert het bewijs dat deze getroebleerde, verdeelde stad nog steeds dingen heeft die de moeite waard zijn. Gered door het voortdurende hedonisme van de mensen die bij ons wat in de melk te brokkelen hebben. In Montreal joggen ze niet en ze knabbelen ook niet haastig wat rauwkost na een spelletje squash voor de lunch, een ziekte die het

1 'Haar kan ouderdom niet doen verwelken, noch gewoontes sleur haar 't eeuwig nieuw ontroven...' *Antonius en Cleopatra*, tweede bedrijf, tweede toneel.

door geld gedreven Toronto teistert. Nee, ze komen te zamen in Le Mas voor drie uur durende lunches, waarbij uit de kluiten gewassen porties *côtes d'agneaux* of boudin worden verorberd, weggespoeld met flessen St. Julien, gevolgd door cognac en sigaren. Hier ontmoeten advocaten en rechters elkaar om hun disputen amicaal te regelen, maar pas nadat ze de sappigste roddels van de dag hebben uitgewisseld. Er lopen meer minnaressen dan echtgenotes rond. De Godfather van de Tory Partij in Quebec neemt breeduit gezeten aan zijn vaste tafel eerbetuigingen in ontvangst. Aan andere tafels richten supplianten hun verzoeken tot deelstaatministers, die vette contracten voor de bouw van snelwegen te vergeven hebben aan hen die het verdienen. Soms sluit ik me aan bij de ronde tafel van joodse zondaars, waar Irv Nussbaum de scepter zwaait, de dwalingen mijns weegs vergeven, of alleen ter sprake gebracht in de hoop de lachlust op te wekken.

Ik had Boogie hier mee naar toe genomen op de dag voordat ik met de Tweede Mevrouw Panofsky trouwde.

Boogie, als hij het overleefd had, zou nu eenenzeventig zijn en waarschijnlijk nog steeds worstelen met die eerste roman die de wereld versteld zou doen staan. Dat is gemeen van me. Rancuneus. Maar er zijn jaren verstreken sinds ik verwachtte dat hij bij me zou aanbellen, zo niet morgen, dan toch overmorgen. 'Heb je Lovecraft gelezen?'

Lang geleden zijn de nachten dat ik met een schok om vier uur wakker werd en door een krankzinnige ingeving gedreven naar mijn huisje aan het meer reed, waar ik de deur opensmakte, Boogies naam riep, tevergeefs, en vervolgens op de aanlegsteiger in het water ging staren waar ik hem het laatst gezien had.

'Ik heb hem alleen die ene keer op jouw bruiloft ontmoet,' zei Miriam een keer, 'en het spijt me dat ik moet zeggen dat ik hem zielig vond. Kijk niet zo naar me, alsjeblieft.'

'Ik kijk niet zo.'

'Ik weet dat we de gebeurtenissen van die laatste dag aan het meer wel honderd keer hebben doorgenomen, maar ik heb nog steeds het gevoel dat je iets achterhoudt. Hebben jullie ruziegemaakt?'

'Nee. Zeer zeker niet.'

De geneugten van mijn geliefde huisje in de bergen, zo'n honderd kilometer ten noorden van Montreal, zijn in de loop der jaren wat verminderd. Nadat ze de zesbaans Laurentian Autoroute in de jaren zestig hadden aangelegd, kostte het me weliswaar maar een uur, in plaats van bijna twee uur, om er te komen, maar jammer genoeg heeft de autoroute het meer ook toegankelijk gemaakt voor forensen, alsmede de computergeletterden die kantoor houden in hun buitenhuisjes. Als ik van de autoroute afga, wordt mijn wijkplaats niet langer bereikt over een verraderlijk bospad, waar ik snelheid moet minderen om uitstekende rotsen en diepe gaten te vermijden, en mijn gekraste uitlaat hoeft niet meer elk jaar vernieuwd te worden. Ik treur niet om de omgevallen bomen die soms mijn weg versperden, maar ik mis wel de riskante smalle houten brug over de Chokecherry River, waarvan het snelstromende water in het voorjaar dreigend hoog stond. Die is al lang geleden vervangen door een adequate staal-met-betonbrug. En het bospad, aan het eind van de jaren vijftig verbreed, is nu verhard en wordt in de winter sneeuwvrij gemaakt. We hebben ook geprofiteerd van politieke vooruitgang. Dit juweel van een meer, dat ik in gedachten nog steeds het Amherst Meer noem, is in de jaren zeventig omgedoopt tot Lac Marquette door de Commission de toponymie, die opdracht heeft *la belle province* te zuiveren van plaatsnamen van de veroveraars. En waar eens alleen kano's en zeilboten te zien waren op een meer met een doorsnede van vijfendertig kilometer, worden onze zomers nu verontreinigd door flottieljes van motorboten en waterskiërs. Soms komen gevechtsvliegtuigen van de NAVO-basis in Plattsburg overvliegen dat de ruiten ervan rammelen. We hebben ook af en toe te lijden van een transatlantische jumbojet op een aanvliegroute naar de luchthaven Mirabelle en er zijn drie magnaten die voor het weekend komen overvliegen in hun eigen kleine watervliegtuigjes. Maar van de goede oude tijd herinner ik me maar één keer dat onze nog maagdelijke wateren gestoord werden door een vliegtuig. Het was een van die kolere-blusvliegtuigen die getest werden, in 1959 was het geloof ik, en het daalde met veel geraas op het meer neer, slokte God weet hoeveel ton water op, en ging weer de lucht in om het op een verafgelegen berg uit te storten. Man, toen ik hier voor het eerst kwam, waren er maar vijf buitenhuisjes aan het meer, inclusief het mijne, terwijl het er nu meer dan zeventig zijn. Tot mijn vermaak ben ik de rol gaan vervullen van de rare ouwe snoeshaan aan het meer die door de buren wordt uitgenodigd om hun kinderen te onthalen op verhalen over de tijd dat de regenboogforel nog overvloedig was en we het zonder elektriciteit of telefoon moesten stellen, om maar te zwijgen van kabel-tv of satellietontvangst.

Ik stuitte bij toeval op mijn eigen Jasnaja Poljana. Uitgenodigd in het huisje van een vriend aan een ander meer, nam ik op een weekend in 1955 de verkeerde afslag en kwam op een bospad terecht dat abrupt eindigde bij een ogenschijnlijk verlaten hut hoog boven op een heuvel met uitzicht over het meer. Aan een stijl van de verzakte veranda was een bord met TE KOOP en de naam van een makelaar gespijkerd. De voordeur zat op slot en er waren planken voor de ramen gespijkerd, maar ik wrikte er een open en klom naar binnen, de eekhoorns en veldmuizen opschrikkend. De hut, ontdekte ik, was in 1935 door iemand uit Boston gebouwd als visstek en stond al tien jaar te koop, wat me niet verbaasde gezien de erbarmelijke toestand waarin hij verkeerde. Maar ik was meteen verliefd en kocht hem, inclusief de omringende vier hectaren weiland en bos, voor het ontstellend lage bedrag van tienduizend dollar. De vier jaar daarna kampeerde ik er vrijwel elk weekend in de zomer in een slaapzak en behielp me met paraffinelampen en snacks, muizenvallen overal en voortdurend steggelen met de slome plaatselijke aannemers die het zaakje bewoonbaar maakten. In het derde jaar installeerde ik een gasgenerator, maar pas toen Miriam en ik getrouwd waren kwam ik ertoe om het huisje geschikt voor de winter te maken en de schuur en het boothuis te bouwen. Ik heb nog steeds de grote boomhut waarin de kinderen vroeger speelden. Voor mijn kleinkinderen, misschien.

Geagiteerd begon ik nu door de huiskamer te ijsberen. Iemand zou me om elf uur komen interviewen, maar ik kon me niet meer herinneren wie. Of waarom. Ik had het op een plakkertje geschreven maar nu kon ik het niet vinden. Gisteren in mijn Volvo wilde ik de Boulevard Décaire inslaan toen ik plotseling niet meer wist hoe ik in z'n drie moest terugschakelen. Ik ging aan de kant staan, rustte even uit, en trapte vervolgens de koppeling in om het schakelen te oefenen.

Wacht. Ik heb het. De jongedame die me komt opzoeken, is de presentatrice van het programma *Lesbo's voor de Micro's* voor de studentenradio van McGill University en ze werkt aan een proefschrift over Clara. Dit is niet de eerste keer dat ik over haar word geïnterviewd. Er zijn bezoeken geweest, brieven met vragen van feministen uit zulke verafgelegen plaatsen als Tel Aviv, Melbourne, Kaapstad, en die stad in Duitsland waar Hitler de mars op het parlement leidde. Weet je wel, die Britse premier met de paraplu was er. Vrede in onze tijd beloofde hij. Klote klote klote. Het is de stad waar ze die beroemde bierfeesten hebben. Pilzner? Molson? Nee. Het klink als de naam van die kleine wezentjes in *De Tovenaar van Oz*. Of als dat schilderij van *De Kreet*[2] door... door Munch. *München*. Maar goed, wat ik zeggen wil is dat de bewonderaars van de martelares St. Clara legio zijn en twee dingen gemeen hebben: ze beschouwen mij als een gruwel en ze begrijpen niet dat Clara een gloeiende hekel had aan andere vrouwen, die ze beschouwde als rivalen in de strijd om de aandacht van mannen, waar zij van genoot.

Boven mijn schoorsteenmantel hangt nog steeds een van Clara's krioelende, martelende pentekeningen. Het stelt een collectieve verkrachting van maagden voor. Een orgie. Gargouilles en kobolden die zich uitleven. De gnuivende sater waarvoor ik model heb gestaan, trekt een naakte Clara aan haar haar. Ze ligt op haar knieën en ik duw mezelf in haar open mond, gebruikmakend van haar schreeuw. Ik heb wel 250.000 dollar geboden gekregen voor dit charmante tableau, maar ik wil er voor geen goud afstand van doen. Al lijkt het anders, in wezen ben ik een sentimentele ouwe lul.

En nu bereidde ik mezelf voor op wat Rush Limbaugh een feminazi heeft genoemd. Waarschijnlijk had ze een ijzeren staafje door haar neus en ringetjes door haar tepels en droeg ze een boksbeugel. Een Duitse legerhelm op haar hoofd. Boerenlaarzen. In plaats daarvan stond er een uiterst zedig jong dingetje voor mijn deur, een spichtig meisje, kastanjebruin haar, niet kortgeknipt maar lang golvend. Ze glimlachte zoet, droeg een omabrilletje, een jurk van Laura Ashley en bevallige pumps. Ze nam zich onmiddellijk voor me in door bewonderend te kijken naar de foto's van onsterfelijke tapdansers die bij mij aan de muren hangen: Willy 'Pickaninny' Coven, uitvinder van de Rhythm Waltz; Peg Leg Bates, gekiekt midden in een sprong; de Nicholas Brothers, beroemd van de Cot-

2 'De Schreeuw'.

ton Club; Ralph Brown; de jonge James, Gene en Fred Kelly in hun piccolo-uniformen, gefotografeerd in het Nixon Theatre in Pittsburg in 1920; en natuurlijk de grote Bill 'Bojangles' Robinson, gefotografeerd met zijn hoge hoed, witte das en jacket, circa 1932. Juffrouw Morgan installeerde haar bandrecorder en produceerde een stapel papieren met vragen. Ze bracht me eerst in een goedmoedige stemming met het gebruikelijke 'Hoe hebt u Clara ontmoet?', 'Wat trok u in haar aan?', enzovoort, enzovoort, waarna ze haar eerste raket afvuurde. 'In alle verslagen die ik heb gelezen, lijkt het erop dat u ongevoelig was voor Clara's grote gaven als dichteres en schilderes en niets hebt gedaan om haar aan te moedigen.'

Geamuseerd probeerde ik juffrouw Morgan op de kast te krijgen. 'Laat ik je herinneren aan wat Marike de Klerk, vrouw van de voormalige minister-president van Zuid-Afrika, een keer in de kerk zei: "Vrouwen zijn niet belangrijk. Wij zijn er om te dienen, de wonden te helen, liefde te schenken..." '

'Grappenmaker,' zei ze.

' "Als een vrouw een man ingeeft goed te zijn," zei mevrouw de Klerk, "dan is hij goed." Laten we er eens van uitgaan dat Clara in die taak faalde.'

'En u faalde ten opzichte van Clara?'

'Wat er gebeurde, was onvermijdelijk.'

Clara was doodsbang voor brand. 'We wonen op de vijfde verdieping,' zei ze. 'We hebben geen schijn van kans.' Als er onverwacht op onze hotelkamerdeur werd geklopt, schoot ze in een stuip, dus leerden vrienden dat ze zich eerst moesten aankondigen. 'Het is Leo,' of: 'Het is de Boogieman. Doe al uw waardevolle bezittingen in een tas en overhandig hem door de deur.' Van machtig eten moest ze overgeven. Ze leed aan slapeloosheid, maar als ze genoeg wijn op had, dan sliep ze, wat niet altijd een zegen was, want dan kreeg ze nachtmerries waaruit ze sidderend ontwaakte. Ze vertrouwde vreemden niet en was nog achterdochtiger tegenover vrienden. Ze was allergisch voor schaaldieren, eieren, vacht, stof en iedereen die onverschillig bleef voor haar aanwezigheid. Haar menstruaties veroorzaakten hoofdpijn, kramp, misselijkheid en donderstemmingen. Ze kreeg herhaaldelijk eczeem die maar langzaam genas. Ze had een aarden kruik met een stop erop onder ons raam staan, een Bellarmine, gevuld met haar eigen urine en nagelschilfers om de kwade geesten af te schrikken. Ze was bang voor katten. Ze had hoogtevrees. Onweer joeg haar doodsangst aan. Ze was bang voor water, slangen, spinnen en andere mensen.

Lezer, ik trouwde met haar.

Ik was drieëntwintig en hitsig, maar het kwam niet omdat Clara nou zo'n seksuele wildebras was. Onze romance, als het die naam mag hebben, werd niet verrijkt door losbandigheid tussen de lakens. Clara, de dwangmatige flirt en vuilbekker, bleek, met mij in elk geval, even preuts als de moeder die ze heette te verafschuwen, en ze weigerde me steeds weer wat ze denigrerend mijn 'dertig seconden wrijving' noemde. Of ze verdroeg ze. Of ze deed haar uiterste best elke vreugde te smoren die we uit onze steeds zeldzamere en frustrerender copulaties hadden kunnen peuren. Na al deze jaren zijn het haar vermaningen die ik me herinner.

'Ik wil dat je hem eerst met zeep en warm water wast en waag het dan niet in me te komen.'

Ze was één keer bereid me af te zuigen en gaf toen onmiddellijk over in de gootsteen. Vernederd kleedde ik me zwijgend aan, verliet de kamer en zwierf langs de *quais* helemaal tot de Place de la Bastille en weer terug. Bij thuiskomst zag ik dat ze haar koffer had gepakt en ineengedoken op het bed zat, rillend ondanks de lagen sjaals die ze droeg. 'Ik was al weg geweest,' zei ze, 'als ik niet geld nodig had gehad voor een andere kamer ergens.'

Waarom heb ik haar niet laten gaan toen ik het nog ongestraft kon doen? Waarom nam ik haar in mijn armen en wiegde haar terwijl ze huilde, kleedde ik haar uit, legde haar in bed, streelde haar tot ze haar duim in haar mond stak en regelmatig begon te ademen?

Ik zat de rest van de nacht bij haar naast het bed, kettingrokend terwijl ik die roman over de Golem van Praag las, van die schrijver, hoe heet hij ook alweer?, een vriend van Kafka, en vroeg in de ochtend ging ik naar de markt om een sinaasappel voor haar te kopen en een croissant en yoghurt voor het ontbijt.

'Jij bent de enige man die ooit een sinaasappel voor me heeft gepeld,' zei ze, terwijl ze al bezig was aan de eerste regel van het gedicht dat nu in zo veel bloemlezingen staat. 'Je gooit me er toch niet uit, wel?' vroeg ze met haar kleine-meisje-moeder-mag-ik-van-mijn-stoel-stemmetje.

'Nee.'

'Je houdt nog steeds van je gekke Clara, niet?'

'Ik weet het eerlijk gezegd niet.'

Waarom heb ik haar toen niet, murw als ik was, ter plekke geld gegeven en haar geholpen naar een ander hotel te verhuizen?

Mijn probleem is, ik ben niet in staat de dingen tot op de bodem te doorgronden. Ik vind het niet erg dat ik de motieven van anderen niet begrijp, niet meer tenminste, maar waarom begrijp ik niet waarom ík bepaalde dingen doe?

In de dagen daarna had Clara niet berouwvoller, docieler en uiterlijk liefdevoller kunnen zijn. Ze moedigde me aan in bed, maar haar gespannen, afhoudende lichaam verraadde haar gespeelde vurigheid. 'Dat was goed. Zo geweldig,' zei ze dan. 'Ik verlangde ernaar dat je in me kwam.'

M'n kloten. Maar kennelijk had ik haar nodig. Onderschat de koesterende verpleegster niet die zelfs in zo'n ruziezoeker als ik staat te popelen om aan bod te komen. Voor Clara zorgen gaf me een nobel gevoel. Moeder Teresa Panofsky. Dr. Barney Schweitzer.

Schrijvend in het hier en nu aan mijn cilinderbureau om twee uur 's nachts in Montreal, waar het dertig graden vriest, paffend aan een Montecristo, pogend zin te geven aan mijn onbevattelijke verleden, niet in staat mijn zonden te vergeven door een beroep te doen op jeugd en onschuld, kan ik nog steeds in gedachten die momenten met Clara oproepen die ik tot op de dag van vandaag koester. Ze was een briljante plaaggeest en kon me laten lachen om mezelf, een gave die niet onderschat mag worden. Ik hield van de momenten van onze gedeelde rust. Dan lag ik op bed in die pijpenla van een hotelkamer, net doend of ik las, maar in werkelijkheid Clara observerend aan haar werktafel. De drukke, nerveuze Clara volkomen op haar gemak. Geconcentreerd. In vervoering. Haar gezicht bevrijd van de vaak mismakende turbulentie. Ik was buitengewoon trots op de hoge waardering die anderen, beter ingevoerd dan ik, hadden voor haar tekeningen en gepubliceerde gedichten. Ik bereidde me al voor op een toekomst als haar mecenas. Ik zou haar de middelen verschaffen om door te gaan met haar werk, bevrijd van wereldse zorgen. Ik zou haar mee terug nemen naar Amerika en een atelier voor haar bouwen buiten de stad, met noorderlicht en een brandtrap. Ik zou haar beschermen tegen onweer, slangen, dierenvachten en beheksingen. Uiteindelijk zou ik gloriëren in haar roem, een trouwe Leonard spelend voor zijn geïnspireerde Virginia. Maar in ons geval zou ik altijd waakzaam blijven, haar behoeden voor een krankzinnige gang naar het water, haar kleren verzwaard met stenen. Yossel Pinsky, de overlevende van de Holocaust die later mijn partner werd, had Clara een paar keer ontmoet en was sceptisch. 'Jij bent net zomin een aardig iemand als ik,' zei hij, 'dus waarom de schijn ophouden? Ze is mesjogge. Dump haar voor het te laat is.'

Maar het was al te laat.

'Ik neem aan dat je wilt dat ik me laat aborteren,' zei ze.

'Wacht even,' zei ik. 'Even denken.' Ik ben drieëntwintig, dat dacht ik. Godallemachtig. 'Ik ga een eindje wandelen. Ik ben zo terug.'

Ze gaf weer over in de gootsteen tijdens mijn afwezigheid en toen ik terugkwam lag ze te dutten. Drie uur 's middags en Clara de slapeloze was diep in slaap. Ik maakte zo goed en zo kwaad als het ging schoon en na een uur kwam ze uit bed. 'Zo, daar ben je,' zei ze. 'Mijn held.'

'Ik kan met Yossel gaan praten. Hij vindt wel iemand voor ons.'

'Of hij doet het zelf met een kleerhanger. Alleen heb ik al besloten dat ik het kind ga krijgen. Met jou of zonder jou.'

'Als je het kind gaat krijgen, dan neem ik aan dat ik met je moet trouwen.'

'Mooi aanzoek.'

'Ik opper het alleen als mogelijkheid.'

Clara maakte een kniebuiging. 'Dank u wel, Prins von Charmantenbaum,' zei ze en ze snelde de kamer uit en de trap af.

Boogie was onvermurwbaar. 'Hoe bedoel je het is jouw verantwoordelijkheid?'

'Dat is het toch ook?'

'Jij bent nog gekker dan zij. Laat haar maar abortus plegen.'

Die avond zocht ik Clara overal en vond haar ten slotte alleen aan een tafeltje in La Coupole. Ik kuste haar op het voorhoofd. 'Ik heb besloten met je te trouwen,' zei ik.

'Gossie. Wauw. Mag ik misschien ook nog ja of nee zeggen?'

'We kunnen je I Ching raadplegen als je wilt.'

'Mijn ouders komen niet. Ze zouden het besterven. *Mevrouw* Panofsky. Klinkt als de vrouw van een bonthandelaar. Of misschien de eigenaar van een kledingzaak. Alles inkoopsprijs.'

Ik vond een appartement voor ons op de vijfde verdieping in de Rue Notre-Dame-des-Champs, omgebouwd van vier *chambres de bonne*, en we trouwden in de *mairie* van het *sixième*. De bruid droeg een cloche, een ridicule sluier, een zwarte wollen jurk tot op haar enkels en een witte boa van struisvogelveren. Gevraagd of ze me als wettige echtgenoot wilde, knipoogde Clara, die stoned was, tegen de ambtenaar en zei: 'Ik heb iets in de maak. Wat zou u doen?' Boogie en Yossel waren er allebei en er waren cadeaus. Een fles Dom Pérignon, een ons hasj weggestopt in gebreide blauwe kousjes van Boogie, zes Hôtel George V-lakens en badhanddoeken van Yossel, een gesigneerde tekening en een dozijn luiers van Leo, en een getekend exemplaar van *Merlin* met zijn eerste gepubliceerde verhaal van Terry McIver.

Bij de voorbereidingen voor het huwelijk kreeg ik eindelijk Clara's paspoort onder ogen en ontdekte tot mijn verbazing dat daarop de naam Charnofsky stond. 'Maak je geen zorgen,' zei ze. 'Je hebt een echte blauwbloedige sjikse aan de haak geslagen. Maar op mijn negentiende ben ik met hem weggelopen en in Mexico getrouwd. Mijn tekenleraar. Charnofsky. Het hield maar drie maanden stand, maar het kostte me mijn erfenis. Mijn vader heeft me onterfd.'

Nadat we onze intrek in het appartement hadden genomen, begon Clara tot 's morgens vroeg op te blijven, schrijvend in haar schriften of geconcentreerd op haar nachtmerrieachtige pentekeningen. Dan sliep ze tot twee of drie uur in de middag, glipte uit huis weg en liet zich pas 's avonds weer zien, als ze schuldbewust aan ons tafeltje in de Mabillon of het Café Sélect aanschoof.

'Niet om het een of ander, mevrouw Panofsky, maar waar bent u de hele middag geweest?'

'Ik weet het niet meer. Wandelen, denk ik.' En dan, gravend in haar volumineuze jurken, zei ze: 'Ik heb een cadeautje voor je meegebracht,' en overhandigde ze me een blikje paté de foie gras, een paar sokken en een keer een echt zilveren sigarettenaansteker. 'Als het een jongen is,' zei ze, 'noem ik hem Ariel.'

'Nou, dat rolt lekker over de tong,' zei Boogie. 'Ariel Panofsky.'

'Ik stem voor Othello,' zei Leo met een sluw lachje.

'Krijg de kolere, Leo,' zei Clara met vuurschietende ogen. Ze leed weer aan een van haar onvoorspelbare maar steeds vaker terugkerende stemmingswisselingen. Vervolgens keerde ze zich tot mij. 'Misschien is Shylock alles bij elkaar genomen nog het meest gepast?'

Verrassend genoeg bleek het samenwonen, toen Clara eenmaal over haar ochtendmisselijkheid heen was, heel erg leuk. We kochten keukenspullen en een wieg. Clara maakte er een mobiel voor en schilderde konijntjes en eekhoorntjes en uiltjes op de muren van de kinderkamer. Ik kookte, natuurlijk. Spaghetti bolognese, *spaghetti die je in een vergiet afgiet.* Sla met gehakte kippenlevertjes. En, mijn *pièce de résistance*, gepaneerde kalfslapjes gegarneerd met aardappellatkes en appelsaus. Boogie, Leo met een van zijn vriendinnen, en Yossel kwamen vaak eten, en één keer zelfs Terry McIver. Maar Clara weigerde Cedric, die niet op onze bruiloft was verschenen, te ontvangen. 'Waarom niet?' vroeg ik.

'Laat maar. Ik wil hem hier gewoon niet over de vloer hebben.'

Ze maakte ook bezwaar tegen Yossel.

'Hij heeft een slechte aura. Hij mag me niet. En ik wil weten wat jullie met z'n tweeën in je schild voeren.'

Dus liet ik haar op de bank plaatsnemen en haalde een glas wijn voor haar. 'Ik moet naar Canada,' zei ik.

'Wát?'

'Het is maar voor drie weken. Een maand op z'n hoogst. Yossel zal je elke week geld brengen.'

'Je komt niet meer terug.'

'Clara, begin nou niet.'

'Waarom Canada?'

'Yossel en ik gaan samen een kaasexportbedrijf opzetten.'

'Dat meen je niet. Een kaashandel. Dat is te gênant voor woorden. Clara, je bent in Parijs getrouwd, is het niet? Ja. Met een schrijver of een schilder? Godsamme, nee, een kaashandelaar.'

'Geld stinkt niet.'

'Dat is echt iets voor jou. Ik word hier gek helemaal alleen. Ik wil dat je een hangslot koopt voor op de deur. En als er brand komt?'

'Of een aardbeving?'

'Misschien gaat het je wel zo voor de wind in de kaashandel dat je me naar Canada laat overkomen. Dan kunnen we lid worden van een golfclub, als ze die daar tenminste al hebben, en mensen uitnodigen om te komen bridgen. Of te mahjongen. Als je maar weet dat ik geen lid word van zo'n klote-joodse vrouwenvereniging en Ariel wordt niet besneden. Ik sta het niet toe.'

Ik slaagde erin me in te schrijven bij de Kamer van Koophandel van Montreal en een kantoor te openen en een oude schoolvriend, Arnie Rosenbaum, in dienst te nemen om het zaakje te runnen, allemaal in drie hectische weken. En Clara raakte eraan gewend, leek er zelfs naar uit te kijken dat ik om de zes weken naar Montreal vloog, mits ik maar terugkwam met potten pindakaas, een paar Oreokoekjes en minstens twee dozijn pakjes Lowney's Glosette-rozijnen. Het was tijdens mijn periodes van afwezigheid dat ze het grootste deel van *Virago's Versboek* schreef, verlucht met haar eigen pentekeningen, nu al in zijn achtentwintigste druk. Een van de gedichten daarin is opgedragen aan 'Barnabus P.'. Dat roerende eerbetoon dat begint met:

hij pelde mijn sinaasappels en vaker mij,
Calibanovitsj,
mijn hoeder.

Ik was druk in de weer in Montreal en Clara was in haar zevende maand toen Boogie me vroeg op een ochtend in het Mount Royal Hotel vond.

'Je kunt maar beter opendoen,' zei Abigail, de vrouw van mijn oude schoolvriend die ons kantoor in Montreal leidde.

'Je kunt maar beter het eerste het beste vliegtuig terug nemen,' zei Boogie.

Om zeven uur de volgende ochtend landde ik op hoe dat vliegveld ook heette voordat het Charles de Gaulle[3] genoemd werd en ging recht naar het Amerikaanse ziekenhuis. 'Ik kom mevrouw Panofsky bezoeken.'

'Bent u familie?'

'Haar man.'

Een jonge co-assistent die aandachtig zijn klembord stond te bestuderen, keek met plotselinge belangstelling op.

'Dokter Mallory zou u graag eerst even willen spreken,' zei de receptioniste.

Ik had meteen een hekel aan dokter Mallory, een gezette man met grijzende slapen die zelfgenoegzaamheid uitstraalde en duidelijk nog nooit een patiënt had behandeld die zijn kundigheid waard was. Hij verzocht me te gaan zitten en vertelde me dat de baby doodgeboren was. Maar mevrouw Panofsky was een gezonde jonge vrouw en zou zeker meer kinderen kunnen krijgen. Met een snaaks lachje voegde hij eraan toe: 'Ik vertel u dit omdat ik uiteraard aanneem dat u de vader bent.'

Hij leek op antwoord te wachten.

'Ja.'

'In dat geval,' zei dokter Mallory, zijn duimen achter zijn bontgekleurde bretels hakend, zijn antwoord duidelijk gerepeteerd, 'moet u een albino zijn.'

Terwijl ik met kloppend hart het nieuws verwerkte, wierp ik dokter Mallory mijn meest dreigende blik toe, althans dat hoopte ik. 'Ik spreek u later nog.'

Ik vond Clara op een kraamafdeling met zeven andere vrouwen, van wie er een paar pasgeboren baby's zoogden. Ze moest een hoop bloed hebben verloren. Krijtwit zag ze. 'Om de paar uur,' zei ze, 'zetten ze klemmen op mijn tepels en knijpen de melk eruit of ik een koe ben. Heb je met dokter Mallory gesproken?'

'Ja.'

' "Jullie zijn me ook mensen," zei hij tegen me. "Jullie zijn me ook mensen." Zwaaiend naar me met dat arme, gerimpelde dode ding alsof het zo uit een riool was komen glijden.'

'Hij zei dat ik je morgenochtend mee naar huis mag nemen,' zei ik, verbaasd

3 Vliegveld Charles de Gaulle heeft nooit een andere naam gehad. Het bedoelde vliegveld is ongetwijfeld Le Bourget.

over hoe vast mijn stem klonk. 'Ik zal vroeg komen.'

'Ik heb je niet belazerd. Ik zweer het, Barney. Ik was ervan overtuigd dat het van jou was.'

'Waarom was je daar verdomme zo zeker van?'

'Het gebeurde maar één keer en we waren allebei stoned.'

'Clara, zo te zien hebben we hier een aandachtig publiek. Ik kom je morgenochtend halen.'

'Ik zal er niet zijn.'

Dokter Mallory was niet in zijn spreekkamer. Maar er lagen twee vliegtickets eersteklas naar Venetië en een schriftelijke bevestiging voor een reservering in het Palazzo Gritti Hotel op zijn bureau. Ik schreef het reserveringsnummer op, haastte me naar de dichtstbijzijnde Bureau de Poste en belde het Palazzo Gritti. 'U spreekt met dokter Vincent Mallory. Ik wilde de reservering voor morgenavond annuleren.'

Er volgde een stilte terwijl de receptionist bladerde. 'Voor alle vijf de dagen?' vroeg hij.

'Ja.'

'In dat geval vrees ik dat u uw borgsom kwijt bent, meneer.'

'Laag stuk maffioso dat je bent, dat verbaast me niks,' zei ik en ik hing op.

Boogie, mijn inspiratie, zou trots op me zijn. Die meester-poetsenbakker had heel wat erger kunstjes geflikt met mensen, dacht ik, terwijl ik doelloos begon te dwalen. Ziedend. Met moord in het hart. Ik kwam uiteindelijk, God weet hoe, in een café in de Rue Scribe terecht, waar ik een dubbele 'Johnny Walkair' bestelde. Ik stak net een nieuwe Gauloise aan met mijn peuk, toen ik tot mijn verrassing Terry McIver aan een tafeltje achterin zag zitten met een opzichtig geklede vrouw die te veel make-up droeg. Neem maar van mijn aan, zijn 'aangenaam knappe' Héloïse was plomp, een deegrol met een pafferig gezicht en meer dan een zweem van een snor. Toen hij me zag kijken nam Terry, niet minder verrast, haar zwaar beringde hand van zijn knie, fluisterde iets tegen haar en slenterde naar mijn tafeltje. 'Dat is de vervelende tante van Marie-Claire,' zei hij zuchtend.

'De aanhalige tante van Marie-Claire, zou ik zeggen.'

'O, ze is er zo erg aan toe,' fluisterde hij. 'Haar pekineesje is vanmorgen overreden. Stel je voor. Je ziet er vreselijk uit. Is er iets mis?'

'Alles is mis, maar daar heb ik het nu liever niet over. Je neukt die ouwe taart toch niet?'

'Verdomme!' siste hij. 'Ze verstaat Engels. Ze is de tante van Marie-Claire.'

'Oké. Goed. Maak nu maar weer dat je wegkomt, McIver.'

Maar hij vertrok niet zonder een afscheidsschot te lossen. 'En in het vervolg,' zei hij, 'zou ik het op prijs stellen als je me niet meer achternaliep.'

McIver en de 'tante van Marie-Claire' verlieten het café zonder hun glazen leeg te drinken en reden weg, níet in een Austin-Healey, maar in een lang niet nieuwe Ford Escort.[4] Leugenaar, leugenaar, leugenaar, die McIver.

Ik bestelde nog een dubbele Johnny Walkair en ging vervolgens op zoek naar Cedric. Ik vond hem in zijn favoriete café, dat ook gefrequenteerd werd door de mensen rond *Paris Review* en Richard Wright, het Café le Tournon, diep in de Rue Tournon. 'Cedric, ouwe makker van me, we moeten eens praten,' zei ik hem bij de arm nemend en het café uit duwend.

'We kunnen hier wel praten,' zei hij terwijl hij zijn arm losrukte en me naar een tafeltje in de hoek voerde.

'Drink iets van me,' zei ik.

Hij besteld een *vin rouge* en ik vroeg om een whisky. 'Weet je,' zei ik, 'jaren geleden heeft mijn vader me eens verteld dat het ergste wat een man kan overkomen een kind verliezen is. Wat vind jij?'

'Als je iets te zeggen hebt, zeg het dan.'

'Ja. Je hebt gelijk. Maar ik vrees dat het slecht nieuws is, Cedric. Je hebt gisteren een zoon verloren. De zoon van mijn vrouw. En ik ben gekomen om je te condoleren.'

'Shit.'

'Zeg dat wel.'

'Ik had geen idee.'

'Dan kunnen we elkaar een hand geven.'

'En als het ook niet van mij was?'

'Dat is een intrigerende gedachte.'

'Het spijt me, Barney.'

'Mij ook.'

'Mag ik je nu eens een vraag stellen?'

'Kom maar op.'

'Waarom ben je verdomme met Clara getrouwd?'

'Omdat ze zwanger was en ik het mijn plicht vond tegenover mijn ongeboren kind. Nu ik.'

'Ga je gang.'

'Neukte je haar zowel ervoor als erna? Ik bedoel, we waren getrouwd.'

'Wat heeft zij gezegd?'

'Ik vraag het aan jou.'

'Shit.'

'Ik dacht dat we vrienden waren.'

'Wat heeft dat ermee te maken?'

Toen hoorde ik mezelf zeggen: 'Daar trek ik de grens. Rotzooien met de vrouw van een vriend. Dat zou ik nooit kunnen.'

Hij bestelde nog een rondje en deze keer wilde ik per se klinken. 'Dit is immers een speciale gelegenheid,' zei ik. 'Vind je ook niet?'

4 De Ford Escort werd pas in 1968 in productie genomen.

'Wat doe je nu met Clara?'

'Wat zou je ervan vinden als ik haar aan jou overdeed?'

'Dat zou Nancy niet leuk vinden. Met z'n drieën in bed. Niet mijn scene. Maar bedankt voor het aanbod.'

'Ik meende het oprecht.'

'Dat waardeer ik.'

'Eerlijk gezegd vind ik het wel een teken van mijn blanke zieltje dat ik je zo'n aanbod doe.'

'Hé, Barney, man, zou je je nou wel inlaten met zo'n vuile nikker als ik? Misschien trek ik zo meteen wel een mes.'

'Niet bij stilgestaan. Laten we nog wat drinken.'

Toen de *patronne* onze glazen had gebracht, stond ik waggelend op om het mijne te heffen. 'Op mevrouw Panofsky,' zei ik, 'in dankbaarheid voor het genot dat ze ons beiden geschonken heeft.'

'Ga zitten, anders val je nog om.'

'Goed idee.' Toen begon ik te beven. Ik slikte het rotsblok door dat in mijn keel omhoogkwam, en zei: 'Ik weet eerlijk niet wat ik nu moet doen, Cedric. Misschien zou ik je een optater moeten geven.'

'Godverdomme, Barney, ik vind het vervelend om het te moeten zeggen, maar ik was de enige niet.'

'O.'

'Wist je dat dan niet?'

'Nee.'

'Ze is onverzadigbaar.'

'Niet met mij was ze dat.'

'Misschien moeten we een paar koppen koffie bestellen en dan kun je me een optater geven, als je je daar beter door voelt.'

'Ik wil nog een whisky.'

'Oké. Luister nu naar je wijze oom. Je bent pas drieëntwintig en ze is zo gek als een deur. Dump haar. Laat je van haar scheiden.'

'Je zou haar moeten zien. Ze heeft heel veel bloed verloren. Ze ziet er vreselijk uit.'

'Jij ook.'

'Ik ben bang voor wat ze zichzelf zou kunnen aandoen.'

'Clara is heel wat sterker dan je denkt.'

'Was jij het die die striemen op haar rug krabde?'

'Waar heb je het nou weer over?'

'Moet iemand anders geweest zijn, dan.'

'Het is voorbij. Finito. Geef haar een week om op krachten te komen en zeg het haar dan.'

'Cedric,' zei ik terwijl ik begon te zweten. 'Alles draait. Ik moet overgeven. Breng me naar de wc. Vlug.'

II

De intense, gehennade Solange Renault, die eens in ons eigen Stratford de rol van Catherine in *Henry v* had gespeeld, zag zich lang geleden gedwongen genoegen te nemen met de rol van de Frans-Canadese verpleegster in mijn tv-serie *McIver van de Bereden Politie*.

(Privé-grapje. Ik vraag vaak het wekelijkse script van Solange op en herschrijf sommige clausen om haar te amuseren.

ZUSTER NIMARD: 'Zjezus, de wiend, 'ij wait keihard dezen avond. Voorzichtig op 'et ijs, allemaal.'

Of: ZUSTER NIMARD: 'Kijk daar, 'et is Pater St.-Pierre, die komt 'ier. Sluit d'alcol weg en zorg dat-ie zijn 'anden thuis 'oudt, jonges.')

Ik heb er zelfs vanaf de jaren zeventig een punt van gemaakt om werk te vinden voor Solange in vrijwel alle ondernemingen van Volslagen Onnodige Producties NV. Over de zestig inmiddels, nog steeds nerveus mager, blijft ze zich hardnekkig kleden als een ingénue, maar verder is ze een hoogst bewonderenswaardige vrouw. Haar man, een begaafde decorontwerper, werd door een zware hartaanval geveld toen hij begin dertig was en Solange heeft voor de opvoeding gezorgd van haar dochter, de ontembare Chantal, mijn persoonlijke assistente. Elke zaterdagavond, als tenminste de nieuwe, verbeterde, talentloze schijtlaarzen van de Montreal Canadiens, stuk voor stuk multimiljonairs, in de stad zijn, gebruiken Solange en ik een vroeg diner bij Pauzé en zakken daarna af naar het Forum, waar eens nos glorieux nagenoeg onoverwinnelijk waren. Jezus, ik weet nog dat ze maar over de schotten hoefden te springen in die rood-witte shirts en het bezoekende team had al verloren. Dat, ja, dat waren nog eens tijden. Hockey als een artillerievuur. Zachte maar accurate passes. Bliksemsnel schieten uit de pols. Verdedigers die hem konden raken. En geen 10.000 decibel oorverscheurende rockmuziek terwijl een face-off wordt opgehouden voor een tv-reclame.

Maar goed, het ziet er nu naar uit dat mijn traditionele, zij het steeds ergerlijker wordende uitje met Solange op zaterdagavond gevaar loopt. Men heeft mij verteld dat ik me als een ploert heb gedragen vorige week zaterdag en haar voor schut heb gezet. Het affront dat mij wordt aangewreven, vond plaats in de derde periode. De uitgebluste Canadiens, al 4-1 achter tegen de Ottawa Senators, godallemachtig, waren bezig met hun zogenaamde powerplay, dringen, douwen, een minuut in de wedstrijd en nog geen schot op doel. Savage, die idioot, gaf een pass naar een open vleugel, waardoor een slome verdediger van Ottawa, een helper die in de goeie ouwe tijd geluk zou hebben gehad als hij in de Quebec Senior Hockey League had mogen meespelen, de puck over de hele lengte van het ijs kon slaan. Turgeon ving hem op, gleed naar het midden van de vloer en wipte een boogbal naar de hoek. Damphouse en Savage gingen er achteraan en remden vlak voor het gedrang, wolken poedersneeuw gingen de lucht in. 'Die godgloeiende Turgeon,' brulde ik. 'Met zijn contract verdient hij ruim 100.000 dollar per goal, terwijl Beliveau nooit meer dan 50.000[1] voor een heel seizoen kreeg en hij was niet bang om de puck over de blauwe lijn te schaatsen.'

'Ja, ik weet het,' zei Solange met haar ogen rollend. 'En Doug Harvey verdiende hier nooit meer dan 15.000 dollar.'

'Dat heb ik jou verteld. Dat wist jij niet.'

'Ik ontken helemaal niet dat jij me dat ik weet niet hoe vaak verteld hebt. Wil je nu alsjeblieft stil zijn en je niet zo aanstellen.'

'Moet je dat zien! Niemand gaat voor doel omdat ze bang zijn een haal te krijgen. We mogen nog van geluk spreken als Ottawa niet weer een goal scoort terwijl wij met één minder spelen. Shit! Fuck!'

'Barney, doe me een lol.'

'Ze zouden Koivo moeten inwisselen voor nog zo'n Finse dwerg,' zei ik, instemmend met het boegeroep.

Een minkukel van een Senator sprong van het strafbankje, nam de puck en schaatste hem helemaal alleen naar onze doodsbange keeper, die natuurlijk te vroeg dook, waardoor hij hem over zijn blokkerarm kon wippen. 5-1 voor Ottawa. Verbolgen supporters begonnen het bezoekende team toe te juichen. Programma's werden het ijs op gegooid. Ik trok mijn overschoenen uit en gooide ze naar Turgeon.

'Barney, beheers je.'

'Hou je mond.'

'Pardon?'

'Hoe kan ik me nou op de wedstrijd concentreren als jij constant zit te rebbelen?'

Het spel was bijna afgelopen toen ik pas merkte dat Solange beledigd haar plaats verlaten had. Ottawa won met 7-3. Ik zakte af naar Dink's, waar ik eerst troost zocht bij een paar Macallans voordat ik Solange belde. Maar het was Chantal die de telefoon opnam. 'Ik wil je moeder spreken,' zei ik.

'Ze wil jou niet spreken.'

'Ze heeft zich kinderachtig gedragen vanavond. Weglopen en mij laten zitten. Ik ben mijn overschoenen kwijt en gleed buiten op het ijs uit en brak bijna een been voordat ik een taxi vond. Heb je de wedstrijd op tv gevolgd?'

'Ja.'

'Die lul van een Savard had Chelios nooit in moeten ruilen. Als je moeder niet aan de telefoon wil komen, dan stap ik in een taxi en sta over vijf minuten voor jullie deur. Ze moet haar excuses aanbieden.'

'We doen niet open.'

'Ik word ziek van jullie allebei.'

1 Beliveau kreeg in werkelijkheid voor het seizoen 1970-71, zijn laatste bij de Canadiens, 100.000 dollar.

Ten prooi aan schuldgevoel en laat als het was, zat er niets anders op dan Kate maar te bellen en te vertellen hoe slecht ik me gedragen had. 'Wat doe ik nu?' vroeg ik.

'Stuur morgenochtend meteen een bos bloemen.'

Maar bloemen waren voor Miriam en iemand anders bloemen sturen, al was het Solange, zou neerkomen op verraad. 'Ik dacht van niet,' zei ik.

'Bonbons?'

'Kate, heb je het druk morgen?'

'Niet speciaal. Waarom?'

'Wat zou je ervan vinden als ik een dagje kom overvliegen en we samen uit de kunst gingen lunchen?'

'In de Prins Arthur Kamer?'

Zelfs na al die jaren kreeg ik een brok in mijn keel.

'Papa? Ben je er nog?'

'Reserveer maar een tafeltje bij Prego.'

'Mag ik Gavin meebrengen?'

Klote klote klote. 'Natuurlijk,' zei ik. Maar zondagochtend vroeg zegde ik de afspraak af. 'Het lukt me niet vandaag, liefje. Misschien volgende week.'

Maandagochtend ging ik, al was het maar om mijn personeel te laten zien dat ik nog niet volslagen overbodig ben en nog meer kan dan cheques tekenen, naar kantoor, waar Chantal me met slecht nieuws begroette. Onze laatste, allejezus dure, *pilot* bevatte een overvloed van betekenisvolle, levensverrijkende actie: homovrijages, aardige vertegenwoordigers van zichtbare minderheden, achtervolgingen met auto's die in een pandemonium eindigden, verkrachting, moord, een snuifje SM en een likje New Age-idiotie. Ik had gehoopt dat we het op de donderdag om negen uur op CBC-tv zouden krijgen, maar we hadden verloren van een nog erbarmelijker serie die geproduceerd zou worden door die lui van The Amigos Three in Toronto. Dat was de tweede keer dit jaar dat die gannef van een Bobby Tarlis, die aan het hoofd stond van Amigos Three, ons de das omdeed. Erger nog. Plotseling liepen de kijkcijfers van de eens zo florerende serie *McIver van de Bereden Politie* terug en dreigde CBC ermee op te houden. Dat was aanleiding voor een bezoek aan mijn kantoor van mijn Drie-eenheid van Sukkels: Gabe Orlansky, redacteur, vergezeld van mijn executive producer Marty Klein, en regisseur Serge Lacroix. Chantal kwam bezorgd achter ze aan, notitieblok in de hand. De Drie-eenheid was het erover eens dat we om te beginnen de cast moesten vernieuwen. Concreet. Solange Renault, die, sinds de serie acht jaar geleden begon, de verpleegster had gespeeld, was nu veel te oud. 'We zouden haar eruit kunnen schrijven,' zei Gabe.

'En dan?' vroeg ik terwijl ik begon te koken.

'Kijk je ooit naar *Baywatch*?'

'Je bedoelt dat we van die snolletjes met bikini's zo groot als een postzegel in de sneeuw binnen de poolcirkel moeten laten stoeien?'

'Wij, je creatieve staf, zijn het erover eens dat we een nieuwe verpleegster nodig hebben,' zei Gabe. 'Dus ik zou graag willen dat je eens naar deze foto's keek.'

'Ik hoop niet dat je haar neukt, Gabe. Drie maanden na een drievoudige bypass. Schaam je.'

'We moeten het mes erin zetten, Barney. Het dood hout eruit snoeien. Ik heb een focusgroep naar twee nieuwe afleveringen laten kijken en het personage dat ze het minst sympathiek vonden, werd gespeeld door Solange.'

'Over dood hout gesproken, jullie vliegen er nog eerder uit dan Solange. Sterker, ik ga Solange vragen dit seizoen minstens twee afleveringen te regisseren.'

'Wat zijn haar kwalificaties?' vroeg Serge.

'Ze is belezen. En in tegenstelling tot jullie heeft ze smaak. Dus je zou kunnen zeggen dat ze te hoog gekwalificeerd is, maar ik heb mijn besluit genomen. Luister, ons probleem is niet Solange, maar belabberde intriges. Kunnen we voor de verandering niet iets onvoorspelbaars doen? Laten we zeggen een criminele eskimo. Of een ogenschijnlijk wijze indiaanse medicijnman die zijn voorspellingen doet aan de hand van de *Boerenalmanak*? Hé, ik heb het. Nu sikh-rekruten van de Bereden Politie tulbands mogen dragen, wat vinden jullie van een jood met een keppeltje die zich laat omkopen en afdingt in de winkel van de Hudson's Bay Company? Nu allemaal opgelazerd en ik wil subito een paar verse scripts zien. Net als gisteren.'

Chantal bleef achter. 'Ik ben bang dat ze gelijk hebben wat Solange betreft.'

'Natuurlijk hebben ze gelijk, maar ze is je moeder, allejezus, en ze maakt ons allebei horendol als ze niet acteert. Dat is het enige waarvoor ze leeft. Dat weet je.'

'Ga je haar echt vragen om te regisseren?'

'Wat ik zal doen dat zul je nog wel zien. O, en Chantal, ik kan me er echt niet toe zetten die scripts te lezen. Dat zul jij voor me moeten doen. En wil je alsjeblieft die foto's aan Gabe vragen,' zei ik terwijl ik haar blik vermeed. 'Ik denk dat ik ze beter nog eens kan bekijken.'

Vervolgens begon ik aan de bak met ongevraagd binnengekomen post die Chantal voor me had achtergelaten.

Dhaka, 21 september 1995

Geachte heer,
Met verschuldigd respect, staat u mij toe te stellen dat ik voor altijd dankbaar ben, indien u zelf vriendelijk wilt lezen en beantwoorden mijn volgende nederige beroep. Ik ben Khandakar Shahtyer Sultan, een student uit Bangladesh. Ik heb mijn moeder in haar kindertijd verloren en sindsdien heb ik veel moeten ploeteren. Ondanks veel probleem ik heb graad behaald in Engelse studiën aan Dhaka Universiteit.

Ik heb gewenst en veel geprobeerd voor vele jaren naar Canada te gaan of zo'n dergelijk land om de kunst van televisie te studeren, in waar u uitmunt. Doch ik ben verloren. Ik heb niemand hier die mij helpen kan naar buitenland te gaan.
Daarom ik heb geschreven naar vele grote mensen zoals u in verschillende landen om enige hulp. Ik wil graag in uw land studeren als u Universiteit of enige afdeling kan overtuigen voor een beurs en dat zou voor mij het beste zijn. Als u wilt, ik zal bij uw familie wonen en u dienen als mogelijk.
Als u niet zo kunt doen, stuur toch vriendelijk enige donatie (50 dollar of 100 dollar zo als mogelijk is) voor verzameling van noodzakelijk geld om naar Canada te gaan voor opleiding. Velen hebben mij enig gestuurd en zo heb ik veel verzameld. Ik hoop ik ben in staat spoedig noodzakelijk geld te verzamelen en mijn droom zal uitkomen. Dus vergeet niet enig te sturen.
Als u stuurt bankbiljet, of toondercheque, maak de envelop ontransparant verstuur per *gegarandeerde* post. Rekening Nr. 20784, Sonali Bank, Dilusha Branch, Dhaka. Of INTERNATIONALE MONEY ORDER is de beste manier.
In afwachtende van uw vriendelijk antwoord. Ik verontschuldig voor enig verkeerd.

Hoogachtend,
Khandakar Shahtyer Sultan

Volslagen Onnodige Producties
1300 Sherbrooke St. West
Montreal, QUE H3G1J4 Canada
5 oktober 1995

Van onze medewerker Barney Panofsky

Geachte heer Sultan,
Ik heb, zoals verzocht, een internationale money order voor $200 in een ontransparante envelop gestuurd ten gunste van Rekening Nr. 20784, Sonali Bank, Dilusha Branch, Dhaka.
Tevens heb ik uw zaak besproken met de weergaloos rijke professor Blair Hopper, Victoria College, University of Toronto, Toronto, Ont., Canada, en hij wil graag bericht van u ontvangen. Het zou echter het beste zijn indien u mijn naam niet noemt in uw correspondentie met de geachte professor.

Hoogachtend,
Barney Panofsky

PS Het privé-telefoonnummer van de professor is 4168192427 en hij heeft er geen bezwaar tegen dat u hem op elk willekeurig tijdstip van de dag of de nacht belt.

Er was ook een brief van De Grote Antonio.

LEVENDE LEGENDE GROOTSTE VAN ALLE GROTE MENSELIJKE KRACHTEN 225 KILO, STERKSTE MAN VAN DE WERELD. PREHISTORISCHE MAN STERK ALS 10 PAARDEN. TREKT 4 BUSSEN VERBONDEN MET EEN KETTING, GEWICHT 70 TON OVER 670 METER VOOR NBC TELEVISIE. MEER DAN VIJF MILJOEN MENSEN KWAMEN KIJKEN NAAR DE GROTE ANTONIO IN TOKIO.

De Grote Antonio, een man uit Montreal, was zo vriendelijk een idee voor een avondvullende film bij zijn brief in te sluiten.

DOOR DE GROTE ANTONIO FILMVERHAAL NR. 1

De grote Antonio is erg populair en indrukt de hele wereld.

1 Antonio trek 4 bussen 70 ton – Wereldrecord.
2 Hout met handen 10 paarden vast.
3 Trekken aan zijn haar 400 mensen.
4 Kampioenschap Worstelwedstrijd winnen.
5 Ook Liefdes Verhaal met een actrice.
6 Verzoening.
7 Einde met grote parade voor miljoenen en miljoenen mensen. Binnenstad hoofdstraat van Tokio, New York, ook Rio de Janeiro, Parijs, Londen, Rome, Montreal en alle grote steden in de wereld.

De grote Antonio wekt de nieuwsgierigheid van de hele wereld. De film zal zijn groot record succes want alle mensen van de wereld willen De Grote Antonio zien. De film kost honderd miljoen dollar en twee jaar om te maken. Hij zal opbrengen tussen de vijf en tien miljard dollar. Iedereen in de wereld wil De Grote Antonio zien met zijn mysterieuze kracht. De Grote Antonio is onoverwinnelijk. De Grote Antonio schrijft het verhaal en zal De Grote Antonio film regisseren.

DE GROTE ANTONIO ECHT GOUDEN MIJN.

Volslagen Onnodige Producties
1300 Sherbrooke St. West
Montreal, QUE H3G1J4 Canada
5 oktober 1995

Van onze medewerker Barney Panofsky

Beste Grote Antonio,
Het is met grote droefenis dat ik uw gouden idee moet afwijzen, het meest opwindende dat ik in jaren heb gelezen, maar onze productiemaatschappij is te bescheiden om het recht te doen en het zou egoïstisch van ons zijn om u aan het lijntje te houden. Ik heb echter met mijn goede vriend Bobby Tarlis van de Amigos Three in Toronto gesproken en ik heb hem nog nooit eerder zo enthousiast gezien over een project.
In blijde verwachting dat ik als vroedvrouw heb kunnen fungeren voor deze verbluffende onderneming sluit ik een cheque van 600 dollar in ter bekostiging van uw vlucht naar Toronto en andere incidentele uitgaven. Het adres van de Amigos Three in Toronto is 33 Yonge Street. Het is niet nodig eerst te bellen, Bobby verwacht u. Hoe eerder hoe beter, zei hij. O, en ik zal u een geheimpje verklappen. Bobby is de voormalige amateur worstelkampioen van Hongarije en hij heeft voor een aanzienlijk bedrag met mij gewed dat hij u op de mat krijgt. Ik heb op u gewed, Antonio, stel me dus niet teleur. Meteen als u in zijn kantoor komt moet u hem met een drop-kick aanvallen. Dat vindt hij geweldig. Succes.

Hoogachtend,
Barney Parnofsky

Om vijf uur 's middags wipte ik binnen bij Dink's en ik bleef te lang aan de bar hangen, waarna ik samen met Hughes-McNoughton en Zack Keeler, de columnist van de *Gazette*, afzakte naar Jumbo's en, in de kleine uurtjes, naar een illegale kroeg die Zack kende. Sean O'Hearne heeft me een keer verteld dat, 'Vroeger, als we wilden weten waar de illegale dranktenten waren, dan gingen we in onze burgerauto zitten wachten tot Zack bij Jumbo's naar buiten kwam gestrompeld en dan volgden we hem waar hij ook naar toe ging. De klootzak had altijd een lekker stuk aan zijn arm. Hoe krijgt hij het voor elkaar, hè?'

'Hij krijgt het voor elkaar,' zei ik, 'omdat hij een ongewoon aantrekkelijke man is. Scherp. Geestig. Dingen waar jij niet bij kunt.'

Maar die nacht werkte Zack, zojuist teruggekeerd van een kort reisje naar Toronto, een klusje voor CBC-tv, op mijn zenuwen. Hij was Miriam en Blair tegengekomen op een feestje. 'Jij hebt ons proberen wijs te maken dat die Blair een onverbeterlijke graftak is. Oké, luchtigheid is niet zijn probleem, maar ik mocht hem wel. Als hij zo'n freak was, wat zou een vrouw als Miriam dan met hem doen?'

'Hoe ging het met haar?'

'Geweldig in vorm. Je weet wel, erg grappig op die onderkoelde manier van haar. Maar ze is niet zo dol op Sauls nieuwe vriendin. "Hij drinkt uit een vuil kopje," zei ze. En ze maakt zich zelfs zorgen om jou. Je kinderen zeggen dat je te veel drinkt. Schaam je.'

Het moet vier uur geweest zijn toen ik thuiskwam, ik had twee handen nodig om de sleutel van mijn appartement in het slot te krijgen, maar ik werd toch vroeg wakker, zodat ik dinsdag maar als een verloren dag beschouwde. Ik besloot met de vader-vlag te gaan wapperen en de dag te besteden aan een rondgang langs het Panofsky-kroost. Ik begon met Mike. Zijn secretaresse zei dat de familie naar Normandië was voor het weekend. Het weekend? Het was pas dinsdag. Een lang weekend, zei ze. Een Engels weekend. Vervolgens belde ik Saul.

'O, Jezus, het is nog niet eens middag. Ik wist wel dat jij het was. Bel alsjeblieft later terug, pap.'

'Ik herken die krakende rokersstem. Je hebt weer tot laat zitten drinken, hè?'

'Moet je horen wie het zegt.'

'Luister eens. Ik ben geen IJzeren Hein. Ik heb nooit bezwaar gemaakt tegen drinken, *maar met mate.*'

'Ik heb gisteravond tot laat zitten lezen in de autobiografie van Geronimo. De Apachen zijn misschien wel een van de verloren stammen Israëls. Geronimo at nooit spek of varkensvlees. Een tribaal taboe. Toen zijn vader stierf, doodden de Apachen zijn paard en gaven al zijn andere eigendommen weg. De Apachen erven nooit de rijkdommen van een overleden familielid. Dat verbiedt hun ongeschreven stamwet, omdat ze bang zijn dat anders de kinderen van een rijke man blij zullen zijn als hun vader doodgaat. Geef je hele hebben en houden maar weg, pap. Caroline gaat ervan door het lint.'

'Saul, ik wil niet zeuren, maar heb je Kate de laatste tijd nog weleens gesproken?'

'Zodat ze me subtiel kan laten weten wat een mislukkeling ik ben, zoals ik leef?'

'Ze is dol op je.'

'Ja, dat zal wel. Tussen haakjes, ik stuur Mike mijn artikelen niet meer. Er gaan maanden voorbij en hij kan de tijd maar niet vinden om ze te lezen. Hij pretendeert dat hij vegetariër is, al was het maar om de freule te behagen, maar toen hij vorige week in New York was en uit eten ging, moest het de Palm worden, waar hij op een dikke biefstuk kon aanvallen. En hij deed zijn uiterste best om Aviva te paaien.'

'Aviva?'

'Ze is een Israëlische. Schrijft voor de *Jeruzalem Post* nu die niet meer voor Arafat is. Dus hij natuurlijk krampachtig oreren over hoeveel hij bijdraagt aan

Vrede Nu en over het lot van de Palestijnen. Terwijl haar broer in een terroristische aanval is omgekomen.'

'Woon je tegenwoordig met haar samen?'

'Ik zat gisteren naar een opname van Glenn Gould van *De Goldberg Variaties* te luisteren en ze begint haar nagels te vijlen. Ze stond altijd vroeg op en knipte de dingen die ze nodig had uit mijn *Times*, en als ik eindelijk aan de ontbijttafel kwam, zaten er allemaal van die kijkgaten in de krant. Dus ik moest haar er wel uit gooien. Hé, wanneer kom je hier weer een paar dagen logeren?'

'Ja, de laatste keer hadden we het echt gezellig, niet?'

'Geef toe, je bent dol op Mike, maar mij vind je tekortschieten, en die ondertoon waarmee je me altijd vraagt met wie ik samenwoon...'

'Je drinkt te veel uit vuile kopjes, jongen.'

'... betekent dat je me niet capabel acht om een volwassen relatie aan te gaan.'

'Wil je echt dat ik je weer eens kom opzoeken?'

'Ja, graag. En ik heb vorige week inderdaad met Kate gesproken. We maakten ruzie. Ik weet toevallig dat mam ze de avond tevoren te eten had en dat Kate nodeloos grof was tegen Blair.'

'Goh, wat erg. Ik wil niet dat een van jullie partij trekt. Blair is misschien een beetje jong voor je moeder, maar hij maakt haar gelukkig en daar moeten wij tevreden mee zijn. Hij is toevallig ook een man die begaan is met veel goede doelen. Zoals Greenpeace.'

'Schei toch uit, pap. Je haat hem als de pest. Wat vond je van mijn laatste stuk in de *American Spectator*?'

'Ik vond het slecht geïnformeerd en zelotig, maar, jongen, je kunt schrijven als een tierelier.'

'Zo ken ik je weer, pap. Ik moet nu gauw weg. Natasja neemt me mee uit lunchen in het Union Square Café.'

'Natasja?'

'Waarom trouw je niet met Solange?'

'Daarvoor ben ik te veel op haar gesteld. Bovendien, je weet wat de Amerikaanse rechtbanken hebben verordonneerd? Twee slag en je bent uit.[2] Wil je echt dat ik gauw naar New York kom?'

'Ja. O, nog iets wat ik vergat te zeggen. De *Washington Times* heeft me een exemplaar van *De Koortsige Tijd* gestuurd om te recenseren.'

'Bedoel je echt dat iemand die shit van McIver in New York gaat uitgeven?'

'Rustig nou maar.'

'Begrijp me niet verkeerd. Ik zou me er niet toe verlagen jou proberen te beïnvloeden. Recenseer het maar. Prijs het maar de hemel in. Het is jouw reputatie, niet de mijne. Tot ziens.'

Mijn eerstgeboren zoon ziet er geen been in een kist Cohibas weg te geven die

2 Drie slag.

hij van mij gekregen heeft, en nu is Saul bereid me te verraden voor pakweg 250 dollar. Wat een familie heb ik grootgebracht. Nadat ik wat gekalmeerd was met een paar vingers Cardhu, stak ik een Montecristo op en belde Kate. 'Ik bel toch niet ongelegen?' vroeg ik.

'Papa, ik zou jou net gaan bellen.'

'Kate, ik heb gehoord dat je moeder jou en Gavin onlangs te eten had en dat jij expres grof was tegen Blair.'

'O, hij zit altijd te flikflooien met haar aan tafel. Daar kots ik van.'

'Liefje, ik weet hoe je je voelt, maar je mag je moeder niet kwetsen. Bovendien is Blair altijd goed voor jou en de jongens geweest. Hij was duidelijk niet in staat zelf kinderen te krijgen, misschien heeft dat er ook iets mee te maken. *Hoe zat hij met haar te flikflooien aan tafel?*'

'Och, weet je wel. Handjes vasthouden. Over haar arm aaien. Op haar wang kussen als hij opstaat om haar wijnglas bij te vullen. Dat soort enge dingen.'

'Luister. Ik ga je iets vertellen, maar je mag het aan niemand verder vertellen. Die arme Blair is het soort man dat zich altijd onzeker heeft gevoeld over zijn mannelijkheid en daarom ziet hij zich genoodzaakt een openbare vertoning te maken van zijn affectie voor je moeder.'

'Ik neem aan dat mam tegen Saul geklaagd heeft, hij was altijd haar lieveling...'

'Ik denk dat hij haar aan mij doet denken, toen ik nog jong genoeg was voor haar.'

'... en hij heeft het weer aan jou doorgebriefd. O, ik ben zo kwaad op Saul. We hebben woorden gehad.'

'Saul is dol op je. Hij wil per se dat ik weer gauw naar New York kom. Wat vind je daarvan?'

'Kom eerst bij ons. Alsjeblieft, papa. Gavin zal je meenemen naar een hockeywedstrijd.'

'De Maple Leafs?'

'Je zou je belastingaangifte door hem moeten laten verzorgen, hij is er zo'n kei in, en hij doet het gratis voor je. Wat ga je doen als de separatisten het referendum winnen?'

'Dat winnen ze niet, dus daar hoef jij je geen zorgen over te maken.'

'O, wat kun je toch neerbuigend doen. Toen we nog klein waren praatte je uren met de jongens over politiek, maar nooit met mij.'

'Dat is niet waar.'

'"Daar hoef jij je geen zorgen over te maken." Ik ben niet achterlijk, hoor.'

'Natuurlijk ben je dat niet. Ik bedoelde alleen maar dat je waarschijnlijk zelf genoeg problemen aan je hoofd hebt.'

Kate gaf les in Engelse literatuur aan een school voor begaafde kinderen en één avond in de week hielp ze immigranten met hun Engels in het souterrain van een kerk. Ze zeurde me voortdurend aan mijn kop om een film te financieren over de moeder van alle Canadese suffragettes, de bewonderenswaardige Nellie McClung.

'Binnenkort is het Kerstmis en dan worden we bij mam verwacht voor het diner. Een boom en een menora. Mike en Caroline komen met de kinderen overvliegen en Saul is erbij en hij en Mike beginnen tegen elkaar te etteren op het moment dat ze de deur binnenkomen. Vorig jaar moest ik de hele tijd huilen. Ik hou van je, papa.'

'Ik hou ook van jou, Kate.'

'We hadden het zo leuk met z'n allen. Ik kan het mam maar niet vergeven dat ze bij jou is weggegaan.'

'Maar het is mijn fout dat ik haar ben kwijtgeraakt.'

'Ik hang nu op voordat ik ga huilen.'

De spanning tussen Miriam en Kate was er bijna altijd geweest, smeulend. Ik begreep er niets van. Per slot van rekening had Miriam, en niet ik, haar elke avond voorgelezen, haar leren lezen en naar al die museums en op uitjes naar de schouwburg in New York meegenomen. Mijn rol als vader was grotendeels beperkt gebleven tot voldoende geld inbrengen, de kinderen plagen onder het eten, terwijl ik het ruzies sussen aan Miriam overliet en, o ja, die bibliotheken samenstellen, na overleg met Miriam. 'Bij de geboorte van kinderen,' vertelde ik de kleintjes een keer, 'leggen vaders wel flessen wijn voor ze op die dan rijpen in de tijd dat ze opgroeien tot ondankbare volwassenen. Maar wat jullie van mij krijgen, als jullie zestien zijn, is een bibliotheek met de honderd boeken die mij het meeste plezier hebben bezorgd toen ik een onwetende tiener was.'

Laat op een middag, toen Kate in haar laatste jaar zat op de Miss Edgar's en Miss Cramp's School, kwam ze thuis terwijl Miriam gejaagd, met één oog op de keukenklok, bezig was twee eenden voor de oven klaar te maken. Perfectioniste die Miriam was, plukte ze de laatste, nauwelijks nog zichtbare veertjes er met een epileerpincet uit. Op elke gaspit stond een stomende pan. Brooddeeg lag klaar om gebakken te worden. Wijnglazen, net uit de afwasmachine, stonden in gelid om tegen het licht gehouden en zo nodig opnieuw afgewassen te worden. Een berg aardbeien in een glazen kom moest nog worden schoongemaakt. Kate liep nors recht naar de ijskast, nam er een yoghurt uit, maakte een plaatsje vrij op de hoek van het aanrecht en ging door met lezen in *Middlemarch* waar ze de vorige dag gebleven was.

'Kate, wees eens lief en maak die aardbeien voor me schoon en schud dan even de kussens op in de zitkamer.'

Geen antwoord.

'Kate, we krijgen om halfacht zes mensen te eten en ik heb me nog niet gedoucht of omgekleed.'

'Waarom kunnen de jongens niet helpen?'

'Die zijn er nu niet.'

'Als ik volwassen ben, zorg ik er wel voor dat ik niet eindig als huisvrouw. Net als jij.'

'Wát?'

'Ik wed dat het niet eens jouw vrienden zijn die komen, maar de zijne.'
'Maak je die aardbeien voor me schoon of niet?'
'Als ik dit hoofdstuk uit heb,' zei ze en ze verliet de keuken.

Het toeval wilde dat ik, net toen Miriam de slaapkamer kwam binnengestormd, hulpeloos de mouw van mijn schone overhemd ophield. 'Hoe vaak heb ik je nou niet gezegd dat je een andere wasserij moet nemen. Stil maar. Ik weet het. Meneer Hejaz heeft zeven kinderen. Maar hij heeft weer een knoopje van mijn overhemd gemangeld. Kun je het voor me aannaaien, alsjeblieft?'

'Doe het zelf.'

'Wat is er?'

'Niets.'

Ik probeerde haar in mijn armen te nemen, maar ze duwde me snotterend van zich af. 'Shit,' riep ze, 'mijn brood.' En ze rende naar de keuken, ik er achteraan.

'Het is verbrand,' zei ze terwijl de tranen over haar wangen stroomden.

'Nee, dat is het niet. Het is alleen maar goed doorbakken,' zei ik, een mes pakkend om te gaan schrapen.

'Als je maar weet dat ik het zo niet opdien.'

'Ik zal Kate naar de bakker sturen.'

'Je dochter zit in haar slaapkamer *Middlemarch* te lezen,' zei ze ruw.

'Tjonge, wat heb jij een humeur! Zou je liever hebben dat ze *Cosmopolitan* las?'

'Jij stuurt haar niet met een boodschap weg. Ze heeft toch al een hekel aan me.'

'Hoe kun je zoiets zeggen?'

'O, Barney, jij begrijpt niks van je eigen kinderen. Mike is doodsbenauwd omdat zijn vriendin drie weken over tijd is en Saul handelt in drugs.'

'Miriam, laten we hier een andere keer over praten. Het is tien over zeven en je hebt je nog niet eens omgekleed.'

Toen Miriam zich in onze slaapkamer had teruggetrokken, ging ik naar Kate om te vragen wat er gebeurd was. 'Luister eens, Kate. Je moeder heeft een serieuze carrière bij de omroep opgegeven om met mij te trouwen en ik weet eerlijk niet wat ik had gedaan als ze me had afgewezen. Ze heeft ik weet niet hoeveel offers voor jou en de jongens gebracht. Bovendien, huisvrouw of geen huisvrouw, ze is de meest intelligente persoon die ik ken. Dus nu ga jij meteen naar onze slaapkamer en bied je excuses aan.'

'Weet je wat wij kinderen vinden? Wij hebben altijd ongelijk, hoe dan ook, want jullie nemen het altijd voor elkaar op.'

'Je hebt me gehoord,' zei ik terwijl ik haar boek afnam.

'Ik word ziek van de manier waarop ze zich altijd maar voor je uitslooft.'

'Ik bekijk het liever zo: wij sloven ons voor elkaar uit.'

'Ze is al vanaf vanmorgen vroeg als een razende aan het koken en als je vrienden komen, drinken ze zich onwezenlijk voor ze aan tafel gaan en schrokken dan het eten naar binnen om des te sneller op de cognac en de sigaren te kunnen aanvallen, en al haar moeite is voor niks geweest.'

'Je gaat nu onmiddellijk je excuses aanbieden.'

Dat deed ze, maar Miriam was niet dankbaar voor mijn interventie. 'Je hebt een merkwaardige gave om de zaken erger te maken dan ze zijn, Barney. Heb je haar boek afgepakt?'

'Nee. Ja. Ik was het vergeten.'

Maar ik had het nog in mijn hand.

'Geef het haar alsjeblieft meteen terug.'

'Shit. Shit. Shit. Daar gaat de bel.'

Omdat ik, gezien Miriams stemming, een ramp verwachtte, dronk ik zwaar voor het eten, maar opnieuw deed ze me versteld staan. In plaats van zich, zoals gewoonlijk, genadig te ontfermen over de saaiste gasten aan tafel en net te doen of ze geboeid was door hun banaliteiten, was Miriam in een van haar zeldzame ongenadige buien. De vrouw van Nate Gold was de eerste die een steek kreeg, maar dat had ze ook verdiend. Ze had haar eendenbout niet van zich af moeten schuiven en uit de schoudertas die ze over haar stoelleuning had gehangen een plastic zak met witte druiven moeten halen. 'Die eend ziet er smakelijk uit,' kirde ze, terwijl ze haar portie met een vork omkeerde en erin prikte om te zien hoe vet het was, 'maar ik ben op dieet.' Nate vulde de stilte die daarna viel met de mededeling dat hij eerder die week in Ottawa met zijn gewaardeerde vriend, de staatssecretaris van Cultuur had geluncht. 'En weet je wat,' zei Nate, 'hij heeft nog nooit een boek van Northrop Frye gelezen.'

'Maar ik ook niet,' zei zijn vrouw terwijl ze de berg druivenpitten op haar bord ophoogde.

'Nee, er staan ook geen plaatjes in,' zei Miriam.

De arme, kwetsbare Zack Keeler was de volgende die een afstraffing kreeg. Hij was om te beginnen al in mineur – niets voor hem – omdat hij die middag naar de begrafenis van Al Mackie was geweest. Mackie, een sportjournalist die wij kenden, zakte meestal van Jumbo's of Friday's, die allebei om twee uur sloten, af naar de Press Club, die tot vier uur openbleef. Zack was overstuur omdat de weduwe van Al naar zijn zeggen onrustbarend kalm was gebleven toen de kist van haar echtgenoot in het graf werd neergelaten.

'Dat verbaast me niks,' zei Miriam. 'Het moet de eerste keer in twintig jaar geweest zijn dat ze precies wist waar haar man 's avonds na tienen uithing.'

Het sierde Zack dat hij onmiddellijk opvrolijkte. 'Je bent te goed voor hem,' zei hij en hij gaf Miriam een handkus.

12

De ochtend dat ik Clara uit het ziekenhuis thuisbracht, moesten we op alle vijf verdiepingen even stilstaan om haar op adem te laten komen. Clara kleedde zich onmiddellijk uit, op haar wijde, met bloed bevlekte onderbroek en ingewikkeld riementuig na. 'Jouw kuisheidsgarantie,' zei ze. Ze rangschikte haar verzameling medicijnflesjes op het nachtkastje, nam een slaappil, stapte in bed, draaide haar gezicht naar de muur en ging slapen. Ik ging in de keuken zitten met een fles wodka en een gevoel van naderend onheil. Uren later hoorde ik haar bewegen en bracht haar een dienblad met thee en toast. 'Zo,' zei ze. 'Wat gebeurt er nu?'

'Je moet eerst beter worden voor we kunnen praten.'

Met klepperende slippers slofte ze naar de wc en ze wierp in het voorbijgaan een blik in het kleine kamertje dat de kinderkamer had moeten worden. 'Arme kleine Sambo,' zei ze, en toen zag ze dat ik voor mezelf een bed had opgemaakt met de kussens van de bank. 'Waarom laat je niet iemand met een roodgloeiend brandijzer komen,' vroeg ze, 'en een O van Overspelige Vrouw tussen mijn lekkende tieten schroeien?'

'Ik heb kalfslapjes gekocht voor het avondeten. Wil je in bed eten of samen met mij in de keuken?'

'Ik neem aan dat je nog niet weet wat je met me moet beginnen zolang Boogie nog niet terug is uit Amsterdam om je orders te geven.'

Maar aan Boogie, die stoned was, had ik niks. Ik stelde hem op de hoogte en vroeg: 'Wat deed jij in Amsterdam?'

'Inkopen.'

Yossel zei: 'Elke keer als ik je zie, ben je dronken. Ik heb een advocaat voor je. Een volksgenoot. Iemand die je niet het vel over de oren zal halen. Maître Moisje Tannenbaum.'

'Nog niet.'

'Denk je dat het over een maand makkelijker zal zijn?'

Zwemmend in de wodka, waarmee ik al aan het ontbijt begon en waardoor ik onvermijdelijk zowat hersendood was, herinner ik me niet veel meer van de daaropvolgende week, maar ik weet nog wel dat we aardig tegen elkaar deden. Stekelig aardig.

'Voel je je al beter, Clara?'

'Wat kan u het schelen, Doctor von Prudenstein?' En een andere keer: 'Ik denk dat je vrouwtje je verwaarloosd heeft. Ik neem aan dat ik zou moeten vragen hoe het staat met de kaashandel. Doet de Camembert het beter dan de Bresse bleu?'

'Geestig.'

'Arme Barney. Zijn vrouwtje is een hoer en zijn beste vriend een junkie. *Oi wee.* Wat sneu voor zo'n keurig opgevoede joodse jongen.'

Op een avond liep Carla kettingrokend door de kamer te ijsberen terwijl ik, haar ogenschijnlijk negerend, op de bank zat te lezen. Plotseling draaide ze zich naar me toe en griste het boek uit mijn handen. Het was *Molly* van Beckett, in de vertaling van Austryn Wainhouse.[1] 'Hoe kun je zulke taaie rotzooi lezen?' vroeg ze.

Nu kon ik haar op haar nummer zetten met een citaat van een van haar lievelingsdichters. 'William Blake schreef een keer een brief aan een gozer die vier aquarellen bij hem besteld had, maar die niet tevreden was met het resultaat. "Dat wat Groots is, is noodzakelijk Obscuur voor de Zwakken van Geest," schreef hij. Of voor vrouwen, had hij eraan toe kunnen voegen. "Dat wat Uitgelegd kan worden aan de Idioot is mijn aandacht niet waard." Dus misschien is het niet Beckett die tekortschiet, maar jij.'

Ze begon weer tot laat op te blijven en te tekenen en in haar schriften te schrijven. Of ze zat uren voor haar spiegel verschillende shockerende tinten lippenstift en nagellak uit te proberen, of oogschaduw met glittertjes. Dan nam ze één of twee slaappillen en verroerde zich niet meer tot de volgende dag laat. Op een middag verdween ze en kwam drie uur later terug met paarsgeverfd haar waar oranje strepen doorheen liepen. 'Jezus Christus,' zei ik.

'O, mijn lieve schat,' zei ze met wapperende wimpers en een hand op haar hart. 'Je hebt het gezien?'

'Ja.'

'Ik veronderstel dat je het mooier vond toen het nog de kleur van stront had?'

Andere dagen ging ze vroeg in de middag weg en kwam pas om middernacht of later thuis.

'Heb je nog gelegenheid gehad om te neuken terwijl je uit was?'

'Zelfs een clochard zou me nog niet willen in mijn huidige toestand.'

'Als je nog steeds zo bloedt, moet ik met je naar een dokter.'

Ze wierp me een kushand toe. 'Ik ben klaar om te praten, nu. En jij, Prins von Charmantenbaum?'

'Oké. Als we het nu niet doen, wanneer dan?'

'Gelukkige Chanoeka. Vrolijke Pesach. Je kunt een scheiding krijgen als je wilt.'

'Dat wil ik.'

'Maar dan moet ik je wel vertellen dat ik naar een advocaat ben geweest, en zij zegt dat als jij van me scheidt, ik voor de rest van je leven recht op zoiets als de helft van je inkomen heb. Godzijdank dat je zo gezond bent.'

'Clara, ik sta versteld van je. Ik had nooit gedacht dat je zo praktisch kon zijn.'

'Eén ding moet joodse echtgenoten worden nagegeven: het zijn uitstekende

1 Patrick Bowles was de vertaler van *Molly*. Wainhouse was de vertaler van De Sade en de auteur van *Hedyphagetica. A Romantic Argument after Certain Old Models. Scenes of Anthropophagy, and Assortment of Heroes.*

kostwinners. Dat heb ik van mijn moeder met de paplepel ingegoten gekregen.'

'Ik ga naar huis. Terug naar Canada,' zei ik, verbaasd over mezelf, want ik nam die beslissing op dat moment.

'Ik dacht dat ik hier de gek in huis was. Wat ga je in Canada doen?'

'Op sneeuwschoenen lopen. Op bevers jagen. Ahornsiroop maken in het voorjaar.'

'Ik ben geen heks, ook al denk je dat. Ik neem genoegen met een jaar huur voor dit krot en een alimentatie van vijftig dollar per week. O, moet je zien, de kleur is weer terug op je wangen.'

'Ik verhuis morgenochtend.'

'Doe dat. En daarna laat ik andere sloten op de deur zetten. Ik wil niet de kans lopen dat je hier komt binnenvallen net op het moment dat ik van een fatsoenlijke wip lig te genieten. En maak nu godverdomme dat je wegkomt,' gilde ze huilend. 'Laat me alleen, arrogante klootzak dat je bent.' Haar geschreeuw achtervolgde me tot op de trap. 'Waarom konden we niet opnieuw beginnen? Geef daar eens antwoord op?'

De maandag daarna vond ik een kamer in een hotel in de Rue de Nesle en de volgende middag, toen ze weg was, pakte ik het hoogstnoodzakelijke in een koffer en deed mijn boeken en platen in dozen die ik later zou komen ophalen. Maar toen ik op donderdag terugkwam, de sloten op de deur waren nog niet vernieuwd, vond ik de keukentafel gedekt voor twee voor een diner bij kaarslicht. Misschien is ze bezig een soulmaaltijd voor Cedric klaar te maken, dacht ik. Het stonk in ieder geval in het appartement, wat ik eerst toeschreef aan de rokende gasoven met daarin een verkoolde kip. In een schaal met aardappelschijfjes op het aanrecht groeide schimmel. Voor wie was ze in godsnaam van plan latkes klaar te maken? Dat deed ze nooit voor mij, want dat vond ze vet jodeneten. En nog wel bij kaarslicht. Ik draaide het gas uit en smeet het keukenraam open. Maar de stank kwam uit de slaapkamer, waar ik Clara zo dood als een pier vond, met een leeg flesje slaappillen op het nachtkastje.

Kennelijk was er enig geflikflooi voorzien, want mijn bruid was gestorven in haar meest verleidelijke, bijna volledig doorzichtige, zwartzijden nachtjapon, een cadeautje van mij. Er was geen briefje. Ik schonk mezelf een enorme wodka in en dronk hem in één teug leeg, waarna ik de politie en de Amerikaanse ambassade belde. Clara's lichaam werd naar het mortuarium overgebracht, waar ze zou blijven tot meneer en mevrouw Chambers van Gramercy Park en Newport in de gelegenheid waren haar te komen halen.

Bij mijn terugkeer in het Hôtel de Nesle tikte de conciërge op het raampje van haar hokje en schoof het schuifje voor de opening weg. 'Ah, monsieur Panofsky.'

'Oui.'

Duizend excuses. Er was een *pneumatique* voor me gekomen op woensdag, maar ze was vergeten het tegen me te zeggen. Hij was afkomstig van Clara, die erop aandrong dat ik kwam eten. We moesten nodig praten. Ik ging op de trap zitten en huilde.

Ten slotte kregen praktische overwegingen de overhand. Kon iemand die zelfmoord had gepleegd, ook al was het per ongeluk, op een protestants kerkhof worden begraven? Ik had geen idee.

Klote klote klote.

Toen herinnerde ik me het verhaal, mogelijk apocrief, dat Boogie me verteld had over Heine. Terwijl hij op zijn doodsbed lag, uitgeteerd, in een morfinetrance, spoorde een vriend hem aan zich te verzoenen met God. Heine schijnt te hebben geantwoord: 'Dieu me pardonnera. C'est son métier.'

Maar in mijn geval rekende ik daar niet op. Nog steeds niet.

13

Woelend en draaiend in bed gisteravond kon ik me eindelijk in een opwindende fantasie de wulpse juffrouw Ogilvy, gelukzaliger nagedachtenis, weer voor de geest halen.

Zo ging het:

> *Juffrouw O. berispt me woedend voor de klas en slaat me op mijn kop met een opgerold nummer van de* Illustrated London News. *'Na schooltijd kom je onmiddellijk bij me in de dokterskamer.'*
>
> *Een bezoek aan het kleine dokterskamertje, waar een stretcher staat, betekent meestal klappen. Tien harde meppen met de riem op elke hand. Ik kom stipt om vijf over halfvier en een ogenschijnlijk vertoornde juffrouw Ogilvy doet de deur achter me dicht.*
>
> *'Wat heb je te zeggen?'*
>
> *'Ik weet niet waarom ik moest komen. Eerlijk niet.'*
>
> *Met een haal van een lange rode vingernagel scheurt ze het cellofaan van een pakje Player's Mild, haalt er een sigaret uit en steekt op. Ze blaast de rook uit. Traag likt ze met haar natte tong een schilfertje tabak van haar lip en kijkt me dan aan. 'Ik zat op mijn lessenaar en begon hardop de eerste bladzijden van* Tom Brown's School Days *voor te lezen en toen liet jij per ongeluk expres je potlood op de grond vallen zodat je onder mijn rokken kon kijken.'*
>
> *'Dat is niet waar.'*
>
> *'En toen, alsof dat nog niet goor genoeg was, begon je midden in mijn leesles aan je piem te trekken.'*
>
> *'Niet waar, juffrouw Ogilvy.'*
>
> *'Ik zweer je,' zegt ze, terwijl ze haar sigaret op de vloer gooit en hem met haar hak uittrapt, 'dat ik nooit zal wennen aan de manier waarop ze hier de lokalen overver-*

warmen.' Ze maakt de knoopjes van haar bloes los en trekt hem uit. Ze draagt een zwarte kanten bh. 'Kom hier, jongen.'

'Ja, juffrouw Ogilvy.'

'En nu op dit moment malen er ook allemaal vieze gedachten door je hoofd.'

'Niet waar.'

'O, jawel, jongeman. Ik zal je het bewijs tonen.' En ze maakt de knoopjes van mijn gulp los en tast naar me met ongelooflijk koele vingers. 'Moet je die piem van je nu zien. Je hebt duidelijk geen respect voor je meerderen. Schaam je je niet, Barney?'

'Jawel, juffrouw Ogilvy.'

Ze blijft me betasten met die lange rode vingernagels en ik begin een heel klein beetje te lekken.

'Kijk, als dit nu een lollie was,' zegt ze, 'dan zou ik misschien in de verleiding kunnen komen er even lekker aan te likken. Och, wie niet waagt, die niet wint.' Met een haal van haar tong veegt ze het kopje eraf en onmiddellijk komt er een nieuwe druppel uit bubbelen. 'O, jeetje,' zegt juffrouw Ogilvy terwijl ze me streng aankijkt, 'we gaan toch niet komen voordat we goed en wel vertrokken zijn?' Vervolgens doet ze haar rok en onderbroek uit. 'Nu wil ik dat je met dat ding daar tegen me aan wrijft. Mais attendez un instant, s'il vous plaît. *De beweging dient niet van links naar rechts te geschieden, maar van voren naar achteren.'*

Ik probeer te doen wat van me verlangd wordt.

'Je doet het nog niet helemaal goed, deugniet. Net of je een lucifer af moet strijken die moeilijk aangaat. Begrijp je?'

'Ja.'

Plotseling begint ze te beven en terwijl ze mijn achterhoofd vasthoudt, duwt ze me op de stretcher en gaat boven op me zitten. 'Nu kun je het in me steken, braaf zo, en op en neer ga je. Als een pomp. Klaar? Vertrekt u maar!'

Deze bladzijden zijn in feite mijn eerste en enige poging tot fictie, mijn kortstondige creatieve eruptie, opgewekt door Boogie, die ervan overtuigd was dat ik een VB[1], zoals ons groepje het noemde, voor de Traveller's Companion-reeks kon produceren. Op een middag loodste Boogie me het kantoor van Maurice Girodias in de Rue de Nesle binnen. 'Ziehier de volgende Marcus van Heller,' zei hij. 'Hij heeft twee geweldige ideeën. Het ene is getiteld *Jufs Lieveling*,' zei hij improviserend, 'en het andere *De dochter van de rabbijn*.'

Girodias was geïntrigeerd. 'Ik moet eerst twintig pagina's zien voordat ik je een opdracht kan geven,' zei hij. Maar ik kwam nooit verder dan bladzijde drie.

Ik ben vanmorgen lang in bed gebleven, tot ik gewekt werd door de postbode.

Aangetekende brief.

Ik kan erop rekenen minstens twee keer per jaar een aangetekend schrijven van

1 Vies Boekje.

De Tweede Mevrouw Panofsky te ontvangen: één keer op de verjaardag van Boogies verdwijning en, vandaag, op de verjaardag van mijn vrijlating door de rechtbank, onschuldig verklaard, maar volgens haar zo schuldig als de hel. De missive van vanochtend was voor de verandering eens bewonderenswaardig kort. Hij luidde:

> VOOR GEEN ZIJN WIJ TE KOOP, AAN EENIEDER
> DOEN WIJ ONVERWIJLD RECHT
>
> Artikel 40,
> Magna Carta, 1215

Onvermijdelijk loop ik De Tweede Mevrouw Panofsky bij tijd en wijle tegen het lijf. Op een keer zag ik haar in de lingerieafdeling van Holt Renfrew, waar ik graag rondneus, en bij een andere gelegenheid bij de afhaalbalie van The Brown Derby, waar ze voldoende hoeveelheden kisjke, gebraden borststuk, gehakte levertjes en aardappelsla insloeg voor een bar-mitswa-feest, terwijl het allemaal voor haar alleen was, zoals ik heel goed wist. De laatste keer dat ik haar tegenkwam was in de eetzaal van de Ritz, waar ik, om op mijn verhaal vooruit te lopen, juffrouw Morgan voor een dineetje mee naar toe had genomen, al was het maar ter voortzetting van onze discussie over de vrouwen die, zij het wellicht niet onherroepelijk, van de saffische richting waren. De Tweede Mevrouw Panofsky was met haar neef, de notaris, en zijn vrouw. Haar eigen bord had ze met hompen brood jusvrij gemaakt en nu pakte ze haar vork en begon stukjes vlees en aardappelen van hun borden te prikken. Ze keek naar ons, natuurlijk, en de fles Dom Pérignon in een koelemmer naast ons tafeltje ontging haar niet. Nadat ze hun rekening hadden betaald, zorgde ze ervoor dat ze langs ons tafeltje kwamen, waar ze stilhield, een dreigende glimlach op mejuffrouw Morgan wierp, en aan mij vroeg: 'En hoe gaat het met de kleinkinderen tegenwoordig?'

'Niet omkijken,' zei ik, 'anders verander je in een zoutpilaar.'

De Tweede Mevrouw Panofsky, ofschoon nooit slank, zelfs als bruid niet, maar eens lekker mollig, dat moet gezegd, was al lang geleden begonnen haar voortdurende verdriet aan de eettafel te lenigen. Noodgedwongen draagt ze nu kaftans zo groot als circustenten om een lichaamsomvang te verhullen die een sumoworstelaar niet zou misstaan. Ze loopt moeilijk, ademt zwaar, gebruikt een wandelstok. Ze herinnert me aan Garricks beschrijving van Samuel Johnsons Tetty op vijftigjarige leeftijd: '... erg dik, met een meer dan normaal vooruitstekende boezem, met opgezwollen wangen, vuurrood door een dikke laag kleurstof en nog meer door een vrijelijk gebruik van hartversterkingen; bont en grillig in haar kledij en gemaakt zowel in manier van spreken als van doen'. Ik heb gehoord dat ze niet veel vrienden meer over heeft, maar een intieme relatie onderhoudt met haar tv. Ik mag haar graag in gedachten zien in de villa in Hampstead die ik betaald heb: uitgestrekt op de sofa verslindt ze Belgische bonbons uit een emmer en kijkt naar de ene soap na de andere, dan even dutten voor het diner, dat ze met een schep nuttigt in plaats van mes en vork, waarna ze weer voor de tv op de sofa neerzijgt.

Bij het ontbijt las ik plichtsgetrouw de *Gazette* en de *Globe and Mail*, mijn best doend op de hoogte te blijven van de klucht die we met Canada's enige 'aparte samenleving' meemaken.

De paniek is hier zo groot dezer dagen dat die vooruitziende jonge joodse stellen uit de middenklasse, die in de jaren tachtig naar Toronto waren verkast om te ontsnappen, niet alleen aan eindeloze stamruzies, maar ook aan bazige, bemoeizieke ouders, nu in gevaar komen. Velen van hen krijgen dringende telefoontjes van hun bejaarde papa's en mama's. 'Herky, ik weet dat ze niet gek op ons is, je lieve vrouwtje, die zo lekker kan winkelen, maar godzijdank heb je die logeerkamer, want we trekken volgende week woensdag bij je in, tot we een flat bij je in de buurt hebben gevonden. Denk erom, mama kan niet tegen rockmuziek, dus je zult het tegen je kinderen moeten zeggen, God zegene ze, en als je per se moet roken terwijl wij er zijn, doe het dan op de achterveranda. Maar we zullen niemand voor de voeten lopen. Herky, ben je er nog? Herky, zeg iets.'

Nu de laatste opiniepeilingen erop wijzen dat het erom zal gaan spannen bij het referendum, gonst het bij Dink's van de gekscherende praat met het karakter van fluiten in het donker. Een van de stamgasten, Cy Tepperman, een kledingfabrikant die een boycot van zijn producten in de rest van Canada verwacht, zei: 'Ik denk er serieus over om labels met "Made in Ontario" in mijn spijkerbroeken te naaien, voor het geval die hufters winnen.' Zack Keeler, de columnist van de *Gazette*, maakt zoals gewoonlijk weer infantiele grappen. 'Heb je gehoord dat de Newfoundlanders voor zijn? Ze denken dat het tweeënhalf uur korter duurt om naar Ontario te rijden als Quebec zich afscheidt.'

Mejuffrouw Morgan, van *Lesbo's voor de Micro's*, vertelde me op de ochtend van haar eerste bezoek aan mijn appartement dat ze van plan was voor onafhankelijkheid te stemmen. 'Ze hebben recht op hun eigen land. Ze vormen écht een aparte samenleving.'

'Ik zou je mee uit lunchen kunnen nemen.'

'U bent oud genoeg om mijn grootvader te zijn.'

'Volgende vraag, alsjeblieft.'

'Als de baby die doodgeboren werd blank was geweest, zou u Clara dan ook in de steek gelaten hebben?'

'Van haar zijn gescheiden, bedoel je. Tja, dat is een interessante vraag. Ik zou dan misschien dom genoeg geweest zijn om te denken dat het van mij was.'

'Maar u hebt toch grote vooroordelen tegen Afro-Amerikanen?'

'Hoe kom je daar nou bij?'

'Ik heb contact gehad met Ismail ben Joessef, die u gekend hebt onder zijn slavennaam Cedric Richardson, en hij beweert dat u hem beledigende brieven hebt gestuurd.'

'Ik ben bereid op mijn kleinkinderen te zweren dat hij liegt.'

Ze haalde een fotokopie van een brief uit een map en overhandigde hem. Het was een bedelbrief, uit naam van iets wat de Stichting de Ouderen van Zion heette, voor de instelling van een studiebeurs voor tasjesdieven ten behoeve van de zwarte broeders en zusters. 'Dat is werkelijk schandalig,' zei ik. 'Het is volslagen smakeloos.'

'Maar is dat niet uw handtekening onder aan de brief?'

'Nee.'

Ze zuchtte diep.

'Jarenlang stuurt die Terry McIver – die racist – die vrouwenhater – nu al beledigende brieven naar mensen die hij ondertekent met mijn naam.'

'Kom nou.'

'En als jij niet wilt dat fatsoenlijke mannen naar je bekoorlijke boezem staren, waarom draag je dan geen bh, zodat je tepels niet door de stof steken? Het is om iemand in verlegenheid te brengen, zo niet erger.'

'Luistert u eens hier, meneer Panofsky. Ik ben al door genoeg hanige mannen geknepen en betast, dus houdt u die grapjes voortaan maar voor u. De reden waarom u bang bent voor lesbische vrouwen is dat u als de dood bent voor wat dat zou kunnen betekenen voor het, aanhalingstekens openen, normale, aanhalingstekens sluiten, patriarchale, autoritaire systeem gebaseerd op de onderwerping van vrouwen aan mannen.'

'Ik wil niet vrijpostig doen,' zei ik, 'maar wat vinden jouw ouders ervan dat je lesbisch bent?'

'Ik beschouw mezelf liever als humaanseksueel.'

'Dan hebben we iets gemeen.'

'Hebt u met dit interview ingestemd om mij voor de gek te houden?'

'Waarom zetten we het gesprek niet voort bij de lunch?'

'U kunt de pot op,' zei ze terwijl ze haar spullen bij elkaar graaide. 'Als u er niet was geweest, had Clara nu nog geleefd. Dat heeft Terry McIver me verteld.'

14

Parijs, 1952. Met tegenzin bijkomend uit de zoveelste wodkastupor een paar dagen na de dood van Clara, niet precies wetend waar ik was, scheen het me toe dat ik geroepen werd door iets wat het midden hield tussen gekrabbel en geklop op mijn deur, waar die ook was. Ga weg, dacht ik. Maar de klopper ging door. Boogie weer, misschien. Of Yossel. Mijn zuster-van-de-goede-bedoelingen. Ga weg, dacht ik en draaide mijn gezicht naar de muur.

'Meneer Panofsky, meneer Panofsky, alstublieft,' smeekte een mij onbekende stem. De stem van iemand die gewend was te smeken.

'Donder op, wie je ook bent. Ik voel me niet goed.'

'Alstublieft,' klonk de jammerende stem weer. 'Ik blijf hier staan tot u de deur opendoet.'

Vijf uur 's middags. Ik stond met een zingend geluid van gebroken veren op van de bank, stommelde naar de badkamer en plensde koud water in mijn gezicht. Misschien was het iemand die het appartement van me wilde overnemen. Ik had een advertentie gezet in de *International Herald Tribune*. Dus ik ruimde haastig vuil wasgoed, lege flessen en borden met overgebleven Frankfurter worstjes of eiresten op en schoof ze in de dichtstbijzijnde la. Voorzichtig, om niet te struikelen over de kartonnen dozen met haar spullen, opende ik de deur waar een tonrond mannetje voor me stond met een peper-en-zoutkleurig puntbaardje en een bril met hoornen montuur en glazen die zijn droeve bruine hondenogen vergrootten. Ik schatte hem op begin vijftig. Hij droeg een wollen winterjas met een astrakan kraag en op zijn hoofd had hij een slappe vilthoed die hij meteen afzette, waardoor er een zwart keppeltje zichtbaar werd dat met een speld aan zijn golvende grijze haar was vastgemaakt. Zijn jas hing open en ik zag dat de knoop van zijn das keurig met een schaar was opengeknipt. 'Wat wilt u?' vroeg ik.

'Wat wil ik? Maar ik ben Charnofsky,' zei hij. 'Chaim Charnofsky,' herhaalde hij, alsof dat alles verklaarde.

Charnofsky? Haar eerste man. Ik schudde mijn bonkende hoofd in een vergeefse poging de drilboor daarbinnen kwijt te raken. 'De tekenleraar?' vroeg ik verbluft.

'De tekenleraar? U verstaat Jiddisch, als ik zo vrij mag zijn te vragen?'

'Een beetje.'

'Ik ben uw *mechoeten*. Clara's vader. Mag ik binnenkomen?'

'Ja. Zeker. Wilt u me een ogenblik excuseren?'

Ik plensde nog een keer koud water in mijn gezicht en kwam weer te voorschijn, om tot de ontdekking te komen dat ik niet hallucineerde. Meneer Charnofsky was er nog steeds. Met de handen op de rug gevouwen stond hij de pentekeningen te bekijken die nog steeds aan de muur hingen. 'Ik neem aan dat u kunstenaar is, meneer Panofsky.'

'Ze zijn van Clara,' zei ik.

'Van Clara. Waarom zou ze zulke afschuwelijke dingen kopen?'

'Ze heeft ze gemaakt.'

'Ze heeft ze gemaakt. Ik zag toevallig in die kleine kamer daar een wiegje. Er is een kind?'

'We hebben hem verloren.'

'Dus u heeft een zoon verloren en ik een dochter. Moge er niet meer rouw zijn in uw huis of het mijne.'

'Wilt u misschien wat koffie?'

'Daar word ik winderig van. Vooral van de Franse soort die ze hier schenken. Maar een kop thee zou aardig zijn, als het u niet ontrieft?'

Hij maakte plek voor zichzelf aan de tafel, waar hij omstandig de kruimels van afveegde en een halfvolle beker, waar verscheidene Gauloise-peuken in dreven, opzij schoof. Hij inspecteerde zijn theelepeltje en veegde het af aan het tafelkleed. 'Citroen, heeft u dat?'

'Het spijt me, maar ik ben door mijn citroenen heen.'

'Hij is door zijn citroenen heen,' zei meneer Charnofsky schouderophalend. En vervolgens, zuigend op een suikerklontje en nippend van zijn thee, vertelde hij me dat hij de cantor was van de B'nai Jacob Synagoge in Brighton Beach. 'Het is geen vetpot,' zei hij, 'maar ze geven ons een appartement, het gebouw is van de president van de sjoel, hij gaat nog liever dood dan dat hij de boel laat opschilderen, laat staan een lekkend toilet repareren, zijn vrouw is onvruchtbaar, het is zonde, dus aan wie moet hij zijn fortuin nu nalaten? Zijn probleem. Ik heb zelf problemen zat. Galstenen, bid maar dat men ze niet krijgt. Ik heb ook last van voorhoofdsholteontsteking, spataders en likdoorns. Dat komt van al dat staan in de sjoel. Luister, het is geen kanker, nietwaar? En, o ja, dan is er nog de grijpstuiver die ik verdien met zingen op bruiloften en begrafenissen, men stopt je vijftig dollar toe en dan wil men een kwitantie voor de belasting, en elke Pesach leid ik de seders in het Finestone's Strictly Kosher Hotel in de Catskills. Elk jaar uitverkocht vanwege mij. Mijn stem. Een geschenk van de Almachtige, Gezegend zij Hij. Maar waar stopt Finestone me in, uit dankbaarheid voor al het geld dat hij binnenharkt? In een kamer zo groot als een kelderkast, de ijskast en de provisiekast doet hij 's nachts op slot voor het geval ik een Coca-Cola of een blikje sardientjes zou stelen. Ik moet twee kilometer lopen om mijn werk te doen. Maar goed, ik heb Clara alles wat ik kon missen gestuurd per adres American Express, het enige adres dat ik van haar had.'

Meneer Charnofsky had twee kinderen. Er was Sallie, een accountant, een brave Hendrik, gehuwd, gezegend met twee schatten van kinderen. De eerste van de klas, allebei. Hij liet me foto's zien. 'U is hun oom nu. Milton is op 18 februari geboren en Arty op 28 juni, als u dat wilt noteren voor later.' En natuurlijk was er ook Clara. '*Alav hasjolem*,' zei hij. 'U kijkt *epes*, verbaasd om me te zien.'

'Ik heb even tijd nodig om dit te verwerken.'

'Tijd heeft-ie nodig. En ik dan, meneer? Wist ik zelfs maar dat ze getrouwd was, mijn eigen dochter?' vroeg hij, zijn onderdanige manier plaatsmakend voor woede. 'U zei dat mijn Clara die smerige tekeningen heeft gemaakt?'

'Ja.'

De toestand waarin ons appartement verkeerde had meneer Charnofsky duidelijk moed gegeven. In zijn Brighton Beach-ogen moest het er wel uitzien als een krot, terwijl ik fors had moeten dokken voor sleutelgeld. Hij haalde een witte linnen zakdoek uit zijn broekzak en depte er zijn voorhoofd mee. 'En ze heeft u nooit over ons verteld, dat spreekt vanzelf?'

'Ik vrees van niet.'

'Hij vreest van niet. Nou, wat mij betreft verbaast het me zeker dat juffrouw Kattenmiauw met een joodse jongen is getrouwd. Een nikker was waarschijnlijker geweest. Ze was dol op ze.'

'Ik houd er niet van dat mensen ze "nikkers" noemen, dus als u het niet erg vindt?'

'Als ik het niet erg vind. Gaat uw gang. Noem ze zoals u wilt,' zei meneer Charnofsky terwijl hij zijn neus optrok en de verschaalde lucht opsnoof. 'Als u een raam open zoudt willen zetten, zeg ik geen nee.'

Ik deed wat hij vroeg.

'Als u geen kunstenaar is, meneer Panofsky, mag ik u dan vragen wat u doet?'

'Ik ben exporteur.'

'Hij is exporteur. Maar de zaken kunnen niet geweldig gaan. Wonen in zoiets. Vijf trappen op en geen lift. Geen ijskast. Geen vaatwasmachine.'

'Wij redden het.'

'U denkt dat ik unfair ben. Maar als uw zoon, uw eigen vlees en bloed, alav hasjolem, was blijven leven en groot was geworden en zich schaamde voor u, hoe zou u dat vinden?'

Ik stond op, vond de cognac en deed een scheut in mijn koffie. Meneer Charnofsky klakte met zijn tong. Hij zuchtte. 'Is dat Schnapps dat ik daar zie?'

'Cognac.'

'Cognac. Eert uw vader en uw moeder. Dat is een gebod. Houdt u zich daar tenminste aan?'

'Mijn moeder is een probleem.'

'En uw vader, als ik vragen mag, wat doet hij voor de kost?'

'Hij is politieagent.'

'Politieagent. O jee. Waar komt u vandaan, meneer Panofsky?'

'Uit Montreal.'

'Montreal. Aha. Dan kent u misschien de Kramers? Een goede familie. Of cantor Labish Zabitsky?'

'Het spijt me, nee.'

'Maar cantor Zabitsky is welbekend. We hebben samen concerten gegeven in Grossinger's. De mensen moesten vooruit kaartjes bestellen. Weet u zeker dat u nooit van hem gehoord heeft?'

'Ik kom niet uit een religieuze familie.'

'Maar u schaamt zich niet joods te zijn,' riep hij, uitbarstend als een steenpuist. 'Zoals zij. Zoals Clara.'

'Alav hasjolem,' zei ik en greep weer naar de cognacfles.

'Ze was twaalf en ze begon haar haar in bossen uit te trekken, goeiendag zeg. "Dokter Kaplan," zei ik, hij is een geëerd lid van onze sjoel, een groot donateur, "wat moet ik doen?" "Is haar menstruatie al begonnen?" vraagt hij. Poe! Hoe moet ik dat weten, zoiets? "Stuur haar maar naar me toe," zei hij. Dus men zou denken dat Clara dankbaar was, hij rekende zelfs geen honorarium. "Hij zat aan mijn tieten," zei ze. *Een kind van twaalf. Zulke taal uitslaan. Van de straat.* Mevrouw Charnofsky hield haar vast terwijl ik haar mond spoelde met zeep.

Toen begon het. Wat zeg ik? Het was al begonnen. De gekte. "Jullie zijn mijn ouders niet," zei ze. Waar hebben we het aan verdiend. "Ik ben geadopteerd," zei ze. "En ik wil weten wie mijn echte ouders zijn." "Zeker," zei ik, "je bent de dochter van Tsaar Nikolaas. Of misschien is het koning George van Engeland. Ik ben vergeten wie." "Ik ben niet joods," zei ze. "Zoveel weet ik zeker. Dus ik wil dat jullie zeggen wie mijn echte ouders zijn." Ze zei dat ze niet meer zou eten tot we het haar verteld hadden. Dus uiteindelijk moesten we haar mond openbreken, en ze kon bijten, laat ik u dat vertellen, en door een trechter kippensoep in haar mond gieten. En dan gaf ze expres helemaal op mij over. Mijn goede pak. Het was werkelijk weerzinwekkend.

Daarna vond ik vieze boekjes onder haar matras. *Vertaald uit het Frans. Nina.* Of *Nana* of zoiets. Gedichten van die proleet Heine, hij schaamde zich ook al dat hij joods was. Sholem Aleichem was niet goed genoeg voor juffrouw Hotzenklotz. En ze begon naar Greenwich Village te gaan en bleef soms wel twee dagen weg. Toen sloot ik haar 's avonds in haar kamer op. Te laat, merkte ik. Want ze was geen maagd meer. De straat op gaan gekleed als een hoer. Onze straat. De mensen praatten. Ik kon mijn positie in de sjoel verliezen en wat dan? Dan zou ik op straathoeken moeten gaan zingen. Hoor eens, zo is Eddie Cantor begonnen en men moet hem nu zien, met dat dunne stemmetje en die uitpuilende ogen. Ik wed dat hij nog geen één meter vijftig is. Maar hij is miljonair, dus ze kijken tegen hem op, de gojim.

Het werd te veel. Haar opvliegende buien. De smerige taal die ze uitsloeg. Soms kwam ze tien dagen haar kamer niet uit, ze zat daar maar voor zich uit te kijken. Goddank voor dokter Kaplan, hij regelde opname in een psychiatrische kliniek. Deskundige behandeling kreeg ze, maakte niet uit hoeveel het kostte. Wij beten op een houtje. Ze gaven haar elektroshocktherapie, het nieuwste in de moderne medische wetenschap. Ze komt thuis en snijdt uit dankbaarheid in de badkuip haar polsen door. De ambulance staat voor de deur. Iedereen gluurt door de gordijnen. Mevrouw Charnofsky schaamde zich zo dat ze een week niet het huis uit durfde. Boven op mijn andere plichten moet ik ook nog boodschappen gaan doen of thuis niks te eten krijgen dan boterhammen met tonijn uit blik.

U moet weten, meneer Panofsky, dat u zich geen verwijten moet maken, want het was niet de eerste keer dat ze een zelfmoordpoging deed. Of de tweede. Dokter Kaplan zegt dat het een kreet om hulp is. Als ze hulp wil, kan ze erom vragen. Ben ik soms doof? Een slechte vader? Onzin. Meneer Panofsky, u is nog een jongeman,' zei hij terwijl hij zijn enorme zakdoek te voorschijn haalde om zijn neus te snuiten. 'De export is eersteklas handel en u zult vast in beteren doen geraken als u hard werkt. U moet hertrouwen. Kinderen krijgen. Al die dozen op de grond. Verhuist u, ik kan het u niet kwalijk nemen?'

'Dat zijn haar spullen. Geef me uw adres, dan zal ik ze naar u toe sturen.'

'Wat voor dingen, bijvoorbeeld?'

'Kleren. Haar notitieboeken. Gedichten. Dagboeken. Haar pentekeningen.'

'Wat moet ik daarmee?'

'Er zijn mensen die een hoge dunk hebben van haar werk. U moet er een uitgever naar laten kijken.'

'Dagboeken, zei u. Vol leugens over ons, wed ik. Vuilbekkerij. Ons uitmaken voor monsters.'

'Misschien is het beter dat ik dit afhandel.'

'Nee. Stuur ze maar. Ik zal u mijn kaartje geven. Mijn neefje moet er eens naar kijken. Hij is literatuurprofessor aan de Universiteit van New York. Hoog gewaardeerd. Hij moedigde haar altijd aan.'

'Net als u.'

'Net als ik. O, aardig, zeg. Dank u zeer. Na alles wat mevrouw Charnofsky en ik hebben geleden. De schande die ze over ons heeft gebracht.'

'Elektroshocktherapie. Jezus Christus.'

'Ik heb u nog niet eens verteld over de keren dat ze haar kamer niet uit wilde komen voor tien dagen, misschien wel twee weken, we zetten eten buiten voor haar deur. Op een keer gaat mevrouw Charnofsky het lege bord halen en ze geeft een gil. Ik dacht dat er iemand dood was gegaan. En weet u wat er op dat bord lag? Excuseert u mij, haar grote boodschap. Jazeker, meneer. Dat deed ze. In de kliniek raadden ze die operatie aan. Hoe heet het? Een frontaalleukemie. Maar mijn neefje, de professor, zei nee. Ik mag het niet toestaan. Denkt u dat ik er verkeerd aan heb gedaan naar mijn neefje te luisteren?'

'O, u hebt verkeerd gedaan, meneer Charnofsky. Hartstikke verkeerd. Maar niet wat dat betreft, idioot die u bent.'

'Idioot die u bent. Is dat een manier om tegen een oudere man te praten, ik heb net een dochter verloren?'

'Maak dat u wegkomt, meneer Charnofsky.'

'Maak dat u wegkomt. Dacht u dat ik mezelf voor het eten ging uitnodigen in zo'n krot?'

'Maak dat u wegkomt voordat ik u op de grond smijt en uw mond spoel met zeep.'

Ik pakte hem beet, wierp hem met kop en kont buiten de deur en smeet hem dicht. Vervolgens begon hij op de deur te bonzen. 'Ik wil mijn hoed,' zei hij.

Ik pakte zijn hoed, deed de deur open en gooide hem naar hem toe.

'U hebt haar niet erg gelukkig kunnen maken,' zei meneer Charnofsky, 'als mijn Clara zichzelf dat heeft aangedaan.'

'Weet u, meneer Charnofsky, ik ben heel goed in staat u letterlijk de trap af te gooien.'

'Poe, poe.'

Ik deed een stap in zijn richting.

'De man op de ambassade heeft me verteld dat ze twee dagen[1] dood was voordat u haar donderdag vond. Maar de tafel was gedekt voor twee. Er lag een verkoolde kip in de oven. Dus vraag ik mij af waar u die avond was, meneer Panofsky?'

Ik deed weer een stap in zijn richting. Hij begon de trap af te lopen, stopte halverwege, schudde zijn vuist tegen me en brulde: 'Moordenaar. *Oisworf. Momzer.* Ik wens u en uw ongeboren kinderen *makkes* toe. De pest. Misvormdheid. Poe,' zei hij, spoog op de vloer en ging ervandoor toen ik hem achterna stoof.

15

Parijs, 7 november 1952. Nu ze bevrucht is meende ik dat de dikker wordende Clara minder promiscu, zo niet helemaal celibatair, zou worden.[2] Maar vanmiddag bracht ze me haar laatste gedicht, aanvaardde mijn correcties cum aanmoedigingen, en bediende me vervolgens op de wijze waar ze zo behaaglijk bedreven in is, met die serpententong van haar, en smeerde na afloop mijn sperma op haar gezicht. Goed voor haar huid, zei ze.

P... moet wel vermoeden dat hij bedrogen wordt. Vrijdagavond wandelde ik over de Boulevard Saint-Germain toen iets me deed omkijken. Mijn derde oog, zou Clara zeggen. En daar was hij, op minder dan een huizenblok liep hij achter me aan, en toen hij mijn afkeurende blik zag, stond hij stil voor een boekwinkel en deed net of hij me niet gezien had. *Et voilà*, gisteravond was hij er weer, achter me aan lopend op de Boul' Mich. Ik denk dat hij me volgt in de hoop ons samen te betrappen. Steeds vaker staat hij onuitgenodigd voor mijn deur, onder het voorwendsel dat hij bezorgd om me is, neemt me mee uit lunchen in dat vreselijke restaurant in de Rue du Dragon, waarna hij verwacht dat ik hem dankbaar ben.

'Ik maak me zorgen om Clara,' zegt hij, me aandachtig aankijkend. Maar ik trap niet in de val die hij voor me uitzet.

670 woorden vandaag.

Parijs, 21 november 1952. Weer een brief van mijn vader waarin ik drie gescheiden infinitieven aantref, twee losse partikels, alsmede links en rechts de gebruikelijke pleonasmen. Moeder is achteruitgegaan en wil me graag zien

1 Niet veel langer dan vierentwintig uur. Zie pagina 120.

2 In het handgeschreven origineel van McIvers journaal, bewaard in de afdeling Bijzondere Collecties van de Universiteit van Calgary, staat: '... zo niet helemaal celibatair, hetgeen tegen haar otieuze aard zou ingaan. Maar vanmiddag stoorde ze me weer in mijn werk, ze was teruggekomen om me te bedienen op de wijze...' Zie Cahier 112, pagina 42.

voordat ze sterft, maar ik heb geen zin haar afkeuring te verdragen. Ik kan mijn manuscript niet ter zijde leggen, of de zielenangst riskeren die een dergelijk bezoek tot gevolg zal hebben. De ruzies. De migraines. En haar onvermijdelijke pogingen om me een belofte aan haar sterfbed te ontlokken dat ik in Montreal zal blijven om voor mijn vader te zorgen, wiens gezondheid eveneens zwak is. Ik betwijfel, gezien mijn vaders uxorieuze aard, dat hij nog lang zal leven na haar dood. Ze zijn al geliefden sinds de middelbare school, toen ze elkaar, gepast genoeg, ontmoetten op een picknick van de Bond van Jonge Communisten.

Niets geschreven vandaag. Geen woord.

16

In een giftige bui nadat mejuffrouw Morgan mijn uitnodiging voor de lunch had afgewezen en mijn appartement uit was gestormd, probeerde ik mijn zenuwen te kalmeren door mijn strohoed op te zetten, mijn antieke wandelstok met zilveren knop te pakken en mijn tapdansschoenen aan te schieten. Begeleid door een cd van King Oliver warmde ik me op met wat ritmetap, deed een aanvaardbare *Shim Sham Shimmy* en een keurige *Pulling the Trenches*, maar het kalmeerde me niet. Ik was in alle staten omdat de ontiegelijk onnozele maar kostelijke juffrouw Morgan de begunstigde was van een beurs van De Clara Charnofsky Stichting voor Vrouwen: ze had 2500 dollar gekregen om haar doctoraalscriptie 'Over vrouwen als Slachtoffer in de Québécois Roman' te voltooien.

Mea culpa, alweer. Mea maxima culpa.

Kijk, het was Clara's neef, de hoogst gewaardeerde professor van de Universiteit van New York, die met liefde haar manuscripten en tekeningen zou ordenen en ze aan uitgevers en kunsthandelaars voeren terwijl ze in de loop der jaren exponentieel in waarde toenamen. Maar eerst wilde hij mij per se in New York spreken, een ontmoeting waar ik node mee instemde omdat ik, vol vooroordelen zoals ik meestal ben, een moeilijke confrontatie met een academische werkslaaf verwachtte. 'Je realiseert je toch wel,' zei Hymie Mintzbaum een keer toen hij van een sessie met een van zijn psychiaters terugkeerde, 'dat het een verdedigingsmechanisme is. Je bent ervan overtuigd dat iedereen die je voor het eerst ontmoet je een lul zal vinden, dus reageer je al bij voorbaat. Ontspan je, boitsjik. Als ze je beter leren kennen, zullen ze beseffen dat je gelijk had. Je bent een lul.'

Norman Charnofsky bleek een aardige, zij het naïeve man, wie alle inhaligheid vreemd was. Een *goete nesjoeme*, zoals mijn grootmoeder plachte te zeggen. Een goede ziel. Een zichtbaar en tastbaar gevaar voor zichzelf en anderen. Daar hij van zijn vreselijke oom Chaim had gehoord dat ik dronk, stelde Norman wijs voor om af te spreken in de foyer van het Algonquin, waar ik logeerde, en hij bevestigde onmiddellijk het vooroordeel dat ik tegen hem had door een Perrier voor zichzelf te bestellen. Een onaantrekkelijk mannetje was hij, met asgrijs haar, dikke brillenglazen, een knobbelneus, jusvlekken op zijn das, roos op zijn schouders, en dungesleten knieën in zijn corduroy pak. De oude schoolboekentas die hij naast zich neerzette, was propvol. 'Ik zou willen beginnen,' zei hij, 'met u te bedanken dat u de tijd hebt willen nemen mij te spreken, en excuses te maken voor mijn oom Chaim, die geen idee had dat het kind dat Clara dood ter wereld bracht niet van u was, terwijl u te veel consideratie had om hem daarop te wijzen.'

'Dus u hebt haar dagboeken gelezen.'

'Dat heb ik zeker.'

'Inclusief de laatste aantekening over het diner toen ik niet kwam opdagen.'

'Het bliksembezoek van mijn oom Chaim aan uw flat moet voor u beiden onaangenaam zijn geweest.'

Ik haalde mijn schouders op.

'Begrijpt u me niet verkeerd, alstublieft. Ik heb groot respect voor mijn oom Chaim. Hij is een verbitterd man, zeker, maar met reden, en velen mogen hem dankbaar zijn. Ikzelf in de eerste plaats. Chaim was de eerste Charnofsky die uit Polen naar Amerika kwam, en van het begin af aan heeft hij zich het brood uit de mond gespaard om familieleden te laten overkomen. Zonder zijn inzet zouden mijn ouders in Lodz gebleven zijn, waar ik dan geboren was, en Auschwitz zou het einde van onze geschiedenis zijn geweest, zoals het was voor te veel Charnofsky's. Maar de kinderen van velen die Chaim hiernaar toe heeft gehaald, mannen en vrouwen die in goeden doen zijn geraakt in Amerika, generen zich nu voor hem. Ze beschouwen hem als een atavisme. Een jood uit het getto. En ze willen niet dat hij 's morgens zijn *talles* en *davenen* omdoet in hun huiskamer, want daar gaan de kinderen van giechelen, of dat hij zonnebaadt met dat bleke lijf van hem, terwijl hij zijn keppeltje ophoudt, in hun tuin op Long Island, of in Florida, want dan zou hij hen maar voor schut zetten voor de buren. Oké. Genoeg. Ik praat te veel. Vraag maar aan mijn vrouw. En ik moet toegeven dat hij een bekrompen man is, hij heeft oogkleppen op, hij is intolerant, maar, ziet u, hij kan er nog steeds niet over uit wat er van de joden geworden is in Amerika. En van uw standpunt uit bezien twijfel ik er niet aan dat hij onvergeeflijk wreed was tegen Clara. Maar hoe kon van hem verwacht worden dat hij iets begreep van zo'n vroegrijp kind met een eigen wil in zijn huis? Ze was zo moeilijk. Zo'n getroebleerde geest. O, arme Clara,' zei hij op zijn lip bijtend, 'nog maar net twaalf jaar oud lag ze altijd op de vloer van onze pronkkamer te tekenen, omgeven door boeken, haar dunne beentjes bij de enkels gekruist en zwaaiend in de lucht. Ik hield van Clara en betreur het ten diepste dat ik niet meer heb gedaan om haar te beschermen tegen wat? Tegen de wereld, dat is wat.'

'Was u het die naar Parijs kwam om haar te zoeken?'

'Dat was ik. Toen schreef ze en smeekte me weg te blijven, me geen zorgen te maken, ze had een goede man ontmoet, u, meneer Panofsky, en hij ging met haar trouwen.'

Norman gaf één avond in de week les aan functioneel analfabeten in Harlem. Hij behoorde tot een groep die kleren inzamelde voor joden in Rusland, hij was bloeddonor en was vroeger kandidaat geweest voor de Socialistische Partij in plaatselijke verkiezingen. Zijn vrouw Flora had haar baan als schooljuffrouw opgegeven om voor hun enig kind te zorgen, een jongetje met het syndroom van Down. 'Flora zou zo blij zijn als u een avondje kwam eten.'

'Een andere keer misschien.'

'Als Flora nu hier was, zou ze zeggen: hou op met zwetsen en kom terzake. Ik heb u laten komen omdat ik een uitgever gevonden heb voor Clara's poëzie en een galerie die geïnteresseerd is in haar tekeningen. Maar ik kan u wel verzekeren dat, zelfs als er iemand was die ze wilde hebben, de dagboeken van Clara vanzelfsprekend niet gepubliceerd kunnen worden zolang oom Chaim en tante Gitel nog in leven zijn.'

'Of ik?' vroeg ik met een aarzelende glimlach.

'Maar als u tussen de regels door leest,' protesteerde hij, 'zult u merken dat ze meer dan dankbaar was voor uw toewijding. Ik denk dat ze van u hield.'

'Op haar manier.'

'Ziet u eens. Misschien dat dit allemaal op niets uitdraait. Het is echter mijn plicht u te vertellen dat haar werk weleens een behoorlijke financiële waarde kan hebben, en als dat het geval is, bent u degene die er recht op heeft van dat inkomen te profiteren.'

'Och, kom nou, Norman, je praat onzin.'

'Ik heb een voorstel en ik wil dat u er zorgvuldig over nadenkt. Ik ben gek. Vraag maar aan iedereen. Maar voor het geval er geld binnenkomt, wil ik een stichting met haar naam in het leven roepen voor hulp aan vrouwen met een artistieke of academische inslag, want het blijft uiterst moeilijk voor ze,' en hij begon met percentages te schermen over hoe weinig vrouwen aan de Universiteit van New York, of Columbia University, een aanstelling kregen, of tot hoogleraar werden benoemd, en hoe ze met minder salaris en neerbuigend gedrag van mannen genoegen moesten nemen. 'Ik heb wat papieren voor u meegebracht die u door kunt kijken,' zei hij en greep in zijn uitpuilende tas. 'Verklaringen van afstand. Eigendomsoverdrachten. Neem ze mee. Raadpleeg een advocaat. Denk zorgvuldig over de zaak na.'

In plaats daarvan, hunkerend naar Normans goedkeuring, tekende ik ter plekke de papieren in drievoud. Mijn rechterhand ware beter afgehouwen. Wie had kunnen weten dat ik gebeurtenissen in gang zette die tot de ondergang zouden leiden van de paar werkelijk goede mannen die ik in mijn leven heb ontmoet?

II

DE TWEEDE MEVROUW PANOFSKY

1958-1960

I

Ik mis de oude tijd bij Volslagen Onnodige Producties toen ik uit een saaie productievergadering in onze directiekamer kon worden gerukt omdat Miriam, onverwacht op bezoek gekomen, bij de receptie stond te wachten. Saul balancerend op haar heup, Mike aan haar andere hand. Haar schoudertas uitzakkend onder het gewicht van een babyfles, luiers, een kleurboek met krijtjes, minstens drie speelgoedautootjes, een pocketboek met gedichten van Yeats of Berryman en het laatste nummer van de *New York Review of Books*. Een verontschuldigend kijkende Miriam met een dakloze onder haar hoede die ze schooiend op Green Avenue had aangetroffen, of bibberend in een portiek op Atwater Avenue. Op een ochtend was het een broodmagere teenager, zijn hoofd tussen zijn schouders, bij voorbaat klappen verwachtend, zijn glimlach zowel slijmerig als sluw. 'Dit is Timothy Hobbs', zei ze. 'Hij komt uit Edmonton.'

'Hai, Tim.'

'H'lo.'

'Ik heb hem beloofd dat je een baantje voor hem hebt.'

'Wat zou hij moeten doen?'

'Tim heeft buiten geslapen in het centraal station, dus ik vrees dat je hem een weekloon vooruit moet betalen.'

Ik zei dat ik Tim zou gebruiken als boodschappenjongen en om de fotokopieermachine te bedienen, en hij veegde zijn neus met een snelle beweging aan zijn mouw af. Aan het eind van de week was hij vertrokken met de handtas van onze receptioniste, een rekenmachine, een IBM-typemachine, een fles Macallan en mijn pas gevulde humidor.

Op een andere ochtend bracht Miriam een weggelopen jong meisje mee dat werd afgesloofd als dienstertje in een vettige eettent, waar ze te lijden had van een baas die, zoals ze zei, altijd aan haar borsten zat als hij in de keuken langs haar kwam. 'Marylou,' zei ze, 'is bereid een computercursus te volgen.'

Het volgende wat ik wist, toen ik 's middags mijn kantoor verliet, was dat er een hele batterij brommers van de courierservice en fietsen voor de deur stonden. Marylou, zo bleek, hielp jongens aan hun gerief in wat inmiddels de befaamde dienstlift van onze kantoorflat was geworden. Er kwamen klachten en ik moest haar laten gaan.

Tegenwoordig, begrijp ik, houdt Miriam vrijdagsavonds open huis voor Blairs studenten, troost biedend aan hen die in moeilijkheden verkeren of ver van huis zijn. Ze heeft jonge vrouwen door hun abortus heen geholpen en voor jongemannen getuigd die terecht moesten staan wegens drugsbezit.

Vanochtend ging ik niet naar de kantoren van Volslagen Onnodige Producties en bleef in plaats daarvan lang in bed liggen. Luisteren naar *Op Speciaal Verzoek*, met de ogen dicht, op drift en dromend dat Miriam bij me onder het dekbed lag en mijn oude botten verwarmde. Ik ken elke nuance van die stem. *Er is iets mis.* Als ik 's avonds de band terugdraai weet ik het zeker. Iets zit Miriam dwars. Ze heeft weer ruziegemaakt met Kate over de telefoon. Of, nog beter, met Blair. Misschien is het tijd voor de aanbiddelijke oude Panofsky om in actie te komen. 'Natuurlijk kun je naar huis komen, lief. Als ik nu wegga, kan ik morgenochtend vroeg in Toronto bij je voor de deur staan. Nee, maak je geen zorgen over mij in het verkeer. Ik drink niet meer. Je hebt gelijk. Mijn karakter heeft eronder te lijden. Ja, ik hou ook van jou.'

Aangemoedigd door de zoveelste stevige borrel draaide ik ook daadwerkelijk haar nummer in Toronto, maar meteen toen ze hallo zei, met die onmiskenbare stem van haar, dacht ik dat mijn hart brak. Dus ik gooide de hoorn er weer op. Nu heb je een miskleun gemaakt, dacht ik. Blair kon wel ergens bezig zijn de natuur te aanbidden, of stickers van het Dieren Bevrijdings Front op de ruiten van bontwinkels te plakken. Misschien was Miriam wel alleen thuis, in haar negligé, en dacht ze dat een inbreker controleerde of er iemand thuis was. Of een hijger. Ik had haar bang gemaakt. Maar ik durfde haar niet terug te bellen om haar gerust te stellen. In plaats daarvan schonk ik een nieuw glaasje in en realiseerde me dat ik weer zo'n typisch ouwe-mannenavondje tegemoet ging, waarbij ik de filmspoel van mijn verknoeide leven terugdraaide en me afvroeg hoe het allemaal zo gekomen was. Van de zachtmoedige tiener die hardop *The Waste Land* in bed las, tot de misantropische, bejaarde producent van tv-shit, die alleen een verloren liefde en trots op zijn kinderen heeft om op te teren.

BOSWELL: 'Maar is de angst voor de dood de mens niet aangeboren?'

JOHNSON: 'Zozeer, waarde Heer, dat het hele leven er slechts in bestaat de gedachten daaraan verre van ons te houden.'

Mijn eerste baan, een voorbode van de zonden tegen de goede smaak die volgen zouden, was in het variété, ofwel wat de hatelijke Terry McIver ongetwijfeld zou noemen '*commedia dell'arte*, waar P... in de mimese werd ingewijd'. Eenvoudig gezegd, ik werd ingehuurd om ijs en chocoladerepen en pinda's te verkopen in het Gayety Theatre, waar ik met mijn dienblad door de gangpaden ventte. Toen kwam Slapsy Maxsy Peel om de show te presenteren waarin Lili St. Cyr schitterde en kreeg ik mijn eerste kans. 'Hé, pikkie,' zei Maxsy, 'wil je twee dollar per voorstelling verdienen?'

Dus elke keer als Slapsy Maxsy op moest, glipte ik naar het balkon en riep, voordat hij een woord had kunnen zeggen, met mijn handen aan mijn mond: 'Hé, eikel!'

Schijnbaar verrast keek Slapsy Maxsy dan naar het balkon en riep terug: 'Hé, jongen, steek je handen eens in je zakken en pak 'm beet!' Vervolgens ging hij in op het gelach op de eerste rij en begon de mensen daar de wind van voren te geven.

Morty Herscovitsch heeft me vorige week onderzocht en hij verklaarde opgewekt: 'Je bent bijna anderhalve centimeter gekrompen in het afgelopen jaar.' Vervolgens wierp hij me een kushand toe en ramde zijn gehandschoende vinger in mijn aars.

'Daar zul je geen truffels vinden,' zei ik.

'We moeten ze een dezer dagen eens weghalen. Hoe eerder hoe beter. Ken je Myer Labovitsch nog?'

'Nee.'

'Natuurlijk wel. Lokaal 39. Hoog in Aleph Zadik Aleph. Hij was de eerste die naar school kwam in een *zoot suit.* Die is gisteren naar Zürich gevlogen. Niertransplantatie. Ze kopen ze in Pakistan. Kost een fortuin, maar wat geeft het? Weet je wat binnenkort in het gezondheidscentrum in uw eigen buurt komt? Harttransplantaties van varkens. Ze experimenteren er op dit moment mee in Houston. Wat zal de Loebavitsjer Rebbe daarvan zeggen, hè, Barney?'

Ik was Morty's laatste patiënt die dag, maar terwijl we al smoezend teruggingen naar zijn spreekkamer, werd de deur opengesmeten door een laaiende Duddy Kravitz, die binnen kwam stormen terwijl hij zich ontdeed van zijn kasjmieren overjas en witte zijden sjaal; daaronder droeg hij een chique smoking. Hij deed mij af met een obligaat knikje en keerde zich tot Morty. 'Ik heb een ziekte nodig.'

'Pardon?'

'Het is voor mijn vrouw. Luister, ik heb verschrikkelijke haast en ze zit in mijn auto te wachten. Het is een Jag. Laatste model. Moet je ook nemen, Barney. Als je contant betaalt, kun je korting bedingen. Ze is in tranen.'

'Omdat ze geen ziekte heeft?'

Duddy legde uit dat hij, niettegenstaande zijn miljoenen, ondanks zijn donaties aan het Montreal Symphony Orchestra, het Museum voor Schone Kunsten, het Montreal General Hospital, McGill University, en zijn kanjer van een jaarlijkse cheque aan Centraid, nog steeds niet in staat was voldoende, naar de zin van zijn vrouw, in de elite van Westmount door te dringen. Maar vanavond, op weg naar het Strawberry and Champagne Ball van het museum – 'Ze zetten ons meestal aan een tafeltje in de luwte,' zei hij – 'kreeg ik een ingeving. Er moest ergens een ziekte zijn waar nog niemand voor was opgekomen, iets waarvoor ik een liefdadigheidsstichting zou kunnen oprichten, een bal in de Ritz organiseren, een of andere beroemde balletdanser of operazanger laten overvliegen om op te treden, geeft niet wat het kost, en iedereen zou erbij moeten zijn. Maar het is moeilijk. Zeg maar niks. Ik weet het. Multiple sclerose is al vergeven. Kanker hetzelfde liedje. Parkinson. Alzheimer. Leveraandoeningen. Hart- en vaatziekten. Artritis. Noem maar op, het is allemaal weg. Dus wat ik nodig heb is een of andere ziekte, iets sexy's waarvoor ik een liefdadigheidsstichting zou kunnen beginnen en de gouverneur-generaal, of een andere gozer, tot beschermheer benoemen. Weet je wel, zoiets als Zuster Kenny – of was het mevrouw Roosevelt? – en de *March of the Dimes.* Polio was uit de kunst. Iets wat kinderen kunnen krijgen, dat raakt een gevoelige snaar. Daar vallen de mensen voor.'

'Wat vind je van aids?' vroeg ik.

'Waar ben jij de laatste tijd geweest? Dat is allang voorbij. Nu heb je iets wat vrouwen krijgen, je weet wel wat ik bedoel, ze vreten als varkens en dan steken ze twee vingers in hun keel en braken het uit, hoe heet dat?'

'Boulimia.'

'Het is walgelijk, maar als prinses Diana het heeft, zou het aantrekkelijk kunnen zijn voor die Westmount-types. Godverdomme,' zei Duddy op zijn horloge kijkend. 'Kom op, Morty, ik ben laat. Ze kan elk moment gaan zitten toeteren. Ze maakt me horendol. Geef me een naam.'

'De ziekte van Crohn.'

'Nooit van gehoord. Is dat groot?'

'Er lijden misschien wel tweehonderdduizend Canadezen aan.'

'Oké, nou begrijpen we mekaar. Vertel er wat meer over.'

'De ziekte wordt ook ileïtis of colitis ulcerosa genoemd.'

'In lekentermen, alsjeblieft.'

'Het leidt tot winderigheid, diarree, rectale bloedingen, koorts, gewichtsverlies. Als je de ziekte hebt, moet je soms wel vijftien keer per dag naar de wc.'

'O, geweldig! Schitterend! Ik bel meteen Wayne Gretzky en dan zeg ik: Wat zou je ervan denken om beschermheer te worden van een liefdadigheidsinstelling voor rufters? Meneer Trudeau? D.K. hier. Ik heb iets probaats om uw imago te verbeteren. Zoudt u zitting willen nemen in het stichtingsbestuur van een liefdadigheidsinstelling die mijn vrouw organiseert voor mensen die dag en nacht moeten schijten? Hé daar, jullie, iedereen is uitgenodigd voor het jaarlijkse Buikloopbal van mijn vrouw. Moet je horen, voor mijn vrouw moet het een beetje klasse hebben. Ik wil dat je morgenochtend om negen uur een winnaar voor me hebt, Morty. Leuk je te zien, Barney. Jammer dat je vrouw van je is weggegaan. Klopt het dat het voor een jongere kerel was?'

'Ja.'

'Dat is de mode tegenwoordig onder die emancipatiewijven. Zo sta je ze nog te helpen met de afwas en het volgende moment gaan ze terug naar de universiteit om een graad te halen en kort daarop worden ze *gesjtoept* door een of andere snotneus. Barney, als je hockey- of honkbalkaartjes nodig hebt, laat het me maar weten. Bel me op en dan gaan we lunchen. Daar heb je d'r. Toet-toet-toet.'

Ik had net mijn glas leeg en was op weg naar bed toen Irv Nussbaum belde om te vragen of ik de laatste opiniepeiling over het referendum had gezien. 'We lopen terug,' zei hij.

'Ja, ik weet het.'

Toch was Irv in opperbeste stemming. 'Maar dan kan het aantal antisemitische incidenten elke dag toenemen. Ik voel het aan mijn botten. Geweldig!' Irv kwam net terug van een van die gewetensussende reizen naar Israël van United Jewish

Appeal. 'Ik heb daar een gozer ontmoet die Pinsky heette en die beweerde dat hij je nog gekend heeft in Parijs toen je nog geen nagel had om aan je kont te krabben. Hij zei dat jullie samen zaken hebben gedaan. Hé, als dat het geval is, dan wed ik dat ze niet erg kosjer waren.'

'Dat waren ze ook niet. Wat doet Yossel tegenwoordig?'

'Iets met diamanten. Ik kwam hem tegen bij Ocean, misschien wel het duurste restaurant in Jeruzalem. Hij zat champagne te slempen met een van die nieuwe jonge Russische immigrantes. Wat een poppetje was dat. Een blondje. En hij reed weg in een BMW, dus hij zal de kost wel verdienen. O ja, hij vroeg me te vragen of een gozer die jullie allebei kenden – Biggie of Boogie, dat ben ik vergeten – jou net zo veel geld schuldig was als hem.'

'Had hij de laatste tijd nog iets van Boogie gehoord?'

'Al in geen tijden, zei hij. Hij heeft me zijn kaartje gegeven. Hij zou graag iets van je willen horen.'

Kon niet slapen. Verteerd door schuldgevoelens omdat ik jaren geleden het contact met Yossel verloren had. Kwam dat omdat ik hem niet langer kon gebruiken? Was ik zo'n shit geworden?

Klote klote klote. Als ik geweten had dat ik zo'n hoge leeftijd zou bereiken, zevenenzestig, dan zou ik liever de reputatie van gentleman hebben verdiend dan van schurk die zijn fortuin heeft vergaard met tinnef produceren voor de tv. Ik zou iemand hebben willen worden als Nathan Borenstein, de gepensioneerde huisarts. Dokter Borenstein moet eind zeventig zijn nu, wat mijn dochter Kate een 'wattenkop' noemt, een beetje gebogen, trifocale bril, en zelden in het openbaar zonder zijn zilverharige, petite mevrouw Borenstein, waarschijnlijk even oud, aan zijn arm. Ik heb het zo geregeld dat ik pal achter ze zit in de symfonie-concertserie van Place des Arts, de plaats naast me is leeg tegenwoordig, maar ik hou hem toch aan, voor het geval. Als het licht in de zaal dimt, geeft hij mevrouw Borenstein o zo discreet een arm en later maakt hij zich weer los, opent zijn partituur en volgt het concert met behulp van een zaklampje, opgetogen knikkend of zich verbijtend, al naar gelang. De laatste keer dat ik ze samen zag, was bij een uitvoering door de Montreal Opera Company van *Die Zauberflöte*. Zoals gewoonlijk hield ik Borenstein in de gaten en applaudisseerde na een aria als hij het deed en hield me koest als hij het deed.

Overdadig geklede, met juwelen behangen vrouwen die hun voordeel hebben gedaan met rinoplastiek, ultrapuls-kooldioxide-laserbehandeling, abdominoplastiek of liposuctie, vormen de meerderheid in Place des Arts. Tegenwoordig laten sommigen van hen, volgens Morty Herscovitsch, ook borstimplantaties met soja-olie uitvoeren. Je zuigt aan een tepel en wat krijg je? Slasaus.

Ik verzamel stukje bij beetje informatie over de Borensteins. Haar ogen, heb ik gehoord, gaan achteruit, zodat hij haar 's avonds na het eten voorleest. Ze hebben drie kinderen. De oudste zoon, een dokter, werkt voor Artsen Zonder Grenzen in Afrika, of waar de door vliegen gebeten kinderen met de opgezwollen buikjes ook te vinden zijn. Er is een dochter die violiste is bij het Toronto Symphony Orchestra, en een zoon die fysicus is in – in – niet Tel Aviv, maar die andere stad in Israël. Jeruzalem is het ook niet. Bij het huppeldepup-instituut in de stad die niet Tel Aviv en ook niet Jeruzalem is. Het ligt op het puntje van mijn tong. Het begint met een H. Het Hertzl Instituut.[1] Nee. Maar zoiets. Wat maakt het uit.

Op een keer, na een concert in Place des Arts, waagde ik het de Borensteins te benaderen. Ze stonden buiten, ogenschijnlijk besluiteloos. Het goot. Donder en bliksem. Een plotselinge zomerstorm. 'Neemt u me niet kwalijk dat ik u stoor, dokter,' zei ik, 'maar ik ga mijn auto uit de garage halen. Mag ik u een lift aanbieden?'

'Wel, dat is erg vriendelijk van u, meneer...?'

'Panofsky. Barney Panofsky.'

Toen zag ik mevrouw Borenstein verstrakken en haar man een kneepje in zijn arm geven. 'We hebben al een taxi besteld,' zei ze.

'Ja,' zei hij, zich generend.

Op de eerste bladzijde van dit vermaledijde manuscript opperde ik dat ik een maatschappelijke paria was vanwege het schandaal dat ik als een bochel mee mijn graf zal indragen. Maar om eerlijk te zijn waren er, volgend op mijn vrijlating, mannen, WASP-types, riekend naar oud geld, die me vroeger uiterst minzaam toeknikten en die me nu drankjes aanboden in de Ritz. 'Gelukkig voor jou, Panofsky.' Of die me op mijn schouder sloegen en onuitgenodigd aan mijn tafeltje in de Beaver Club aanschoven. 'Naar mijn bescheiden mening heb je een lans gebroken voor de rechtschapen kerels.' Of ze vroegen me mee te doen met een spelletje squash 's middags bij de Montreal Adult Athletic Association. 'En ik ben heus niet je enige bewonderaar daar.'

Sommigen van hun hooghartige vrouwen, die me tot dan toe onaangenaam, grof, een zure en onaantrekkelijke man hadden gevonden, verlustigden zich nu in mijn aanwezigheid. Ze flirtten schaamteloos, mijn bescheiden afkomst was me vergeven. Stel je voor. Een jid met een hartstocht voor iets anders dan geld. Een echte moordenaar in onze kringen. 'Je moet je niet beledigd voelen, Barney, maar ik associeerde jullie mensen met witteboordencriminaliteit, niet met..., je weet wel.' Ik merkte dat die vrouwen het meest opgewonden raakten als ik de lafhartige daad toegaf in plaats van ontkende. Ik leerde een heleboel over de Upper Westmount-beschaving en haar malcontenten. De vrouw van een vennoot in McDougal, Blakestone, Corey, Frame en Marois zei tegen me: 'Ik zou naakt bij de Ritz naar binnen kunnen stappen en Angus zou niet eens met zijn ogen knipperen. "Je bent laat," is alles wat hij zou zeggen. O, tussen haakjes, Angus blijft de nacht van dinsdag op woensdag over in Ottawa, als dat jou uitkomt, en ik ben overal voor in, behalve op z'n janboerenfluitjes. Ik heb natuurlijk gelezen over de andere

1 Het Weizmann Instituut in Haifa.

standjes. Ik ben lid van de Boek van de Maand Club.'

Maar ik was en blijf afkerig van dat slag. Gelukkig zijn er niet veel in Montreal.

De Borensteins wonen elke zomer het Shakespeare-festival in Stratford, Ontario bij en ik zat een keer niet te ver van ze vandaan in restaurant The Church. Mevrouw Borenstein bloosde en ik durf te zweren dat de oude man met zijn hand onder de tafel zat te flirten met zijn vrouw, die toen ongeveer vijftig was. Ik riep de ober en vroeg hem een fles Dom Pérignon naar hun tafeltje te brengen, maar pas als ik weg was en zonder te zeggen van wie hij kwam. Daarna wandelde ik de regen in, vol zelfmedelijden en Miriam vervloekend die me had verlaten.

Ik heb een hekel aan de meeste mensen die ik ooit heb ontmoet, maar het meest nog walg ik van de Hoog Verachtelijke Barney Panofsky. Miriam begreep het. Op een keer, na een maar al te karakteristieke dronken razernij van mij, die onvermijdelijk leidde tot troost zoeken bij een fles Macallan, zei ze: 'Je haat de tv-shows die je produceert en je barst van de minachting voor zowat iedereen die eraan meewerkt. Waarom hou je er niet mee op voordat je kanker krijgt?'

'En wat moet ik dan doen? Ik ben nog geen vijftig.'

'Open een boekwinkel.'

'Daar kan ik geen havanna's van blijven kopen en XO-cognac en eersteklas vliegtickets naar Europa voor ons tweeën. Of de kinderen laten studeren. Of de kinderen iets nalaten.'

'Ik wil mijn leven niet eindigen met een zure oude man, vol wroeging over een verknoeid leven.'

En uiteindelijk deed ze dat ook niet, of wel? In plaats daarvan vergooit ze zich aan Herr Doktor Professor Red-de-Walvis, Stop-de-Zeehondenjacht, Veeg-Je-Reet-Alleen-Af-Met-Kringlooppapier, Hopper, geboren Hauptman, die de tweede 'n' in zijn achternaam heeft laten vallen omdat hij bang is dat de mensen erachter komen dat hij familie is van de Lindbergh-kidnapper, en misschien zelfs Adolf Eichmann, als je zijn stamboom nauwkeurig genoeg uitpluist.

Genoeg.

Dokter Borenstein is het onderwerp van onze preek van vandaag. Gegeven het feit dat hij een heer is van onberispelijke smaak, stel je mijn consternatie voor toen ik hem, en mevrouw Borenstein, vorige week woensdagavond op de vierde rij zag zitten in het Leacock Auditorium, waar Terry McIver kwam voorlezen uit *De Koortsige Tijd*. Ik moest en zou erbij zijn en verschool me op de achterste rij. Ik had die pretentieuze poseur niet meer horen voorlezen sinds die rampzalige avond, aan de achterkant van de maan, in de boekwinkel van George Whitman. Maar wat deed zo'n beschaafd echtpaar tussen al die CanCult-groupies?

Terry werd ingeleid door professor Lucas Bellamy, auteur van *Northern Rites: Essays on Culture and Place in Post-Colonial Canada*, die zijn hakkelende, tien minuten durende lofrede begon met te zeggen dat Terry McIver geen inleiding behoefde. De prijzen die Terry had gewonnen, werden genoemd. De Governor General's Award voor literatuur. De medaille van verdienste van de Canadese schrijversbond. Zijn *Order of Canada.* 'En,' besloot de professor, 'als er nog rechtvaardigheid in de wereld bestaat, de Nobelprijs in de nabije toekomst. Want de waarheid is, als Terry McIver geen Canadees was, zou hij wereldberoemd zijn in plaats van gepasseerd te worden door de cultureel imperialisten in New York en de snobs die de dienst uitmaken in de literaire kringen van Londen.'

Voor hij met zijn lezing begon, kondigde Terry aan dat hij samen met een aantal andere schrijvers een manifest had getekend tegen de kaalkap en voor het behoud van de Clayoquot Sound in British Columbia. Kaalkap, zei hij, leidt tot het uitsterven van diersoorten. Men schat dat per dag honderd diersoorten uitsterven als gevolg van de invloed van de mens op het milieu, die tevens verantwoordelijk is voor het steeds warmer wordende klimaat – iets wat mij wel welkom leek, een zegen voor ons land. 'Biodiversiteit is ons levend erfgoed,' zei hij onder applaus en vervolgens vroeg hij iedereen een petitie te tekenen die door de suppoosten zou worden rondgedeeld. Ik was met Solange gekomen, mijn vaste metgezel tegenwoordig, die ook weldra zou worden opgenomen in de gelederen der gepensioneerden, maar die nog steeds korte rokjes droeg die beter pasten bij een vrouw van Chantals leeftijd. Ik vreesde dat ze er belachelijk in uitzag, wat me pijn deed, want ik achtte haar zeer hoog, maar ik durfde er geen woord over te zeggen. Solange had me niet teleurgesteld als tv-regisseur, maar verlangde er nog steeds naar voor de camera te staan en romantische hoofdrollen te spelen. Ik wilde niet dat ze bleef voor de signeersessie en werkte haar haastig de foyer uit om te gaan dineren bij L'Express. 'Waarom heb je die stomme petitie getekend die ze ronddeelden?' vroeg ik.

'Die was niet stom. Het leven van de dieren wordt overal bedreigd.'

'Het jouwe en het mijne ook. Maar zal ik je eens wat vertellen? Je hebt gelijk. Ik maak me zorgen, met name over het verlies van hyena's, jakhalzen, kakkerlakken, gifslangen en rioolratten.'

'Kon je niet wachten tot ik klaar was met eten?'

'Stel dat die allemaal, als gevolg van onze nalatigheid, de weg opgingen van de dinosaurussen?'

'Net als jij?' vroeg ze en toen begon ik weg te dromen, vechtend tegen de tranen. Ik kwam hier altijd met Miriam. Miriam mijn grote liefde. Wat zat haar vanochtend dwars? Had Kate haar misschien over de telefoon verweten dat ze mij had verlaten? Hoe durfde Kate. *O ja? Ga je gang maar, kindje. Laat haar maar voelen wat ze mist. Nee, niet doen.*

'Hallo, hallo, ik ben er nog,' zei Solange, een hand vlak voor mijn gezicht wuivend.

'Ga je zijn boek kopen?'

'Ja.'

'Maar Solange, liefje, er staan geen plaatjes in.'

'Als dit weer een van je vertederende alle-actrices-zijn-idioten-buien is, ga gerust je gang.'

'Sorry. Dat had ik niet moeten zeggen. Maar weet je, ik heb McIver in Parijs gekend en sindsdien het een en ander van hem meegemaakt.'

'Maar dat heb je me al meermalen verteld,' zei ze verstoord.

'We mogen elkaar niet.'

'Waar ben je het meest jaloers op, Barney, op zijn talent of op zijn knappe uiterlijk?'

'O, wat een slimmerik ben je toch. Daar moet ik eens goed over nadenken. Zeg eens, jij als bonafide paprika, als Fransoosje *pure laine*, waarschijnlijk in rechte lijn afstammend van *les filles du roi*, wat ga jij stemmen in het referendum?'

'Ik denk er serieus over om deze keer Ja te stemmen. Sommige mensen in de Partis Québécois zijn echt racisten, wat ik afschuwelijk vind, maar dit land heeft zich meer dan honderd jaar uitgesloofd en is achteropgeraakt met proberen een vierkant stuk hout in een rond gat te passen. Natuurlijk is het riskant en het zal niet makkelijk zijn, maar waarom zouden wij niet ons eigen land mogen hebben?'

'Omdat het de vernietiging betekent van het mijne. Jouw voorvaders zijn stom geweest. Ze hadden Quebec moeten verkopen en Louisiana moeten houden.'

'Barney, je maakt een puinhoop van jezelf. Al dat drinken. Net doen of Miriam bij je terug zal komen.'

'En jij? Na al die jaren heb je Rogers kleren nog steeds niet weggedaan. Dat is ziek, hoor.'

'Chantal zegt dat je gedrag steeds aanstootgevender wordt op kantoor. De mensen zien met schrik de dag van je komst tegemoet. En Barney,' zei ze, mijn krokodillenhand vastgrijpend, 'je komt nu op een punt in je leven dat het riskant wordt om alleen te wonen.'

'Wat zit je dwars, Solange? Gooi het er maar uit.'

'Chantal zegt dat je vorige week donderdag een brief hebt gedicteerd voor Amigos Three en dat je afgelopen maandag, toen je op kantoor kwam, dezelfde brief weer helemaal opnieuw dicteerde.'

'Dus ik was een keertje vergeetachtig. Ik had waarschijnlijk een kater.'

'Meer dan een keertje.'

'Morty Herscovitch onderzoekt me elk jaar. Ik krimp, zegt hij. Als ik negentig word, kun je me meenemen in je handtas.'

'Chantal en ik hebben erover gepraat en als je gezondheid achteruitgaat, kun je altijd bij ons intrekken. We schermen een deel van het appartement af met een ijzeren hek, zoals mensen in hun auto doen voor hun honden die ze achterin meenemen, en dan voeren we je af en toe wat latkes.'

'Dan trek ik nog eerder bij Kate in.'

'Waag het niet om dat zelfs maar te overwegen, boef dat je bent. Ze heeft haar problemen wel gehad en nu is ze gelukkig getrouwd. Het laatste wat ze nodig heeft is jou.'

'Het zou stom van je zijn om Ja te stemmen. Ik wil niet dat je het doet.'

'Jij wilt niet dat ik het doe? Hoe durf je! Wat zou jij doen als je jong was en Frans-Canadees?'

'Dan zou ik Ja stemmen, natuurlijk. Maar we zijn geen van tweeën meer jong en achterlijk.'

Toen ik haar afzette bij haar flat in Côte des Neiges, bleef ze bij het portier van de auto dralen. 'Alsjeblieft, hou nu op met drinken. Ga naar huis en direct naar bed.'

'Dat is precies wat ik van plan was.'

'O, ja, en je bent bereid het te zweren op je kleinkinderen?'

'Eerlijk waar, Solange.'

Maar, niet in staat mijn lege appartement te aanschouwen, mijn bed zonder Miriam, reed ik door naar Jumbo's, waar ik hoopte maître John Hughes-McNoughton of Zack tegen te komen. In plaats daarvan zat ik opgescheept met Sean O'Hearne, die zich zwaar op de kruk naast me liet neervallen, zijn ogen schitterend van dronken kwaadaardigheid. 'Geef meneer P. wat te drinken,' zei hij tussen twee piepende ademteugen door.

'Zal ik je eens wat vertellen, Sean? Ik was op zoek naar je. Ik heb iets voor je wat je misschien wel interesseert.'

'Ja ja ja.'

'Jouw mannen hebben mijn tuin omgespit, je hebt keer op keer duikers het meer in gestuurd, je hebt alles in het huisje onderzocht op bloedsporen, net als je de politie op tv ziet doen. Maar je was wel zo stom dat je nooit hebt gevraagd hoe het kwam dat mijn kettingzaag verdwenen was.'

'Lulkoek. Je hebt nooit een kettingzaag gehad, P. Want als er zwaar werk gedaan moest worden bij jou, dan huurde je daar gojs zoals ik voor in. Zo is het altijd geweest met jullie.'

'Hoe kan het dan dat er een lege haak was aan de muur van mijn garage?'

'Lege haak me reet. Mij zeik je niet in mijn zak waar ik bij sta, P.'

'En als ik je nu vertel dat ik vorig weekend een kist met oude belastingpapieren in het buitenhuisje heb doorgekeken en een rekening vond voor een kettingzaag, gedateerd 4 juli 1959?'

'Dan zeg ik dat je godverdomme liegt.'

De anderen in de bar keken naar het late journaal op tv. De dagelijkse berichtgeving over het referendum. Ze brulden van het lachen toen De Wezel het scherm vulde en gingen zich te buiten aan macabere grappen die de laatste tijd de ronde deden onder de Engelstaligen.

'En waar is die kettingzaag nu?'

'Waar ik hem heb laten vallen. Ergens op honderdtwintig meter diepte ligt hij te roesten en nu heb je er na al die jaren niets meer aan.'

'Wil jij beweren dat je het lef had om hem aan stukken te zagen?'

'Sean, nu het toch zo dik aan is tussen De Tweede Mevrouw Panofsky en jou, waarom trouw je niet met haar? Ik zal alimentatie blijven betalen. Ik ben zelfs bereid een bruidsschat ter beschikking te stellen.'

'Geen schijn van kans dat een gozer als jij een man aan stukken zaagt. En er was nergens bloed te vinden. Neem me dus maar niet in de maling, stuk verdriet.'

'Natuurlijk was er geen bloed, want ik kan hem diep in het bos aan stukken hebben gezaagd. Vergeet niet dat ik een hele dag alleen was in het buitenhuisje voordat jullie het in je stomme kop kregen om mij te arresteren.'

'Je hebt een ziek gevoel voor humor, weet je dat, P.? Hé, daar is-ie. De kloteverlosser van die lui.'

Het was een bruisende Dollard Redux die nu het scherm vulde. 'Laat je niet intimideren door dreigementen, zei hij. Wat ze vandaag ook zeggen, als de uitslag van het referendum positief is, zal de rest van Canada op hun knieën naar ons toe komen.'

'Ik neem aan,' zei O'Hearne, 'dat jij en de rest van je stamgenoten de volgende dag naar Toronto zullen verhuizen. Maar wat moeten mensen als ik, die hier vastzitten?'

'Als je het weten wilt, ik denk er nu over om zelf Ja te gaan stemmen.'

'Ja ja ja.'

'Meer dan honderd jaar is dit land achteropgeraakt doordat het probeerde een vierkant stuk hout in een rond gat te passen. Wil je nog een eeuw van onvolwassen gesteggel, of moeten we de kwestie voor eens en voor altijd regelen?'

Ik was nog steeds niet bereid mijn bed zonder Miriam te aanvaarden, dus liet ik mijn auto staan, sloeg mijn kraag op tegen de straffe wind, een voorbode van de zes maanden winter die voor de deur stonden, en begon te wandelen door de eens zo zinderende straten van de stervende stad die ik nog steeds beminde. Langs dichtgespijkerde winkels. Borden aan ter ziele gegane boutiques in Crescent Street met OPHEFFINGSUITVERKOOP of ALLES MOET WEG. Krakers hadden bezit genomen van het vervallen gebouw dat eens het art-deco York Theatre was geweest. De een of andere lummel had met een spuitbus ROT OP, ENGELSEN op de etalage van een tweedehands-boekwinkel geklad. Elke lantaarnpaal in St. Catherine Street was versierd met zowel OUI als NON aanplakbiljetten. Sjofele, bibberende tieners met slaapzakken kampeerden voor het Forum, waar in de ochtend de kaartverkoop zou beginnen voor een concert van Bon Jovi. Een vettige oude man met een baard en wilde ogen, die in zichzelf mompelend een winkelkarretje voor zich uitduwde, rommelde in een vuilnisbak op zoek naar lege blikjes die hij kon inleveren voor statiegeld. Een dikke rat kwam het steegje achter een Indiaas restaurant uit getrippeld.

MacBarney heeft den slaap vermoord.

Terug in mijn bed probeerde ik het ene middel na het andere, tevergeefs. Toen ik vanavond naar juffrouw Ogilvy tastte, mijn handen onder haar truitje schoof en probeerde haar kanten bh los te maken, gaf ze me een flinke pets in mijn gezicht. 'Hoe durf je,' zei ze.

'Waarom stond je dan met je tieten tegen mijn rug te rijen in de keuken?'

'Wat zullen we nou krijgen! Denk je dat ik zo gefrustreerd ben, een aantrekkelijke vrouw als ik – die elke middag in de gymzaal een beurt krijgt van meneer Stuart, meneer Kent en meneer Abercorn, ofschoon niet noodzakelijk in die volgorde –, dat ik me zou verlagen een klein joods rukkertje met vuile vingernagels uit Jeanne Mance Street te verleiden?'

'Je hebt je slaapkamerdeur open laten staan.'

'Ja. En zelfs toen was je blaas nog te zwak voor je. Meneer moest een plasje doen. Pas veertien jaar oud en nu al prostaatproblemen. Waarschijnlijk kanker.'

En nog steeds wilde de slaap niet komen. Dus draaide ik de filmspoel van mijn leven terug, sloeg de gênante stukken over, maakte in gedachten nieuwe opnamen... en die maandagmiddag in 1952, terwijl ik mijn hotel in de Rue de Nesle binnenging, klopte de conciërge op het raampje van haar hokje, schoof het glas weg en sprak zangerig: 'Il y a un pneumatique pour vous, monsieur Panofsky.'

Clara verwachtte me voor het eten. Nou ja, waarom ook niet? Ik wipte bij de dichtstbijzijnde Nicolas binnen en kocht een fles St. Emilion, een van haar favorieten. Nadat ik haar diep in slaap op ons bed had aangetroffen, een leeg flesje slaappillen op de vloer, zette ik haar meteen rechtop, ondersteunde haar, liep met haar op en neer tot de ambulance kwam. Toen ze haar maag hadden leeggepompt, ging ik bij haar naast het bed zitten en streelde haar hand. 'Je hebt mijn leven gered,' zei ze.

'Jouw held.'

'Ja.'

Vervolgens verscheen haar rottende lijk voor mijn geestesoog, de oogkassen leeg, wormen vretend aan haar boezem, en cantor Charnofsky klopte weer op mijn deur. 'Ga je in bed pissen op jouw leeftijd?' vroeg hij.

Opgeschrikt merkte ik dat het tijd was voor een van mijn drup-drup-schud-schud-plasjes, waarna ik weer terug naar bed slofte.

Halfvijf in de ochtend. Ik zak weg en mijn ogen lichten op van blijdschap als ik Boogie zie verschijnen. 'Ik wist wel dat je uiteindelijk zou komen,' zei ik, 'maar waar ben je al die jaren geweest?'

'Petra. New Delhi. Samarra. Babylon. Papua. Alexandrië. Transsylvanië.'

'Ik kan je niet zeggen hoeveel moeilijkheden je me bezorgd hebt. Maar laat maar. Miriam, de Boogieman is er. Wil je nog voor één persoon bijdekken, alsjeblieft.'

'Hoe moet ik dat doen? Ik woon hier niet meer. Ik heb je verlaten.'

'Nee, dat is niet waar.'

'Weet je dat niet meer?'

'Je bederft mijn droom.'

Toen gaf ik het verhaal een verkeerde wending. En De Tweede Mevrouw Panofsky kwam ertussen. Weer rennend naar haar Honda, de tranen stromend, gillend, 'Wat ga je doen?'

'Ik ga hem vermoorden, dat ga ik doen.'

'O, God, ik moet me voor zoveel verantwoorden, maar nu nog niet. Alsjeblieft. Alsjeblieft-dankjewel.'

En op dat moment begon de telefoon te rinkelen. Ring, ring en nog eens ring. *Er is iets ergs met Miriam gebeurd. De kinderen.* Maar het was een huilende Solange. 'Serge is in elkaar geslagen door een bende potenrammers.'

'O, nee.'

'Hij was de baan op in Parc Lafontaine. Hij moet gehecht worden. Ik denk dat hij zijn arm gebroken heeft.'

'Waar is hij?'

'Hier.'

'Waarom zorgt Peter niet voor hem?'

Peter, een getalenteerde decorontwerper, was Serge Lacroix' vriend. Ze deelden een verbouwde loft in Old Montreal en ik ging weleens bij ze eten. Muren paars geverfd. Overal spiegels. Ik weet niet hoeveel Perzische katten die rondslopen.

'Als Peter hier was geweest, dan was dit nooit gebeurd. Hij is op een filmlocatie in British Columbia.'

'Ik kom direct.' Ik hing op en belde Morty Herscovitch' privé-nummer. 'Morty, sorry dat ik je wakker bel, maar mijn sterregisseur heeft een ongeluk gehad en is gewond. Ik breng hem naar het General Hospital, maar ik wil niet dat hij twee uur lang bij eerste hulp moet wachten, om uiteindelijk behandeld te worden door een co-assistent die al in geen zesendertig uur zijn bed heeft gezien.'

'Niet naar het General. Ik ben over een half uur in het Queen Elizabeth.'

Ik reed niet zelf, maar nam een taxi naar de flat van Solange. Serge had een snee in zijn hoofd, zijn linkeroog was zo gezwollen dat het bijna dichtzat, en hij ondersteunde met één hand zijn pols, die duidelijk gebroken was.

'Wat moest je ook gaan hoereren in het park op jouw leeftijd? Je weet toch hoe gevaarlijk dat is?'

'Ik dacht dat je was gekomen om te helpen,' zei Solange.

Morty, die al op ons wachtte in het Queen Elizabeth, plaatste achttien hechtingen in zijn hoofd, liet een röntgenfoto maken en zette zijn pols in het gips. Daarna nam hij me apart. 'Ik wil hem een bloedtest afnemen nu hij hier is, maar hij zegt nee.'

'Laat het maar aan mij over.'

Later nam ik Solange en Serge mee naar huis. Ik stopte Serge in bed in de logeerkamer. 'Zul je nu een zoete jongen zijn, of moet ik de slaapkamer op slot doen voordat ik ga slapen?'

Hij glimlachte en kneep in mijn hand, en ik ging naar de keuken om een fles champagne open te maken voor Solange. 'Ik wil niet dat je nog langer rotzooit met Chantal,' zei ze.

'Je verbeeldt je maar wat.'

'Ze weet niet wat een schurk jij bent. En ze is kwetsbaar.'

Ik opende de ijskast. 'We kunnen kiezen. Ik heb een schaal gehakte levertjes. Ik kan wat kasja knisjes opwarmen. Of ik zou met tegenzin dit blikje kaviaar met je kunnen delen.'

2

Schimmen van juffrouw Ogilvy.

Een verhaal in de *Gazette* vanmorgen over een knappe muziekleraress in Manchester, inmiddels eenenveertig jaar oud, die twaalf jaar na dato beschuldigd wordt van het verleiden van dertien- tot vijftienjarige jongens in een jeugdorkest. Een van de vermeende slachtoffers, wiens geheugen was opgefrist na een tweedaagse workshop over kindermishandeling, vertelde de rechter hoe hij na een vioolles gebruikt werd toen hij nog maar veertien jaar oud was. 'Penelope lag op haar bed en trok me naast zich. Ze maakte de knoopjes van haar bloes los en nodigde me uit haar borsten te betasten. Ik opende haar spijkerbroek. Ze droeg een rode satijnen onderbroek. Ze stak haar hand in mijn broek. Ik had twintig minuten lang orale seks met haar. Na afloop gaf ze me thee met chocolaatjes en zei tegen me: "Je bent een ondeugende jongen." '

In verband met een ander incident, na afloop van een kerstborrel, zei een ander vermeend slachtoffer: 'Penelope ging op de rand van het bed zitten en trok haar onderbroek uit. Ze ging achteroverliggen, trok haar rok uit, sloot haar ogen en het was grijpen wat je grijpen kunt.'

De rechter bepaalde dat het unfair zou zijn om de rechtszaak voort te zetten omdat de vermeende incidenten zo lang geleden hadden plaatsgevonden en het moeilijk zou zijn om getuigen en bewijzen te vinden die de aanklacht konden ondersteunen dan wel weerleggen. Hij bepaalde dat het duidelijk was dat de jongens geen psychische schade hadden opgelopen, maar bereidwillig hadden meegedaan en 'behoorlijk hadden genoten van de activiteiten'. Hij wilde echter nog wel opmerken dat, per saldo, Penelope meer gedaan had dan Yehudi Menuhin om jonge mensen waardering voor muziek bij te brengen. Penelope verloor haar belangstelling voor de jongens als ze de leeftijd van vijftien jaar bereikten. Jammer genoeg bleek dat ook het geval met juffrouw Ogilvy. Die wrede klap werd slechts enigszins verzacht door mijn nieuwe relatie met Dorothy Horowitz. Dorothy, die van mijn leeftijd was, zou nooit toestaan dat ik verder ging dan voelen op de met plastic bedekte bank in hun huiskamer, of een bankje in Outremont Park, en zelfs die activiteit werd verziekt door streng afgebakende verboden zones. Dorothy trok als door een adder gestoken haar hand terug als ik hem in de richting bracht van mijn kloppende begeerte, die ik al attent had vrijgeknoopt en die als een duveltje uit zijn doosje stak.

1943 was dat. Het leger van veldmaarschalk Von Paulus was al bij Stalingrad gedecimeerd, de Amerikanen hadden Guadalcanal ingenomen en ik had die pin-up van Chili Williams in een tweedelig polka-badpak aan de deur van mijn slaapkamer geplakt. Mijn moeder was begonnen moppen aan Bob Hope en Jack Benny te sturen, en oneliners aan Walter Winchell, en mijn vader was reeds een geüniformeerd lid van de Montrealse politie. Izzy Panofsky, de enige jood in het korps. De trots van Jeanne Mance Street.

In het hier en nu van mijn appartement in de Lord Byng Manor werkte ik snel mijn ontbijt naar binnen en besloot gebruik te maken van het feit dat de familie die in het appartement recht onder me woonde, de McKay's, naar hun weekendhuisje aan het Memphramagog Meer waren. Ik rolde het tapijt in de huiskamer op en trok het gordijn weg dat mijn gênante maar noodzakelijke manshoge spiegel verborg. Vervolgens zette ik mijn hoge hoed op, trok mijn billentikker en mijn vertrouwde Capezio-tapdansschoenen aan en schoof Louis Armstrongs vertolking van 'Bye, Bye, Blackbird' in de cd-speler. Niet vergetend mijn hoed aan te tikken voor het geëerd publiek op het balkon, mijn wandelstok over mijn schouder, warmde ik mezelf op met een *Round-the-Clock Shuffle*, ging over op een acceptabele *Brush*, gevolgde door een echt goede *Cahito*, waarna ik me waagde aan een *Shim Sham* en hijgend in de dichtstbijzijnde stoel neerviel.

Hallo, eikel, dacht ik bij mezelf, en ik nam me opnieuw voor zuinig aan te doen met de Montecristo's, de roggepuntjes met gerookt vlees, single malt whisky's, dat heerlijke *hors d'oeuvre* van rundermerg[1] dat ze bij L'Express serveren, XO-cognac, de gemarmerde ribsteaks bij Moishe's, caffeïne, en al het andere dat slecht voor me was nu ik het me kon veroorloven.

Waar was ik gebleven? 1956. Al lang terug uit Parijs. Clara dood maar nog geen icoon. Terry McIvers eerste roman gepubliceerd, toen de literatuur beter af was geweest als hij in midkoers uit de vaart was genomen door een heer uit Porlock. En Boogie, vaker wel dan niet high van de heroïne, schreef me wanneer hij weer op zwart zaad zat. Ik misgunde hem het geld niet, maar ik zat krap, omdat ik net begonnen was de troebele wateren van de tv-productie te verkennen, sappelend, nooit een rekening betalend vóór de Laatste Aanmaning. Wat mijn problemen in die tijd nog verergerde, was dat ik stom genoeg mijn affaire met Abigail weer had voortgezet, en, o mijn god, nu zinspeelde ze op weggaan bij Arnie, misschien dat ze haar twee kinderen meenam.

Wacht even. Ergens in mijn Schrijfboek van een Aantekenaar heb ik iets heel à propos voor die tijd en het probleem dat ik zo verknalde. Het is geschreven door dr. Johnson in 1772, toen hij drieënzestig was: 'Mijn geest is van slag en mijn geheugen in de war. Ik heb de laatste tijd mijn gedachten met hoogst nutteloze ernst over voorbije incidenten laten gaan. Ik ben geen meester meer over mijn gedachten; een onaangenaam incident verstoort vrijwel zeker mijn gemoedsrust.'

1 Het is kalfsmerg.

Wat volgt is een onaangenaam incident en hoe het begon. Op een dag stuurde mijn accountant, de giftige, onuitstaanbare Hugh Ryan, Arnie naar het hoofdkantoor van de Bank of Montreal met een verzegelde envelop waarin volgens hem een gewaarmerkte cheque voor vijftigduizend dollar zat. Toen echter de directeur van de bank de envelop opende, bleken er foto's van naakte jongens in te zitten en een uitnodiging voor een diner bij kaarslicht bij Arnie thuis. Overstuur kwam Arnie me opzoeken bij Dink's. 'Ik moet je iets vertellen. Elke ochtend voor het werk ga ik naar de wc om over te geven. Ik heb gordelroos gekregen. Abigail en ik zitten naar Bonanza te kijken op tv en plotseling begin ik te huilen. Het is niets, zeg ik. Ja, mooi wel. Barney, ik ben je vriend en hij niet. Wij kennen elkaar al ik weet niet hoe lang. Toen jij je goniometrie-examen niet kende, wie heeft je toen de antwoorden doorgespeeld? Ik was toen al een kei in wiskunde. Hoeveel jaren heb ik nu al met getallen voor je gegoocheld? Ik kan ervoor de bak in draaien, maar maal ik daarom? *Ontsla die klootzak. Ik kan zijn werk met mijn ogen dicht doen.*'

'Arnie, ik twijfel niet aan je capaciteiten. Maar ga jij op zalm vissen op de Restigouche met Mackenzie van de Bank of Montreal?'

'Ik zou nooit een worm aan een haak kunnen doen. Dat vind ik walgelijk.'

'Weet je hoeveel ik in ontwikkeling heb gestoken? Er hoeft maar dat te gebeuren, of ik zink als een lekke schuit. Arnie, ik moet hem nog een jaar aanhouden. Maximaal.'

'Ik ga tekeer tegen mijn kinderen. Als de telefoon rinkelt, schrik ik of er iemand een geweer op me afschiet. Ik word om drie uur 's nachts wakker uit nachtmerries waarin ik ruziemaak met die jodenpester. Ik lig zo te woelen in bed dat de arme Abigail geen oog dichtdoet, dus één keer in de week moet ze haar slaap inhalen. Op woensdag kookt ze dat het een aard heeft en neemt al het eten mee naar het huis van een vriendin in Ville St. Laurent. Ze blijft bij Rifka Ornstein slapen. Ik neem het haar niet kwalijk. Ze komt opgeknapt weer thuis.'

'Hoeveel betaal ik je, Arnie?'

'Vijfentwintigduizend.'

'Met ingang van volgende week verhoog ik het naar dertigduizend.'

Toen Abigail woensdagavond prompt om acht uur verscheen, stak ik mijn gerepeteerde toespraak af. 'Natuurlijk is het voor mij ook nog nooit eerder zo geweest, maar we moeten ons opofferen voor Arnie en de kinderen. Ik zou niet kunnen leven in het besef dat ik hem gekwetst heb, en een vrouw met jouw zeldzame schoonheid en intelligentie en integriteit kan dat ook niet. We zullen altijd onze herinneringen koesteren. Weet je wel, net als Celia Johnson en Trevor Howard in *Brief Encounter*.'

'Ik ga nooit naar Engelse films. Dat rare accent van hen. Wie kan dat verstaan, de manier waarop zij Engels praten?'

'Niemand kan de magie wegnemen die tussen ons bestond, maar we moeten dapper zijn.'

'Zal ik je eens wat vertellen? Als ik mijn handen vrij had, zou ik voor je klappen. Maar ik heb gebraden borststuk en kasja voor je gemaakt. Hier,' zei ze en ze overhandigde me het eten. 'Stik er maar in.'

Toen ze weg was, de deur met een klap dichtgooiend, warmde ik de borststuk op, die heerlijk mals, zij het een tikkeltje te zout was. Maar de kasja was perfect. Wat, zo vroeg ik me af, als we het neuken eraan gaven en ze voor me bleef koken? Nee. Dat zou ze niet pikken.

Later die schuldbeladen avond, paffend aan een Montecristo, verbaasde ik mezelf door te besluiten Arnie recht te doen en een eind te maken aan zijn ellende op kantoor. De volgende ochtend werd ik wakker met het voornemen tot zelfopoffering, een vastberaden man die gloeide van deugd. Ik deed een zachte shuffle en bralde 'Blueberry Hill'. Vervolgens, meteen na een lange, rijkelijk overgoten lunch bij Dink's die diende om me in mijn voornemen te sterken, riep ik Arnie bij me op kantoor.

'Wat is er?' vroeg hij met trillende onderlip.

'Ga zitten, Arnie, ouwe makker van me,' zei ik, een en al goedmoedigheid uitstralend. 'Ik heb nieuws voor je.'

Arnie liet zich op het puntje van een stoel zakken. Stijf. Zwetend. Me trakterend op een vleugje angstgeur. 'Ik heb over onze problemen hier nagedacht,' zei ik, 'en ik ben tot de enig mogelijke conclusie gekomen. Maak je veiligheidsriem maar vast, Arnie, want ik ontsla...'

'Om de dooie dood niet!' brulde hij, overeind schietend, het speeksel vloog uit zijn mond. 'Ik neem zelf ontslag!'

'Arnie, je begrijpt het niet. Ik...'

'O nee? Haal die grijns maar van je smoel. Je hebt je keus gemaakt en ik, ik heb ook mijn trots, ik heb de mijne gemaakt.'

'Arnie, luister nou, alsjeblieft.'

'Denk maar niet dat ik niet weet wat hierachter zit. Judas. Je hebt avances gemaakt bij mijn vrouw. Je probeerde de moeder van mijn kinderen te versieren. Ze is gisteren niet bij Rifka blijven slapen, maar kwam vóór middernacht thuis en heeft het me bekend. Je pakte haar onverwacht *in mijn keuken op het bar-mitzwafeestje van Craig*, Jezus Christus, en je stond tegen haar op te rijen, klootzak die je bent. Ze moest er niets van hebben en nu betaal ik de prijs. Ja, lach maar. Vind je dat leuk?'

'Sorry, ik kon het niet helpen,' zei ik, inmiddels onbeheerst lachend.

'Wil je lachen? Oké. Want ik heb een echte dijenkletser voor je. Er is geen mens hier die niet naar een baan elders uitkijkt. Grote meneer. Hoerenmeneer. Je denkt dat je David Selznick bent, maar ze noemen je achter je rug Hitler en soms Dean Martin. Niet omdat je zo knap bent – maak je maar geen zorgen, je bent zo lelijk als de nacht – maar omdat je net zo'n dronkelap bent. Wat ben je nou helemaal? Niks bijzonders. Je vader is een corrupte politieman en je moeder was vanaf de eerste dag de risee van de buurt. Ze kreeg een keer een brief van

Hedda Hopper, met een gesigneerde foto – *hij was gedrukt, haar handtekening* – maar je moeder liet hem aan iedereen in de straat zien, de mensen wisten niet waar ze moesten kijken.'

'Je graaft een heel diep gat voor jezelf, Arnie.'

'Francine ging je een keer wat papieren brengen en ze zei dat ze je betrapte met een malle strohoed op en verkleed als Hartenboer, zei ze, met tapdansschoenen aan. Ha ha ha. Fred Astaire, let op je reputatie. Woep-ie-doe, hier komt Gene Kelly Panofsky. Jongen, moesten wij effe lachen om jou! Dus krijg maar de kolere, je bent altijd al een hufter geweest, ik kan je niet zeggen hoe blij ik ben dat ik hier wegga.' En hij was vertrokken.

Ziedend mijn kantoor uit stormend, Arnie achterna, botste ik zowat tegen Hugh Ryan op. 'Dit is allemaal jouw schuld, Hugh. Je bent ontslagen. Op staande voet.'

'Ik heb geen idee waar je over bazelt, maar me dunkt dat iemand hier er eentje te veel op heeft.'

'Ik wil niet dat je Arnie nog langer koeioneert. Ruim je bureau op en maak dat je wegkomt.'

'En mijn contract dan?'

'Je krijgt een half jaar salaris en daarmee uit. *Bonjour la visite.*'

'In dat geval hoor je van mijn advocaat.'

Shit shit shit. Wat had ik gedaan? Ik kon zonder Arnie, die lullekop, maar niet zonder mijn waardevolle gojse bankconnectie. Voor mijn geestesoog zag ik al hoe de aanmaningen de volgende ochtend op mijn bureau belandden. Leningen die à la minute moesten worden terugbetaald. Misschien wel rijksaccountants die mijn boekhouding gingen controleren. 'Wat kijken jullie allemaal?'

Ogen werden neergeslagen.

'Hitler hier denkt erover zijn staf in te krimpen. Afslanken.[2] Dus als iemand van jullie ergens anders een baan wil, dan is het nu de tijd om te gaan. Jullie zijn misbaar. Stuk voor stuk. Als papieren zakdoekjes. Nog een prettige dag verder.'

Ik voelde me ellendig en schaamde me diep voor mijn onvergeeflijke uitbarsting en ging recht naar Dink's, voor een hartversterking.

'Zware dag gehad op kantoor, schat?' vroeg John Hughes-McNoughton.

'Zal ik je eens wat vertellen, John? Je bent bij lange na niet zo geestig als je denkt. Zeker niet als je de hele dag hebt zitten zuipen. Zoals nu,' zei ik en vertrok naar de bar van de Ritz.

Het moet acht uur geweest zijn toen ik daar vandaan strompelde en naar Ar-

2 'Afslanken' deed zijn intrede in het spraakgebruik pas in september 1975, toen de *U.S. News & World Report* zijn lezers voorhield: '"Langer, lager, breder" is uit. "Klein, kleiner, kleinst" is in. De automobielontwerpers van Detroit noemen de huidige trend "afslanking".' Zes jaar later, in 1981, toen de recessie toesloeg en ondernemingen hun werknemers bij duizenden ontsloegen, maakte 'afslanken' de sprong naar zijn huidige betekenis.

nies flat in de bush-bush van Chomedy reed. Abigail deed de deur open. 'Hoe durf jij hier te komen?' siste ze ontzet.

'Ik kom voor hem, niet voor jou,' zei ik en ik liep straal langs haar heen.

'Het is dat shitponem, Arnie. Voor jou.'

Arnie zette de tv af. 'Ik heb vanmiddag mijn advocaat gesproken en alles wat je te zeggen hebt moet je tegen hem zeggen. Want volgens Lazar kan ik schadevergoeding eisen. Ontslag op ondeugdelijke gronden.'

'Maar jij hebt ontslag genomen.'

'Jij hebt hem eerst ontslagen,' zei Abigail. 'Dat heeft hij in zijn aantekeningen staan.'

'Heeft iemand er bezwaar tegen als ik ga zitten?'

'Ga zitten.'

'Arnie, ik heb je vandaag niet ontslagen. Ik heb je laten roepen om te zeggen dat ik Hugh ging ontslaan.'

'O, Jezus,' zei Arnie, zijn hoofd in zijn handen leggend.

'Begin nou niet te snotteren. Dit is al een te lange dag voor mij geweest.'

'Heb je het gedaan?'

'Wat?'

'Hugh ontslagen?'

'Ja.'

'Werd tijd ook,' zei Abigail.

'Hebben jullie hier iets te drinken?'

Arnie haastte zich naar een kast. 'We hebben nog wat perzikbrandewijn over van Craigs bar-mitzwa. Wacht. Er zit nog een bodempje in deze fles Chivas.'

'Hij drinkt geen Chivas. Hij drinkt – Hou moet ik dat weten? Ik ben helemaal in de war. Ik weet niet meer wat ik zeg. Ik zal een glas voor je halen.'

'Dus wat gebeurt er nu?' vroeg Arnie, heen en weer wiegend, zijn handen tussen zijn benen geklemd.

'Ja, je hebt nogal harde dingen tegen me gezegd vandaag.'

'Maar ik werd helemaal gek toen. Ik neem het terug. Alles. Ik wil dat je weet dat ik je altijd heb bewonderd voor het vele dat je hebt bereikt. Jij bent mijn mentor.'

'Ik ga dood,' zei Abigail.

'Arnie,' zei ik, terwijl ik het laatste restje van de fles Chivas achteroversloeg, 'je kunt nu kiezen uit twee dingen. Je kunt ontslag nemen met een jaar salaris, of morgenochtend terugkomen. Bespreek het met de moeder van je kinderen.'

'Zeg tegen hem dat je Hughs positie en zijn salaris wilt.'

'Ik wil Hughs positie en zijn salaris.'

'Ik heb haar wel gehoord. Het antwoord is nee.'

'Waarom?'

'Arnie, je hebt mijn aanbod gehoord. Bespreek het met Abigail en laat het me dan weten,' zei ik en stond op.

'Je moet niet rijden in jouw toestand,' zei Arnie. 'Wacht even. Ik breng je wel.'
'Ik ben met een taxi gekomen. Je kunt nu een andere voor me bellen, Arnie, alsjeblieft.'
Nauwelijks was Arnie naar de keuken verdwenen of Abigail zei: '*Mijn kasserole. De Pyrex schotel.* Als hij ziet dat ze weg zijn, geeft hij de werkster de schuld.'
'Maar ik heb de kasja nog niet op,' zei ik.

3

23 oktober 1995

Beste Barney,
Ieder zijn eigen albatros.
Vanaf de dag van je aankomst in Parijs, aandoenlijk onbeholpen, onontwikkeld, opdringerig, was het mij (en anderen die ik met name zou kunnen noemen) volkomen duidelijk dat je verteerd werd door afgunst op mijn talent. Nee, geobsedeerd was je, en je probeerde bij mij in het gevlij te komen door vriendschap te veinzen. Ik trapte er niet in. Maar ik had medelijden met je en keek geamuseerd toe hoe je je inlikte bij De Mottige Meute, niet te trots om de functie van onbetaald factotum te vervullen. Clara's mainteneur. Boogies schoothondje. Achteraf bezien verwijt ik mezelf natuurlijk dat ik zo lankmoedig ben geweest, want als ik jou niet aan mensen had voorgesteld, dan zou de arme Clara Charnofsky vandaag nog leven, evenals Boogie, de laatste, helaas, een groter verlies voor de drugsdealers dan voor de wereld der letteren. Sindsdien heb ik me, als observator van *la condition humaine*, soms afgevraagd hoe jij kon blijven functioneren na twee keer verantwoordelijk te zijn geweest voor een vroegtijdige dood. Je zult de slaap wel niet makkelijk kunnen vatten.
Ik heb gehoord dat je grootvader van moederskant een schroothandelaar was, dus het lijkt me geheel gepast, een symmetrie als het ware, dat jij vervolgens rijk bent geworden als producent van tv-vulles voor het gepeupel. Ik was niet verbaasd, gezien je wraakzuchtige natuur, dat je het amusant vond om een wel erg obscene serie *McIver van de Bereden Politie* te noemen. Ook verraste het mij niet je te zien zweten in het Leacock Auditorium toen ik daar onlangs voor een uitverkochte zaal voorlas. Maar, dwaas die ik ben, ik dacht dat er nog zwartmakerij bestond waar zelfs jij je niet toe verlaagde. Gefeliciteerd, Barney. Je laatste lasterlijke geste heeft me verrast. Waarmee ik bedoel dat ik de giftige aanval op *De Koortsige Tijd* van je zoon in de *Washington Times* heb gelezen. Arme sclerotische Barney Panofsky. Zo verdorven in zijn jaren van verloedering dat hij zijn zoon moet rekruteren daar waar hij zelf schroomt te treden.

Ofschoon ik me nooit verwaardig te reageren op recensies van mijn werk (de meeste lovend, mag ik wel zeggen), of ze zelfs maar te lezen, voelde ik me wel verplicht een brief te schrijven aan de literair redacteur van de *Washington Times*, om erop te wijzen dat de tirade van Saul Panofsky ingegeven was door de persoonlijke animositeit van zijn vader.

Hoogachtend,
Terry McIver

4

Wat volgt lijkt weer een terzijde. Dat is het niet. Ik betoog iets. Meneer Lewis, onze klassenleraar in lokaal 43, Fletcher's Field High School, mocht graag 'Drake's Drum' van Henry Newbolt voor ons reciteren.

> Met de Spanjolen in 't zicht van Devon, verlaat ik de hemelpoort,
> En trommel ze door het Kanaal, gelijk de trommels van weleer.

Volgens de *New York Times* van vandaag echter was Newbolt (wie had dat verwacht?) een fraudeur. Hij schreef weliswaar patriottische versjes, maar ontdook de militaire dienst tijdens de Boerenoorlog, met het argument dat het zijn taak was het nationaal moreel aan het thuisfront op te vijzelen. De legende van de trom van Drake was vals, zijn eigen verzinsel. In feite had de dichter, die zich als de vleesgeworden Victoriaanse deugd voordeed, zijn leven lang een relatie met zijn vrouw en haar nicht: de ene nacht neukte hij zijn vrouw in Londen en de andere haar nicht op het platteland. W.H. Auden heeft eens geschreven:

> De tijd heeft geen geduld
> Met moed en onschuld,
> Raakt weldra uitgekeken
> Op uiterlijke schoonheden,
>
> Houdt van taal en vergeeft
> Eenieder door wie hij leeft;
> Gedoogt lafheid, eigenwaan,
> Hen treft nimmer blaam.

Misschien wel, misschien ook niet. Maar ik heb nog nooit een schrijver of schilder, waar dan ook, ontmoet die geen zelfpromotor was, een opschepper, een bezoldigde leugenaar en een lafaard, gedreven door hebzucht en hakend naar roem.

Hemingway, die bullebak, fabriceerde, niettegenstaande zijn ingebouwde shit-detector, zijn belevenissen in de Eerste Wereldoorlog op zijn schrijfmachine. Die oude schat, Lewis Carroll, geliefd door generaties van kinderen, was niet iemand om op je tienjarige dochtertje te laten passen. Kameraad Picasso slijmde met de nazi's tijdens de bezetting van Parijs. Als Simenon werkelijk met 10.000 vrouwen heeft geneukt, dan eet ik mijn hoed op. Odets verraadde oude makkers voor de McCarthy Commissie. Malraux was een dief. Lillian Hellman loog dat het gedrukt stond. De beminnelijke Robert Frost was in feite een gemene klootzak. Mencken was een rabiate antisemiet, maar niet zo'n erge als die notoire plagiaris T.S. Eliot, of vele anderen die ik met name zou kunnen noemen. Evelyn Waugh was een streber en Frank Harris is waarschijnlijk tot aan zijn dood toe maagd gebleven. Jean-Paul Sartres gedrag tijdens de bezetting was dubieus en hij werd later een apologeet van de Goelag. Edmund Wilson was een belastingontduiker en Stanley Spencer een zak. T.E. Lawrence las niet alle boeken in de Bodleian Library. Het dichtst bij het Rijk van het Midden dat Marco Polo ooit kwam was waarschijnlijk de Piazza San Marco. Ik wed, als de feiten ooit aan het licht komen, dat de oude Homerus ogen had als van een arend.

Ik was 'm gesmeerd naar cultuurland, naar Parijs, in de hoop verrijkt te worden door omgang met de zuiveren van hart, 'de ongekroonde wetgevers van de wereld', en ik keerde terug vastbesloten nooit meer iets te maken te willen hebben met schrijvers en schilders.

Behalve Boogie.

Na mijn vertrek werd Boogie naar verluidt gesignaleerd in Istanboel, Tanger en dat eiland voor de kust van Spanje. Niet Mallorca, maar dat andere. Kreta? Doe niet zo stom. Dat eiland dat verpest werd door de hippies.[1] Hoe dan ook, de eerste brief die ik van Boogie kreeg, in 1954, twee jaar nadat ik naar Montreal was teruggekeerd, kwam van een boeddhistisch klooster in wat destijds nog Formosa[2] heette, maar dat nu anders genoemd wordt, net zoals Coca-Cola omgedoopt is tot Coca-Cola Classic. Kolere. Op mijn leeftijd hoef ik niet meer bij te blijven. Ik kijk naar de filmadvertenties die films promoten met de een of andere gemelijk kijkende stoeiknaap en een sterretje met vergrote tieten, stuk voor stuk strijken ze tien miljoen dollar per shot op, en ik heb geen flauw idee wie ze zijn. Feit. Eens moesten vrouwen die sterren van het witte doek waren, een zonnebril opzetten en een hoofddoek omdoen om op straat niet herkend te worden, maar het enige wat ze nu hoeven te doen is kleren aantrekken. En nu ik het er toch over heb: ik heb geen flauw idee wat *snogging* en *whingeing* betekent, of waarom jonge trendy's

1 Ibiza.

2 In werkelijkheid was deze brief van Boogie geschreven in 1957 en op de post gedaan in New York, niet Taiwan, nadat Boogie naar zijn eerste rock-and-roll-concert was geweest.

zijn begonnen met dat groenvoer in restaurants. Ik ben niet online en zal het ook nooit zijn.

Boogie schreef:

> De mensheid, manifest onvolmaakt, doorloopt nog steeds de evolutionaire cyclus. In de verre toekomst, al was het alleen maar voor het gemak, zullen de geslachtsdelen van zowel mannen als vrouwen opkruipen naar de plaats waar nu ons hoofd zit, en onze steeds overbodiger wordende knikkers zullen zakken naar de plaats waar eens onze geslachtsdelen waren. Daardoor zal jong en oud in staat zijn zich met elkaar te verenigen zonder vermoeiend romantisch voorspel, of het onvermijdelijke gehannes met knoopjes of ritssluitingen. Ze zullen de mogelijkheid hebben zich 'uitsluitend te verbinden', zoals Forster schreef, terwijl ze voor een rood stoplicht wachten, of in de rij staan voor de kassa van de supermarkt, of op een bank zitten in een synagoge of kerk. 'Neuken', of het deftiger 'liefde bedrijven', zal bekend komen te staan als 'een kopje'. Bijvoorbeeld: 'Wandelend over Fifth Avenue rook ik dat lekkere stuk en gaf haar een kopje.'
>
> De keerzijde van deze culturele verfijning is dat het bordeel, of de hoerenkast, plaats zal maken voor de bibliotheek als verboden oord waar zondaars (gulp openritsen of de onderbroek laten zakken) hun rendez-vous houden onder constante dreiging met sluiting door de anti-leespolitie. En de nieuwe maatschappelijke ziekte zal intelligentie zijn. Vergeet niet dat je dit bij mij voor het eerst gelezen hebt.

Terry keerde een jaar na mij terug naar Montreal om de nalatenschap van zijn vader af te wikkelen. De boekwinkel van de oude man werd een pizzatent en – dit is verbazend, werkelijk verbazend – de eerste keer dat we elkaar tegen het lijf liepen, in Stanley Street, omhelsden we elkaar, opgetogen over onze toevallige ontmoeting, en gingen naar de Tour Eiffel om het te vieren met een drankje, de illusie koesterend dat we eens boezemvrienden waren geweest, overlevenden van die twee zorgeloze jaren samen op de Linkeroever. We praatten een uur of langer over weet je nog zus, en verdomme zo, vergeet dat niet. Die avond toen we allemaal naar het concert van Charles Trenet gingen en na afloop uiensoep aten in Les Halles. Of, moet je horen, die keer dat Boogie aan de piano ging zitten in die bar in Montmartre en net deed of hij Cole Porter was en voor ons allemaal rondjes verdiende. Vervolgens gingen we, *de haut en bas*, afgeven op het provinciaalse milieu waar we ons verwaardigd hadden naar terug te keren, en dat St. Catherine Street, de hoofdader van Montreal, die we nu vrijwel volledig verlopen vonden, eens het middelpunt van de wereld voor ons had geleken. Jezus, dacht ik, ik heb me nooit gerealiseerd wat een goede vent die McIver was en ik ben ervan overtuigd dat hij hetzelfde vond van mij die middag. Ik beloofde hem te bellen, zo niet morgen, dan toch overmorgen, en hij verzekerde me hetzelfde. Maar hij deed het niet en ik deed het niet. Jammer. Want als een van ons tweeën wel contact had opgenomen, dan denk ik dat we vrienden hadden kunnen worden. Het was een weg die ik niet insloeg. Niet de enige in mijn leven. Jesses, nee.

Voort. Leo Bishinsky was terug in New York, geïnstalleerd op een loft in Greenwich Village, en reeds het voorwerp van onleesbare recensies in *recherché* kunsttijdschriften. En Cedric Richardsons schitterende eerste roman was verschenen en kreeg jubelende kritieken. Ik stuurde hem een onomwonden fanbrief, waar hij niet op antwoordde. Dat stak. In aanmerking genomen dat we vroeger meer dan vrienden waren geweest. Dat we een soort band hadden.

'"Jullie zijn me ook mensen," zei hij tegen me. Jullie zijn me ook mensen. Zwaaiend naar me met dat arme, gerimpelde dode ding alsof het zo uit een riool was komen glijden.'

Het volgende moment stond er een foto van Cedric op de voorpagina van de *New York Times.* Bloedend en met een gebroken neus werd hij vastgehouden door twee zelfgenoegzaam lachende, dikbuikige agenten van de staatspolitie in Kentucky. Hij had deelgenomen aan een poging om twaalf zwarte kinderen ingeschreven te krijgen in een school voor uitsluitend blanken en was verstrikt geraakt in het gestomp en gegooi met stenen dat volgde. Ook tien blanken waren in de rel gearresteerd.

Wat mij betreft, na mijn afscheid van Parijs en de artistieke rukkers aan wie ik daar mijn tijd had verknoeid, besloot ik een nieuw begin te maken in het leven. Wat had Clara ook weer gezegd? 'Als jij teruggaat naar huis, dan zal het zijn om geld te verdienen, wat gezien je karakter onvermijdelijk is, en je zult trouwen met een keurig joods meisje, zo een dat graag winkelt...' Nou, ik zal je schim tegemoetkomen, dacht ik. Van nu af aan was het een burgerlijk leven voor Barney Panofsky. Country Club. Cartoons uit de *New Yorker* knippen en aan de wc-muur hangen. Abonnement op *Time.* Creditcard van American Express. Lid van de sjoel. Attachékoffertje met combinatieslot. Et cetera. Et cetera.

Vier jaren waren verstreken en ik was de handel in kaas, olijfolie, verouderde DC-3's en gestolen Egyptische oudheden ontstegen, maar ik piekerde nog steeds over Clara, schuldbewust de ene dag, opstandig de andere. Ik kocht een huis in Hampstead, een buitenwijk van Montreal. Het was de volmaaktheid zelve. Compleet met zitkuil in de woonkamer, veldstenen open haard, oven op ooghoogte in de keuken, indirecte verlichting, airconditioning, verwarmde wc-bril en handdoekrekken, een bar in het souterrain, aluminium gevelplaten, aangebouwde garage met ruimte voor twee auto's en een panoramaraam in de woonkamer. Mijn aankoop van buiten bewonderend, tevreden dat Clara zich in haar graf zou omdraaien als ze het zag, merkte ik wat er mis was en ging gauw een basketbalnet kopen en schroefde het op zijn plaats boven de dubbele garagedeur. Het enige wat nu nog ontbrak was een vrouwtje en een hond die Rover heette. Op dat punt, ik had 250.000 dollar op de bank staan, verkocht ik mijn agentschappen, waardoor ik nog meer *mezoeme* kreeg, schreef de naam Volslagen Onnodige Producties in en huurde kantoorruimte in de binnenstad. Daarna ging ik op zoek naar het ontbrekende stuk in mijn wraakgierige middenklassebestaan, de juweel in de Panofsky-kroon, zogezegd. Het is immers een universeel erkend feit dat een ongetrouwde man in het bezit van een fortuin een vrouw nodig heeft. Ja. Maar om de Ware Jacoba te krijgen moest ik eerst en vooral bewijzen dat ik de rechte weg bewandelde.

Daarom besloot ik te infiltreren in het joodse establishment, vastbesloten te kwalificeren als steunpilaar van de gemeenschap, of ten minste als kornis. Om te beginnen gaf ik me op als fundraiser voor United Jewish Appeal, wat verklaart hoe ik op een middag daadwerkelijk in het kantoor zat van een achterdochtige, maar gretige kledingfabrikant. Ik was in ieder geval aan het juiste adres. Er hing een Man-van-het-Jaar-plaquette aan de muur achter het bureau van de rondbuikige en rondborstige Irv Nussbaum, samen met een paar bronzen babyschoentjes. Er was een gesigneerde foto van Golda Meir. Op een andere foto overhandigde Irv een bul met een eredoctoraat aan mr. Bernard Gursky namens de Vereniging Vrienden van de Ben-Goerion Universiteit in de Negev. Een maquette van een zeven meter lang jacht, dat Irv in Florida had liggen, stond op een voetstuk: het fraaie schip Queen Esther, genoemd naar Irvs vrouw, niet de bijbelse Miss Perzië. En overal hingen foto's van Irvs onuitstaanbare kinderen. 'Je bent nogal jong voor dit werk,' zei Irv. 'Meestal zijn onze fundraisers, eh, je weet wel, rijpere mannen.'

'Een man is nooit te jong om zijn bijdrage te leveren aan Israël.'

'Iets drinken?'

'Een cola, graag. Of iets anders fris.'

'Een whisky misschien?'

'Nee, dat is te vroeg voor mij, maar gaat u gerust uw gang.'

Irv grijnsde. Kennelijk was ik, in weerwil van de praatjes, geen zuipschuit. Ik had een test doorstaan. En nu onderwierp ik me aan een stoomcursus wat je wel en niet moest doen.

'Ik vertrouw je om te beginnen maar een paar kandidaten toe,' zei Irv. 'Goed luisteren. Regels van het spel. Bezoek je kandidaat nooit in zijn eigen kantoor, waar hij heer en meester is en jij de zoveelste schlemiel die om een fooi komt bedelen. Als je hem tegenkomt in de sjoel, kun je wel met hem slijmen over de noden van Israël, maar daar moet je hem niet aan zijn jasje trekken. Getuigt van slechte smaak. Tollenaars in de tempel. Gebruik de telefoon om een afspraak te maken, maar het tijdstip van de dag is van het allergrootste belang. Ontbijt is taboe, want misschien mocht hij niet van zijn vrouw die nacht, of kon hij niet slapen van het maagzuur. De ideale tijd is de lunch. Kies een klein restaurantje uit, waar de tafeltjes ver uit elkaar staan. Een plek waar je niet hoeft te schreeuwen om je verstaanbaar te maken. Maak er een persoonlijk gesprek van. Shit. We hebben een probleem dit jaar. Het aantal antisemitische incidenten loopt terug.'

'Ja, is het geen schande,' zei ik.

'Begrijp me niet verkeerd. Ik ben tegen antisemitisme. Maar elke keer als de een of andere boerenhufter een hakenkruis op de muur van een sjoel kladt, of een grafzerk op een van onze begraafplaatsen omknikkert, dan worden onze jongens zo nerveus dat ze me opbellen om geld te geven. Dus, zoals de zaken dit jaar staan, wat je moet doen is je slachtoffer platslaan met de holocaust. Douw 'm Auschwitz door z'n strot. Buchenwald. Oorlogsmisdadigers die tot op de dag van vandaag een prinsheerlijk leven leiden in Canada. Zeg tegen hem: "Kunt u er zeker van zijn dat het niet weer gebeurt, zelfs hier, en waar moet u dan naar toe?" Israël is uw verzekeringspolis, zeg je.

Wij geven je de achtergrondinformatie over het jaarinkomen van je slachtoffer, en als hij begint te jammeren dat hij een slecht jaar heeft gehad, zeg je gelul, en confronteert hem met de cijfers. Niet de cijfers op zijn belastingaangifte. De echte cijfers. Je zegt tegen hem dat hij, nu we rekening dienen te houden met die voddenbaal van een Nasser, met meer over de brug moet komen dan vorig jaar. En als hij een harde noot blijkt om te kraken, een *kvetsjer*, dan laat je vallen dat iedereen in Elmridge, of van wat voor countryclub hij ook lid is, precies zal weten hoeveel hij gegeven heeft en dat zijn orderportefeuille eronder zou kunnen lijden als hij niet genoeg afschuift. Hé, ik heb gehoord dat je in de tv-productie bent gegaan. Als je hulp nodig hebt met de casting, dan is Irv de man bij wie je moet wezen.'

Hulp met de casting? Een groentje in het bos van de showbusiness, waar het wemelde van de fretten, de flessentrekkers en de gifslangen, was ik, en ik zou in die tijd nog niet eens mijn eigen schoenveters hebben kunnen vastmaken. Ik gaf handen, nee, sloten met geld uit. Mijn eerste pilot, waarvan het idee me was aangesmeerd door een ritselaar die beweerde te hebben meegewerkt aan een aflevering van Perry Mason, was van een geprojecteerde serie over een privé-detective 'met zijn eigen erecode'. Een soort Canadese Sam Spade. De pilot, geregisseerd door een kluns van de National Film Board, had als hoofdrolspeler een acteur uit Toronto (onze Olivier, zei zijn agent, die uit principe elk aanbod van Hollywood afwees), die gegarandeerd vóór het ontbijt dronken was, terwijl het meisje dat zijn vrouwelijke Vrijdag moest spelen, zonder dat ik het wist zijn voormalige minnares was die telkens in snikken uitbarstte als ze samen een scène moesten spelen. Het resultaat was zo ongelooflijk erg dat ik het aan niemand durfde te laten zien, maar ik heb het op band en ik speel hem af als ik me gedeprimeerd voel en wil lachen.

Ik bleek zo'n bedreven fundraiser dat Irv me uitnodigde voor zijn vijfentwintigjarige bruiloft, een diner dansant voor de crème de la crème, gehouden in privévertrekken bij Ruby Foo's, avondkleding, alle genodigden behalve ik goed voor een minimumdonatie van twintigduizend dollar per jaar aan United Jewish Appeal, en dan praat ik nog niet over de staatsobligaties en andere bijdragen aan de gemeenschap. En daar ontmoette ik de virago die mijn tweede vrouw zou worden. Klote klote klote. Hier ben ik, zevenenzestig jaar oud, een krimpende man met een druppende lul, en ik kan nog steeds mijn tweede huwelijk niet verklaren, dat me nu tienduizend dollar per maand, zonder inflatiecorrectie, kost, en dan te bedenken dat haar vader, die opgeblazen ouwe zak, ooit bang is geweest dat ík de fortuinjager was. Achteraf bekeken, zoekend naar iets wat mijn idiotie, pardon, mijn zonden, kan verklaren, moet ik zeggen dat ik niet mezelf was in die tijd, maar een poseur. Ik pretendeerde de streber te zijn die Clara in me had veroordeeld. Schuldbeladen. In mijn eentje drinkend in de vroege ochtenduren, bang voor de slaap die werd bezocht door visioenen van Clara in haar kist. De kist, zoals voorgeschreven door de joodse wet, was van vurenhout, met gaten erin geboord zodat de wormen zich zo spoedig mogelijk te goed konden doen aan dat veel te jonge lijk. Twee meter onder de grond. Haar borsten rottend. '... dan kun jij de jongens op het diner van United Jewish Appeal vermaken met verhalen over de tijd dat je samenwoonde met de extravagante Clara.' Me lavend aan respectabiliteit was ik nu vastbesloten Clara's schim te bewijzen dat ik de nette joodse jongen uit de middenklasse beter kon spelen dan zij ooit had gedroomd. Jongen, ik deed soms een stap terug, dan keek ik naar mezelf als het ware, en dan had ik wel de neiging te applaudisseren voor mijn eigen hypocrisie. Er was die avond, bijvoorbeeld, toen ik nog in de ban was van die bliksemende, één maand durende hofmakerij van de tijdbom die De Tweede Mevrouw Panofsky zou worden, ik had haar mee uit dineren genomen naar de Ritz en dronk te veel terwijl zij bleef dooremmeren over hoe ze mijn respectabiliteitshol in Hampstead zou opknappen met hulp van een binnenhuisarchitect die ze kende. 'Kun je me nog wel naar huis brengen in je auto,' vroeg ze, '... in jouw toestand?'

'Goh,' zei ik, haar op de wang zoenend en een script improviserend dat alleen door Volslagen Onnodige Producties N.V. geproduceerd zou kunnen worden, 'ik zou het mezelf nooit vergeven als je een ongeluk kreeg vanwege mijn "toestand". Je bent me veel te lief. We laten mijn auto hier en nemen een taxi.'

'O, Barney,' dweepte ze.

Dat had ik niet moeten schrijven, '"O, Barney," dweepte ze.' Dat was gemeen van me. Een leugen. De waarheid is dat ik een emotioneel wrak was toen ik haar ontmoette, vaker wel dan niet dronken, mezelf straffend omdat ik dingen deed die tegen mijn aard ingingen, maar De Tweede Mevrouw Panofsky had levenslust voor twee en een heel eigen humoristische flair, of sprankeling. Net als die ouwehoer Hymie Mintzbaum, zaliger nagedachtenis, bezat ze de eigenschap die ik het meest bewonder in andere mensen: schik in het leven. Nee, meer. In die tijd was ze vastbesloten om alles wat met cultuur te maken had tot zich te nemen, net zoals ze nu non-stop de eetbalie in de Brown Derby afwerkt. De Tweede Mevrouw Panofsky las niet voor haar plezier, maar om bij te blijven. Op zondagochtend ging ze voor de *New York Times Book Review* zitten als een examen dat gedaan moest worden en las alleen over de boeken die waarschijnlijk op dinnerparty's besproken zouden worden, boeken die ze onmiddellijk bestelde en met een noodgang uitlas: *Dokter Zhivago, The Affluent Society, The Assistant, By Love Possessed.* De grootste doodzonde, wat haar betreft, was tijd verknoeien, en ik werd er steeds weer van beschuldigd: uren verknoeien met niemendallen die ik in bars ontmoette. Kletsen met afgedankte hockeyers, drankzuchtige sportjournalisten en kruimeldieven.

Op een driedaags uitje naar New York logeerden we in het Algonquin, in aparte kamers, iets waar ik op stond, want ik wilde het spelletje per se spelen volgens de regels zoals ik dacht dat ze waren. Ik zou de tijd vrolijk hebben kunnen doorbrengen met doelloos dwalen, de ene boekhandel en bar in en de andere weer uit, maar zij zat vast aan een programma waar een normaal mens veertien dagen voor nodig zou hebben. 's Middags en 's avonds toneelstukken kijken: *Two for the Seesaw, Sunrise at Campobello, The World of Suzie Wong, The Entertainer.* Tussendoor werkten we in marstempo haar lijstje van door *Vogue* aanbevolen buitenissige artisanenwinkels en edelsmeden af. Haar voeten beurs, was ze toch een van de eersten die bij Bergdorf-Goodman naar binnen gingen als die 's morgens hun deuren openden, waarna ze zich naar Saks haastte en die winkels in Canal Street die alleen bekend zijn bij connoisseurs, waar je de nieuwe 'zakjurken' van Givenchy goedkoop kon krijgen. Op de vlucht naar New York droeg ze oude kleren die ze in de prullenbak van haar hotelkamer kon dumpen zodra ze haar eerste nieuwe had gekocht. Op de ochtend van onze geplande retourvlucht verscheurde ze compromitterende aankoopbonnen en hield alleen die welke gehoorzame verkoopsters voor haar hadden gefabriceerd, zeg een rekening van 39,99 voor een trui van 150 dollar. Toen we in het vliegtuig stapten, droeg ze God weet hoeveel stellen ondergoed en de ene bloes over de andere, en vervolgens ginnegapte ze zich langs de douanebeambte in Montreal, met wie ze flirtte *en français.*

Ja, De Tweede Mevrouw Panofsky was een exemplaar van die veel verguisde soort, de joods-Amerikaanse prinses, maar zij slaagde erin mijn destijds dovende levensvuur aan te wakkeren tot iets wat leek op leven. Toen we elkaar ontmoetten, had ze al een seizoen in een kibboets gewerkt, een studie psychologie aan McGill afgerond en gewerkt met gestoorde kinderen in het Jewish General Hospital. Ze aanbaden haar. Ze maakte ze aan het lachen. De Tweede Mevrouw Panofsky was geen slecht mens. Als ze niet in mijn handen gevallen was, maar in plaats daarvan getrouwd met een echt rechtschapen iemand en niet een poseur als ik, dan zou ze vandaag de dag een voorbeeldige echtgenote en moeder zijn. Dan zou ze geen verbitterde, veel te dikke feeks zijn die zich onledig houdt met flessentrekkerij, zoals de kristallen bollen van New Age, iemand die *trance-channellers* consulteert. Miriam zei eens tegen me: 'Krishna had het recht om te vernietigen, maar jij niet, Barney.' Oké, oké. De waarheid dan.

'Je bent me veel te lief,' dweepte ik. 'We laten mijn auto hier en nemen een taxi.'

'O, Barney,' zei ze, 'wat lul je toch uit je nek vanavond.'

O, Barney, klootzak die je bent. Als ik die tijd probeer te reconstrueren, dan is een gebrekkig geheugen een grote zegen. De vignetten stormen op me af. Beschamende incidenten. Scheuten van spijt. Boogie kwam uit Las Vegas overvliegen – voor de verandering had hij eens een keer redelijk geluk gehad aan de speeltafel – om getuige te zijn. Hij maakte een paar dagen voor aanvang van de plechtigheid kennis met mijn bruid en daarna gingen we met z'n tweeën uit eten, op een avond dat ik in Maple Leaf Gardens in Toronto had moeten zijn, waar de Canadiens de Leafs met 3-2 versloegen en met 3-1 op kop gingen in de finale van de Stanley Cup. Wat een wedstrijd had ik gemist. Met 1-0 achterstand in de derde periode maakten de *blue, blanc et rouge* drie goals in iets meer dan zes minuten: Backstrom, McDonald en Geoffrion.

'Kap ermee, Barney, alsjeblieft,' zei Boogie. 'We kunnen naar het vliegveld rijden zodra we onze cognacs op hebben en het eerste vliegtuig nemen naar Mexico, of Spanje, of waar dan ook.'

'Och, kom op,' zei ik.

'Ik zie dat ze aantrekkelijk is. Een weelderige dame. Begin een verhouding. We zouden morgen in Madrid kunnen zijn. Tapa's in die smalle straatjes die uitkomen op de Plaza Mayor. *Cochinillo asado* bij Casa Botín.'

'Verdomme, Boogie, ik kan niet de stad uit met de finale van de Stanley Cup.' En met bloedend hart liet ik hem mijn twee kaartjes in het rode vak voor de volgende wedstrijd in Montreal zien. *De wedstrijd die zou worden gespeeld op de avond van mijn trouwdag.* Als de Canadiens wonnen, dan zou dat de vierde Stanley Cup op rij zijn en voor deze ene keer hoopte ik dat ze zouden verliezen, zodat ik onze huwelijksreis kon uitstellen en de laatste en winnende wedstrijd, daar was ik van overtuigd, bijwonen. 'Denk je dat ze het erg zal vinden,' vroeg ik, 'als ik er na het diner een uurtje vandoor ga en misschien de derde periode in het Forum meepik?'

'Bruiden zijn meestal heel gevoelig op dat punt,' zei hij.

'Ja, dat denk ik ook. Pech gehad, hè?'

Irv Nussbaum had gestraald van vreugde op zijn diner dansant.

'Heb je de *Gazette* van vanmorgen gezien? Een paar gozers hebben op de stoep gescheten van de B'nai Jacob Synagoge. De telefoon heeft de hele dag niet stilgestaan. Geweldig, hè?' Dit werd gevolgd door een knipoog en een stomp met de elleboog. 'Als je nog inniger met haar danst, zal ik hier een kamer voor je moeten bespreken.'

Uitdagend, voluptueus, heerlijk geurend, mijn toekomstige bruid onttrok zich niet aan mijn omhelzing op de dansvloer. In plaats daarvan zei ze: 'Mijn vader kijkt naar ons,' en drukte zich nog dichter tegen me aan.

Zo te zien een opgewreven kaal hoofd. Snor opgestreken met was. Bril met gouden montuur. Borstelige wenkbrauwen. Bruine kraaloogjes. Dubbele kin. Cumberband om een welvaartsbuik. Mal pruimenmondje. En geen warmte in die afgemeten glimlach terwijl hij op ons tafeltje afkwam. Hij was een projectontwikkelaar. Bouwer van blokkendoosachtige kantoorpanden en honingraatachtige flatgebouwen, in het bezit van een ingenieursbul van McGill. 'Kennen wij elkaar?' vroeg hij.

'Hij heet Barney Panofsky, papa.'

Ik aanvaardde het aanbod van een vochtig slap handje. 'Panofsky? Panofsky? Ken ik uw vader?'

'Niet tenzij je een keer gearresteerd bent, pap, en het me nooit hebt verteld.'

'Mijn vader is rechercheur van politie.'

'Wel, wel. Nee maar. En hoe komt u aan de kost?'

'Ik ben tv-producent.'

'Ken je die reclame voor Molson's bier, die giller? Waar jij altijd zo om moet lachen? Daar is Barney de producent van.'

'Zo, zo, zo. De zoon van meneer Bernard zit bij ons en hij zou graag met je dansen, schatje, maar hij is te verlegen om je te vragen,' zei hij terwijl hij haar ferm bij de arm pakte. 'Kent u de Gursky's, meneer...?'

'Panofsky.'

'Dat zijn goede vrienden van ons. Kom, lieverd.'

'Nee,' zei ze, haar arm losrukkend en mij uit mijn stoel trekkend om me naar de dansvloer te leiden.

Ooit van imitatie schildpadsoep gehoord? Nou, de vader van de bruid bleek de ultieme imitatie WASP-jood. Van de punten van zijn met was opgestreken snor tot de tenen van zijn Oxford puntschoenen. Meestal liep hij in een pak met een krijtstreepje en een kanariegeel vest, geaccentueerd met een zakhorloge aan een gouden ketting. Als hij buiten de stad verbleef, liep hij met een rotan wandelstok en als hij een middag ging golfen met Harvey Schwartz, plusfours. Maar op de diners in zijn landhuis in Westmount droeg hij het liefst een magenta smoking met bijpassende slippers en streek hij de hele tijd met zijn wijsvinger over zijn natte lippen alsof hij diep nadacht over zwaarwichtige filosofische problemen. Zijn onuitstaanbare vrouw, die een pince-nez droeg, rinkelde met een klein belletje telkens wanneer het gezelschap klaar was voor de volgende gang. De eerste keer dat ik daar dineerde, corrigeerde ze de manier waarop ik mijn soeplepel hanteerde. Voordoend hoe het hoorde zei ze: 'Scheepjes varen het zeegat uit.'

Natuurlijk gebruikten de dames hun koffie in de huiskamer, terwijl de heren natafelden met port, de karaf links doorgevend, terwijl meneer Imitatie WASP een debatwaardig onderwerp aansneed. 'George Bernard Shaw zei eens...' of: 'H.G. Wells wilde ons doen geloven dat... Wat vindt u daarvan, heren?'

De oude dwaas maakte bezwaar tegen mij, natuurlijk. Maar om eerlijk te zijn, hij was een van die bezitterige vaders die zelfs overstuur zouden raken van de gedachte dat een Gursky papa's meisje zou neuken, niet dat we toen al zover waren. Hij klaagde tegen haar: 'Hij praat met zijn handen.' Een eigenschap die hij compromitterend vond. *Très* joods. 'Ik wil niet dat je met hem omgaat.'

'O nee? Nou, in dat geval ga ik het huis uit. Ik ga een flat huren.'

Waar, stelde de arme man zich al voor, zijn schattebout 's morgens, 's middags en 's avonds genomen zou worden. 'Nee,' protesteerde hij. 'Je gaat niet het huis uit. Je mag met hem blijven omgaan. Maar het is mijn plicht als vader je te waarschuwen dat je een grote vergissing begaat. Hij komt van een andere *monde*.'

Naar later bleek had hij gelijk te protesteren tegen het feit dat zijn dochter met zo'n fielt trouwde, maar hij greep niet in, uit angst haar helemaal te verliezen. Hij riep me bij zich in zijn studeerkamer en zei: 'Ik zal niet pretenderen dat ik verheugd ben over deze verbintenis. U bent van lage komaf, u hebt geen opleiding en de zaken die u doet zijn vulgair. Maar wanneer u tweeën gehuwd bent, is het de plicht van mijn goede vrouw en mij om u te accepteren als een van de onzen, al was het maar ten behoeve van onze geliefde dochter.'

'U had het niet mooier kunnen zeggen.'

'Misschien niet. Maar ik heb één verzoek. Mijn goede vrouw was, zoals u weet, een van de eerste joodse vrouwen die een graad behaalden aan McGill. Intredejaar '22. Ze is voorzitster geweest van Hadassah en haar naam is opgenomen in het gouden boek van de burgemeester. Ze heeft een eervolle vermelding gekregen van onze eerste minister voor het werk dat ze heeft gedaan met Britse kinderen die tijdens de laatste wereldoorlog naar dit land waren geëvacueerd...'

Ja, maar pas toen hij zelf een brief naar het kantoor van de eerste minister had geschreven waarin hij vroeg om de eervolle vermelding die nu ingelijst in hun huiskamer hing.

'... Ze is een uiterst kieskeurige dame en ik zou u dankbaar zijn als u zich in de toekomst wilde onthouden van krachttermen in uw conversatie aan onze eettafel. Dat is toch niet te veel gevraagd van een goede man als u.'

Achteraf gezien was er wel iets te zeggen voor die ouwe. Hij was in de Tweede Wereldoorlog kapitein in een tankdivisie geweest en had twee eervolle vermeldingen gekregen. Je kunt het ook zo bekijken. De zure waarheid is dat veel mensen met wie links georiënteerden als ik graag de draak steken – kolonels, achterlijke kostschoolknapen, golfers uit de betere wijken, banale mediocriteiten, vermoeiende stijve harken – degenen waren die in 1939 ten strijde trokken en de westerse beschaving redden, terwijl Auden, die poseerde als een antifascistische commando, naar Amerika vluchtte toen de barbaren voor de poort stonden.[3]

3 Terwijl ik het manuscript van mijn vader doorwerkte, mezelf beperkend tot het corrigeren van feiten en het invullen van namen, plaatsen of data, daar waar zijn geheugen hem in de steek had gelaten, las ik toevallig ook Peter Vansittarts memoires over het naoorlogse Londen, *In the Fifties* (John Murray, Londen 1995), waarin ik, op pagina 29, de volgende passage tegenkwam:

> In 1938 had een belegen kolonel, over wie wij grapten dat hij één been in Mons had verloren, een tweede in Ieper, een derde aan de Marne, en zijn laatste restje verstand aan de Somme, tegen mij gebulderd: 'Die meneer Auden van jou is geen fan van Hitler, maar zal hij met mij meegaan om tegen de fielt te vechten?' Velen op wie Auden afgaf – achterlijke kostschoolknapen, golfers uit de betere buurten, in clichés pratende mediocriteiten, romantische maar domme stijve harken – redden de westerse beschaving. Mijn visie op Auden als antifascistische commando was onhoudbaar geworden toen hij, met de barbaren voor de poort, naar Amerika vertrok.

Ik kan onmogelijk mijn vader, naast de vele zonden waarvoor hij zich te verantwoorden heeft, plagiaat aanwrijven. Liever geef ik er de voorkeur aan te denken dat Kate gelijk had toen ze stelde dat dit een onschuldige vergissing moest zijn. 'Terwijl hij bezig was zijn kaartsysteem door te nemen,' zei ze, 'heeft vader ongetwijfeld een passage van Vansittart die hij had overgeschreven voor een van zijn eigen ideeën aangezien.'

De zakelijke reputatie van mijn schoonvader was smetteloos. Hij was een trouwe echtgenoot en een liefhebbende vader voor De Tweede Mevrouw Panofsky. Getroffen door kanker slechts een jaar nadat we getrouwd waren, gedroeg hij zich waardig tijdens de laatste maanden waarin hij wegteerde, even stoïcijns als de helden van G.A. Henty die hij zo bewonderde. Jammer genoeg begon mijn relatie met de heer en mevrouw Imitatie WASP slecht. Neem bijvoorbeeld de eerste ontmoeting met mijn toekomstige schoonmoeder, een lunch *à trois* in de Ritz Gardens, georganiseerd door mijn zenuwachtige bruid, die me de avond tevoren urenlang instrueerde. 'Je mag niet meer dan één drankje bestellen vóór de lunch.'

'Oké.'

'En wat je ook doet, ga niet zitten fluiten aan tafel. *Absoluut niet fluiten aan tafel.* Daar kan ze niet tegen.'

'Maar ik heb nog nooit in mijn leven aan tafel zitten fluiten.'

Het begon slecht. Mevrouw Imitatie WASP keurde onze tafel af. 'Ik had mijn man de reservering moeten laten verzorgen,' zei ze.

Het ging van meet af aan moeizaam, de conversatie stokte, mevrouw Imitatie WASP joeg me de stuipen op het lijf door antwoorden te eisen op de directe vragen die ze stelde over mijn familie, mijn verleden, mijn gezondheid en mijn vooruitzichten, voordat ik ons in veiliger vaarwater manoeuvreerde: de dood van Cecil B. De Mille, hoe leuk Cary Grant acteerde in *North by Northwest* en de aanstaande tournee van het Bolsjoi Ballet. Om precies te zijn was mijn gedrag vier-sterren voorbeeldig, tot ze me vertelde dat ze zo genoten had van *Exodus* van Leon Uris en ik plotseling *Dixie* begon te fluiten.

'Hij zit te fluiten aan tafel.'

'Wie?' vroeg ik.

'Jij.'

'Helemaal niet. Shit. O ja?'

'Hij deed het niet expres, moeder.'

'Het spijt me,' zei ik, maar toen de koffie kwam was ik zo zenuwachtig dat ik opeens merkte dat ik 'Lipstick on Your Collar' zat te fluiten, een van de hits van dat jaar, waarna ik abrupt stopte. 'Ik weet niet wat me overkomt.'

'Ik zou graag mijn bijdrage aan de rekening willen leveren,' zei mijn toekomstige schoonmoeder terwijl ze opstond.

'Daar wil Barney niets van horen.'

'Wij komen hier vaak. Ze kennen ons. Mijn man geeft altijd twaalfenhalf procent fooi.'

Vervolgens brak de gevreesde dag aan dat ik er niet meer onderuit kon mijn vader voor te stellen aan mijn toekomstige schoonouders. Mijn moeder was er toen al niet meer bij (als ze dat ooit wel geweest was) en zat malende in een verpleegtehuis weg te teren. De muren van haar slaapkamer waren volgeplakt met foto's van George Jessel, Ishkabibble, Walter Winchell, Jack Benny, Charlie Mc-

Carthy, Milton Berle en de Marx Brothers: Groucho, Harpo en, je weet wel, die andere.[4] Het ligt op het puntje van mijn tong. Laat maar. De laatste keer dat ik mijn moeder was wezen bezoeken, had ze me verteld dat een van de verplegers haar had proberen aan te randen. Ze noemde me Sjloime, de naam van haar overleden broer, en ik voerde haar chocoladeijs uit een tonnetje, haar lievelingssmaak, met de verzekering dat het niet vergiftigd was. Dokter Bernstein zei dat ze aan Alzheimer leed, maar ik hoefde me geen zorgen te maken, het was niet altijd erfelijk.

Ter voorbereiding op het bezoek van meneer en mevrouw Imitatie WASP schreef ik met balpen een 'F' op mijn rechterhand, om te onthouden dat ik niet moest fluiten. Ik schafte de juiste boeken aan en legde ze links en rechts neer: de laatste Harry Golden, een biografie van Herzl, de nieuwe Herman Wouk, een fotoboek over Israël. Ik kocht een chocoladetaart bij Aux Délices. Vulde de fruitschaal. Verborg de sterke drank. Pakte een doos foeilelijke porseleinen kop-en-schotels uit die ik die ochtend pas had gekocht, en dekte de tafel voor vijf met linnen servetten. Ik stofzuigde. Schudde de kussens op de sofa op. En voor het geval haar moeder een excuus zou vinden om in mijn slaapkamer te kijken, pluisde ik hem centimeter voor centimeter uit op eventuele haren die niet van mij waren. Daarna poetste ik mijn tanden voor de derde keer, in de hoop dat het de whiskygeur zou verdrijven. Meneer en mevrouw Imitatie WASP, alsmede hun dochter, zaten al lang en breed in de huiskamer toen mijn vader eindelijk arriveerde. Izzy was smetteloos gekleed in de kleren die ik voor hem bij Holt Renfrew had uitgezocht, maar als kleine daad van rebellie had hij er een hoogst persoonlijke noot aan toegevoegd. Hij droeg zijn chique zacht-vilten gleufhoed met die ridicule bontgekleurde pluim in de rand, zo groot als een plumeau. Hij rook ook naar Old Spice en was in de stemming om herinneringen op te halen over de tijd dat hij in Chinatown patrouilleerde. 'Wij waren jonge gozers, lang niet gek, en we leerden algauw een paar woorden Chinees. We keken toe vanaf de daken als hun hun deals sloten. Je kon zien als hun opium aan het schuiven waren, want dan hingen hun altijd natte lakens buiten, vanwege de geur. Barney, wil je een whisky voor me inschenken, alsjeblieft,' zei hij, zijn theekopje van zich afschuivend.

'Ik weet niet of ik wel whisky heb,' siste ik, hem doordringend aankijkend.

'Ja, en d'r is ook geen water in de oceaan,' zei hij, 'of ijs op de noordpool.'

Dus haalde ik maar een fles en een glas voor hem.

'En jij? Neem je zelf niks, vandaag?'

'Nee.'

'L'chaim,' zei Izzy en hij sloeg er een achterover terwijl ik met een droge keel zat. 'Er waren meiden bij betrokken, weet je wel. O ja, dat was – Jezus – neem de gemiddelde Frans-Canadese familie, ik weet niet hoe het tegenwoordig staat,

4 Chico. Maar er was nog een vierde Marx Brother, Zeppo, die in veel films meespeelde.

maar jaren geleden hadden die tien, vijftien kinderen, dus je weet wel, die hadden niks te eten, dus stuurden die de meisjes daarnaar toe en de een bracht de ander mee en dan kwam je daar binnen, we overvielen zo'n tent, weet je wel, en dan vond je vier, vijf van die Chinezen met vier, vijf meiden, Jesses, hun gaven ze zelfs drugs, weet je wel. Er was een hoop opium toen. Ik heb het over 1932, weet je wel, toen we maar één auto hadden bij onze dienst, een Ford twoseater.' Izzy zweeg even en kletste op zijn knie. 'Als we twee boeven vingen, weet je wel, dan gooiden we hun gewoon over de motorkap en deden de handboeien om en vroem-vroem, daar gingen we. Dan lagen hun daar als aangeschoten wild, weet je wel, net als je gaat jagen, hun lagen daar gewoon op de motorkap.'

'Maar dan lagen ze boven op de motor,' zei mijn toekomstige bruid. 'Was dat niet heet?'

'We gingen niet zo ver. Alleen maar naar het bureau. En in ieder geval voelde ik er niks van,' zei Izzy grinnikend. '*Hun* lagen daar.'

'Bij nader inzien,' zei ik terwijl ik mijn toekomstige schoonfamilie niet durfde aan te kijken, 'neem ik toch maar een klein glaasje.' En ik reikte naar de fles.

'Weet je het zeker, liefje?'

'Ik voel dat ik een kou ga krijgen.'

Izzy schraapte zijn keel en schoot een klodder snot in een van mijn nieuwe linnen servetten. Midden in de roos. Ik wierp een heimelijke blik op mijn toekomstige schoonmoeder, gealarmeerd door haar rinkelende theekopje.

'We arresteerden een gozer en dan namen we hem mee naar beneden om hem los te maken, als je begrijpt wat ik bedoel.'

'U was op een gratuite manier gewelddadig tegen verdachten, nietwaar, inspecteur Panofsky?'

Izzy trok een pijnlijk gezicht. 'Gratuite?'

'Onnodig,' zei ik.

'Om de dooie kloten niet, meneer. Ik stond het toe. Zeker weten. Maar het zit ook in de menselijke natuur, als je jong bent, en je krijgt wat te zeggen, dan wil je graag mensen rondcommanderen. Maar toen ik jong was deed ik dat niet, want ik wist dat mijn naam Panofsky was.'

'Maar hoe kreeg ú verdachten dan aan het praten, inspecteur?' vroeg mijn toekomstige schoonvader terwijl hij zijn dochter recht aankeek alsof hij zeggen wilde: 'Ben je bereid in zo'n familie te trouwen?'

'Daar had ik zo mijn middeltjes voor.'

'Wat vliegt de tijd,' zei ik, op mijn horloge kijkend. 'Het is bijna zes uur.'

'Jij schrijft hun de wet voor. Als ze niet willen praten, dan neem je hun mee naar beneden.'

'Wat vindt daar dan plaats, inspecteur?'

'Kijk, dan nemen we die gozer mee naar die kamer, we knallen de deur dicht en we beginnen met het meubilair te smijten. Weet je wel? Bang maken dat het hun dun door de broek loopt. Misschien ga ik ook wel effe op zijn tenen staan. *Beken*, roep ik dan.'

'Wat gebeurt er als het toevallig een vrouw is die u mee naar beneden neemt?'

'Ja, dat kan ik me nooit herinneren – ik meen 't –, ik kan me nooit herinneren dat ik een vrouw geslagen heb, daar hadden we ook geen reden voor, maar als je een zware jongen kreeg, dan gebeurde het vaak, zal ik je zeggen...'

'Pap, mag ik de fles terug, alsjeblieft?'

'Liefje, zou je dat nou wel doen?'

'Bijvoorbeeld, laat me een ander voorbeeld geven. In 1951 was dat, ik kwam erachter dat die baardapen, die leerlingen van de rabbijnenschool, voor de deur van hun school op Park Avenue in mekaar werden geslagen door dat tuig. Alleen maar omdat hun joden waren. Nou, dat tuig, die kijken je aan, en dan gaan hun een beetje twijfelen, want wij zien er misschien niet zo joods uit en we gedragen ons niet zo, maar als hun iemand zien die zo gekleed is, weet je wel... In ieder geval, hun leider, die Hongaarse rouwdouwer, vers van de boot, werd gearresteerd en ik reed hem naar bureau zeventien om hem eens van dichtbij te bekijken. Hij heb van die kistjes an, weet je wel, van die grote zware kistjes, zo rauw als ik weet niet wat en ik doe de deur dicht. Hoe heet je? zeg ik. Niemand kan mij een moer schelen, zegt-ie met dat accent dat hun hebben. Zijn Engels is vreselijk. Dus ik gaf hem een knal, jongen. Plat gaat-ie. Buiten westen. Jezus Christus. Ik dacht dat-ie doodging. Ik probeerde hem eerste hulp te geven. Weet je wat er door me heen ging? Stel je voor... JOODSE POLITIEMAN DOODT... als die gozer dood zou gaan. Dus ik laat gauw een ambulance komen en we krijgen hem bij...'

Toen, terwijl Izzy zijn mond afveegde met de rug van zijn hand en op het punt stond aan een nieuw bijvoorbeeld te beginnen, nam ik een wanhopige maatregel. Ik begon te fluiten. Maar deze keer, uit eerbied voor mijn toekomstige schoonmoeder, was het iets cultureels, de aria *La donna è mobile* uit *Rigoletto*. Dat had tot resultaat dat zowel mijn toekomstige schoonouders als mijn bruid het huis verlieten. Na hun overhaaste vertrek zei Izzy: 'Hé, proficiat. Dat zijn aardige mensen. Hartelijk. Intelligent. Ik vond het heel leuk om met hun te praten. Hoe vond je dat ik het deed?'

'Ik denk dat je een onvergetelijke indruk hebt gemaakt.'

'Ik ben blij dat je me hebt laten komen om ze eens te bekijken. Ik ben niet voor niks al die jaren politieman geweest. Die zijn stinkrijk, dat zag ik zo. Je moet een bruidsschat vragen, jongen.'

5

Zage-zage, wiede-wiede-wage. Hier is een goeie, uit de *Globe and Mail* van vanochtend geplukt:

VOORWAARDELIJKE VRIJLATING VOOR 'TOEGEWIJDE'
ECHTGENOTE DIE HAAR MAN VERMOORDDE
Zorgen voor zieke man 'ondraaglijke last'
na 49 jaar huwelijk

> Een toegewijde, 75-jarige echtgenote, die haar ernstig zieke man kort voor hun gouden bruiloft vermoordde, werd gisteren door het Hooggerechtshof van Edingburgh op vrije voeten gesteld.

De arme ziel kreeg een voorwaardelijke straf met een proeftijd van twee jaar nadat ze had bekend vorige maand juni haar echtgenoot thuis met een kussen te hebben gestikt, waarna ze een zelfmoordpoging deed met behulp van een overdosis medicijnen. Voor de rechtbank werd verklaard dat zij en haar echtgenoot negenenveertig jaar lang een 'toegewijd en liefhebbend' echtpaar waren geweest. Maar nadat manlief, die onachtzame pummel, een zware hartaanval had gehad en een chronische nieraandoening kreeg, was de last van zijn verpleging zijn vrouw te veel geworden en raakte ze in een depressie. Ts-ts. De advocaat zei dat de verzorging van haar man 'een steeds ondraaglijker last' was geworden. Op de avond van de moord, zei hij, was de man uit bed gekomen en had ze hem gezegd dat hij terug naar bed moest, maar hij had geweigerd. Ze sloeg hem en toen hij viel drukte ze een kussen op zijn gezicht tot hij stikte. Rechter Clerk zei ervan overtuigd te zijn dat het opleggen van een gevangenisstraf niet gepast was. 'Dit is een waarlijk tragische zaak,' zei hij. 'U kwam voor een situatie te staan die u niet aankon. Het is duidelijk dat u deze misdaad hebt gepleegd op een tijdstip dat u zelf aan een klinische depressie leed als gevolg van aanzienlijke stress.'

Deze pregnante geschiedenis van een op de klippen gelopen seniorenliefde deed me denken aan een van de weinigen van mijn makkers boven de zeventig die nog in leven zijn, zodat ik die middag op Westmount Square een doos handgemaakte Belgische bonbons kocht en op bezoek ging bij Irv Nussbaum, inmiddels negenenzeventig jaar oud, maar nog even vief als altijd en nog steeds actief voor de joodse gemeenschap. Irv, de goeierd, was doodsbenauwd voor het lot van ons volk, maar zijn aandacht ging nu voornamelijk uit naar het komende referendum. Gisteren nog had de meest rabiate handlanger van De Wezel *les autres* gewaarschuwd dat we ervan zouden lusten als we massaal Nee stemden. 'Dat is goed nieuws,' zei Irv, 'want zo moet die lul ervoor hebben gezorgd dat er weer minstens duizend zenuwachtige joden hun koffers zijn gaan pakken. Ik ben dankbaar. Als ze nu maar voor Tel Aviv kiezen in plaats van Toronto of Vancouver.'

'Irv, wat moet ik met jou beginnen, je bent een vreselijke oude man.'

'Weet je nog, toen we jong waren, dat de pepsi's[1] over de *Main* marcheerden en "dood aan de joden" scandeerden, en dat *Le Devoir* wel door Julius Streicher leek volgeschreven? Weet je nog dat er toentertijd al die hotels in de Laurentians waren waar niet iedereen in kon en een jood niet eens een baan als kassier kon krijgen bij een van de banken hier, laat staan met een niet-jood trouwen? We beklaagden ons, idioten dat we waren. We streden bitter tegen discriminatie. Maar achteraf gezien was het een zegen, het antisemitisme, als je zo hartstochtelijk voor Israël en het voortbestaan van het jodendom bent als ik.'

'Vind je dat we weer pogroms moeten krijgen?'

'Ho, ho, ho. Ik maak geen gekheid. Nu zijn we zowat overal geaccepteerd, we worden zelfs met open armen ontvangen, en de jongeren vinden het doodgewoon om met een sjikse te trouwen. Kijk eens om je heen. Er zitten tegenwoordig joden in de raad van bestuur van banken, in het hooggerechtshof en zelfs in het kabinet in Ottawa. Die Gursky-kontlikker Harvey Schwartz zit in de senaat. Het permanente probleem met de holocaust is dat het antisemitisme er onfatsoenlijk door geworden is. Ach, de hele wereld staat op z'n kop. Ik bedoel, als je zuipt tegenwoordig, wat is dat dan? Een ziekte. Je vermoordt je ouders, je besluipt ze van achteren met een schietgeweer en schiet hun kop eraf, net als die twee kinderen in Californië, en wat heb je nodig? Begrip. Je snijdt je vrouw de keel af en je gaat vrijuit omdat je zwart bent. Neem me niet kwalijk, Afro-Amerikaan. Je bent homoseksueel tegenwoordig en je verwacht dat een rabbijn je huwelijk inzegent. Eens was dat de liefde waarover men niet durfde te spreken, maar weet je waar je tegenwoordig niet meer mee voor de dag kunt komen? Met antisemitisme. Moet je horen, ouwe makker, wij hebben Hitler niet overleefd opdat onze kinderen konden assimileren en het joodse volk zou verdwijnen. Vertel eens. Denk je dat Duddy Kravitz deze keer onder de aanklacht uit zal komen?'

'Aandelenhandel met voorkennis is moeilijk te bewijzen.'

De laatste keer dat ik Duddy tegenkwam, vergezeld van een sloerie van een secretaresse, was op het vliegveld van Toronto. 'Hé, Panofsky, ga jij naar Londen? Laten we naast elkaar gaan zitten.'

'Nou, eigenlijk vlieg ik naar New York en daar stap ik op de Concorde,' zei ik, er haastig aan toevoegend dat niet ik, maar MCA voor het ticket betaalde.

'Denk je soms dat ik de Concorde niet kan betalen? Schlemiel. Ik heb er al in gevlogen en mij bevalt-ie niet. Als je met de Concorde vliegt, dan zijn alle passagiers miljonairs. Deze jongen vliegt liever eersteklas met een 747 uit Montreal, dan kan-ie mooi een wandelingetje maken door de club- en economy-class, zodat

1 'Pepsi' is een scheldwoord voor de Frans-Canadezen, van wie men zei dat ze Pepsi Cola dronken bij het ontbijt.

al die zakkenwassers die vroeger op me neerkeken, kunnen zien hoe goed ik het heb en zich opvreten.'

Irv ging verder: 'Ik hoop zelfs dat die klote Partis Québécois van hen deze keer het referendum wint en de joden die nog hier zijn de stuipen op het lijf jaagt. Maar dan wil ik dat ze naar Tel Aviv, Haifa of Jeruzalem gaan deze keer. Ja. Voordat Israël overspoeld wordt door Ethiopische negers, of die nieuwe Russische immigranten, van wie de meesten niet eens joods zijn. Wat vind je daarvan? Zevenhonderdvijftigduizend Russische immigranten. Israël wordt binnenkort nog het zoveelste gojimland. Maar ondanks dat alles zijn de Israëliërs nu de enige antisemieten op wie we nog kunnen rekenen. Laten we eerlijk zijn, ze haten de joden in de diaspora. Je spreekt één woord Jiddisch daar en ze willen je door de plee spoelen. "O, jij bent zeker zo'n ghetto-jood." Na al die jaren van geld inzamelen – en ik moet in mijn eentje in de loop van de jaren de mensen hier toch minstens vijftig miljoen uit hun zak hebben geklopt –, als ik daar kom, dan zeggen ze tegen me dat ik een slechte jood ben omdat mijn kinderen zich niet in Israël gevestigd hebben en in de frontlinie vechten.'

Aantekening in Panofsky's Grootboek der Ironieën:

Mijn eerste vrouw Clara had een hekel aan andere vrouwen en geniet postuum de reputatie van feministisch icoon, maar het is De Tweede Mevrouw Panofsky, die *jente*, die er nog steeds op gebrand is me achter de tralies te krijgen wegens moord, die nu de militante feministe is. Ik ga haar gangen na en ik ben erachter gekomen dat ze elke Pesach samen met zes andere verstoten echtgenotes, hedendaagse Boudicca's, een seder voor vrouwen houdt. Ze beginnen met een toast op de Sjekinah, het vrouwelijk aspect van God, volgens de Kabbala. De schotel met de matzes opheffend zingen ze:

> Dit is de sederschotel.
> De schotel is vlak. De vrouw is vlak,
> als een schotel, vlak in het landschap
> van de geschiedenis...

Dan zingen ze:

> Waarom zijn onze moeders op deze avond
> bitter geweest?
> Omdat zij de bereiding verzorgden maar niet
> het ritueel. Zij dienden, maar voerden
> niet uit. Zij lazen over hun vaders, maar
> niet over hun moeders.

Volgens de amazones die deze travestie van de Haggada opstelden, was Mirjam, de zuster van Mozes, onheus behandeld. Waar in Exodus, bijvoorbeeld, was de geschiedenis te vinden van Mirjams bron? Eruit geknipt, dat was het. Maar volgens de rabbinale overlevering was het ter ere van Mirjam dat een zoetwaterbron de kinderen Israëls door de woestijn volgde. En toen Mirjam stierf, droogde de bron op en verdween.

De dochter van rabbijn Gamaliël sprak: 'Daar is gramschap in onze erfenis. In de woestijn vroegen Mirjam en Aäron: "Heeft dan de Heere maar alleen door Mozes gesproken? Heeft Hij ook niet door ons gesproken?" De Heere waarde onder hen en maakte Mirjam wit van melaatsheid, doch liet Aäron ongedeerd. Mirjam werd behandeld gelijk de boze dochter wier vader in haar aangezicht gespogen had, en zeven dagen buiten het leger gesloten, tot zij vergeven was.'

Miriam, Miriam, mijn grote liefde. Ik spuug in Blairs aangezicht, nimmer in het jouwe.

Miriams verjaardag vandaag. Haar zestigste. Als ze nog bij me was, zou ze ontbijt op bed krijgen. Roederer Crystal-champagne, Beloega-kaviaar, niet te vergeten zestig rozen op lange stelen, en zijden lingerie, elegant maar ondeugend. Misschien ook die veel te dure parelketting die ik bij Birk's heb gezien. Maar in plaats daarvan stelde ik me voor dat Herr Doktor Professor Hopper uit zou pakken met een apparaat om de luchtvervuiling te meten. Of misschien een paar degelijke schoenen die niet van dierenhuid zijn gemaakt. Nee, ik heb het. Hij geeft haar een plaat met walvismuziek. Ha, ha, ha.

Ik had een lunchafspraak met iemand, maar ik wist niet meer waar of met wie en ik durfde Chantal niet te bellen om het te vragen, omdat die toch al achterdochtig genoeg was over mijn incidentele vergeetachtigheid, wat niet iets is om je zorgen over te maken. Dat is normaal voor iemand van mijn leeftijd. Dus belde ik Le Mas des Oliviers om te vragen of ik daar gereserveerd had. Nee. Evenmin bij L'Express of de Ritz. Toen belde Chantal. 'Ik bel om je eraan te herinneren dat je vandaag een lunchafspraak hebt. Weet je nog waar?'

'Natuurlijk weet ik dat. Doe niet zo brutaal.'

'Of met wie?'

'Chantal, ik zou je op staande voet kunnen ontslaan.'

'Met Norman Freedman en jullie hebben om één uur afgesproken bij Moishe's. Of misschien lieg ik en heb je met mijn moeder afgesproken bij Chez Gauthier. Maar aangezien je het toch weet, is dat geen probleem. Dag-dag.'

Norman Freedman was een van de ruim tweehonderd gasten geweest op mijn bruiloft in het Ritz-Carlton Hotel. Avondkleding. Boogie stoned en ik lazarus, in onweersstemming, omdat ik hunkerde naar mijn plaats in het rode vak in het Forum. Klote klote klote. De Canadiens zouden hun vierde Stanley Cup op rij weleens binnen kunnen halen zonder dat ik erbij was. Maar er was niets aan te doen, want tegen de tijd dat ik erachter kwam dat ik twee keer besproken had voor die avond, was het te laat om de bruiloft uit te stellen. En denk eraan, de *Club de hockey canadien* van 1959 was een van de geweldigste teams aller tijden. Kijk eens naar de opstelling. Jacques Plante in het doel. Doug Harvey, Tom

Johnson en Jean-Guy Talbot op de blauwe lijn en in de voorhoede Maurice en Henri Richard, Bernie Geoffrion, Dickie Moore, Phil Goyette, Ab McDonald en Ralph Backstrom. Maar helaas, de Canadiens moesten hun beste spelverdeler missen voor de cupfinale. Jean Beliveau de Geweldenaar was in de derde wedstrijd van de halve finale tegen Chicago lelijk komen te vallen en voor de rest van het seizoen geblesseerd.

Meteen toen we man en vrouw waren verklaard, kuste ik de bruid en ging recht naar de bar. 'Hoe is de stand?'

'Mahovlich moest er een paar minuten geleden uit wegens cross-checking en Backstrom[2] heeft gescoord. Dus 't is 1-0, maar het is nog vroeg in de eerste periode. Ze missen Beliveau erg,' zei de barkeeper.

Ik voelde me totaal niet op mijn gemak in de Ritz tussen zo veel vreemden, ik was niet te genieten, tot alles veranderde. Toen en voor altijd. Aan de andere kant van het drukke vertrek, zoals Howard Keel een keer bulderde,[3] stond de meest betoverende vrouw die ik ooit had gezien. Lang ravenzwart haar, opvallend blauwe ogen, ivoorkleurige huid, tenger, een gelaagde cocktailjurk van blauwe chiffon waarin ze zich met een verbijsterende bevalligheid voortbewoog. O, dat gezicht van weergaloze schoonheid. Die blote schouders. Mijn hart deed pijn toen ik haar zag. 'Wie is die vrouw tegen wie Myer Cohen praat?' vroeg ik aan Irv.

'Schaam je. Je gaat me toch niet vertellen dat je krap een uur getrouwd bent en nu al naar andere vrouwen kijkt?'

'Doe niet zo mal. Ik ben nieuwsgierig, dat is alles.'

'Ik weet niet meer hoe ze met haar voornaam heet,' zei Irv, 'maar ik weet wel dat Harry Kastner misschien een half uur geleden met haar probeerde aan te pappen, en wat ze ook tegen hem zei, hij werd er lijkbleek van. Ze heeft een scherpe tong, dat kind. Ze woont in Toronto, nu haar ouders dood zijn.'

Ze was absoluut magnifiek zoals ze daar nu in haar eentje aandachtig stond te kijken. Myer Cohen was afgewimpeld en een andere aanbidder was een glas champagne voor haar gaan halen. Toen ze me naar haar zag staren en op haar toe zag komen, wendde ze die blauwe ogen om een moord voor te doen af en trok zich terug, ze draaide haar rug naar me toe en voegde zich bij een groepje waar ook die hufter van een Terry McIver deel van uitmaakte. Ik was niet de enige die keek. Magere, benige en in korsetten gesnoerde propjes van huisvrouwen bekeken haar afkeurend van top tot teen. Toen kreeg ik gezelschap van De Tweede Mevrouw Panofsky, die zojuist een dans met Boogie had afgesloten. 'Die vriend van jou is zo'n melancholieke man, zo kwetsbaar,' zei ze. 'Ik wou dat we iets voor hem konden doen.'

'Er valt niets te doen.'

2 Backstrom scoorde in de zestiende minuut van de periode, geholpen door Geoffrion en Moore.

3 In werkelijkheid was het Ezio Pinza in *South Pacific*, dat vier jaar en negen maanden op Broadway speelde.

'Ik vind dat je met je vriend McIver moet gaan praten. Hij lijkt een beetje verloren hier.'

'Hij kan de kolere krijgen.'

'Sst. *Dat is mijn grootvader aan het tafeltje vlak achter ons.* Jij hebt McIver toch uitgenodigd?'

'Terry komt op al mijn bruiloften.'

'O, wat zijn we weer leuk. Neem nog een drankje. Je vader heeft al te veel op en als hij weer met een van zijn verhalen komt, besterft mijn moeder het van gêne.'

'Zeg eens, wie is die vrouw die Gordon Lipschitz probeert te versieren?'

'O, die. Vergeet die maar, lover-boy. Jij bent niet goed genoeg voor haar. Wil je nu alsjeblieft iets aan je vader gaan doen? Steek dit in je zak.'

'Wat is het?'

'Een cheque voor vijfhonderd dollar van Lou Singer. Ik wil niet zeuren, maar ik vind dat je al genoeg gedronken hebt.'

'Hoe bedoel je, ik ben niet goed genoeg voor haar?'

'Omdat ik, als ik had geweten dat ze ons met haar aanwezigheid zou vereren, de rode loper zou hebben uitgelegd. Vertel me niet dat je haar aantrekkelijk vindt.'

'Zeer zeker niet, liefje.'

'Ik wed dat ze schoenmaat veertig en een half heeft en nog knellen ze. Ze heet Miriam Greenberg. We hebben samen aan McGill gestudeerd, zij met een beurs, wat maar goed was ook, want het collegegeld zou anders een probleem geweest zijn. Haar vader was coupeur en haar moeder deed naaiwerk voor een couturier. Ze doet zich o zo voornaam voor, vertel mij wat, maar ze is opgegroeid in een van die flats zonder warm stromend water in Rachel. Mijn oom Fred was vroeger eigenaar van een bende van die flats en hij zei dat het makkelijker was water uit een steen te slaan dan de huur te innen van sommigen van die lui. Soms verhuisden ze in het holst van de nacht. Naar de rechter stappen? Dat had geen zin. Oom Fred was dol op me. Ik ga je later ontvoeren, zei hij altijd. De jongens van het corps wilden Miriam Greenberg als Winterkoninging van het Carnaval. God, zo knap is ze nu ook weer niet, met die voeten, maar het zou de eerste keer zijn geweest voor een joods meisje. Ze zei nee. Miss America was goed genoeg voor Bess Myerson, maar Bess was natuurlijk geen, ahum ahum, intellectueel. Zij kwam niet op college aanzetten met *Partisan Review*, of *New Republic*, zodat iedereen kon zien wat ze las. Het zal wel. Ik wed dat als je haar kamer doorzocht, dat ze ook *Cosmopolitan* las. Een of andere jonge pianist, niemand had ooit van hem gehoord, maakte zijn debuut in Moyse Hall en zij stond op de bühne in diezelfde zwarte jurk, hij kon nooit meer dan 29.99 hebben gekost, een confectietje van Eaton's, de bladmuziek voor hem om te slaan. Tjonge-jonge. Nu is ze verhuisd naar Toronto en wil ze bij de radio gaan werken. Zal ze wel veel kans krijgen met zo'n stem. Je vader staat weer aan de bar. Hij praat tegen dokter Mendelsohn. *Doe iets.*'

'Miriam wie, zei je?'

'Greenberg. Wil je dat ik je aan haar voorstel?'

'Nee. Laten we dansen.'

'De barkeeper probeert je aandacht te trekken.'

'O ja, ik heb tegen hem gezegd dat als hij problemen kreeg – een ogenblikje, ik ben zo terug.'

'De eerste periode is voorbij,' zei hij, 'en we staan 3-0 voor. Geoffrion[4] en Johnson[5] hebben allebei gescoord. Bower staat er verslagen bij in hun doel.'

'Ja, maar nu gaan ze afwachtend spelen en laten de Leafs komen. Mahovlich of Duff kunnen nog een hoop schade aanrichten.'

Ik leidde mijn bruid de dansvloer op en werkte haar stiekem in de richting van Miriam, die met McIver danste. Ik kwam dichtbij genoeg om haar subtiele geur op te snuiven en in mijn geheugen te prenten. Verschillende aroma's Joy op haar slapen, in haar knieholten en in de zoom van haar jurk, zoals ik uiteindelijk te weten zou komen. Jaren later, toen ik een keer met Miriam in bed lag en mijn cognacglas op haar borsten had geleegd, waarna ik het oplikte, zei ik: 'Weet je, als je me echt, echt op mijn trouwdag had willen strikken, ontaarde vrouw die je bent, dan had je jezelf niet met Joy geparfumeerd, maar met Extract van Gerookt Vlees. Een gekmakend afrodisiacum, bereid van kruiden uit de delicatessenzaak van Schwartz. Ik zou het Nektar van Judea noemen en copyright aanvragen op de naam.' Maar op de avond van mijn trouwdag zei ik 'Pardon' tegen Miriam toen ik tegen haar opbotste, waarna De Tweede Mevrouw Panofsky zei: 'Ik wil niet dat je weer bij die barkeeper gaat vragen hoe de stand is in de hockeywedstrijd. Dit is onze trouwdag, het is beledigend.'

'Ik zal het niet meer doen,' loog ik.

'Je vader is naar de tafel van de rabbijn gegaan. O, mijn god,' zei ze en duwde me die kant uit. Maar het was al te laat. Met inbegrip van de rabbijn en zijn vrouw, de Hubermans, Jenny Roth, dokter en mevrouw Mendelsohn en een paar anderen die ik niet kende, zaten er twaalf stomverbaasde mensen aan de lange tafel waar Izzy Panofsky, diep in de olie, helemaal op dreef was. 'Toen ik bij de zedenpolitie zat,' zei hij, 'leerde ik de hoerenmadams waarderen. Parijse dames, sommigen van hun, en picobello. Er waren altijd tussen de vijftien en vijfentwintig meisjes daar, en zodra je binnenkwam opende de madam een deur en zei: "Les dames au salon," weet je wel, en dan kwamen hun allemaal binnen en maakte jij je keus.'

'Mag ik u eraan herinneren dat er dames in het gezelschap zijn,' zei de rabbijn met zijn fluwelen stem.

'Ja, en? Zo te zien zijn ze allemaal boven de eenentwintig. Mínstens. Geintje, dames. Niemand bleef slapen, de omzet was te hoog, als je begrijpt wat ik bedoel. Sommige van die hoerenkasten waren rijk gemeubileerd.'

4 Geoffrion scoorde in de dertiende minuut van de periode, geholpen door Backstrom en Harvey.
5 Johnson scoorde in de zestiende minuut van de periode, geholpen door Backstrom.

‘Pap, ik wil je even spreken.’

‘Schoon? Rabbijn, je kon er van de vloer eten. En, o, die hadden mooie bedden en alles werd systematisch… weet je wat ik bedoel?… Je heb een grote waskom in de kamer en meteen als je binnenkwam wasten ze hem voor je.’

‘Pap, de bruid wil graag met je dansen.’

‘Ik ben nog niet klaar met mijn verhaal.’

‘Excuseert u mij,’ zei de vrouw van de rabbijn terwijl ze van tafel opstond, met tegenzin gevolgd door twee andere dames.

‘Nou, in die tijd was het één keer schieten voor een dollar en de meisjes moesten zelf betalen voor de zeep, voor de handdoek, en aan het eind van de rit legden hun er de helft van de tijd nog geld bij ook. Dan kwamen er ook allerlei scharrelaars, Hebes, bij de pinken, die spullen op de pof sleten. Hé, dokter, heette u geen Mendelsohn?’

‘Bessie, wil je met me dansen?’

‘Rustig an, dokter, dan breekt het lijntje niet. Sjmoel Mendelsohn. Wij noemden hem altijd “Pakkerd”, want – nou ik hoef het toch niet uit te tekenen, wel?’ vroeg mijn vader knipogend. ‘De marskramer. Was hij uw ouwe heer?’

‘Ik kom,’ zei Bessie.

Eindelijk slaagde ik erin mijn vader uit zijn stoel te hijsen en naar de bar te duwen, waar ik de barkeeper meteen naar de score van de tweede periode vroeg.

‘Geoffrion[6] heeft er nog een tussen Bower zijn benen door getikt en toen knalde Bonin[7] er een in.’

‘Hé, dat moet wel zijn tiende zijn in het kampioenschap.’

‘Klopt. Maar toen Doug Harvey eruit moest wegens beentje haken, maakte Pulford een tegendoelpunt. Dus nu staat het 5-2 voor ons.’

‘Ik dacht dat ’t allemaal snobs zouden zijn hier,’ zei mijn vader, ‘maar het blijken hele vriendelijke mensen. Jongen, wat heb ik een lol. Waarom lach je?’

‘Kom hier,’ zei ik en omhelsde hem. Hij trok zijn wenkbrauwen op, nam mijn hand en drukte die tegen de dienstrevolver die hij op zijn heup droeg. De revolver die uiteindelijk mijn ondergang zou worden. Bijna. ‘Ik ga nergens meer heen zonder,’ zei hij. ‘Als iemand moeilijkheden tegen je maakt, zeg je het maar tegen mij en dan blaas ik hem godverdomme door.’

Dat gezegd hebbende zetten we onze glazen op de bar, vader en zoon, en vroegen om versterking. De barkeeper krabde zich achter de oren en trok een gezicht. ‘Ik ben bang, meneer, dat uw vrouw en schoonvader zojuist hier geweest zijn en hebben gezegd dat u noch uw vader meer sterke drank mag krijgen.’

6,7 In werkelijkheid was het Pulford die als eerste scoorde, in de vierde minuut van de periode, bijgestaan door Armstrong en Brewer. Bonin scoorde in de negende minuut, geholpen door Henri Richard en Harvey, en Geoffrion scoorde in de negentiende minuut, bijgestaan door Backstrom en Johnson.

Mijn vader trok zijn portefeuille en liet zijn penning zien. 'We zijn van de politie,' zei hij.

Ik leunde over de bar, pakte de dichtstbijzijnde fles Johnnie Walker Black en schonk twee stevige glazen voor ons in. 'Waar is die opgeblazen kikker?' vroeg ik.

'Ik heb toch zo'n lol,' zei mijn vader. 'Maak me niet te schande.'

Ik vond mijn schoonvader orerend aan een tafel met acht mensen. 'God, wat dwazen zijn wij stervelingen, schreef Shakespeare eens, en wat had hij gelijk, de Bard van Avon. Wij zijn hier vanavond bijeen, heren, in beschaafd gesprek, wij laten onze gedachten gaan over de *condition humaine*, ons kortstondige verblijf in deze wereld van smarten, wij wisselen ideeën uit, omringd door familie en oude getrouwen. En terwijl wij hier zitten en met loflijke matigheid de vrucht van de wijnrank tot ons nemen, zitten er zo'n zeventienduizend zielen te brullen op hun plaatsen in het Forum, hun beperkte geesten totaal in beslag genomen door de voortgang van een klein zwart rubberen schijfje dat over het ijs heen en weer wordt geschoven en waarvan het bezit betwist wordt door mannen die nooit Tolstoj hebben gelezen, of naar Beethoven geluisterd. Men zou er de toekomst van de mensheid somber door gaan inzien, vindt u niet?'

'Neemt u me niet kwalijk. Er moet een vergissing in het spel zijn,' zei ik. 'De barkeeper heeft gezegd dat hij instructies van u heeft gekregen om mij en mij vader geen sterke drank meer te schenken.'

'Dat is geen vergissing, jongeman. Mijn dochter is in tranen. *Op de avond van haar trouwdag*. En jouw geachte vader, jongeman, heeft de vrouw van de rabbijn buitengewoon overstuur gemaakt, en door hem hebben mijn goede vrienden de Mendelsohns het feest vroegtijdig verlaten.'

'De vader van dokter Mendelsohn was een marskramer die de meisjes in het bordeel onder de rokken zat.'

'Dat zeg jij. Mevrouw Mendelsohn, als je het weten wilt, is een Gursky. Iemand zou je vader naar huis moeten brengen voordat hij nog meer walgelijke verhalen vertelt, of plat op zijn gezicht valt.'

'Als iemand mijn vader naar huis brengt, ga ik met hem mee.'

'Hoe kon je zulke – zulke – goed dan, ik zal het zeggen – zulke boeven in contact brengen met mijn familie en vrienden? Die jongeman daar,' zei hij, naar McIver wijzend die alleen aan een tafeltje zat te pennen, 'praat met mijn gasten en gaat vervolgens aantekeningen maken. En die daar,' zei hij, op Boogie wijzend, 'werd aan een kaptafel op het damestoilet aangetroffen terwijl hij met een rietje een of andere substantie door zijn neus opsnoof. Op het damestoilet, welteverstaan.'

Nog meer verwijten volgden, maar ik luisterde niet meer, want daar was Miriam, alweer belaagd door bewonderaars, en ik begon als een idioot te grijnzen en op haar af te lopen. Terwijl de balzaal voor mijn ogen helde en draaide, zette ik mijn zeebenen in beweging en zeilde op haar af, haar bewonderaars wegwuivend met een brandende sigaar die dreigde schade aan te richten. 'Wij zijn nog niet aan elkaar voorgesteld,' zei ik.

'Mijn verzuim. Jij bent de bruidegom. Mazzeltof.'

'Ja. Dat zal wel.'

'Je kunt denk ik beter gaan zitten,' zei ze en hielp me op de dichtstbijzijnde stoel.

'Jij ook.'

'Even dan. Het is laat. Ik heb begrepen dat je bij de televisie werkt.'

'Volslagen Onnodige Producties.'

'Dat is hard geoordeeld.'

'Zo heet mijn productiemaatschappij.'

'Nee, dat meen je niet,' zei ze.

En o, o, o, o, ik had een flauw glimlachje verdiend. O, het kuiltje in haar wang. Die blauwe ogen om een moord voor te doen. Die blote schouders. 'Mag ik je een persoonlijke vraag stellen?'

'Zoals?'

'Welke maat schoenen heb je?'

'Negenendertig. Waarom?'

'Ik kom vaak in Toronto. Kunnen we niet samen een avondje gaan eten?'

'Ik dacht het niet.'

'Zou ik leuk vinden.'

'Dat is geen goed idee,' zei ze en probeerde weg te glippen. Maar ik hield haar tegen, pakte haar bij haar elleboog. 'Ik heb twee vliegtickets in mijn zak voor de vlucht van morgen naar Parijs. Ga met me mee.'

'Nemen we eerst nog afscheid van je bruid?'

'Je bent de mooiste vrouw die ik ooit heb gezien.'

'Je schoonvader staat naar ons te kijken.'

'Dinsdag zouden we kunnen lunchen in de Brasserie Lipp. Ik huur een auto en dan rijden we naar Chartres. Ben je ooit in Madrid geweest?'

'Nee.'

'We kunnen tapa's eten in die smalle straatjes die uitkomen op de Plaza Mayor en *cochinillo asado* bestellen bij Casa Botín.'

'Ik zal je een plezier doen en pretenderen dat dit gesprek nooit heeft plaatsgevonden.'

' "Kom leef met mij en wees mijn lief." Alsjeblieft, Miriam.'

'Als ik nu niet wegga, mis ik misschien mijn trein.'

'Ik laat me van haar scheiden zodra we terug zijn. Wat je maar wilt. Als je maar ja zegt, alsjeblieft. We nemen niet eens bagage mee. We kopen alles wat we nodig hebben daar.'

'Pardon,' zei ze en glipte weg, zijden frutseltjes ruisten.

Verslagen ging ik naar de tafel waar mijn vader inmiddels hof hield, omringd door geboeide jonge stellen. 'O, je bedoelt die in Ontario Street,' zei hij. 'Daar zaten wij recht tegenover, bureau 4. Af en toe hielden we er razzia's, in de hoerenkasten. Dus, je kent dat wel, je werkt bij de zedenpolitie en je bent jong, als we een razzia hielden en de hoofdagent was beneden, slopen wij naar boven, weet je wel, voordat we hun stoorden, begrijp je wat ik bedoel? Je wilt weleens wat zien...'

Miriam was nog in de balzaal, maar ze had haar jas aan en stond bij de deur met Boogie te praten, die ze iets overhandigde. Vervolgens kwam Boogie naar onze tafel, net toen mijn vader aan een nieuw verhaal begon, en stopte me een opgevouwen papiertje in de hand, dat ik prompt op mijn schoot opende en onder de beschutting van het tafelkleed las:

Uitslag. Canadiens 5, Toronto 3.[8]
Gefeliciteerd.

'Boogie,' zei ik, 'ik ben verliefd. Voor de eerste keer in mijn leven ben ik echt, serieus, onherroepelijk verliefd.'

Natuurlijk had ik niet in de gaten dat De Tweede Mevrouw Panofsky op dat moment recht achter me stond, en nu omhelsde ze me en wiegde mijn hoofd. 'En ik ook, schat,' zei ze. 'En ik ook.'

Met schuldgevoel was ik beladen. Ja. Maar toch glipte ik een paar minuten later de balzaal van de Ritz uit en stapte in de voorste taxi van de rij die buiten stond te wachten.

6

'Windsor Station, alsjeblieft,' zei ik tegen de chauffeur. 'En vlug'. Ik had maar een paar minuten, maar shit, shit, shit, het verkeer zat vast vanwege feestvierende Stanley Cup-bezoekers. De auto's kropen al claxonerend voort. Er werd op toeters geblazen. Dronkaards maakten capriolen midden op straat en schreeuwden: 'We zijn nummer één! We zijn nummer één!'

Mijn hart bonkte, maar ik slaagde erin het station op tijd te bereiken en een kaartje voor een slaapcabine te kopen op de nachttrein naar Toronto. Ik vond Miriam in de derde coupé, verdiept in *Goodbye Columbus*, en zeeg neer op de plaats naast haar, schaapachtig grinnikend, net op het moment dat de trein met een schok wegreed. 'Hai,' zei ik.

'Ik geloof dit niet,' zei ze, haar boek dichtklappend.

'Ik ook niet, maar hier ben ik.'

'Als jij niet uit deze trein stapt in Montreal West, dan doe ik het.'

8 Toronto scoorde twee keer in de derde periode. Mahovlich in de twaalfde minuut, geholpen door Harris en Ehman, en Olmstead in de zestiende minuut, tijdens een powerplay, geholpen door Ehman.

'Ik ben verliefd op je.'

'Doe niet zo belachelijk. Je kent me niet eens. Montreal West. Jij of ik. Neem nu een beslissing.'

'Als jij daar uitstapt, dan doe ik het ook.'

'Hoe kun je zoiets doen op de avond van je trouwdag?'

'Toch heb ik het gedaan.'

'Je bent stomdronken. Ik ga de conducteur roepen.'

Ik liet haar mijn kaartje zien.

'Alsjeblieft, Barney, maak het niet erger voor me dan het al is. Stap uit in Montreal West.'

'Als ik dat doe, wil je dan een keer met me gaan eten in Toronto?'

'Nee,' zei ze, sprong op en pakte een tas van het bagagerek. 'Nu ga ik naar mijn slaapcabine en ik doe de deur op slot. Welterusten.'

'Je doet ook niet aardig als je bedenkt wat een moeite ik allemaal voor je gedaan heb.'

'Je bent niet goed wijs. Welterusten.'

Ik stapte inderdaad uit in Montreal West,[1] en keek onvast op mijn benen vanaf het perron de trein na die het station uit tjoekte. En toen, ziedaar, zwaaide Miriam uit het raampje en ik zou zweren dat ze lachte. Mijn hart sprong op. Aangemoedigd begon ik de trein achterna te rennen in een poging weer op te stappen. Ik struikelde en viel, scheurde mijn broek en schaafde mijn knie. Op straat had ik geluk dat ik nog een taxi vond. 'De Ritz,' zei ik. 'Hé, dat was me wel een wedstrijd, hè?'

'Mon bloeddruk est 'artstikke hoog,' zei de chauffeur. 'C'est le stress.'

Bedeesd kloppend op de deur van de suite die we voor de nacht in de Ritz geboekt hadden, zette ik me al schrap, op het ergste voorbereid, maar tot mijn verbazing begroette De Tweede Mevrouw Panofsky me met een omhelzing, wat mijn schuldgevoel nog verergerde. 'O, godzijdank ben je ongedeerd,' zei ze. 'Ik wist niet wat ik ervan moest denken.'

1 Mijn twijfels over de chronologie van deze gebeurtenissen werden bevestigd toen ik ontdekte dat de hockeywedstrijd op 9 april 1959 om 22:29 u. was afgelopen, terwijl de nachttrein naar Toronto om 22:25 u. vertrok. Dit betekent dat mijn vader onmogelijk de einduitslag had kunnen weten en tevens de tijd kan hebben gehad om naar Windsor Station te racen en op de trein van mijn moeder te stappen. Toen ik echter mijn moeder deze tegenstrijdige details voorlegde, begon haar onderlip te trillen. 'Het is waar,' zei ze. 'Het is waar.' En vervolgens begon ze te huilen, en het leek me bot om verder te vragen.

Ik twijfel niet aan mijn vaders oprechtheid, of de getuigenis van mijn moeder, maar ik geloof wel dat Barney dingen door elkaar haalde. Miriam verliet de Ritz waarschijnlijk aan het eind van de tweede periode, om 21:41 u., en de taxi van mijn vader kwam pas in het drukke verkeer van de Stanley Cup vast te zitten toen hij terugkeerde van station Montreal West. Een andere mogelijkheid is dat de nachttrein naar Toronto vertraging had. Ik heb twee keer geschreven aan Canadian Pacific om te informeren naar de vertrektijd van de nachttrein naar Toronto op 9 april 1959, maar ik wacht nog steeds op antwoord.

'Ik had even wat frisse lucht nodig,' zei ik, haar in mijn armen wiegend.

'Dat verbaast me niet, maar...'

'De Habs hebben gewonnen, zonder Beliveau en met de Rocket op het strafbankje. Wat vind je daarvan, hè?'

'... had je dat niet even tegen me kunnen zeggen? We hebben ons doodongerust gemaakt.'

Toen pas zag ik haar vader ziedend in een stoel zitten. 'Ze wilde dat ik de politie belde om te vragen of er een ongeluk gebeurd was. Het leek mij van meer inzicht getuigen om in plaats daarvan de cafés in de buurt af te kammen.'

'O, God, moet je je knieën zien. Ik haal even een natte handdoek.'

'Doe geen moeite, alsjeblieft.' Ik keek haar vader vrolijk aan en zei: 'Wilt u misschien voor uw vertrek met ons nog een nachtmutsje drinken?'

'Ik heb voor vanavond genoeg drank ingenomen, jongeman, en dat geldt zeer zeker ook voor jou.'

'Nou, dag-dag dan maar.'

'Moet ik geloven dat je een wandeling van anderhalf uur bent gaan maken?'

'Papa, hij is veilig en wel terug en dat het is het enige wat ertoe doet.'

Zodra hij vertrokken was, zette De Tweede Mevrouw Panofsky me in een stoel, maakte in de badkamer een handdoek nat en begon er mijn geschaafde knie mee te deppen. 'Zeg het maar als het pijn doet, schat, dan hou ik ermee op.'

'Je verdient een betere man dan ik.'

'Maar daarvoor is het nu te laat, nietwaar?'

'Ik heb me slecht gedragen,' zei ik en de tranen stroomden vanzelf over mijn wangen. 'Als je wilt scheiden, zal ik je niet in de weg staan.'

'O, wat ben je toch een mallerd,' zei ze en knielde om mijn schoenen en sokken uit te trekken. 'Wat jij nu nodig hebt is slaap.'

'Op onze huwelijksnacht?'

'Ik zal het aan niemand vertellen.'

'O, nee,' zei ik en begon aan haar borsten te voelen. En toen, kennelijk, zakte ik in de stoel terug en begon te snurken.

7

Eens waagde ik het te hopen dat Miriam en ik over de negentig zouden worden en tegelijk het levenslicht uitblazen, net zoals Philemon en Baucis. Een genadige Zeus zou ons dan, met een streek van zijn caduceus, in twee bomen veranderen waarvan de takken elkaar in de winter liefkoosden, en in de lente zouden onze bladeren zich vermengen.

Bomen doen me denken aan de middag dat Sean O'Hearne samen met mij en

Miriam op de doorlopende veranda van ons buitenhuisje in de Laurentians zat en naar beneden naar het meer keek waar duikers van de politie eens naar Boogie hadden gezocht. Boogie, die, als men mij moest geloven, voor het laatst gezien was toen hij zig-zag de heuvel afrende, de aanlegsteiger over en, mijn kogel ontduikend, het water in plonsde. Met een verrassend gevoel voor poëzie zei O'Hearne, terwijl hij me aandachtig aankeek en op de bomen wees: 'Ik vraag me af wat die iepen zouden zeggen als ze konden praten.'

'Dat is nogal makkelijk, O'Hearne,' zei Miriam. 'Dan zouden ze zeggen: "Wij zijn esdoorns."'

In de jaren sinds Boogies verdwijning heb ik ik weet niet hoe vaak op die aanlegsteiger gezeten en gewild dat hij veilig en wel uit het water zou opduiken. Onlangs nog droomde ik dat Boogie, ontnuchterd door zijn lange zwempartij, zich inderdaad op de steiger hees. Dansend op één been probeerde hij het water uit zijn oor te schudden.

– Boogie, ik meende het niet. Geen woord ervan. Ik weet niet wat me overkwam.

– Hé, jongen, wij zijn toch al zo lang maatjes, zegt hij en omhelst me. Goed dat je zo'n slechte schutter bent.

– Precies.

Terug naar de realiteit. Een dijenkletser in de *Gazette* van vanmorgen, die ik moet uitknippen en opsturen naar de betoverende juffrouw Morgan van *Lesbo's voor de Micro's*.

FEMINISTISCHE WOEDE OVER

GEKETENDE WERKPLOEGEN VOOR VROUWEN

> Mannelijke gevangenen in Alabama, die vorig jaar in de boeien werden geslagen en aan elkaar gekluisterd om twaalf uur per dag snoeiwerkzaamheden in wegbermen te verrichten, hebben een petitie ingediend bij de gouverneur, waarin ze stellen dat hun straf neerkomt op seksediscriminatie. In antwoord daarop deelde de Tuchtmeester van Alabama mede: 'Het valt niet echt te verdedigen dat we vrouwen hiervan uitsluiten.' Hij heeft de directeur van de Julia Tutwiler Staatsgevangenis voor Vrouwen in Wetumpka, nabij Montgomery, opdracht gegeven binnen drie weken een geketende werkploeg voor vrouwen te formeren. Ze zullen echter niet aan de wegen werken, maar op het gevangenisterrein, moestuinen beplanten, grasmaaien en afval ruimen.

Schuldbewust als ik na al die jaren nog steeds ben, heb ik tot nu toe het onderwerp vermeden van mijn rampzalige huwelijksreis met De Tweede Mevrouw Panofsky naar Parijs, waarvan de cafés spookachtige herinneringen aan Clara bij me opriepen en waar mijn stemming leed onder mijn verlangen naar Miriam. Wat de zaken nog verergerde was een foto van Clara in de etalage van La Hune. Op de foto zit ze aan een tafeltje in de Mabillon en als je goed kijkt zie je dat het gezelschap bestaat uit Boogie, Leo Bishinsky, Hymie Mintzbaum, George Plimpton, Sinbad Vail, Cedric Richardson en ik. Een jaar later maar sloot Cedric zich aan bij studenten van de Landbouwtechnische Hogeschool die een sit-in hielden bij de lunchroom van een bazaar in Greensboro, North Carolina. Vervolgens, in 1963 was het dacht ik, verliet Cedric Martin Luther King en sloot zich aan bij Malcolm x, waarna het gerucht ging dat hij ondergronds was gegaan ergens in Chicago, in de tijd dat hij nog niet overal waar hij ging vergezeld werd van zijn lijfwachten, de Vruchten van het Lam[1], of hoe die boeven van de Profeet Elijah ook genoemd werden. Ik loop weer op de zaken vooruit.

De foto bij La Hune stond boven op een stapel recent vertaalde gedichten van Clara, die, als ik het me eens een keer goed herinner, al hun zesde druk beleefden in de Verenigde Staten. Op dat punt was *Virago's Versboek* in zestien andere talen vertaald en maakte de stichting die Norman Charnofsky in het leven had geroepen, tot mijn verbazing winst. Vervolgens, uit eerbetoon aan Clara's voorkeuren, benoemde Norman een stelletje zwarte feministen in het bestuur van de stichting, waarmee hij de kiemen van zijn ondergang zaaide.

Ik had vermoed dat een klein hotelletje op de Linkeroever bij De Tweede Mevrouw Panofsky niet in de smaak zou vallen en dus had ik voor ons een kamer geboekt in het Crillon. Maar goed ook, want ze mokte nog steeds over ons fiasco van een huwelijksnacht, wat begrijpelijk was.

Ik moet erop wijzen dat De Tweede Mevrouw Panofsky en ik vóór onze huwelijksreis maar één keer samen alleen waren geweest, en wel tijdens die drie hectische dagen in New York, toen ik haar nauwelijks zag omdat ze van hot naar her klapwiekte. We waren nog nooit verder gekomen dan het stadium van voelen, waarbij ze zich op een bepaald punt loswurmde, 'Time out!' riep, haar borsten terug in haar bh propte en haar rok weer over haar knieën trok. 'Wauw! Dat was dichtbij!' We vreeën voor het eerst op ons bed in het Crillon, waar ik tot mijn verbazing ontdekte dat ze geen maagd was.

De Tweede Mevrouw Panofsky mee naar Parijs nemen was een vergissing. Weliswaar kon ik me nu al die exquise restaurants veroorloven die ik in 1951 had moeten passeren: Le Grand Véfour, Lapérouse, La Tour d'Argent, La Closerie des Lilas. Maar, gezeten op het terras van Café de Flore, mijn bruid in haar beste kleren en ik in mijn zondagse pak, kijkend naar de ongekamde jongeren die hand in hand langsflaneerden, voelde ik me te veel de rijke toerist waar Clara en ik de draak mee hadden gestoken toen we nog bij elkaar waren. Ik werd er kribbig van. 'Kun je die klotegids niet wegdoen als we hier zitten?'

'Geneer je je voor mij?'

'Ja.'

'Net als toen met het bidet?'

1 Ze worden Vruchten van de Islam genoemd.

'Je had het niet aan het kamermeisje hoeven te vragen. Ik had je kunnen vertellen waar het voor diende.'

'Spreek jij Hebreeuws?'

'Nee.'

'Heb jij een doctoraal van McGill?'

'Nee.'

'Geneer ik me voor jou?'

Ik begon nors te mompelen.

'We zitten hier misschien al een uur en je hebt denk ik alles bij elkaar misschien acht woorden tegen me gezegd. Ik wil niet ondankbaar lijken voor zo veel aandacht, maar hoe lang blijven we hier nog zitten?'

'Nog één drankje.'

'Dat zijn dan elf woorden. Ik ben hier niet gekomen om te treuren over de dood van je eerste vrouw.'

'Ik ook niet.'

'Jij zegt altijd dat mijn vader zo'n snob is, maar je vindt mij minderwaardig omdat ik dacht dat het een voetbad was. Kijk eens naar jezelf.'

'Durf ik niet.'

'Nou, ik blijf hier niet langer zitten terwijl jij in het oneindige zit te staren, want we hebben nog maar vier dagen en ik heb nog een heleboel te doen,' zei ze terwijl ze die systeemkaarten uit haar handtas haalde, samen met een lijst verdeeld in drie categorieën: 'Moet', 'Mag' en 'Als Er Nog Tijd Over Is'. 'Ik zie je om zeven uur in het hotel. En het zou aardig zijn als je nog nuchter was voor het eten. Laten we zeggen dat het een aangename verandering zou zijn.'

Terwijl onze hotelkamer zich vulde met haar aankopen, begon ik me te voelen als het personage in dat toneelstuk van die Roemeniër, je weet wel wie ik bedoel.[2] Hij schreef er een waarin Zero Mostel in een olifant[3] verandert. Nee, een nijlpaard. Het stuk heette *Les chaises*, ja, dat is het, en de schrijver heeft dezelfde voornaam als die gozer die in de beginjaren manager was van het honkbalteam de *Expos*. Gene Mauch was dat. De honkbalmanager, niet de toneelschrijver. *Een Roemeen die Gene heet?* Nou ja, wat doet het er ook toe? In het toneelstuk raakt het hele vertrek vol met meubels, tot er geen ruimte meer over is voor de personages, en daar leek het ook op in onze hordeloop van een hotelkamer.

Ik keek beduusd toe hoe ons dressoir van begin tot eind vol kwam te staan met flessen parfum, eau de cologne, shampoo en bodylotion, lippenstiften als kogels op een rij, dozen met allerlei geparfumeerde zepen, met spuitflessen, badzout en poeders, een zeespons, potten vol huidverjongende crème en tubes mysterieuze zalf, oogpotloden, poederdozen en poederdoosvullers. Hier, daar, overal struikel-

2 Eugène Ionesco (1912). Roemeens-Frans toneelschrijver van het absurde toneel, auteur van *La cantatrice chauve*, *La leçon* en andere toneelstukken.

3 Neushoorn (*Le rhinocéros*).

de ik over dozen en tassen van winkels op de Boulevard de la Madelaine, de Boulevard Faubourg Saint-Honoré, de Rue de Rivoli, de Avenue George-V en de Boulevard des Capucines. Kleren met bijpassende accessoires, gekocht bij Courrèges, Cardin, Nina Ricci. Een avondtas van Lanvin. En niet voor niets was De Tweede Mevrouw Panofsky aan McGill afgestudeerd. Nog lang nadat ik naar bed was gegaan, zat ze zorgvuldig verraderlijke couturierlabels met een scheermesje te verwijderen, om per post naar huis gestuurd te worden, en in hun plaats labels in te naaien van Eaton's, Ogilvy's en Holt Renfrew, die ze uit Montreal had meegebracht.

We deden het Louvre, het Jeu de Paume, het Musée Rodin, waar ze, gewapend met een lijst van de belangrijkste kunstwerken, snel een blik op het tentoongestelde wierp, het van haar lijst streepte en verder ging naar het volgende. We waren nog maar vier dagen in Parijs toen we tot haar schik al aan de lijst met 'Mag' konden beginnen.

Ik ben een impulsieve man, iemand die liever zijn eigen fouten maakt dan spijt heeft dat hij iets heeft nagelaten, en een van mijn ergste fouten was de bliksemverkering en het bliksemhuwelijk met De Tweede Mevrouw Panofsky, wat geen excuus is voor mijn afschuwelijke gedrag op onze huwelijksreis. Ze moest wel in de war raken, zoals ik heen en weer zwalkte tussen norse buien en door schuldgevoel ingegeven weergaloze attentheid, vastbesloten iets van onze verbintenis te maken. Op een avond, enthousiasme voorwendend voor haar laatste aanwinst van Dior of Lanvin, die ze voor me in onze kamer had geshowd, nam ik haar mee uit eten in een van de restaurants op haar lijst en begon vervolgens achterbaks te informeren naar familieleden van haar die ik op onze bruiloft had ontmoet, brave Hendrikken met geld die ik hoopte nooit meer te zullen zien, belangstelling veinzend voor haar kwetterende antwoorden, waarna ik, als een terzijde, vroeg: 'O ja, en dan had je volgens mij ook nog dat meisje, ik ben vergeten hoe ze heet, ze droeg een gelaagde blauwe chiffon cocktailjurk en ze was duidelijk zeer met zichzelf ingenomen, niet dat ik haar nou zo bijzonder vond.'

'Miriam Greenberg?'

'Ja, zo heette ze volgens mij. Is zij ook familie van je?'

'Nauwelijks. Ze was niet eens uitgenodigd.'

'Bedoel je dat ze de brutaliteit had om...? Dat vind ik wel heel erg opdringerig.'

'Mijn neef Seymour had haar meegebracht.'

Ik slaagde erin een geeuw te produceren en vroeg: 'Is hij haar vriend?'

'Hoe moet ik dat weten?'

'Ach, wat maakt het ook uit. Laten we naar de Mabillon gaan voor een nachtmutsje.'

'Je hebt eigenlijk al genoeg te drinken gehad, maar ik ga liever naar Harry's Bar.'

Mijn lijstvrouwtje had haar huiswerk gedaan en seksboeken gelezen die niet in de Joodse Openbare Bibliotheek stonden, en ondertussen aantekeningen en diagrammen gemaakt op systeemkaarten. Tot mijn ontsteltenis wist ze alles af van *feuille de rose*, *gamahuche*, *pompoir*, *postillonage*, *soixante-neuf*, *saxonus* en zelfs de *Weense oester*, en elke avond moest ik voor het verrichten van de ene of de andere variant passen. De Tweede Mevrouw Panofsky werkte rücksichtslos haar pleziertjes af. Het leven was voor haar een examen dat gedaan moest.

'Wat zou ze in jouw neef Seymour kunnen zien?'

'Zijn we al klaar?' vroeg ze, haar mond aan het laken afvegend.

'Jij bepaalt het programma hier, ik niet.'

'Poe. Ik begrijp niet wat mensen eraan vinden.' Ze poetste haar tanden. Ze gorgelde. Toen kwam ze terug. 'Wat was er ook weer zo belangrijk?'

'Het is helemaal niet belangrijk. Ik vroeg me alleen af wat ze in jouw neef Seymour kon zien, die lul.'

'Wie?'

'O, ik kan haar naam nooit onthouden. Dat meisje in die blauwe gelaagde chiffon jurk.'

'Aha. Aha.' Ze keek me aan en vroeg: 'Ik wil dat je me vertelt wat ik vandaag aanhad tijdens de lunch.'

'Een jurk.'

'Ja, heel goed. Een jurk. Niet mijn nachtjapon. *Welke kleur had die jurk?*'

'Och, kom op nou.'

'Loop jij soms de hele tijd aan Miriam Greenberg te denken?'

'Stil nou. Ik vroeg me alleen af wat ze in Seymour kan zien.'

'Hij rijdt in een Austin-Healy. Hij heeft een zeilboot, plaats voor zes passagiers, ergens in de West-Indies. Hij erft straks ik geloof wel een heel huizenblok in Sherbrook Street en ik weet niet hoeveel winkelcentra. Dat noem jij een lul.'

'Wil je beweren dat ze een fortuinjaagster is?'

'Je moest eens weten hoe vaak ik haar in diezelfde gelaagde blauwe jurk heb gezien die jij niet uit je hoofd kunt zetten, hij is misschien wel tien jaar oud, prêt-à-porter, waarschijnlijk in januari in de uitverkoop gekocht bij Macy's. Waarom zou zij niet een sportje hoger op de maatschappelijke ladder willen klimmen?'

Dan waren er de dagelijkse telefoongesprekken met haar moeder.

'Ik moet het kort houden, want we staan op het punt om uit te gaan. Nee, niet om te gaan eten, het is pas zeven uur hier. *Apéritifs*, lieve schat. Een café in Montparnasse. De Dôme heet het, geloof ik. Ja, ik weet wat tante Sophie heeft gezegd en ik drink alleen gebotteld water. Gisteravond? O, toen dineerden we in dat schitterende restaurant, het heet La Tour d'Argent, jij vindt het vast ook geweldig, ze nemen je mee naar boven in een lift en dan kijk je naar buiten en zie je de Notre Dame helemaal verlicht, ik dacht dat ik Charles Laughton ieder moment aan een van de waterspuwers kon zien hangen. Geintje. Hun specialiteit is geflambeerde eend en allemaal zijn ze genummerd en ze geven je een ansichtkaart met je nummer erop, en die ga ik nog voor de middag voor je op de bus doen.

Weet je wie daar zat, maar twee tafeltjes van ons vandaan? Audrey Hepburn. Ja, ik weet dat Jewel een grote fan van haar is, maar ik heb al iets voor haar. *Nee, dat kon ik niet maken.* Hij zou zich rot geschaamd hebben. Ik mag niet eens van hem vragen of ik het menu mag meenemen als souvenir. Ik heb nooit in Parijs geleefd van een dubbeltje per dag, dus in zijn ogen ben ik zowat een oorlogsmisdadiger, misschien wel erger. Ik maak maar een grapje. Nee, mam, we hebben het fijn samen. Wat? O, ik had mijn nieuwe Givenchy aan, wacht maar eens tot je me ziet als ik hem draag en geef papa een dikke zoen van me en zeg tegen hem duizendmaal dank. Wat? O, het is een eenvoudige, van zwarte zijde met wol, en een strik om de hoge taille te accentueren en de zoom tot net over de knie. Nee, zakjurken zijn uit. Afgelopen. Maar zeg er geen woord over tegen Pearl of Arlene, laten ze er zelf maar achter komen nu ze zo veel geld hebben uitgegeven aan wat nu echt de sjmates van verleden jaar zijn. *Hou toch op met tobben, alsjeblieft.* Elke avond als we binnenkomen, maakt niet uit hoe laat, bergen ze mijn parels op in hun safe. Ja, ja, ja. De camera ook, ik weet wel hoe duur hij was. Als je het weten wilt, ik neem de camera niet eens mee. Hij wil niet dat ik ermee over straat loop, de mensen mochten ons eens voor toeristen aanzien. O, eens kijken. Ik begon met de gerookte zalm, hij was om van te watertanden. Nee, die serveren ze hier niet met roomkaas. Nee, Barney had de slakken in hun schelp. Ja, ik weet het. Maar hij houdt er nu eenmaal van. Nee, ik nooit van mijn leven. Of die oesters, ja, zeg. Ik moest tegen hem zeggen dat hij het brood bij me weg moest halen, anders zou ik het hele mandje hebben leeggegeten en de boter is uit Normandië en smelt op je tong. Toen hadden we allebei de eend en crêpes voor dessert. O, dat weet ik niet, maar hij was rood en kostte hem een boel geld, niet dat hij daarover zou klagen, maar hij maakte wel indruk op de wijnkelner die ons eerst aankeek of we oud vuil waren. Ja, bij zijn koffie en sigaar. Cognac, een speciaal merk, nee twee. Ze rijden zo'n enorme kar met allemaal flessen naar je toe. Nee, ze verwarmen de cognacglazen niet hier. Ja, maar Ruby Foo is niet het begin en het eind van alles, en nergens waar ik geweest ben in Parijs verwarmen ze de glazen. Ja, hij had er twee, dat zei ik. Wat? Ja, zal ik tegen hem zeggen, maar hij hoefde ons toch niet naar huis te rijden en we zijn toch op onze huwelijksreis? Genieten? Ja, ja. Wat kun je ervan krijgen op middelbare leeftijd? Ga weg. Heeft dokter Seligman je dat verteld? Echt waar? Nou, dat is zeker zijn probleem nog niet, afkloppen maar. Hoe bedoel je je bent beledigd? Ik ben nu een getrouwde vrouw, hoor. Dat mag. Ja, mam. Natuurlijk. Nou, ik schudde hem wakker om zeven uur, toen poetste ik mijn tanden en waste mijn haar en raad eens wat? we hebben samen gedoucht, niet tegen papa zeggen, want hij schrikt zich dood. En ik wed dat jij nu ook bloost. Ik maak maar een grapje. Je zou de badjassen moeten zien die we hier hebben en de zeep is van Lanvin. Ja, zal ik zeker doen. Ik heb al drie stukken voor je in een van mijn koffers gepakt, als je het weten wilt, trouwens dat herinnert me eraan dat ik er beter vandaag nog maar een kan kopen voor mijn nieuwe spullen. Mam, ik weet dat oom Herky het voor inkoopsprijs voor me kan krijgen, maar ik heb het toevallig nu hier nodig. Ik ben niet ongeduldig. Ik verhef mijn stem niet. Dat verbeeld je je maar. Wat? Ja, de taille is weer in en ik heb de mijne nog. *Ik doe helemaal niet kattig.* Hoe vaak moet ik je nou nog zeggen dat je een geweldig figuur hebt voor een rijpe vrouw. Hij is van Dior. Ja, ik heb hem vanmorgen aangehad. Jongen, had je de mensen moeten zien kijken. Hij is van lichtblauwe shantoeng, geplooid met een capuchonkraag en daarover droeg ik mijn nieuwe jas, een Chanel, gebreid, beige knobbeltjeswol afgezoomd met marineblauwe zijde. Ik doe hem aan naar sjoel met Rosj Hasjana, Arlene zal ter plekke een hartaanval krijgen. En wacht maar eens tot je mijn nieuwe schoenen en bijpassende handtas hebt gezien. Zeg maar tegen papa dat hij me stierlijk verwent, maar ik klaag niet. Mondje dicht, maar ik heb een zijden foulard voor hem gekocht bij Hermès en paarlen manchetknopen en een overhemd bij Cardin en ik zeg lekker niet wat ik voor jou gekocht heb, maar ik denk dat je er blij mee bent. *Mam, ik zweer je dat ik niet sarcastisch doe over je figuur.* Ik weet zeker dat veel vrouwen van jouw leeftijd je benijden. Nee, ik ben Jewel of Irving niet vergeten. Dat zou niet "echt iets voor mij" zijn. Ik koop alles wat op je lijstje staat. Mam, hou op. Niemand gaat foto's sturen naar rabbijn Hornstein. Natuurlijk doen we de deur op slot als we samen gaan douchen, maar tegenwoordig is dat heus geen misdaad. Er is niets mis mee dat we van ons lichaam genieten. Ja, ja, ja. Ik weet dat je het beste met me voorhebt, maar laten we het daar nu niet over hebben, alsjeblieft. *Ik heb niet gezegd dat je zeurde.* Hoe bedoel je je hoort het aan mijn stem? Begin nou niet weer. O, mam, Barney heeft in de *Herald Tribune* gelezen dat de Canadiens misschien Doug Harvey gaan verkopen en hij wil weten of het waar is. *Ik weet dat je nooit de sportpagina's leest,* maar het is toch niet te veel moeite om het even op te zoeken? Mam, ik kan je niet zeggen hoe mooi het is hier. Wat? Dat is niet waar. Ik suggereer niet dat Montreal lelijk is. Jongen, wat ben jij lichtgeraakt vandaag, zeg. Als ik niet beter wist, zou ik zeggen dat je ongesteld was. *Ik doe niet hatelijk.* Ik weet dat mij dat ook eens zal overkomen en als het gebeurt, dan hoop ik dat ik het beter zal aanvaarden dan jij. Nou begin je weer. Ik heb geen andere stem en als mijn toon je niet bevalt, dan kan ik maar beter meteen ophangen. Oké, oké, sorry. Nee, hij heeft een hekel aan winkelen, maar natuurlijk ontmoetten we elkaar voor de lunch. Wat? Het heet de Brasserie Lipp. Hij had de choucroute, daar zijn ze beroemd om. Nee, wacht even, hij begon met oesters. *Mam, nee.* Maar om eerlijk te zijn was het niet om religieuze redenen. Ik had het hardgekookte ei met mayonaise en zalm met frietjes. Nee, hij dronk een pilsje en ik witte wijn. Mam, het was maar één glas. Ik hoef geen lid te worden van de AA als ik thuiskom. O, hij ging terug naar het hotel om te dutten. Maar goed dat hij niet wist dat ik bh's en lingerie ging kopen, want dat is de enige keer dat hij met me mee wil. Ze geven hem een stoel en dan zit hij daar te grijnzen als de kat die de kanarie heeft opgesnoept en naar alle vrouwen die komen en gaan te kijken. *Mam, zou je liever willen dat hij net zo was als je arme neef Cyril?* Nee, hij is niet homoseksueel. Hoe zou hij ook homoseksueel kunnen zijn? Een lid van onze geachte familie. Hij is gewoon een vijfenvijftigjarige vrijgezel die nog bij zijn moeder inwoont en geabonneerd is op alle bodybuildingtijdschriften die er te krijgen zijn, en die verzocht werd niet meer bij het zwembad van de YMHA rond te hangen als al die schoolkinderen er zijn. Neem me niet kwalijk. Oké, dat hebben ze hem niet verzocht. Dat was roddel en achterklap. Hij ging er gewoon niet meer naar toe. Maar als je het mij vraagt, hebben we hem allemaal grote psychische schade berokkend door hem te dwingen net te doen of hij iets is wat hij niet is. Nee, dat heb je mis. Barney vindt hem erg geestig. Hij mag hem toevallig wel. Ze zijn verschillende keren samen wezen eten. Wat vind je daarvan? Vanavond? Er treedt een tapdanser op in een club in Pigalle die Barney wil zien. Ja, mam. Hij is een ijshockeyfan en hij houdt van tapdansen, vind je dat ik een scheiding moet aanvragen? Nu moet ik echt, echt ophangen, we staan op het punt om uit te gaan. Barney doet de hartelijke groeten aan jou en papa. Nee, dat verzin ik niet. Hij heeft me gevraagd dat te zeggen. Morgen praten we verder.'

8

'*Canadian Broadcasting Corporation.* Radio Canada. Kan ik u helpen?'

'Ik wil graag doorverbonden worden met *Kunstwereld.*'

'Met *Kunstwereld*, met Beth Roberts.'

'Kan ik Miriam Greenberg spreken?'

'Hallo?'

'Hai, Miriam. Met Barney Panofsky. Ken je me nog?'

'O.'

'Ik ben toevallig in Toronto en ik vroeg me af of je vrij was voor de lunch morgen.'

'Sorry, nee.'

'Diner dan?'

'Ik heb het druk.'

'Ik heb je interview met Mailer gehoord en ik vind dat je hem de juiste vragen stelde.'

'Dank je.'

'Zullen we om vijf uur iets gaan drinken?'

'Barney, ik ga niet uit met getrouwde mannen.'

'Een drankje, godverdomme. Dat is toch geen misdaad? Ik zit toevallig aan de overkant van de straat, in de bar van het Four Seasons Motel.'

'Alsjeblieft, doe niet zo moeilijk.'

'Een andere keer dan?'

'Ja, hoor. Misschien. Nee. Maar bedankt voor het bellen.'

'Geen dank.'

Ik schrijf dit op een zondagmiddag aan mijn bureau in mijn buitenhuisje in de Laurentians, waar ik gisteravond een oude zwartwitfilm op tv heb gezien in het gezelschap van een mokkende, nogal stekelige Chantal. *Operatie Hellevuur*, in 1947 geregisseerd door Hymie Mintzbaum, met in de hoofdrollen John Payne, Yvonne de Carlo, Dan Duryea en George Macready. Het verhaal begint twee weken voor D-Day in een Amerikaans legerkamp in Engeland. Majoor Dan Duryea, afgestudeerd aan de universiteit van de straat, heeft zijn buik vol van sergeant John Payne, een luie playboy en erfgenaam van een warenhuisfortuin, en geeft opdracht hem per parachute te droppen in het bezette Frankrijk, waar hij in contact moet komen met een groep partizanen onder leiding van iemand die de codenaam Hellevuur heeft. Hellevuur blijkt Yvonne de Carlo te zijn en zij en Payne hebben op het eerste gezicht een hekel aan elkaar. Alles verandert echter wanneer Payne haar, schietend vanuit de heup, redt uit de martelkamers van. Gestapo-man George Macready, die net haar bloes van haar lijf heeft gescheurd. Samen blazen de geliefden Payne en De Carlo twee dagen na D-Day een trein met troepenversterkingen op die onderweg is naar het strand van Normandië. En als Duryea met zijn moegestreden manschappen St.-Pierre-sûr-mer binnenmarcheert, klaar voor een nieuwe strijd met veel verliezen, komen ze tot de ontdekking dat het al bevrijd is door Payne, die op het dorpsplein champagne zit te drinken met de Carlo, omringd door bewonderende boertjes. 'Ik dacht dat je nooit zou komen,' zegt Payne met een knipoog tegen de Carlo. *The end.*

Ik wil hier geen misverstand over laten bestaan. Ik had Chantal niet voor het weekend uitgenodigd. Ze verraste me door op zaterdag op tijd voor het eten te arriveren, beladen met spullen die ze gekocht had bij de Pâtisserie Belge op Laurier Avenue: paté de foie gras, dikke plakken gegrilde ham, een quiche lorraine, bakken biet- en aardappelsalades, kazen, een baguette en croissants voor het ontbijt. Ik zorgde ervoor dat ik haar begroette met niet meer dan een vaderlijk kusje op beide wangen en nam haar weekendtas van haar over.

'Hé, ben je niet blij me te zien?' vroeg ze.

'Natuurlijk wel.'

Maar ik opende expres geen fles champagne en nam in plaats daarvan een glas Aligoté.

'Ik dek de tafel,' zei ze.

Ik legde uit dat er om acht uur een film geregisseerd door een oude vriend van me op tv zou komen en dat ik voor de tv wilde eten. 'O, wat gezellig,' zei ze. 'Ik zal proberen niet te praten.'

Ik weerstond de neiging naast haar op de bank te gaan zitten en nam plaats in een leunstoel op veilige afstand van haar, met een fles Macallan en een Montecristo Nr. 4. Na afloop hoorde ik mezelf zeggen: 'Chantal, ik ben echt blij dat je gekomen bent, maar ik wil dat je vannacht in een van de slaapkamers boven slaapt.'

'Heeft mijn moeder tegen jou over ons gepraat?'

'Zeer zeker niet.'

'Want ik ben geen kind meer en hier heeft zij niets mee te maken.'

'Chantal, lieverd, dit kan niet. Ik ben grootvader en jij bent nog geen dertig.'

'Ik ben toevallig tweeëndertig.'

Ze zag er zo gloedvol jong uit, zo leuk, dat ik besloot, als ze weigerde boven te gaan slapen en bij me in bed kroop, geen tegenstand te bieden. Ik ben zwak. Meer kon ik niet opbrengen. Ze keek me schuins aan en verdween toen naar boven, en het volgende wat ik hoorde was de klap van haar deur. Klote klote klote. Toen koning David oud was, werd hij in zijn bed verwarmd door nubiele jonge vrouwen, dus waarom had ik daar niet ook recht op? Ik schonk mezelf een stevig glas in en dacht eraan om naar boven te gaan en haar te troosten. Maar dat deed ik niet, voor de verandering eens een keer trots op mezelf en lof verwachtend van Solange. Ik ging pas om vier uur slapen en toen ik om twaalf uur wakker werd, was Chantal al weggereden zonder een briefje voor me achter te laten. En die avond belde Solange: 'Ze heeft haar weekend opgeofferd om helemaal naar jou toe te rijden en je te helpen met de begroting voor de komende maand en het enige wat jij wilde doen was tv-kijken en zuipen. Wat heb je tegen haar gezegd, rotzak? Ze heeft niets anders gedaan dan huilen sinds ze terug is en ze wil niet meer voor je werken.'

'Zal ik je eens wat vertellen, Solange. Vrouwen, ze zitten me tot hier. Jij incluis. Vooral jij. En nu denk ik er serieus over met Serge te gaan samenwonen.'

'Ik wil weten wat je tegen haar gezegd hebt dat haar zo gekwetst heeft.'

'Zeg jij maar tegen haar dat ik haar morgenochtend om tien uur bij me op kantoor verwacht.'

9

Hymie Mintzbaum zag ik voor het laatst op een reisje dat ik onlangs, een paar maanden geleden nog maar, naar Hollywood maakte. Ik was gekomen om een pilot aan de man te brengen, maar werd plotseling overvallen door de behoefte mijn hand met levervlekken nog eens aan het schrijven van een scenario te zetten. Zo kwam het dat ik de stommiteit beging een maf idee van me voor te leggen aan de snotaap die tegenwoordig aan het hoofd staat van de studio. Shelley Katz, een kleinzoon van een van de oprichters, gaat door voor een buitenbeentje in Beverly Hills. In plaats van door de canyons te scheuren in een Rolls Royce, of een Mercedes, een auto waar hij het geboorterecht op heeft, pronkt Shelley met een in de prak gereden Ford-pick-up, bouwjaar 1979, met creatief gedeukte bumpers, het werk, vermoed ik, van een rekwisietenmaker in de studio. Shelley zal wel tegen hem gezegd hebben: 'Wat ik wil is een realistische boerenkaffer-look, zoals in een film die zich afspeelt in een gat waar ze geen nagel hebben om aan hun kont te krabben, zeg ergens in Noord-Vermont. Een beetje roest lijkt me ook wel aardig. Oké, man. Je doet goed werk, dat wou ik maar even zeggen. We zijn één grote familie hier.'

Parkeerwachters bij de Dôme en Spago's krijgen vijftig dollar als ze de aankomst van de Ford-pick-up op de parkeerplaats doorgeven aan een aantal relevante agenten en producers ('Hij staat er en hij is naar binnen. Nee, ik zeg het verder tegen niemand. Eerlijk waar.'), die dan vervolgens aan komen gesneld om hun respect te betuigen en misschien een kans krijgen om met hem te smoezen, een project te pluggen.

'Onze held,' zei ik tegen Shelley, 'is een hedendaagse Candide.'

'Candide?'

'Ken je Voltaire?'

'Wie is het nou?'

Waarmee ik niet wil suggereren dat Shelley een functionele analfabeet is, maar eerder een van de nieuwe *Wunderkinder* van de filmindustrie. Als ik de naam Superman, Batman, Boy Wonder of Submariner had laten vallen, zou hij begrijpend geknikt hebben, zo van dat wij met z'n tweeën van die intellectuele types zijn. De jeugd van tegenwoordig. Godsallemachtig. Weergaloos verwend. Te laat geboren om zich iets te herinneren van de Slag om Stalingrad, D-Day, Rita Hayworth die haar handschoen tot over haar ellebogen afpelt in *Gilda*, Maurice Richard die de blauwe lijn passeert, het beleg van Jeruzalem, Jackie Robinson die zijn debuut maakt met de Montreal Royals, Marlon Brando in *A Streetcar Named Desire*, of een lachende Harry Truman die de voorpagina van de *Chicago Tribune* ophoudt met de grote kop: DEWEY VERSLAAT TRUMAN. 'Onze held,' ging ik verder, 'is een onschuldig kind. Het verhaal begint in 1912, hij is op de Titanic, de doopreis van het schip, het hele publiek wacht op de aanvaring met de ijsberg...'

'Weet je wat Lew Grade zei over zijn *Raising the Titanic*, een echte flop? "Het zou goedkoper geweest zijn om de Atlantische Oceaan te verlagen."'

'Maar, ziedaar,' ging ik verder, 'het schip komt veilig aan in New York, waar het argeloze kind ondervraagd wordt door een sexy journaliste, een Lauren Bacall-type, die...'

'Lauren Bacall,' zei hij. 'Dat meent u niet, tenzij ze iemands moeder speelt.'

'Een Demi Basinger-type, bedoel ik, die hem vraagt hoe de reis was. Saai, antwoordt hij en dan...'

'Demi Basinger? U hebt nog steeds een ondeugend gevoel voor humor, meneer Panofsky. Ik waardeer het dat u me de kans geeft verbaal te stoeien met iemand die vroeger meetelde, maar ik vrees dat ik hiervoor moet passen. Hé, moet u horen, ik ben getrouwd met de kleindochter van Hymie Mintzbaum. Fiona. Ik hou van haar. We zijn gezegend met twee kinderen.'

'En hou je ook van hen?'

'Zeker weten.'

'Wat een mazzel.'

Toen ging de telefoon. 'Als je over de... spreekt. Ik zei het bijna. Het is mijn vrouw. Een ogenblik.'

'Zeker.'

'Hm. Hm. Rustig nou maar, liefje en bied je excuses aan juffrouw O'Hara aan en zeg maar dat het oké is. Ik denk dat ik het probleem zojuist opgelost heb. Eerlijk. Ja. Nee, ik kan het nu niet uitleggen.' Hij hing op en keek me vrolijk aan. 'Toen Fiona aan Hymie vertelde dat je kwam om met mij te babbelen, vroeg hij of je het leuk zou vinden vanavond in het Hillcrest met hem te gaan eten. Gebruik onze limo maar zolang je hier bent. Complimenten van de zaak.'

Er was genoeg tijd verstreken sinds onze ruzie in Londen, en mijn gevoel van verraad was voldoende gesleten, om buitengewoon blij te zijn dat Hymie de vriendschap wilde herstellen. Er was zoveel om over te praten. Voor ik naar het Hillcrest ging, stopte ik bij Brentano's en kocht voor Hymie de laatste roman van Beryl Brainbridge, een schrijfster die ik bewonderde. Toen liet ik mijn limo komen.

Ik zou Hymie niet herkend hebben als een ober me niet naar zijn tafel in de eetzaal van het Hillcrest had gebracht, waar hij zat te dutten in zijn gemotoriseerde rolstoel. Zijn bos dik krullend zwart haar was gereduceerd tot hier en daar een dun wattendotje, zo teer als de pluim van een paardebloem die bij het minste of geringste briesje kon worden weggeblazen. Het bodybuilderslijf was geslonken tot een haast lege zak waar wat beenderen doorheen staken. De kelner, die Hymie attent voorzien had van een slabbetje, schudde hem wakker. 'Uw gast is gekomen, meneer Mintzbaum.'

'Flusj glisj mmerm,' zei een opgeschrikte Hymie en reikte naar me met een bevend slap handje, het ene dat nog werkte.

'Zeg maar dat u ook blij bent hem te zien,' zei de kelner knipogend tegen me.

Hymies ogen traanden en een van zijn mondhoeken werd naar beneden getrokken door een onzichtbare haak. Speeksel droop over zijn kin. Hij glimlachte, probeerde het althans, met als resultaat een grimas, en wees op mijn glas.

'Wilt u iets drinken?' vroeg de kelner.

'Een Springbank. Puur.'

'En het gebruikelijke voor meneer Mintzbaum, neem ik aan,' zei hij weglopend.

Hymies hoofd dobberde en hij begon te jammeren. Hij reikte opnieuw naar me en pakte mijn hand zwakjes beet.

'Het is goed, Hymie,' zei ik en ik droogde zijn ogen en vervolgens zijn kin met het slabbetje.

De kelner bracht me mijn Springbank en schonk voor Hymie een Evian in.

'Flosjoei besjoega sjlup,' zei Hymie, zijn ogen uitpuilend van de inspanning terwijl hij zijn Evian omstootte en naar mijn glas wees.

'U bent weer stout, meneer Mintzbaum.'

'Praat niet zo tegen hem,' zei ik, 'en haal een Springbank voor hem, alsjeblieft.'

'Dat mag hij niet hebben.'

'Nu meteen,' zei ik.

'Alleen als u tegen haar zegt dat het op uw dringend verzoek was.'

'Haar?'

'Zijn kleindochter. Mevrouw Katz.'

'Ga halen.'

'Ik weet wat meneer Mintzbaum eet,' zei de kelner terwijl hij me het menu overhandigde, 'maar wat wenst u,' en hij pauzeerde even voor hij eraan toevoegde, 'meneer?'

'En wat is dat dan wel dat meneer Mintzbaum eet?'

'Wat gestoofde groenten met een gepocheerd ei. Zoutloos.'

'Maar vanavond niet. Wij willen allebei geroosterd borststuk met latkes. En vergeet de mierikswortel niet.'

'Krita fisjum,' zei Hymie rillend van genoegen.

'En we willen ook graag een fles Beaujolais. En, o jee, ik zie dat meneer Mintzbaum geen wijnglas heeft. Breng hem er een.'

'Mevrouw Katz zal woedend zijn.'

'Doe maar wat je gezegd wordt en ik regel het wel met mevrouw Katz als ze komt.'

'Uw begrafenis.'

Hymie stak met zijn vork naar zijn openhangende mond, zijn ogen schoten vuur.

'Probeer maar niet te praten, Hymie. Ik versta geen woord van wat je zegt.'

De kelner bracht hem zijn Springbank. We klonken en namen allebei een slok. 'Op ons,' zei ik, 'en de schitterende tijd die we samen gehad hebben, die kan niemand ons afnemen.'

Hij nipte aan zijn glas. Ik veegde zijn kin af met zijn slabbetje.

'En deze is op de Amerikaanse Luchtmacht,' zei ik, 'en op Duke Snider en Mozart en Kafka en Jelly Roll en dr. Johnson en Sandy Koufax en Jane Austen en Billie Holiday.'

'Floezjiet,' zei Hymie zachtjes huilend.

Ik schoof mijn stoel dichter naar hem toe en hielp hem met het snijden van zijn vlees en latkes. Toen de kelner opnieuw bij onze tafel kwam, begon Hymie te sputteren en te gebaren, 'Okido, gesnopen,' zei de kelner en hij haalde potlood en papier voor Hymie.

Het kostte Hymie enige tijd van geconcentreerd schrijven, bladzijde verscheuren en weer opnieuw beginnen, weer verscheuren, hijgen, kwijlen, voordat hij me eindelijk het resultaat in blokletters kon overhandigen:

En nu waren we allebei dronken, maar gelukkig waren onze compromitterende borden al afgeruimd toen Fiona Liefje de eetzaal binnen kwam gezeild, met Shelley als een hondje achter haar aan. Gezamenlijk werkten ze de tafeltjes af, degenen die nog op de A-lijst stonden, werden overladen met complimentjes en de mensen die niet de moeite waard waren om teruggebeld te worden, deden ze met een knikje af. Eindelijk kwamen ze bij ons. Knobbelige Fiona Liefje, met juwelen behangen, strak gewikkeld in een chiffon avondjurk die op de verkeerde plaatsen uitpuilde, haar zwarte fluwelen cape bijeengehouden met een diamanten speld. Shelley droeg een smoking, met zo'n paars shirt met rushes die me altijd doen denken aan een wasbord, een veterstropdas met een Navajohanger en handgemaakte cowboylaarzen, een gegarandeerde afweer tegen slangenbeten als hij Rodeo Drive moest oversteken. 'Ik wed dat jullie twee oude deugnieten heel wat te bepraten hadden,' zei Fiona Liefje, haar chirurgisch geboetseerde grappige neusje krullend en een vuurrode lippenstiftvlek op Hymies nagenoeg kale knikker achterlatend. 'Ik heb gehoord dat jullie vroeger nogal een lijfstijl hadden samen in *gai Paris.*'

'Waarom heeft Shelley me verdomme niet gewaarschuwd dat hij niet meer kan praten?'

'Nou zeg, dat is ook niet aardig. U hebt ook geen empathiciteit. Hymie is gewoon soms moeilijk te verstaan. Is het niet zo, opa'tje?'

De rest loopt nogal door elkaar, maar wel herinner ik me heel goed dat de kelner Fiona Liefje apart nam, waarna ze zich tot mij wendde. 'Hebt u hem sterke drank en wijn laten drinken en rood vlees eten?'

Hymies ogen puilden uit en hij probeerde zich uit alle macht verstaanbaar te maken. 'Floega psjiet.'

'Hij is incontinent,' zei Fiona Liefje. 'Komt u vannacht om drie uur zijn bed verschonen?'

'Je wilt me toch niet vertellen dat jij dat doet.'

'Toevallig heeft juffrouw O'Hara vanavond haar vrije avond.'

Ik herinner me dat Hymie zijn rolstoel achteruit van de tafel reed en vervolgens in volle vaart op een krijsende Fiona Liefje afstoof, Shelley trok haar nog net op tijd in veiligheid. Of misschien is dat helemaal niet gebeurd en is het gewoon een kwestie van mijn vertekende geheugen en heb ik de gebeurtenissen aangepast. Vervolgens, als ik me niet vergis, stoof een gefrustreerde Hymie, die altijd een hekel had gehad aan verklikkers, de kelner achterna om hem te rammen, maar hij nam een te scherpe bocht met een te hoge snelheid en botste tegen een vrouw aan een ander tafeltje op. Maar misschien had ik alleen maar gewild dat zoiets gebeurde. Als ik op mijn praatstoel zit, heb ik altijd de neiging om een verhaal aan te dikken. Eerlijk gezegd zit het me in het bloed om de dingen mooier te maken dan ze zijn. Maar geldt dat niet voor elke schrijver?

In ieder geval herinner ik me dat er boze woorden vielen. Een steeds harder krijsende Fiona Liefje noemde mij een onverantwoordelijke dronkelap, waarop ik ijzig beleefd informeerde of haar borsten van haarzelf waren of kunstmatig vergroot, want volgens mijn kennersoog waren ze niet allebei even stevig en zwaar. Daarop dreigde Shelley me knock-out te slaan. Ik nam de uitdaging aan, hoestte mijn gebit uit, stopte het in mijn jaszak en hief mijn vuisten. Fiona Liefje rolde met haar zwaar opgemaakte ogen. 'O, wat is hij walgelijk,' zei ze. 'Laten we maken dat we hier wegkomen.' En ze reed Hymie de eetzaal uit terwijl hij doorging met onverstaanbaar kwebbelen.

Toen ik mijn limo, complimenten van Shelley, weer wilde laten komen, vertelde de portier dat mevrouw Katz tegen de chauffeur had gezegd dat hij naar huis kon gaan. 'In dat geval,' zei ik, met mijn overhemd onder de Beaujolaisvlekken, het afscheidssalvo van Fiona Liefje, 'zal ik een taxi nodig hebben.'

'Waar gaat u naar toe, meneer?'

'Het Beverly Wiltshire.'

De portier riep een blonde kleerkast van een chauffeur. 'Clint rijdt u ernaar toe voor vijfentwintig dollar,' zei de portier, 'exclusief fooi.'

Clint reed iemand anders Rolls Royce de parkeerplaats af en deponeerde me in stijl voor het Beverly Wiltshire. Aangeslagen, verdrietig ging ik recht naar Fernando's Hideaway, waar ik plaatsnam op een barkruk en een Courvoisier xo bestelde, wat stom van me was, want ik had al meer dan genoeg gedronken en kon niet meer tegen cognac zo laat op de avond.

'En wat is er met jou gebeurd, stouterik?' vroeg de jonge vrouw naast me terwijl ze op mijn gevlekte overhemd wees.

Ze was een aantrekkelijke roodharige, met innemende sproeten, en een uitdagend lachje en een diep uitgesneden strak truitje. Ze droeg ook een rok tot op haar enkels met aan één kant een split tot aan haar heupen. 'Kan ik je iets te drinken aanbieden?' vroeg ik.

'Ik neem een glas Franse champagne.'

Petula (zeg maar Pet, maar zo ben ik niet) en ik begonnen banaliteiten uit te wisselen, zelfs mijn flauwste grappen werden beloond met een zacht kneepje in mijn knie. Ik wenkte de barkeeper voor nog een rondje.

'Hoor eens,' zei ze, 'als we doorgaan met, vanne... saampjes te zijn, en waarom ook niet, want we leven in een vrij land, dan kunnen we beter aan dat tafeltje daar in het hoekje gaan zitten, zeg maar, voordat iemand anders ons voor is.'

Mijn buik intrekkend nam ik haar uitgestoken hand en sukkelde achter haar aan naar het tafeltje, haar onnodig zware handtas dragend en des te meer ingenomen omdat ik, in mijn laveloze toestand, meende te zien dat andere, jongere, mannen in het café, die mij hadden afgedaan als passé, het voorrecht van de onervarenen, me nu met afgunst bekeken. Toen begon hij te bellen. *Haar handtas, godsallemachtig.* Geschrokken gooide ik hem naar haar toe. Ze rommelde erin en haalde er een mobiele telefoon uit. 'Ja. Hm, hm. Nee, ik ben met iemand, zeg maar. Doe ze maar de groeten van mij, enne... vanne..., hij vindt Brenda vast heel leuk,' zei ze en ze stopte hem terug in de tas.

Twee mannen van middelbare leeftijd, allebei een sweatshirt van de Los Angeles Kings en een spijkerbroek aan, zaten bij elkaar aan het volgende tafeltje. 'Is het waar,' vroeg de man met nummer 99 terwijl hij de naam van een filmstudio fluisterde, 'dat die verkoop aan de Jappen doorgaat?'

'Onder ons gezegd en gezwegen,' zei zijn maat, 'het is nog niet helemaal rond maar ze hebben er wel een spleetoogje op.'

'Niks zeggen,' zei Petula terwijl ze over mijn knie streek. 'Jij bent een producer. Niet dat ik werk zoek, dus maak je maar geen zorgen, zeg maar. Hoe heet 't, raad eens hoe oud ik ben.'

'Achtentwintig.'

'Ha, jij bent ook een mooie. Ik ben vierendertig, mijn lichaamsklok gaat van tikke-tikke-tikke, zeg maar, terwijl we mekaar hier zo zitten aan te kijken. Hoe heet 't, ik zou zeggen dat jij, zeg maar, vierenvijftig bent. Klopt dat?'

Ik wilde niet in mijn borstzak grijpen naar mijn compromitterende leesbril en deed net of ik de wijnkaart bestudeerde, één grote mist voor mijn ogen. Ik bestelde een fles Veuve Cliquot en een Courvoisier xo.

'Jij durft 'm wel te raken,' zei ze en ze stootte me aan.

De onverteerde gebraden borststuk en de latkes lagen als een steen in mijn maag, en ik moest alles op alles zetten om, vreesde ik, geen knetterende scheet te laten. Gelukkig ging zij even naar 'het meisjeskamertje', zodat ik, zuchtend van opluchting, een zachte kon laten schieten, maar ik trok een doodonschuldig gezicht toen de man aan het tafeltje in de luwte van me bedenkelijk keek en zijn vrouw demonstratief met het menu begon te wapperen.

Petula paradeerde mijn kant op en stond onderweg even stil bij een jongeman met een oorringetje die alleen aan een tafeltje zat. Zijn gezicht stond me niet aan. 'Wat wilde hij?' vroeg ik.

'Zeg nou eerlijk,' zei ze terwijl ze me haar *Weltschmerz*-blik toewierp, 'wat willen alle mannen?'

Terwijl we de champagne soldaat maakten, mijn glas aangesterkt met cognac, diepte ik zelfverheerlijkende anekdotes uit mijn grabbelton op en begon schaamteloos namen van bekende mensen te laten vallen. Maar ze had nog nooit van Christopher Plumme of Jean Beliveau gehoord. En Pierre Elliott Trudeau, aan wie ik een keer was voorgesteld, deed het verkeerde belletje rinkelen.

'O, dan moet je tegen hem zeggen dat ik, zeg maar, helemaal weg was van *Doonesbury*.' Een geeuw onderdrukkend voegde ze eraan toe: 'Zullen we, zeg maar, de fles leegmaken en naar jouw kamer gaan? Maar je begrijpt toch wel dat ik, zeg maar, een professionele escort ben, hè?'

'Aha.'

'Kijk niet zo somber, schat,' zei ze terwijl ze de sluiting van haar enorme handtas losmaakte en me een blik gunde op haar creditcard-apparaat. 'Mijn bureau accepteert alle creditcards, behalve American Express.'

'Niet om het een of ander, maar wat is je prijs?'

'Het is geen prijs, het is een honorarium, zeg maar, en dat hangt af van het menu, weet je wel, en de tijdsfactor.' Vervolgens haalde ze een geplastificeerde kaart uit haar tas waarop stond dat ze geen aids had.

'Petula, ik heb een lange dag achter de rug. Zullen we maar gewoon opdrinken en afscheid van elkaar nemen? Even goeie vrienden?'

'Nou, bedankt voor de tijdverspilling, opa'tje,' zei ze, pakte haar glas en ging recht naar het tafeltje waar haar souteneur met het oorringetje zat. Ik tekende de rekening en stond onvast op, betwijfelend of ik erin slaagde een waardige indruk te maken terwijl ik de bar uit strompelde. Terug in mijn hotelkamer was ik te kwaad op Miriam om te kunnen slapen. Moet je mij nu zien, dacht ik, als een halvegare zitten flirten met een hoer op mijn leeftijd, allemaal omdat jij me verlaten hebt. Ik kroop in bed met Boswells *Life of Johnson*, het boek dat ik op al mijn reizen bij me heb, omdat ik wil dat ze dat op mijn nachtkastje vinden mocht ik in mijn slaap overlijden, en ik las: 'Ik vrees echter dat Johnson, ofschoon zijn goede stelregelen onwankelbaar bleven, door te verkeren met Savage, die gewoon was aan de verstrooiing en teugelloosheid van de stad, niet geheel en al die levenswandel ophield waarvoor hij, in dagen van grotere eenvoud, door zijn vriend mr. Hector werd gehoogacht, doch onmerkbaar tot enkele toegevingen werd verleid die zijn deugdzame geest veel kwaad berokkenden.'

Ik zou nu mijn vernedering nog kunnen verergeren, maar ook een beetje verlichting vinden, dacht ik, door naar een pornofilm op tv te kijken, maar ik bedacht me. In plaats daarvan deed ik met kloppend hart in gedachten een beroep op de goeie ouwe betrouwbare juffrouw Ogilvy, afkomstig uit Kent, waar haar vader eigenaar was van een manufacturenwinkel, of wat wij kolonialen, gecorrumpeerd door amerikanismen, zoals zij het stelde, een textielzaak noemden. Wederom kwam ik per ongeluk haar slaapkamer binnen, verraste haar, betrapte haar in een positie om een moord voor te doen: juffrouw Ogilvy, trouw lid van het kerkkoor van de St. James United Church, in slipje en jarretelletje, voorovergebogen, in gedachten verzonken, terwijl ze haar borsten inpakte en haar bh dichtmaakte. Nee, nee. Daarvoor is het nog te vroeg. Ik zette mijn interne soft-porno-video op terugspoelen en begon met mijn komst in haar appartement die ochtend.

De weelderige juffrouw Ogilvy, die ons Frans en Engelse literatuur gaf en vaak hardop voorlas uit *John O'London's Weekly*, was minstens negenentwintig, volslagen onbereikbaar, dacht ik. Toen was er die zaterdagavond dat ze me geronseld had om te helpen bij het schilderen van haar appartement. 'Mits je goed werk doet,' zei ze, 'mag je mee-eten. En français, s'il vous plaît.'

'Wablief, juffrouw Ogilvy.'

'Werk?'

'Travail.'

'Très bien.'

We begonnen in de piepkleine keuken en die ochtend, een ongelooflijke marteling, botsten we onvermijdelijk verschillende keren tegen elkaar in die uitdagend beperkte ruimte. Twee keer streek ik met de rug van mijn hand per ongeluk langs haar borsten en ik was bang dat hij vlam zou vatten. Vervolgens klom ze op een ladder, het was haar beurt om aan het plafond te werken. Wauw. 'Help me even de ladder af, lieve jongen,' zei ze.

Ze verloor haar evenwicht en belandde even in mijn armen. 'Oeps!' zei ze.

'Sorry,' zei ik terwijl ik haar hielp haar evenwicht te herstellen.

'Sorry, dat is ook niet vreselijk complimenteus,' zei ze door mijn haar woelend.

's Middags aten we, gezeten op krukken aan de keukenbar, vispasta op witbrood. Ze opende ook een blikje tomaten, legde er een op mijn bord en nam er zelf ook een. 'Laten we de tijd nuttig besteden. Over veertien dagen zijn de examens, dat weet je toch? Zeg eens wat de juiste benaming is voor wat iedereen een "kassière" noemt?'

'Een *caissière.*'

'Goed zo. En weet je een andere naam voor een kuiken?'

'Nee.'

'Een tiet.'

'Och, kom op,' zei ik, zowat stikkend in mijn vispasta.

'O jawel. Kijk maar in het woordenboek. Maar ik weet wel waar jij aan dacht, ondeugende bengel. Nu de oorsprong van het woord "alibi", graag.'

'Latijn.'

'Goed zo.'

'Op dat moment zag ze de witte verfvlek op haar rok. Ze stond op, doopte een doek in de terpentine en trok haar rok op, zodat ze hem plat op de kruk kon leggen en de vlek eruit wrijven. Een bruine geplooide rok was het.[1] Ik zie hem zo voor me. Ik dacht dat mijn bonzende hart uit mijn borstkast zou springen en door het raam wegvliegen. Daarna schoof ze draaiend met haar heupen de rok weer op zijn plaats. 'O jeetje, nu ben ik nat op onnoembare plaatsen. Ik kan me maar beter verkleden. Een ogenblik, lieve jongen,' zei ze en ze schoof langs me heen, de vederlichte aanraking van haar borsten had ongetwijfeld een permanente brandvlek op mijn rug achtergelaten toen ze naar de slaapkamer verdween.

Ik rookte een sigaret, maar nog steeds was ze niet terug. Ik moest vreselijk pissen, maar om bij de wc te komen moest ik door haar slaapkamer. De gootsteen, dacht ik. Nee. Stel dat ze onverwacht binnenkwam en me betrapte? Niet in staat het langer op te houden ging ik naar de huiskamer, waar ik zag dat haar slaapkamerdeur op een kier stond. Wat kan het mij ook schelen, dacht ik, zo nodig moest ik. Ik stapte de slaapkamer in en daar stond ze in haar slipje en met haar jarretel-

1 Op bladzijde 16 was het een Schotse rok.

letje aan, voorovergebogen en in gedachten verzonken, haar bh vast te maken. 'O, sorry,' zei ik blozend. 'Ik wist niet...'

'Wat geeft het?'

'Ik moest gewoon naar de wc.'

'Nou, schiet op dan,' zei ze verbazend ruw opeens.

Toen ik weer terugkwam, duizelig van begeerte, was ze al aangekleed. Ze zette de radio aan en iemand zong 'Mr. Five by Five'.[2]

Toen raapte ik eindelijk de moed bij elkaar om haar aan te raken. Ik schoof mijn handen onder haar trui om haar bh los te maken. Ze verzette zich niet, maar schopte, zowel tot mijn schrik als tot mijn genoegen, haar schoenen uit. 'Ik weet niet wat me overkomt,' zei ze. Vervolgens wurmde ze zich uit haar rok en ik begon aan haar slipje te rukken.

'Wat ben je toch ongeduldig. Zo'n gretig jong hondje. *Attendez un instant.* Een heer, die heeft nooit...?'

Kut kut kut.

'Weet je het niet meer?' vroeg ze terwijl ze haar tong in mijn oor stak. 'Een heer, die heeft nooit...'

'Haast,' antwoordde ik triomfantelijk.

'Recht in de roos. Geef me nu je hand. Daar! Zo, ja! O, ja, s'il vous plaît!'

En dat was precies het moment waarop ik, alleen in mijn hotelkamer, mijn boven- en ondergebit in een glas op het nachtkastje, naar mezelf tastte. Op mijn afgetakelde leeftijd is zelfbediening meestal de enige oplossing. Het zou me in ieder geval doen inslapen, maar het mocht niet zo zijn. Nee, meneer. Want op dat moment sloeg juffrouw Ogilvy voor mijn geestesoog mijn hand weg. 'Wat denk je eigenlijk wel? Geniepig straatschooiertje dat je bent. Brutaal jodenjongetje. Trek onmiddellijk je vieze kleren weer aan, die je vast bij de groothandel hebt gekocht, en maak dat je wegkomt.'

'Wat heb ik nu weer verkeerd gedaan?'

'Vieze oude man. Dacht je soms dat ik een ordinaire hoer was die je zomaar op kon pikken in een bar? Stel dat Miriam op dat moment was binnengekomen en gezien had wat er van jou geworden is op je oude dag? Of een van je kleinkinderen? Dégoutant, dat ben je. Méchant. Vanavond moet je *Ode to the West Wind* van Keats van buiten leren en maandagochtend meteen voor de klas opzeggen.'

'Dat was Shelley.'

'Lariekoek.'

Miriam bezocht me in mijn dromen, gewapend met een van haar klachtenlijsten: 'Je maakt jezelf zeker wijs dat je aardig was voor Hymie en voor hem opkwam, maar ik ken je zo goed. Veel te goed!'

'Alsjeblieft, Miriam.'

2 Op bladzijde 15 was het *Mairzy Doats.*

'De waarheid is dat je hem al dat eten en die drank voerde omdat je hem nooit vergeven hebt dat hij niet tegen jou had gezegd dat het verhaal oorspronkelijk van Boogie was. Je bent zoals altijd weer wraakzuchtig geweest.'

'Nee.'

'Je hebt nooit iemand iets kunnen vergeven.'

'En jij dan?' brulde ik, wakker wordend. 'En jij dan?'

Ik stond vroeg op, zoals gewoonlijk ongeacht het tijdstip waarop ik in slaap was gevallen, boetend voor de zonden van de vorige avond: bonzend hoofd, brandende ogen, dichte neus, rauwe keel, zere longen, armen en benen zo zwaar alsof je onder water loopt. Ik maakte de gebruikelijke voornemens, douchte, schoof mijn mintfrisse bijters op hun plaats, al was het alleen maar om voor het scheren de vorm van mijn inklapbare kaak te herstellen, en belde vervolgens room service, waarbij ik gebruikmaakte van de altijd rake methode om zo snel mogelijk een ontbijt in een hotel geserveerd te krijgen. Dat was iets wat ik van Duddy Kravitz had geleerd.

'Goedemorgen, meneer Panofsky.'

'Wat is er zo goed aan? Ik heb drie kwartier geleden een ontbijt besteld en u had me beloofd dat het er binnen twintig minuten zou zijn.'

'Wie heeft uw bestelling aangenomen, meneer?'

'Hoe moet ik verdomme weten wie mijn bestelling heeft aangenomen? Maar het ging om verse sinaasappelsap, gepocheerde eieren, bruine toast, gewelde pruimen, de *New York Times* en de *Wall Street Journal*.'

Er volgde een stilte, waarna ze zei: 'Ik kan die bestelling hier niet vinden, meneer.'

'Ik wed dat jullie allemaal illegalen zijn daarbeneden.'

'Over tien minuten, meneer.'

'Als u er maar voor zorgt dat ik niet voor de derde keer hoef te bellen.'

Twaalf minuten later was mijn ontbijt er, de bediende die het bracht maakte uitgebreid zijn excuses voor de vertraging. Ik sloeg mijn sinaasappelsap achterover met mijn knoflookpillen, mijn bloeddrukpillen, mijn cholesterolpillen, mijn ontstekingsremmers, mijn een-keer-per-dag-afgaan-pillen en mijn vitamine-C-pillen, waarna ik in de *Wall Street Journal* keek hoe mijn aandelen ervoor stonden. Merck was anderhalve punt gestegen. Schlumberger hield zich goed, American Home Products was een puntje gezakt, Koninklijke Shell twee punten gestegen en de rest was hetzelfde gebleven. De rouwadvertenties van de *New York Times* bevatten vriend noch vijand. Toen ging de telefoon. Het was die slijmerige tv-producer van de BBC die blanco bonnen aan taxichauffeurs vroeg en waarschijnlijk alle minijampotjes op de ontbijttafel van zijn hotel in zijn zak stak. Hij belde vanuit de lobby. Jezus, ik was hem helemaal vergeten. 'Ik dacht dat we halfelf hadden afgesproken,' zei ik.

'Nee, halfnegen.'

Ik was hem een paar dagen eerder tegen het lijf gelopen in de Polo Lounge, waar hij me vertelde dat hij een documentaire maakte over de zwarte lijst van Hollywood. Ik was in de stemming om te dollen en had opgeschept over al die lieden die op de zwarte lijst stonden en die ik via Boogie in 1961 in Londen had ontmoet, en ik had toegestemd in een interview in de hoop dat Mike het zou zien. Nee, omdat het idee om uitgenodigd van wal te kunnen steken me wel aanstond.

Zittend onder de hete lampen, knipperend met mijn ogen en bedachtzaamheid voorwendend zei ik: 'Senator McCarthy was een principeloze dronkaard. Een clown. Dat is allemaal waar, maar nu de heksenjacht al lang voorbij is, meen ik dat we hem, achteraf bezien, kunnen beschouwen als de meest scherpzinnige en invloedrijke filmcriticus aller tijden. Beter dan Agee.' Ik vergat niet te pauzeren voor effect en kwam vervolgens met mijn klapper. 'Hij heeft in ieder geval schoon schip gemaakt, zou je kunnen zeggen.'

'Zo heb ik het warempel nog nooit horen stellen,' zei de presentator van de BBC.

Schijnbaar zoekend naar woorden, duidelijk in tweestrijd, aarzelde ik eer ik voorzichtig zei: 'Mijn probleem is dat ik aanzienlijk veel respect had voor de *Hollywood Ten* als mensen, maar niet als schrijvers van zelfs maar de tweede garnituur. Die gedreven groep investeerde zo veel integriteit in hun dwaze, schuldbewuste politiek, dat er niets meer overbleef voor hun werk. Zeg nou zelf, had Franz Kafka een privé-zwembad nodig?'

Dat leverde me een lachje op.

'Ik zeg het niet graag, maar voor de BBC, *veritas*. De waarheid is, hoezeer ik Evelyn Waughs politieke standpunt ook verfoei, ik neem toch liever een van zijn romans mee naar bed dan dat ik laat op de avond naar een van hun sentimentele, voorspelbaar linkse films op tv moet kijken.'

Kwaak, kwaak, kwaak. Vervolgens pauzeerde ik om mijn eerste Montecristo van die dag op te steken, er een trek van te nemen en mijn leesbril af te zetten, waarna ik recht in de camera keek en zei: 'Laat me tot slot een paar toepasselijke regels van W.B. Yeats citeren. "De besten hebben geen enkele overtuiging, terwijl de minsten/Vol hartstochtelijke intensiteit zijn." Zo was het, vrees ik, in die tijd.'

Mijn klus geklaard, werd ik geprezen door de dankbare producent voor mijn originele gedachten. 'Super,' zei hij.

10

De telefoon ging en ik schrok, want niemand wist dat ik de dag tevoren naar mijn buitenhuisje was gereden. Het was Kate, natuurlijk. 'Hoe wist jij dat ik hier was?' vroeg ik.

'Intuïtie. Een ingeving. Maar toen we woensdagavond praatten, zei je niets over weggaan. Daarna belde ik Solange en zij had ook geen idee waar je was. De conciërge...'

'Kate, het spijt me.'

'... moest de deur van je appartement voor haar openmaken. Ik werd gek van de zorgen hier.'

'Ik had moeten bellen. Je hebt gelijk.'

'Je moet daar sowieso niet gaan zitten kniezen. Dat is niet goed voor je.'

'Laat dat maar aan mij over, liefje.'

'Je hebt niets meer in Montreal. Michael zit in Londen. Saul is in New York. Het is toch niet zo dat jij koning Lear bent en geen van je kinderen je wil hebben? Je zou morgen bij ons kunnen intrekken. Ik zal wel voor je zorgen.'

'Ik vrees dat ik te veel gewend ben mijn eigen gang te gaan om me nog aan iemand te kunnen aanpassen. Zelfs aan jou, Kate. Bovendien wonen mijn vrienden nog hier. Maar ik beloof dat ik gauw op bezoek zal komen. Misschien volgend weekend.'

Maar dan zou ik verplicht zijn een van Gavins oeverloze oraties over de noodzaak tot belastinghervorming aan te horen. Hij zou me de intrige vertellen van de laatste film die hij had gezien. Op bevel van Kate zou hij me meenemen naar een wedstrijd in Maple Leaf Gardens, enthousiasme voorwendend.

'Hé, weet je wat ik hier in een la heb gevonden? Een schrift met een paar opstellen van toen je in de vijfde klas zat.'

'Verkoop het huisje, papa.'

'Dat kan ik niet, Kate. Nog niet.'

De waarheid is dat ik me af en toe in het huisje in de Laurentians, het toneel van mijn vermeende misdaad, terugtrek om, glas in de hand, rond te zwerven door lege kamers die eens weergalmden van het gelach van Miriam en de vrolijke gilletjes van de kinderen. Ik blader fotoalbums door, snotterend als een oude dwaas. Miriam en ik op de Ponte Vecchio in Florence. Of op het terras van de Colombe d'Or, waar ik haar vertelde over die keer met Boogie en Hymie Mintzbaum. Miriam zittend op ons bed, sereen, terwijl ze Saul zoogt. Ik speel haar favoriete muziek van Mozart. Ik zit hier, terwijl de tranen over mijn wangen rollen, haar oude tuinschoenen te knuffelen. Of te ruiken aan die nachtjapon die ik verstopte toen ze haar spullen pakte. Ik stel me voor dat ze me zo zullen vinden. Een in de steek gelaten echtgenoot. Gestorven aan een gebroken hart. Haar nachtjapon tegen mijn gok gedrukt.

'Wat houdt die oude jood daar vast?' vraagt professor Blair Hopper, geboren Hauptman. 'Het nummer van zijn Zwitserse bankrekening op een oude lap geschreven?'

'O, mijn arme lief, vergeef me,' smeekt ze op haar knieën zinkend en mijn koude hand tegen haar wang drukkend. 'Je had gelijk. Hij is een lul.'

Dan sta ik op uit de dood, zoals hoe heet ze, die seksdoos,[1] die zogenaamd verdronken was in de badkuip, in die film met de zoon van Kirk Douglas, hij is al net zo lelijk als zijn vader, alleen zwaai ik niet met een mes. *Final Attraction.*[2] Ik kom overeind en zeg met trillende stem: 'Ik vergeef je, mijn lief.'

Doe niet badinerend over zelfmedelijden. Er is heel wat voor te zeggen. Ik houd er in elk geval van. Maar soms worden mijn dagdromen onderbroken door de beschuldigende stem van De Tweede Mevrouw Panofsky, die ook met mij heeft samengewoond hier:

'Je hebt het niet zo leuk met mij, hè, Barney?'

Ik kijk op uit mijn boek, fronsend, duidelijk te kennen gevend dat ik gestoord ben, en zeg: 'Natuurlijk wel.'

'Je veracht mijn ouders, die jou nooit kwaad hebben gedaan. Jij was het, hè?'

'Wat was ik?'

'Degene die mijn moeder die brief stuurde met het briefhoofd van Buckingham Palace, ik weet niet hoe je eraan kwam, waarin stond dat ze met nieuwjaar in aanmerking zou komen voor een Order of the British Empire, als beloning voor haar liefdadigheidswerk.'

'Dat heb ik niet gedaan.'

'Elke ochtend stond ze voor het raam naar de postbode uit te kijken en ten slotte moest ze het feest afzeggen dat ze had georganiseerd. Ik hoop dat je er plezier aan hebt beleefd dat je haar zo verneder̈d hebt.'

'Ik heb het niet gedaan. Ik zweer het.'

'Barney, ik wil dat je ons een kans geeft. Ik wil dat je zegt wat ik moet doen om je gelukkig te maken.'

'Ikbengelukkigikbengelukkig.'

'Waarom praat je dan nooit met mij?'

'Je moet me corrigeren als ik ongelijk heb, maar zijn we dat nu niet aan het doen? Praten?'

'Ik praat en jij luistert, zo'n beetje. Je hebt niet eens je boek neergelegd.'

'Zo. Nu heb ik het neergelegd. Wat nu?'

'Och, krijg toch wat, jij.'

Ik had gehoopt op een beetje eenzaamheid hier, maar nadat ik in staat van beschuldiging was gesteld, parkeerden er auto's op het terrein en stapten mensen uit om naar het huisje van de moordenaar te kijken. Motorboten kwamen tot vlak aan de oever, waar de klootzakken hun buitenboordmotoren afzetten en rechtop gingen staan om foto's te maken. Maar in de begintijd van mijn tweede huwelijk wist ik inderdaad af en toe aan mijn vrouw te ontsnappen.

'Liefje, ik denk niet dat je voor het weekend wilt overkomen. De buffelmuggen

1 Glenn Close.

2 *Fatal Attraction*, met in de andere hoofdrol Michael Douglas. In 1987 uitgebracht door Paramount. De recette in Noord-Amerika van de film bedroeg 156.645.693 dollar.

zijn op z'n ergst en dan zwijg ik nog van de muskieten na die regen. Ga jij maar naar de bruiloft van Silverman. Zeg maar dat ik verhinderd ben en dan laat ik Benoit komen om het lekkende dak te repareren.'

Mijn vader, die kort tevoren gedwongen met pensioen was gegaan, kwam ons zo nu en dan een weekendje lastigvallen. 'Ik zou wel ergens een baantje kunnen krijgen in de bewaking met mijn eersteklas ervaring, maar die chazerim hebben mijn wapenvergunning ingetrokken.'

'Waarom hebben ze dat gedaan?'

'Waarom? Waarom? Omdat ik Panofsky heet, daarom.'

Dus belde Izzy de hoge officier van de Provinciale Politie in Quebec die vroeger zijn chauffeur was geweest. 'Er gingen weken voorbij en ik kon hem niet aan de lijn krijgen. Maar eindelijk kreeg ik het voor mekaar, wat dacht je? Eindelijk wist ik hoe ik hem te pakken moest krijgen. Ik liet een vriendin opbellen, weet je, en ze moest van me zeggen dat ze de telefoniste was, interlokaal vanuit Los Angeles, en de menselijke nieuwsgierigheid, weet je wel, je verwacht het niet, nou hij kwam aan de lijn. Ik zei, moet je goed luisteren, zakkenwasser dat je bent, als ik de paus bel, zeg ik, dan krijg ik hem eerder aan de lijn dan jou. O, zegt-ie, Panofsky, ja, ik heb het ook druk. Kom mij niet aan met dat gelul, zeg ik, toen ik je kende had je het niet druk. Ik zeg ik wil geen gunsten. Maar moet je horen, elke spaghettivreter in de stad heb een vergunning en ik zoek een baantje bij een bewakingsdienst en ik voel me niks lekker zonder wapen. Dus hij regelt het voor me. Dus nou is het in orde, ik had twee revolvers gehouden, mijn favorieten. Ik heb er een met extra korte loop en een Tiger. Die en twee automatische en ik laat er hier een voor jou in de la van je nachtkastje liggen, wat vind je daarvan?'

'Waarvoor in godsnaam?'

'Als er een inbreker komt, je zit in de middle of nowhere hier, en dan blaas je 'm godverdomme door.'

De meeste weekenden, liever dan mijn zwijgzaamheid te verduren, nodigde De Tweede Mevrouw Panofsky haar ouders, of andere ongewenste personen, uit. Zodoende stelde ik uit zelfverdediging een paar zomerrituelen in. Ik verdween één of twee uur met mijn snorkel en zwemvliezen onder water in het meer, op zoek naar scholen baarzen. Onder het voorwendsel dat ik niet genoeg lichaamsbeweging kreeg en te kwabbig begon te worden, vulde ik elke zaterdagochtend, weer of geen weer, mijn rugzak met een paar boterhammen met salami, wat fruit, een fles Macallan, een thermosfles koffie en een boek, en ging er in mijn grenen[3] kano vandoor, een hedendaagse *voyageur*, op weg naar de berg aan de andere oever, al zingend van *Mairzy doats*, of *Bongo, bongo, bongo, I don't want to leave the Congo*...

De berg, in die tijd nog op de kaart vermeld met de naam Eagle Head, is al

3 Cederhouten.

lang geleden omgedoopt tot Mont Groulx, naar de rabiaat racistische André Lionel Groulx, de grote held van de separatisten hier. Dan klom ik naar een open plek aan de top en zette me in de schaduw van een klein aanleunhutje dat ik had gebouwd, waarna ik mijn lunch met Macallan wegspoelde en las tot ik in slaap viel.

Bij mijn terugkeer in het huisje, meestal aardig bezopen, slaagde ik er soms in het diner te vermijden, evenals de daaropvolgende spelletjes charade of scrabble, door hoofdpijn voor te wenden. Want als ik aan tafel ging met de familie, zou ik onvermijdelijk ruziemaken met mijn schoonvader, die bijvoorbeeld zou zeggen dat Nixon zich in Moskou verdienstelijk had gemaakt in zijn keukendiscussie met Nikita Chroesjtsjow.

'Papa zou je graag als lid willen introduceren bij Elmridge.'

'Nou, dat is verschrikkelijk aardig van hem, maar het is aan mij niet besteed. Ik golf niet.'

'Als ik eerlijk mijn mening mag zeggen,' zei mijn schoonmoeder, 'het gaat om de sociale contacten die je daar kunt leggen, aangezien jij nooit de privileges hebt genoten die wij voor lief nemen. De zoon van meneer Bernard is lid en Harvey Schwartz ook.'

'We spelen vaak met z'n drieën,' zei mijn schoonvader.

'Moet je kijken hoe Maxim Gold ervan geprofiteerd heeft en hij golft ook niet. Toen hij als jongen uit Hongarije kwam, kon hij nauwelijks een woord Engels spreken.'

De hatelijke Gold, ontiegelijk rijk nu, had een farmaceutisch bedrijf, bloedplasma was zijn meest verkochte product. 'Als ik eerlijk mijn mening mag zeggen,' zei ik, 'dan wil ik liever geen lid worden van een club die mensen als Maxim Gold accepteert, mensen die geld verdienen met de verkoop van bloed. En bovendien,' voegde ik er met mijn beminnelijkste glimlach aan het adres van mijn schoonvader aan toe, 'begrijp ik niet hoe anderszins volwassen mannen een hele middag kunnen verknoeien met te trachten een klein wit balletje in een gat te slaan. Men zou er de toekomst van de mensheid somber door gaan inzien, vindt u niet?'

'Hij maakt maar een grapje, papa.'

'Nou, ik kan wel tegen een grapje, hoor. Maar daarbuiten in de frisse lucht...'

'Niet verontreinigd door sigarenrook,' zei mijn schoonmoeder, zich frisse lucht toewuivend.

'... genietend van wat Weldoenster Moeder Natuur ons geschonken heeft, houden wij ons niet bezig met vuistgevechten zoals de vandalen die ijshockey spelen. Wat zeg jij, Barney?'

Ik ben emotioneel gebonden aan dit huisje, dat zindert van zo veel herinneringen. Neem deze, bijvoorbeeld.

Op een zomeravond nog maar twee jaar geleden, zat ik in mijn schommelstoel op de doorlopende veranda. Paffend aan een Montecristo, nippend van een cognacje, verlustigde ik me in de herinneringen aan de goede oude tijd met mijn gezin, toen ik gestoord werd door het geknars van autobanden op het grind van de oprijlaan. Het is Miriam, dacht ik met bonzend hart. Miriam die is thuisgekomen. Vervolgens stopte vlak voor me een Mercedes sportwagen waaruit, met een aarzelende glimlach, een modepop stapte, gekleed in een pak zoals je ze in *Gentlemen's Quarterly* ziet. Een broodmager oud mannetje dat zich er kennelijk niet van bewust was hoe belachelijk hij eruitzag. Het was een bedrukte Norman Charnofsky, al lang met emeritaat van New York University, en wat er nog over was van zijn vroegere asgrijze haar was nergens meer te bekennen. Norman droeg een toupetje. 'Wel, wat zullen we nou krijgen,' was alles wat ik uit kon brengen.

'Ik ben gekomen omdat ik wil dat je mijn kant van het verhaal hoort. Ik heb het gevoel dat ik je dat op zijn minst verplicht ben.'

Arme, onschuldige, goedaardige Norman, gekrompen inmiddels, maar nog steeds niet in staat zijn huilbuien te bedwingen, zoals bleek. Het uit de toon vallen van zijn salonheldenkostuum werd enigszins goedgemaakt door een jusvlek op zijn broek.

'Voor je begint,' zei ik, 'wil ik dat je weet dat ik contact heb gehad met je vrouw.' Vervolgens nodigde ik hem uit binnen te komen.

'Je hebt contact gehad met Flora. Denk je dat ik me geen zorgen om haar maak?'

Norman begon met me te herinneren aan onze ontmoeting in het Algonquin Hotel, al die jaren geleden, aan de achterkant van de maan, toen ik afstand deed van de rechten op Clara's werk, dat we allebei zonder commerciële waarde achtten. Maar tot verbijstering van zowel Norman als ik werden er, naarmate Clara's reputatie steeg, van dat salontafelboek met haar pentekeningen jaar op jaar duizenden verkocht en werd haar in vele landen vertaalde *Virago's Versboek* steeds weer herdrukt. De Clara Charnofsky Stichting, opgericht als een liefderijk maar schijnbaar futiel gebaar, begon miljoenen binnen te halen. In het begin was het kantoor van de stichting gevestigd in dat kleine hobbykamertje van Normans flat, waar hij bij het licht van een kaal peertje 's morgens vroeg de correspondentie deed op een portable typemachine en zorgvuldig een boekhouding bijhield van al het geld dat werd uitgegeven aan briefpapier, porto, schrijfmachinelinten, paperclips en carbonpapier. Ja, carbonpapier, als er nog iemand van jullie oud genoeg is om te weten wat dat was. Jongen, in die tijd gebruikten we niet alleen carbonpapier, als je iemand opbelde, dan kreeg je zelfs antwoord van een menselijk wezen aan de andere kant van de lijn, en geen antwoordapparaat met een ha-ha-ha-boodschap. In die goeie ouwe tijd hoefde je geen ruimtevaartdeskundige te zijn om dat speeltje te bedienen waarmee je je tv aan en uit zet, dat belachelijke hebbedingetje met twintig toetsen tegenwoordig, God weet waarvoor. Dokters maakten nog huisvisites. Rabbijnen waren kerels. Kinderen werden door hun moeder opgevoed in plaats van als biggen in kinderopvanghokken. Je had geen aparte tandarts voor tandvlees, kiezen, vullen en trekken – één smoelensmid deed de hele mikmak. Als een kelner hete soep knoeide op de jurk van je vriendin, dan bood de baas aan de stomerij te betalen en liet gratis drankjes serveren, en zij deed hem geen procces aan voor tig miljoen dollar smartengeld wegens 'inboeting van levensvreugde'. Als het restaurant een Italiaan was, dan kon je er iets krijgen dat spaghetti heette, vaak met tomatensaus. Toen was het nog geen pasta met gerookte zalm, of linguine in alle kleuren van de regenboog, of penne bedekt met een stomende vegetarische berg die eruitziet als hondenbraaksel. Ik ga weer tekeer. Ik dwaal af. Sorry.

Het kantoor van de stichting, eens een benauwd hokje, had jaren geleden plaatsgemaakt voor een suite van vijf kamers op Lexington Avenue, met een achtkoppige staf, de juridisch adviseurs niet meegerekend, of de effectenmakelaar, die wonderen had verricht op de aandelenmarkt. Miljoenen werden vergaard, niet alleen door royalty's en goocheme investeringen, maar ook door legaten die aan de stichting werden vermaakt. Toen het allemaal te veel werd voor Norman om te bestieren, benoemde hij twee Afro-Amerikaanse feministen in het stichtingsbestuur: Jessica Peters, wier gedichten waren gepubliceerd in de *New Yorker* en de *Nation*, en dr. Shirley Wade, die colleges 'culturele studies' gaf aan Princeton. De twee geduchte zusters haalden een agressieve historica binnen, Doris Mandelbaum, auteur van *Vrouwelijke Geschiedenis, van Boudicca tot Madonna.*

Het was juffrouw Mandelbaum die de eerste bestuursrevolte aanvoerde door erop te wijzen dat het een typische daad van patriarchale machtsuitoefening was, sommigen zouden zelfs kunnen spreken van 'een sekse-oxymoron', dat de voorzitter van het bestuur van een feministische stichting een man was, een steunpilaar van het kerngezin, met als enige aanspraak op die functie het feit dat hij familie was van Clara, zelf een martelares van de mannelijke gevoelloosheid. Een beschaamde Norman stemde onmiddellijk in met aftreden, waarna zijn functie werd overgenomen door dr. Shirley Wade. Norman bleef echter een oogje in het zeil houden en de boekhouding van de stichting minutieus bijhouden. Op een bestuursvergadering in 1992 zette hij, ondanks zijn karakteristieke bedeesdheid, vraagtekens bij een snoepreisje op kosten van de stichting dat de zusters hadden gemaakt naar een literaire conferentie in Nairobi, met een tussenstop in Parijs.

'Ik neem aan dat als we naar Tel Aviv waren gegaan, je geen bezwaar tegen de reis zou hebben gemaakt.'

Daarna had Norman de euvele moed te betwisten dat lunches bij The Four Seasons, Le Cirque, Lutèce en The Russian Tea Room op rekening van de stichting konden worden geboekt.

'Maar ik stel me voor dat het wel kosjer zou zijn geweest, om het zo maar eens te zeggen, wanneer we de zaken van de stichting hadden besproken in een vettige eettent in Harlem.'

'Hè, toe nou,' zei Norman rood aanlopend.

'We hebben genoeg van jouw penis-powertrip hier, Norman.'

'Om je de waarheid te zeggen, we zijn je paternalistische manier van doen allemaal beu...'

'... en je seksuele hangups...'

'... en je racisme.'

'Hoe kun je mij beschuldigen van... Heb ik jou en Shirley niet in het bestuur benoemd?'

'*Oiwee, jingele*, maar dat gaf je wel een heel goed gevoel, niet? Het zal je kisjkes wel verwarmd hebben.'

'Toen kon je thuis tegen je vrouwtje zeggen: we hebben sjwartzes in het bestuur tegenwoordig.'

Na een spoedvergadering van het bestuur, twee jaar later in afwezigheid van Norman gehouden in La Côte Basque, kreeg hij een aangetekende brief waarin hij van zijn functie in het bestuur van de Clara Charnofsky Stichting, later De Clara Charnofsky Stichting voor Vrouwen, ontheven werd.

'Godverdomme, Norman, waarom heb je geen advocaat in de arm genomen om dat hele stelletje eruit te flikkeren?'

'Ja, en dan zij zeker een ingezonden brief naar de *Times* sturen om me als racist aan de kaak te stellen.'

'Wat zou dat?'

'Ze zouden gelijk hebben, zie je dat niet in? Ik heb ontdekt dat ik een racist ben, en jij ook, alleen erken ik het, dat hebben ze me tenminste geleerd. Ik ben ook seksebevooroordeeld. Een hypocriet. Vroeger droeg ik een aids-lintje op mijn jasje als ik college gaf, maar zal ik je eens wat vertellen? Ik ging niet meer naar dat Italiaanse restaurant in 9th Street – Flora en ik waren al jaren vaste klant, maar sommige lui die daar werken zijn homo en die begonnen er plotseling erg hologig uit te zien, stel je voor dat een van hen in zijn vinger sneed bij het aardappelschillen in de keuken en het kon hem niks schelen?

Die vrouwen hebben me gedwongen eens goed naar mezelf te kijken. Ik moest toegeven dat ik me goed voelde, nobel zelfs, dat ik twee Afro-Amerikaanse vrouwen in het bestuur had benoemd, en diep in mijn hart verwachtte ik dankbaarheid van hen. Weet je, ik heb ze een keer verteld dat ik Shamir vreselijk vond en dat ik voor een Palestijnse staat was, en dat was ook zo, maar was dat de werkelijke reden, of wilde ik een wit voetje bij hen halen? Hé, die Charnofsky is een aardige jood. Hij breekt geen armen van Arabische jongens op de West Bank. Jessica heeft me een keer uitgedaagd op een bestuursvergadering. Wees eens eerlijk, zei ze, als ik haar drie zoons in, zeg, 46th Street op me af zou zien komen, zou ik dan niet aan de overkant van de straat gaan lopen omdat ik bang was beroofd te worden? Ze hebben allemaal van dat rechthoekig geknipte haar, maar één studeert met een beurs aan de Julliard School of Music en de andere twee zitten op Harvard. Als het regent en ze houden een taxi aan, rijdt-ie gewoon door. En als ik taxichauffeur was, deed ik misschien hetzelfde. Jij ook. Als Jesse Jackson een grap maakt over Smousland, dan schiet iedereen in een stuip, maar ik heb gehoord dat jij ze sjwartzes noemt en ik wed dat als jouw dochter met een van hen was getrouwd, je geen fles champagne opengetrokken zou hebben. Ik moet ook zeggen dat zowel Jessica Peters als Shirley Wade veel intelligenter is dan ik. Maar in plaats van dat ik blij ben voor hen – Daar ga ik weer. *Blij zijn voor hen*,' zei hij terwijl hij met zijn vuisten tegen zijn voorhoofd sloeg. 'Welk recht heb ik om zo te reageren op de superieure intelligentie van een Afro-Amerikaan? Geen enkel. Maar in die tijd was ik stiekem jaloers. Na al die jaren was ik nog steeds maar lector aan de Universiteit van New York, terwijl Shirley hoogleraar was aan Princeton op grond van "positieve actie". Ja, allicht. Maar Shirley en Jessica zijn allebei geestig en ad rem. Ik durfde nauwelijks mijn mond open te doen tijdens de bestuursvergaderingen, zo geïntimideerd was ik, ze konden je zo de mond snoeren met hun scherpe tong.

Moet je dit horen. Toen ze stemden voor een jaarsalaris van dertigduizend dollar voor zichzelf, als presentiegeld en voor andere werkzaamheden, heb ik me als een razende verzet, maar jongen-jongen, wat was ik opgewonden. Ik kon het ruiken. Het geld. Maar Jessica zei met dat lachje van haar: Goh, Norman, als je zo beledigd bent, kun je altijd je eigen jaarsalaris weigeren. Nee, dat kan ik niet doen, zei ik, doodsbang, want dan zou het net lijken of ik kritiek had op mijn gerespecteerde collega's. Het zou opgevat kunnen worden als een morele veroordeling.

Zal ik je nog eens iets veel beschamenders over mezelf vertellen? Jessica is niet alleen briljant, ze is ook een schoonheid en ze heeft de reputatie dat ze het met veel mannen doet. Nou, ik heb nog nooit met een zwarte vrouw gevreeën. Wat heet, ik ben drieënzestig en ik heb het nog nooit met iemand anders gedaan dan Flora. Ik zou dood kunnen gaan zonder dat ik wist of ik iets miste, omdat het misschien met een ander veel beter zou zijn. Maar goed, op de bestuursvergaderingen betrapte ik mezelf erop dat ik stiekem naar Jessica's borsten zat te gluren, of naar haar over elkaar geslagen benen, en ze wist het, reken maar dat ze het wist. Dan zat ze daar in dat korte rokje, als het nog korter was, enfin, en hield ze een briljant exposé over Henry James of Mark Twain, improviserend, ze kwam met ideeën waar ik in mijn dertigjarige docentenloopbaan nooit opgekomen was, en dan kreeg ik een erectie. Ik bestelde altijd in het restaurant beneden de lunches voor die bestuursvergaderingen en op een dag was het kippenbout met aardappelsla en Shirley wil me net een kippenbout serveren als Jessica haar hand opsteekt en zegt: Ik denk dat Norman meer valt op donkerder vlees, en met z'n tweeën zitten ze te schuddebuiken van het lachen terwijl ik helemaal rood word. O, ik schaam me zo. Ik ben zo'n smeerlap. En Doris, ja Doris, ik kon niet tegen haar pesterijen, maar ze had gelijk wat mij betreft. Ik zou niet graag zien dat mijn dochter met een andere vrouw ging samenwonen. De waarheid is dat ik me zelfs niet op mijn gemak voel bij een lesbienne of een homo. Waarom? Dat zal ik je vertellen. Zoals Doris al zei, ben ik onzeker over mijn mannelijkheid. Als ik in bed lag met mijn ogen dicht en het zou een man zijn die me afzoog – neem me kwalijk dat ik zo praat – zou ik dan het verschil merken? Zou ik niet net zo goed klaarkomen? Als ik daaraan denk, word ik bijna misselijk van angst. Maar ik wed dat 't hetzelfde zou zijn voor jou als een man het deed, en daarom tap jij moppen over flikkers, maar ik niet meer.

Oké, genoeg daarover. Niet meer om de hete brij heen draaien, Norman. Wat jij echt graag wilt weten is waarom ik het geld, aanhalingstekens openen, gestolen, aanhalingstekens sluiten, heb. Nou, het was geen stelen, het was nemen wat me toekwam. Nee. Minder dan me toekwam. Luister hier, wie zou zonder mij ooit van Clara Charnofsky hebben gehoord? Heb jij haar gedichten in eigen beheer uitgegeven? Heb jij met dat zelfgedrukte boek bij uitgevers geleurd in de tijd dat ik nog oud vuil voor ze was, en heb ik niet al die bedelbrieven geschreven aan boekrecensenten? Wat zou een agent gerekend hebben? Tien procent, volgens mij, of misschien wel vijftien. De stichting was mijn idee en van niemand anders. Miljoenen hebben ze in kas, rente vergarend dag in dag uit, allemaal dankzij mij. En elk jaar geven we honderdduizenden dollars uit aan beurzen, stipendia, noem maar op, en dacht jij dat ik ooit ook maar een bedankbriefje heb gekregen? Vergeet het maar. Dus ik telde alle uren op die ik er in de loop van de jaren aan had besteed en ik bedacht dat ik vijftig dollar per uur waard was, wat minder is dan een kloteloodgieter tegenwoordig rekent, laat staan een advocaat, en het kwam op 750.000 dollar. Ze kunnen het stelen noemen, of verduistering, of fraude, het kan me geen reet schelen, ik had er recht op. Hé, wil je lachen? Dan weet ik er nog wel een. Schenk nog maar eens in.'

'Ik denk dat je wel genoeg gehad hebt, Norman.'

'Hij denkt dat ik wel genoeg gehad heb. Dat is een goeie, vooral als je weet wie het zegt.' Hij hield zijn glas op.

Ik schonk hem een kleintje in met een hoop water.

'Ik ging naar Lutèce om te lunchen. Ze gaven me een plaatsje aan de tafel naast de plek waar de kelners steeds langsgaan en ik wist niet wat ik moest bestellen of welke wijn je waarbij hoort te drinken. Hou jij van kaviaar? Ik heb er jarenlang over gelezen in romans, maar het is zo zout. Ik begrijp niet waar ze zich druk over maken. Kun je zien dat ik een toupet draag, als je me niet van vroeger kent, bedoel ik?'

'Wil je vannacht hier blijven slapen, Norman?'

'Ik heb al een kamer in een motel gereserveerd.'

'Dat was niet nodig geweest.'

'Eén, ik wist niet zeker of je hier wel zou zijn, of dat ik welkom was. Twee, ik reis met een jonge vrouw, niks voor jou, maar het zijn mijn zaken, niet?' Toen hield hij op met huilen en begon te giechelen. 'Doreen leest Archie-strips. Ze luistert naar rockmuziek in de auto en klapt met haar kauwgum. Ik word er gek van. We moeten elke avond precies om halfzeven een motelkamer nemen met televisie zodat ze naar *Jeopardy* kan kijken. Ik schaam me om me voor haar uit te kleden, een magere oude man als ik. Sorry dat ik het vraag, maar heb jij al spataderen?'

'Een paar.'

'Barney, Barney, ik weet niet meer wie ik ben of wat ik doe. Ik zit huilend op het toilet en laat de kraan lopen zodat ze me niet hoort. Ik maak me doodongerust over Flora, mijn dochter moet me wel haten, en op een dag krijgen ze me te pakken en eindig ik in een gevangenis met ordinaire misdadigers. Maar hoe gaat het met jou tegenwoordig, dat heb ik niet eens gevraagd?'

'Heb je al het geld uitgegeven?'

'Ik denk tweehonderdduizend dollar tot dusver, misschien ook minder. Wat maakt het uit?'

'Ben je bereid het restant terug te geven?'

'Ik heb alleen genomen wat mij eerlijk toekomt.'

'Geef antwoord op mijn vraag.'

'Geef antwoord op zijn vraag. Ik ga niet de gevangenis in.'

'Als je bereid bent het restant terug te geven, zou ik naar New York kunnen gaan en met het bestuur praten. Ik zal aanbieden het ontbrekende geld aan te vullen, mits ze de aanklacht intrekken, wat ze volgens mij zeker zullen doen.'

'Hoe kan ik dat toestaan?'

'Ik ben rijk, Norman.'

'Hij is rijk. Misschien had ik bij de tv moeten gaan, rotzooi produceren voor het plebs.'

'Norman, nou begin je net zo te praten als je oom Chaim, *alav hasjolem.*'

'Ik waardeer je aanbod. Eerlijk waar. Maar Flora zal me nooit meer terug willen. Kan ik het haar kwalijk nemen? En ik zal mijn vrienden ook nooit meer onder ogen durven komen,' zei hij terwijl hij abrupt opstond. 'Zeg, heb jij misschien iets te knabbelen hier? Cashewnoten, of chocolaatjes of zoiets? Ik heb haar beloofd dat ik iets mee zou brengen, maar nu is alles gesloten.'

'Sorry, Norman, nee. Ik zou graag willen dat je hier komt ontbijten, dan kunnen we verder praten. Ik meende het toen ik zei dat ik het ontbrekende geld wil aanvullen. Ik zou ook met Flora kunnen gaan praten.'

'Pindakaas misschien? Een paar sneeën brood?'

'Sorry, maar ik kom hier niet meer zo vaak. Hé, ik kan wel wat frisse lucht gebruiken. Waarom laat je je auto niet hier, dan rijd ik je terug naar het motel.'

'Het is maar drie kilometer hiervandaan, misschien vier. Het gaat heel goed.'

Ik had moeten aandringen.

II

Jeremy Katz
Voorzitter
MAF
Postbus 124
Montreal, Quebec

18 mei 1994

De Clara Charnofsky Stichting voor Vrouwen
615 Lexington Avenue
New York, N.Y.
U.S.A.

Geachte Personen,

Hallo allemaal. Ik schrijf om een stipendium aan te vragen namens MAF (Mannen Actie Feminisme), maar voor ik dat doe, wil ik jullie iets vertellen over onze organisatie, mijn onbeduidend persoontje en mijn wederhelft.

Mijn kostwinpersoon, Georgina, op wie ik erg trots ben, is het enige vrouwelijke lid van het Arrestatieteam van de Montrealse politie. Een baan die ze heeft gekregen ondanks haar positionele nadeel op de werkvloer, waar ze fluiten en gluren en andere op sekse gebaseerde molesteringen heeft te verduren. Vorige week nog, om precies te zijn, toen ze Bureau 10 verliet in haar burgerkloffie (een nauwsluitend truitje, microrokje, zwarte netkousen en stilettohakken), trok de dienstdoende agent van de wacht zijn wenkbrauwen op en riep: 'Hé, wat zie jij er vanavond geweldig uit, Georgy.'

Ik ben degene die thuis de boel draaiende houd, ik zorg voor onze twee kinderen Oscar en Radclyffe. Ik ben dol op Georgina, maar soms kan ze moeilijk zijn. Na het werk kan het gebeuren dat Georgina iemand ontmoet in Sappho's Kelder, haar favoriete kroeg, en haar dan uitnodigt thuis te komen eten zonder mij eerst te bellen. Ik vind het echt niet erg, maar ik hou er niet van om verrast te worden in mijn verfomfaaide huishoudkleren. Ik zou het op prijs stellen als ze me belde om te waarschuwen, zodat ik de kans kreeg iets aan te trekken dat meer *soigné* is, en dan zwijg ik er nog maar over dat we betrapt worden met *papieren servetjes* op tafel.

Gistermiddag laat belde Georgina om te zeggen dat ze niet thuis kwam eten. Het scheen dat twee vrouwelijke agenten van Bureau 10, Brunhilde Mueller en Helene Dionne, besloten hadden hun band te verzegelen en samen te gaan

wonen. Dus alle vrouwen op het bureau hadden een merriebal georganiseerd en een paar tafeltjes geboekt bij KLEPEL, een mannelijke stripteasetent in de East End. En zo kon ik genieten van een zeldzame traktatie, *de ochtendkrant.* En daar, op de voorpagina van het sportkatern, stond een foto van Mike Tyson, veroordeeld wegens verkrachting, die gauw weer achter de zwaargewichtbokskroon aan zou gaan, en op dat moment kreeg ik mijn ingeving.
De volgende ochtend haalde ik mijn beste Ierse linnen tafelkleed uit de kast en nodigde het hele bestuur van MAF uit op de thee met suikervrije koekjes. Ik zing niet graag mijn eigen lof, maar de waarheid is dat mijn idee met kreten van enthousiasme werd onthaald. Dus hier komt het. Zou het, eenvoudig gezegd, niet gewoon magnifico zijn als Mike Tyson, die vrouwenverkrachter die alle zichtbare-minderheidspersonen in de hele wereld te schande maakt, *uitgedaagd en verslagen zou worden in het gevecht om het kampioenschap zwaargewicht door een vrouwelijke bokser*? Dat zou toch zeker een MIJLPAAL zijn in de GESCHIEDENIS VAN VROUWEN. Nu is MAF bereid een landelijke speurtocht te ondernemen naar zo'n vrouwelijke bokser. Onze financiële middelen zijn echter beperkt en daarom vragen we bij de Clara Charnofsky Stichting voor Vrouwen een stipendium aan van 50.000 dollar om onze inkomsten uit bingoavonden en de verkoop van bakproducten aan te vullen. Jullie kunnen een aandeel leveren in de verwezenlijking van de eerste Vrouwelijke Wereldkampioen Zwaargewicht Boksen. Wat vinden jullie ervan?
MAF kijkt met spanning uit naar je antwoord.

Hoogachtend,
Jeremy Katz
namens MAF

12

Verveeld nam ik de telefoon op en ik hoorde nog net onze receptioniste zeggen: 'Goedemiddag. Volslagen Onnodige Producties.'

'Kan ik Barney Panofsky spreken?'

'Hoe is uw naam?'

'Miriam Greenberg.'

'Als u een actrice bent, dan moet ik u zeggen dat meneer Panofsky liever heeft dat u een brief stuurt.'

'Wilt u tegen hem zeggen dat Miriam Greenberg aan de lijn is, alstublieft?'

'Ik zal kijken of ik hem te pakken kan krijgen.'

'Miriam, ben je in Montreal?'

'Toronto.'

'Wat toevallig. Ik moet morgen in Toronto zijn. Zullen we gaan eten?'

'Je bent onmogelijk, Barney. Ik bel omdat je cadeautje gisteren is aangekomen.'

'O.'

'Hoe durf je zo familiair te doen.'

'Je hebt gelijk. Ik had het niet moeten doen. Maar ik zag het toevallig in de etalage van Holt Renfrew en ik moest meteen aan jou denken.'

'Ik heb het teruggestuurd.'

'O. Naar mijn kantoor?'

'Maak je maar geen zorgen.'

'Ik zei dat het me speet.'

'Dit moet afgelopen zijn. Ik heb nooit iets gedaan om je aan te moedigen.'

'Ik vind dat we hier onder vier ogen over moeten praten.'

'Er valt niets te praten.'

'Je hoeft niet zo boos te zijn.'

'Wat voor een vrouw denk je eigenlijk wel dat ik ben?'

'O, daar zou je versteld van staan. Miriam, Miriam, de waarheid is dat ik aldoor aan je denk.'

'Hou daar dan maar mee op. Ik heb omgang met iemand.'

'Jullie wonen toch niet samen?'

'Wat heb jij daarmee te maken?'

'Ik ben onmogelijk, ik besef het. Waarom gaan we niet samen lunchen en...'

'Dat heb ik al gezegd.'

'... Wacht even. Lunchen. Eén keertje maar. En als je dan besluit dat je me niet meer wilt zien, dan is het afgelopen.'

'Eerlijk?'

'Ik zweer het.'

'Wanneer?'

'Zeg jij het maar en ik zal er zijn.'

'Woensdag. We kunnen een dagschotel nemen op het dak van het Park Plaza.'

'Nee. Beneden. In de Prins Arthur Kamer.'

13

Gisteravond maakte ik een grote fout. Ik herlas een deel van de shit die ik geschreven heb in wat ik, met een tikje aan mijn hoed voor kardinaal Newman, deftig ben gaan beschouwen als mijn hoogst eigen *Apologia pro vita sua.* Terzijdes, of wat ik liever beschouw als borrelpraat à la Barney Panofsky, in overvloed. Maar Laurence Stern deed het ongestraft, dus waarom ik niet? Prijs je maar gelukkig.

De lezer hoeft niet tot het eind van deel drie te wachten voor ik zelfs maar geboren word. Iets anders. Het kost me geen zes bladzijden om een landje over te steken, wat wel het geval geweest zou zijn als dit was geschreven door Thomas Hardy. Ik beteugel mijn metaforen, in tegenstelling tot John Updike. Ik ben bewonderenswaardig beknopt in beschrijvende passages, in tegenstelling tot P.D. James, een schrijfster die ik toevallig bewonder. Een personage van P.D. kan een vertrek binnenkomen met groot nieuws, maar dat wordt pas onthuld als we weten wat de kleur en de stof van de draperieën is, de stamboom van het tapijt, de kleur van het behang, de kwaliteit en de inhoud van de schilderijen, het aantal en het design van de stoelen, of de bijzettafeltjes echt antiek zijn, gekocht in Pimlico, of namaak van Heal's. P.D. James is niet alleen begaafd maar duidelijk ook een echte *baleboeste*, of chatelaine. Ze is ook vertederend, wat je van mij niet kunt zeggen, en dat brengt me op een nieuw terzijde, de bekentenis van een karakterzwakte.

Liggend op mijn eenzame sofa 's avonds, zuipend en zappend, hou ik altijd een verrekijker binnen handbereik op mijn bijzettafeltje. Die heb ik nodig voor 'diepte-interviews' op CBC-tv met leuterende politieke pandits, economen, hoofdredacteuren van kranten, sociologie- of psychologiedeskundologen en andere gediplomeerde idioten. Waarom? Omdat die interviews meestal gehouden worden in wat een bibliotheek moet voorstellen, de planken achter de zeveraar staan afgeladen vol met boeken. Zeg, het is de beroemde auteur van die baanbrekende studie van vijfduizend Canadezen waaruit blijkt (hallo, hallo) dat de rijken gelukkiger zijn dan de armen en minder kans lopen op ondervoeding. Of, nog beter, een seksuoloog, wat dat ook zijn mag, die oppert dat serieverkrachters vaak einzelgängers zijn die als kinderen seksueel werden misbruikt, of minstens uit disfunctionele gezinnen komen. Wat het ook is, ik grijp onmiddellijk naar mijn verrekijker om de titels van de boeken op de planken te bestuderen. Als er iets bij is van Terry McIver, zet ik mijn tv af en ga een brief schrijven aan CBC waarin ik hun intelligentie en goede smaak in twijfel trek.

Slecht geslapen vannacht, om vijf uur wakker en moest tot halfzeven wachten op de ochtendkranten.

Een goeie in de *Globe and Mail* vandaag. Elfriede Blauensteiner, een Weense weduwe, is er gloeiend bij. Naar verluidt plaatste ze regelmatig contactadvertenties in de Oostenrijkse kranten:

> Weduwe, 64, 1 meter 65, zou graag de kalme herfst van haar leven delen met een weduwnaar. Ik tuinier en ik ben huisvrouw, verpleegster en een trouwe metgezel.

De eenzame moffin is ook een gebleekte blondine die een bril met blauwgetinte glazen draagt en verslaafd was aan het roulettewiel en de blackjacktafels van Baden Baden. Veel eenzame oude gozers, merendeels gepensioneerden, reflecteerden op haar advertenties en zij selecteerde ze op hun activa. De politie zegt dat haar inkomsten uit banktegoeden, roerend en onroerend goed en contant geld, die haar werden nagelaten in gewijzigde testamenten, in de miljoenen liepen. Haar favoriete *modus operandi* was een mengseltje van medicijnen tegen diabetes dat ze over een periode van maanden in het eten en drinken van haar slachtoffers deed. Dat leidde onvermijdelijk tot de dood, ogenschijnlijk door natuurlijke oorzaak. Tot dusver heeft de lieve schat vier moorden bekend, maar de politie vermoedt nog meer skeletten in haar kast, bij wijze van spreken. Dat doet me denken aan het personage dat Charlie Chaplin speelde in zijn laatste film, Monsieur Hoeheet-ie,[1] waarin hij al die weduwen de pijp uit jaagt, en ik vraag me af of Eldfriede zich door dezelfde idiote redenering liet leiden. Namelijk, wat doen een paar nutteloze oude levens ertoe vergeleken met de verschrikkingen van de wereld?

In mijn voordeel moet gezegd worden dat ik nooit serieus heb overwogen De Tweede Mevrouw Panofsky per ongeluk te verdrinken of te vergiftigen, hoewel het ontbijt met haar een afdaling in de hel was. Weergaloos attent deelde mijn babbelzieke vrouwtje mij bij de ochtendkoffie immer mede wat ze zich kon herinneren van haar dromen van de afgelopen nacht, wat een hoop was. Eén ochtend in het bijzonder staat voor altijd in mijn bijwijlen dubieuze geheugen gegrift. Korte samenvatting van het voorafgaande. De avond tevoren, twee kaartjes voor de hockeywedstrijd in mijn borstzak, ontmoette ik John Hughes-McNoughton, die met me meeging, bij Dink's. John was al lazarus en Zack Keeler was er ook, eveneens in de lorum. 'Hé, Barney, weet je waarom Schotten rokken dragen?'

'Kan me niet schelen.'

'Omdat schapen de ritssluiting van een gulp kunnen horen.'

Saul, wiens smaad ik moet verduren, vindt het maar niks dat ik zo'n hockeyfanaat ben. 'Op jouw leeftijd,' zei hij onlangs, 'is dat gedweep met de stick niet meer gepast.'

Maar die wedstrijd zag ik nooit. En toen Dink's om twee uur 's nachts dichtging, stapten John, Zack en ik de oortintelende koude buitenlucht in, sneeuw wervelde in de wind, geen taxi te bekennen, en we sloften verder naar een illegale kroeg in McTavish Street, onze overjassen dampend in de plotselinge warme lucht.

Het is te begrijpen dat ik in doodsnood verkeerde de volgende ochtend toen De Tweede Mevrouw Panofsky me in haar gewatteerde roze peignoir gezelschap kwam houden aan de ontbijttafel. Ik verschool me achter de *Gazette*, sloeg hem open op de sportpagina en las: *Jean Beliveau de Geweldenaar leidde de…*

'Ik heb vannacht toch zo akelig van jou gedroomd.'

… de Canadiens naar een…

'Joehoe. Ik zei, ik heb…'

'Ik heb je wel gehoord.'

1 *Monsieur Verdoux* (Universal, 1947) was niet Chaplins laatste film. Zijn laatste film was *A Countess from Hong Kong* (Charles Chaplin, 1967) met in de hoofdrol Marlon Brando.

... naar een overtuigende 5-...

'Ik was weer zestien, maar ik begrijp niet waarom ik in mijn droom mijn haar nog steeds in een paardenstaart droeg met dat fluwelen lint van Saks op Fifth Avenue dat tante Sara me gegeven had een maand of zo voordat ze naar het ziekenhuis ging om leeggeschraapt te worden, weet je wel, voor haar hysterectomie. Ze halen de baarmoeder van dat arme mens eruit en het volgende moment neemt ze een privé-detective in de arm om oom Sam overal te volgen. Het ergste wat ze konden ontdekken was dat hij, toen hij eigenlijk in de talmoedles van rabbijn Teitelbaum had moeten zitten, in werkelijkheid pinochle zat te spelen achter in de kapperszaak van Broadway op St. Viateur. Weet je wel, naast waar vroeger de kosjere slagerij van Reuben Best zat, mijn moeder zweerde bij zijn kippen. Reuben was zo'n grappenmaker. Mijn moeder nam me altijd mee, ik was pas tien, en dan zei hij: "Hoe kan het dat een mooi meisje als jij nog niet getrouwd is?" Maar goed, het was in ieder geval raar dat ik nog steeds een paardenstaart had in mijn droom en daar ben ik nog niet achter, maar op die leeftijd ging ik al naar een dameskapper, Mr. Mario's Salon, in Sherbrooke Street, vlak bij Victoria. Dat herinnert me eraan, heb je nou gisteren die lampenkap opgehaald bij Grunwald? Het is pas de derde keer dat ik het je vraag en je hebt het beloofd. Ben je het weer vergeten? Je had belangrijker dingen aan je hoofd? Ja, dat zal wel weer. Maar als ik had gezegd dat er geen single malt whisky meer in huis was, *kleine kans*, dan zou je meteen naar de slijterij gerend zijn. Ik was meneer Mario's lieveling. Zulke mooie natuurlijke krullen, zei hij altijd, ik zou jóu eigenlijk moeten betalen dat ik je haar mag doen. Hij is drie jaar geleden gestorven, nee, vier, kanker aan de testikels, zo is het begonnen.'

Met trillende hand zette ik mijn koffiekopje neer en stak een Montecristo Nr. 4 aan.

'Ik vraag me af, heb jij ooit van longemfyseem gehoord?'

'Wat zei je?'

'Dat moet erger zijn dan hysterectomie, voor een man, bedoel ik, je testikels kwijtraken, en dan zwijg ik er maar over wat het betekende voor Gina, zijn vrouw, de arme schat. Je hoefde maar de naam van een aria van Verdi te noemen en Gina zong hem woordelijk voor je terwijl ze je haar waste. Het was al uitgezaaid, de testikelkanker, en ze sneden meneer Mario's buik open en naaiden hem weer dicht, niets meer aan te doen. Hij liet Gina achter met twee kinderen. De dochter werkt nu op de parfumafdeling van Lanvin bij Holt Renfrew, dat is de reden dat ik daar nooit meer naar toe ga, ze doet veel te familiair. Daar stel ik geen prijs op. Ze hoeft mijn voornaam niet te gillen alsof we hartsvriendinnen zijn, je kunt het aan de andere kant van het warenhuis horen. Maar de jongste, Miguel, is chef-kok en volgens mij mede-eigenaar van Michelangelo aan Monkland Avenue. Weet je wel, even voorbij de Monkland-bioscoop. Daar heb ik *Forever Amber* gezien toen ik nog maar een kind was, mijn vader zou doodgegaan zijn als hij het had geweten. Met Linda Darnell en Cornel Wilde en George Sanders, ken je hem nog? die vond ik vroeger geweldig. We moeten een dezer dagen Michelangelo eens uitproberen. De Silvermans zijn er vorige week naar toe geweest en ze zeiden dat het goedkoop en lekker was, met een fatsoenlijke ruimte tussen de tafeltjes. Niet zoals die bistro's in St. Denis Street, omdat die jou zo aan Parijs doen denken, als je daarnaar toe gaat is het net of je de Fransozen aan weerszijden van je mee te eten hebt gevraagd, en dan begin jij luidop Engels te praten, zoals gewoonlijk ruzie zoekend. O, ik weet wel hoe je daarvan geniet. Net doen, omdat je weet dat ze meeluisteren, of je een vette Zwitserse bankrekening hebt en niets van het menu begrijpt omdat het in het Frans is. Wat is in godsnaam paté brulde je laatst, en je sprak het uit dat het rijmde op mate. Je hebt geluk gehad dat ze je toen niet in elkaar sloegen. Die vent aan het tafeltje naast ons was ziedend. Herb nam de pasta e fagioli en daarna de lasagna stilo Sorrento. Hij maakt zich over zijn gewicht geen zorgen, die man, terwijl je toch zou denken, één trap op en het is net of hij de Boston Marathon heeft gelopen. Hij heeft last van steenpuisten, ook in zijn schaamstreek. Nogal een afknapper, heeft Marsha me verteld, vooral als er een openbarst. Marsha nam de antipasto en de kalfslapjes alla Milanese, en dat met die spleten tussen haar tanden, ze wilde nooit een beugel dragen toen we samen bij Young Judea zaten, er blijven restjes eten tussen zitten en ik weet niet waar ik moet kijken. Ik heb het haar een keer heel attent fluisterend verteld, we waren uit eten met twee jongens bij Miss Montreal, ik was met Sonny Applebaum, hij wilde met me trouwen en weet je wat? dan had ik nu voor een man met Parkinson moeten zorgen. Ik fluisterde er iets over tegen haar en, jongen, als blikken konden doden, dus ik ben er nooit meer over begonnen. Maar ze moet niet met haar mond open praten. O, neem me niet kwalijk. Vergeef me. In jouw ogen kan ze geen kwaad doen. Jij danste de hele tijd met haar op de bruiloft van Rothstein. Daar was geen haar tussen te krijgen, tussen die lijven van jullie. Denk maar niet dat iedereen niet in de gaten had dat jullie met z'n tweeën een uur lang nergens te bekennen waren. Ja, ik weet het. Je hoeft het niet nog eens te vertellen. Ze voelde zich een beetje duizelig en jij hebt haar mee naar buiten genomen voor een wandeling naar de waterkant. Ja, ja. Maar luister hier, Sir Galahad, Norma Fleisher – het komt niet omdat ze te veel eet dat ze dik is, het zijn haar klieren – zou op de dansvloer flauw kunnen vallen en je zou geen vinger uitsteken. Voor een wandeling. Je hebt Marsha meegenomen naar het boothuis. Het zal niet de eerste keer voor haar zijn, als het maar een broek aanheeft, dus denk niet dat jij zo bijzonder bent. Ze zou jullie kerels van die ansichtkaarten moeten geven, zoals ze voor die eenden doen in dat restaurant in Parijs waar je mij mee naar toe nam, La Tour d'Argent.'

5-2, maar het zou weleens een kost...

'Verveel ik je?'

'Nee.'

'Doe me dan een lol en leg die krant neer.'

'Ik heb hem neergelegd.'

... een kostbare overwinning kunnen zijn, omdat Phil Goyette een haal met de stick kreeg van Stan Mikita...

'Je leest weer.'

'Je ging me vertellen wat je gedroomd hebt.'

'Ik weet precies wat ik je ging vertellen en ik doe het in mijn eigen tempo. Ik wist niet dat we zo'n haast hadden hier. Jongen, wat maakte jij een kabaal toen je eindelijk thuiskwam vannacht. Die hockeywedstrijd moet wel achttien periodes geduurd hebben in plaats van de gebruikelijke drie, als je ziet hoe laat je binnenkwam, en hoe je aan die scheur in je overhemd komt, dat zou ik weleens willen weten. Nee. Ik wil het liever niet weten. Maar nu ik het daarover heb, je gedrag, er is iets wat ik je wil vragen. Vrijdagavond gaan we naar mijn ouders voor het sjabbesdiner, deze keer kom je er niet onderuit. O, ik weet dat het een bezoeking voor je is, je moet een pak aan, maar mijn vader heeft altijd de beste single malt whisky's in huis, alleen maar om jou een plezier te doen. O, dat was ik vergeten. Het nieuwe meisje deed er ijs in de laatste keer dat je kwam. Die moet dood, hè? Ik zal je vertellen, ik kan mijn tong wel afbijten dat ik zo gek ben geweest je te vertellen dat mijn moeder absoluut niet tegen fluiten aan tafel kan. Dat doe je hier niet, of ergens anders. Nóóit, nóóit. Maar zodra je op vrijdagavond bij mijn ouders aan tafel zit en voor we zelfs maar de gefilte fisj op hebben, lijkt het wel of je auditie doet voor de *Ed Sullivan Show* of zoiets. Dus wil je komende vrijdag alsjeblieft, alsjeblieft, alsjeblieft geen 'Mairzy doats' fluiten, of 'Bongo, bongo, bongo, I Don't Want to Leave the Congo', of een ander idioot wijsje van Spike Jones? Dat vind je leuk? Dat vind je om te lachen? Nou, val dood, jij. Mijn vader wacht nog op de uitslag van die biopsie en als het positief is, dan weet ik niet wat ik doe, ik ga dood, denk ik. Waar was ik gebleven?'

'Zestien was je en je had een paardenstaart.'

'Dat was het jaar van mijn Sweet Sixteen diner dansant in de sjoel. Ik droeg een witte tafzijden jurk van Bergdorf-Goodman met bijpassende handschoenen en zijden kousen en schoenen met hoge hakken. Mijn vader zag me en hij kreeg tranen in zijn ogen. Meneer Bernard en zijn vrouw kwamen naar het diner, evenals de Bernsteins en de Katansky's en...'

'Wat aten jullie?' vroeg ik met een dreigende glimlach.

'Ben je sarcastisch?'

'Ik ben geïnteresseerd.'

'In iets wat belangrijk is voor mij? Ja, dat zal wel. En je hebt die sjikses, die zogenaamde actrices van jou, ook nooit met een vinger aangeraakt, en gisteravond heb je geen druppel gedronken, niet? Wel. Nou, als je het weten wilt, de caterer was Monsieur Henri, kosten noch moeite gespaard. Hij was een sefardische jood uit Marokko, maar niet zo'n onguur type. Hij was bijzonder beleefd. Erg gedistingeerd. Als je hem voorstelde aan een dame, kuste hij haar hand zonder die feitelijk aan te raken. Toen bleek dat zijn enige zoon epilepsie had en dat brak zijn hart. Hij begon te drinken en zijn zaak ging bergafwaarts. *Kijk niet zo naar me. Bespaar me die blikken.* Ik weet dat het je werk niet in de weg staat. Nog niet, tenminste. Trouwens, in jouw geval zou ik zeggen dat je werk je drinken in de weg staat. Geen reactie? Wat moet ik doen om je aan het lachen te maken? Op mijn hoofd gaan staan? Mijn onderbroek uittrekken in de etalage van Eaton? Dat is iets wat die jonge actrice van jou, waar jij zo dol op bent, die Solange, nooit zou kunnen, want ik heb gehoord dat ze geen onderbroeken draagt, en ik zit tegenover iemand die dat met zekerheid zou kunnen bevestigen of ontkennen. Ja? Nee? Laat maar. In die tijd bloeide de zaak van monsieur Henri en hij caterde voor veel partijtjes die niet eens joods waren. Oude families in Westmount die geen joden, zelfs niet zo'n ontwikkeld man als mijn vader, in hun clubs duldden, namen hem voor de debutantenbals van hun dochters en allerlei soorten gelegenheden die de society-rubriek van de *Gazette* haalden. O, moet je meneer zien. Hij is al weer ongeduldig. Ik mag niet afdwalen, hè? Of anders zeg je zo meteen dat je dringend naar de wc moet *en neem je je krant mee*, maar ik weet toevallig dat je vanmorgen al geweest bent, *en hoe.* Dus wil je er de volgende keer aan denken de spuitbus te gebruiken, daar is die namelijk voor. Niet iedere fles is om uit te drinken, moet je maar denken. Zoals gewoonlijk kan er weer geen lachje af. Geen ha-ha-ha. Dat vind je niet geestig. Alleen jij kunt grappen maken. Oké, oké. Ta-taa! Hier komt het menu. We begonnen met *foie de poulet*, opgediend in uitgeholde komkommers, gegarneerd met schijfjes augurk en bloemblaadjes. Tante Fanny wist niet wat dat waren en at het allemaal op, dat was jarenlang een familiegrapje. Mijn vader nam ons altijd mee uit eten naar het Café Martin, waar een vaas met bloemen midden op tafel stond, en dan knipoogde hij en zei: "Maar goed dat tante Fanny er niet bij is."

Op mijn Sweet Sixteen-partijtje gingen jongens verkleed als bedoeïenen de tafeltjes langs met manden vol bagels met stukjes chocolade en kaneel en frambozen en citroen, wat nog nooit iemand gezien had. Een uitvinding van monsieur Henri. De soep was een of andere bouillon, maar o zo geurig, met piepkleine hartvormige balletjes kalfsgehakt gebakken in een flinterdun laagje meel. Vervolgens kreeg iedereen een klein mintsorbetje om de smaak weg te werken en sommigen van de oudere gasten begonnen te mopperen, ze dachten dat het diner voorbij was, dat ze geen hoofdschotel kregen. De hoofdschotel was ribstuk van zuiglam in een bed van couscous en gegarneerd met appelbeignets. Als nagerecht waren er stukjes dadels en lange vingers en kwartjes verse vijgen en aardbeien gedoopt in chocoladesaus, allemaal in een uitpuilende jachthoorn van biscuit.'

... van Stan Mikita in het begin van de eerste periode...

'Mijn vader gaf me een onyx ring en een paarlen halssnoer met bijpassende armband en oorbellen. Ik heb het laten taxeren bij Birk's, kijk niet zo naar me, ik ben niet op geld uit, ik moest wel, voor de verzekering, en het was bij elkaar 1500 dollar waard, en dan heb ik het over 1947, laat staan nu. Hij gaf me ook een massief zilveren make-upset van Mappin en Webb die nog steeds op mijn toilettafel staat en wil je daar alsjeblieft je whiskyglas niet meer op zetten, er komen kringen van in het antieke leer, niet dat het jou wat kan schelen. Mijn grootvader gaf me mijn eerste bontjasje met bijpassende mof, wie draagt die nog tegenwoordig, vraag ik je? Maar ik wil er voor geen goud afstand van doen. Je leest weer.'

'Niet waar.'

'Waarom verschoof je je koffiekopje dan?'

'Omdat ik gemorst had.'

'Wat ik nou weleens zou willen weten, je gaat op donderdagavond naar een hockeywedstrijd, je ziet wat daar gebeurt, je weet wie de goals gemaakt heeft, maar het eerste wat je de volgende ochtend doet is de sportpagina opslaan. Waarom? Denk je dat de score in de *Gazette* anders is?'

'Je ging me over je droom vertellen.'

'Mijn droom interesseert jou helemaal niet.'

'Natuurlijk wel.'

'Omdat hij over jou ging?'

'Ik ben er toch niet over begonnen?'

'Ik zal je zeggen wat mij nou interesseert. Sylvia Hornstein heeft je twee weken geleden op de lingerieafdeling van Holt Renfrew gezien en ze zegt dat je een zijden negligé kocht die je in cadeaupapier liet pakken en vervolgens – en dat vond ik interessant – in bruin papier liet wikkelen, net of je het pakje aan iemand over de post ging sturen. Dus het was duidelijk niet voor mij. Voor wie dan?'

'Om je de waarheid te zeggen...'

'O, die wordt goed!'

'... Irv Nussbaum is binnenkort jarig en hij belde me vanuit Calgary op en vroeg me dat voor zijn vrouw te kopen en het haar over de post toe te sturen.'

'Leugenaar, leugenaar, leugenaar.'

'Wat zullen we nou krijgen?'

'Wie van die zogenaamde actrices van jou had hem vannacht aan, je kwam pas om vier uur thuis?'

'Ik was toevallig op stap met John en Zack en dat mag je van me controleren, als je wilt.'

'Val jij maar hartstikke dood,' zei ze en ze sprong op.

... het waren de Habs die weer als een brandweerwagen op de Hawks afgingen. Eerst gaf Jean Beliveau de Geweldenaar een voorzet aan Dickie Moore vlak voor de goal en daarna was het Bernard 'Boom-Boom' Geoffrion die de puck vanaf twaalf meter langs Glenn Halls vangarm sloeg, een schot dat de keeper van de Hawks eigenlijk had moeten houden. Vervolgens ving Beliveau een lange pass van Doug Harvey op en schaatste helemaal alleen op Hall af. Vlam, vlam, vlam, 5-1 voor de goeien.

14

De Tweede Mevrouw Panofsky bonsde op de deur van de douche. 'Telefoon,' zei ze. 'Het is je vader.'

Izzy zei: 'Je zou vanavond met me naar een hockeywedstrijd gaan, hè? Mooi uitje. De klote-Rangers. Je kon waarschijnlijk niemand anders krijgen om mee te gaan. Nou, ik kan niet. En jij ook niet.' Hij pauzeerde even om zijn neus te snuiten. 'Het is voorbij.'

'Wat is voorbij?'

'Het lijden van je arme moeder. Ze is vannacht in haar slaap gestorven en ik kan mijn verdriet niet op.'

'Lul niet.'

'Hé, een beetje respect, hè? Je had haar moeten zien toen we verkering kregen. Ze was een spetter. We hebben weleens gekibbeld in al die tijd, wie niet, maar ze heb altijd netjes huisgehouden. Ik had geen klachten wat dat betreft.'

Maar ik had klachten wat mij betreft. Mijn vader was zelden thuis toen ik opgroeide. Meestal kreeg ik 's avonds macaroni met kaas te eten, maar bij speciale gelegenheden kookte mijn moeder hotdogs met bergen klonterige puree, afgedekt met cornflakes. Eén ding heeft ze echter voor me gedaan: ze schreef me in voor tapdansles bij meneer Erik Engerd, die twee keer was aangeklaagd wegens ontuchtige handelingen met jongens. Ze hoopte vurig dat ik in het talentenjachtprogramma *Major Bowes' Amateur Hour* zou mogen optreden en ontdekt werd, maar ze verloor haar belangstelling toen ik een auditie voor een plaatselijke show verknalde. Het intiemst werd ik met haar toen ze al malende in de inrichting zat. Dan deed ik de deur van haar kamer op slot, zette mijn matelot op, zwierde mijn stokje rond en tapdanste om haar bed terwijl ik 'Shoofle Pie' zong en 'Apple Pan Dowdy', of 'Ac-cent-tchuate the Positive', een andere favoriet van haar. Dan gilde ze en klapte in haar handen terwijl de tranen over haar wangen rolden, en ik werd heen en weer geslingerd tussen vreugde dat ik eindelijk contact had met mijn moeder en woede dat ze zo'n stomme trut was.

Izzy huilde op de begrafenis, al was het maar ten behoeve van haar twee broers en hun vrouwen die waren komen overvliegen uit Winnipeg, waar mijn moeder vandaan kwam. Mijn ooms, die ik sinds mijn bar mitzwa niet meer gezien had, waren respectabele mensen. Milty was kinderarts en Eli advocaat en beiden nam De Tweede Mevrouw Panofsky onmiddellijk voor zich in. 'Ik heb begrepen,' zei oom Eli, 'dat je vader een goede vriend is van meneer Bernard. Hij gaat volgende week een praatje houden op een fundraising van ons in de sjoel. Zeg tegen je vader dat ik tot meneer Bernards dienst sta, mocht hij hulp kunnen gebruiken.'

De Tweede Mevrouw Panofsky legde haastig uit dat haar ouders op reis waren in Europa, anders zouden ze natuurlijk de begrafenis hebben bijgewoond.

'Mocht je vader ooit voor zaken naar Winnipeg komen, dan heeft hij daar een vriend. Zeg dat maar tegen hem.'

Mijn ooms waren altijd tegen mijn vader gekant geweest en geneerden zich voor mijn moeder, die ze beschouwden als de idioot van de familie. Toch vroeg oom Milty aan mijn vader: 'Waar ga je sjiwe zitten?'

'Mijn eigen filosofie, persoonlijk gesproken, is modern,' zei Izzy. 'Ik doe niet mee aan die religieuze hocus-pocus.'

Opgelucht troffen mijn ooms en tantes voorbereidingen voor de retourvlucht. Ik dropte De Tweede Mevrouw Panofsky bij ons huis en reed met mijn vader door naar Dink's, waar we samen in Panofsky-stijl konden rouwen. Pas toen we allebei een end heen waren, begon Izzy te snotteren en zijn ogen te drogen met een vuile zakdoek. 'Ik zal nooit hertrouwen. Nooit meer.'

'Wie zou met een ouwe zak als jij willen samenwonen?'

'Dat zou je nog verbazen, jongen. Ze hield van je, hoor. Toen ze zwanger werd, was dat een ongelukje.'

'O?'

'Ze was zwanger en maakte zich zorgen over haar figuur, ik zei als je een abortus wilt, dan kan ik het regelen. Nee hoor, zei ze. Ze wilde je Skeezix noemen, naar die jongen in *Gasoline Alley*, maar daar was ik faliekant tegen en we werden het eens over Barney, naar *Barney Google.*'

'Je bedoelt dat ik naar een stripfiguur ben genoemd?'

'Ze hoopte dat je ooit een radioster zou worden.'

'Net als Charlie McCarthy of Mortimer Snerd?'

'Kom nou. Dat waren poppen. Hé, zelfs een spotje op de Canadese radio zou haar plezier gedaan hebben. Ze miste nooit een aflevering van *Happy Gang*. Weet je nog? Bert Pearl. Kay Stokes. Die jongens.'

'Heb je geld nodig, pap?'

'Ik heb mijn gezondheid, die kun je met geen miljoenen kopen. Wat ik nodig heb is een baan. Ik ben naar de burgemeester gegaan van Côte St.-Luc. Wat denk je? vraag ik. Izzy, zegt-ie, ik ben een jood en de wethouder is een jood. Het zou geen goede indruk maken als we ook een joodse politieman hadden. De gojim zouden erover praten. Je weet hoe ze zijn. Daar had-ie gelijk in. Toen ik jong was, heb ik gemerkt dat ze zelfs Al Jolson niet mochten. Hij is geen echte neger, zeiden ze dan. Het is schmink.'

'Pap, ik zou niet weten wat ik zonder je moest. Je hebt geen baan nodig. Ik ga ons souterrain verbouwen tot een zelfstandig appartement voor jou.'

'Ja, natuurlijk. Dat zal je mevrouwtje leuk vinden.'

Zoals Izzy had voorzien, was De Tweede Mevrouw Panofsky ziedend toen ik haar vertelde dat ik het souterrain ging verbouwen tot een appartement voor mijn vader. 'Ik wil dat beest hier niet in huis,' zei ze.

'Hij is mijn vader. Het bevalt me niks dat hij op zijn leeftijd alleen in een huurkamer zit.'

‘Wat zou jij ervan vinden als mijn vader bij ons introk, hij is zo ziek, als er een dag voorbijgaat dat hij me niet ziet, kwijnt hij weg.’

De verhuizing van een sjofel logement in Dorchester naar een kraakhelder, van alle moderne gemakken voorzien appartement in een met bomen omzoomde straat in de dure wijk Hampstead intimideerde mijn vader niet. Hij maakte zich onmiddellijk thuis. Binnen een paar weken rook zijn geplande keuken naar muffe scheten en White Owl-sigaren en eten van de afhaalchinees dat op papieren borden stond te schimmelen. Op elke stoel in de zitkamer lag een stapel tijdschriften en kranten (*True Detective*, de *National Enquirer*, de *Police Gazette*, *Playboy*[1]), de hoekjes van de omslagen onveranderlijk afgescheurd omdat hij daarvan tandenstokers vouwde terwijl hij naar *Perry Mason* of *Have Gun Will Travel* keek. Zijn bed was nooit opgemaakt en de asbakken puilden uit van de sinaasappelschillen en zonnebloempitten en stukjes augurk en sigarenpeuken. Overal stonden lege bier- en whiskyflessen.

Ik weigerde beslist gehoor te geven aan het verzoek van De Tweede Mevrouw Panofsky om een slot te doen op de deur van de keuken naar de binnentrap die naar het appartement van mijn vader leidde. Arme Izzy. De onverschrokken politieman die inbrekers tegen de grond had geworsteld, bankrovers in steegjes achterna had gezeten, drugsdealers met een linkse hoekstoot had geveld en overvallers met de kolf van zijn revolver de schedel had ingeslagen, was bang voor De Tweede Mevrouw Panofsky zoals hij nog nooit voor een wetsovertreder was geweest. Pas als hij me alleen in huis hoorde, durfde Izzy op zijn teentjes de trap te beklimmen, aarzelend de keukendeur te openen en te vragen: ‘Is de kust veilig, jongen?’

‘Ze is weg.’

Dan pakte Izzy een glas en liep recht naar de drankkast in de eetkamer.

‘Voorzichtig, pap, ze zet potloodstreepjes op de flessen om te markeren hoeveel er nog in zit.’

‘Hé, je praat tegen een rechercheur.’

‘Ja, dus als ik me tegenwoordig een whisky inschenk,’ zei ik terwijl ik hem recht aankeek, ‘dan hoef ik er geen water meer bij te doen. Dat is al gebeurd.’

‘Dat is die nieuwe werkster. Jongen, wat is die preuts.’

‘Godverdorie, pap, je hebt toch niet…’

‘Ik heb haar met geen vinger aangeraakt. Wat ze ook zegt.’

Izzy genoot vooral van de woensdagavond, als De Tweede Mevrouw Panofsky op bezoek ging bij haar ouders om mijn wekelijkse pokeravond te ontlopen. Ik kreeg meestal bezoek van Marv Guttman, Sid Cooper, Jerry Feigelman, Hershey Stein en Nate Gold. Eén woensdagavond staat me vooral bij, toen Irv Nussbaum inviel voor Nate Gold, die afwezig was. Terwijl hij de kaarten schudde, keek Irv vrolijk naar Marv. ‘Vertel eens, hebben jullie het leuk gehad in Israël, Sylvia en jij?’

1 In werkelijkheid verscheen het eerste nummer van *Playboy* pas in december 1963.

'Het is niet te geloven. We hebben een geweldige tijd gehad. Ik zal je zeggen wat ze daar doen...'

'Wat ze daar doen,' zei Irv, zich tot de hele groep wendend terwijl hij de kaarten deelde, 'kost ontelbare miljoenen en dit jaar zal iedereen, en ik bedoel iedereen, als nooit tevoren over de brug moeten komen.'

'Het is een klotejaar geweest voor ons,' zei Hershey.

'Het ergste tot nu toe,' zei Jerry.

'En met de prijs van de materialen tegenwoordig.'

'En wat dacht je,' zei Irv, 'wat het kost om tegen de fedajien te vechten, of om onze broeders uit Jemen op te nemen?'

Irv uitnodigen was een vergissing geweest, besefte ik te laat. Na een uur stokte het spel, de jongens keken verontwaardigd toe hoe Irv een geciseleerde kristallen schaal met fiches vulde en naar kleur op stapels begon te leggen. De fiches waren niet van hem, maar vertegenwoordigden tien procent van elke pot, een deel, daar stond hij op, dat diende te gaan naar de Ben-Goerion Universiteit in de Negev. Irv zat in het bestuur.

'Hij houdt nooit op,' zei Hershey met een blik op Irv.

'Onze vijanden ook niet,' zei Irv.

Tegen tienen was de lol eraf en na nog een rondje, afschuwelijk vroeg voor ons doen, besloten de jongens op te stappen en begonnen aan de hapjes die ik op schotels op een bijzettafeltje had geserveerd: gerookt vlees, salami, gehakte levertjes, aardappelsalade, augurken, bagels en sneeën *kimmel*brood. Irv telde de fiches in de kristallen schaal nog eens na en zei: 'We hebben driehonderdzevenenvijftig dollar opgehaald voor de Ben-Goerion Universiteit in de Negev. Als we met z'n allen nog eens twintig dollar lappen, dan hebben we op de kop af vijfhonderd dollar.'[2]

En op dat moment stormde Izzy, aangelokt door de belofte van eten en drinken, de eetkamer binnen en zwaaide grijnzend met zijn revolver met korte loop. 'Verroer je niet,' brulde hij terwijl hij zijn cowboypose aannam. 'Dit is een overval.'

'Pap, in christusnaam, ik ben die grap nou echt zat. Het is stompzinnig.'

Snuivend, zijn mond om een papperige White Owl geklemd, zeeg Izzy in de stoel neer die het dichtst bij de schotels met hapjes stond. 'Ik heb drie revolvers in huis.' Mijn afkeurende blik ontwijkend, haalde hij de schotel met het gerookte vlees naar zich toe, pakte een vork en begon vette stukken eruit te kiezen, de magere wipte hij aan de kant, en op een snee kimmelbrood te laden. 'Ik heb ze goed weggestopt, op verspreide plaatsen, weet je wel. Als iemand onuitgenodigd binnenkomt, jongen, als hij wil dan blaas ik hem door, zeker weten.' Toen begon hij voor de zoveelste keer herinneringen op te halen. 'In de crisistijd, weet je wat ik toen verdiende? Twaalfhonderd ballen per jaar, geen cent meer, en ik wed dat

2 375 plus 6 keer 20 is 495 en geen 500.

sommigen van jullie dat vanavond verloren hebben met kaarten. Kon ik daarvan leven? Goeie vraag. Vergeet niet dat ik een auto van de zaak had. Als ik een keer van bil wilde, dan was het altijd complimenten van het huis,' zei Izzy. Vervolgens ging hij met zijn topzware boterham naar de drankkast om zich een stevige Crown Royal met gemberbier in te schenken. 'Als je ergens kwam, dan wist iedereen dat je rechercheur was, ze waren blij je te zien, weet je niet? Slagerijen, zeker de kosjere, kruideniers, de meesten waren blij je te zien. Vooral omdat hun je hulp weleens konden gebruiken. Dus kreeg je van hun een hoop voor niks. Kledingfabrikanten ook, die hebben je misschien nodig voor een onderzoek, dat je dan naar binnen gaat en een werknemer voor ze bang maakt die een vakbond wil beginnen of dat soort trammelant. Ik had helemaal geen last van de crisistijd.' Waarna Izzy, zijn enorme boterham in de ene hand en zijn whisky met gemberbier in de andere, een augurk tussen zijn tanden geklemd, naar me keek en even zijn wenkbrauwen optrok, om zich vervolgens in zijn eigen appartement terug te trekken.

'Wat een portret,' zei Nate.

'Zeg eens, Marv,' zei Irv, 'ben je onderweg naar Israël nog in Europa geweest?'

'Parijs.'

'Je moet je dollars niet in Europa uitgeven. Vooral niet in Frankrijk. In 1943[3] hebben ze meer joodse kinderen voor de gaskamers opgehaald dan zelfs de Gestapo aankon.'

Bevroedend dat er moeilijkheden op til waren, schoot iedereen zijn jas aan en maakte dat hij wegkwam. Ik ging boven aan de trap naar mijn vaders appartement staan en riep: 'Je bent een zwijn, een *chazer* en ik heb al je kinderachtige trucs door.'

Slippers klepperden op de traptreden en mijn vader kwam met een asgrauw gezicht naar boven. Soms leek hij wel vijftig, vol tomeloze energie, en op andere momenten, zoals nu, zag hij er oud en verslagen uit. 'Gaat het, pap?' vroeg ik.

'Maagzuur.'

'Dat verbaast me niks, zo'n boterham wegwerken.'

'Mag ik een Alka-Seltzer, of heeft ze die achter slot en grendel gezet?'

'Begin nou niet weer, pap, alsjeblieft. Ik ben moe,' smeekte ik terwijl ik een Alka-Seltzer voor hem inschonk.

Izzy nam het glas aan, goot het leeg in zijn keel en boerde luidruchtig. 'Barney,' zei hij met trillende stem. 'Ik hou van je.' En plotseling begon hij om onverklaarbare reden te huilen.

'Wat is er, pap? Vertel het me, alsjeblieft. Misschien kan ik iets doen om te helpen.'

3 Op 16 juli 1942 dreef de Franse politie 13.000 joden in Parijs bij elkaar, waaronder invaliden, zwangere vrouwen en 3000 kinderen. De joden werden zonder eten en drinken in het Vélodrome opgesloten voor deportatie naar een vernietigingskamp. De razzia was onderdeel van een overeenkomst die Pierre Laval van de Vichy-regering had gesloten met de nazi's, die het transport van zo veel joden in één keer moeilijk aankonden.

'Niemand kan er iets aan doen.'

Kanker. 'Hier, pak an.'

Mijn vader accepteerde een kleenex, snoot zijn neus en veegde de tranen uit zijn ogen. Ik streelde zijn hand en wachtte. Eindelijk hief hij zijn betraande gezicht op en zei: 'Jij weet niet wat het is om niet meer regelmatig te kunnen neuken.'

Daar gaan we weer, dacht ik en ik trok kwaad mijn hand terug, terwijl Izzy opnieuw begon te klagen over het vertrek van madame Langevin, onze eerste werkster. 'Achtenveertig,' zei hij verdrietig, 'en ze had tieten' – hij liet het me voor de zoveelste keer weten: met zijn knokkels roffelde hij op de tegels van de keukenbar – 'zo hard als dit hier.'

Toen De Tweede Mevrouw Panofsky erachter kwam, werd madame Langevin onder mijn protest de laan uitgestuurd. Onze nieuwe werkster, een West-Indische, mocht alleen in het souterrainappartement als Izzy niet thuis was.

'Pap, wil je nu alsjeblieft naar bed gaan.'

Maar hij stond alweer bij de drankkast om zich een nieuwe whisky met gemberbier in te schenken. 'Je moeder, moge haar ziel rusten in vrede, had vreselijke last van winderigheid. Wat hield haar bijeen die laatste jaren? IJzerdraad. Hechtingen. Al die operaties. Shit. Haar buik zat zo vol met littekens, het leek het midden van de ijsvloer wel aan het eind van de derde periode.'

'Dat is niet netjes om dat zo te zeggen,' protesteerde ik.

Izzy, dronkener dan ik had gedacht, omhelsde me, kuste me op beide wangen en zijn ogen vulden zich weer met tranen. 'Ik wil dat jij ervan geniet, Barney. Zie zoveel mogelijk te krijgen, zolang het nog kan.'

'Je bent een walgelijke oude man,' zei ik en ik bevrijdde me uit zijn omhelzing.

Izzy schuifelde naar zijn trap, bleef even staan en keerde zich weer naar me toe. 'Jesses. De garagedeuren. Het is haar auto. De Hertogin van Outremont is terug. Ik zie je nog wel, jongen.'

Tien dagen later stierf hij aan een hartaanval op de tafel van een massagesalon.

15

Op een zachte zomeravond in 1973 was ik uit eten met een stralende Miriam, inmiddels de moeder van onze drie kinderen, en net als iedereen in die tijd waren we verwikkeld in een verhitte discussie over de geteleviseerde Watergate-hoorzittingen, waar we de hele middag naar hadden zitten kijken. 'Die banden worden hem noodlottig,' zei ze. 'Hij zal moeten aftreden.'

'Dat doet-ie nooit. Hij slaat zich overal doorheen, die klootzak.'

Natuurlijk had ze zoals gewoonlijk gelijk. En ik vertelde haar zoals gewoonlijk van mijn problemen op kantoor. 'Ik had nooit Marty Klein de opdracht moeten geven die scripts te schrijven.'

'Het spijt me, maar dat ik heb je toen gezegd.'

'Maar zijn vrouw is zwanger en hij is bij CBC weggegaan voor mij. Ik kan hem niet ontslaan.'

'Bevorder hem dan. Maak hem executive producer, of vice-president van de asbakken. Maakt niet uit. Als hij maar nooit meer schrijft.'

'Zoiets kan ik niet doen,' protesteerde ik.

Het kostte me drie dagen, zoals gewoonlijk, om Miriams advies te verwerken, waarna ik precies deed wat ze had voorgesteld, pretenderend dat het mijn eigen idee was. Andere stellen maakten grappen over ons. Als we naar een feestje gingen, eindigden we ergens in een hoekje, of zaten samen op de trap een eind weg te kletsen en iedereen te negeren. Toen kwam Miriam een roddelpraatje ter ore. Ze was gaan lunchen met een van haar zogenaamde vriendinnen, die destijds verwikkeld was in een nare echtscheiding, en ze zei tegen haar: 'Ik dacht dat Barney alleen maar oog had voor jou. Tenminste, dat is wat de mensen zeggen. Word nu alsjeblieft niet boos, maar ik spreek uit ervaring als ik zeg dat ik niet wil dat jij de laatste bent die het te weten komt. Dorothy Weaver, die ken jij niet, heeft hem vorige week woensdag op een cocktailparty bij de Johnsons gezien. En daar stond jouw toegewijde echtgenoot een vrouw te versieren. In haar oor te fluisteren. Haar rug te masseren. Ze gingen samen weg.'

'Daar weet ik alles van.'

'Goddank, want het laatste wat ik wil is je van streek maken.'

'O jee, ik vrees dat ik zelf die vrouw ben en we gingen vandaar naar de Ritz, om champagne te drinken en na afloop, maar dat mag je tegen niemand verder vertellen, ben ik met hem mee naar huis gegaan.'

We waren samen gaan dineren bij La Sapinière in Sainte Adèle. Terwijl Miriam het menu bekeek, bracht ik haar licht aan het blozen door onder de tafel haar zijden dij te strelen. O gelukkige tijd! O nachten van vervoering! Ik leunde voorover om aan haar oor te nibbelen toen ik haar opeens voelde verstijven. 'Kijk uit,' zei ze.

Uitgerekend Yankel Schneider was op dat moment met een paar vrienden binnengekomen, alleen stopte hij nu niet meer bij mijn tafeltje om me uit gerechtvaardigde woede te beledigen. Maar hij herinnerde Miriam en mij wel aan onze laatste ontmoeting met hem tijdens onze maken-of-breken-lunch in het Park Plaza in Toronto. Die lunch, die zo rampzalig begonnen was. Ik die zo'n figuur sloeg. Maar achteraf konden we lachen om wat sindsdien een geliefde episode uit onze persoonlijke geschiedenis is geworden. Een verhaal, zij het een beetje aangepast, waar onze kinderen dol op waren.

'En wat gebeurde er toen?' vroeg bijvoorbeeld Saul.

'Vertel jij het maar, Miriam.'

'Geen sprake van.'

Maar die avond in Sainte Adèle vervulde Yankels aanwezigheid me nog met schuldgevoel. Heimelijke blikken op hem werpend, zag ik hem niet als de man van begin veertig die hij was, maar als de tienjarige schooljongen wiens leven ik tot zo'n hel had gemaakt. 'Ik begrijp nog steeds niet waarom ik hem zo pestte. Hoe heb ik me zo afgrijselijk kunnen gedragen?'

Miriam voelde mijn zielenpijn en greep naar mijn hand.

O, Miriam, Miriam, mijn grote liefde. Zonder haar ben ik niet zomaar alleen, maar ook incompleet. In onze hoogtijdagen kon ik haar alles vertellen, zelfs mijn meest schaamtevolle momenten, waarvan er te veel mijn oude dag verstoren. Neem dit bijvoorbeeld. Op de dag die voor mij bedorven was omdat ik in de *Gazette* had gelezen dat McIver de Governor General's Award voor literatuur had gewonnen, stuurde ik hem een briefje. *Een anoniem briefje*. Een paar regels uit *The Vanity of Human Wishes* van dr. Johnson:[1]

> 'Zwoegt voort, stom volk, in opgetogenheid,
> Voor rijkdom, titel, vergankelijke prijs;
> Wijl ik die tijdelijke zegens versmaad.'
> Dit denkbeeld postgevat, komt elk vermaan te laat,
> Hij bedient de pers en spoedt zich naar zijn lot;
> Hij ziet de lauweren reeds uitgeloofd
> Hij voelt d'eeuwige krans om zijn hoofd;
> IJd'le jeugd, weest wijs, beziet een anders fantoom,
> Eens was dit *Settle's* en *Ogilby's* droom.[2]

Eens was ik niet alleen een onverbeterlijke sadist die graag de draak stak met klasgenoten die stotterden, maar bijwijlen ook een lafaard en een kruimeldief. Als jongen moest ik ons beddengoed naar de Chinese wasserij in Fairmount Street brengen en weer ophalen. Op een middag stond ik achter een kromme oude man met een baard en een keppeltje die zonder er erg in te hebben een biljet van vijf dollar op de grond liet vallen toen hij voor zijn was betaalde. Ik zette er direct mijn voet op en raapte het op zodra hij de zaak uit was geschuifeld.

In de vijfde klas was ik degene die JUFFROUW HARRISON IS EEN TRUT op het bord schreef, maar het was Avie Fried die daarvoor een week van school gestuurd werd. Onze hoofdonderwijzer, meneer Langston, riep me bij zich in zijn kantoortje. 'Ik ben gedwongen je met de riem te geven, jongeman, omdat jij wist dat Fried het gedaan had. Maar ik heb bewondering voor je moed dat je je klasgenoot niet verraadt.'

'Dank u, meneer,' zei ik, mijn hand met de palm omhoog ophoudend.

1 In werkelijkheid is het citaat uit *The Young Author*, geschreven toen dr. Johnson twintig jaar oud was.
2 John Ogilby is allang vergeten en dat geldt ook voor Elkanah Settle, eens de officiële 'stadsdichter' van Londen.

Er is nog veel meer dat mij tot oneer strekt. Het was geen ongelukje toen ik op de Sweet Sixteen-party van Sheila Ornstein, daarginds boven in de hogere regionen van Westmount, een staande lamp omstootte zodat een lampenkap van Tiffany's aan diggelen viel. Ik deed het omdat ik ze haatte dat ze zo rijk waren. Zeker, maar ik was verontwaardigd toen, pakweg vijf jaar geleden, vandalen in mijn huisje in de Laurentians inbraken en niet alleen mijn tv stalen, samen met andere roerende goederen, maar ook op mijn bank scheten. Ik ben een onverbeterlijke rotzak, tot op de huidige dag, een kwaadaardige man die schik heeft in de misstappen van zijn meerderen.

Voorbeeld.

Ik begrijp waarom onze beste literatoren bezwaar maken tegen de huidige biografietrend, waarvan de minne beoefenaars zich te buiten gaan aan het onttronen van genieën. Maar de waarheid is dat ik van niets zo opgetogen raak als van een biografie van een waarlijk groot iemand waarin wordt aangetoond dat hij of zij een absolute fielt was. Ik ben dol op studies van mensen die, zoals die vriend van Auden schreef (niet MacNeice, niet Isherwood, maar die andere), '... een korte wijle naar de zon reisden / En de tintelende lucht verlieten verzengd door hun eer',[3] maar die tijdens hun leven niets en niemand ontzagen, *nu de feiten bekend zijn.* Bijvoorbeeld het verhaal van T.S. Eliot die zijn eerste vrouw in het gekkenhuis liet opsluiten, mogelijk omdat zij een aantal van zijn beste regels had geschreven. Of een boek dat de beerput opentrekt van Thomas Jefferson, die slaven hield en bij de mooiste van hen een kind verwekte dat hij niet erkende. ('Hoe komt het,' vroeg dr. Johnson, 'dat we de luidste roep om vrijheid van de slavendrijvers horen?') Of dat onthult dat Martin Luther King een plagiaris was en altijd met blanke vrouwen wilde neuken. Of dat Admiraal Byrd, een van de helden uit mijn jongenstijd, in werkelijkheid een rap van de tongriem gesneden leugenaar was, niet kon navigeren, een piloot die zo bang was om te vliegen dat hij vaak dronken was terwijl anderen de stuurknuppel overnamen, en iemand die nooit aarzelde om met de eer van anderen te gaan strijken. Of verhaalt hoe Franklin D. Roosevelt Eleanor bedroog. Of dat John F. Kennedy niet zelf *Profiles in Courage* heeft geschreven. Of hoe Bobby Clarke met zijn stick Charlamov tegen de enkels sloeg en zo de betere speler van de twee uitschakelde in die eerste opwindende ijshockeyserie tegen de ongelooflijke Russen. Of dat Dylan Thomas een geboren *sjnorrer* was. Of dat Sigmund Freud sommige casus van hem vervalste. Ik zou nog een poosje door kunnen gaan, maar ik denk dat het idee duidelijk is. En in ieder geval worden mijn gevoelens onderschreven door geen mindere moralist dan dr. Johnson, die eens tegen Edmond Malone, een Shakespeare-onderzoeker, het volgende zei over het nut van biografieën:

3 Stephen Spender. Regels uit *The Truly Great*, p. 30, *Collected Poems 1928-1985*. Random House, New York 1986.

> Indien alleen de goede kant van de personages getoond werd, zouden wij in verslagenheid terneer zitten, denkende dat het onmogelijk is hen te evenaren, *in wat dan ook*. De grote schrijvers (merkte hij op) verhaalden van de slechte zowel als de goede daden van de mensen, hetgeen deze morele uitwerking had, dat het de mensheid behoedde voor *wanhoop*.

Kortom, ik ben me wel bewust van mijn tekortkomingen. En ironie is mij evenmin vreemd. Ik besef dat ik, die de babbelconversaties van De Tweede Mevrouw Panofsky afschuwelijk vond, honderden bladzijden verbruikt heb, het ene terzijde op het andere stapelend, om dat weekend in de Laurentians, dat zulke grote gevolgen had, te ontwijken, het weekend dat haast mijn leven verwoestte en me de reputatie bezorgde van moordenaar, iets wat door sommigen tot op de dag van vandaag geloofd wordt. Dus daar komt-ie dan eindelijk, het naadje van de kous. Af gaat Boogie, op komt rechercheur Sean O'Hearne. En ik ben bereid te zweren dat wat volgt de waarheid is. Ik ben onschuldig. Eerlijk. Zo waarlijk helpe me God almachtig, zoals ze zeggen.

16

Wacht. Nog niet helemaal. Ik kom zo op het buitenhuisje (Boogie, O'Hearne, Tweede Mevrouw P., enzovoort, enzovoort). Ik beloof het. Maar nu is het eerst tijd voor *Op Speciaal Verzoek*. Miriams uurtje. Klote. Er schijnt iets mis te zijn met mijn radio. Zwakke hoe-heet-het, misschien. Weet je wel, die dingetjes die de stroom leveren. Ik kan haar alleen maar horen als ik de volumeknop helemaal opendraai. Alles gaat naar de filistijnen hier. Gisteravond was het mijn tv. Het volume zakte weg en zwol dan weer aan. Toen ik hem eindelijk goed afgesteld had, werd ik onderbroken door geklop op de deur. Het was de zoon van de benedenburen. 'Neemt u uw telefoon niet op, meneer Panofsky?'

'Natuurlijk neem ik mijn telefoon wel op. Wat is het probleem, Harold?'

'Mijn moeder vraagt zich af of u het erg zou vinden uw tv wat zachter te zetten.'

'Je moeder moet een heel gevoelig gehoor hebben, maar oké, ik zal hem zachter zetten.'

'Dank u.'

'O, Harold. Nog even.'

'Ja, meneer.'

'Strikvraag. Als jouw radio het slecht deed, wat zou je dan denken dat er aan de hand was? Het is geen radio met een stekker, maar zo een die je van de ene kamer naar de andere mee kunt nemen.'

'Een draagbare.'

'Dat zei ik toch?'

'Ik zou denken dat het de batterijen waren.'

Toen Harold vertrokken was, schonk ik mezelf een paar vingers Cardhu in en keek welke films er laat op tv zouden komen. Burt Lancaster in *The Crimson Pirate*. *The Silver Chalice* met Paul Newman en Virginia Mayo. *FBI Girl* met Cesar Romeo, George Brent en Audrey Totter. Nee, dank je wel, maar de slaap wilde niet komen. Dus haalde ik mijn juffrouw Ogilvy, op wie ik altijd kon rekenen, uit de obscuriteit en dacht terug aan die zondag toen ze van iemand een Austin sedan had geleend en me had uitgenodigd voor een picknick in de Laurentians. Tot mijn verbazing had mijn moeder zelfs eten voor ons klaargemaakt. Afschuwelijke bereidsels uit eigen koker. Boterhammen met bananen en glazig zacht gekookte eieren en andere tweedekkers die waren belegd met sardientjes en pindakaas. 'Denk erom dat je je gedraagt en met twee woorden spreekt,' zei ze.

'Ja, hoor,' antwoordde ik en ik dumpte de boterhammen in het steegje achter het huis.

Juffrouw Ogilvy was een dubieuze chauffeur en slaagde erin het trottoir op te rijden toen ze probeerde te parkeren. Ze droeg dat twee maten te kleine mouwloze zomerjurkje met de knopen van voren. Banden gierden als ze op de rem trapte voor een stoplicht, meer dan eens sloeg de motor af en schoten we schokkend vooruit als ze startte, maar uiteindelijk belandden we veilig buiten de stad. 'Heb je je zwempak bij je?' vroeg ze.

'Vergeten.'

'Goeie genade, ik ook.'

Ze stak haar hand uit om aan me te voelen, de Austin zwiepte naar de verkeerde weghelft.

'Hij is van meneer Smithers, hoor. Hij heeft hem aan me geleend in de hoop dat ik misschien een keer bij maanlicht een ritje met hem wil maken, maar ik ga voor geen goud met die man op de achterbank zitten. Hij heeft ontstoken tandvlees.'

We namen plaats op een deken op een open plek in het bos en ze opende haar picknickmand. Gentleman's relish. Vispasta. Oxford marmelade. Scones. Twee pasteitjes. 'Nu gaan we een spelletje spelen. Ik wil dat je tegen die boom daar aanleunt, met je derrière naar me toe en tot *vingt-cinq* telt en français. Dan ga ik iets lekkers op mijn lichaam verstoppen, heerlijke chocolaatjes met ambrozijnvulling, die moet jij dan zoeken en oplikken. Op je plaats. Klaar? Daar gaat-ie, maar niet stiekem kijken.'

Zoals ik had verwacht, lag ze naakt uitgestrekt op de deken toen ik me omdraaide, de chocolaatjes precies op de plaats waar ik ze had vermoed. 'Schiet op. Ze beginnen te smelten en het wordt très kriebelig.'

Ik zette me schrap toen ze begon te bokken en te kreunen, waarna ze geleidelijk verslapte, en eindelijk kon ik me oprichten en mijn mond met de rug van mijn hand afvegen. Tot mijn grote verbazing hief ze haar benen en schopte hard met haar knie tegen mijn kin. 'Jij en ik, wij weten dat niets van dit alles gebeurd is. Stiekemerd. Je hebt dit verzonnen, rukkertje dat je bent, de goede naam van een volkomen respectabele schooljuffrouw door het slijk halen... geboren en getogen in Londen, overlevende van de Blitz, ons *finest hour*, om vervolgens naar deze onbeschaafde uithoek van het Britse rijk te worden gestuurd, deze *tiefste Provinz*, waar ze theezakjes gebruiken... Je hebt dit verzonnen omdat je lijdt aan de *dégringolade* van de ouderdom en je jezelf zover wilde ophitsen dat je een druppeltje of twee van je geil in je lakens kon laten sijpelen. Jeetje, het is zo zeldzaam geworden, je moet het maar laten bottelen. Jij hebt deze picknick uit je duim...'

'Om de dooie dood niet. Jij hebt me meegenomen op een...'

'Precies. Maar je kwam nooit verder dan voelen op die gretige, onervaren manier van je, voordat die landman – die habitant – die dat patois sprak dat hier voor Frans doorgaat, kwam zeggen dat we ons op privé-terrein bevonden. De rest heb je verzonnen, want geen enkele zichzelf respecterende vrouw zal jou nog aankijken, vieze, krimpende, hangbuikige oude jood met levervlekken dat je bent, inmiddels haast doofstom als je het weten wilt. Jij hebt dit schunnige verhaal verzonnen omdat je nog steeds talmt en alles wilt schrijven om maar niet over de waarheid wat er in het buitenhuisje gebeurde te hoeven beginnen. En nu je bed uit voor een van je zielige plasjes waarmee je nog geen oogpipet kunt vullen. Arme Boogie.

17

Ik heb altijd contact gehouden met Boogie, die me cryptische kaartjes stuurde van waar hij ook uithing. Marrakesj. Bangkok. Kyoto. Havana. Kaapstad. Las Vegas. Bogota. Varanasi:

> Bij ontstentenis van een *mikwa* is er altijd nog de Ganges voor reiniging. Lees Chester, Alfred. Green, Henry. Ook Roth, Joseph.

Of een briefje uit die stad in Kasjmir, hoe die ook heet[1], waar de drugsgebruikers een tussenstop maakten om bij te tanken. Als jongen had ik een kaart aan de muur van mijn slaapkamer geprikt waarop ik de opmars van de geallieerde legers na D-Day bijhield. Nu had ik een globe in mijn kantoor zodat ik de route van mijn vriend de hedendaagse pelgrim door zijn eigen Poel van Ellende kon volgen. Zijn korte verhalen verschenen met onregelmatige tussenpozen in *Paris Review*, *Zero* en *Encounter*. Onvermijdelijk vestigde Boogie zich ten slotte op een loft in Green-

1 Srinagar.

wich Village en werd stamgast bij de San Remo en The Lion's Head. Vrouwen kwamen speciaal voor hem. Op een avond, tot verbazing van de toeschouwers, ook Ava Gardner. Hij dwong de aandacht – nee, iets wat leek op verering – af van jongeren en van mooie vrouwen door zijn stilzwijgen, dat alleen op de zeldzame keren dat hij zich ergens over uitsprak, verbroken werd. Zoals die avond toen de naam Jack Kerouac viel en hij mompelde: 'Energie is niet voldoende.'

'Dat is geen schrijven,' zei ik. 'Dat is typen.'[2]

Boogie had ook geen hoge pet op van Allen Ginsberg. Op een keer, toen ik er toevallig was, maakte een verleidelijke jonge vrouw, die indruk wilde maken, de fout de beginregels van 'Howl' voor hem te citeren:

> Ik zag de grootste geesten van mijn generatie verwoest door waanzin,
> hongerig hysterisch naakt
> sleepten zij zich door de negerstraten zoekend naar een kwade fiks...

Boogie antwoordde: 'De grootste geesten? Namen, alsjeblieft.'

'Ik begrijp niet wat je bedoelt.'

'Isaiah Berlin? Nee, te oud. Toch zeker niet meneer Trocchi?'

Tot Boogies vaste drinkmaatjes behoorden Seymour Krim en Anatole Broyard. Hij was precies het tegendeel van Hymie Mintzbaum, hij maakte zich nooit schuldig aan name-dropping. Maar dan kwam er bijvoorbeeld een brief uit Cuba, gericht aan Boogie, p/a The Lion's Head, en die was van Ernest Hemingway. Of John Cheever kwam langs en nam hem mee uit lunchen. Of Norman Mailer of William Styron kwamen binnen en gingen met hem zitten praten, of informeerden waar hij uithing als ze hem niet zagen. Na haar rampzalige laatste tournee door Frankrijk en Italië kwam Billie Holiday hem opzoeken. Mary McCarthy kwam, evenals John Huston. Zijn legende werd groter nadat een fragment uit zijn roman in wording was verschenen in *New American Review*, maar ik wist dat hij het, zo'n tien jaar eerder, in Parijs had geschreven. Toch verwierf Boogie gaandeweg de reputatie van auteur van de grootste moderne Amerikaans roman die nog geschreven moest worden. Een aantal fondsredacteuren van de meest vooraanstaande uitgeverijen in New York kwamen hun respect betuigen, gewapend met chequeboekjes. Een van hen stuurde een keer een limousine om Boogie naar een zorgvuldig gearrangeerd etentje in Southampton te rijden, om tot de ontdekking te komen dat hij in plaats daarvan naar een vriendin in Sag Harbor was gereden; de auto arriveerde zonder hem bij de datsja van de uitgever, wat zijn mystieke air nog vergrootte. Een andere redacteur nam hem mee uit lunchen in The Russian Tea Room. Vleiend vroeg hij: 'Zouden we wat meer van je roman mogen zien?'

'Dat zou indiscreet zijn,' zei Boogie terwijl hij zijn druipneus snoot. 'Ik kom maar niet van die verkoudheid af.'

2 Deze beroemde opmerking werd in werkelijkheid voor het eerst door Truman Capote gemaakt.

'Moeten we misschien met je agent praten?'

'Ik heb geen agent.'

Boogie was zijn eigen beste agent en legde zich niet vast, of veranderde van onderwerp, als er gulle contracten werden aangeboden. Hoe langer hij zich tegen een overeenkomst met een uitgever verzette, hoe hoger de bedragen werden. Uiteindelijk tekende Boogie een contract met Random House voor een voorschot dat in de zes cijfers liep, tegenwoordig niet ongebruikelijk, maar ik heb het over 1958, het jaar dat de Canadiens hun derde Stanley Cup op rij wonnen, in de vijfde wedstrijd schakelden ze de Boston Bruins met 5-3 uit. Geoffrion en Maurice Richard scoorden in de eerste periode. Beliveau en Geoffrion opnieuw in de tweede, en Doug Harvey, met een hoog schot vanaf twaalf meter, in de derde. Dus er is niks mis met het geheugen van de oude Barney Panofsky, of wel? Spaghetti laat je uitlekken in een vergiet. De namen van de zeven dwergen zijn Dommel, Grumpie, Niezel, Doc, Giechel en die andere twee.[3] Het Weizmann Instituut is in Haifa. Frederic Wakeman schreef niet *The Man in the Grey Flannel Suit*, dat was die andere gozer.[4] Napoleon werd verslagen in de stad die Spike Jones heeft bezongen in dat nonsensliedje over

> She's the pearl diver's daughter.
> And she's nuts about the water,
> WATERLOO...

Boogie, daar had ik het over. Hij vergokte een deel van het geld met blackjack en baccarat en dronk, snoof en spoot de rest in zijn arm, en toen hij niet meer bij die ader kon, stak hij de naald in zijn enkel en zelfs in zijn tong. Daarna brak de dag aan dat hij me op kantoor opbelde. Als ik helderziend was geweest, had ik opgehangen. Maar dat deed ik niet.

'Ik zou een tijdje in jouw buitenhuisje willen kamperen,' zei hij. 'Ik probeer af te kicken. Kan ik daar terecht?'

'Natuurlijk.'

'Ik zal wat methadon nodig hebben.'

'Ik kan het wel via een vriend van me krijgen, Morty Herscovitch.'

Ik ging Boogie van het vliegveld ophalen en was verrast hoeveel slechter hij eruitzag sinds de laatste keer dat we elkaar hadden ontmoet. Het zweet parelde op zijn voorhoofd en liep over zijn wangen, ondanks de temperatuur, die ongewoon laag was voor eind juni. 'Kom, we gaan het vieren met een chique lunch in El Ritzo,' zei ik en ik pakte zijn arm. 'En daarna rijden we naar de Laurentians,' waar, zo vertelde ik hem, De Tweede Mevrouw Panofsky op ons zat te wachten.

3 Stoetel en Bloosje.
4 Sloan Wilson.

'Nee, nee, nee,' zei hij. 'Je moet me eerst ergens naar toe brengen waar ik een shot kan fiksen.'

'Ik dacht dat je gekomen was om af te kicken?'

'Nog één keer, anders red ik het niet.'

We reden naar mijn huis, waar Boogie zich prompt van zijn jasje ontdeed, zijn hemdsmouwen oprolde, zijn arm afbond en hem vervolgens als een softbalpitcher rondwiekte om die ongrijpbare ader naar de oppervlakte te krijgen, terwijl ik zijn stuff in een lepel warm maakte. Het kostte drie bloedige pogingen eer hij eindelijk de naald in de ader kon drijven. 'Ik vermoed dat Forster dat bedoelde met "uitsluitend verbinden",' zei ik.

' "Mag ik vragen waar de injectienaald voor is?" vroeg de apotheker. "Eh, ik maak een speciale gekookte ham klaar en die wil ik injecteren met whisky." '

'Zullen we nu gaan eten?'

'Ik niet. Ik ben blij je te zien.'

'Ik jou ook.'

'Hoeveel van die sigaren rook je per dag?'

'Ik tel ze niet.'

'Ze zijn slecht voor je, weet je dat? Wat is er trouwens van je vriend McIver geworden?'

'Niet veel.'

'Hij had wel talent, dacht ik.'

'Ah.'

De Tweede Mevrouw Panofsky zat op de veranda op ons te wachten, in haar beste kleren en ze zag er aantrekkelijk, zelfs sexy uit, moet ik eerlijkheidshalve bekennen. Ze had heel wat moeite gedaan en een diner bij kaarslicht verzorgd. Maar Boogie viel bij het voorgerecht, erwtensoep, in slaap, hij knikkebolde en er gingen plotselinge spiertrekkingen door zijn lichaam. Ik leidde hem naar de kamer die voor zijn verblijf gereedgemaakt was, legde hem op het bed en liet hem zien waar ik zijn voorraad methadon gestopt had. Vervolgens keerde ik naar de eettafel terug. 'Het spijt me,' zei ik.

'Echt iets voor jou om hem dronken te voeren voordat je hier bent, terwijl ik de hele dag heb staan koken.'

'Zo is het niet gegaan.'

'Nu moet je hier met mij zitten en tegen me praten en net doen of we echt een paar zijn. Of zal ik een tijdschrift voor je halen?'

'Hij is erg ziek, hoor.'

'Ik wil niet dat hij in bed rookt. Hij kan het huis in brand steken.'

'Hij rookt niet. Slecht voor de gezondheid, zegt hij.'

'Waar ga je naar toe? Ik heb de lamsbout nog niet eens opgediend. Of heb jij ook geen honger?'

'Ik wilde alleen maar een whisky voor mezelf inschenken.'

'Nou, neem in dat geval de fles maar mee naar de tafel, dan hoef je niet elke twee minuten op te staan.'

'Goh, gaan wij het hier de komende dagen gezellig krijgen!'

'Je weet nog niet de helft. Ik moest je zakken leeghalen voor ik je pak naar de stomerij bracht dinsdag en dit vond ik.'

Oi, oi, oi. Een rekening van bloemenwinkel Regal Florists voor een dozijn rode rozen met lange steel. 'O, dat,' zei ik, naar de fles grijpend.

'Ik vond het zo lief van je. Ik spoelde een vaas om en durfde de hele dag het huis niet uit – *voor het geval ik de bestelling zou mislopen.*'

'Ik denk dat ze het huisje niet konden vinden.'

'Je neus wordt met de minuut langer.'

'Wil je suggereren dat ik lieg?'

'Suggereren? Nee, schattebout. *Ik zeg het.*'

'Dat is te gek voor woorden.'

'Voor wie waren ze?'

'Om je de waarheid te zeggen, die aankoop was volmaakt onschuldig, maar ik weiger op die manier in mijn eigen huis te worden ondervraagd.'

'Voor welke hoer van je waren die rozen?'

'Je zult je diep generen als ze morgenochtend hier besteld worden.'

'Alleen als jij stiekem naar de winkel gaat en een spoedtelefoontje pleegt voor nog een dozijn rozen. *Ik wil weten of je ergens in een appartement een hoer houdt.*'

'Eentje maar?'

'Ik wacht op antwoord op mijn vraag.'

'Ik zou mijn onschuld kunnen bewijzen en zo op je vraag antwoord geven,' zei ik terwijl ik met mijn vingers knipte, 'maar die toon van jou bevalt me niet en je beledigingen ook niet.'

'Dus ik ben degene die zich misdraagt?'

'Absoluut.'

'Vertel me nu voor wie die rozen waren.'

'Een actrice die we proberen te krijgen voor een pilot die ik wil doen.'

'Waar woont ze?'

'Ergens in Outremont, denk ik. Maar hoe moet ik dat weten? Daar heb ik een secretaresse voor.'

'Ergens in Outremont?'

'Côte St.-Catherine Road, denk ik.'

'Wil je nog een keer raden?'

'Dit is belachelijk. De lamsbout is heerlijk. Werkelijk voortreffelijk. Waarom kunnen we niet van ons diner genieten als twee beschaafde mensen?'

'Ik heb gisteren Regal Florists opgebeld en ik deed net of ik je secretaresse was...'

'Je had het recht niet zo...'

'... en die gozer daar wilde weten of je je lopende bestelling wilde wijzigen. Een dozijn rode rozen met lange steel elke week naar een adres in Toronto. Nee, zei ik, maar ik wilde de naam van de begunstigde controleren. Dat moet hem achterdochtig hebben gemaakt, want hij zei: "Dat zal ik moeten opzoeken en dan bel ik u wel terug." Dus ik hing op. Vertel me nu hoe die hoer van je in Toronto heet.'

'Ik weiger nog langer hier te blijven zitten,' zei ik, opspringend met mijn fles Macallan in de hand, 'en me op deze manier te laten ondervragen.'

'Je slaapt vannacht in de andere logeerkamer en als je vriend de drugsgebruiker wil weten waarom, dan stuur je hem maar naar mij. Weet hij dat je tapdanslessen neemt?'

'Vertel het hem maar. Het kan me niet schelen.'

'Ik kan niet wachten tot hij je met die strohoed en die wandelstok ziet. Je ziet er zo schlemielig uit.'

'Dat zal wel,' zei ik.

'Mijn vader had je meteen door. Als ik naar hem had geluisterd, moge hij rusten in vrede, dan zou ik nu niet in deze positie verkeren.'

'Beneden je stand getrouwd.'

'Ik ben een aantrekkelijke jonge vrouw, dat vindt iedereen,' zei ze terwijl haar stem brak. 'Intelligent en ontwikkeld. *Waarom had je iemand anders nodig?*'

'Laten we gaan slapen. We kunnen morgen verder praten.'

Maar ze was begonnen te huilen. 'Waarom ben je met me getrouwd, Barney?'

'Dat was verkeerd van me.'

'Ik stond achter je op onze bruiloft en je zei tegen Boogie: "Ik ben verliefd. Voor de eerste keer in mijn leven ben ik echt, serieus, onherroepelijk verliefd." Ik kan je niet zeggen hoe ontroerd ik was. Wat ik op dat moment voor je voelde. En moet je ons nu zien. We zijn nauwelijks een jaar samen, het is maanden geleden dat we gevreeën hebben en ik haat je diep dat je me zo vernederd hebt.'

'Ik wil dat je weet,' zei ik vol schuldgevoel, 'dat ik je niet ontrouw ben geweest.'

'O, ik schaam me zo. Ik ben zo kapot. En jij bent zo'n leugenaar. Zo'n fielt. Zo'n beest. Ga je gang maar. Drink die fles maar leeg. Welterusten.'

Ik dronk de fles niet helemaal leeg, maar wel bijna en werd vroeg wakker van haar telefoongesprek met haar moeder. Het ochtendrapport van De Tweede Mevrouw Panofsky. 'Het was lamsbout. Nee, niet uit Nieuw-Zeeland. Van hier, van Delaney's. Mam, ik weet ook wel dat het goedkoper is bij Atwater Market, maar ik had geen tijd en er is nooit plaats om te parkeren. Ik zal eraan denken. Zeker zal ik zijn rekening natellen. Dat doe ik altijd. Nee, je had absoluut gelijk om te klagen over dat braadstuk destijds. Het was taai. Ik geneerde me niet. Ik wilde alleen liever buiten wachten. Mam, dat is niet eerlijk. Niet elke Iers-katholiek is een antisemiet. Het was toevallig een taai ribstuk. Ik heb geen kritiek op je kookkunst. Wat? O, erwtensoep en een groene sla met kaas na. Ja, dat recept heb ik van jou. Ik weet dat rabbijn Hornstein er gek op is, maar Barney houdt niet zo van desserts. God weet dat hij genoeg suiker binnenkrijgt met de whisky die hij drinkt. Ik zal het hem zeggen, eerlijk, maar hij zegt dat hij er niets voor voelt een zeverende oude idioot van tachtig te worden. Dat is niet oud meer. Kom alsjeblieft, hij weet heel goed dat je aan McGill hebt gestudeerd en dat je boeken recenseert voor de damesleesgroep in de sjoel. *Hij vindt niet dat je dom bent.* Herstel. Hij vindt iedereen dom. Wat? Heeft hij dat tegen je gezegd? Nou, om je de waarheid te zeggen denk ik dat hij die zeven delen van Gibbon ook nooit allemaal gelezen heeft. Je hoeft tegenover hem niets te bewijzen. Ma, ik vind Frank Harris ook walgelijk en hij had het je niet moeten geven voor Chanoeka. Dat was een onsmakelijke grap. Wat? O, hij is een schrijver. Een oude vriend van Barney uit de tijd dat hij in Parijs woonde. Moscovitch. Bernard Moscovitch. Nee, geen Canadees. Hij is een echte schrijver. Mam, je bent de enige niet die nooit van hem gehoord heeft. Neem me niet kwalijk, maar ik suggereerde helemaal niet zoiets. Ik weet dat je heel belezen bent. *Mam, ik doe niet neerbuigend.* Laten we daarover ophouden. Dat is gewoon mijn stem. Ik ben ermee geboren. Maar gisteren kon ik niet. Er was hier zoveel te doen. Ik was het niet vergeten en ik beschouw jou opbellen ook niet als een verplichting. Ik hou echt van je en ik weet hoe je papa mist en dat ik nu alles ben wat je nog op de wereld hebt. En nu we het er toch over hebben, wil ik nog wel even kwijt dat ik nooit heb gesuggereerd dat er iets mis mee is dat jij je haar verft, maar ik vind wel dat die krullen die hij voor je doet een beetje te meisjesachtig zijn voor een vrouw van jouw leeftijd. Mam, ik weet heel goed dat ik ook eens zo oud zal zijn als jij en dan hoop ik maar dat ik er net zo aantrekkelijk uitzie als jij als mijn tijd gekomen is. *Ik heb geen kritiek.* Het is of het een, of het ander. Als ik iets zeg, dan heb ik kritiek, en als ik het niet zeg en iemand anders begint erover, dan was ik te onverschillig om je op tijd te waarschuwen. *Ik heb niet gezegd dat iemand anders erover begonnen is.* Mam, alsjeblieft. Ja, natuurlijk gaan we volgende maand samen naar New York. Ik kan je niet zeggen hoe ik me daar al op verheug. Maar, mam, wees niet beledigd, je hebt maat veertien nu en je moet ophouden je tijd te verknoeien met proberen je in maatjes twaalf te persen. Wacht even. Hou op. Ik heb me nooit voor je gegeneerd. Ik zou me gelukkig prijzen als ik op jouw leeftijd nog zo'n goed figuur had. We zouden wel zusjes van elkaar kunnen zijn, was dat niet wat die verkoopster bij Bloomingdale's dacht? Zei hij dat we naar de showroom konden gaan en alles voor inkoopsprijs krijgen? Ga weg. Hé, denk je dat Katz een oogje op je heeft? *Ik doe niet oneerbiedig.* Voor mij kan ook niemand in de plaats van papa komen. Maar weet je, er is een probleem met de kleren van Katz. Niet dat het sjmates zijn, dat is het niet. Het zijn uitstekende kopieën van wat hij op de modeshows van Parijs heeft gezien, als je het niet erg vindt dat ze niet met de hand gemaakt zijn. Maar als je iets bij hem koopt en je doft je helemaal op voor een feest, dan is er gegarandeerd minstens één andere vrouw die hetzelfde aanheeft. Hoe bedoel je, je bent niet uitgenodigd voor het jaarlijkse diner van de Ginsbergs, terwijl je vroeger altijd wel werd uitgenodigd? Mam, dat verbeeld je je maar. Oude vrienden laten je niet in de steek omdat papa nu overleden is. Het is niet waar dat de mensen het niet leuk vinden om een weduwe aan tafel te hebben. In jouw leeftijdsgroep moet dat veel voorkomen. Het spijt me. Het was niet mijn bedoeling je te kwetsen. Mam, ik ben niet hard en ik zit niet uit te kijken naar de dag dat je doodgaat. Je bent me niet tot last. Maar in jouw leeftijdsgroep gebeuren die dingen. Zo is het leven. *Mam, wil je liever dat ik de dingen denk in plaats van dat ik ze zeg?* Kunnen we niet meer open met elkaar praten? Is het nu alleen nog maar veilig om over het weer te praten? Mam, je gaat niet in die stemming ophangen. Mam, alsjeblieft. Hou onmiddellijk op. Geen gesnotter. *Ik doe niet ongeduldig.* Bel Malka, ik wed dat zij net zo eenzaam is als jij en jullie zouden samen kunnen gaan eten en dan misschien een paar mannen oppikken in een bar. Mam, dat was een grapje. Ik weet heel goed dat jij zoiets nooit zou doen. Oké, zij betaalt nooit de rekening. Nou en? Je bent niet bepaald platzak. Hoe bedoel je hoe bedoel je? Ik bedoelde helemaal niks. *Mam, ik heb je nooit gevraagd hoe groot de erfenis was en ik wil het nu niet horen.* Shit. Als je dat denkt, vermaak dan voor mijn part maar alles aan de dierenbescherming. Dat is heel lelijk dat je dat van me denkt. Weet je hoe ik me nu voel? *Laag.* Nu moet ik ophangen en... Mam, dat is absoluut ziek van je om te suggereren dat ik altijd de dingen vlak voor ik ophang zo weet te draaien dat ik degene ben die gekwetst is. Wat? Kom nou. Ik heb *kwetsende* dingen gezegd tegen jóu. Wat dan? Ahu. Ahu. Shit. Als jij vindt dat je er mooi uitziet met die Shirley Templekrullen, hou ze dan. Een weet je wat? Als je volgende winter met Malka naar Florida gaat, koop een bikini. Zo groot als een postzegel. Maar reken er dan niet op dat ik je kom bezoeken. Nu moet ik ophangen en... Ik heb niet een van mijn driftbuien. Mam, als we dit gesprek hadden opgenomen, dan zou ik de band voor je terugdraaien, al was het alleen maar om te bewijzen dat ik nooit gesuggereerd heb dat je griesmeeldijen had. Je hebt nog steeds prachtige benen. Nu moet ik echt, echt ophangen en hier aan het werk gaan. Barney doet de groeten. Nee, dat zeg ik niet maar. Daag.'

Na onze ruzie van de vorige avond deden De Tweede Mevrouw Panofsky en ik de hele ochtend buitengewoon beleefd tegen elkaar. Ik kookte en pelde de eieren voor haar salade Niçoise en zij, begrip opbrengend voor mijn situatie, mixte een bloody mary voor me. Maar de stilte in de keuken was te snijden, tot ze de radio aanzette om verlichting te zoeken bij het zondagochtendprogramma van CBC. Een schrijver uit Toronto die werd geïnterviewd, zei dat geen enkele boekwinkel hem in de etalage zou zetten, omdat hij geen Amerikaan of Engelsman was. Het witte vel papier in zijn schrijfmachine waarmee hij elke ochtend geconfronteerd werd, was een hel voor hem, voegde hij eraan toe. De Tweede Mevrouw Panofsky zette de radio harder. 'Niet te geloven. Hij wordt geïnterviewd door Miriam Greenberg.'

'Is zij dat?'

'Ik zou die ongelukkige stem overal herkennen. Ik heb er geen andere verklaring voor dan dat ze die baan via het bed gekregen heeft. Ze had nogal een reputatie op McGill.'

'O ja?'

'Wil je dat blikje ansjovis voor me openmaken, alsjeblieft?'

'Natuurlijk, liefje.'

Boogies lakens waren doorweekt en hij was te ziek om naar beneden te komen voor de lunch. Ik bracht een dienblad met eten naar zijn kamer en legde vervolgens aan De Tweede Mevrouw Panofsky uit dat ik naar kantoor moest om een paar cheques te tekenen en andere dingen te doen die niet konden wachten. Maar ik beloofde dat ik op tijd terug zou komen voor het diner. 'Wees voorzichtig op de weg,' zei ze en bood haar wang aan voor een kus.

'Ja, natuurlijk,' zei ik gehoorzaam. 'Heb je nog iets nodig uit de stad?'

'Ik denk het niet.'

'Ik bel nog wel voor ik wegga, liefje, je weet nooit.'

Een gemelijke Hughes-McNoughton zat op me te wachten bij Dink's. 'Wat was er zo dringend?' vroeg hij.

'Ik wil scheiden.'

'Meteen morgenochtend?'

'Ja.'

De wet van Quebec is gebaseerd op de Code Pénal van Napoleon en in die door de kerk gedomineerde provincie in 1960 was scheiden alleen mogelijk met speciale toestemming van het parlement en alleen op grond van overspel. 'Deo volente,' zei Hughes-McNoughton, 'heeft ze een verhouding en kun je het bewijzen. Wat lach je?'

'Ze zou mij nooit ontrouw zijn.'

'Tja, zal ze er dan mee instemmen om zelf een scheiding aan te vragen?'

'Daar hebben we het nog niet over gehad.'

'Als ze mee wil werken, dan is de gebruikelijke procedure dat ik een hoertje in de arm neem en dat jullie tweeën worden betrapt *in flagrante delicto* in een smoezelig hotelletje in Kingston, of waar dan ook, door een oplettende privé-detective van onbesproken reputatie.'

'Doen we.'

'Niet zo snel. Zij moet eerst met de komedie mee willen doen. En er hangt altijd een prijskaartje aan. *Lex talionis.* Het recht van wedervergelding. Haar advocaat zou voor nu en voor altijd een geweldige hap uit je inkomen kunnen halen, mijn jongen.'

'Ik heb er alles voor over.'

'Dat zeg je nu. Dat zeggen ze allemaal nu. Maar over vijf jaar zul je er anders tegenaan kijken en dan geef je mij de schuld. Ik wil niet nieuwsgierig zijn, maar ik neem aan dat er zo'n haast bij is omdat je van de kaart bent door iemand anders, stinkerd dat je bent. Is ze in verwachting?'

'Nee. En ik ben niet van de kaart. Ik ben verliefd.'

'Dat verklaart je stupide gedrag. Misschien moet je eerst met haar gaan praten, en als zij bereid is de wet te ontduiken, dan kunnen haar advocaat en ik misschien van tevoren tot een akkoord komen zodat jij een stoel, een tafel, een bed en een paar sokken mag houden.'

'Ze gaat sloten met geld erven.'

'Jezus, Barney, jij zou niet alleen over straat mogen, hoor. Wat heeft dat ermee te maken?'

'Shit, hoe laat is het?'

'Tegen achten. Waarom?'

'Ik had beloofd dat ik op tijd terug zou zijn voor het eten.'

'Je kunt niet rijden in jouw toestand. Bovendien heb ik net nog een rondje besteld.'

Ik ging naar de muntjestelefoon achterin.

'Ik wist wel dat je meteen bij aankomst zou gaan drinken,' zei ze. 'Wat moet ik nu? Jóuw gast vermaken? Ik ken hem nauwelijks.'

'In zijn toestand zal hij zijn kamer wel niet uit komen. Heus niet. Breng hem maar wat eten. Een paar gekookte eieren. Droge toast. Een banaan. Hou het simpel.'

'Krijg toch wat.'

'Ik ben op tijd terug voor de lunch morgen.'

'Wacht. Waag het niet op te hangen. Ik word gek hier. We gedragen ons als robotten de hele ochtend, alsof er niets gebeurd is. Ik wil iets weten. Gaan we proberen iets van dit huwelijk te maken of niet?'

'Natuurlijk, liefje.'

'Dat dacht ik ook,' zei ze en hing op.

Hughes-McNoughton had de rekening betaald. 'Zullen we doorgaan naar Jumbo's?' vroeg hij.

'Wel ja.'

'Heb je gezegd dat je wilt scheiden?'

'Ja.'

'Wat zei ze?'

'Opgeruimd staat netjes.'

'Ik heb ons consult tot nu toe geklokt op drie uur en nog wat. Tegen 150 dollar per uur, dus je bent me 450 dollar schuldig en natuurlijk begint nu het overwerktarief.'

Het was drukkend, de eerste avond van een hittegolf die dagen zou duren, en de airconditioning bij Jumbo's was defect. Het zat er ook vol met vrijgezellen, maar we slaagden erin een rustig hoekje te vinden. 'Wat gebeurt er als ze niet wil meewerken?' vroeg ik.

'Ik dacht dat je zei...'

'Maar stel.'

'Het zou eeuwen kunnen duren en veel meer geld kosten. Barney, wat je ook doet, je mag nooit toegeven dat je verliefd bent op iemand anders. Echtgenotes zijn verbazend gevoelig op dat punt. Ze kunnen zelfs wraakzuchtig zijn. De beste strategie voor jou is om het huis uit te gaan en haar in de waan te laten dat je geen haast hebt met scheiden.'

Van Jumbo's zakten we af naar de Montreal Press Club, zodat het over drieën werd eer ik thuiskwam. Maar ik werd evengoed om zes uur wakker. Gedeprimeerd. Heen en weer geslingerd tussen schuld- en angstgevoelens. Ik maakte me zorgen over Boogie. Ik was ervan overtuigd dat ze me door het stof zou laten kruipen voordat ze toestemde in een scheiding op harde voorwaarden, gedicteerd door haar moeder en de een of andere bloedzuigende advocaat uit hun kennissenkring. Ik scheerde me, douchte, dronk een pot koffie, stak een Montecristo op en reed naar het buitenhuisje, onderwijl variaties repeterend op mijn het-is-het-beste-voor-jezelf-dat-we-gaan-scheiden-toespraak die me stuk voor stuk akelig geforceerd in de oren klonken. De Tweede Mevrouw Panofsky was niet in de keuken te vinden en ook niet in ons bed, dat al was opgemaakt. Misschien had ze net zoveel als ik moeten piekeren en was ze ook vroeg opgestaan om te gaan zwemmen. Daar was het in ieder geval al warm genoeg voor. Als ik nu eens een briefje krabbelde waarin ik schreef dat ik bereid was om te scheiden, het op de keukentafel achterliet en ervandoor ging? Nee, dat zou laf zijn, dacht ik. *Wat maakt het uit, Barney? Nee, dat moet ik niet doen.* Ik besloot Boogie wakker te maken en mijn probleem met hem te bespreken. En, waarachtig, daar waren ze, mijn vrouw en mijn beste vriend, knusjes samen in bed. Ik kon mijn geluk niet op. 'Nou, nou, nou,' zei ik, net doend of ik verontwaardigd was.

'Shit.' De Tweede Mevrouw Panofsky sprong uit bed, poedelnaakt, pakte haastig haar nachtjapon en vluchtte weg.

'Het is jouw schuld,' zei Boogie. 'Jij had gezegd dat je zou bellen voordat je de stad uit ging.'

'Ik reken straks wel met jou af, klootzak,' brulde ik en ging De Tweede Mevrouw Panofsky achterna naar onze slaapkamer, waar ze zich al stond aan te kleden.

'Ik ben teruggekomen in de hoop dat we het goed konden maken,' zei ik. 'Ik was vastbesloten iets van ons huwelijk te maken en nu vind ik je in bed met mijn beste vriend.'

'Het was een ongelukje. Eerlijk, Barney.'

Niet voor niets hadden stapels tv-scripts vol clichés mijn bureau gepasseerd en nu begon ik uit de ergste daarvan te citeren. 'Je hebt me bedrogen,' zei ik.

'Ik heb hem een dienblad met eten gebracht, zoals je had gezegd,' zei ze snikkend. 'En hij beefde helemaal en zijn lakens waren doorweekt en ik ging naast hem liggen om hem warm te houden en hij begon dingen te doen en ik was als stroop onder zijn handen want jij hebt me in geen maanden aangeraakt en ik ben ook maar een mens en van het een kwam het ander. Ik wist nauwelijks wat er gebeurde toen het al voorbij was.'

'Mijn vrouw en mijn beste vriend,' zei ik.

Ze stak haar hand uit om me te troosten.

'Raak me niet aan,' zei ik en hoopte maar dat ik niet overdreef.

'We moeten er nu niet over praten,' zei ze, 'nu ik zo overstuur ben.'

'Jíj bent overstuur?'

Huilend pakte ze haar tas, greep de autosleutels van de kaptafel en liep de trap af, ik achter haar aan. 'Ik ga naar mijn moeder,' zei ze.

'Zeg maar tegen haar dat we gaan scheiden.'

'Zeg jij dat maar tegen haar. Nee, waag het niet. Ze heeft vanmiddag een afspraak met de tandarts. Kanaalbehandeling.' Ze draaide zich vlak voor haar auto naar me toe, 'Als je van me hield, zou je me nooit met zo'n man als hij alleen gelaten hebben.'

'Ik vertrouwde je.'

'Jullie kennen geen fatsoen, kerels als jij en Boogie. Ik ben zo onervaren en hij is zo'n – ik had geen idee wat er gebeurde. Hij leek zo ver heen, zo droevig, ik dacht dat zijn hand – dat hij niet eens wist dat hij me daar streelde – dat het per ongeluk was – ik deed net of het zo was – ik wilde niet truttig lijken – een scène maken. Ik – hij is je beste vriend, ik – toen was het te – ik weet nog steeds niet hoe hij mijn nachtjapon uit kreeg. Ik – hij – O, wat heeft het voor zin? Niets wat ik doe is goed in jouw ogen.' Ze stapte in de auto en draaide het raampje omlaag. 'Shit. Nu heb ik mijn vingernagel gebroken. Ik hoop dat je blij bent. Je schreeuwt aldoor maar tegen me, maar hij was degene die begon, eerlijk waar, jouw beste vriend, ik wed dat hij je eerste vrouw ook geneukt heeft, zo'n man als hij. Mooie vriend. Wat ga je nu met hem doen?'

'O, ik ga hem vermoorden, dat ga ik met hem doen, en daarna zijn misschien jij en je moeder aan de beurt.'

'Mijn moeder. Shit. Ze mag me niet zien zo – ik ben mijn make-updoos op het dressoir vergeten. Ik wil mijn eyeliner. Ik moet mijn valium hebben.'

'Ga halen, dan.'

'Krijg de tyfus,' gilde ze, trapte op het gaspedaal en racete de oprit af, haar banden spuugden grind. Toen ze veilig uit het zicht was, deed ik een *Hotch* op de veranda terwijl ik me met één hand aan een stijl vasthield. Erachteraan deed ik een behendige *Shim Sham* en een *Da-Pupple-Ca*, en werd bijna betrapt toen ze de oprit weer op kwam gescheurd en opnieuw het raampje omlaag draaide. 'Jij kunt een hoer in Toronto houden, ik mag daar niet over klagen, jij bent een man en ik niet, zo is het leven. Nu weet je dat ik dat spelletje ook kan spelen. Moeilijk, hè?'

'Ik ben met een viswijf getrouwd.'

'Wil je scheiden? Ga je gang. Maar dan wel op mijn voorwaarden, klootzak dat je bent,' zei ze en ging er weer vandoor met een knarsende versnellingsbak, rakelings langs een boom.

Jabba-dabba-doe. Barney Panofsky, je bent een bofkont. Ik besloot Hughes-McNoughton later te bellen, maar ik had geen hoertje of privé-detective meer nodig. Nee, meneer. Ik vermande me, trok een streng gezicht, hoopte ik, en ging Boogie confronteren. Hij was al beneden, ongeschoren, hij zag er schriel uit in zijn boxershorts terwijl hij een fles achttien jaar oude Macallan en twee glazen uit de bar viste. 'Het is koeler hierbeneden, vind je niet?'

'Je hebt mijn vrouw geneukt, lul dat je bent.'

'Ik vind dat we eerst een glaasje moeten drinken voordat we het daarover gaan hebben.'

'Ik heb nog niet eens ontbeten.'

'Het is te vroeg om te eten,' zei hij terwijl hij voor ons tweeën een stevig glas inschonk.

'Hoe heb je dat met me kunnen doen?'

'Ik heb het met haar gedaan, niet met jou. En als je gebeld had voordat je uit Montreal vertrok, had dit beschamende incident vermeden kunnen worden. Ik denk dat ik even ga zwemmen.'

'Nee, nog niet. Dus het is mijn schuld, wil je beweren?'

'Bij wijze van spreken, ja. Je hebt je echtelijke plichten verzaakt. Ze zei dat het zeven maanden geleden was sinds je voor het laatst met haar hebt gevreeën.'

'Heeft ze je dat verteld?'

'Proost,' zei hij.

'Proost.'

'Ze kwam mijn kamer binnen met een dienblad,' zei hij terwijl hij ons opnieuw inschonk, 'en ging in dat korte nachtjaponnetje bij me op bed zitten. Nu was het toen al drukkend warm, dus ik kon het haar nauwelijks kwalijk nemen, maar ik vermoedde dat er ergens een seintje gegeven werd. Een verborgen boodschap. *Skol.*'

'Skol.'

'Ik legde mijn boek weg. *Sincerely, Willis Wayde* van John Marquand. Dat is pas een tragisch ondergewaardeerde schrijver. Maar in ieder geval, na een geforceerde uitwisseling van beleefdheden (Warm, niet? Ik heb zoveel van je gehoord. Ik vind het heel aardig van je dat je me hebt willen ontvangen in mijn toestand, enzovoort, enzovoort) en een paar pijnlijke stiltes – ik zou echt graag even willen gaan zwemmen. Mag ik je snorkel en zwemvliezen lenen?'

'Godverdomme, Boogie.'

Hij schonk ons nog eens in en we staken allebei een Montecristo op. 'Ik denk dat we vandaag onze eigen lunch moeten klaarmaken,' zei hij. '*A votre santé.*'

'Van hetzelfde. Ga door, alsjeblieft.'

'En toen, onuitgenodigd als het ware, begon ze over de problemen tussen jullie tweeën te praten, in de hoop dat ik haar van advies kon dienen. Jij zat de meeste avonden liever met losers in de kroeg dan thuis, en de zeldzame keren dat je je verwaardigde recht naar huis te komen van kantoor, praatte je niet met haar maar las een boek aan tafel. Of de *Hockey News*, wat dat ook is. Als ze andere stellen, oude vrienden van haar, te eten vroeg, lokte jij ze in de val. Als ze rechts waren, betoogde jij dat de sovjets de Tweede Wereldoorlog hadden gewonnen en dat Stalin eens zou worden erkend als de man van de eeuw. Waren ze daarentegen links, dan beweerde jij dat het wetenschappelijk bewezen was dat negers minder intelligent zijn en oversekst en stak je de loftrompet over Nixon. Als je mee naar haar ouders ging voor het sabbatdiner, ging je aan tafel zitten fluiten, een belediging voor haar moeder. Ze is met je getrouwd tegen de bezwaren van haar vader in, een gedistingeerde intellectueel, en wat gebeurt? Je verwaarloost haar in bed en ze komt erachter dat je een minnares hebt in Toronto. Zeg, ik weet toevallig dat er een paar *devilled eggs* in de ijskast liggen. Wat vind je?'

We verhuisden naar de keukentafel en namen de fles en onze glazen mee. '*L'chaim*,' zei hij.

'L'chaim.'

'Ik moet wel zeggen, ze is nogal wijdlopig. Eenmaal op gang was ze niet meer te stuiten en ik ben bang dat mijn gedachten afdwaalden. Maar het volgende moment leunde ze voorover om het dienblad weg te halen en ving ik een glimp op van haar aangename boezem. Ze ging weer bij me op bed zitten en begon te snotteren en ik voelde me geroepen haar in mijn armen te nemen om haar te troosten en nog steeds hield ze niet op met ratelen. Ik begon haar hier te strelen en toen daar en haar protesten, een soort koeren, maakten op mij de indruk van aanmoedigingen. "Dat mag je niet doen." "We moeten ermee ophouden." "O, alsjeblieft, niet daar." En vervolgens, pretenderend dat ze mijn liefkozingen niet beantwoordde, begon ze over een droom die ze de afgelopen nacht gehad had, terwijl ze vrijwillig haar armen omhoogstak zodat ik haar uit haar nachtjapon kon helpen en, jongen, ik dacht, de enige manier om haar de mond te snoeren is haar te neuken, en zo gebeurde het. Die fles is leeg, volgens mij.'

Ik ging een andere halen.

'*Chin-chin*,' zei hij en pakte een theedoek om het zweet van zijn borst te wissen. 'Staan alle ramen open?'

'Ik zou je tanden uit je bek moeten slaan, Boogie.'

'Pas nadat ik ben wezen zwemmen. O, ze stelde een hoop vragen over Clara. Weet je, als ik erover nadenk: ik was niet meer dan een welkome *deus ex machina*. Ze wilde wraak nemen voor die vrouw die je in Toronto houdt.'

'Wacht even,' zei ik. Ik haastte me naar onze slaapkamer en kwam terug met de oude dienstrevolver van mijn vader, die ik tussen ons in op de tafel legde. 'Bang?' vroeg ik.

'Kon dat niet wachten tot ik een beetje gesnorkeld had?'

'Je kunt me een grote dienst bewijzen, Boogie.'

'Wat je maar wilt.'

'Ik wil dat je getuigt in mijn echtscheidingszaak. Je hoeft alleen maar voor de rechtbank te verklaren dat ik thuiskwam en mijn beminde vrouw met jou in bed vond.'

'Jezus, je hebt het erom gedaan, klootzak. Misbruik maken van een oude vriend,' zei hij, zijn glas ophoudend om bij te laten vullen.

Ik pakte de revolver en legde aan. 'Wil je getuigen?' vroeg ik.

'Ik zal erover nadenken onder het zwemmen,' zei hij en kwam onvast overeind om mijn snorkel en zwemvliezen te pakken.

'Je bent veel te dronken om te zwemmen, idioot dat je bent,' zei ik en ik ging hem achterna, de revolver nog steeds in mijn hand.

'Ga mee,' zei hij en hij liep de steile grashelling naar het water af. 'Het zal ons allebei goed doen. IJd-ta oor-va ouwe ongens-ja om uchter-na te orden-wa.'

'Ik ga een poosje liggen. Dat zou ik jou ook aanraden. Moet je zien. Je kunt nauwelijks recht lopen. Doe het niet, Boogie.'

'Wie het laatst in het water is moet afwassen.'

'Halt,' brulde ik, 'of ik schiet!'

Boogie lachte hard om mijn grap. Hij stond stil om zijn duikuitrusting aan te doen, waarbij hij twee keer viel, en vervolgde toen op zwemvliezen zijn weg de helling af. 'Kijk uit,' zei ik en ik vuurde een schot af, hoog over zijn hoofd heen.

Boogie stak zijn handen omhoog ten overgave. '*Kamerad*,' riep hij, 'Kamerad. *Nicht schiessen*.' Vervolgens zigzagde hij de rest van de helling af, rende de aanlegsteiger over, plonsde in het meer en verdween onder water.

Ik blies de aftocht naar de woonkamer om te gaan liggen en ik lag net weg te doezelen op de bank toen de telefoon ging.

'Ik bel je om je te informeren dat mijn dochter voorlopig bij mij blijft. Ze hebben gezegd dat jij geen enkele poging mag doen om met haar in contact te komen, maar dat je alle inlichtingen moet inwinnen bij mr. Hyman Goldfarb.'

'Goh, krullebolletje van me, dat is nou niet aardig.'

'Hoe durf je!'

'En zeg maar tegen haar dat ik gezegd heb dat Miriam Greenberg geen ongelukkige stem heeft. Ze heeft een mooie stem,' zei ik en ik hing op.

Grote mond, dacht ik. Nu heb je het verknoeid. Hughes-McNoughton zal ontploffen.

Op handen en voeten kroop ik terug naar de bank en ik viel meteen in een tevreden slaap. Ik was maar een paar minuten van de wereld geweest, leek het, toen de kamer schudde van een geraas als van een vliegtuigmotor en ik droomde dat mijn vliegtuig neerstortte. Ik schudde de slaap van me af en was ten prooi aan grote verwarring. Was ik in Montreal? In Miriams appartement? Het buitenhuisje? Langzaam overeind komend op mijn rubberen benen strompelde ik naar buiten en probeerde de bron van het geraas te lokaliseren. Het was een overvliegend vliegtuig geweest, maar het was nu zo ver weg dat ik niet kon zeggen of het een gevechtsvliegtuig van de NAVO-basis in Plattsburg was geweest of een transatlantisch straalvliegtuig. Toen zag ik dat het schemerde. Ik keek op mijn horloge en merkte tot mijn verbazing dat ik ruim drie uur geslapen had. Ik ging terug naar binnen, plensde koud water over mijn gezicht en riep aan de voet van de trap: 'Boogie.'

Geen antwoord.

'Wakker worden, Boogieman.'

Hij was niet in zijn slaapkamer, of ergens anders in het huisje. Waarschijnlijk op de aanlegsteiger buiten westen geraakt, dacht ik, maar daar was hij ook niet.

O, Jezus, hij is verdronken. Nee, niet Boogie. Alsjeblieft, God. Het meer is tot op twaalf meter van onze aanlegsteiger ondiep en het water is zo helder dat je de bodem kunt zien. Ik sprong in onze boot, startte de buitenboordmotor en begon steeds zenuwachtiger heen en weer varend de bodem af te zoeken. Ten slotte klom ik terug naar het huisje en belde de provinciale politie. Twee uur waar geen eind aan kwam later arriveerden ze en ik vertelde ze een aangepaste versie van wat er gebeurd was. Ik zei niets over mijn ruzie met De Tweede Mevrouw Panofsky, zelfs niet over haar eerdere aanwezigheid in het huisje. Ik gaf echter wel toe dat Boogie en ik gedronken hadden en dat ik hem had proberen te overreden niet te gaan zwemmen.

Boogies lichaam was nog niet boven water gekomen en een politieboot die vanuit Merkin's Point de kust afzocht, kon niets vinden.

'Misschien zit hij ergens tussen de waterplanten vast,' zei ik.

'Nee.'

De volgende middag vroeg kwam de politie terug met een rechercheur. 'Mijn naam is Sean O'Hearne,' zei de rechercheur. 'Ik vind dat we eens moeten praten.'

Boogie die in het meer plonst, was het laatste wat ik van hem gezien heb. Ik ben bereid op mijn kleinkinderen te zweren dat het precies zo is gebeurd, maar hij was al eerder verdwenen, meerdere malen, en ik heb de hoop nooit opgegeven. Er gaat geen dag voorbij dat ik niet denk dat er een ansichtkaart zal komen uit Tasjkent of Havana of Addis Abeba. Of, nog beter, dat hij me van achteren zal besluipen bij Dink's en 'Boe' zeggen.

Genoeg is genoeg. Boogie zou nu eenenzeventig zijn – nee, tweeënzeventig – en ik kan maar niet begrijpen waarom hij niet komt opdagen om mijn naam voor eens en voor altijd te zuiveren.

III

MIRIAM

1960-

I

Zoals ik al zei, het begon rampzalig. Zenuwachtig als een tiener de dagen aftellend tot wat ik beschouwde als mijn maken-of-breken-lunch met Miriam, besloot ik de avond tevoren naar Toronto te vliegen en mijn intrek te nemen in het Park Plaza, vastbesloten mijn kamer niet te verlaten en geen druppel te drinken. Maar ik kon me niet concentreren op *Rabbit Run*, het boek dat ik had meegenomen. Het verslag in de *New Republic* van senator Kennedy's overwinning op Humphrey in de voorverkiezingen van West-Virginia boeide me niet. Ik was niet vergeten wat een klootzak Joe Kennedy was en wantrouwde daarom zijn zoon. Ook de foto op de voorpagina van de *New York Times*, van een triomfantelijke Nikita Chroesjtsjow die stukken van het vernietigde U-2 spionagevliegtuig toonde, kon me niet opwinden. Ik smeet boek, tijdschriften en kranten opzij en knipte het leeslampje uit. Maar de slaap wilde niet komen en onvermijdelijk diende juffrouw Ogilvy zich aan; likkend over haar lippen begon ze de jurk die een maat te klein was open te knopen.[1] 'Dat zal je niet helpen, hooghartige imperialistische slet,' zei ik. 'Ik ben Miriam nog niet eens ontrouw met mijn vrouw, dus waarom zou ik me druk maken over jou?'

Ik woelde. Ik draaide. *Denk eraan, kijk recht in die blauwe ogen om een moord voor te doen, maar staar niet naar haar borsten. Of haar benen. Beest.* Ik poetste anekdotes op die wellicht goed zouden vallen en me misschien zouden belonen met dat kuiltje in haar wang, plus verhalen die me zijdelings in een goed daglicht stelden, en ik keurde alles wat ik kon bedenken af omdat het zelfverheerlijkende shit was. In de hoop mijn zenuwen te kalmeren rookte ik een Montecristo en vervolgens haastte ik me naar de badkamer om mijn tanden, en zelfs mijn tong, te poetsen, bang voor slechte adem. Het toeval wilde dat ik op de terugweg naar mijn bed langs de minibar moest. Het kan geen kwaad, dacht ik, even te kijken wat erin zit, misschien kan ik een paar cashewnoten knabbelen. Nou, één klein slokje kon geen kwaad. Maar om drie uur telde ik tot mijn schrik twaalf lege flesjes whisky, wodka en gin op het glazen tafeltje. *Dronkaard. Slappeling.* Vol zelfhaat gleed ik terug in bed en riep voor mijn geestesoog het beeld op van Miriam op mijn bruiloft, waar ze zich, gekleed in een gelaagde blauwe chiffon cocktailjurk, met verbluffende gratie voortbewoog. Die ogen. Die blote schouders. *O, God, stel dat ik opsta in de Prins Arthur Kamer en ze ziet dat ik een erectie heb?* Ik nam me voor eraan te denken me vlak voor de lunch af te trekken, al was het maar als voorzorgsmaatregel. Daarna viel ik in slaap, maar al na korte tijd sprong ik letterlijk uit bed, vloekend

1 Op bladzijde 236 was hij twee maten te klein.

tegen mezelf: *je hebt je verslapen, idioot dat je bent, en nu kom je te laat.* Ik begon me als een razende aan te kleden en had toen de tegenwoordigheid van geest om op mijn horloge te kijken. Het was zes uur. Klote klote klote. Ik kleedde me uit, douchte en schoor me, kleedde me weer aan en ging over straat zwerven tot zeven uur, het tijdstip dat de Prins Arthur Kamer openging voor het ontbijt. 'Ik heb een tafel voor twee besproken voor de lunch,' zei ik tegen de gerant, 'en ik wil er een bij het raam.'

'Ik vrees dat die al gereserveerd zijn, meneer.'

'Die daar,' zei ik en ik stopte hem een briefje van twintig toe.

Terug in mijn kamer zag ik dat het rode lampje op mijn telefoon knipperde. Mijn hart begon te bonken. *Ze kan niet. Ze is van gedachten veranderd.* 'Ik ga niet uit lunchen met volwassen mannen die zich aftrekken op hotel-wc's.' Maar De Tweede Mevrouw Panofsky had gebeld. Ik belde naar huis. 'Je hebt je portefeuille op het tafeltje in de hal laten liggen,' zei ze.

'Niet waar.'

'Ik heb hem hier in mijn hand, met al je creditcards.'

'Wanneer kom je nou eens een keer met goed nieuws?'

'Nu is het mijn schuld zeker?'

'Ik verzin wel iets,' zei ik en ik hing op. Plotseling werd ik overvallen door misselijkheid en vluchtte naar het toilet. Op mijn knieën zinkend, mijn gezicht boven de wc-pot, gaf ik herhaaldelijk over. *Gefeliciteerd, Barney, nu ruik je als een beerput.* Dus kleedde ik me weer uit, douchte opnieuw, poetste zowat het glazuur van mijn tanden, gorgelde, trok een schoon overhemd en schone sokken aan en ging weer de straat op. Ik was maar een paar huizenblokken ver toen ik stokte. Ik bedacht dat ik de gerant had gevraagd om vijf voor één een fles Dom Pérignon in een koelemmer naast ons tafeltje te zetten. *Dikdoenerij.* Een vrouw van Miriams kaliber zou dat vertoon vinden. Opdringerig. Alsof ik eropuit was haar te verleiden. 'Dacht je dat ik, als je maar een fles champagne voor me kocht, met je het bed in zou duiken?' Zulke onzuivere motieven had ik zeker niet. *Eerlijk waar.* Dus keerde ik terug naar het hotel en bestelde de fles champagne af. Maar stel nu dat ze, tegen alle verwachting in, bereid was mee te gaan naar mijn kamer? Ik heb heus wel wat dat in mijn voordeel spreekt.

– Dit is een meerkeuzevraag, Panofsky. Kruis minimaal drie goede karaktereigenschappen aan van de volgende tien.

– Krijg de kolere.

Ik inspecteerde mijn kamer, je kon nooit weten, en merkte dat het bed nog niet was opgemaakt. Ik belde de receptie om me te beklagen en room service om een dozijn rode rozen te bestellen en een fles Dom Pérignon met twee glazen.

'Maar meneer Panofsky, u hebt zojuist uw bestelling voor een fles champagne afgezegd.'

'Ik heb de fles voor de Prins Arthur Kamer afbesteld, maar nu wil ik een fles voor mijn eigen kamer, op de juiste temperatuur, niet vóór twee uur vanmiddag, als het niet te veel moeite is.'

Tegen de middag schrijnden mijn voetzolen, ik had een erge kater, ik was moe, emotioneel uitgeput en ik besloot dat een kop zwarte koffie in de Roof Bar precies was wat ik nodig had, maar in een impuls bestelde ik in plaats daarvan een bloody mary. Drankje in de hand merkte ik dat ik nog drie kwartier de tijd had en toen zaten er alleen nog maar ijsklontjes in mijn glas. Dus bestelde ik er nog een, waarna ik in mijn zak tastte naar die lijst van interessante gespreksonderwerpen die ik had opgesteld. Had ze *Psycho* gezien? *Henderson the Rain King* gelezen? Wat vond ze van de ontmoeting tussen Ben Goerion en Adenauer in New York? 'Had Caryl Chessman geëxecuteerd moeten worden?' Gesterkt door nieuw zelfvertrouwen na mijn derde bloody mary keek ik op mijn horloge: vijf voor één. En opnieuw was ik ten prooi aan paniek. *Klote, ik was vergeten te masturberen vanochtend en nu was het te laat. Mijn rekwisieten.* Ik was ze in mijn kamer vergeten. Haar vader was socialist geweest en dus had ik de Penguin-editie van *Liberty in the Modern State* van Harold Laski meegenomen, alsmede het laatste nummer van de *New Statesman.* Ik snelde naar mijn kamer, propte de *New Statesman* in mijn jaszak en zat om twee minuten over één aan mijn tafel in de Prins Arthur Kamer, en daar was ze. Miriam werd door de gerant naar het tafeltje geleid. Ik stond op om haar te begroeten en slaagde erin mijn compromitterende embonpoint achter mijn linnen servet te verbergen. O, wat zag ze er mooi uit met haar uitdagende leren hoed en zwarte wollen jurk, haar haar was korter geknipt dan ik me herinnerde. Ik wilde haar het liefst complimenteren met haar uiterlijk, maar ik was bang dat ze dat flirterig zou vinden. Lomp. 'Leuk om je te zien,' zei ik. 'Wil je wat drinken?'

'En jij?'

'O, een Perrier voor mij. Zeg, dit is een feestelijke gelegenheid, vind je niet? Zullen we een fles champagne bestellen?'

'Nou...'

Ik wenkte de ober. 'We willen graag een fles Dom Pérignon, alstublieft.'

'Maar u hebt die fles...'

'*Breng hem maar, als u het niet erg vindt.*'

Een Gitane aanstekend met mijn peuk, zocht ik naar een van de *bon mots* die ik gerepeteerd had, maar het enige wat ik kon bedenken was: 'Warm vandaag, vind je niet?'

'Nee, ik vind van niet.'

'Ik ook niet.'

'O.'

'Hebje*HendersontheRainKing*gezien?'

'Wat zeg je?'

'*Henderson the*... Ik bedoel *Psycho*?'

'Nog niet.'

'Ik vond die scène in de douche – Maar wat vond jij ervan?'

'Ik denk dat ik hem eerst moet zien.'

'O, natuurlijk. Vanzelfsprekend. We zouden vanavond samen kunnen gaan, als je...'

'Maar jij hebt hem toch al gezien?'

'O ja. Dat is waar. Dat was ik vergeten.' Shit, moet hij die fles champagne helemaal uit Montreal halen? 'Vind jij,' vroeg ik terwijl het zweet me uitbrak, 'dat Ben Goerion er goed aan gedaan heeft Eisenhower in New York te ontmoeten?'

'Ik denk dat je Adenauer bedoelt.'

'Natuurlijk bedoel ik dat.'

'Heb je me uitgenodigd om me te interviewen?' vroeg ze. En daar was het, dat kuiltje in haar wang. Ik val ter plekke dood neer en ga recht naar de hemel. *Waag het niet je blik naar haar boezem te laten dwalen. Hou hem op ooghoogte.* 'Ah, daar is hij.'

'Room service wil weten of u die andere fles nog in uw...'

'Schenk maar in, als u wilt.'

We klonken. 'Ik kan je niet zeggen hoe blij ik ben dat je vandaag kon,' zei ik.

'Nou, het was aardig van je dat je tijd voor me vrij kon maken tussen je zakenafspraken in.'

'Ik ben alleen maar gekomen om jou te zien.'

'Ik dacht dat je zei...'

'O ja, natuurlijk. Zaken. Ja, ik ben hier voor zaken.'

'Ben je dronken, Barney?'

'Zeer zeker niet. Ik denk dat we moeten bestellen. Negeer de prix fixe maar. Neem wat je wilt. Ze zouden de airconditioning aan moeten zetten hier,' zei ik terwijl ik mijn das losmaakte.

'Maar het is niet warm.'

'Ja. Ik bedoel, nee.'

Ze bestelde een erwtensoep als voorgerecht en ik vroeg om onverklaarbare redenen om de kreeftsoep, een gerecht dat ik haat. Terwijl de Prins Arthur Kamer begon te hellen en te draaien, zocht ik naar een gevatte opmerking, een aforisme om paf van te staan, waarbij vergeleken Oscar Wilde een kleine jongen was, en ik hoorde mezelf zeggen: 'Vind je het leuk om in Toronto te wonen?'

'Ik hou van mijn baan.'

Ik telde tot tien en zei: 'Ik ga scheiden.'

'O, wat naar voor je.'

'Wehoevenernunietovertepraten, maardatbetekentdatweelkaarterugkunnenzien, wantnubenikgeengetrouwdemanmeer.'

'Je praat zo vlug dat ik je niet goed...'

'Binnenkort ben ik geen getrouwde man meer.'

'Nee, natuurlijk niet, als je gaat scheiden. Maar ik hoop dat je het niet voor mij doet.'

'Wat kan ik anders? Ik hou van je. Wanhopig veel.'

'Barney, je kent me nauwelijks.'

Toen wilde het toeval dat een ziedende Yankel Schneider, die ik niet meer gezien had sinds we allebei tien waren en op de lagere school zaten, bij ons tafeltje kwam: niet helemaal de geest van Banquo, maar wel bijna. 'Jij bent die klootzak die mijn leven tot een hel maakte toen we klein waren door mijn stotter na te doen.'

'Ik weet niet waar je het over hebt.'

'Heb jij het ongeluk zijn vrouw te zijn?'

'Nog niet,' zei ik.

'Alsjeblieft,' zei Miriam.

'Laat haar erbuiten, als je wilt.'

'Hij pestte me met mijn stotteren en ik trok mijn haren uit mijn hoofd in bed en mijn moeder moest me letterlijk naar school slepen terwijl ik schopte en gilde. *Waarom deed je dat?*'

'Ik heb het niet gedaan, Miriam.'

'*Wat voor lol had je daaraan?*'

'Ik denk niet eens dat ik weet wie je bent.'

'Jarenlang droomde ik dat ik in mijn auto zat en dat jij de straat overstak en dat ik je overreed. Acht jaar lang heb ik bij een psychiater gelopen voordat ik besloot dat je het niet waard was. Je bent een stuk vuil, Barney,' zei hij, nam een laatste trek aan zijn sigaret en gooide hem in mijn kreeftensoep, waarna hij wegliep.

'Jezus,' zei ik.

'Ik dacht dat je hem ging slaan.'

'Niet met jou erbij, Miriam.'

'Ik heb gehoord dat je erg driftig bent en dat je, als je veel te veel gedronken hebt, zoals nu, wat niet erg vleiend is, ruzie zoekt.'

'McIver?'

'Ik zeg niet wie.'

'Voel me niet goed. Moet overgeven.'

'Haal je het naar de wc?'

'Geneer me zo.'

'Kun je...'

'Moet gaan liggen.'

Ze hielp me naar mijn kamer, waar ik onmiddellijk op mijn knieën zonk, kokhalzend boven de wc-pot, luid scheten latend. *Ik zou levend begraven willen zijn. Of verdronken en gevierendeeld. Uit elkaar getrokken door paarden. Wat dan ook.* Ze maakte een handdoek nat en veegde mijn gezicht af en bracht me ten slotte naar bed.

'Dit is zo vernederend.'

'Sst,' zei ze.

'Je haat me en wilt me nooit meer zien.'

'Och, hou je mond,' zei ze en sponsde me opnieuw af met die natte handdoek.

Ze liet me een glas water drinken en steunde mijn hoofd met haar koele hand. Ik besloot nooit meer mijn haar te wassen. Ik ging op mijn rug liggen en sloot mijn ogen, in de hoop de draaiende kamer stil te zetten. 'Over vijf minuten gaat het wel weer. Ga alsjeblieft niet weg.'

'Probeer wat te slapen.'

'Ik hou van je.'

'Ja. Natuurlijk.'

'We gaan trouwen en krijgen tien kinderen,' zei ik.

Toen ik wakker werd, misschien een paar uur later, zat ze in de fauteuil, haar benen zorgvuldig over elkaar geslagen, *Rabbit Run* te lezen. Ik begon niet meteen te praten, maar maakte gebruik van het feit dat ze verdiept was in haar boek om te genieten van zo veel schoonheid daar in die stoel. De tranen liepen over mijn wangen. Mijn hart deed zeer. Als de tijd nu voor eeuwig stilstaat, dacht ik, zul je mij niet horen klagen. Ten slotte zei ik: 'Ik weet dat je me nooit meer wilt zien. Ik neem het je niet kwalijk.'

'Ik ga wat droge toast en een kop koffie voor je bestellen,' zei ze, 'en een tonijnsandwich voor mezelf, als je het niet erg vindt. Ik heb honger.'

'Ik moet wel vreselijk stinken. Ga je niet weg als ik vlug een douche neem?'

'Ik neem aan dat je me voorspelbaar vindt.'

'Hoe kun je zoiets zeggen?'

'Je verwachtte dat ik mee zou gaan naar je kamer.'

'Zeer zeker niet.'

'Voor wie waren die champagne en die rozen dan?'

'Waar?'

Ze wees.

'O.'

'Ja. O.'

'Ik weet niet wat ik allemaal doe vandaag. Ik ben mezelf niet. Ik ben in de war. Ik bel room service en laat het weghalen.'

'Nee, dat doe je niet.'

'Ik doe het niet.'

'Waar zullen we nu over praten? *Psycho*, of de ontmoeting van Ben Goerion met Adenauer?'

'Miriam, ik kan niet tegen jou liegen. Nu niet en nooit niet. Yankel sprak de waarheid.'

'Yankel?'

'Die man die naar ons tafeltje kwam. Ik versperde hem de weg op de speelplaats en zei: "P-p-pis je in b-b-bed, l-l-lullekop?" En als hij een vraag kreeg in de klas en doodsbang opstond, begon ik te giechelen voordat hij een woord had kunnen uitbrengen en stortte hij huilend in. "G-g-goed z-z-zo, Yankel," zei ik dan. Waarom deed ik zulke afschuwelijke dingen?'

'Je verwacht toch niet dat ik daar antwoord op kan geven?'

'O, Miriam, als je eens wist hoe ik je nodig heb.'

En toen opeens werd ik overvallen door – nee, gezegend met – iets wat leek op een lentedooi van het ijs dat mijn ziel plette. Ik begon, vrees ik, onsamenhangend te brabbelen en ongelukkige gebeurtenissen uit mijn jeugd en verhalen over Parijs door elkaar te halen. Van een verhaal over Boogie die een heroïnedeal sloot, sprong ik terug naar een verhaal over mijn moeders onverschilligheid tegenover mij. Ik vertelde haar hoe Yossel Pinsky Auschwitz had overleefd en nu zijn dagen sleet met zakendoen in een café in de Trumpeldorstraat in Tel Aviv. Ik had vroeger gehandeld in gestolen Egyptische kunstvoorwerpen, ik vond dat ze dat moest weten. Ik tapdanste. Een sterk verhaal over Izzy Panofsky's tijd bij de zedenpolitie ging naadloos over in die avond dat McIver had voorgelezen in de boekwinkel van George Whitman, waarna ik een kletsverhaal hield over Hymie Mintzbaum. Ik vertelde haar van de pneumatique die me te laat bereikt had en hoe Clara onnodig een vroege dood tegemoet was gegaan en dat ik nog steeds droomde van haar rottende lijk in de kist.

'Dus jij bent de Calibanovitsj in dat vers.'

'Ja, dat ben ik.'

Ik legde uit dat ik uit wraak aan dat ongelukkige huwelijk met De Tweede Mevrouw Panofsky begonnen was – nee, uit schuldgevoel vanwege Clara – nee, uit woede over wat ze van me vond. Maar ik zwoer dat ik nooit eerder verliefd was geweest voordat ik Miriam op mijn trouwdag zag. Toen merkte ik dat het buiten schemerde en dat onze fles champagne leeg was. 'Zullen we ergens gaan eten?' vroeg ik.

'Zullen we eerst een eindje gaan wandelen?'

'Graag.'

Het zelfgenoegzame Toronto is niet een stad waar ik ooit van ben gaan houden. Het is de rekenkamer van dit land. Maar toen ik die warme avond in begin mei met verende tred het spitsuur op Avenue Road indook, was ik in een vergevingsgezinde stemming en blij dat ik leefde. De bomen stonden immers volop in bloei. De bossen madeliefjes die in emmers voor de fruitwinkels stonden, waren weliswaar met een spuitbus oranje of paars geverfd, maar dat werd goedgemaakt door boeketten ongerepte narcissen. Sommigen van de kantoormeisjes die in stellen van twee in hun zomerjurken langskwamen, waren onbetwistbaar mooi. Ik was zo in vervoering dat ik waarschijnlijk te breed grijnsde tegen de jonge moeder die ons met een peuter in een wandelwagentje tegemoet kwam, want ze fronste en versnelde haar pas. Bij uitzondering ergerde ik me eens niet aan een zwetende jogger in korte broek, die pas op de plaats maakte terwijl hij wachtte voor een rood stoplicht. 'Wat een heerlijke avond, vind je niet?' kweelde ik en hij voelde direct aan zijn achterzak om te kijken of zijn portemonnee er nog in zat. Ik had waarschijnlijk ook niet moeten stilstaan om een gloednieuwe Alfa Romeo te bewonderen die voor een antiekzaak geparkeerd stond, want de eigenaar schoot naar de voordeur, vanwaar hij ons dreigend aankeek. Ergens hogerop kwamen we bij een klein parkje, waar ik dacht dat we een poosje op een bankje zouden kunnen uitrusten, maar het hek was met een hangslot dichtgemaakt en op een bord dat aan de spijlen was geschroefd, stond:

VERBODEN ETENSWAREN TE NUTTIGEN
VERBODEN TE DRINKEN
VERBODEN MUZIEK TE MAKEN
VERBODEN VOOR HONDEN

Ik kneep Miriam in de hand en zei: 'Soms denk ik, waar deze stad door geleid wordt, wat haar voornaamste drijfveer is, dat is de panische angst dat iemand misschien ergens gelukkig zou kunnen zijn.'

'O, schaam je.'

'Waarom?'

'Je citeert een aforisme van Mencken over het puritanisme. Zonder bronvermelding.'

'O ja?'

'Je deed net of je het zelf bedacht had. Ik meende dat je beloofd had nooit tegen me te zullen liegen.'

'Ja. Sorry. Vanaf nu.'

'Ik ben opgegroeid met leugens en ik wil het nooit meer.'

En toen vertelde een plotseling geëmotioneerde Miriam me over haar vader, de coupeur en vakbondsman. Ze was dol op hem geweest, zo'n idealist, tot ze ontdekte dat hij een dwangmatige rokkenjager was. Hij deed het met fabrieksmeisjes op de plee. Op zaterdagavond liep hij gore dansgelegenheden en cafés in de binnenstad af. Het brak haar moeders hart.

Waarom tolereer je het? vroeg Miriam.

Wat kan ik doen? antwoordde ze, gebogen over haar naaimachine.

Miriams moeder had een langdurig sterfbed. Darmkanker. 'Dat heeft hij haar gegeven,' zei Miriam.

'Dat is nogal sterk,' zei ik.

'Nee, dat is het niet. En geen enkele man zal mij dat aandoen.'

Ik kan me niet herinneren waar of wat we aten, ergens in Yonge Street, naast elkaar in een cabine, de dijen tegen elkaar. 'Ik had nog nooit iemand zo ellendig zien kijken op zijn eigen trouwdag. Elke keer als ik opkeek stond je naar me te staren.'

'Stel dat ik niet uit die trein was gestapt?'

'Als je eens wist hoe ik naar je verlangde.'

'Echt waar?'

'Ik heb vanmorgen mijn haar laten doen en ik heb deze kleren speciaal voor onze lunch gekocht, en je hebt geen enkele keer gezegd dat ik er goed uitzag.'

'Nee. Ja. Heus, je zag er geweldig uit.'

Het liep tegen twee uur 's nachts toen we bij haar flatgebouw op Eglinton Avenue kwamen. 'Nu neem ik aan dat je net gaat doen of je niet mee naar binnen wilt,' zei ze.

'Nee, Ja. Help, Miriam.'

'Ik moet om zeven uur op.'

'O. Nou ja. In dat geval denk ik...'

'Och, kom op,' zei ze en ze nam mijn hand.

2

Nu mijn tijd begint op te raken, tikt hij zo snel voorbij als een taximeter. Weldra word ik achtenzestig en Betty, die dat soort dingen bijhoudt, zal een lunch willen organiseren bij Dink's. Betty, een sentimenteel type, wil Zack, Hughes McNoughton, mij en een paar van de anderen laten cremeren als we doodgaan, zodat ze ons in urnen boven de bar kan bewaren om haar gezelschap te houden. Ik had haar misschien niet moeten vertellen wat Flora Charnofsky had gedaan. Nadat Norman met zijn Mercedes-sportauto tegen die elektriciteitspaal was opgereden en op slag dood was, had ze hem laten cremeren en zijn as verdeeld. Het meeste ging in een zandloper die ze zelf gemaakt had en de rest in een eierwekker. 'Norm is altijd bij me,' zei ze.

Ik ga niet naar Betty's feestje. Er valt niks te vieren. Bovendien ben ik nu zo'n chagrijnige ouwe lul dat ik mezelf niet vertrouw. Gistermiddag ging ik naar de videotheek om *The Bank Dick*, een van mijn favoriete films van W.C. Fields, terug te brengen en die jonge pummel met zijn paardenstaart achter de balie, die nu ook al een neusringetje draagt, zei: 'O, o, daar komt drie dollar bij omdat we hem terug moeten spoelen.'

'Heb je een pen?'

Verbaasd gaf hij me een pen en ik stak hem in het gat van de spoel en begon de band met de wijzers van de klok mee[1] te draaien, de vijf wachtenden achter me negerend.

'Wat doet u?'

'Terugspoelen.'

'Dat duurt eeuwen.'

'Het is pas drie uur, jochie, en deze band hoeft pas om vijf uur terug te zijn.'

'Geef maar hier, opa, en houd die drie dollar maar.'

Vanochtend laat ontbeten en daarna de radio aangezet omdat ik had besloten eens een keertje rechtstreeks naar Miriam te luisteren. Halleluja. Ik viel net in het

1 Tegen de wijzers van de klok in.

programma toen ze een brief voorlas die zogenaamd van een luisteraar in Calgary kwam:

> Geachte mevrouw Greenberg,
> Ik ben een van die oude snoeshanen waar je weleens over leest, een man die de beste jaren van zijn leven heeft gegeven aan de vrouw van wie hij hield, die er vervolgens met een jongere man vandoor ging. Ik hoop dat u mijn handschrift kunt lezen, want het is niet meer wat het geweest is sinds mijn laatste lichte beroerte. Zoals u zeker wel kunt zien, heb ik niet veel onderwijs genoten. Niet vergeleken met de luisteraars wier brieven u meestal hardop voorleest. Ik ben een gepensioneerde vuilnisman, ofwel recycler, ha! ha! ha! Maar ik hoop wel dat mijn taal goed genoeg is om uitgezonden te worden. Ik mis mijn vrouw nog steeds en haar foto staat naast mijn bed in de caravan waarin ik hier woon. Vandaag is het de verjaardag van Marylou en ik zou graag willen dat u een wijsje draaide dat speelde in de eetzaal van The Highlander Inn in Calgary, waar ik haar mee naar toe had genomen toen we in 1975 haar dertigste verjaardag vierden.
> Ik weet nog een paar regels van het wijsje (ze slaan precies op mijn huidige toestand), maar niet de titel of de begeleidende muziek. De tekst was:
>
> > Volle maan en lege armen,
> > iets iets jouw charme...
>
> En de muziek, als ik me goed herinner, was meestens piano en was geschreven, zei ze, door een beroemde Polak. Wacht even. Ik geloof dat er een keer een film over hem gemaakt is, met in de hoofdrol Cornel Wilde, en dat hij leed aan tbc, de pianist, niet Cornel Wilde. Ik zou graag willen dat u dit plaatje draaide en het opdroeg aan Marylou, tegen wie ik niet haatdragend ben. Dank u zeer.
>
> Hoogachtend,
> Wally Temple
>
> PS Ik hou echt van klassieke muziek en ik ben een grote fan van uw programma. Een van mij favoriete bandjes, dat ik u zeer kan aanbevelen, misschien moet u het op een ochtend eens draaien, is 'Mozart's Greatest Hits'.

Miriam zweeg even en zei toen: 'Deze brief komt van dezelfde poetsenbakker die onder andere ook beweerde Doreen Willis te zijn.'

Shit.

'Ik heb hem hardop voorgelezen om de luisteraar in kwestie te laten weten dat hij me niet voor de gek houdt. En als blijk van waardering voor de moeite die hij heeft genomen, speel ik nu een opname van Chopins 12 études, opus 10, uitgevoerd door Louis Lortie. Deze Chandos-opname is geproduceerd in Suffolk, Engeland, en dateert van april 1988.'

De familietamtam, ofwel de disinformatiesnelweg, is onlangs overbelast en ik heb de volgende stukjes en beetjes in elkaar kunnen passen. Mike belde Saul. 'Hou je vast, papa schrijft zijn memoires.'

'Ik wist wel dat hij iets in zijn schild voerde. Een momentje. Nancy, dat boek zet je op de verkeerde plank. Het moet precies terug op de plaats waar het vandaan gekomen is. Sorry, Mike. Zijn memoires. Verdomme, stel dat hij geen uitgever kan vinden? Zijn hart zou breken.'

'Er is een markt voor alles wat met Clara Charnofsky te maken heeft tegenwoordig en vergeet niet dat hij een hoop andere beroemde mensen heeft gekend.'

'Zeg, zei jij niet dat Carolines zwager een top-orthopedisch chirurg is?'

'Ja. En?'

'Nancy, nee, dat is niet precíes waar het vandaan kwam. Shit shit shit. Sorry, Mike. Ik wil een second opinion over iets. Als ik je mijn röntgenfoto's stuur, geef je ze dan aan hem?'

'Die hele oude zaak over de dood, of wat onze zus Kate nog steeds de verdwijning noemt, van Bernard Moscovitch zal er wel weer door opgerakeld worden.'

'Ik heb je iets gevraagd.'

'Ja. Natuurlijk. Als je dat per se wilt.'

Vervolgens belde Saul Kate. 'Heb je het gehoord? Papa gaat ons beroemd maken.'

'Dacht jij soms dat je de enige schrijver was in de familie?'

'Heeft hij je al iets laten lezen?'

'Saul, je zou hem moeten horen over de telefoon. Dubbel van het lachen bij oude verhalen. Herinneringen ophalen aan ijshockeysterren die hij in hun hoogtijdagen heeft gezien. Papa heeft een verhouding gehad met zijn schooljuffrouw toen hij nog maar veertien was.'

'Och, hij hield ons voor de gek. Dat verhaal heb ik nooit geloofd.'

'Weet je nog hoe hij ons de les las over de gevaren van drugs? Nou, hij rookte dag en nacht hasjiesj toen hij in Parijs was. Als hij over het verleden praat, vallen de jaren van hem af. Het verleden is het enige waar hij enthousiast over kan worden tegenwoordig.'

Toen belde Mike mij. 'Papa, je mag over mij schrijven wat je wilt, maar je moet alsjeblieft Caroline sparen.'

'Zou je zo tegen Samuel Pepys of Jean-Jacques Rousseau praten, niet dat je een van beiden gelezen hebt?'

'Ik ben serieus, pap.'

'Je hoeft je nergens zorgen over te maken. Hoe gaat het met de kinderen?'

'Jeremy heeft het schitterend gedaan met zijn *A-levels*. Harold zit je nu een brief te schrijven.'

Saul belde om tien uur de volgende ochtend. 'Wat doe jij zo vroeg op?' vroeg ik.

'Ik heb om elf uur een afspraak met de dermatoloog.'

'O, Jezus. Lepra. Hang meteen op.'

'Schrijf je echt je memoires?'

'Ja.'

'Je kunt ze beter aan mij laten lezen. Alsjeblieft, pap.'

'Uiteindelijk, misschien. Hoe gaat het met Nancy?'

'O, die. Ze stopte mijn cd's niet terug in de doosjes en ze maakte ezelsoren aan mijn *The Neo-Conservative Reader*. Ik heb je een exemplaar gestuurd, weet je nog? Nancy is terug naar haar man.'

Het telefoontje dat me echt van streek maakte kwam van Miriam, die ik in ongeveer achttien maanden niet gesproken had. Het geluid van die stem die direct tegen me sprak, was voldoende om mijn hart te doen bonzen.

'Barney, hoe gaat het met je?'

'Prima. Waarom vraag je dat?'

'Dat doen mensen als ze elkaar zo lang niet gesproken hebben.'

'Ja, precies. En met jou?'

'Met mij gaat het ook goed.'

'Nou, daar is dan alles mee gezegd, niet?'

'Barney, alsjeblieft.'

'Ik hoor je stem, je zegt mijn naam en mijn handen beginnen te trillen, dus kom mij niet meer aan met Barney alsjeblieft.'

'We zijn meer dan dertig jaar bij elkaar geweest...'

'Eenendertig.'

'... waarvan de meeste heel fijn waren. Zouden we dan niet in staat moeten zijn te praten?'

'Ik wil dat je naar huis komt.'

'Ik ben thuis.'

'Je hebt je er altijd zo op laten voorstaan dat je direct was, dus kom terzake, alsjeblieft.'

'Solange heeft me gebeld.'

'Er is niets tussen ons. We zijn goede vrienden, dat is alles.'

'Barney, je bent mij geen verantwoording schuldig.'

'Gelijk heb je.'

'Je bent geen dertig meer...'

'Jij ook...'

'... en je kunt niet zo doorgaan met drinken. Ze wil dat je naar een specialist gaat. Doe alsjeblieft wat ze zegt, Barney.'

'Wha.'

'Het gaat me nog steeds aan het hart, hoor. Ik denk vaak aan je. Saul zegt dat je je memoires schrijft.'

'O, dat is het. Tja, ik heb besloten een paar voetafdrukken achter te laten in het zand van de tijd.'

Dat leverde me een keellachje op.

'Je moet geen kwetsende dingen over de kinderen zeggen. Vooral...'

'Weet je wat Early Wynn een keer zei?'

'Early Wynn?'

'Honkbalpitcher. Hall of Fame. Ze vroegen hem een keer of hij naar zijn moeder zou gooien. "Dat zou ervan afhangen hoe goed ze kon batten," zei hij.'[2]

'Vooral niet over Saul. Hij is zo ontzettend gevoelig.'

'Of anders professor Hopper wel, nietwaar, die ik bij mij thuis uitnodigde. O, neem me niet kwalijk. Hoe gaat het met Blair?'

'Hij gaat met de VUT. We gaan een jaar naar Londen, waar hij eindelijk zijn biografie van Keats kan voltooien.'

'Daar zijn er al zowat zes van. Wat heeft hij in godsnaam te zeggen dat nieuw is?'

'Barney, beheers je.'

'Pardon? Saul is de driftkop, niet ik.'

'Saul is je evenbeeld en daarom ben je zo hard tegen hem.'

'Ja ja ja.'

'Blair wil niet dat je van de daken gaat schreeuwen dat hij vroeger voor de *American Exile in Canada* schreef.'

'Waarom moet hij zich achter je rokken verschuilen? Hij had me zelf kunnen bellen.'

'Hij weet niet dat ik je bel en de werkelijke reden is, eerlijk Barney, dat ik me zorgen maak om jou en graag wil dat je naar een dokter gaat.'

'Geef Blair een boodschap van me. Nog een biografie van Keats. Christus. Zeg maar tegen hem dat ik gezegd heb dat er absoluut geen behoefte is aan nog meer boeken als overrijpe tomaten,' zei ik en ik hing op voordat ik mezelf nog meer te schande kon maken.

Ik kreeg niet rechtstreeks bericht van Blair, maar weldra kwam er een van die aangetekende brieven ONDER VOORBEHOUD van zijn advocaten in Toronto. Hun cliënt, professor dr. Blair Hopper, had vernomen, na een verzoek aan de FBI op grond van de Wet Openbaarheid Informatie, dat in 1994 een anonieme brief was gestuurd aan de rector van Victoria College, Universiteit van Toronto, waarin werd gesteld dat voornoemde professor Hopper, een bekende seksuele aberrant, in 1969 door de FBI naar Canada was gestuurd om spionage te plegen en te rap-

2 Ik heb dit citaat niet kunnen achterhalen.

porteren over de activiteiten van Amerikaanse dienstweigeraars. Indien deze laster, die elke grond miste, herhaald zou worden in een te verschijnen memoire van Barney Panofsky, dan hield professor Hopper zich het recht voor de auteur en zijn uitgever te vervolgen. Met hulp van Hughes-McNoughton schreef ik terug, ZONDER VOORBEHOUD, dat ik me nooit zou verlagen een anonieme brief te schrijven en dat, als deze gemene aantijging in het openbaar herhaald werd, ik me het recht voorbehield zelf juridische stappen te nemen. Ik ging de brief aangetekend versturen, maar bedacht me. Ik nam een taxi naar Notre Dame Street, kocht een nieuwe schrijfmachine, typte de brief over en verstuurde hem aangetekend. Vervolgens gooide ik mijn oude machine weg en de nieuwe ook maar. Ik ben niet voor niets de zoon van een rechercheur.

3

Ik heb een buurman aan het meer, een van die steeds talrijker wordende tv-piraten, die een schotelantenne zo groot als een pizza geïnstalleerd heeft, wat bij de wet verboden is hier, want daarmee kun je honderd Amerikaanse zenders ontvangen die niet zijn toegelaten in Canada. Voor dertig dollar extra heeft hij een decoder gekocht om die zenders te decoderen. Ik vermeld dit alleen omdat ik in mijn huidige staat van aftakeling aan lange slapeloze nachten lijd waarin ik een waarlijk ratjetoe aan beelden uit mijn verleden ontvang, zonder over de middelen te beschikken om ze te decoderen. Ik ben de laatste tijd meer dan eens wakker geworden dat ik niet meer wist wat er die dag werkelijk was voorgevallen aan het meer. Dat ik me afvroeg of ik de gebeurtenissen van die dag had geretoucheerd, net zoals ik andere incidenten in mijn leven heb verfraaid om in een gunstiger daglicht te komen staan. Wat ik zeggen wil: stel dat O'Hearne gelijk had? Stel dat ik, zoals die klootzak denkt, Boogie door zijn hart geschoten heb? Ik geloof graag dat ik tot zoiets bruuts niet in staat ben, maar stel dat ik werkelijk een moordenaar ben?

Vorige week werd ik op een nacht bevend van angst wakker uit een boze droom waarin ik Boogie doodschoot en over hem heen gebogen stond terwijl zijn lichaam schokte en het bloed uit zijn borst kolkte. Ik maakte me los uit de van zweet doordrenkte lakens, kleedde me aan en reed naar mijn buitenhuisje, waar ik tegen zonsopgang arriveerde. Ik dwaalde door het bos, in de hoop dat de locatie mijn geheugen zou opfrissen en me naar de plek zou voeren van mijn veronderstelde misdaad, ondanks alle plantengroei sinds Boogies verdwijning, ruim dertig jaar geleden. Ik verdwaalde. Ik raakte in paniek. Plotseling wist ik niet meer waar dat bos was of wat ik er deed. Ik moet urenlang op een omgevallen boomstam hebben gezeten, paffend aan een Montecristo, en toen hoorde ik muziek, verre van hemelse, ergens vandaan komen. Ik liep erop af en kwam op mijn eigen gazon uit, waar Benoit O'Neil een gettoblaster had neergezet om hem gezelschap te houden bij het bladeren harken.

Hallo, schlemiel.

De dagen dat mijn geheugen perfect werkt, zijn aantoonbaar moeilijker te dragen dan wanneer het me in de steek laat. Of, anders gezegd, terwijl ik voortga het labyrint van mijn verleden te verkennen, kom ik episodes tegen die ik me maar al te goed herinner. Neem Blair, bijvoorbeeld.

Blair Hopper, geboren Hauptman, kwam als een ongewenste poliep in de zomer van 1969 mijn leven binnen. Hij verscheen op een regenachtige avond bij ons buitenhuisje in de Laurentians (waar Miriam, weekhartig als ze is, moeilijke jongeren, mishandelde vrouwen en ander wrakhout verwelkomde), nadat hij ons adres gevonden had in het *Handboek voor Dienstweigeraars-Immigranten in Canada*:

> Ofschoon u Canada door omstandigheden gedwongen en niet uit vrije wil als toevluchtsoord hebt gekozen, willen wij u toch graag welkom heten. Degenen onder ons die het Dienstweigeringsprogramma steunen, nemen aan dat u uit overtuiging tegen de oorlog in Vietnam bent en dat u derhalve hoogstwaarschijnlijk goede burgers zult worden.

(O, ik moet hier vermelden dat volgens de veeleisende bepalingen van mijn verlossing van De Tweede Mevrouw Panofsky, zij het huis met de zitkuil in Hampstead kreeg, maar dat ik het eigendom in de Laurentians mocht houden. Mijn eerste impuls was om me te ontdoen van het toneel van mijn vermeende misdaad, maar na enig nadenken leek me dat zo goed als een schuldbekentenis. Dus in plaats daarvan liet ik het huisje, voordat ik er met Miriam introk, verbouwen, muren uitbreken, tuindeuren en dakramen aanbrengen, kinderkamers en werkkamers voor mij en Miriam bijbouwen.)

Op komt Blair. Ik had graag willen vermelden dat Max, onze meestal zo helderziende Duitse herder, waar de kinderen zo veel plezier aan hadden, de indringer met gegrom en ontblote tanden begroette, maar de waarheid is dat die verraderlijke hond direct kwispelstaartend tegen hem opsprong. De eer gebiedt me toe te geven dat Blair Hopper, geboren Hauptman, een knappe jongen was in die tijd. Daar is geen twijfel aan. Dichter bij Miriams leeftijd dan de mijne, wat wil zeggen zo'n tien jaar jonger dan ik. Hij was lang, had stroblond haar, blauwe ogen en brede schouders. Hij zou er puik hebben uitgezien in een ss-uniform. Maar in werkelijkheid droeg hij een overhemd, een das, een seer-suckerpak en lage schoenen. Hij kwam beladen met geschenken: een pot ongepasteuriseerde honing (vervaardigd in een commune in Vermont, zijn eerste halte op de hedendaagse Ondergrondse Spoorlijn), en, woewoewoe, een paar indiaanse mocassins met kralen. Ik zat op dat moment van een Macallan te nippen en vroeg hem of hij er ook een wilde.

'Graag een glas mineraalwater,' zei hij. 'Maar alleen als u al een fles open hebt staan.'

Het mineraalwater was net op. Dus zette Miriam kruidenthee voor hem. Rozenbottel was het volgens mij. 'Heb je moeilijkheden gehad aan de grens?' vroeg ze.

'Ik ben als toerist binnengekomen. Ik ging door voor een Republikein van de countryclub in mijn seer-suckerpak. En ik kon die gorilla's heel wat travellercheques laten zien.'

'Ik moet je waarschuwen,' zei ik, mijn ijzig beleefde rol spelend, 'dat mijn vader een gepensioneerde politieagent is. Dus die kwalificatie willen wij in dit huis niet horen.'

'In dit land zal alles wel anders zijn, meneer,' zei hij blozend, 'en de politie zal zich hier wel voorbeeldig gedragen.'

'Nou ja, dat weet ik niet.' En net toen ik op het punt stond een anekdote te vertellen over de streken van rechercheur Izzy Panofsky, werd ik onderbroken door Miriam.

'Lust je een boterham met pindakaas?' vroeg ze.

Blair was op vrijdag gekomen en bleef slechts tien dagen bij ons logeren, maar dat eerste weekend maakte hij zich al nuttig. Hij wilde per se afwassen en het tuinhekje repareren, een karweitje waar ik beloofd had een dezer dagen eens aan te zullen beginnen. Toen we een horzel in onze keuken kregen en ik naar een vliegenmepper greep, riep hij: 'Niet doen, alstublieft,' en slaagde erin hem door de vliegendeur naar buiten te werken. God, die slinkse klootzak kon een kinderveilige dop, waarop je moest drukken terwijl je draaide, van een flesje aspirines krijgen zonder zich in te spannen en 'Shit shit, shit' te mompelen. Nog iets. Het stond me niet aan hoe hij de hele tijd naar Miriam keek en hoe zij scheen te genieten van zijn attenties.

Zondagavond vroeg Miriam: 'Moet je vanavond niet terug naar de stad?'

'O, ik dacht erover maar een weekje vrij te nemen,' zei ik zo onverschillig mogelijk.

'En je pokeravond op woensdag dan?'

'Ze kunnen wel een keer zonder mij. En als iemand op kantoor me nodig heeft, kunnen ze me hier bellen.'

Miriam, zo natuurlijk gracieus, was zich aanbiddelijk onbewust van haar hypnotiserende aanwezigheid. Ik had graag de rest van mijn leven doorgebracht met naar haar te kijken, ontsteld over zo veel schoonheid in mijn buurt, niet dat ik haar dat ooit met zo veel woorden heb gezegd. En nu, als ik mijn ogen sluit, vechtend tegen tranen van spijt, zie ik haar weer terwijl ze Saul de borst geeft, haar ogen geloken, een hand achter dat kloppende kwetsbare hoofdje. Ik zie haar terwijl ze Mike leert lezen, ze maakt er een spelletje van, en samen grinniken ze. Ik kan voor mijn geestesoog het beeld oproepen van haar en Kate, elkaar met water spattend in bad. Ik zie haar druk in de weer in de keuken op een zaterdagmiddag, luisterend naar een radiouitzending van de Metropolitan Opera. Of slapend in ons bed. Of lezend in een leunstoel, haar benen zorgvuldig over elkaar geslagen. In onze hoogtijdagen, als we hadden afgesproken in de bar van de Ritz om samen een avondje uit te gaan, dan wachtte ik op haar aan een tafeltje bijna helemaal verscholen in een verre hoek, zodat ik haar binnen kon zien komen, chic gekleed, sereen, aller ogen op zich gericht, waarna ze me verblijdde met een tedere glimlach en een kus. Miriam, Miriam, mijn grote liefde.

Miriam kleedde zich onopvallend en stond onverschillig tegenover de heersende mode. Ze hoefde zich niet aan te prijzen en droeg nooit een minirok of een jurk met een diep uitgesneden hals. Maar in ons zomerhuisje aan het meer gooide ze alle conventies los. Haar lange gitzwarte haar werd opgestoken, ze vermeed zelfs minimale make-up, en gaf de voorkeur aan wijde T-shirts met door David Levine getekende karikaturen van Mozart of Proust, afgeknipte spijkerbroeken en barrevoets lopen, wat ik prima vond zolang we geen wellustige jonge dienstweigeraar te logeren hadden met wie ze dingen gemeen had. Geen van tweeën waren ze bijvoorbeeld oud genoeg om zich de Tweede Wereldoorlog te herinneren, en op maandagavond, geïnspireerd door een krantenartikel over Bomber Harris van het Britse Bommenwerpers Commando, gingen ze zitten afgeven op het platbombarderen van Duitse steden, de nodeloze slachting onder onschuldige burgers. Dat deed me natuurlijk denken aan de jonge Hymie Mintzbaum die boven het Ruhrgebied vloog. 'Wacht even,' zei ik, 'en Coventry dan?'

'Ik begrijp heus wel,' zei Blair, 'dat het iets anders is voor mensen van uw generatie, maar kunt u de brisantbommen op Dresden goedpraten?'

Later die avond betrapte ik Blair erop dat hij naar Miriam zat te gluren terwijl ze kinderspeelgoed van de woonkamervloer opraapte. Dinsdagmiddag ontwaakte ik uit mijn dutje en het huisje was leeg. Geen vrouw. Geen kinderen. Geen *Obersturmführer* Blair Hopper, geboren Hauptman. Ze waren allemaal in de moestuin. Blair droeg een T-shirt met de duif van Picasso en hielp Miriam met het keren van de composthoop, een ander karweitje dat ik naar de verre toekomst had geschoven. Vanaf mijn uitkijkpost op de doorlopende veranda zag ik Blair in haar wijde T-shirt gluren terwijl ze over de spade gebogen stond. Hufter. Ik slenterde naar de moestuin en vroeg: 'Kan ik helpen?'

'O, ga een boek lezen,' zei Miriam. 'Of schenk jezelf wat in. Je zou alleen maar in de weg staan.'

Maar voordat ik de moestuin verliet, trok ik mijn vrouw naar me toe, greep haar billen met beide handen vast en kuste haar hard. 'O jeetje,' zei ze blozend.

Later die middag trof ik de gluurder in de garage aan, waar hij de messen van de maaimachine stond te slijpen. Ik had een paar biertjes meegenomen en gaf hem er een. 'Ook een sigaar?' vroeg ik.

'Nee, dank u, meneer.'

'Heb je er bezwaar tegen als ik er een opsteek?' vroeg ik terwijl ik op een omgevallen regenton ging zitten.

'Natuurlijk niet, meneer.'

'Wil je in jezusnaam ophouden met dat gemeneer?'

'Sorry.'

'Blair, ik maak me zorgen om je. Misschien heb je er verkeerd aan gedaan naar Canada te vluchten. Waarom heb je niet gewoon bij je keuring voor de militaire dienst gezegd dat je homo bent?'

'Maar dat ben ik niet.'

'Dat is precies wat ik ook tegen Miriam zei.'

'Bedoel je dat zij denkt...'

'Natuurlijk niet. Zelfs ik heb geen seconde willen suggereren dat je het was. Ik denk dat het gewoon door je manier van lopen komt.'

'Wat is er mis met mijn manier van lopen?'

'Moet je luisteren, het laatste wat ik wil is je onzeker maken. Het heeft niets te betekenen. Vergeet wat ik gezegd heb. Maar je had voor homo kunnen doorgaan. Nu je eenmaal hier bent, kun je nooit meer terug naar huis.'

'Mijn vader wil me toch niet terug. Hij heeft vorig jaar voor Nixon campagne gevoerd.'

'Wat ga je doen hier?'

'Ik hoop mijn studie af te maken in Toronto en dan les te gaan geven.'

'Heb je op Columbia University gezeten?'

'Princeton.'

'Ik zal je vertellen, als ik zo oud was als jij en Amerikaan, dan zou ik vorig jaar ook campagne voor Eugene McCarthy hebben gevoerd. James Baldwin had gelijk, vind ik, toen hij jouw land "Het Vierde Rijk" noemde. Maar er is één ding met de bezetting van Columbia University dat me dwarszit. Ik heb ergens gelezen dat een student in de bovenste bureaula van een faculteitshoofd had gescheten. Begrijp me niet verkeerd. Ik weet dat hij daarmee een symbolische antifascistische daad stelde. Maar toch...'

'Ze stuurden de go..., de politie erop af, een heleboel, in burger, die de studenten in elkaar sloegen. Ruim honderd kwamen in het ziekenhuis terecht.'

Meneer Mary Poppins maakte zich geliefd bij onze kinderen door ze gojse stunts te leren, zoals hoe je bepaalde zeemansknopen moet leggen, hoe je een eekhoorn moet lokken dat hij een nootje uit je hand eet, en hoe je een verzopen buitenboordmotor moet behandelen, een probleem dat ik aanpakte met vloeken en net zolang aan het koord trekken tot het afbrak. Laat op een middag werd ik wakker uit mijn dutje, ging naar beneden om me een glas in te schenken en misschien een beetje te dollen met Mike en Saul (Kate was nog niet geboren), toen ik wederom tot de ontdekking kwam dat ze nergens te bekennen waren. 'Blair is aardbeien met ze gaan plukken,' zei Miriam.

'Je had ze niet alleen met hem mee moeten laten gaan. Hij kan wel een pedofiel zijn.'

'Barney, heb jij aan Blair laten doorschemeren dat ik dacht dat hij homo was?'

'Integendeel. Ik heb hem verzekerd dat je dat helemaal niet dacht. Hij heeft de neiging de zaken te verdraaien.'

'Je bent toch niet jaloers, wel?'

'Op die linkse snotneus? Zeer zeker niet. Bovendien vertrouw ik je blindelings.'

'Dan zou ik maar ophouden hem te voeren, als ik jou was. Hij is veel intelligenter dan je denkt, maar hij is te beleefd om grof tegen je te doen.'

'Ik voel me overvallen.'

'Omdat hij zo aardig is?'

'Op een opdringerige manier.'

Blair verziekte mijn Jasnaja Poljana. Onze vier hectaren aan het meer. Na gekke Clara, na de rotzooi die ik had gehad met De Tweede Mevrouw Panofsky, mijn rechtszaak en de daaraan verbonden schande, de klote-tv-business, die ik haatte maar die me grof geld bleef opleveren, was Miriam mijn lot uit de loterij. Mijn verlosser. Mijn Orde van Verdienste. Stel je voor, als je kunt, dat de Boston Red Sox de World Series zouden winnen, of dat Danielle Steel de Nobelprijs krijgt, dan heb je een idee hoe ik me voelde toen Miriam, tegen alle verwachting in, met me wilde trouwen. Maar mijn hemelse staat werd bedorven door angst. De goden op de Olympus hadden me vast uitverkoren voor een toekomstige correctionele actie.

– Grijp die Panofsky. Laat zijn volgende vliegtuig neerstorten.

– Hmmm.

– Of wat vind je van testikelkanker? Knip, knip. Eraf met zijn ballen.

Na lange tijd Morty Herscovitch gemeden te hebben, liet ik me nu jaarlijks keuren om niet verrast te worden door longletsels. In de hoop de wraakgierige Jehovah gunstig te stemmen werd ik een grote donateur van liefdadigheidsinstellingen en kwam in de verleiding met mijn bankafschriften naar de hemel te zwaaien telkens wanneer er onweer of bliksem dreigde. Ik begon stiekem op Jom Kippoer te vasten. Ik verwachtte dat mijn kinderen doofstom geboren zouden worden, zonder armen, of met het syndroom van Down, en toen dat niet gebeurde, versterkte dat mijn gevoel van naderend onheil alleen maar. Er stond me iets geniepigs en griezeligs te wachten. Ik wist het. Ik rekende erop. Zonder dat Miriam het wist had ik vijfduizend dollar in een sok in een afgesloten lade verstopt. Geld dat ik kon gebruiken voor het afkopen van door drugs bezeten inbrekers die elke nacht van de week bij ons konden komen binnendringen.

Zodra de school uit was, reed ik Miriam en de kinderen naar ons huisje aan het meer, en in het weekend hield ik ze gezelschap en op dinsdagavond bleef ik slapen. Hoe laat ik ook kwam op dinsdag- of vrijdagavond, ik wist dat alle lichten in het huisje volop zouden branden. Miriam zat op het balkon te wachten, met Saul slapend in haar armen, en Mike speelde met zijn Lego aan haar voeten. Ze kwamen allemaal op me toe gerend als ik het portier van de auto opende. Miriam werd omhelsd en de kinderen werden gillend de lucht ingegooid, waarna ik ze net op tijd opving.

Als ik er was, kon Miriam 's morgens vóór het ontbijt het meer induiken en naar de andere oever van de baai zwemmen. Dan zat ik met de kinderen op het balkon zwarte koffie te drinken en opgetogen over haar kundige crawl toe te kijken hoe ze naar me terugzwom, bij me *thuiskwam*. Ik ging aan de oever voor haar klaarstaan met een handdoek, droogde haar af, talmend op plaatsen waar alleen de weledele heer Barney Panofsky mocht komen. Maar nu ging Blair, die zelfs nog beter kon zwemmen, met haar mee. Aan de andere oever klauterde hij dan boven op de hoogste uitstekende rots, om vandaar weer in het meer te duiken, niet plat op zijn buik à la Panofsky, maar zonder nauwelijks een rimpeling in het water te veroorzaken.

Op woensdagavond kreeg ik een dringend telefoontje van Serge Lacroix, die liefhebber van *Cahiers du Cinéma*, die een aflevering van *McIver van de Bereden Politie* voor me regisseerde. Serges idee van kunst was om van onze hoofdrolspeler, die met ontblote borst samen met zijn geliefde op een berenvel gaat liggen, over te snijden naar een close-up van een bolle voorhamer die beton verbrijzelt, of, God sta ons bij, een benzinepomp die in de tank van een auto ejaculeert. Als ik zijn rushes bekeek, bescheurde ik me van het lachen, maar zijn telefoontje betekende dat ik donderdag naar de stad moest.

Toen ik aan dit ware verhaal van mijn verknoeide leven begon, had ik me voorgenomen zelfs die dingen te vertellen waarvoor ik me nu, jaren later, nog steeds schaam, dus daar gaat-ie. Ik zette een val voor mijn ogenschijnlijk trouwe, maar wellicht door verliefdheid getroffen vrouw en haar knappe SS-bewonderaar. Woensdagavond kondigde ik aan dat ik de kinderen met me mee naar Montreal zou nemen, de in tweestrijd verkerende Miriam verzekerend dat ze niet lastig zouden zijn, maar het juist leuk zouden vinden om met mij op de set rond te hangen. Vervolgens, donderdagochtend vroeg, terwijl Miriam en Blair Hopper, geboren Hauptman, vast en zeker familie van oorlogsmisdadigers, genoten van hun ochtendduik, pakte ik Miriams precisie-keukenweegschaal van een plank, snelde naar boven, viste haar tube vaginale gelei uit het badkamerkastje, legde hem op de weegschaal en noteerde het exacte gewicht. Nog steeds in James Bond-modus trok ik een haar uit mijn hoofd en legde hem op de doos van haar pessarium. Aan de ontbijttafel beneden kweelde ik: 'Ik weet niet hoe laat ik vanavond terug ben, maar ik beloof dat ik zal bellen vlak voor ik de stad uit ga, voor het geval je nog iets nodig hebt.'

Geroepen door een hysterische Serge om budgettaire knopen door te hakken en een oversture cast te kalmeren, was ik in zo'n donderstemming dat ik de problemen alleen maar verergerde. Onze *soi-disant* hoofdrolspeler nam het niet goed op dat ik hem ten overstaan van de crew, wat ook onvergeeflijk was, toevoegde dat hij vervangen zou worden als hij niet ophield met overacteren. Vervolgens zei ik tegen het talentloze snolletje dat de vrouwelijke hoofdrol speelde dat acteren, zelfs in zo'n tinnefproductie als deze, meer was dan met je tieten schudden, en ze rende huilend weg.

Terwijl ik doorging met als een lompe boer links en rechts om me heen te slaan, zag ik voor mijn geestesoog Miriam en Blair druipend van het zweet experimenteren met standjes waar ze in de *Kama Sutra* zelfs nog nooit van gedroomd hadden. Ik was ten prooi aan angstgevoelens. Weer helemaal déjà vu, zoals Yogi Berra het eens verwoordde. Nou ja, niet helemaal. Zelfde buitenhuisje, maar andere medespelers. En deze keer had ik gelukkig geen wapen. Eindelijk, om zes uur 's middags, belde ik het huisje. De telefoon ging veertien keer over, telde ik, voordat Miriam, ongetwijfeld met tegenzin uit haar postcoïtale dutje gehaald, of gestoord terwijl ze poseerde voor de zoveelste pornografische foto, hem opnam. 'We kunnen hier pas over een uur weg,' zei ik.

'Wat klink je vreselijk. Is er iets, liefje?'

'Ik ben er op z'n vroegst om halfnegen,' zei ik en hing op. Daarna dreef ik de kinderen bijeen en vertrok onmiddellijk naar het buitenhuisje. Als ze samen wilden douchen, dan zou ik ze op heterdaad betrappen.

Beesten.

Mike en Saul, die mijn stemming roken, waren link genoeg om net te doen of ze de hele weg terug naar het meer sliepen. 'Je zegt tegen mama dat je het ontzettend leuk gehad hebt. Oké?'

'Ja, papa.'

Nauwelijks was ik gestopt en uit de auto gesprongen, klaar voor het pandemonium, of Miriam stond naast me en begroette me stralend met een omhelzing. 'Je raadt nooit wat we gedaan hebben,' zei ze.

Brutaal kreng. Hoer van Babylon. Jezabel.

Ze gaf me een hand en nam me mee naar de tractor achter het huisje. 'Weet je nog dat je Jean-Claude geld zou geven om hem naar de sloperij te brengen en een nieuwe te kopen?'

'Ja. En?'

Ze liet me plaatsnemen in het zadel en overhandigde me het contactsleuteltje, terwijl Blair er de hele tijd bij stond met dat bescheiden och-'t-is-niks-lachje op zijn smoel. Ik draaide het sleuteltje om, trapte op het gaspedaal en de motor sloeg aan.

'Blair heeft er de hele middag aan gewerkt. Hij heeft de bougies schoongemaakt, het oliefilter vervangen en God weet wat nog meer, en moet je hem nu horen.'

'U moet erom denken hem in het vervolg niet meer te verzuipen, meneer Panofsky.'

'Eh, ja. Bedankt. Maar ik moet nu echt naar de wc. Excuseer.'

Ik deed de badkamerdeur op slot en opende het kastje onder de wastafel. Mijn haar lag nog op zijn plaats op het doosje van haar pessarium en er was geen gewichtsverlies te bespeuren in Miriams tube vaginale gelei. *Maar stel dat hij over haar heen was gegaan en zij geen van tweeën had gebruikt en dat ik nu de vader werd van zijn kind? Waarschijnlijk een vegetariër. In ieder geval een abonnee van de Consumentengids.* Nee, nee. Nog steeds niet gerust, maar ook meer dan een beetje schuldbewust zette ik de keukenweegschaal terug, haalde een fles champagne uit de ijskast in de keuken en ging ermee naar de eettafel.

'Wat valt er te vieren?' vroeg Miriam.

'De wederopstanding van mijn tractor. Blair, ik begrijp niet hoe we het al die tijd zonder jou hebben kunnen stellen.'

Achteraf denk ik dat ik geen tweede fles had moeten ontkurken, plus een fles Châteauneuf om bij Miriams *osso bucco* te drinken, gevolgd door een cognac. Blair weigerde door nuffig zijn hand op de aangeboden neut te leggen. 'Ach, kom op,' zei ik.

'Ik hoop niet dat dit een test was van mijn mannelijkheid en dat ik gefaald heb,' zei hij. 'Het punt is dat ik zal moeten overgeven als ik nog een druppel meer drink.'

Daarna stak hij onvermijdelijk zijn dagelijkse preek over Vietnam af, waarbij hij Nixon, Kissinger en Westmoreland over de hekel haalde. Ik was niet in de stemming om toe te geven dat ik ook niet veel met die lui ophad en zei: 'Ja, natuurlijk, het is een smerige oorlog, maar Blair, voel je je toch niet een klein tikkeltje schuldig, zo'n gewetensvolle man als jij, dat je deze oorlog laat uitvechten door voornamelijk zwarten en zuiderlingen en arbeiderskinderen uit de arme stadswijken, terwijl jij met je middenklassekont veilig in Canada zit?'

'Vindt u dat het mijn plicht is om daarginds baby's met napalm te bestoken?'

Miriam veranderde van onderwerp en toen dreigde er echt tumult. Blairs zuster, die een klein zelfstandig advocatenkantoor in Boston had, stond tevens aan het hoofd van een organisatie die doven, blinden en invaliden aan werk wilde helpen. In plaats van toe te geven dat dit echt iets bewonderenswaardigs was, protesteerde ik: 'Ja, maar dan pikken zij de banen in van gezonde mensen. Ik zie het al voor me. Ons huis staat in brand en ze kunnen het niet vinden omdat de brandweerlieden blind zijn. Of ik lig op intensive care te jammeren "Help, help! Zuster, zuster! Ik ga dood," maar dat kan ze niet horen want ze is doofstom.'

Op zijn laatste avond bij ons legde 'oom' Blair voor mijn verrukte kinderen een kampvuur aan terwijl ik op de veranda zat te ontploffen, een glas Remy Martin in de hand en paffend aan een Montecristo. Ik keek naar ze daar aan de oever van het meer, waar ze hotdogs en marshmallows toastten, en hoopte dat de vonken een bosbrand zouden veroorzaken en dat Blair, gezocht als pyromaan in 'Het Vierde Rijk', in de handboeien geslagen en weggevoerd zou worden. Maar zo veel geluk had ik niet. Tokkelend op die klotegitaar van hem leerde Blair mijn kinderen balladen van Woody Guthrie ('This land is your land' en andere linkse dagdromen) en Miriam zong mee. Mijn gezin, de *mesjpoge* Panofsky, slechts twee generaties verwijderd van de sjetl, veranderd in een oud, door Norman Rockweller getekend omslag van de *Saturday Evening Post.* Shit. Shit. Shit.

Blair was de volgende dag vertrokken voordat ik beneden aan het ontbijt verscheen en dat, dacht ik, zou de laatste keer zijn dat ik hem had gezien. Maar toen begonnen de ansichtkaarten uit Toronto binnen te druppelen, aparte kaartjes voor Mike en Saul waarmee ze uitgenodigd werden penvrienden te worden. Toen ik ze in het postkantoor van het dorp ophaalde, was mijn eerste gedachte om ze in een vuilnisbak te gooien, maar ik was bang dat Miriam erachter zou komen. Dus haalde ik ze aan de eettafel onder opgetogen kreetjes van mijn verraderlijke kinderen te voorschijn. Quislings, allebei. En degenen onder jullie die te jong zijn om te weten wie Quisling was, die kunnen het opzoeken onder – onder – je weet wel, dat land naast Zweden. Niet Denemarken, maar dat andere.[1] 'Natuurlijk moeten jullie hem terugschrijven, jongens,' zei ik. 'Maar de postzegels worden wel van je zakgeld afgetrokken.'

'Ik geloof mijn oren niet,' zei Miriam.

'Ik ben nog niet klaar. Vanavond neem ik jullie allemaal mee uit eten naar Giorgio's.'

'En vertel eens, Père Goriot, moeten de kinderen dan voor hun eigen hamburgers met friet betalen en in recordtempo alles opeten zodat jij op tijd thuis kunt zijn voor de eerste inning van de honkbalwedstrijd?'

Daarna stuurde Blair aan Miriam een kopie van een artikel dat hij geschreven had voor het blad *American Exile in Canada.* Ze probeerde het, tevergeefs, voor me te verbergen, omdat zelfs zij zich ervoor geneerde.

Stel, opperde Blair, dat Canada door de massa van zijn onderdanen tot onafhankelijkheid werd gedwongen door 'alle U.$.-industrieën te naasten en een eind te maken aan het laisser-faire van de U.$.-investeringen. De onvermijdelijke U.$.-invasie zou hard en bruut zijn en gepaard gaan met veel bloedvergieten.' Maar, meende Blair, Canada zou winnen:

> Niet vergeten mag worden dat de massa der Canadezen, in geval van een eventuele Yanqui-invasie, zich tegen de gorilla's zal verzetten. Een guerrilla- en partizanenstrijd zou de Yanqui-troepen decimeren. De massa der Canadezen zou de partizanen verdedigen, hen steunen, te eten geven, hen verbergen, hen adopteren als hun broeders. Wij moeten van de Vietnamezen leren hoe we tegen de Yanqui-invasie dienen te strijden...

Wist die lul dan niet dat de laatste keer dat de Amerikanen Montreal waren binnengevallen, luitenant-gouverneur Guy Carleton gevlucht was, de stad zich had

1 Noorwegen.

overgegeven en een woordvoerder van de habitants, Valentin Juatard, de Yanqui-gorilla's als broeders had verwelkomd met de woorden: 'In ons hart hebben wij altijd een unie gewild en wij hebben altijd de troepen van de Unie ingehaald als de onze'?

4

Zippora Ben Jehuda
Dimona
Negev
Erets Israël
22 Tisjri 5745

Aan de Clara Charnofsky Stichting voor Vrouwen
615 Lexington Avenue
New York, N.Y.
U.S.A.

Ter attentie van Chavera Jessica Peters en dr. Shirley Wade

Sjaloom zusters,
Ik ben vijfendertig jaar geleden in Chicago geboren als Jemima (genoemd naar de oudste van Jobs drie dochters) Fraser, maar sinds ik vier jaar geleden naar de stad Dimona in de Negev ben gekomen, ga ik door het leven als Zippora Ben Jehuda. Ik ben een Zwarte Hebreeër, een volgelinge van Ben Ammi, de voormalige worstelkampioen van Illinois, die ons heeft geleerd dat wij de ware Israëlieten zijn. Ja. Een Zwart volk, door de Romeinen over Afrika verspreid en vervolgens als slaven naar Amerika gebracht. Tot onze broeders horen de Zuid-Afrikaanse Lemba, die zich eveneens Israëlieten noemen, ook al houden ze niet meer glatt kosjer. In het jaar 1966 van de christelijke jaartelling had Ben Ammi, die toen nog predikte in de South Side van Chicago, een visioen tijdens het afwerpen van een vuurbom op een slijterij. Hij rapte met Jehovah en leerde dat het tijd was voor de ware kinderen Israëls om *alijah* te doen. Driehonderdvijftig *cool cats* namen deel aan de Grote Exodus en nu zijn we *Gotzedank* 1500 in getal, maar we hebben nog steeds te lijden van de slingers en pijlen van het antisemitisme van de blanke joodse overheersers.
Ik zal jullie zeggen, een Zwarte Jood zijn in Erets Israël is geen lolletje. Er zijn golfclubs in Caesaria die ons niet toelaten en restaurants in Tel Aviv en Jeruza-

lem die helemaal volgeboekt zijn als wij komen opdagen. De witte Israëliërs keuren sommige van onze rituelen af, vooral polygamie, *die gebaseerd is op een juiste lezing van de Vijf Boeken van Mozes.* Misschien schamen ze zich tegenover ons, omdat wij ons beter aan de schrift houden dan zij. Wij vasten de hele sabbat. We zijn strikte vegetariërs en eten zelfs geen kaas en melk. En we dragen geen synthetische kleding. Kortom, wij zijn teruggekeerd naar het ware geloof, voordat het gecorrumpeerd werd door de 'Eurogojse' zogenaamde beschaving. Wij zijn patriotten. We houden niet van moslims, want dat waren de grootste slavenhouders. En wij zijn tegen een Palestijnse staat. Onze gemeenschap is strak gedisciplineerd, heel anders dan de Zwarte straatcultuur van Chicago. In tegenstelling tot wat jullie misschien gelezen hebben in de *Jeruzalem Post* gebruiken wij geen drugs. Onze kinderen maken een lichte buiging bij het begroeten van volwassenen en onze vrouwen onderwerpen zich volledig aan hun man. Het laatste woord in alle aangelegenheden is aan Ben Ammi, onze Messias, die we *Abba Gadol*, 'Grote Vader', noemen.

Onze mesjpoge, bestaande uit zeven *soul*-groepen, wordt gevreesd, omdat zeloten in ons de voorhoede zien van een enorme Zwarte Migratie die gebruik gaat maken van het Recht op Terugkeer. Volgens onze Abba Gadol zijn er echter maar hooguit 100.000 Zwarte Amerikanen die van Israëlitische afkomst zijn. Weliswaar tellen de Israëlitische stammen in Afrika misschien vijf miljoen leden, maar we verwachten dat niet meer dan een miljoen zich bij ons zullen voegen hier.

Ik wens mij te distantiëren van wat een van onze teenagers naar verluidt onlangs tegen een blanke journalist van de *Jeruzalem Report* zei: 'In 2000 gaat er een grote apocalyps komen. Vulkanen en zo. Je gaat Zwarten van overal zien terugkomen naar Israël. Dan gaan wij het land regeren.'

Zusters, de reden dat ik jullie schrijf is dat ik een stipendium nodig heb van, zeg, 10.000 dollar, zodat wij met z'n allen een Haggada-rap kunnen componeren, geïnspireerd op de poëzie van Ice T. Dat zou dan onze gift zijn aan Erets Israël. Een soort hedendaags Zesde Boek van Mo.

Jullie bij voorbaat dankend verblijf ik,
Hoogachtend,
Zippora Ben Jehuda

5

'Mijn naam is Sean O'Hearne,' zei de rechercheur die de dag na Boogies verdwijning verscheen. Hij stak zijn hand uit. 'Ik vind dat we eens moeten praten.'

Zijn meer dan stevige handdruk was voldoende om mijn vingerkootjes in gevaar te brengen, en toen draaide hij plotseling mijn pijnlijke hand om alsof hij van plan was mijn palm te gaan lezen. 'Dat zijn me nogal blaren die je daar hebt.'

O'Hearne, die nog niet dik of kaal was, of getroffen werd door slijmerige hoestbuien die zijn ogen deden uitpuilen, droeg een strooien gleufhoed en een racing-green gabardine jasje met een geruite sportbroek. Toen hij op een bamboe stoel op mijn veranda plaatsnam, ving ik een glimp op van zijn tweekleurige golfschoenen met franjes aan de flappen. Hij wilde de middag op de golfbaan doorbrengen. 'Die Arnold Palmer is me er eentje,' zei hij. 'Ik heb hem een keer op de Canadian Open gezien en ik dacht erover om maar naar huis te gaan en mijn golfclubs in de fik te steken. Wat is jouw handicap?'

'Ik golf niet.'

'O, wat dom van me. Ik dacht dat je daar die blaren van had.'

'Ik heb een sleuf gegraven voor een aspergebed. Hebben jullie Boogie nog niet gevonden?'

'Geen nieuws is goed nieuws, zeggen ze, maar misschien in dit geval niet, hè? De politieboot en de duikers hebben geen van beide wat gevonden en voor zover we weten heeft niemand een lifter opgepikt in een zwembroek en met zwemvliezen aan.'

O'Hearne was in een burgerauto gekomen, gevolgd door twee politieauto's van de Sûreté de Québec. En nu begonnen vier jonge politiemannen, quasi alsof ze zich verveelden, over het terrein te dwalen, duidelijk op zoek naar tekenen van vers omgewoelde grond. 'Je hebt het goed voor elkaar dat je niet in de stad zit met deze hitte,' zei O'Hearne terwijl hij zijn strohoed afzette en zijn voorhoofd met een zakdoek afwiste.

'Die jongens van jou verdoen hun tijd daar.'

'Ik heb ook een keer een stek gehad aan het Echo Meer. Niet zo chic als dit hier, alleen maar een hutje. Maar ik herinner me dat je altijd sores had met mieren en veldmuizen. Dus elk weekend moet je voor je weggaat alles schoonmaken en het vuilnis in zakken doen. Breng jij de jouwe naar een vuilstortplaats?'

'Ik zet ze buiten bij de keukendeur en Benoit O'Neil haalt ze op. Als je ze wilt doorzoeken, ga je gang.'

'Weet je, ik begrijp maar niet waarom je de eerste politiemensen die langskwamen...'

'Ze kwamen niet langs. Ik had ze geroepen.'

'... niet verteld hebt wat er was gebeurd, terwijl je toch van streek moet zijn geweest omdat je je vriend op die manier was kwijtgeraakt, dat je dacht dat hij verdronken was.'

'Hij is niet verdronken. Hij heeft ergens ingebroken en hij laat pas weer wat van zich horen als hij alle drankflessen die hij kan vinden geleegd heeft.'

'Jaja, jaja. Maar er zijn geen inbraken gemeld.'

'Ik verwacht dat Boogie later op de dag, of morgen, helemaal ontnuchterd weer te voorschijn zal komen.'

'Hé, misschien is die meneer Moscovitch nog wel ergens in het bos in zijn zwembroek. God, hij zal wel gek worden van de muskieten. Ik wed dat-ie honger krijgt ook. Wat denk jij?'

'Ik denk dat je elk buitenhuisje aan het meer moet doorzoeken tot je hem vindt.'

'Daar ben je vast van overtuigd, hè?'

'Ik heb niets te verbergen.'

'Niemand heeft dat ook willen beweren. Maar misschien kun je me helpen een paar stomme vragen te beantwoorden, gewoon routine.'

'Wil je iets drinken?'

'Ik zeg geen nee tegen een koud biertje.'

Dus we gingen naar binnen. Ik pakte een Molson voor O'Hearne en schonk mezelf een whisky in. O'Hearne floot. 'Ik heb nog nooit zo veel boeken gezien buiten een bibliotheek.' Hij stond vlak bij een kleine pentekening die aan de muur hing. Beëlzebub & Co. die een naakte jonge vrouw verkrachtten. 'Hé, iemand hier heeft een echt zieke fantasie.'

'Dat is van mijn eerste vrouw, niet dat je daar iets mee te maken hebt.'

'Gescheiden, hè?'

'Ze heeft zelfmoord gepleegd.'

'Híer?'

'In Parijs. Dat ligt in Frankrijk, voor het geval je het niet wist.'

Ik lag met suizende oren op de grond voordat ik zelfs maar besefte dat ik geraakt was. Geschrokken krabbelde ik overeind, mijn benen voelden of ze van elastiek waren.

'Veeg je mond ergens mee af. Je wilt toch niet dat er bloed op dat overhemd komt, wel? Ik wed dat je het bij Holt Renfrew gekocht hebt. Of bij Brisson et Brisson. Waar die klootzak van een Trudeau[1] zijn spullen koopt. Je vrouw heeft contact met ons opgenomen. Corrigeer me als ik ongelijk heb, maar volgens haar was er hier woensdagochtend sprake van een misverstand en dacht jij dat je reden had om kwaad op haar en meneer Moscovitch te zijn.' Hij opende zijn kleine zwarte notitieboekje en ging verder. 'Volgens haar kwam je onverwacht vroeg terug uit Montreal en betrapte hen samen in bed en je dacht dat ze, ehm, vleselijke gemeenschap hadden gehad. Maar, en nu citeer ik haar weer, in werkelijkheid was je vriend erg ziek. Ze had hem ontbijt op bed gebracht en hij beefde zo erg en had het zo koud, ondanks de warmte, hij lag als een gek te klappertanden, dat ze bij hem in bed kroop om hem te omarmen, als een verpleegster, en dat jij op dat moment kwam binnenvallen, in alle staten, en meteen je conclusies trok.'

'Wat ben je toch een lul, O'Hearne.'

Deze keer verraste hij me met een flitsende stomp in mijn maag. Ik tolde hap-

1 Pierre Elliott Trudeau was nog vrijwel onbekend in 1960. 1968 was het jaar van de Trudeau-manie en zijn verkiezing tot premier.

pend naar adem rond en gleed weer op de grond. Daar had ik moeten blijven, want nauwelijks was ik opgestaan en had naar hem uitgehaald, of hij gaf me een harde klap met zijn linkerhand in mijn gezicht en kletste me vervolgens met zijn rechterhand op mijn andere wang. Ik ging met mijn tong langs mijn tanden om te voelen of er een paar loszaten.

'Ik geloof het ook niet allemaal woord voor woord. Niet de hele *bobemajse*, hè? Ik ken een beetje Jiddisch. Ik ben aan de Main opgegroeid. Je hebt een professionele *sjabbesgoj* voor je. Ik verdiende vroeger op vrijdagavond een paar stuivers en dubbeltjes met het vuur aansteken voor religieuze joden en ik ben nooit meer betere en meer gezagsgetrouwe mensen tegengekomen. Ik denk dat je je kin weer moet afvegen.'

'Waar was je gebleven?'

'Hé, dat zal wel een klap voor je geweest zijn. Je vrouw en je beste vriend met elkaar in de koffer.'

'Laten we zeggen dat ik er niet bij stond te juichen.'

'Ik neem het je niet kwalijk. Niemand zal het je kwalijk nemen. Zeg eens, waar sliep die meneer Moscovitch?'

'Boven.'

'Mag ik effe kijken? Het is mijn werk zullen we maar zeggen, hè?'

'Heb je een huiszoekingsbevel?'

'Och, kom nou. Doe niet zo. Je hebt niks te verbergen, dat zei je zelf.'

'Eerste slaapkamer rechts.'

Vechtend tegen de woede, vermengd met angst, liep ik naar het keukenraam en zag een van de agenten het bos ingaan. De andere had mijn vuilnisbak geleegd en doorzocht de inhoud. Toen keerde O'Hearne terug, één hand op zijn rug. 'Verdomd eigenaardig. Hij heeft zijn kleren achtergelaten. Zijn portefeuille. Zijn paspoort. Die Moscovitch heeft heel wat afgereisd, zeg.'

'Hij komt wel weer terug om zijn spullen te halen.'

Hij tastte in een jaszak. 'Je belazert me, Panofsky. Als ik niet beter wist, zou ik zeggen dat dit marihuana was.'

'Maar niet van mij.'

'O, dat vergat ik haast,' zei hij en haalde eindelijk zijn hand achter zijn rug te voorschijn. 'Kijk eens wat ik gevonden heb.'

Klote klote klote. Het was de dienstrevolver van mijn vader.

'Heb je een vergunning?'

Op dat moment raakte ik in paniek en verknalde het. 'Ik heb dat ding nog nooit eerder gezien. Hij moet van Boogie zijn.'

'Net als de marihuana?'

'Ja.'

'Maar ik vond hem op jouw nachtkastje.'

'Ik heb geen idee hoe hij daar gekomen is.'

'Hé, jij zoekt ook altijd moeilijkheden, hè?' zei hij en sloeg me zo hard dat ik weer mijn evenwicht verloor. 'Nu serieus.'

'O ja, nu weet ik het weer. Hij is van mijn vader. Hij heeft hem een keer op een weekend laten liggen. Hij was rechercheur van politie in Montreal.'

'Wel, godsallemachtig, dan ben jij de zoon van Israël Panofsky.'

'Ja.'

'Dan zijn we een beetje mesjpoge. Zo noemen jullie familie toch? Er is één lege patroonkamer.'

'Hij heeft nooit een revolver goed kunnen laden.'

'Je vader?'

'Ja.'

'Ik zal je een geheimpje verklappen. Net als jouw vader heb ik meer dan één verdachte het ziekenhuis in gewerkt. "Weerstand bieden tegen arrestatie", weet je wel.'

'Ik heb hem afgevuurd.'

'Nou begrijpen we mekaar weer. Onlangs nog misschien?'

'Boogie en ik dronken een heleboel nadat mijn vrouw was weggereden.'

'Ongetwijfeld. Je moet wel ziedend op hem geweest zijn. Dat zou ik in ieder geval zijn. Je vrouw stiekem naaien. Pief paf poef. Een gozer zo driftig als jij.'

'Hoe bedoel je zo driftig als ik?'

'Je bent een keer op bureau 10 binnengebracht, ik heb hier ergens de datum, wegens vechten in een café. Een andere keer diende een kelner van Ruby Foo's een aanklacht tegen je in omdat je hem had aangevallen. Ik hoop niet dat je dacht dat ik een *gojisjer kop* was. Wij hebben dan misschien geen kasten van buitenhuizen aan het meer, maar we doen wel ons huiswerk, hè?'

'Ik probeerde Boogie over te halen in zijn toestand niet te gaan zwemmen. En toen hij de helling afliep, heb ik een waarschuwingsschot over zijn hoofd gelost.'

'Je had toevallig die revolver in je hand?'

'We waren toen al aan het dollen,' zei ik terwijl ik het zweet onder mijn overhemd voelde uitbreken.

'En toen heb je voor de lol een waarschuwingsschot over zijn hoofd gelost? Godkolereleugenaar,' zei hij en gaf me een douw. 'En nu serieus.'

'Ik vertel de waarheid.'

'Je liegt dat het gedrukt staat. Zou het niet gênant wezen als je per ongeluk op je bek viel en al je tanden kwijtraakte?'

'Het kan me niet schelen wat je ervan denkt. Zo is het gebeurd.'

'Dus hij ging zwemmen. En toen?'

'Ik voelde me ook nogal wiebelig, dus ik ging binnen op de bank liggen, en ik werd, een paar minuten later leek het, wakker uit een nachtmerrie. Ik droomde dat ik in een vliegtuig zat dat boven de Atlantische Oceaan neerstortte.'

'Ocharmen.'

'In werkelijkheid had ik iets van drie uur geslapen. Ik ging Boogie zoeken, maar kon hem nergens in huis vinden. Ik was bang dat hij verdronken was, dus belde ik de politie en vroeg ze zo snel mogelijk te komen, wat ik duidelijk niet gedaan zou hebben als ik iets te verbergen had.'

'Of als je slimmer was dan goed voor je is. Zal ik je eens wat vertellen? Ik ben een fan van Agatha Christie. Ik wed dat als zij hier een boek over zou schrijven, ze het *De Zaak van de Vermiste Zwemmer* zou noemen. Je had dit wapen na de dood van je vader moeten inleveren.'

'Ik was vergeten dat het hier lag.'

'Je was vergeten dat het hier lag, maar je had het in je hand en vuurde voor de lol een schot af?'

'Nee, ik schoot hem recht door zijn hart en daarna begroef ik hem ginds in het bos, waar die kloothommels nu aan het zoeken zijn.'

'Nu begrijpen we mekaar.'

'Weet je dan helemaal niet wat ironie is, O'Hearne?'

'Misschien ben ik hardhorend, maar volgens mij zei je: "Ik schoot hem recht door zijn hart en daarna..." '

'Krijg de kolere, O'Hearne. Als je een aanklacht tegen me hebt, kom er dan maar mee voor de dag. Zo niet, dan kunnen jullie met z'n drieën nu meteen oprotten.'

'Jongen, ben jij een driftkop. Ik hoop niet dat je me gaat slaan. Ik bedoel, ik ben erg blij dat ik het niet was die je met je vrouw in de koffer aantrof.'

'Hier heb je nog iets voor je opschrijfboekje. Maar ik ben bang dat het je zaak minder hard maakt. Ik was helemaal niet overstuur door Boogie. Ik was dolblij. Gelukkiger dan ik in jaren ben geweest. Want ik wilde scheiden en nu had ik een reden. Boogie was bereid voor me te getuigen. Ik had zijn getuigenis nodig. Dus waarom zou ik hem van kant maken?'

'Wacht eens even. Ik heb nooit zoiets gesuggereerd,' zei O'Hearne. Hij maakte zijn vinger nat en sloeg een paar bladzijden van zijn opschrijfboekje om. 'Volgens je vrouw, vlak voordat ze wegreed, want ze had redenen om bang te zijn voor je opvliegende karakter...'

'Ik heb geen opvliegend karakter.'

'Ik citeer haar alleen maar. Ze vroeg: "Wat ga je met Boogie doen?" en jij zei, aanhalingstekens openen, Ik ga hem vermoorden, aanhalingstekens sluiten, en vervolgens bedreigde je haar en haar moeder, die korte tijd geleden weduwe is geworden.'

'Dat was bij wijze van spreken.'

'Je ontkent het niet?'

'Godverdomme, idioot. Ik was niet van plan Boogie een haar te krenken. Ik had hem nodig.'

'Heb je een vriendinnetje in Toronto?'

'Dat gaat je niks aan.'

'Een lekker stuk dat Miriam Nog-iets heet?'

'Hou jij godverdomme haar naam hierbuiten, boerenlul dat je bent. Ze was niet eens hier. Wat kan zij ermee te maken hebben?'

'Oké. Ik snap het. Nu zal ik dit illegale wapen met me mee moeten nemen, maar je krijgt een reçu.'

'Laat me weten of je nog hulp nodig hebt bij de spelling.'

'Hé, jij bent een grappenmaker, zeg.'

'Hoe luidt de aanklacht?'

'Gebrek aan goede manieren, misschien.'

'Laat ik je dan voor het afscheid een plezierige middag op de golfbaan toewensen. Mogen ze je hoofd aanzien voor een golfballetje, niet dat iemand naderhand het verschil zal kunnen zien,' zei ik, greep hem bij zijn revers en schudde hem door elkaar. Hij bood geen weerstand. Hij glimlachte alleen maar. 'Bobbemajse. Sjabbesgoj. Mesjpoge. Wat dacht je, een beetje kleinerend tegen mij te doen met je gebroken Jiddisch, lul van een halve analfabeet dat je bent. Agatha Christie. *De Zaak van de Vermiste Zwemmer.* Ik wed dat het laatste boek dat je gelezen hebt *Sprookjes van Moeder de Gans* was en je snapt waarschijnlijk nog steeds niet waar het over ging. Waar heb jij geleerd hoe je een verdachte moet ondervragen? Door naar *Dragnet* te kijken? *True Detective* lezen? Nee, dat zou je hebben kunnen zien. Dan zou je nu nog gebarsten lippen hebben van het voor je uit prevelen.'

Grijnzend bevrijdde O'Hearne zich met een afgemeten houw van zijn hand uit mijn greep en hij deed me opnieuw ineenkrimpen van de pijn. Vervolgens greep hij me met de andere hand in mijn nek, rukte mijn hoofd naar voren en stootte een knie in mijn kruis. Ik sloeg dubbel, met mijn mond open, maar niet voor lang, want daarna hief hij zijn ineengeslagen handen als een voorhamer op en raakte me op mijn kin zodat ik met malende armen languit achterover tegen de grond sloeg. 'Panofsky, doe jezelf een lol,' zei hij. 'Wij samen weten dat je het gedaan hebt en vroeg of laat komen we erachter waar je die arme sloeber begraven hebt. Aspergebed me reet. Bespaar ons de tijd en de moeite. Heb een beetje *rachmones* voor hardwerkende dienaren der wet. Dat betekent medelijden in dat taaltje van jullie, dat ik beter spreek dan jij, wed ik. Beken. Vertel ons waar het lijk is. Daar geven we punten voor. Ik zal voor de rechtbank zweren dat je een hele lieve jongen was, dat je meewerkte en veel spijt had. Je neemt een gisse jodenadvocaat in de arm en de aanklacht luidt doodslag, of iets dergelijks, omdat jullie vochten en de revolver per ongeluk afging. Of het was zelfverdediging. Of, lieve hemel, je wist niet eens dat hij geladen was. De rechter en de jury zullen het begrijpen. Je vrouw. Je beste vriend. Jezus Mina, het moest wel een tijdelijke verstandsverbijstering zijn. In het ergste geval krijg je drie jaar en kom je na achttien maanden vrij. Hé, misschien krijg je wel een voorwaardelijke straf. Een arme, bedrogen echtgenoot als jij. Maar als je blijft bij de bobemajse die je ons aan de neus wilt hangen en ik verklaar voor de rechtbank dat je me geslagen hebt, zal niemand je verhaal geloven en krijg je misschien levenslang, wat minstens tien jaar is, en terwijl jij in de bak zit weg te rotten en hondenvoer te vreten krijgt, in mekaar geslagen wordt door zware jongens die niet van joden houden, doet dat lekkere stuk van jou d'r benen in Toronto voor iemand anders uit elkaar, hè? Ik bedoel, als je eindelijk vrijkomt, ben je een gebroken oude man. Wat zeg je daarop?'

Ik zei niets, want ik kon niet ophouden met kotsen.

'Jezus, moet je zien wat je met je vloerbedekking doet. Waar kan ik een bak voor je vinden?'

O'Hearne bukte zich en bood me een hand om me overeind te helpen, maar ik schudde van nee, bang weer een pak slaag te krijgen. 'Het enige wat er nog op zit voor die vloerbedekking is een tapijtreiniger. Nou, merci beaucoup voor het bier.'

Ik kreunde.

'En mocht die maat van je, die langeafstandszwemmer, komen opdagen, wees dan zo goed ons even te bellen, oké?'

Onderweg naar buiten zette O'Hearne zijn voeten zodanig neer dat hij op mijn hand ging staan. 'Oeps. Sorry.'

Ik lag nog een uur op de grond, misschien wel langer, nadat O'Hearne en zijn trawanten weggereden waren, waarna ik erin slaagde een nieuwe Laphroaig voor me in te schenken, in mijn keel te gieten en John Hughes-McNoughton te bellen. Hij was niet thuis en ook niet op zijn kantoor. Ik vond hem bij Dink's en vertelde dat ik bezoek had gehad van de politie. 'Wat klink je raar,' zei hij.

'O'Hearne heeft me in elkaar geslagen. Ik wil een aanklacht tegen hem indienen.'

'Ik hoop dat je geen antwoord hebt gegeven op zijn vragen.'

Het leek me het beste John alles te vertellen, inclusief het feit dat O'Hearne mijn vaders revolver gevonden had en dat ik lelijke dingen tegen hem gezegd had voordat hij wegging.

'Je hebt hem bij zijn revers gepakt en door elkaar geschud?'

'Ik denk van wel. Maar pas toen hij me geslagen had.'

'Doe me een lol, Barney. Ik heb nog een paar centen op de bank. Je mag ze hebben. Maar zoek een andere advocaat.'

'Ik heb je ook nodig voor mijn echtscheiding. Maar weet je wat? Daar hebben we geen hoer en geen privé-detective meer voor nodig. Ik heb haar op heterdaad betrapt. Boogie zal getuigen.'

'Alleen is hij waarschijnlijk dood.'

'Hij komt wel weer opdagen. O, er is nog iets wat ik moet vermelden. Ze weet het van Miriam.'

'Hoe komt dat?'

'Hoe moet ik dat weten? De mensen praten. Misschien zijn we samen gezien, *Ze had dat niet moeten zeggen over Miriams stem.*'

'Waar heb je het nu weer over?'

'Ik heb mijn mond voorbijgepraat. Oké, dat had ik niet moeten doen. Maar ik heb het wel gedaan. Luister John, ik kan niet de gevangenis ingaan. Ik ben verliefd.'

'Wij kennen elkaar niet. Ik ken jou niet. Punt uit. Waarvandaan bel je?'
'Mijn buitenhuisje.'
'Hang op.'
'Je bent paranoïde. Dat zou tegen de wet zijn.'
'Hang nu meteen op.'
Shit. Shit. Shit.

Vroeg de volgende ochtend werd ik in Montreal gewekt door de deurbel. Het was O'Hearne met een arrestatiebevel. Aanklacht: moord. En het was Lemieux die me de handboeien omdeed.

6

De kinderen konden geen genoeg krijgen van de verhalen over hoe ik Miriam het hof had gemaakt, ze genoten van onze ondeugendheid en drongen constant aan op meer details.

'Bedoel je dat hij van zijn eigen bruiloft wegliep en je in de trein naar Toronto volgde?'

'Ja.'

'Wat ben jij slecht, pap,' zei Kate.

Saul keek ernstig op van zijn boek en zei: 'Ik was nog niet geboren.'

'Hoe laat ging de trein naar Toronto?' vroeg Michael voor de zoveelste keer.

'Rond tien uur,' zei Miriam.

'Als de hockeywedstrijd laten we zeggen om halfelf was afgelopen en de trein vertrok om ongeveer tien uur, dan begrijp ik niet hoe...'

'Michael, daar hebben we het al over gehad. Hij zal wel vertraging hebben gehad.'

'En jij dwong hem uit te stappen in...'

'Ik begrijp nog steeds niet...'

'Ik heb mijn zin nog niet afgemaakt,' zei Kate.

'O, wat ben je toch een...'

'Je mag pas praten als ik mijn zin heb afgemaakt. En jij dwong hem uit te stappen in Montreal West. Punt.'

'Eigenlijk was ze stiekem beledigd dat ik niet helemaal met haar mee naar Toronto reed.'

'Het was zijn trouwdag, liefje.'

'Hij was lazarus,' zei Saul.

'Is dat zo, papa. Vraagteken.'

'Helemaal niet.'

'Maar het is wel waar, toch, dat je je ogen niet van haar af kon houden, komma, ook al was het je eigen trouwdag. Punt.'

'Hij heeft me niet eens ten dans gevraagd.'

'Mammie vond hem gewoon een beetje gek. Punt.'

'Als je je ogen niet van haar kon afhouden, zeg dan eens wat ze aanhad.'

'Een gelaagde strapless blauwe chiffon jurk. Ha, ha, ha.'

'En is het waar, komma, dat hij de eerste keer toen hij je mee uit lunchen nam heel erg moest overgeven, vraagteken.'

'Ik werd pas drie jaar later geboren.'

'Ja, en het verbaast me dat ze die dag niet tot nationale feestdag hebben uitgeroepen. Net als de verjaardag van koningin Victoria.'

'Kinderen, toe nou.'

'Je ging met hem mee naar zijn hotelkamer op je eerste afspraakje, vraagteken. Schaam je. Punt.'

'Mama is papa's derde vrouw,' zei Michael, 'maar wij zijn de enige kinderen.'

'Weet je dat zeker?' vroeg ik.

'Papa,' zei Kate.

'Ik was naar de kapper geweest en ik droeg een sexy nieuwe jurk en...'

'Mama!'

'... en hij zei niet eens dat ik er leuk uitzag.'

'Wat gebeurde er toen?'

'Ze dronken champagne.'

'Papa's eerste vrouw werd beroemd en...'

'Dat weten we al.'

'... en zij heeft die enge pentekening gemaakt die hij heeft. Punt.'

'Hij is een hoop geld waard nu,' zei Michael.

'Echt iets voor jou om daaraan te denken,' zei Saul.

'Het klinkt niet bepaald romantisch,' zei Kate, 'dat hij zo moest overgeven op je eerste afspraakje.'

'De waarheid is dat ik doodsbang was een slechte indruk op je moeder te maken.'

'Heb je dat dan niet gedaan?'

'Daar moet zij maar antwoord op geven.'

'Zijn benadering was origineel. Dat moet ik je vader nageven.'

'Dus jullie praatten en wandelden,' zei Kate. '*En toen?*' vroeg ze met grote ogen, de jongens nu even nieuwsgierig als zij.

'Je hoeft niet alles te weten,' zei Miriam en daar was dat kuiltje in haar wang weer.

'Och, kom op. We zijn nu oud genoeg.'

'Ik weet nog,' zei Kate, 'dat we met z'n allen in de auto zaten in Toronto die keer...'

'De Toyota.'

'Toevallig was het de Volvo stationcar.'

'Willen jullie me alsjeblieft niet onderbreken. En toen kwamen we voorbij een flatgebouw...'

'Waar mammie vroeger woonde.'

'... en papa keek op een bepaalde manier naar je en je werd vuurrood en je leunde naar hem toe en kuste hem.'

'Wij hebben ook recht op onze geheimpjes,' zei ik.

'Toen mammie in dat gebouw woonde, was papa nog getrouwd met die dikke vrouw,' zei Kate terwijl ze haar wangen opblies, haar buik naar voren stak en door de kamer waggelde.

'Zo is het wel genoeg. En ze was toen niet dik.'

'Ik ben op dieet, godsamme.'

'Mammie zegt jij ook niet.'

'We willen niet dat je een hartaanval krijgt, papa.'

'Het is niet het gerookte vlees maar de sigaren waar ik me zorgen om maak.'

'En is het waar dat mama de volgende ochtend je rekening moest betalen in het Park Plaza?'

'Ik was mijn creditcards in Montreal vergeten en ze kenden me daar nog niet in die tijd. Jezus, is dan niets heilig?'

'Jongen, heb jij even geluk gehad dat ze met je wilde trouwen.'

'Dat is niet aardig wat je daar zegt,' zei Kate.

'Punt of komma? Je zei het er niet bij.'

'Hij is een goede vader.'

'Ik ging naar het Park Plaza om met hem te ontbijten,' zei Miriam, 'en er was trammelant bij de receptie, iedereen keek, en natuurlijk was het je vader. Hij had zijn chequeboek niet bij zich en geen enkele legitimatie en natuurlijk was dat de schuld van de receptionist. De manager van het hotel kwam erbij en die gebaarde naar de man van de bewakingsdienst, waarop ik tussenbeide kwam en mijn creditcard aanbood. Maar de receptionist was woedend. "We zullen uw creditcard accepteren, juffrouw Greenberg," zei hij, "maar eerst moet meneer Panofsky zijn excuses aanbieden voor de dingen die hij tegen me gezegd heeft en die te grof zijn om te herhalen." Je vader zei: "Ik noemde hem alleen maar een ordinaire Toronto-lul, maar ik druk me altijd zwak uit." "Barney," zei ik, "ik wil dat je nu je excuses aanbiedt aan deze meneer hier." Je vader beet zoals gewoonlijk op zijn lip en krabde zich achter de oren. "Ik zal om harentwil mijn excuses aanbieden, maar ik meen het niet echt." De receptionist snoof. "Ik zal juffrouw Greenbergs creditcard accepteren om haar verdere schande te besparen." Je vader stond op het punt uit te halen toen ik hem van de receptie wegduwde. "Dat is heel aardig van u," zei ik tegen de receptionist en natuurlijk moesten we ergens anders heen om te ontbijten, je vader zat de hele tijd te mopperen. Maar nu moet ik me gaan aankleden, als je het niet erg vindt, anders kom ik te laat.'

'Waar ga je naar toe?'

'Blair Hopper geeft een lezing over "De Wereld van Henry James" op McGill en hij was zo attent ons twee kaartjes te sturen.'

'Jij gaat toch niet ook, hè papa?'

'Zeer zeker niet. Michael, wil jij met me mee?'

'Papa heeft gezegd dat ik mee mag naar een hockeywedstrijd.'

'Ik ga wel,' zei Saul.

'O, geweldig,' zei Kate. 'Dan blijf ik alleen thuis.'

'Jij wordt in de steek gelaten,' zei ik, 'want niemand houdt van je. Miriam, ik zie jou en Blair na afloop in de Maritime Bar voor een nachtmutsje.'

'Zou je dat nou wel doen?'

'Ik ben ervan overtuigd dat ze wel de een of andere kruidenthee in huis hebben daar. Of anders minstens mineraalwater.'

'Barney, je mag hem niet. Dat weet hij. Maar ik zie je wel alleen in de Maritime Bar.'

'Nog beter.'

7

Gezegend (of liever vervloekt) met kennis achteraf realiseer ik me nu dat Blair achter Miriam aan zat vanaf de dag dat hij haar voor het eerst bij ons buitenhuisje zag. Ik kan het geen man kwalijk nemen. Integendeel, ik verwijt mezelf dat ik hem onderschat heb. Je moet het de klootzak nageven. In de loop van de jaren bleef hij opduiken, hij probeerde bij ons in het gevlij te komen, hij ondermijnde mijn gezin, als droge rot die aan de balken knaagt van een huis dat gebouwd is voor de eeuwigheid. Toen de kinderen nog klein en lastig waren en we een keer een paar dagen in Toronto waren, op weg naar vrienden in Georgian Bay, verscheen Blair in ons hotel met een discreet boeketje fresia's voor Miriam en een fles Macallan voor mij. Hij bood aan de kinderen mee te nemen naar het Wetenschapscentrum, zodat Miriam en ik van een vrije middag konden genieten. Mike, Saul en Kate keerden beladen met speelgoed naar het hotel terug. Opvoedkundig verantwoord speelgoed, natuurlijk. Niet de oorlogszuchtige waterpistolen en klapperpistooltjes waarmee ik cowboy en indiaantje en andere racistische spelletjes met ze kon spelen. 'Paf, paf. Dat krijg je als je brave joodse weduwen en wezen scalpeert en je huiswerk niet maakt.'

Toen Michael op zijn eindexamen aan de Selwyn House School de eerste prijs voor wiskunde won, kwam er een felicitatiebrief van 'oom' Blair en een exemplaar van een boek met essays over Canadiana dat hij had geredigeerd en waarin hij een opdracht voor hem had geschreven. Ik las het met toenemende irritatie, want de waarheid is, het was niet slecht.

Op een ander reisje naar Toronto, deze keer zonder de kinderen, vroeg Miriam: 'Ik neem aan dat je een afspraak hebt voor de lunch?'

'Met de Amigos Three, helaas.'

'Blair heeft me mee uit lunchen gevraagd en me uitgenodigd voor een vernissage in de Isaacs Gallerie.'

Ik vertelde haar van die middag dat ik Duddy Kravitz tegenkwam in een galerie in 57th Street in New York. Duddy, die toen zijn villa in Westmount aan het inrichten was, wees drie schilderijen aan die hem interesseerden en ging bij de verwijfde, hyperventilerende eigenaar zitten. 'Hoeveel als ik ze alle drie in één keer van je overneem?' vroeg hij.

'Dat komt op vijfendertigduizend dollar.'

Duddy knipoogde tegen me, nam zijn Rolex polshorloge af, legde het op het bureaublad van gestempeld leer en zei: 'Ik ben bereid een cheque uit te schrijven voor vijfentwintigduizend dollar, maar dit aanbod is slechts drie minuten geldig.'

'U maakt een grapje.'

'Twee minuten en vijfenveertig seconden.'

Na een lang stilwijzen zei de eigenaar: 'Ik zou tot dertigduizend kunnen gaan.'

Duddy sloot de koop voor vijfentwintigduizend, met minder dan een minuut te gaan, en nodigde me uit in zijn suite in het Algonquin om het te vieren. 'Riva laat haar haar doen bij Vidal Sassoon. We gaan naar Sardi en daarna naar een voorstelling van *Oliver!*. Vrijkaartjes. Oswald was een flikker, als je het mij vraagt. Die Jack Ruby had contacten met de onderwereld, hoor.'

We consumeerden acht flesjes whisky uit zijn minibar, waarna Duddy een volle theepot pakte die hij onder de wastafel in de badkamer verstopt had, de flesjes in gelid op een tafel zette, ze vulde, de dop er weer opdeed en ze terug op hun plaats zette. 'Wat vind je daarvan?' vroeg hij.

Altijd als Blair voor een academische conferentie in Montreal moest zijn – verdacht vaak, realiseerde ik me te laat – belde hij van tevoren op om ons uit te nodigen voor het diner. Ik weet nog dat ik een keer de telefoon aannam, de hoorn met mijn hand afdekte en hem aan Miriam doorgaf. 'Het is je vriendje.'

Zoals gewoonlijk zei ik dat ik al een afspraak had en spoorde Miriam aan te gaan. 'Waarom is hij nooit getrouwd?'

'Omdat hij hopeloos verliefd op mij is. Maak je je geen zorgen?'

'Blair? Doe niet zo belachelijk.'

Toen eenmaal de kinderen allemaal naar school gingen, drong Kip Horgan, Miriams voormalige producer, er bij haar op aan geleidelijk weer aan het werk te gaan, al was het om te beginnen maar als freelancer. 'We missen je erg,' zei hij.

We waren samen gaan lunchen in Les Halles en Miriam wachtte tot ik aan mijn Remy Martin xo en Montecristo zat voordat ze zei: 'Wat zou je ervan vinden als ik weer ging werken?'

'Maar we hebben het geld niet nodig. We hebben geld zat.'

'Misschien heb ik de stimulans nodig.'

'Als jij de hele dag bij CBC bent, wat moet ik dan eten als ik thuiskom?'

'O, wat ben je toch een lul, Barney,' zei ze en sprong op van tafel.

'Ik maakte maar een grapje.'

'Nee, dat deed je niet.'

'Waar ga je naar toe? Ik heb mij drankje nog niet op.'

'Nou, je vrouwtje is klaar en gaat een eindje wandelen. Zelfs dienstmeisjes hebben recht op een vrije middag.'

'Wacht even. Ga zitten. Weet je wat, wij zijn nooit samen naar Venetië geweest. Ik ga van hier recht naar Global Travel. Jij gaat naar huis om te pakken. We vragen Solange om op de kinderen te passen en we vertrekken vanavond.'

'O, geweldig. Saul moet morgenavond zijn discussieteam aanvoeren tegen Lower Canada College en ik heb Kate beloofd dat we zaterdagmiddag naar *Lawrence of Arabia* gaan.'

'Bellini's in Harry's Bar. Carpaccio. Fegato alla veneziana. Tiramisù. De Piazza San Marco. De Rialto-brug. We logeren in het Palazzo Gritti en huren een vaporetto om ons naar Cipriani op Torcello te laten brengen voor de lunch.'

'Het verbaast me dat je me geen bontjas hebt aangeboden.'

'Ik doe alles verkeerd.'

'Niet alles, maar genoeg. En nu ga ik wandelen, als je het niet erg vindt. Misschien ga ik zelfs wel naar de film. Vergeet dus niet de was naar Miss Oliver te brengen, hij ligt op de achterbank. Hier is het boodschappenlijstje voor Steinberg en het reçu voor de poef die ik opnieuw heb laten bekleden bij Lawson op de hoek van Claremont Avenue. Als je de moeite neemt om drie rondjes te rijden, vind je vast wel een parkeerplaats. Je hebt geen tijd om met Saul naar Mr. Tony's te gaan voor een nieuw paar schoenen, maar je kunt wel bij Pascal langsgaan om acht schilderijhaken voor me te kopen en als je er toch bent moet je die broodrooster teruggeven en het geld terugvragen, want hij is niet goed. Het eten laat ik aan jou over. Ik ben dol op verrassingen. Toedeloe, liefje.' En ze was weg.

We aten die avond laat een maaltijd van de afhaalchinees. Lauw. Weeïg. 'Wat is pappie toch slim,' zei Miriam.

De kinderen voelden nattigheid en aten met gebogen hoofd. Maar toen ze naar bed waren, maakten Miriam en ik een fles champagne soldaat en vreeën we en lachten om onze ruzie bij de lunch. 'Ik ken je,' zei ze. 'Ik wed dat je die broodrooster niet hebt teruggebracht, maar in de dichtstbijzijnde vuilnisbak hebt gekieperd en net hebt gedaan of je je geld hebt teruggekregen.'

'Ik zweer op mijn kinderen dat ik die broodrooster heb teruggebracht, zoals opgedragen door mijn huishoudster.'

De volgende avond, een donderdag, kreeg ik griep en kon ik niet naar de hockeywedstrijd, zodat ik hem ingepakt op de bank op tv moest volgen. Guy Lafleur, die een gemiste pass van de Boston Bruins achter zijn eigen blauwe lijn opving, schaatste met wapperende haren dwars over het ijsveld terwijl het Forum daverde van het 'Guy! Guy! Guy!'-geroep. Lafleur passeerde twee verdedigers, zette de keeper op het verkeerde been en wilde zijn backhand gebruiken... toen Miriam weer tegen me begon. 'Ik heb jouw toestemming niet nodig om freelance te gaan werken.'

'Hoe kon hij zo'n schot op open doel missen?'

'Ik ben niet in de wieg gelegd om jouw sokken en natte handdoeken op te ruimen en de kinderen naar de tandarts te brengen en het huishouden te doen en te pretenderen dat je er niet bent als je de telefoon niet wilt aannemen.'

'De periode is over drie minuten afgelopen.'

Terwijl Milbury Shutt pootje haakte achter het net, ging Miriam recht voor de tv staan. 'Aandacht, alsjeblieft,' zei ze.

'Je hebt gelijk. Je hebt mijn toestemming niet nodig.'

'En ik bied mijn excuses aan voor die gemene opmerking over die bontjas. Dat had je niet verdiend.'

Klote klote klote. Ik was er diezelfde ochtend een voor haar gaan kopen. In St.-Paul Street. 'Hoeveel voor die sjmate?' vroeg ik.

'Vijfenveertighonderd. Maar daar gaat de belasting af als u contant betaalt.'

Ik had mijn polshorloge afgedaan en het op de toonbank gelegd. 'Ik ben bereid drieduizend dollar te betalen,' zei ik, 'maar dit aanbod is slechts drie minuten geldig.'

We stonden elkaar aan te staren en toen de drie minuten voorbij waren zei hij: 'Vergeet uw horloge niet.'

'Ik neem hem, ik neem hem.'

Gelukkig zat de jas nog steeds verstopt in mijn kast op kantoor. Ik kon hem terugbrengen. 'Je had die gemene opmerking over die bontjas nooit mogen maken,' zei ik tegen Miriam. 'Ik was diep beledigd. Ik zou zoiets nooit doen.'

'Ik zei al dat het me speet.'

Dus Miriam begon weer voor CBC Radio te werken, af en toe een interview met schrijvers die aan de weg timmerden. Ik deed niets om haar aan te moedigen, maar natuurlijk deed natuurvriend, weigeraar van niet-bioafbreekbare plastic zakken, Herr Professor Blair Hopper, geboren Hauptman, dat wel. 'Met wie praatte je zo lang aan de telefoon?' vroeg ik op een avond.

'O, Blair heeft mijn interview met Margaret Laurence gehoord en hij belde om te zeggen dat hij het heel erg goed vond. Wat vond jij?'

'Ik was van plan vanavond de band af te luisteren.'

'Blair zegt dat als ik een serie doe met tien Canadese schrijvers, hij er zeker een uitgever voor zal kunnen vinden in Toronto.'

'Er zijn er geen tien en in Toronto kun je alles uitgegeven krijgen. Sorry. Dat heb ik niet gezegd. Hé, doe McIver. Herinner hem aan de tijd dat hij voorlas in de boekwinkel van George Whitman in Parijs. Vraag hem waar hij zijn ideeën jat. Nee. Die zullen wel van hemzelf zijn. Ze zijn zo prozaïsch. Wat is er?'

'Niets.'

'Ik ga meteen na het eten die band afluisteren.'

'Liever niet.'

Het was Miriam die erop aandrong dat Michael zijn studie voortzette aan de London School of Economics.

'Dan komt hij terug als een snob. Wat is er mis met McGill?'

'Mike moet een tijdje bij ons weg. Jij bent een bullebak en ik ben te zorgzaam. Een joodse mama, ondanks mezelf.'

'Heeft Mike dat gezegd? Hoe durft hij?'

'Ik heb dat gezegd. Jij bent te overheersend. Je geniet er te veel van hem in een discussie af te maken.'

'De London School of Economics?'

'Ja.'

Om eerlijk te zijn had ik maar net met de hakken over de sloot mijn eindexamen van de High School gehaald en ik benijdde klasgenoten die met gemak door het toelatingsexamen van McGill waren gekomen. In die goeie ouwe tijd hanteerde McGill nog een quotum voor joden. Wij moesten een zevenenhalf gemiddeld hebben om toe te worden gelaten, terwijl gojboys maar een zesenhalf nodig hadden, dus zelfs als ik me onderweg naar de Rodham Gates van McGill bekeerd had, had ik het nog niet gehaald. Ik schaamde me zo voor mijn mislukking dat ik studentencafés, zoals het Café André, meed en als ik een van mijn oude klasgenoten op me af zag komen, vereerd met die witte trui met de grote rode M erin genaaid, ging ik aan de overkant van de straat lopen. Het enige waar ik me immers op kon laten voorstaan, destijds, was dat ik van tafelafruimer tot kelner was gepromoveerd in The Normandy Roof. Dus ik was apetrots dat mijn kinderen zulke hoge cijfers hadden gehaald en prijzen hadden gewonnen en de ene universiteit na de andere bezochten. Aan de andere kant betwijfelde ik of kardinaal Newman, laat staan dr. Arnold, onder de indruk zou zijn geweest van het hedendaagse academische klimaat. In de studiegids van Wellington, waar Kate studeerde, zag ik dat ze een college Huishoudwetenschap kon volgen, dat wil zeggen, leren hoe ze een ei moest koken. Of stofzuigen. Saul, op zoek naar wat pretpunten, had zich ingeschreven voor een college Creatief Schrijven aan McGill, gegeven door, u raadde het al, Terry McIver. Op dood spoor gerangeerde journalisten van de *Gazette* doceerden journalistiek op Wellington, hun college-uren deelden ze zodanig in dat ze tussendoor naar bijeenkomsten van de AA konden gaan.

Mike ontmoette Caroline op de London School of Economics en toen we naar Londen vlogen voor een bezoek, werden we voor het diner uitgenodigd in het huis van haar ouders in The Boltons. Nigel Clarke was een bekende strafpleiter, een *Queen's Council*, en zijn vrouw Virginia schreef incidenteel voor de *Tatler*. Mijn bange voorgevoelens (of mijn onzekerheid, volgens Miriam) waren zo groot dat ik ze allebei al van tevoren beschouwde als snobs en virulente antisemieten, wier families – ongetwijfeld vermeld in de *Debrett* – in 1940 waarschijnlijk hadden samengezworen met de hertog van Windsor om een nazi-bewind in Groot-Brittannië aan de macht te brengen. Tot overmaat van ramp ontdekte ik dat het landgoed van de Clarkes vlak bij het dorpje Eaglesham in Schotland lag. 'Ik hoop wel dat je beseft,' zei ik tegen Miriam, 'dat dat de plaats is waar Rudolf Hess in 1941 landde.'

'Virginia heeft gebeld om te zeggen dat we ons niet formeel hoeven te kleden, maar ik heb toch maar een das voor je gekocht in Jermyn Street. O, en voor jouw informatie, dat spel je J, E, R, M, Y, N.'

'Ik doe geen das om.'

'Ja, dat doe je wel. Ze wilde ook weten of er iets is wat je niet kunt eten. Is dat niet aardig?'

'Nee, dat is het niet. Want de verborgen vraag luidt: zijn we zo joods dat we geen varkensvlees eten?'

Nigel droeg geen das of colbert, maar een sporthemd en een trui met een gat in zijn elleboog, en de imponerende Virginia had een wijde trui aan, wat wij een slobbertrui noemden, en een lange broek. Hun kleding aangepast aan de kolonialen, dacht ik. Ik moest erom denken niet mijn vlees met mijn vingers uit elkaar te scheuren. Gesterkt door een flinke lading whisky, ingeslagen in een pub in Soho, wat een schending was van een plechtige belofte aan Miriam, en bezig aan mijn tweede glas champagne van Marks & Spencers, ging ik aan de eettafel met opzet shockeren. Ik schoot in de rol van mijn vader en begon verhalen op te dissen over zijn tijd bij de politie van Montreal. Die keer toen ze een verdachte als een stuk wild op de motorkap van hun auto hadden gebonden. Izzy's methoden om verdachten te laten bekennen. De eer die hem bewezen werd in bordelen. Tot mijn chagrijn lachte Virginia hartelijk om mijn verhalen en vroeg om meer en Nigel kwam van zijn kant met pikante anekdotes over zijn echtscheidingszaken. Dus ik had het voor de zoveelste keer helemaal mis, maar in plaats dat ik sympathie begon te voelen voor de Clarkes, een geestig stel, mokte ik over het mislukken van mijn strategie, waarbij Miriam me zoals gewoonlijk dekte, tot ik ontdooide.

'We zijn absoluut opgetogen over uw briljante zoon,' zei Nigel. 'Ik hoop dat u er geen bezwaar tegen hebt dat hij met iemand van een andere religie trouwt.'

'Dat is nooit in me opgekomen,' loog ik.

Vervolgens nodigde Nigel me uit om met hem op zalm te gaan vissen op de Sprey. We konden in Tulcan Lodge logeren. 'Ik zou niet weten hoe ik met een vlieg moet vissen,' zei ik.

'U moet weten,' zei een opgewonden Miriam, 'dat Barney als jongen in een brakke vijver viste met een boomtak in plaats van een fatsoenlijke hengel en een lijn gemaakt van aan elkaar geknoopte touwtjes van pakjes van de slager.'

Een opgetogen Virginia gaf Miriam een kneepje in haar hand. 'Je moet echt een keertje met me meegaan naar de Chelsea Flower Show,' zei ze.

Bij onze terugkeer in Montreal waren er tussen de vele boodschappen op ons antwoordapparaat drie van Blair. Konden we komende woensdag met hem gaan lunchen in de University Club? 'Ga jij maar,' zei ik tegen Miriam.

Kate zei: 'Hoe komt het toch dat je er zo gerust op bent dat mama Blair zo vaak ontmoet?'

'Kate, doe niet zo mal. Dit huwelijk is niet stuk te krijgen.'

8

Wacht even. Hiermee wil ik geen seconde suggereren dat Miriam een verhouding had met Blair Hopper, geboren Hauptman. Ze stelde zijn gezelschap op prijs, dat is alles. Misschien was ze gevleid door zijn attenties, maar verder niets. Ik ben degene die verantwoordelijk is voor het mislukken van ons huwelijk. Ik reageerde niet op waarschuwingssignalen die luid genoeg waren om een dorpsgek te alarmeren. En ik zondigde.

Wolven, heb ik eens ergens gelezen, vestigen territoriale aanspraken op hun domein door op de grenzen te pissen, waarmee ze tevens indringers afschrikken. Ik deed iets soortgelijks. Ik was verbijsterd dat een vrouw zo intelligent en mooi als Miriam met iemand als ik had willen trouwen. En dus, bang om haar te verliezen, maakte ik haar tot mijn gevangene door systematisch de vrienden die ze had vóór we elkaar ontmoetten, van ons te vervreemden. Telkens als er voormalige collega's van CBC bij ons kwamen eten, gedroeg ik me schandalig. Mijn agressiviteit was niet geheel ongerechtvaardigd. Die intellectuele minkukels van het *People's Network*, blakend van deugd, hadden de neiging uit de hoogte te doen tegen mij omdat ik een inhalige producent van tv-tinnef was, terwijl zij ons onbaatzuchtig beschermden tegen de culturele vandalen in het zuiden. Misschien raakte dat een gevoelige snaar. In ieder geval sloeg ik terug door de voorgeschreven quota met 'Canadese inhoud' voor radio en tv belachelijk te maken, een vrijbrief voor middelmatigheid (waarvan een profijtelijk stuk door mij geleverd werd, zoals Miriam boosaardig opmerkte), en ik beschuldigde ze ervan, zoals Auden[1] stelde, dat ze al jaren geleden met hun luie reet met pensioen waren gegaan. Het ergst was Miriams voormalige producer Kip Horgan, een ontwikkelde man en een libertijn, een drinker, die onrustbarend goed in staat was mijn venijnigste steken onder water met zijn eigen geestigheden te pareren. Als hij het niet zo goed met Miriam had kunnen vinden, hadden we misschien vrienden kunnen worden. Maar nu haatte ik hem. Op een avond, nadat hij eindelijk ons huis uit was gewaggeld, altijd de laatste die van een etentje wegging, wendde Miriam zich tot mij: 'Moest dat nou? Je hebt het laatste uur de hele tijd zitten gapen.'

'Hebben jij en Kip iets gehad samen?'

1 In werkelijkheid Louis MacNeice in *Bagpipe Music.*

'Barney, je verbaast me. Dat was voor wij elkaar ontmoetten.'

'Ik wil niet meer dat hij hier komt eten.'

'Je moet me corrigeren als ik het mis heb, maar ik dacht dat jij twee keer getrouwd was voordat wij elkaar ontmoetten.'

'Jawel, maar jou hou ik.'

Dat leverde me geen kuiltje in haar wang op. Miriam was niet geamuseerd maar afwezig. 'Kip heeft me verteld dat Martha Hanson – ze was nog maar scriptreader in mijn tijd, en niet eens zo'n goeie – tot hoofd wordt benoemd van de kunstafdeling bij de radio.'

'Wat zou dat?'

'In de toekomst zal ik mijn ideeën aan haar moeten voorleggen.'

Een andere avond zetten we het nationaal nieuws van CBC-tv aan net op het moment dat een nieuwe jonge correspondente verslag deed vanuit Londen. 'Ik geloof mijn ogen niet,' zei een verslagen Miriam. 'Dat is Sally Ingrams. Ik heb haar aan haar eerste baantje geholpen.'

'Miriam, je gaat me toch niet vertellen dat je tv-verslaggeefster wilt worden?'

'Nee, dat denk ik niet. En ik ben ervan overtuigd dat Sally het heel goed doet. Het is alleen dat het me soms dwarszit dat iedereen die ik van vroeger ken tegenwoordig interessante dingen doet.'

'Vind je niet dat drie heerlijke kinderen baren en grootbrengen interessant is?'

'Meestal wel, maar er zijn dagen dat ik het niet vind. Je dwingt er tegenwoordig niet veel respect mee af, wel?'

Zolang de kinderen nog thuis woonden en Miriams steun voortdurend nodig hadden, waren onze kibbelpartijtjes zeldzaam en eindigden meestal in lachen en omhelzen, waarna we weer hartstochtelijke minnaars werden. Maar in deze tijd van ongeremde seksuele openhartigheid blijf ik ouderwets terughoudend, dus ik zeg niet meer dan dat ik in bed dingen deed met Miriam die ik nooit met iemand anders gedaan heb en volgens mij gold hetzelfde voor haar. Nadat de laatste van ons kroost het nest verlaten had, vierden we onze herwonnen vrijheid op middelbare leeftijd door onszelf vaker te trakteren op reisjes naar het buitenland. Miriam kreeg echter plotseling last van depressieve buien waarin ze ontevreden was over de kwaliteit van haar freelance werk en vond dat ze tekortschoot. Ik, dwaas die ik was, deed luchtig over haar problemen. Echt iets voor mij om ze op mijn klungelige manier af te doen als een irritante maar voorbijgaande fase van de overgang.

Mike trouwde en Saul verhuisde naar New York. En op een nacht vlak voor we gingen vrijen in die parador die uitkijkt over Granada, zei ik: 'Volgens mij ben je je pessarium vergeten.'

'Ik heb het niet meer nodig, maar natuurlijk kun jij wel nog steeds kinderen krijgen, nietwaar?'

'O, Miriam, alsjeblieft.'

'Benijd je Nate Gold?'

Nate, die na dertig jaar huwelijk van zijn vrouw gescheiden was om met een twintig jaar jongere vrouw te trouwen, werd op Greene Avenue gesignaleerd achter een wandelwagentje met een achttien maanden oud kind.

'Hij slaat een belachelijk figuur,' zei ik.

'Niet zo minachtend, liefje. Hij zal zich er heus wel jaren jonger door voelen.'

Op een middag, na het huwelijk van Kate in Toronto, kwam ik vroeg thuis van kantoor en vond een studiegids van McGill op de tafel in de eetkamer. 'Waar is dat voor?' vroeg ik.

'Ik denk erover om een paar colleges te gaan volgen. Is daar iets mis mee?'

'Natuurlijk niet,' zei ik, maar later die avond, bevreesd dat ik uit mijn werk in een leeg huis zou komen terwijl zij in een collegezaal zat, stak ik een van mijn anti-academische tirades af. Ik stelde dat Vladimir Nabokov gelijk had toen hij zijn studenten aan Cornell vertelde dat D.Phil. geen afkorting was van *Doctor of Philosophy*, maar van *Department of Philistines* en zei verder dat de meest begaafde mensen die ik kende nooit naar een universiteit waren geweest.

'En je kinderen dan?'

'Er zijn altijd uitzonderingen op de regel. Neem Boogie, bijvoorbeeld. Die heeft op Harvard gezeten.'

'Ik betwijfel of ze een plaquette hebben om dat te herdenken.'

We konden het nooit eens worden over Boogie en ik deelde Miriams ontzag voor professoren niet. Om precies te zijn en voor het geval ik het nog niet eerder vermeld heb: de trots aan de muur van mijn kantoor is mijn ingelijste High School-diploma met een lampje erboven. Van Miriam kreeg ik er een standje voor. 'Haal het weg, schat,' zei ze een keer. Maar het hangt er nog steeds.

De dag na mijn bête anti-academische tirade vond ik de studiegids van McGill in de keuken in de vuilnisbak. 'Miriam,' zei ik, 'ik voel me verschrikkelijk rot. Ga terug naar McGill als je dat wilt. Waarom zou je ook niet?'

'Laat maar. Het was maar een bevlieging.'

De ene dag waren we nog een pasgetrouwd stel, het geluk kon niet op, en de volgende, leek het, hadden we twee kleinkinderen in Londen. Miriam heeft het nooit over haar hart kunnen verkrijgen de kleren weg te doen die Mike, Saul en Kate als kind hadden gedragen. Evenmin mocht ik van haar onze kast met gescheurde Dr. Seuss-boeken vol kleurkrijtstrepen wegdoen. Maar toen ze steeds meer opdrachten voor de radio kreeg, was ze minder vaak depressief en meer de oude. Ongelukkig genoeg heb ik in de loop der jaren misplaatst gereageerd op haar zeldzame duistere perioden: eerder op de dag naar Dink's gaan en later blijven dan gewoonlijk. Als ik dan thuiskwam, had Miriam een uitgebreid diner klaargemaakt, een feestmaal voor twee, en dan viel ik als een dronken boer op de bank in de huiskamer in slaap, zachtjes door Miriam op tijd gewekt om naar bed te gaan. 'Solange had me vanavond uitgenodigd met haar naar het Théâtre du nouveau monde te gaan, maar ik heb nee gezegd. Ik wilde jou niet alleen laten.'

'Het spijt me zo. Heus, liefje.'

Op een middag zat ik op mijn vaste kruk bij Dink's een eind weg te oreren tegen een paar jonge vrouwen die Zack had meegebracht, toen Betty me veelbetekenend aankeek. 'Miriam is zojuist binnengekomen.'

'Waar?'

'Ze kwam binnen, draaide zich om en vertrok.'

'Zag ze me niet?'

'Jawel.'

'Tempus edax rerum,' zei Hughes-McNoughton.

'John, je bent een stomme lul.'

Ik haastte me naar huis, waar ik Miriam in alle staten vond. 'Ik had een jurk aangetrokken die jij mooi vindt en ik ging naar Dink's om je te verrassen, in de veronderstelling dat je het leuk zou vinden als ik daar eens een keer wat met je ging drinken, waarna we samen konden gaan eten. Toen zag ik hoe je die twee vrouwen zat te versieren die jong genoeg waren om je dochters te kunnen zijn. Ik was niet jaloers. Ik was alleen maar verdrietig.'

'Je begrijpt het niet. Zack had ze meegebracht. Ik deed alleen maar beleefd.'

'Ik word binnenkort zestig. Misschien wil je dat ik een facelift neem.'

'Miriam, in godsnaam.'

'Moet ik mijn haar gaan verven? Wat moet ik doen om mijn echtgenoot, de vrouwenversierder, te behagen?'

'Je trekt overhaaste conclusies.'

'O ja?'

En vervolgens, niet voor het eerst, stak ze een aanklacht tegen haar vader af. De rokkenjager. De moordenaar van haar moeder. Na al die jaren was de promiscuïteit van haar vader nog steeds een obsessie voor Miriam. Het eerste verraad in haar leven, misschien. Ik had geleerd haar uitbarstingen gelaten te ondergaan. Ik dacht dat het niet belangrijk was. Zeker niet voor ons. Schlemiel.

Ik moest vroeg op de volgende ochtend om een vlucht naar Toronto te halen, en toen ik die avond terugkwam was Miriam er niet. Ze had een briefje achtergelaten op de eettafel:

> Lieverd,
> Ik vlieg vanavond naar Londen om Mike en Caroline en de kinderen te bezoeken. Het spijt me dat ik zo hysterisch deed gisteravond, dus begrijp me alsjeblieft niet verkeerd. Het is alleen maar dat ik er eens tussenuit moet en dat zou voor jou ook goed zijn. Als je vroeg genoeg thuiskomt, moet je niet naar Mirabelle gaan om me te komen halen. Alsjeblieft, schat. Ik blijf niet langer dan een week weg. Ik hou van je.
> Miriam
>
> PS Je mag niet naar Schwartz gaan en elke avond gerookt vlees met gebakken aardappelen eten. Dat is slecht voor je. Ik heb wat dingen in de ijskast achtergelaten.

Ik opende de ijskast en vond een schaal met spaghettivleessaus, een pot soep met prei en aardappelen, een gebraden kip, een gehaktbrood, een schaal aardappelsalade en een kaaspastei. Vol zelfmedelijden at ik voor de tv en ik ging vroeg naar bed. Miriam belde de volgende ochtend om zeven uur. 'Gaat het goed met je?' vroeg ik.

'Uitstekend. Ik voel me als een klein meisje dat spijbelt. Ik moet dit soort dingen vaker doen.'

'Hm. Ben ik niet zo van overtuigd. Weet je wel zeker dat het goed met je gaat?'

'Ja. Caroline neemt me mee naar Daphne's om te lunchen, dus ik moet me nu klaarmaken. Ben je vanavond thuis?'

'Natuurlijk. Ik heb de spaghetti bij het ontbijt gegeten en ik denk dat ik vanavond de gebraden kip en de kaaspastei neem.'

'Ik bel je later nog. Kusje. Daag.'

Ik wil niet praten over wat er die avond gebeurde. Het was mijn schuld niet. Ik was dronken. Het betekende niets. Klote klote klote. Die ene avond waar ik een jaar van mijn leven voor over zou hebben om ongedaan te maken, bleef ik bij Dink's hangen tot na de ouwe-lullentijd, wanneer de hitsige vrijgezellen binnen komen druppelen. Zack, die vroeger bij die krant gewerkt heeft, je weet wel, die over geld schrijft. Niet de *Wall Street Journal.* Die Canadese. De *Financial Report* of *Post.* Een van de twee.[2] Spaghetti giet je af met een... Shit, die had ik eerder goed. De Zeven Dwergen heten Doc, Dommel, Niezel, Stoetel, Groompie en die andere twee. Lillian Hellman schreef niet *The Man in the Brooks Brother Suit.* Of *Shirt.* Krijg de kolere.

Zack, die voor een krant over geld had geschreven, vertelde me van zijn eerste ontmoeting met Duddy Kravitz: 'Ik moest nieuwe jonge miljonairs in Montreal gaan interviewen voor een speciaal nummer dat we deden. De ene wittebrood-WASP na de andere protesteerde dat zij zeker geen miljonairs waren, zelfs niet op papier, en dat iedere suggestie in die richting laster was. Ze vertelden me van hun hypotheken en leningen en de problemen die ze hadden om het schoolgeld te voldoen. De Frans-Canadese effectenhandelaars die ik sprak, waren al evenmin toeschietelijk. Ze werden gediscrimineerd door Engelstalige banken. De grote investeerders vertrouwden hun portefeuilles niet toe aan iemand die Bissonette of Turgeon heette. Ze denken dat wij stom zijn. Het is moeilijk, zeiden ze. Ze konden niet slapen vanwege de schulden die ze hadden. Daarna ging ik Kravitz interviewen en ik had me al neergelegd bij nog luidere protesten over geldgebrek. Maar in plaats daarvan keek Kravitz me vrolijk aan. "Jongen, ben ik miljonair. Misschien wel drievoudig. Denk je dat ik opschep? Ik zal je eens wat papieren laten zien. Hé, heb je een fotograaf meegenomen?" Sindsdien kan hij bij mij geen kwaad doen, ongeacht wat anderen zeggen. Waar ga je naar toe?'

'Naar huis.'

2 Het was de Canadese *Financial Times*, opgeheven op 18 maart 1995.

'Kom op. Nog eentje.'

'Oké. Eentje dan.'

Dat was het moment dat het snolletje dat mijn leven verwoestte bij Dink's naar binnen kwam geparadeerd en zich op de barkruk naast Zack nestelde, die haar meteen begon te versieren. Ik kan me haar naam niet eens meer herinneren, maar ze had bleekblond haar, droeg een strak truitje en een minirokje. Ze rook naar parfum en was misschien dertig jaar oud, als ze dat al was. Zack moest achterover op zijn kruk gaan hangen toen ze zich naar voren boog en vroeg: 'Ben jij niet Barney Panofsky?'

Ik knikte.

'Ik heb een paar maanden geleden een rolletje gespeeld in een aflevering van *McIver*. Ik speelde de onderzoeksjournaliste van de *Globe* uit Toronto. Weet je dat nog?'

'Tuurlijk.'

'Ze zeiden dat de rol misschien gecontinueerd zou worden, maar ik heb sindsdien niets meer van jullie gehoord.'

Op dat moment had ik weg moeten gaan. Of me net als Odysseus aan de mast moeten laten vastbinden, niet dat zij iets gemeen had met Circe of de Sirenen, welke van de twee het ook was.[3] Maar toen Zack opstond om te gaan piesen, gleed ze op de kruk naast me en werd de straatjongen in me wakker. Hopsa, hopsa. Zack mag dan vijftien jaar jonger zijn dan ik en er beter uitzien, maar ik zal hem wel eens even laten zien dat ik 'm nog steeds kan raken. *Niet dat ik interesse had. Of van plan was verder te gaan.* Ik weet dat ik behoorlijk veel meer dronk, en zij ook, maar ik kan me nog steeds niet herinneren hoe ik in haar flat kwam, waar dat ook was, of hoe we in bed belandden. Maar ik weet wel dat ik het nooit zo bedoeld had. Ik wilde alleen maar indruk maken op Zack. Eerlijk waar.

Het moet drie uur geweest zijn, misschien wel later, toen ik thuiskwam, walgend van mezelf, me uitkleedde en onder de douche strompelde.

Miriam maakte me om acht uur wakker. 'Godzijdank ben je er,' zei ze.

'Hoe bedoel je?'

'Ik weet niet wat er in mijn hoofd opkwam, maar ik was om vijf uur wakker hier en maakte me doodongerust over je, ik weet niet waarom, en ik belde en belde en belde en er nam niemand op.'

'Ik was nog laat in het café met Zack.'

'Je klinkt raar, liefje. Gaat het wel goed met je?'

'Een kater, dat is alles.'

'Je verbergt toch niets voor me? Je hebt toch niet gevochten op jouw leeftijd? Er is toch geen ongeluk gebeurd?'

'Er is niets met me aan de hand.'

'Er is iets, Barney. Ik hoor het.'

3 Odysseus werd aan de mast vastgebonden om de Sirenen te weerstaan, niet Circe.

'Er is niets.'

'Ik weet niet of ik je wel geloof.'

'Kom naar huis, Miriam.'

'Donderdag.'

'Kom morgen naar huis. Alsjeblieft, Miriam.'

'Ik ga morgenavond met Virginia naar de schouwburg. Het nieuwe stuk van Pinter. Maar ik ben blij dat je me mist. Ik mis jou ook. Ik blijf almaar naar jouw kant van het bed kruipen en je bent er niet.'

Die middag, na nog twee keer gedoucht te hebben, vertrok ik naar Dink's, zoals mijn gewoonte was, en stokte toen. Stel dat die snol me daar zat op te wachten? Stel dat ze dacht dat we iets meer hadden gehad dan een dronken one-night stand? Ik maakte rechtsomkeert en ging in plaats daarvan een drankje bij de Ritz halen. De jaren vielen van me af en ik zat weer op het terras van de Colombe d'Or met Boogie en Hymie, de zon zakte achter die olijfgroene heuvels en leek ze daarbij in brand te steken. Een ezelkar, waarvan de voerman een verrimpelde oude gozer in een blauwe kiel was, klipklapte onder langs de bordesmuur van ons terras en in de avondbries roken we de geur van zijn vracht rozen. De rozen waren bestemd voor de parfumerie in Grasse. Een dikke bakkersknecht kwam puffend langs ons tafeltje, een van die enorme rieten manden vol versgebakken baguettes op zijn rug gebonden, en ook dat konden we ruiken. Toen kwam er zo'n echt onuitstaanbare Fransman, duidelijk passé en met een hangbuik, het terras opgehuppeld om de vrouw op te eisen die twee tafeltjes links van ons zat en jong genoeg was om zijn dochter te zijn. *Madame Bovary, c'est moi*, schreef die Fransman met de papegaai[4], en nu was ik die gehate Fransman onzaliger nagedachtenis geworden. Ik voelde de tranen van zelfmedelijden achter mijn oogleden dringen en vroeg om de rekening. Ik stond op het punt om naar huis te gaan, toen ik me bedacht en wederom stokte. Ik trok Zack mee naar een stil hoekje. 'Je mag nooit, nooit, nooit grappen tegen mij of wie dan ook over die meid van gisteravond maken, anders zijn we geen vrienden meer. Begrepen?'

'Rustig, Barney.'

Daarna zei Betty: 'Een zekere Lorraine heeft voor je gebeld.' Ze overhandigde me een briefje en voegde eraan toe: 'Ze heeft haar telefoonnummer achtergelaten.'

'Als ze weer belt, dan ben ik er niet. Wat weet je van haar af?'

'Volgens mij is ze een fotomodel of een actrice. Ze heeft die sexy bankreclame op tv gedaan. Weet je wel, de Canadiens nemen een penalty, Dick Irwin zegt: We komen zo meteen na de reclame graag bij u terug, en daar heb je d'r, helemaal alleen danst ze op een maanverlicht strand op de Bermuda Eilanden. Met een sarong aan. Wiebel wiebel. "Ik heb mijn vakantielening van de Bank of Montreal gekregen." De jongens aan de bar zaten te loeien.'

4 Flaubert.

Woensdagnacht kon ik niet slapen. De volgende ochtend sneed ik me bij het scheren en morste koffie. Vervolgens ging ik bij Birk's een lang parelhalssnoer voor Miriam kopen en haalde haar van Mirabelle op. Nauwelijks waren we de voordeur door of ze zei: 'Er is iets.'

'Niets.'

'Is er iets met Saul gebeurd terwijl ik weg was?'

'Er is niks met Saul.'

'Kate?'

'Heus niet.'

'Je verzwijgt iets voor me.'

'Niet waar,' zei ik en maakte een fles Dom Pérignon open om haar welkom te heten. Het mocht niet baten.

'Is er iets op kantoor? Heb je slecht nieuws gehad?'

'Er is absoluut niets aan de hand, liefje.'

Ja, dat dacht je. Miriam was al twee dagen thuis en we hadden nog steeds niet gevreeën, wat haar verbijsterde, maar ik wist van die bar in het Hôtel de la Montagne, en stel dat ik herpes opgelopen had, of een geslachtsziekte, of, God verhoede, wat flikkers en drugsverslaafden krijgen. Weet je wel, die ziekte die klinkt als een fundraiser. Aids, dat is het.

Ik was Miriam voor telkens als de telefoon ging en bleef 's morgens lang genoeg thuis dralen tot de post kwam, voor het geval dat. Ik ging op tijd voor het avondeten bij Dink's weg, mijn maag draaide om, en ik stond klaar met een leugen voor het geval dat kreng in mijn afwezigheid gebeld had.

Jaren geleden, zwelgend in mijn onverdiende geluk met Miriam en de kinderen, vreesde ik de toorn der goden. Ik was ervan overtuigd dat me iets verschrikkelijks te wachten stond. Een wrekend monster dat uit de afvoer van de wc zou oprijzen als een creatie van Stephen King. Nu wist ik het. Dat monster was ikzelf. Ik was de verdelger van mijn liefderijke respijt van 'de wereld van telegrammen en woede'.

In die tijd moest ik nog enthousiasme voorwenden voor de drek waaraan ik me verrijkte, ik moest middelmatige, functioneel analfabete acteurs, amateurschrijvers, ongetalenteerde regisseurs en tv-bonzen op lunches in New York of Los Angeles dulden. Het was onterend. Een riool. Maar tot aan mijn overspel was ik gezegend met een sanctuarium. Miriam. Onze kinderen. Ons huis. Waar ik de boel niet hoefde te belazeren. Maar nu draaide ik met angst in het hart de sleutel in de voordeur om, beducht voor ontdekking. Dus nam ik voorzorgsmaatregelen op kantoor. Ik riep Gabe Orlansky en Serge Lacroix bij me voor een vergadering. 'Herinner je je dat meisje nog dat een onderzoeksjournaliste van de *Globe* speelde in een recente aflevering van *McIver*? Ik dacht dat ze Lorraine Peabody heette, maar ik kan me vergissen.'

'Ja. Wat is daarmee?'

'Ik wil haar nog in een paar afleveringen meer laten meespelen.'

'Ze kan niet acteren.'

'Jij kunt niet schrijven en jij kunt niet regisseren. Doe wat ik zeg.'

Chantal bleef achter. 'Wat is er?' vroeg ik.

'Wie had ooit gedacht...'

'Wát?'

'Niets.'

'Zo is het beter.'

'Ik heb me vergist in jou. Jij bent niet anders dan de anderen hier. Jij verdient een vrouw als Miriam niet. Je bent een oude viezerik.'

'Eruit!'

Met bonkend hart maakte ik een lunchafspraak met Lorraine in een van die schattige oude toeristenrestaurants in Old Montreal, waar niemand me kende. 'Moet je luisteren,' zei ik, 'wat er is gebeurd die nacht, dat is fout. Je mag me niet schrijven, niet opbellen, of nog ooit proberen contact met me op te nemen.'

'Hé, het had niks te betekenen. Kalm nou maar. We hebben samen een wip gemaakt, verder niks.'

'Ik neem aan dat onze castingmensen contact met je hebben opgenomen?'

'Ja, maar als je denkt dat ik daarom...'

'Natuurlijk niet. Maar ik wil dat je iets voor me terugdoet.'

'Ik dacht dat ik geen contact...'

'Zodra we hier weggaan, rijd ik je naar de praktijk van dr. Mortimer Herscovitch voor een bloedtest.'

'Dat meen je niet, tijger.'

'Je doet wat ik zeg en dan is er meer werk voor je. Zo niet, dan niet.'

Schuldbeladen werd ik heen en weer geslingerd tussen wroeging en agressie. Als ik te veel gedronken had en me daardoor gesterkt voelde, besloot ik dat ik me zo slecht nog niet gedragen had en dat Miriam fout was. Hoe waagde ze het te veronderstellen dat ik van smetten vrij zou zijn? Bestand tegen elke verleiding? Zo waren kerels niet. Kerels pisten af en toe naast de pot en ik was ook een kerel. Ik verdiende een medaille, in plaats van smaad, dat ik maar één keer in de eenendertig jaar ontrouw was geweest. Bovendien betekende het niets voor me. Ik weet nog steeds niet hoe ik van Dink's in haar appartement kwam. Ik gaf haar een lift naar huis, dat is alles. Ik wilde helemaal niet binnen worden uitgenodigd voor een nachtmutsje. Ik was laveloos en ik had er sowieso niet om gevraagd door dat kreng belaagd te worden. Jonge vrouwen horen geen respectabele oude mannen met een vrouw en kinderen te verleiden door zich hoerig te kleden. Men had misbruik van mij gemaakt en nu ging ik geen haren hemd aantrekken of mezelf geselen. Vergeleken met het gedrag van andere kerels bij Dink's was ik het toonbeeld van oppassendheid. Miriam bofte dat ze met zo'n man getrouwd was. Teder. Liefdevol. Iemand die financieel goed voor haar zorgde. In die stemming waggelde ik dan van Dink's naar huis en begon ruzie te maken over pietluttigheden. 'Eten we vanavond nou alweer kip?'

'Je lust geen vis en rood vlees is slecht voor je.'

'Witte wijn ook. James Joyce is eraan doodgegaan.'

'Maak dan een fles rode open, als je dat liever hebt.'

'Je hoeft niet zo bits tegen me te doen.'

'Maar jij bent degene die...'

'Ja, dat zal wel weer. Ik heb het altijd gedaan.'

Saul belde me op kantoor. 'Ik wil weten waarom mammie vanmiddag zat te huilen.'

'Het was niets, Saul. Heus.'

'Zij schijnt er anders over te denken.'

Ik raakte alles kwijt. Mijn vrouw. Mijn kinderen.

'Barney, ik wil weten waarom je elke avond dronken thuiskomt.'

'Moet ik me nu gaan verantwoorden voor het aantal borrels dat ik voor het eten neem?'

'Het zal je niet aanstaan, maar ik ben bang dat je het op jouw leeftijd niet meer zo goed aankunt als vroeger. Je komt in zo'n onweersstemming thuis dat ik eerlijk gezegd liever alleen eet,' zei ze.

Miriam keerde me die avond in bed de rug toe en huilde stilletjes. Ik wilde dood. De volgende ochtend overwoog ik serieus in Sherbrook Street door een rood licht te rijden. Ik zou aangereden worden door een auto en in allerijl met een ambulance naar het Montreal General worden gebracht. Miriam zou naast me zitten op intensive care en mijn hand vasthouden en me alles vergeven. Maar ik was te laf. Ik wachtte tot het licht op groen sprong.

Correctie. Deze van de hak op de tak springende memoires leiden uiteindelijk toch ergens toe. In de loop van de verknoeide jaren heb ik me uit menige klempositie gewipt door op een hefboom van leugens, groot, klein of medium, te leunen. Zeg nooit de waarheid. Als je gesnapt wordt, liegen of het gedrukt staat. De eerste keer dat ik de waarheid vertelde, werd ik aangeklaagd wegens moord. De tweede keer kostte het me mijn geluk. Wat er gebeurde was dat Miriam, nog even hartverscheurend mooi als altijd, op een zaterdagmiddag in mijn werkkamer kwam met een dienblad waarop een pot koffie en twee kop-en-schotels stonden. Ze zette het dienblad op mijn bureau, ging in de leren leunstoel ertegenover zitten en zei: 'Ik wil weten wat er is gebeurd toen ik in Londen was.'

'Er is niets gebeurd.'

'Vertel het me. Misschien kan ik je helpen.'

'Heus, Miriam, ik...'

'Zoals je in bed ligt te hoesten de laatste tijd. Die sigaren. Verberg je iets voor me dat Morty Herscovitch je heeft verteld?'

'Ik heb nog geen longkanker, als je dat bedoelt.' En op dat punt bezweek ik en vertelde haar wat er was gebeurd. 'Het spijt me zo. Ik voel me absoluut ellendig. Het betekende niets voor me.'

'Juist, ja.'

'Is dat alles wat je te zeggen hebt?'

'Het zou nooit gebeurd zijn als je niet beschikbaar was geweest,' zei ze en toen ging ze een koffer pakken.

'Waar ga je naar toe?'

'Ik weet het niet.'

'Alsjeblieft, Miriam. We hebben een leven samen.'

'Hadden. En daar ben ik dankbaar voor. Maar eer jij het nog verder verknoeit en ik je uiteindelijk zal haten...'

'Dit kunnen we samen oplossen. Alsjeblieft, lief.'

Maar het had geen zin, want Miriam was weer twaalf. Ze keek me in de ogen en ze zag haar vader. Ketsen met fabrieksmeisjes. Cafés in de binnenstad afschuimen.

'Waarom tolereer je het?' had Miriam gevraagd.

'Wat kan ik doen?' had haar moeder geantwoord.

Miriam was niet van plan zo hulpeloos te zijn.

'Ik moet een poosje alleen zijn,' zei ze tegen me.

'Ik doe alles wat je wilt. Ik verkoop de zaak en we trekken ons terug in een villa in de Provence of in Toscane.'

'En wat ga jij dan de hele dag doen, een man met jouw energie? Modelvliegtuigjes bouwen? Bridgen?'

Ze herinnerde me aan de laatste keer dat ik beloofd had het kalmer aan te zullen doen en een hobby te nemen. Ik had een aannemer laten komen om een hypermoderne werkschuur bij ons buitenhuisje te bouwen, die ik inrichtte met een complete set Black & Decker-gereedschap. Ik bouwde één scheve boekenkast, waarbij ik met een cirkelzaag mijn hand openhaalde, veertien hechtingen moesten erin, en gebruikte daarna de schuur alleen nog maar als opslagplaats.

'We gaan reizen. Ik ga lezen. We redden het wel, Miriam.'

'Barney, je pretendeert alleen maar dat je je productiemaatschappij haat. De waarheid is dat je dol bent op deals sluiten en op het geld en op de macht die je hebt over de mensen die voor je werken.'

'Ik zou naar mijn bank kunnen gaan en ze helpen om mij uit te kopen en de zaak van me over te nemen. Miriam, je kunt me niet verlaten voor één zo'n stom slippertje.'

'Barney, ik ben het moe om iedereen altijd maar een plezier te doen. Jou. De kinderen. Je vrienden. Jij hebt na ons trouwen altijd alle beslissingen voor me genomen. Ik zou graag zelf een paar beslissingen willen nemen, goede of slechte, voordat ik te oud word.'

Zodra Miriam verhuisd was naar een vrijgezellenflat in Toronto en weer fulltime voor CBC Radio werkte, stuurde ze Saul om haar spullen te halen.

'Wie had ooit gedacht dat het zo zou aflopen,' zei ik en ik bood mijn zoon iets te drinken aan.

'Ellendige ouwe lul dat je bent. Ik ben blij dat ze van je af is. Je hebt een vrouw van haar kaliber nooit verdiend. Zoals jij haar behandelde. Zoals jij alles vanzelfsprekend vond wat ze deed. Shit shit shit. Laat me nu maar zien welke boeken en platen van haar zijn.'

'Neem maar wat je wilt. Pak het hele zaakje maar in. Nu ik een stelletje ondankbare kinderen heb grootgebracht en mijn vrouw me in de steek heeft gelaten, heb ik een groot huis als dit niet meer nodig. Ik denk dat ik alles verkoop en naar een flat in de binnenstad verhuis.'

'We waren een gezin. Een echt gezin. En jij hebt het allemaal verknoeid en dat vergeef ik je nooit.'

'Ik ben nog steeds je vader, hoor.'

'Daar kan ik niks aan veranderen.'

Kate smeekte Miriam vergeefs me mijn beschamende slippertje te vergeven en Mike weigerde partij te kiezen. Ik vloog elk weekend naar Toronto en nam Miriam mee uit eten, en ik maakte haar aan het lachen, en ik begon te vermoeden dat ze evenveel van die tweede periode van hofmakerij genoot als ik. 'We hebben het zo leuk samen. Waarom stap je niet met me op het vliegtuig naar huis?'

'En alles verknoeien?'

Dus riskeerde ik een andere tactiek. Ik zei tegen Miriam dat als ze een scheiding wilde, zij de regelingen moest treffen, ik wilde er niets mee te maken hebben, maar ze mocht alles hebben wat ze wilde. Ik zou alles tekenen wat haar advocaten me voorlegden. Ondertussen, voegde ik eraan toe, hadden we nog steeds een gezamenlijke bankrekening en die moest ze maar naar eigen goeddunken blijven gebruiken. In plaats daarvan vernederde ze me door toe te geven dat ze tienduizend dollar van de rekening had gehaald, maar dat ze die als een lening beschouwde en dat ze haar chequeboekjes aan de bank geretourneerd had en vrijwillig had aangeboden haar handtekening ongeldig te laten verklaren voor onze rekening.

'Waar ga je in godsnaam van leven?'

'Van mijn salaris.'

'Je bent geen jonge vrouw meer, hoor.'

'Maar dat heb je me al uitgebreid onder de neus gewreven, nietwaar, liefje?'

Mike belde: 'Ik wil dat je weet dat we mammie uitgenodigd hebben om een poosje bij ons te komen logeren, maar die uitnodiging geldt ook voor jou.'

Kate zei: 'Ze begint een verhaal te vertellen over een reis die jullie samen gemaakt hebben naar Venetië en Madrid, en vervolgens barst ze in huilen uit. Hou vol, papa. Blijf het proberen.'

Vrienden trachtten me op te vrolijken. Vrouwen van Miriams leeftijd, zo verzekerden ze me, maakten vaak gekke bokkensprongen voordat ze tot rust kwamen. Heb geduld, ze zou gauw weer thuiskomen. De Nussbaums waren zo dwaas me te eten uit te nodigen en met een sprankelende weduwe of gescheiden vrouw op de proppen te komen die ik op een gratuite manier beledigde. 'Mijn vrouw heeft het nooit nodig gevonden haar haar te verven en ze is nog steeds mooi. Hou me ten goede, ik neem aan dat verlies van schoonheid u nooit heeft kunnen deren.'

O'Hearne bracht verslag uit bij Dink's: 'Jouw Tweede Mevrouw Panofsky verheugde zich over het nieuws. Ze hoopt dat de scheiding je een vermogen kost. En dat je er een beroerte of een hartaanval aan overhoudt.'

'God zegene haar. O, wat ik nog wilde zeggen, ik ben van plan een nieuwe moord te plegen.'

Blair was de kandidaat. Ik had Miriam gebeld om te zeggen dat ik vrijdagavond laat in Toronto zou aankomen. 'Ik kan je aanstaande zaterdag niet zien, Barney,' zei ze. 'Ik heb beloofd met Blair mee te gaan naar North Carolina voor het weekend. Hij geeft een lezing aan Duke University.'

Shit. Shit. Shit. Ik liet Chantal de werkgroep Canadese Studies van Duke University opbellen, onder het voorwendsel dat ze Blairs secretaresse was, om te zeggen dat hij het papier met zijn hotelreserveringen kwijt was. Waar logeerde hij? In het Washington Duke Hotel. Vervolgens moest Chantal van mij het Washington Duke opbellen en vragen om een bevestiging van de reserveringen van professor Hopper. 'We hebben een eenpersoonskamer voor dr. Hopper en nog een voor mevrouw Panofsky,' zei de receptionist.

'Voel je je nu beter?' vroeg Chantal.

Ik nodigde Solange uit om te gaan eten. 'Wat ziet ze in die lul?' vroeg ik.

'Ik wed dat hij haar niet corrigeert of tegenspreekt als ze een etentje hebben. Misschien is hij attent in plaats van humeurig. Misschien geeft hij haar wel het gevoel dat ze gewaardeerd wordt.'

'Maar ik hou van Miriam. Ik heb haar nodig.'

'En als ze jou nu eens niet meer nodig heeft? Dat gebeurt, hoor.'

Een half jaar ging voorbij eer ze bij Blair Hopper, geboren Hauptman, introk en ik dacht dat ik gek zou worden. Ik stelde me voor hoe ze samen in bed lagen en die klootzak het lef had haar borsten te liefkozen. Op een dronken nacht in ons lege huis in Westmount veegde ik het serviesgoed van de keukenplanken, scheurde foto's van de muur, gooide tafels om, sloeg stoelen tegen de vloer tot de poten afbraken en maakte onze tv met één haal van een staande lamp kassiewijle. Ik wist met hoeveel liefde en zorg Miriam zelfs het kleinste voorwerp in ons huis had aangeschaft en ik hoopte dat de herrie die ik maakte door alles te vernietigen dat zij had opgebouwd, helemaal te horen zou zijn in dat nest van zonde dat ze met Blair in Toronto deelde. De volgende ochtend was ik vol wroeging. Ik raapte een paar van haar favoriete stukken bij elkaar, in de hoop dat ze nog te repareren waren, en nam een meubelrestaurateur in de arm om ze te maken. 'Mag ik vragen wat hier gebeurd is?' vroeg hij.

'Ingebroken. Vandalen.'

Ik verhuisde naar deze flat in de binnenstad, maar kon het niet over mijn hart verkrijgen direct het huis te verkopen, je wist nooit. Ik kon het idee niet verdragen van vreemden in onze oude slaapkamer. Of dat het een of ander van alle moderne gemakken voorziene yuppenkreng een magnetronoven in de keuken zou installeren waar Miriam picobello croissants had gebakken, of osso bucco klaargemaakt terwijl ze Saul hielp met zijn huiswerk en een oogje op Kate hield die in haar box pannen tegen elkaar zat te slaan. Ik zou zeker niet tolereren dat een tandarts, of een effectenmakelaar, over de vloerbedekking in de huiskamer liep waarop wij meer dan eens hadden gevreeën. Niemand zou onze boekenplanken bezoedelen met de verzamelde werken van Tom Clancy of Sidney Sheldon. Ik wilde niet dat een of andere idioot muziek van Nirvana op 10.000 decibel sterkte ging spelen in de kamer waar Miriam zich 's middags om drie uur op de chaise longue had teruggetrokken om Kate de borst te geven terwijl ze naar Glenn Gould luisterde, het geluid zacht gezet om mij niet wakker te maken. Ik wist niet wat ik moest doen met een kelderkast vol schaatsen en hockeysticks en langlauflatten en laarzen. Of de witte rieten mandwieg die Miriam drie zwangerschappen gediend had. Of Mikes mislukte poging om zijn eigen elektrische gitaar te bouwen.

IJsberend door mijn flat in de vroege ochtenduren, drinkend in mijn eentje, paffend aan mijn zoveelste Montecristo van de dag, sloot ik mijn ogen en riep het beeld van Miriam op zoals ze verschenen was op mijn bruiloft met De Tweede Mevrouw Panofsky. De meest betoverende vrouw die ik ooit gezien had. Lang ravenzwart haar. Opvallende blauwe ogen om een moord voor te doen. Gekleed in een blauwe chiffon cocktailjurk bewoog ze zich met een ongelooflijke gratie voort. O, dat kuiltje in haar wang. Die blote schouders.

– Ik heb twee vliegtickets in mijn zak voor de vlucht van morgen naar Parijs. Ga met me mee.

– Dat meen je niet serieus.

– Kom, leef met mij en wees mijn lief. Alsjeblieft, Miriam.

– Als ik nu niet wegga, mis ik mijn trein.

Miriam is nu drie jaar weg, maar ik slaap nog steeds aan mijn kant van het bed en steek mijn hand naar haar uit als ik wakker word. Miriam, Miriam, mijn grote liefde.

9

Oké, daar gaat-ie. Het proces. Ik en de grote Franz K., allebei valselijk beschuldigd.

Ware ik een echte schrijver, ik zou de kaarten van mijn memoires zodanig hebben geschud dat het een echte nagelkluiver werd. Eric je-weet-wel waardig, Eric die *De Dinges van Dimitrios* schreef. Eric, zijn achternaam lijkt op een steensoort. Eric Marmer? Nee. Eric, zijn naam lijkt op het blad waar Samuel Johnson voor schreef. De *Idler.* Eric Idler?[1] Nee. Laat ook maar. Vergeet het. Ik heb een beter voorbeeld. Recenter. John Le Carré waardig. Maar de lezer weet al dat ik onschuldig verklaard werd door de jury, al was het alleen maar omdat er geen lijk was. Echter niet door de roddelgemeente van deze stad, waarvan de meesten nog steeds geloven dat ik ongestraft een moord heb gepleegd.

O'Hearne grijnsde toen Lemieux me de handboeien omdeed en ik werd naar het politiebureau van St. Jérôme gevoerd, waar mijn vingerafdrukken en een politiefoto werden genomen. Als ik uiteindelijk aan de beul zou worden overgeleverd, besloot ik lafheid voor te wenden – net als James Cagney, zaliger nagedachtenis – als gunst aan mijn priester, Pat O'Brien, zodat de *Dead End Kids* me niet langer als een held zouden beschouwen (of als rolmodel, zoals ze tegenwoordig zeggen), maar in plaats daarvan lid zouden worden van de plaatselijke Rotary Club. Ik werd in een cel opgesloten die de Ritz-norm niet haalde, maar die een verbetering was ten opzichte van de kerker waarin de graaf van Monte Cristo had moeten zuchten. Ik bofte ook met een cipier die zijn magere salaris dolgraag wilde aanvullen. Tja, daar kun je nu makkelijk om lachen, maar destijds was ik doodsbang en ten prooi aan huilbuien en bibberaanvallen. Omdat de aanklacht moord luidde, kon ik niet op borgtocht worden vrijgelaten. 'Het komt niet verder dan een gerechtelijk vooronderzoek,' zei Hughes-McNoughton. 'Ik ga het op een totaal gebrek aan bewijs gooien.'

Later hoorde ik dat het OM geen sterke zaak had en niet stond te popelen om tot vervolging over te gaan, ook al had O'Hearne verzekerd dat het maar een kwestie van tijd was eer hij het lijk zou opgraven. De op hol geslagen Tweede Mevrouw Panofsky had echter een vuurvreter van een strafpleiter in de arm genomen, een man met politieke invloed, die op mijn vervolging aandrong. En natuurlijk maakte die jente geen gebruik van haar verschoningsrecht. Niets zou die kletskous weerhouden van haar triomf in de rechtszaal. De tyfus met haar. Wat me zorgen baarde was Miriam, die uit Toronto kwam overvliegen en me de tweede dag in de bajes mocht bezoeken. 'Wat er ook gebeurt,' zei ik, 'ik wil dat je weet dat ik Boogie niet heb vermoord.'

'Ik geloof je,' zei ze.

'Over een week ben ik vrij,' zei ik, hopend dat het, door het hardop te zeggen, werkelijkheid zou worden. 'Intussen leg ik een paar nuttige contacten. Als ik mijn huis of mijn zaak wil laten afbranden, dan heb ik hier een gozer die het voor een redelijk bedrag wil doen. Iets anders. Ik ben hier niet de enige die onschuldig is. We zijn allemaal valselijk beschuldigd. Zelfs die gozer die zijn vrouw met een bijl van kant maakte omdat ze zijn eieren aan twee kanten bakte. Wat er in werkelijkheid gebeurde, was dat ze duizelig werd en van de keldertrap viel, met haar hoofd op de bijl die met de scherpe kant naar boven lag. Er kwam bloed op zijn overhemd toen hij haar probeerde te helpen. Niet huilen, alsjeblieft. Ze houden me hier niet lang. Heus.'

1 Eric Ambler, schrijver van *The Mask of Dimitrios* (1939); USA, *A Coffin for Dimitrios.*

Ik moest acht dagen wachten tot ik werd voorgeleid voor de rechter-commissaris, die het pleidooi van Hughes-McNoughton wegwuifde en oordeelde dat er 'voldoende aanwijzingen waren om een proces te rechtvaardigen en wel aanwijzingen op grond waarvan een redelijke, goed geïnstrueerde jury tot een veroordeling zou kunnen komen'. Het heikelijke punt, volgens Hughes-McNoughton, was dat ik aanvankelijk tegen O'Hearne gelogen had over de revolver en dat maakte me verdacht. 'Tja, Barney, ouwe jongen,' zei hij, 'ik wil niet voor een verrassing komen te staan in de rechtszaal. Zal O'Hearne een lijk vinden?'

'Waar?'

'Hoe moet ik dat in 's hemelsnaam weten?'

'Ik heb hem niet vermoord.'

Vijf lange weken gingen voorbij voordat mijn zaak op de rol werd gezet om voor te komen in de herfstzitting van de rechtbank van St. Jérôme. Miriam vloog elk weekend over, nam haar intrek in een motel in de buurt en bracht boeken, tijdschriften, Montecristo's en sandwiches met gerookt vlees van Schwartz voor me mee.

'Miriam, mocht ik toevallig veroordeeld worden en in de gevangenis wegrotten, dan moet je niet op me wachten. Je bent vrij.'

'Barney, veeg de tranen uit je ogen. Nobelheid staat je niet.'

'Maar ik meen het.'

'Nee, dat doe je niet, schat.'

Onder mijn brave collegae in de nor bevond zich ook de idioot die de plaatselijke kruidenier had overvallen en ervandoor was gegaan met vijfentachtig dollar en wisselgeld en tien sloffen sigaretten. Hij werd gesnapt toen hij dezelfde middag nog zijn buit in een bar wilde uitgeven. Er zaten een paar autodieven bij, een gozer die handelde in gestolen tv's en geluidsinstallaties, een kleine drugsdealer, een potloodventer, enzovoort.

Eén blik op de jury en ik kreeg meteen het gevoel dat ik het wel kon schudden. Ik zag me al aan de strop bungelen en bad dat mijn darmen me tijdens mijn laatste momenten op aarde niet in de steek zouden laten. De rechter, mr. Euclid Lazure, een magere, streng kijkende man met zwartgeverfd haar, woeste, borstelige wenkbrauwen, een haakneus en een mond als een kerf, had een interessante geschiedenis. Zoals de meeste nadenkende *québécois de vieille souche* die opgegroeid waren in de Tweede Wereldoorlog, had hij als ontvankelijke jonge dandy van Outremont met het fascisme geflirt. Zijn intellectuele vorming had hij gekregen van de destijds racistische krant *Le Devoir*, alsmede van de rabiaat antisemitische *L'Action Nationale* van Abbé Lionel-Adolphe Groulx. Hij was lid geweest van de *Ligue pour le défense du Canada*, een troep Frans-Canadese nationalisten die zwoeren als leeuwen te zullen vechten in het geval Canada werd aangevallen, maar die hun hachje niet wilden wagen in wat ze beschouwden als de zoveelste Britse imperialistische oorlog. Hij had meegedaan met die vrolijke menigte die in 1942 over de Main marcheerde en winkelruiten van joodse winkeliers ingooide, onder het roepen van: 'Maak ze af! Maak ze af!' Maar daarna had hij publiekelijk spijt betuigd over zijn jeugdige onbezonnenheid. Tegen een journalist zei hij: 'We hadden geen idee wat er aan de hand was in 1942. We hadden nog niet gehoord van de vernietigingskampen.' Er zat echter, zoals Hughes-McNoughton betoogde, ook een voordelige kant aan het feit dat die fielt recht over mij sprak. De vrouw van Euclid was ervandoor gegaan met een concertpianist. Hij genoot een welverdiende reputatie van vrouwenhater. In een eerdere zaak had hij gezegd, vooraleer het vonnis uit te spreken over een vrouw die een keukenmes in het hart van haar man had geplant: 'Vrouwen zijn hoger geklommen op de ladder der deugd, hoger dan mannen, en daar heb ik altijd in geloofd. Maar de mensen zeggen, en dat geloof ik, dat wanneer ze vallen, vrouwen een laagheid bereiken die de kwaadaardigste man niet kan bereiken.'

Dus ik kon nauwelijks wachten tot mijn babbelzieke, shockerend ontrouwe vrouw zou gaan getuigen.

'Die arme meneer Moscovitch,' zei ze, 'lag te beven en ik kroop alleen maar bij hem in bed om hem warm te houden, want ik voel mee met iedereen die het moeilijk heeft, ongeacht ras, kleur, geloof of seksuele voorkeur. Ik ben een tolerant persoon. Dat zeggen de mensen van mij. Maar, edelachtbare, we moeten ergens een grens trekken. Ik wil niemand in deze rechtszaal beledigen, want ik heb de grootste achting voor de Frans-Canadezen. Ik was dol op onze meid. Maar eerlijk gezegd vind ik dat jullie mensen de traditie op zouden moeten geven om een bruid al haar tanden te laten trekken voordat ze trouwt. Als je het mij vraagt, zijn er betere geschenken die je een bruidegom kunt geven.

Nu zou alleen een verdorven geest iets seksueels kunnen zien in het feit dat ik in bed kroop bij meneer Moscovitch, hoewel ik, en nu spreek ik als een aantrekkelijke vrouw in de bloei van haar leven, ook mijn behoeften heb, en mijn man had al in geen maanden van zijn echtelijk recht gebruikgemaakt. God, hij verzuimde zelfs onze verbintenis te consumeren op onze huwelijksnacht, waarvan hij de datum had willen verzetten omdat die samenviel met de Stanley Cup, ongeacht het feit dat mijn vader al een aanbetaling had gedaan aan de synagoge, of dat de uitnodigingen de deur uit waren en meer dan één Gursky op de bruiloft zou komen. Wij zijn vrienden van de familie. Al lang. Er was niet op geld gekeken voor mijn bruiloft. Voor mijn prinses, zei mijn vader altijd, is alleen het beste goed genoeg, wat de reden was dat hij vierkant tegen mijn huwelijk met meneer Panofsky was. Hij komt van een andere monde, zei mijn vader en hij had gelijk, jongen wat had hij gelijk, maar ik dacht dat ik Barney kon verheffen, weet je wel, als een vrouwelijke professor Higgins in *Pygmalion*, dat toneelstuk van de grote Bernard Shaw. Misschien hebt u de filmversie gezien met Leslie Howard, dat moet hem zijn rol hebben opgeleverd in *Gone With the Wind*. Ik was absoluut dol op de musical, *My Fair Lady*, met Rex Harrison en Julie Andrews, en het verbaast me niets dat het zo'n grote hit was. Ik weet nog dat ik de bioscoop uit ging met mijn moeder, de wijsjes speelden nog door mijn hoofd, en ik zei...'

De rechter onderdrukte een geeuw en kwam tussenbeide: 'U kroop in bed bij meneer Moscovitch...'

'Om hem warm te houden. Zo waarlijk helpe mij God. Ik droeg mijn roze satijnen nachtjapon afgezet met kant die ik bij Saks gekocht had op mijn laatste reis naar New York met mijn moeder. Als wij samen gaan winkelen, dan denken de verkoopsters dat we zusjes zijn. Voor een vrouw van haar leeftijd heeft ze een goed figuur...'

In 1960[2] werden vrouwen in Quebec nog te achterlijk beschouwd om in een jury zitting te nemen, dus mijn lot lag in de handen van twaalf mannen, goede en brave burgers. Plaatselijke heikneuters. Varkensfokkers, plus een bediende in een ijzerwinkel, een lokettist van een bank, een doodgraver, een timmerman, een bloemist, een bestuurder van een sneeuwruimer, enzovoort, die allemaal duidelijk nijdig waren dat ze hun tijd in de rechtszaal zaten te verknoeien. Gevormd als ze waren door achterlijke paters, nam ik aan dat ze ieder moment verwachtten bij mij een staart te zien. Ik overwoog zelfs een keer op blote voeten te verschijnen, al was het alleen maar om te bewijzen dat ik geen bokkenpoten had. Mario Begin, Queen's Council, begon zijn requisitoir als volgt. 'Mijn geleerde confrère zal u er ongetwijfeld keer op keer aan herinneren dat er geen lijk is, maar de waarheid is dat we voldoende feiten tot onze beschikking hebben om te bewijzen dat er een moord is gepleegd. En veeleer dan te zeggen dat er geen lijk is, zou ik u willen voorhouden dat het lichaam van de vermoorde man nog niet gevonden is. Bekijk het zo. Tussen het tijdstip waarop de verdachte voor het eerst de politie belde – wat akelig slim van hem was – en het tijdstip waarop rechercheur Sean O'Hearne kwam om hem te ondervragen, had hij een hele dag de tijd om zich van de vermoorde man te ontdoen. En denk eraan dat we te maken hebben met iemand die bekent een leugenaar te zijn. Meneer Panofsky heeft bekend dat hij twee keer tegen de Sûreté heeft gelogen. Ik wil beweren dat hij niet twee, maar drie keer heeft gelogen over die revolver. Ten eerste vertelde hij rechercheur O'Hearne dat hij geen idee had hoe die revolver op zijn eigen nachtkastje terecht was gekomen. En vervolgens, geconfronteerd met het feit dat er een lege kamer in het magazijn van zijn revolver was, loog hij opnieuw en zei dat de revolver was achtergelaten door zijn vader, die nooit wist hoe je een wapen behoorlijk moest laden. Ik vind dat verbazend, aangezien zijn vader een ervaren politieman was. Maar het gaat ons hier om de derde leugen. Ja, de verdachte bekende eindelijk dat hij de revolver had afgevuurd, maar alleen voor de grap, en dat hij in de lucht had geschoten. Maar, zoals rechercheur O'Hearne zal getuigen, de verdachte sloeg uiteindelijk door en bekende de moord. Hij zei, aanhalingstekens openen, Ik schoot hem door zijn hart, aanhalingstekens sluiten. Dat waren zijn eigen woorden. Ik schoot hem door zijn hart.

Ik moet u zeggen dat dit niet makkelijk voor me is. Net als u, heren van de

2 Pas in 1928 werden vrouwen in Canada door het Hooggerechtshof tot 'personen' verklaard.

jury, heb ik geen hart van steen. We praten over een echtgenoot die thuiskwam en zijn vrouw en beste vriend samen in bed vond. Hij zal daar zeker niet blij mee geweest zijn. Maar, zonder iets af te doen aan het leed van de verdachte toen hij zijn ongelukkige vrouw in bed vond met een andere man, dat is nog geen vrijbrief voor moord. Gij zult niet doden is een van de geboden in het verbond dat zijn volk sloot met de Heere, en zoals wij allen weten, als het om het Uitverkoren Volk gaat, dan is een deal een deal. Ik zal u hier niet ophouden met een wijdlopig en gekunsteld requisitoir, want ik kan aan de hand van het beschikbare bewijsmateriaal aantonen dat de verdachte schuldig is aan moord. Er is de revolver met de ontbrekende kogel, en er is het slachtoffer, van wie gezegd wordt dat hij het laatst gezien was toen hij in het meer dook. Als hij verdronken was, zou zijn lichaam binnen een paar weken, zo niet dagen, zijn komen bovendrijven. Maar misschien leeft hij nog en ben ik mogelijkerwijs de laatste afstammeling van de Russische tsaar, wiens familie op uiterst gruwelijke wijze vermoord werd op last van de communist Leon Trotsky, geboren Bornstein. Of misschien is meneer Moscovitch – zonder geld – zijn paspoort achtergelaten – aan de andere oever uit het meer geklommen en, slechts gekleed in zijn zwembroek, terug naar de Verenigde Staten gelift. Als u bereid bent dat te geloven, dan wil ik wel proberen u de Eiffeltoren te verkopen.

Heren van de jury, u moet zich in uw goedheid niet laten leiden door uw gevoelens voor een bedrogen echtgenoot. Moord is moord en blijft moord. En als u eenmaal kennis hebt genomen van het bewijsmateriaal, dan verwacht ik dat u de verdachte schuldig zult verklaren volgens de aanklacht.'

Daarna was het de beurt aan John Hughes-McNoughton om te schitteren.

'Ik weet eerlijk gezegd niet wat ik hier doe. Ik sta versteld. In al mijn jaren als advocaat heb ik nog nooit een zaak als deze gehad. Een hamerstuk, als u het mij vraagt. Ik word verwacht mijn cliënt naar mijn beste bescheiden vermogen te verdedigen tegen een aanklacht van moord met voorbedachten rade, maar er is geen lijk. Waar moet dat naar toe? Moet ik misschien de volgende keer een eerlijke bankier verdedigen tegen een aanklacht van zwendel terwijl er geen geld is ontvreemd? Of een respectabel burger die ervan beschuldigd wordt zijn pakhuis te hebben aangestoken terwijl er geen brand is geweest? Mijn respect voor de wet is zo groot, edelachtbare, mijn geleerde confrère en u, heren van de jury, dat ik bij voorbaat mijn verontschuldigingen aanbied dat deze zaak ooit zover gekomen is, een belediging voor uw aller intelligentie. Maar, *faute de mieux*, het is niet anders, dus dien ik voort te gaan. Zoals u reeds gehoord heeft, kwam Barney Panofsky, een liefhebbende echtgenoot en kostwinner, op een ochtend onverwacht in zijn buitenhuisje in de Laurentians en trof zijn vrouw met zijn beste vriend in bed aan. Stelt u zich het tafereel voor, degenen onder u die eveneens liefhebbende echtgenoten zijn. Hij komt aan, beladen met traktaties, en ontdekt dat hij bedrogen is. Door zijn vrouw. Door zijn beste vriend. Mijn geleerde confrère wil u doen geloven dat mevrouw Panofsky geen overspel pleegde. O, nee. Zij was niet lichtzinnig. Niet ten prooi aan overspelige lust. Gekleed in een verleidelijke nachtjapon kroop zij in bed bij meneer Moscovitch omdat hij lag te bibberen en ze hem wilde warmen. Ik hoop dat u geroerd bent. Maar eerlijk gezegd ben ik dat niet. Waren er geen extra dekens? Was er geen kruik? En hoe komt het dan dat, toen de verdachte ze samen in bed verraste, hoe komt het dan, dat de vrouw die hij zo was toegewijd, *niet langer haar roze satijnen nachtjapon droeg die zo weinig aan de verbeelding overliet*? Was mevrouw Panofsky, in tegenstelling tot de bibberende meneer Moscovitch, ongevoelig voor kou? Of had ze haar beschermende nachtjapon moeten afleggen om penetratie mogelijk te maken? Ik laat het aan u ter beoordeling over. Ook laat ik het aan u over te besluiten waarom een getrouwde vrouw die, in afwezigheid van haar echtgenoot, de slaapkamer van een andere man betreedt, niet even een peignoir aantrekt die voor het grijpen ligt. Een andere vraag die ik moet stellen is: indien haar omhelzing van meneer Moscovitch zo onschuldig was, waarom vluchtte ze dan in allerijl het huis uit? Waarom bleef ze niet om de situatie uit te leggen? Kwam dat omdat ze verteerd werd door schaamtegevoel? Terecht, als u het mij vraagt. U zult kennis kunnen nemen van de resultaten van een medisch onderzoek waaruit blijkt dat er mannelijk sperma in de lakens van de heer Moscovitch zat. Maar dat hoeft u geen zorgen te baren. Hij had waarschijnlijk gedurende de nacht gemasturbeerd.'

Genietend van het gelach van de jury ging de aangemoedigde Hughes-McNoughton verder: 'Edoch, toegegeven dat de verdachte begrijpelijkerwijs ontdaan was over wat hij bij toeval in die slaapkamer aantrof... zijn geliefde vrouw, zijn aanbeden vriend... dan was dat nog geen vrijbrief voor moord, en ik wil voor u betogen dat er geen moord heeft plaatsgevonden. Anders zou er ook een lijk zijn. Meneer Moscovitch en de verdachte maakten ruzie, dat is waar, en beiden dronken behoorlijk veel. Te veel. Meneer Moscovitch verkoos te gaan zwemmen, geen goed idee in zijn toestand, en meneer Panofsky, niet gewend aan de inname van zo veel sterke drank, bezwijmde op de sofa. Toen hij ontwaakte, kon hij meneer Moscovitch nergens in huis of op de aanlegsteiger vinden. Hij vreesde dat hij verdronken was. Merk op dat hij niet vluchtte, zoals mevrouw Panofsky. Nee, hij belde onmiddellijk de politie. Kom vlug, zei hij. Klinkt dat als de daad van een schuldig man? Neen. Zeer zeker niet. Maar, zoals u reeds gehoord heeft, er was een schot afgevuurd met de dienstrevolver die toebehoorde aan meneer Panofsky's vader, rechercheur Israël Panofsky. Veel ophef is gemaakt van het feit dat de verdachte aanvankelijk loog over het wapen dat in het pand werd aangetroffen. Aangezien de functionarissen van de Sûreté er zijn om ons te beschermen, is dat betreurenswaardig. Maar het is ook begrijpelijk, want Barney Panofsky was, op dat moment, zowel verdrietig als bang. Dus hij gaf twee keer een onhandig en ontwijkend antwoord op de vraag naar de herkomst van de revolver. Maar uiteindelijk vertelde hij *vrijwillig* de waarheid terwijl hij ook geen antwoord had kunnen geven en had kunnen vragen eerst met zijn advocaat te mogen praten. Onthoud dat deze zoon van een rechercheur van politie, opgevoed in respect voor de wet, niet gedwongen werd tot het vertellen van de waarheid. Gelukkig wonen de burgers van deze provincie,' verkondigde hij terwijl hij even zweeg om naar O'Hearne te knikken, 'niet in een derdewereldland waar verdachten routinematig in elkaar worden geslagen door de politie. Nee meneer. Wij hebben het geluk dat wij onze Sûreté hebben en we hebben alle redenen om trots te zijn op het gedrag van haar functionarissen.

Dus meneer Panofsky vertelde de waarheid aan rechercheur O'Hearne. Hij had voor de grap een schot gelost over het hoofd van meneer Moscovitch heen. Ware het anders geweest, dan zouden onze bekwame functionarissen zeker bloed hebben gevonden... in het buitenhuisje, op het terrein. *Ergens.* Ze hebben binnen en buiten gezocht, ze hebben er honden bij gehaald, maar ze konden nergens bloed vinden, of sporen van een worsteling, en dit zijn mannen die hun vak verstaan. Ze kwamen met lege handen terug omdat Barney Panofsky de waarheid vertelde. Maar waar, zo zult u zich afvragen, is de vermiste meneer Moscovitch? Hij leeft ergens, *niet voor het eerst*, onder een valse naam. En hoe kan het dan, zoals het OM reeds betoogd heeft, dat hij al zijn kleren heeft achtergelaten? Welnu, *is dat zo*? Weet rechercheur O'Hearne precies hoeveel kleren meneer Moscovitch bij zich had? Kan hij onder ede verklaren dat meneer Moscovitch er niet in werkelijkheid vandoor is gegaan met een overhemd, een broek en schoenen en sokken? Ah, maar hij heeft een chequeboekje achtergelaten en er is sindsdien geen geld meer van zijn rekening genomen. Maar hoe weten wij dat er geen andere rekeningen bij andere banken zijn? Of zelfs in andere landen? Meneer Moscovitch was geen gewoon mens. Hij was ziek, een drugsverslaafde en een roekeloze gokker. Vluchtte hij en nam hij een andere identiteit aan om drugsdealers, bookmakers, of eigenaren van casino's die hij grote sommen geld schuldig was te ontlopen? U zult van getuigen horen, onder wie een befaamde Canadese romancier en een internationaal beroemde Amerikaanse schilder, die zowel meneer Moscovitch als meneer Panofsky in Parijs hebben gekend, dat meneer Moscovitch eerder verdwenen is, maanden achtereen. En ik zal aan de bewijsstukken een kort verhaal van meneer Moscovitch toevoegen, maar dan moet ik me wel van tevoren verontschuldigen voor de obscene en soms godslasterlijke taal, waaraan u aanstoot zou kunnen nemen. Het verhaal is getiteld "Margolis" en handelt over een man die wegloopt van zijn vrouw en kind en elders een nieuwe identiteit aanneemt. Meneer Moscovitch, zult u tot uw verrassing vernemen – zoals ook Barney Panofsky tot zijn ontsteltenis vernam –, heeft inderdaad een vrouw en kind in Denver en ze achten hem zo hoog dat ze hier vandaag niet aanwezig zijn. U zult horen van getuigen, en ik zal u reçu's van cheques tonen om het te bewijzen, dat meneer Panofsky bij herhaling insprong voor zijn vriend wanneer zijn speelschulden ondraaglijk waren geworden – dezelfde vriend die hij in bed vond met zijn vrouw.

Ik zal het meneer Panofsky in zijn verdrietige staat niet aandoen om hem in deze rechtszaal te laten getuigen. Valselijk beschuldigd heeft hij al genoeg te verduren gehad. Dubbel verraad. Zijn vrouw. Zijn beste vriend. Maar ik reken erop dat u zo verstandig bent hem vrij te spreken. Tot besluit, en op het gevaar af als indiscreet beschouwd te worden, moet ik bekennen dat er niets boven het leven van een advocaat gaat. Deze zaak is zo nonsensicaal, zo inhoudsloos, dat ik me schuldig voel om mijn honorarium te innen. En hierna ga ik een man verdedigen die ervan wordt beschuldigd de kroonjuwelen uit de Tower in Londen te hebben gestolen. Er is echter een probleem. Er worden geen juwelen vermist. U hebt hier eenzelfde probleem bij de hand. Een respectabel man die aangeklaagd wordt wegens moord. Probleem. Er is geen lijk. Ik dank u zeer.'

O'Hearne getuigde dat ik, toen hij in mijn buitenhuisje kwam, verse eeltknobbels in mijn handpalmen had die ik, naar ik beweerde, had overgehouden aan het graven van een aspergebed. In plaats van gelukkig getrouwd te zijn scheen ik er, zoals bleek na verder verhoor, een minnares in Toronto op na te houden, een joodse vrouw. 'Hou jij godverdomme haar naam hierbuiten,' had ik gezegd. Ik had drie keer tegen hem gelogen over de verborgen (*sic*) revolver voordat ik zei: 'Ik schoot hem recht door zijn hart en daarna begroef ik hem ginds in het bos, waar die kloothommels nu aan het zoeken zijn.' Ik had me vijandig gedragen tijdens de ondervraging, ik sloeg liederlijke taal uit en gebruikte de naam van Onze Heer Jezus Christus meerdere malen ijdel. Ten slotte was ik gewelddadig geworden en moest in bedwang worden gehouden. Met duidelijke verachting voor de niet-joodse functionarissen van de Sûreté de Québec had ik hem, zei O'Hearne – die zich verontschuldigde voor mijn grove taal voordat hij me citeerde –, een lul van een halve analfabeet genoemd.

Ik had mijns ondanks bewondering voor de klootzak. De verdachte, ging O'Hearne verder, wiens bibliotheek vele boeken bevatte die op de Index stonden, sommige geschreven door vrijmetselaars, andere door bekende communisten, veel door geloofsgenoten van hem, had gezegd: 'Ik wed dat het laatste boek dat je gelezen hebt *Sprookjes van Moeder de Gans* was en je snapt waarschijnlijk nog steeds niet waar het over ging. Waar heb jij geleerd hoe je een verdachte moet ondervragen? Door naar *Dragnet* te kijken? *True Detective* lezen? Nee, dat zou je hebben kunnen zien. Dan zou je nu nog gebarsten lippen hebben van het voor je uit prevelen.' Gedwongen mij het voordeel van de twijfel te gunnen had O'Hearne, tegen zijn rechercheursinstinct in, inlichtingen ingewonnen in New York. Het bleek dat de vermoorde – of vermiste man, zei hij grijnzend – nooit naar zijn appartement was teruggekeerd. Zijn bankrekening was tot op de dag van vandaag onaangeroerd gebleven.

Hughes-McNoughton deed zijn best om de angel te halen uit de stomme, incriminerende opmerking die ik had gemaakt dat ik Boogie door zijn hart had geschoten. Hij wees erop dat ik een sarcastisch iemand was die graag ironisch deed, en dat mijn zogenaamde bekentenis in feite aan de rotssteen van mijn verontwaardiging was onttrokken. Maar, terwijl hij een blik op de jury wierp en vervolgens op mij, voelde ik dat Hughes-McNoughton me als verloren beschouwde. In steeds grotere wanhoop nam hij zijn toevlucht tot een melodramatisch trucje dat zelfs Perry Mason onwaardig zou zijn geweest. 'Stel nu,' zei hij tegen de jury, 'dat ik een klein wonder zou verrichten? Stel eens dat ik nu tot vijf zou tellen en dat Bernard Moscovitch door de deuren van deze rechtszaal naar binnen zou komen. Eén, twee, drie, vier… VIJF!'

De jury veerde op, aller ogen op de deuren gericht en ook ik draaide me met kloppend hart om tot ik bijna mijn nek verrekte.

'Ziet u wel,' zei Hughes-McNoughton, 'u keek allemaal om, omdat u allen meer dan redelijke twijfel koestert dat er ooit een moord is gepleegd.'

De stunt had een averechts effect. De jury was duidelijk ontstemd dat ze erin geluisd waren, het slachtoffer van een goedkope truc. Mario Begin, Queen's Council, kon zijn vreugde niet verbergen. Mijn leed werd nog vergroot toen ik een glimp van Miriam opving, die achter in de rechtszaal zat en kennelijk op het punt stond flauw te vallen.

Hughes-McNoughton liet tevergeefs getuigen aantreden die instonden voor mijn goede inborst. Zack, verre van nuchter, een overduidelijke roué, maakte te veel grappen. Het zou geholpen hebben als Serge Lacroix niet net zijn haar blond geverfd had en geen diamanten oorringetje had gedragen. Leo Bishinksy had niet uit New York moeten komen overvliegen met een groupie half zo oud als hij, die opstond en naar hem zwaaide toen hij in het getuigenbankje plaatsnam. Maar als ik de strop zou krijgen, dan was het de schuld van de beminnelijke Irv Nussbaum. Mijn maatje Irv wilde per se met een keppeltje op zijn hoofd de eed afleggen op het Oude Testament. Hij zei dat ik een steunpilaar was van de joodse gemeenschap, een fundraiser onder de fundraisers, die meer dan zijn aandeel had gedaan voor de verkoop van Israëlische staatsobligaties. Hij zou er trots op zijn als hij me zijn zoon mocht noemen.

Ik baadde in het zweet en had nu het gevoel dat ik een lange rij van joodse martelaren achterna zou gaan. Kapitein Dreyfus, jarenlang wegkwijnend op Duivelseiland voordat hij zonder onschuldig te zijn verklaard gratie accepteerde. Menahem Mendel Beilis, in 1911 in Kiev slachtoffer van een bloedbeschuldiging. Door de Zwarte Sotnia's aangeklaagd wegens rituele moord op een twaalfjarig christelijk jongetje zuchtte hij twee jaar in de gevangenis voordat hij vrijgesproken werd. Leo Max Frank, zoon van een welgestelde joodse koopman, beschuldigd van moord op een veertienjarig meisje, berecht en veroordeeld, en in 1915 in Georgië door een menigte gelyncht. Ik bracht de tijd door met in gedachten mijn toespraak voor de rechtbank, voordat het vonnis werd uitgesproken, voor te bereiden. 'Ik heb uw bronnen niet vergiftigd,' zo begon ik, 'en ik heb ook uw kinderen niet vermoord om bloed te winnen voor mijn Pesach-matzes. Als je in Panofsky prikt, bloedt hij dan niet?…'

En toen, eureka, verrichte die onverbeterlijke schavuit, maître John Hughes-McNoughton, inderdaad een wonder door zijn onverwachte laatste getuige à decharge op te roepen. Het was de brave bisschop Sylvain Gaston Savard, tot op dat moment nog een volslagen vreemde voor me. De kleine bisschop met de twinkelende oogjes en het zwarte habijt trippelde de rechtszaal binnen, keek goedmoedig lachend naar de verraste jury, waarvan er drie meteen een kruis sloegen. In zijn beringde, gemanicuurde handen droeg die edele kerkprelaat de in leer gebonden hagiografie die hij ter ere van zijn tante, Zuster Octavia, dat antisemitische kreng, had geschreven. Terwijl ik verbaasd, maar tot stilte gemaand door een snelle trap van Hughes-McNoughton, toekeek, verklaarde de bisschop dat ik – ondanks het feit dat ik als jood ter wereld was gekomen, net als Onze Verlosser, bij nader inzien – had toegezegd een Engelse vertaling van zijn kleine boekje te bekostigen. Met zijn krakende piepstem zei hij verder dat ik bovendien vrijwillig had aangeboden een campagne te leiden voor de financiering van een standbeeld van Zuster Octavia, dat op een kruispunt in St.-Eustache zou komen te staan, en ik was een fundraiser onder de fundraisers, zoals iemand eerder had opgemerkt. Na zijn getuigenis vereerde de bisschop me met een knikje als een zegening, trok zijn rokken op, en ging zitten.

De rest was een farce, en de aangeslagen Mario Begin, Queen's Council, wist het. Toch werkte hij de hele procedure af en kwam met getuigen die verklaringen aflegden over mijn gewelddadige karakter en verhalen vertelden over beledigingen, caféruzies en ander onbehoorlijk gedrag van mijn kant.

Vergeet het maar.

Ik denk dat de meesten van jullie *The Godfather II* wel zullen hebben gezien, van Martin hoe-heet-ie. Je weet wel, net als de naam van die gozer, die operazanger, die de hoofdrol speelde in *South Pacific.* Martin Pinza? Nee. Wacht. Ik heb het. Nou ja, bijna. Marty met een achternaam die dichter bij de schildknaap van Don Quichotte komt. Marty Panza? Marty Puzo.[3] In ieder geval, tijdens het onderzoek naar de maffia in *The Godfather II* had een van die bende criminelen, een getuige die bescherming genoot, erin toegestemd door te slaan. Maar Al Pacino laat de vader van die man met het vliegtuig uit Sicilië overkomen en net op het moment dat de verraderlijke maffioso wil gaan praten, komt die oude man de rechtszaal binnen, gaat zitten en staart hem aan. De would-be verrader is met stomheid geslagen. En nu, terwijl een verwarde rechter Euclid Lazure de zaak samenvatte, glimlachte mijn schat van een bisschop zoet tegen de jury, zijn handen in zijn schoot gevouwen.

De jury overlegde een respectabele twee uur voordat ze me op tijd onschuldig verklaarden om naar huis te snellen en een trainingswedstrijd van de Canadiens tegen de Washington Caps op Radio Canada te halen. Ik sprong op om Hughes-McNoughton te omhelzen en vervolgens Miriam in mijn armen te wiegen.

Eén laatste overpeinzing. In de jaren vóór mijn proces, elke keer als ik in een file bumper aan bumper op de snelweg naar mijn buitenhuisje terechtkwam en

3 Mijn vader haalt hier twee Amerikaanse filmers van Italiaanse afkomst door elkaar, de romancier en scenarioschrijver Mario Puzo en de regisseur Martin Scorsese. Puzo schreef de Godfather-films en Scorsese regisseerde, onder andere, *Raging Bull.*

voortkroop achter een gedeukte, roestige pick-up met een sticker op de achterbumper waarop stond JEZUS REDT, dan dacht ik: reken er maar niet op, knaap. Nu ben ik daar niet meer zo zeker van.

10

Slecht nieuws. Lees de eerste bladzijde van deze meanderende memoires en je zult zien dat Terry de aanstoot was. De splinter onder mijn vingernagel. Ik begon dit verhaal van mijn verknoeide leven als een soort van riposte op de grove uitlatingen die McIver in zijn autobiografie had gedaan over Boogie, mijn drie vrouwen en het schandaal dat ik met me mee het graf in zal dragen. Oké, oké. Het is een afknapper van een eerste boek. Maar niet zo beschamend als de eerste pogingen van de grote Gustave Flaubert. In *Rage et impuissance* vertelt hij het verhaal van een man die levend begraven wordt en die zijn eigen arm opeet. In *Quidquid volueris* is zijn held de zoon van een zwart slavinnetje en een orang-oetan. Let wel, hij was geen zevenenzestig toen hij zich aan het schrijven zette van die vertelsels, maar slechts vijftien jaar oud.

In ieder geval, wat ik wil zeggen is dat, na tig woorden te hebben geschreven, dit pak papier van een manuscript plotseling beroofd is van zijn *raison d'être*. Die onachtzame klootzak heeft me in de steek gelaten en is gestorven. Hartaanval. Hij was onderweg naar een voorlezing-cum-signering aan McGill toen hij in Sherbrook Street begon te tollen en met zijn handen tegen zijn borst gedrukt op het trottoir in elkaar zeeg. Als hij op tijd naar het ziekenhuis was gebracht, had hij misschien nog gered kunnen worden, maar de voorbijgangers zagen hem voor een dronkelap aan en liepen eenvoudig om hem heen. *Bonjour la visite.*

McIver is nooit getrouwd geweest. 'Ik dien reeds de meest veeleisende van alle minnaressen,' zei hij een keer tegen een journalist van de *Gazette*, 'de literatuur.' Maar in zijn latere jaren genoot hij wel de gunsten van rijke vrouwen: cultuurgieren. Ik heb gehoord dat hij plakboeken bijhield van zijn recensies, elk blad afgedekt met cellofaan. De laatste jaren van Montreals eigen G.O.M.[1] waren rijk aan onderscheidingen. Zijn werkkamer was behangen met eredoctoraten. Het *Harbourfront Festival of Authors* in Toronto betuigde zijn respect. Hij zat in het bestuur van de Canada Council en van McGill University. Er gingen geruchten dat hij op de nominatie stond voor een benoeming in de Senaat, waar hij van gedachten had kunnen wisselen met de geëerde huurder van ons penthouse-appartement, Harvey Schwartz. De voormalige Gursky-*consigliere* is dezer dagen ook in het nieuws. Hij is de oprichter en voornaamste geldschieter van het Pan-Canade-

1 *Grand Old Man.*

se Genootschap. 'Ik ben vastbesloten de rest van mijn leven te wijden aan de redding van dit land, dat zo goed voor mij is geweest,' zei die handelaar met voorkennis, valutaspeculant, onroerend-goed-prijsopdrijver, agressieve overnamebieder en uitverkoper van activa, belastingontduiker, met zijn Schwartz Familie Stichting waarin miljoenen zijn weggestopt.

Ik sta ambivalent tegenover begrafenissen. Op mijn leeftijd krijg ik de rillingen als ik in die diepe kuilen moet kijken, maar er valt enige bevrediging te peuren uit het bijwonen van iemand anders begrafenis. Behalve die van Miriam of een van onze kinderen. Maar tot mijn ontsteltenis schreide ik hete tranen bij de begrafenis van McIver. Wij waren eens samen jong en bandeloos geweest in Parijs, druktemakende provincialen, en achteraf gezien spijt het me dat we nooit vrienden zijn geworden.

Een terzijde, maar een pertinente. Onlangs vloog ik naar New York om Saul te bezoeken en Gregory Hines en dat wonderkind, Savion Glover, te zien in *Jelly's Last Jam*. Ik vind Glover de meest begaafde tapdanser die ik ooit heb gezien en de avond daarop ging ik weer naar hem kijken. De volgende middag ontmoette ik Leo Bishinsky om samen wat te drinken in het Algonquin. 'Ik ben nu godverdomme achtenzestig,' zei hij. 'Ik snap het niet. Het moet gebeurd zijn terwijl ik even niet keek. Ik ben achtenzestig, vier keer getrouwd en gescheiden en achtenveertig miljoen dollar waard, zelfs als mijn tussenpersonen alles gestolen hebben wat ze kunnen. Ik heb op het omslag gestaan van *Vanity Fair*. *People* heeft ik weet niet hoe vaak een artikel over me gedaan. Ik word geciteerd in de columns van Liz Smith. Vroeger kwam ik in het praatprogramma van Johnny Carson en nu is het Leno of Letterman. Ik heb een retrospectief gehad in het Museum of Modern Art. Ik ben beroemd. Mijn vader zou paf staan als hij wist dat verfkwasten meer in het laatje kunnen brengen dan combinatie-dameskleding. Mijn moeder zou trots zijn. Maar als die lullekop van een Australiër, die Robert Hughes, me in *Time* doet, maakt-ie gehakt van me. De jongens met wie ik vroeger kletste in Le Coupole – of is het La? – wat kan het schelen, of de Select of de Mabillon, haten me nu allemaal. Als ik naar een van hun vernissages ga, dan negeren ze me straal, of ze zeggen, wauw!, we hebben een ster in ons midden, is het niet beneden je stand, Leo? Godverdomme, we zaten ons vroeger samen in die cafés te bescheuren van het lachen als we wachtten tot Walter Chrysler jr. naar ons werk kwam kijken en misschien iets kocht. Ik dacht dat we vrienden voor het leven waren. Door dik en dun. De tyfus kunnen ze krijgen. Tegenwoordig word ik uitgenodigd voor vijfsterrendiners op Park Avenue, of in de Hamptons. Hé, wel een beetje respect, hè, want je praat tegen een gozer die een hapje meegegeten heeft in het Witte Huis. Ik word op die diners uitgenodigd, en mijn geëerde gastheer is ofwel een arbitragegoeroe, of een voormalige junkbondzwendelaar met een babbelziek trofeevrouwtje, en dan kan het zijn dat een van mijn *tsjatsjkes* daar aan de muur hangt, misschien heeft het die lul wel twee miljoen gekost, en dan zou ik het wel willen meenemen, want ik word gek als ik langer dan vijf minuten bij een van die lui moet zitten. Ik zit daar, ik schaam me zo, en ik vraag me af: Heb ik dit allemaal voor jullie gedaan? Toen ik één maaltijd per dag at, streefde ik toen naar hun goedkeuring? Ik heb zes verschillende kinderen bij vier vrouwen en ik kan ze geen van allen uitstaan en ik kan ook de gedachte niet verdragen dat ze zo rijk worden als ik de pijp uit ga. Een van hen is een producer van hiphop-muziek. Van Mozart naar rap, of hiphop, da's een hele rit. Maar wat lul ik? Van Goya naar mij is ook een hele rit. Ze hebben gisteren een biopsie van mijn prostaat genomen en ik wacht op het slechte nieuws. Intussen benijdt iedereen me mijn groupies, maar als ik met ze naar bed ga, ben ik doodsbang dat ik 'm niet omhoog krijg en word uitgelachen. Shit, Barney, wij hadden vroeger zo'n lol. Ik begrijp niet waar dat gebleven is en hoe het kan dat het zo vlug is gegaan.'

McIver, dat moet hem worden nagegeven, zette door ondanks grote tegenslag. Hij bracht een klein talent, waar niemand op zat te wachten, tot erkenning in zijn eigen land, wat meer is dan ik ooit deed, of durfde. Ik had niet zo wreed tegen hem moeten doen. Na McIvers begrafenis zakte ik af naar Dink's en las de necrologie in de *Gazette*, onder de kop TERRY MCIVER GROEF DIEP IN ZIJN EIGEN PSYCHE NAAR INSPIRATIE. O, jee. Maar toch schreef ik die avond een eerbetoon in een ingezonden brief die drie dagen later geplaatst werd in de *Gazette*.

Ik geef deze schrijverij niet op alleen maar omdat McIver me in de steek heeft gelaten. In plaats daarvan draag ik deze bijna voltooide bekentenissen opnieuw op. Nu zijn ze voor de mensen van wie ik hou: Miriam, Mike, Saul en Kate. Solange en Chantal. Maar niet Caroline.

Ik weet nog dat ik tijdens mijn laatste bezoek aan Mike en Caroline in Londen op een avond een vegetarisch diner kreeg voorgezet: artisjokken, gevolgd door ratatouille, diverse kazen en onbespoten fruit. Toen Caroline eraan kwam met de cafeïnevrije koffie, haalde ik mijn sigarendoos te voorschijn, stak een Montecristo op en bood er een aan Mike aan. 'Het spijt me dat het deze keer geen Cohiba is,' zei ik vissend.

Terwijl Mike opstak, glipte Caroline o zo discreet van haar stoel om een raam open te zetten.

'Maar je hebt neem ik aan wel van die kist sigaren genoten, niet?'

'En of ik daarvan genoten heb.'

Geprovoceerd ging ik verder. 'Laten we samen een cognacje nemen, jij en ik, en droeve verhalen vertellen over toen we nog een familie waren, geboren en getogen carnivoren, en je kleine broertje, die stoute jongen, drugs dealde op de Selwyn House School.'

'Mike kan niet tegen cognac,' zei Caroline.

'Och, een kleintje maar, een vingerhoedje,' zei Mike, die de neiging had drankjes precies af te meten met een klein verchroomd maatbekertje, 'al is het alleen maar om papa gezelschap te houden.'

'En dan word je vannacht om vier uur wakker met een bonkend hart en kan ik ook niet meer slapen.'

De volgende ochtend, lang nadat Mike, zoals zijn gewoonte was, het huis stipt om zes minuten over acht had verlaten voor de vijfentwintig minuten durende rit naar zijn kantoor, sloop ik met een kater naar beneden, op mijn teentjes, vastbesloten een taxi te nemen naar Bloom's voor een portie pekelvlees en latkes, toen Caroline me de pas afsneed. Ze had haar yogaklas verzuimd om een weldadige lunch klaar te maken voor de oude onverlaat: vers geperst wortelsap, gestoomde broccoli en rauwkost. 'Daar zit veel ijzer in,' zei ze.

Gestrikt maar nog niet klein gekregen, kruidde ik mijn wortelsap met een paar vingers wodka. Dat leverde me een van Carolines typische verwijtende blikken op. 'Is het daarvoor niet een beetje te vroeg, Barney?' vroeg ze, het 'zelfs voor jou' weglatend maar nog naklinkend in de vijandige lucht tussen ons in.

'Kut, het is al elf uur.'

Ik ben niet helemaal een boer. Ik zeg nooit 'kut' tegen welopgevoede jongedames. Maar ik shockeerde haar graag en misschien wilde ik haar ook onder de neus wrijven dat ze met al haar blauwbloedige afkomst en adellijke connecties en aardappel-in-de-keel-school getrouwd was in een familie van parvenujoden. De onchique afstammelingen van de *foesgeiers*, de vandalen die uit hun sjtetls waren weggelopen onder het zingen van:

Geit, jidele, in der weiter welt;
in kanada, wet ir ferdienen gelt.

Ga, joodje, de wijde wereld in;
in Canada zul je geld verdienen.

Dat was baldadig van me. Lomp. Ik weet het, ik weet het. Zeker in aanmerking genomen dat Caroline zo'n intelligente vrouw is, aantrekkelijk, een trouwe echtgenote voor zover ik kan nagaan, en een goede moeder. Ze is dol op Mike. Maar wat me ergerde was dat ze, net als sommige andere vrouwen die mijn geschiedenis kennen, liever niet alleen gelaten werd met haar schoonvader, voor het geval het waar was wat ze over mij fluisterden. Dus die ochtend jende ik haar. 'Caroline, kind, nu we elkaar zo goed kennen, waarom kom je er niet mee voor de draad en vraag je me of ik het gedaan heb?'

Ze stond abrupt op van tafel, ruimde de borden af, ging aan de andere kant van het aanrecht staan en begon denkbeeldige vlekken weg te poetsen. 'Oké, dan. Heb je het gedaan?'

'Nee.'

'Nou, dat weten we dan.'

'Maar dat zou ik ook zeggen als ik het wel gedaan had, nietwaar?'

Later hoorde ik Mike en Caroline ruziemaken.

'Is hij zo zielig naïef,' vroeg ze, 'dat hij denkt mij te kunnen shockeren door "kut" te zeggen?'

'Kunnen we hier morgen niet over praten?'

'Morgen. Volgende week. Hij is een tiran.' Vervolgens vertelde ze hem van onze kleine aanvaring in de keuken. 'Hij begon erover. Niet ik. Hij zei dat het niet waar was, maar daarna voegde hij eraan toe, met dat pesterige lachje van hem, "Maar dat zou ik ook zeggen als ik het wel gedaan had, nietwaar?"'

'Alleen hij weet het zeker.'

'Dat is geen antwoord.'

'Het gebeurde voor ik geboren werd. Ik weet het gewoon niet.'

'Of je wilt het niet weten. Wat is het?'

'Hou erover op, Caroline. Het maakt nauwelijks nog iets uit.'

'Ik kan niet begrijpen hoe je moeder het al die jaren met hem heeft uitgehouden.'

'Hij is niet altijd zo bitter geweest. Of bang om dood te gaan. Kom, laten we nu gaan slapen.'

'Je hoefde die sigaar niet te roken gisteravond. Je had kunnen zeggen dat je opgehouden was met roken.'

'Maar ik wilde hem een keer een plezier doen. Hij is zo'n eenzame oude man nu.'

'Je bent bang van hem.'

'Caroline, je had die Cohibas nooit weg mogen geven zonder het mij eerst te vragen.'

'Waarom niet?'

'Omdat ze een cadeautje van mijn vader waren.'

'Maar ik deed het voor jou. Je had het zo moeilijk met stoppen met roken. Ik wilde niet dat je in de verleiding kwam.'

'Maar toch...'

Shit shit shit. Mike, ik bied mijn verontschuldigingen aan. Het spijt me. Ik heb je weer eens verkeerd beoordeeld. Maar het leek me beter niets te zeggen. Typisch iets voor mij, dat.

Ik wil dat alle mensen van wie ik hou de waarheid weten. Ik wil dat ze begrijpen dat toen Hughes-McNoughton die stomme truc uithaalde door tot vijf te tellen en te suggereren dat Boogie op dat moment misschien door de deuren van de rechtszaal binnen zou komen, ik ook omkeek. Ik dacht: zou dat niet net iets voor mijn baldadige oude makker zijn om net op tijd te arriveren om mijn hachje te redden? Ik heb Boogie niet vermoord en in het bos begraven. Ik ben onschuldig. Natuurlijk, in dit stadium van mijn eigen eindspel, en gezien het feit dat Boogie zo'n vijf jaar ouder was dan ik, zou hij inmiddels een natuurlijke dood gestorven kunnen zijn. Niet dat De Tweede Mevrouw Panofsky dat ooit zou geloven.

Oeps. Ik vergat iets te vermelden. Mijn Himalaya van een tweede vrouw verscheen op de begrafenis van McIver, al was het alleen maar om mij vervaarlijk aan te kijken, en later reageerde ze op mijn sentimentele ingezonden brief in de *Ga-*

zette met een eenwoordig kattebelletje, afgeleverd per koerier: HYPOCRIET!!! Ze had moeizaam de heuvel naar McIvers graf beklommen, steunend op twee stokken, haar adem fluitend, een tent van een kaftan om zich heen gedrapeerd. Haar hoofd was omwikkeld met een tulband, maar hoewel ik af en toe steelse blikken op haar wierp, zag ik er niet één haar onderuit pieken. Dus ik concludeerde dat het arme schaap chemotherapie kreeg en dat ook zij me misschien zou voorgaan in die diepe kuilen. Dat zou me zo ongeveer 13.750 dollar per maand schelen. Na mijn rechtszaak was onze scheiding uitgesproken met speciale toestemming van de Senaat. Resolutie 67, 15 maart 1961. Ze kreeg een alimentatie toegewezen van 2000 dollar per maand, een hoop geld in die tijd, met inflatiecorrectie, en het huis in Hampstead. Maar desondanks wenste ik die demente feeks geen kanker toe.

Ik kon de slaap niet vatten, aangeslagen als ik nog steeds was door het bijwonen van McIvers begrafenis, en ik bedacht dat het misschien nuttig zou zijn mijn animositeit tegen hem te verversen door wederom in zijn autobiografie te gaan grasduinen. Ik opende het boek op een willekeurige plaats. Toevallig kwam ik terecht bij zijn alleraardigste verslag van mijn huwelijk met De Tweede Mevrouw Panofsky:

> Montreal, 29 april 1959. Sedert mijn terugkeer in Montreal, verscholen in mijn souterrainappartement in Tupper Street, ben ik erin geslaagd P... te ontlopen, ofschoon nieuws over zijn wedervaren me had bereikt. Zoals te voorspellen was, is hij na zijn terugkomst in Montreal serieus de handel in gegaan en verkoopt alles, van schroot tot Egyptische oudheden, naar verluidt gestolen. Vandaag had ik niet zo veel geluk. We botsten in de regen in Sherbrook Street[2] bijna tegen elkaar op en P..., achterbaks als altijd, blijdschap voorwendend over onze toevallige ontmoeting, wilde per se dat we samen iets gingen drinken in de Ritz. Het moest de Ritz[3] zijn, *à coup sûr*, al was het maar om me de ogen uit te steken met zijn nieuw verworven rijkdom. Hij pochte dat hij nu een tv-producent was en overwoog in de filmproductie te gaan, maar ik wist dat hij in werkelijkheid afschuwelijke tv-reclames en bedrijfsfilms verkocht. Vervolgens, zoals zijn gewoonte was, stak hij zijn angel uit. 'Het spijt me dat je eerste roman geen betere recensies heeft gekregen,' zei hij. 'Ik heb er in ieder geval van genoten.'
>
> En hoe ging het met mij? wilde hij weten, medegevoel uitstralend, directe vragen stellend, *comme d'habitude*.
>
> Ik vertelde hem dat ik hard werkte aan een nieuwe roman en mijn hoofd boven water hield met een beurs van de nieuw gevormde Canada Council, plus één avond in de week lesgeven in creatief schrijven aan het Wellington College.
>
> Hij zei dat hij een tv-serie voorbereidde over een privé-detective en had de brutaliteit te vragen of ik geïnteresseerd was om mijn pen eens te proberen

2 Of Stanley Street. Zie hiervoor.

3 De Tour Eiffel volgens mijn vader.

met scenarioschrijven, wat me aan het lachen maakte.
P... realiseerde zich dat hij te ver was gegaan en drong er vervolgens op aan dat ik naar zijn bruiloft kwam, al was het alleen maar voor de goede oude tijd. Boogie zou er ook zijn, zei hij, alsof dat een extra aansporing was. Mijn eerste impuls was om met een nadrukkelijk nee te antwoorden, maar gehoor gevend aan mijn schrijversplicht, de nimmer aflatende queeste naar koren voor de molen, stemde ik toe. Per slot van rekening was ik nog nooit eerder getuige geweest van een joodse bruiloft, zodat ik verkoos te lijden ten behoeve van de ontologie. Zoals te verwachten viel, was er geen gebrek aan etenswaren of whisky. Maar gegeven het feit dat P... in Parijs speciaal naar restaurants ging in het quartier juif die gefilte fisj serveerden en kippensoep met matzeballetjes, vetoogjes drijvend op het oppervlak, was ik verbaasd dat de culinaire waar niet van etnische origine was, maar in plaats daarvan onbestemd. Zoals ik had voorzien, was er nauwelijks een Burbank met een Baedeker te zien, maar wel menige Bleistein met een Sigaar.
Flarden *conversazioni* uit mijn notitieboek:

1 'O, u is een schrijver. Wat interessant. Zou ik uw naam moeten kennen?'
2 'Wat vindt u van Sholem Aleichem? O, ik verwacht niet dat u Jiddisch verstaat. Zo'n expressieve taal.'
3 'U zou mijn dochters brieven uit het zomerkamp eens moeten lezen. Lachen tot je erbij neervalt.'
4 'Hebt u ooit op de bestsellerslijst gestaan?'
5 'Mijn levensverhaal. Dat zou pas een boek zijn, maar ik heb geen tijd om ervoor te gaan zitten.'

Ik zag de bruid bij de desserttafel, waar bollen meloen en bessen uit de overvolle muil van een gesculptuurde ijsdraak puilden.[4] Ze schepte haar bord onmogelijk vol en balanceerde vervolgens een chocolade-éclair boven op het fruit. Ik moest meteen denken aan: 'Rachel, geboren Rabinovitsj, rukt met moordende klauwen aan de druiven.'
Geen wonder dat de bruidegom zo melancholiek keek, eindeloos drank innemend en voortdurend achter een aantrekkelijke jonge vrouw aan zittend die haar best deed hem te ontlopen. In later jaren echter zou ze zijn derde vrouw worden, liever dan, naar ik heb gehoord, zijn kind te laten aborteren.[5] Maar die avond, nog niet gestrikt, zei ze dat ze zonder meer een bewonderaar was van mijn eerste roman. 'Als ik geweten had dat u hier zou zijn,' zei ze, 'dan zou ik mijn exemplaar hebben meegenomen om door u te laten signeren.'
We gingen de dansvloer op, waar P... (in zijn armen zijn eega die haar choco-

4 Of was het een jachthoorn? Zie hiervoor.
5 Ik werd zes maanden na het huwelijk van mijn ouders geboren.

ladevingers aflikte) kans zag twee keer met uitgestoken ellebogen tegen me op te botsen. Ironisch genoeg drukte hij me daarmee alleen maar dichter tegen mijn partner aan en gezien haar lichaamstaal leek ze dit verre van onaangenaam te vinden.

11

Het felomstreden referendum van 30 oktober 1995 deed de aloude verkiezingstraditie van *la belle province* alle eer aan. Ik volgde het op tv met de rest van de club bij Dink's. Het was zeker kantjeboord: NEE tegen onafhankelijk: 50,57 procent, JA: 49,43 procent. Maar binnen een paar dagen hoorden we dat het niet helemaal zo'n nek-aan-nekrace was geweest. De verkiezingsinspecteurs, allemaal benoemd door onze separatistische regering, hadden iets van 80.000 stembiljetten afgekeurd, bijna allemaal uit overwegend federalistische rayons. De stemmen werden ongeldig verklaard omdat het kruisje te donker was, of te licht, of niet helemaal recht, of niet helemaal binnen het hokje was getekend.

Toen ik in de zevende klas zat, draaide juffrouw Ogilvy een keer haar bloedmooie achterwerk naar de klas en schreef op het bord:

CANADA IS....
a een dictatuur
b een postkoloniale democratie met weinig cultuur
c een theocratie.

Geen van de antwoorden hierboven is van toepassing. In werkelijkheid is Canada een fabelland, een onverdraaglijk rijke natie geregeerd door idioten, met ingebeelde problemen die lachwekkend zijn vergeleken met de kwalen van de echte wereld daarbuiten, waar hongersnood en rassendiscriminatie en vandalen op de zetels van de macht de trieste regel zijn. Opgemonterd door deze gedachte, haastte ik me naar huis en ik had mezelf net een nachtmutsje ingeschonken toen de telefoon ging. Het was Serge Lacroix. Hij moest me dringend spreken.[1]

Een paar maanden eerder, na een door Serge geregisseerde aflevering van *McIver van de Bereden Politie* te hebben bekeken, had ik me tot Chantal gewend en gezegd: 'Ik geloof mijn ogen niet. We moeten hem dumpen. Wil je hem vanmiddag ontslaan, alsjeblieft?'

1 Ik vrees dat mijn vaders geheugen op dit punt onbetrouwbaar was, zo niet enigszins ontregeld, en dat de pagina's van dit manuscript op een lukrake manier werden samengesteld. Het referendum vond plaats op 30 oktober 1995, maar wat volgt gebeurde maanden later.

'Doe het zelf.'

Maar, lafaard die ik ben, ik kon het niet, niet na al die jaren dat hij bij me had gewerkt. Dus ik schoof het op de lange baan, terwijl intussen zijn werk verder verslechterde. Nu hij echter per se een afspraak met me wilde, om twaalf uur in mijn kantoor, ongetwijfeld om opslag te vragen, en de zaken zodoende makkelijker voor me maakte, besloot ik handelend op te treden, met Chantal als mijn getuige. 'Ga zitten, Serge. Wat kan ik voor je doen?'

'Ik kom meteen terzake. Jouw vriend dr. Herscovitch had vastgesteld dat ik seropositief was na mijn kleine avontuurtje in Parc Lafontaine. En nu hebben ze de diagnose aids bij me gesteld.'

'O, shit, Serge, wat erg.'

'Ik ben nog steeds bekwaam om mijn werk te doen, maar ik zou er begrip voor hebben als je ons contract wilde ontbinden.'

'Toevallig heeft Barney me gisteren nog gevraagd je contract te herzien,' zei Chantal. 'Hij wil dat je een percentage krijgt van de nevenrechten.'

'Met terugwerkende kracht?' hoorde ik mezelf vragen terwijl ik Chantal schuins aankeek en wilde dat ik mijn tong had afgebeten.

'Ja. Als je wilt,' zei ze.

'Ik heb advies nodig, Barney.'

Zo kwam het dat we gedrieën gingen lunchen bij Le Mas des Oliviers.

'En Peter?' vroeg ik.

'Hij schijnt een van die geluksvogels te zijn. Ik denk dat hij immuun is. Barney, er is een verzekeringsmakelaar in New York die levensverzekeringen opkoopt van mensen als ik. Als ik hem tot begunstigde benoem, betaalt hij me nu vijfenzeventig procent uit van het kapitaal waar ik bij mijn dood recht op heb. Wat vind je?'

'Je hoeft geen zaken te doen met zulke bloedzuigers. Zeg maar hoeveel je nodig hebt en ik leen het je. Wilde jij dat niet net ook gaan voorstellen, Chantal?'

'Ja.'

Toen Serge weg was, bleef Chantal dralen en we dronken nog wat.

'Zal ik je eens wat vertellen, Barney? Je bent zo slecht nog niet.'

'O jawel. Je weet de helft niet. Mijn zonden zijn legio. Dus ik moet een paar punten zien te scoren voor het te laat is.'

'Jij je zin.'

'Christus, binnenkort ken ik meer dode mensen dan levende. Waarom trouw je niet met Saul?'

'Eén ding is zeker, als het eropaan komt te weten wat het beste voor mij is, dan zal het erom spannen wie wint, jij of mijn moeder.'

'Ik zie niet graag dat je ruziet met Solange.'

'Waarom trouw je niet met haar, Barney?'

'Omdat Miriam een dezer dagen thuiskomt. Daar wil ik om wedden. Hé, voor een gozer die genoemd is naar een stripfiguur heb ik het zo slecht nog niet gedaan, wel?'

'Barney, er is iets wat ik je altijd heb willen vragen.'
'Niet doen.'
'Heb je die man echt vermoord jaren geleden?'
'Ik denk van niet, maar soms weet ik het niet zo zeker. Nee, ik heb het niet gedaan. Ik zou niet hebben gekund.'

12

Op slechte dagen functioneert mijn geheugen niet beter dan een onscherpe caleidoscoop, maar andere dagen weet ik me alles pijnlijk precies te herinneren. Vandaag schijnen alle onderdelen te draaien, dus kan ik maar beter op papier zetten wat ik tot nu toe vermeden heb, voordat ik het weer uit mijn geheugen wis. Ik heb niet over die laatste twee dagen[1] met Boogie gelogen, maar ik heb ook niet alles verteld. De waarheid is dat de Boogieman die bij mij kwam om af te kicken, niet langer de vriend was die ik bewonderde. In de loop van de slopende jaren hadden al de drugs die hij had ingenomen, om maar te zwijgen van de koortsige tijd, zijn hoofd op hol gebracht en zijn persoonlijke schoonheid verzengd.[2] Hij was bijvoorbeeld niet langer grootmoedig tegenover andere schrijvers, met uitzondering van McIver – 'Hij had wel talent' –, maar dat zei hij alleen maar om mij te pesten. Iets anders. Op een van mijn strooptochten langs zijn favoriete kroegen in New York, na zijn verdwijning, ontdekte ik dat men hem was gaan beschouwen als iemand die meer beloofde dan waarmaakte.

Toen we stopten voor mijn huis in Hampstead, zodat hij nog één keer een shot kon nemen, zei hij: 'Je zult nu wel rijk zijn.'
'Boogie, laat me niet lachen. Ik zit zwaar in de schulden. Ik had nooit de tv-productie in moeten gaan. Als het niet voor de reclamespots en de shit-bedrijfsdocumentaires was die ik gedwongen ben te maken, dan zou ik allang over de kop zijn gegaan.'
Boogie was geamuseerd door ons split-level huis en de flair die De Tweede Mevrouw Panofsky aan den dag had gelegd met de inrichting. De enorme spiegel met goudflinters. De verzameling porseleinen katten op de schoorsteenmantel. Het massief zilveren theestel en de geciseleerde kristallen whiskydecanter op het dressoir. 'Er ontbreekt nog iets,' zei hij.
'Wat?'
'Cellofaan beschermhoezen om de lampenkappen.'
Tot mijn eigen verbazing nam ik het op voor De Tweede Mevrouw Panofsky.

1 Drie dagen.
2 Parafrase op regels uit 'Lullaby' van W.H. Auden.

'Toevallig vind ik het mooi wat ze met het huis gedaan heeft,' loog ik.

Boogie struinde naar een boekenkast, haalde mijn exemplaar van Clara's *Virago's Versboek* eruit en vond met zijn kennersoog onmiddellijk twee regels waarvan het metrum niet klopte en hij las ze met onbetamelijk plezier hardop voor. 'Een vrouw van dat kloteblad *Life* kwam me interviewen. "Hoe was Clara in die tijd als ze in haar creatieve buien was?" vroeg ze. Gek, zei ik. Een kleptomaan. Allemans hoer. "Wat is uw favoriete, of uw meest kenmerkende, anekdote over Clara Charnofsky?" Och, lazer op. *Fiche le camp. Va te faire cuire un oeuf.* "Wanneer besloot u zich op het gebied van de communicatie te begeven?" Wat krijgen we nou? "Stoort het u dat u niet wereldberoemd bent zoals Clara?" Ga weg. "Met alle verschuldigde eerbied, ik denk dat u lijdt aan een negatieve zelfwaardering." Shit. Ik kan nog steeds niet begrijpen waarom je met Clara bent getrouwd.'

'Hoe komt het dat jij nooit bent getrouwd?'

'Ben ik dat dan niet?'

'Wel dan?'

'Doe je stropdas af en knoop hem om mijn arm.'

Het kostte drie bloedige pogingen eer hij eindelijk de naald in de ader kon drijven en vervolgens viel hij op de rit naar het meer in slaap, kreunend, onverstaanbare klachten mompelend tegen, stelde ik me voor, ondraaglijke dromen. Aan onze eettafel viel hij opnieuw in slaap en ik bracht hem naar bed. De volgende ochtend reed ik naar Montreal, dronk te veel en toen ik een dag later eerder dan verwacht naar het buitenhuisje terugkeerde, vond ik de Boogieman in bed met De Tweede Mevrouw Panofsky.

'Het is jouw schuld,' zei Boogie lacherig. 'Jij had gezegd dat je zou bellen voor je de stad uit ging.'

Mijn hysterische vrouw brulde van achter het stuur van haar Buick: 'Mooie vriend. Wat ga je nu met hem doen?'

'O, ik ga hem vermoorden, dat ga ik met hem doen, en daarna zijn misschien jij en je moeder aan de beurt.'

'Krijg de tyfus,' gilde ze, trapte op het gaspedaal en racete de oprit af, haar banden spuugden grind. Boogie en ik gingen aan de Macallan.

'Ik zou je tanden uit je bek moeten slaan,' zei ik, maar op een speelse manier.

'Pas nadat ik ben wezen zwemmen. O, ze stelde een hoop vragen over Clara. Weet je, nu ik erover nadenk, vermoed ik dat ik niet meer was dan een *deus ex machina* die gelegen kwam. Ze wilde wraak op je nemen voor die vrouw die je in Toronto houdt.'

'Wacht even,' zei ik. Ik haastte me naar mijn slaapkamer en kwam terug met de oude dienstrevolver van mijn vader, die ik tussen ons in op de tafel legde. 'Bang?' vroeg ik.

'Kon dat niet wachten tot ik een beetje gesnorkeld had?'

'Je zou me een dienst kunnen bewijzen, Boogie.'

‘Zoals?’

‘Ik wil dat je getuigt in mijn echtscheidingszaak. Het enige wat je moet doen, is verklaren dat ik thuiskwam en mijn beminde vrouw met jou in bed vond.’

‘Jezus, je hebt het erom gedaan, klootzak.’

‘Nee, dat is niet waar. Heus.’

‘Je hebt me erin geluisd.’

‘Niet waar. Maar misschien wordt het tijd dat jij eens een keer wat voor mij doet.’

‘Wat zou dat moeten betekenen?’

‘Ik heb je in de loop van de jaren ik weet niet hoe vaak uit de schulden geholpen.’

‘O.’

‘Ja. O.’

‘Voorschotten waren het?’

‘Shit.’

‘Stel dat ik geld van je aannam omdat dat het enige is wat je te bieden hebt?’

Dat bleef een poosje in de lucht tussen ons nazinderen voordat ik antwoordde met een stem die niet de mijne was: ‘Ik moest voor jou geld lenen, Boogie.’

‘Dit wordt hoogst interessant.’

‘In vino veritas.’

‘Je wilt me toch niet wijsmaken dat je Latijn kreeg op die High School van jou?’

‘Jongen, was dat even goedkoop.’

‘Nee, jij bent de goedkopo hier. Jij bent de oude vriend die de rekening heeft bijgehouden, niet ik.’

‘Zoals je wilt. Maar nu we het er toch over hebben, zou je me misschien willen vertellen wat er gebeurd is met die roman van jou waarop de hele wereld zat te wachten?’

‘Vraag je dat als vriend of als investeerder?’

‘Beide.’

‘Ik werk er nog aan.’

‘Boogie, je bent een poseur.’

‘Ik heb je teleurgesteld.’

‘Eens was je een schrijver en een verdomd goeie, maar nu ben je alleen maar een drugsverslaafde met pretenties.’

‘Ik heb gefaald in mijn plicht tegenover jou. Ik had de wereld versteld moeten doen staan, zodat jij op een dag kon opscheppen: “Zonder mijn hulp...” ’

‘Je bent zielig.’

‘O nee. Ik zal je zeggen wat zielig is. Zielig is een man die zo leeg is dat hij de prestaties van anderen nodig heeft om zijn eigen leven te rechtvaardigen.’

Ik was nog bezig me te herstellen van die klap toen hij glimlachte en zei: ‘En nu, als je het niet erg vindt, ga ik zwemmen.’

'Ik zou weleens willen weten waarom je geen roman van een andere schrijver meer kunt oppakken zonder erover te snieren.'

'Omdat wat tegenwoordig gepubliceerd en geprezen wordt tweederangs is. En ik heb mijn normen, in tegenstelling...'

'Hier, wil je een echte schrijver lezen?' vroeg ik en ik gooide hem mijn exemplaar van *Henderson the Rain King* toe.

'Leo Bishinsky zei altijd: Hoe kun je die niemendal uit Montreal verdragen?'

'En dan wees jij hem er ongetwijfeld op dat we vrienden waren.'

'Ik heb je onder mijn hoede genomen en ervoor gezorgd dat je je ontwikkelde, godverdomme. Ik heb je op de juiste boeken gewezen. En moet je zien wat er van je geworden is. Een tv-scharrelaar. Getrouwd met de vulgaire dochter van een rijkaard.'

'Niet zo vulgair dat je haar gisteravond neukte.'

'Ja, maar zij is niet de enige vrouw van jou die ik in bed heb gehad. Clara, zei ik, wat zie je in hem? Een kostwinner, zei ze. Maar ik moet het haar nageven. Ze heeft een geweldige carrièresprong gemaakt door zo vroeg te sterven.'

'Boogie, misschien moet ik je toch maar slaan. Dat was klotegemeen van je.'

'Maar waar,' zei hij.

Meer kon ik niet aan. Ik was te bang. Dus, lafaard van nature die ik ben, nam ik mijn toevlucht tot humor. Ik pakte het wapen en legde aan. 'Wil je getuigen?' vroeg ik.

'Ik zal erover nadenken onder het zwemmen,' zei hij en hij kwam onvast overeind om mijn snorkel en zwemvliezen te pakken.

'Je bent veel te dronken om te zwemmen, idioot dat je bent.'

'Ga mee.'

In plaats daarvan vuurde ik dat schot af, hoog over zijn hoofd heen. Maar ik hief mijn hand met het wapen pas op het laatste moment op. Dus als ik niet schuldig was aan moord in feite, dan was ik het wel in intentie.

13

'Wat is er?' vroeg Chantal.

'Ik weet niet meer waar ik mijn auto geparkeerd heb en kijk me niet zo aan. Dat kan iedereen overkomen.'

'Kom, we gaan,' zei ze.

Hij stond niet in Mountain Street – pardon, Rue de la Montagne. Of in Bishop Street.

'Iemand heeft hem gestolen,' zei ik. 'Waarschijnlijk een van die separatistische vrienden van je moeder.'

We zochten op de Avenue Maisonneuve, de voormalige Dorchester Boulevard.[1]

'Wat is dat daar?' vroeg ze en ze wees.

'Als je hierover tegen Solange kletst, ontsla ik je.'

Zaterdagmiddag sukkelde ik net in slaap toen Solange belde. 'Hoe laat kom je me vanavond halen?' vroeg ze.

'Kom ik je halen? Waarvoor?'

'De wedstrijd.'

'O. Ik denk dat ik maar een keertje oversla vanavond.'

'*De hockeywedstrijd?*'

'Zal ik je eens wat vertellen? Ik heb genoeg van ijshockey. Bovendien ben ik erg moe.'

'Het zou weleens de laatste keer kunnen zijn dat we Gretzky zien spelen.'

'Tjonge-jonge.'

'Ik geloof mijn oren niet.'

'Wil jij de kaartjes? Neem Chantal maar mee.'

Tien dagen later, volgens Chantal, dicteerde ik haar voor de derde keer dezelfde brief binnen een week. Toen ik het kantoor verliet, heb ik me laten vertellen, stak ik automatisch mijn hand in mijn zak en haalde een sleutel te voorschijn, maar ik wist niet waarvoor hij was.

'Wat sta je te kijken?' vroeg Chantal.

'Niets.'

'Open je hand.'

'Nee.'

'Barney.'

Ik opende mijn hand.

'Vertel me nu wat dat is.'

'Ik weet verdomd goed wat dat is. Waarom vraag je dat?'

'Zeg het dan.'

'Ik denk dat ik beter kan gaan zitten.'

Het volgende wat ik wist, toen ik laat op een middag van Dink's naar huis wandelde, is dat ik de deur van mijn appartement opende en Solange en Morty Herscovitch daar op me zaten te wachten. Shit. Shit. Shit. 'Ik weet dat de tijden moeilijk zijn, Morty, maar je gaat me toch niet vertellen dat jullie witjassen tegenwoordig huisbezoeken afleggen.'

'Solange denkt dat je misschien aan vermoeidheid lijdt.'

'Wie niet op onze leeftijd?'

'Of misschien is het alleen maar een hersentumor. We zullen een CAT-scan en een MRI moeten doen.'

'Als je dat maar uit je kop laat. En ik ga ook niet van die tranquillizers of anti-

1 In werkelijkheid heette hij tot 1966 Burnside Boulevard.

depressiva van je slikken. Ik kan me de tijd nog heugen dat dokters dokters waren en niet op commissie voor farmaceutische industrieën werkten.'

'Waarom zou ik antidepressiva voorschrijven?'

'Ik ga nu wat voor mezelf inschenken. Jullie kunnen een glaasje meedrinken voor je weggaat.'

'Ben je depressief?'

'Chantal heeft mijn autosleutels afgepakt en wil ze niet teruggeven.'

'Ik wil dat je morgenochtend om negen uur in mijn spreekkamer bent.'

'Vergeet het maar.'

'We zullen er zijn,' zei Solange.

Morty was niet alleen. Er zat nog een andere gozer. Een dikke gozer, die me werd voorgesteld als dr. Jeffrey Singleton.

'Ben jij een zielenknijper?' vroeg ik.

'Ja.'

Dan zal ik je eens wat vertellen. Ik heb het niet op sjamanen, kwakzalvers en psychiaters. Shakespeare, Tolstoi, of zelfs Dickens, begrepen meer van de mens dan jullie ooit in de smiezen hebben gekregen. Dat stelletje overschatte charlatans dat jullie zijn, houdt zich bezig met de grammatica van de menselijke problemen, en de schrijvers die ik net heb genoemd met de essentie. Ik geef geen cent voor de makkelijke manier waarop jullie mensen stereotyperen. Of hoe graag jullie je laten betalen om als professionele getuige-deskundige in een rechtszaal op te treden. Eén à charge, de andere à decharge. Twee zogenaamde experts in de clinch. Allebei strijken ze een smak geld op. Jullie spelen spelletjes met mensen en doen ze meer kwaad dan goed. En uit wat ik de laatste tijd gelezen heb, begrijp ik dat jullie net als mijn vriend Morty hier de divan hebben verruild voor chemicaliën. Slik dit tweemaal daags tegen paranoia. Knabbel dit voor de maaltijd tegen schizofrenie. Ik zal je vertellen, ik neem overal single malts en Montecristo's voor en ik raad je aan hetzelfde te doen. Dat is dan tweehonderd dollar, alsjeblieft.'

'Ik wil dat u even een testje doet.'

'Ik heb al gepist voordat ik hier kwam.'

'Het duurt niet lang. Beschouw het als een spelletje.'

'Waag het niet me als een kleine jongen te behandelen.'

'Barney, zo is het wel genoeg.'

'Duurt het lang?'

'Nee.'

'Oké. Vooruit dan maar.'

'Welke dag is het vandaag?'

'Ik wist wel dat dit belachelijk zou worden. Shit. Shit. Shit. Het is de dag voor dinsdag.'

'En dat is?'

'Jij eerst.'

Maar hij hapte niet.

'Eens kijken. Zaterdag, Zondag... *het is maandag.*'

'En welke datum is het vandaag?'

'Moet je horen, je hebt de verkeerde te pakken. Ik heb nooit het kenteken van mijn auto kunnen onthouden, of mijn sofi-nummer, en als ik een cheque uitschrijf moet ik altijd aan iemand de datum vragen.'

'Welke maand is het?'

'April. Had je niet gedacht, hè?'

'Welk jaargetijde?'

'Jongen, ik word hier de eerste van de klas. Als het april is, dan moet het wel zomer zijn.'

De tranen begonnen over Solanges wangen te stromen. 'Wat is er met jou?' vroeg ik.

'Niets.'

'Welk jaar is het?'

'Volgens de kalender van mijn volk of volgens de christelijke jaartelling?'

'De christelijke jaartelling.'

'1996.'

'Waar zijn we?'

'Dit is kinderspel. We zijn in de spreekkamer van Morty Herscovitch.'

'Op welke verdieping zijn we?'

'Mijn vader was de rechercheur in de familie, niet ik. We zijn in een lift gestapt. Solange heeft op een knop gedrukt en nu zijn we hier. Volgende vraag.'

'In welke stad zijn we?'

'Montreal.'

'En in welke provincie?'

'Dit wordt leuk. We zijn in de gezegende provincie tussen Alberta en die andere, op het continent Noord-Amerika, Wereld, Heelal, zoals ik vroeger schreef op de bruine kaft van mijn school-hoe-heet-zo'n-ding.'

'En in welk land zijn we?'

'Canada voorlopig nog. Solange is een *indépendantiste.* Sorry, verspreking. Zij is voor hier. Dat Quebec voor zichzelf begint. Dus we moeten voorzichtig zijn met wat we zeggen.'

'Ik wil dat u de volgende woorden nazegt. Ci...'

'Ze is een separatist, Jezus Christus. 's Morgens ben ik niet op mijn best.'

'Citroen, sleutel, ballon.'

'Citroen, sleutel, ballon.'

'Nu wil ik dat u begint bij het getal honderd en telkens met sprongen van zeven cijfers terugtelt.'

'Luister, ik heb erg veel geduld gehad tot nu toe, maar dit is gewoon te dol. Ik doe het niet. Ik zou het kunnen, maar ik doe het niet,' zei ik en stak een Montecristo op. 'Hé, ik heb hem aan de goede kant afgebeten. Krijg ik daar nog punten voor?'

'Zoudt u voor mij het woord "wereld" van achteren naar voren willen spellen?'

'Heb jij Dick Tracey gelezen als jongen?'

'Ja.'

'Weet je nog, toen hij undercover ging, toen noemde hij zich Eitilop. Dat is politie van achteren naar voren gespeld.'

'En "wereld" van achteren naar voren gespeld?'

'D, r, e, l en de rest. Oké?'

'Weet u de drie woorden nog die ik u vroeg na te zeggen?'

'Mag ik jou eens een vraag stellen?'

'Ja.'

'Zou jij niet zenuwachtig zijn als je zo'n test moest doen?'

'Ja.'

'Sinaasappel was er een van. Van die woorden. Ik zal de andere twee zeggen als jij me de namen van de zeven dwergen kunt noemen.'

'Wat hou ik hier in mijn hand?'

'Dat is een ding om te schrijven zonder inkt, porvermedikke, en weet je waarin je spaghetti laat uitlekken? In een vergiet. Nu jij.'

'Wat is dit hier aan mijn pols?'

'Dat gebruik je om te weten hoe laat het is. Een klok.'

'Pardon,' zei Solange en vluchtte de wachtkamer in.

'Nu wil ik graag dat u dit papier in uw rechterhand neemt, het in tweeën vouwt en op de vloer legt.'

'Nee. Ik heb er genoeg van. Vertel jij me nou maar eens hoe ik gescoord heb op die kinderachtige test van je.'

'Uw moeder zou trots op u zijn.'

'Dus je gaat me niet in een dwangbuis stoppen?'

'Nee. Maar ik wil wel dat u naar een neuroloog gaat. Er moeten wat proeven gedaan worden.'

'Hersenproeven?'

'We moeten bepaalde mogelijkheden uitsluiten. Misschien lijdt u alleen maar aan oververmoeidheid. Of een milde vorm van vergeetachtigheid, niet ongebruikelijk voor een man van uw leeftijd.'

'Of een hersentumor?'

'Laten we alstublieft geen overhaaste conclusies trekken. Woont u alleen, meneer Panofsky?'

'Ja. Waarom?'

'Dat wilde ik graag weten.'

De volgende middag vroeg bluftte ik me de bibliotheek van McGill binnen en zocht het op in een naslagwerk.

> Toen Alzheimer (1907) de ziekte beschreef die tegenwoordig zijn naam draagt, beschouwde hij deze als een atypische vorm van dementie... Familiegeschiede-

> nissen die zowel wijzen op dominante als recessieve overerving zijn gerapporteerd... De ziekte van Alzheimer is histopathologisch niet te onderscheiden van seniele dementie en Sjogren *et al.* hebben een significant hogere incidentie van seniele dementie gevonden bij families waarin de ziekte van Alzheimer voorkomt...

O, mijn god. Kate. Saul. Michael. Miriam, wat heb ik gedaan?

> *Pathologie*
> De hersenen tonen extreme atrofie. Coronale sectie bevestigt de uniforme gyrale atrofie, verwijde sulci, afname van witte stof en ventriculaire dilatatie...

Ja, ja, ja.

> *Klinische kenmerken*
> Het vroegste symptoom is een mild geheugenverlies. Een huisvrouw vergeet waar ze haar naaigerei heeft neergelegd, laat het brood in het broodrooster verbranden en vergeet één of twee dingen bij het boodschappen doen. Iemand met een baan vergeet afspraken of aarzelt op een verontrustende manier midden in een lezing, niet in staat het juiste woord te vinden. Het kan een jaar of langer duren eer ernstiger symptomen zich voordoen vanwege de trage progressie van de ziekte...

'Morty, ik ben het. Sorry dat ik je thuis bel. Heb je een ogenblikje?'

'Ja, natuurlijk. Ik zet even de tv wat zachter.'

'Het is Alzheimer, niet?'

'We weten het niet zeker.'

'Morty, wij kennen elkaar al honderd jaar. Belazer me niet.'

'Oké. Het is een mogelijkheid. Het punt is, je moeder is gestorven aan...'

'Hou maar op over mijn moeder. Die had sowieso geen hersens in d'r knikker. Hoe staat het met mijn kinderen?'

'De kans is erg klein. Heus.'

'Maar groter dan voor mensen bij wie het niet in de familie zit. Shit. Shit. Shit. Als Saul over een ziekte in de *Times* leest, dan weet hij zeker dat hij die ook heeft.'

'We hebben een afspraak voor morgenochtend gemaakt om de CAT-scan en de MRI te doen. Ik kom je om acht uur halen.'

'Ik moet mijn zaken regelen, Morty. Hoe lang heb ik nog?'

'Als het Alzheimer is, en dat is nog steeds lang niet zeker, dan krijg je met tussenpozen perioden van geheugenverlies, maar dan zou ik zeggen dat je een jaar hebt voordat...'

'Ik helemaal leip ben?'

‘Laten we niet op de zaken vooruitlopen. Hé, ik heb vanavond toch niks te doen? Vind je het leuk als ik naar je toe kom?’

‘Nee. Maar bedankt voor het aanbod.’

14

Ik heb ‘Margolis’ al genoemd, maar er is een zelfs nog beklemmender verhaal van Boogie dat ik las toen ik in de gevangenis zat. ‘Seligman’, begin jaren vijftig in Parijs geschreven, werd pas maanden na Boogies verdwijning in de *New American Review* gepubliceerd. Net als al zijn verhalen doorliep het eindeloze versies voordat het tot 3000 woorden was ingedikt. Het is een verhaal over een groep welgestelde advocaten in New York, van wie Harold Seligman er een is, die de verveling in hun leven verdrijven door elkaar steeds geraffineerdere poetsen te bakken. Maar er is een regel. Wil zo’n poets ermee door kunnen, dan moet hij een karakterzwakte in het slachtoffer aan de kaak stellen – zeg, in het geval van Seligman, zijn slaafse relatie met zijn libidineuze vrouw. Op een ochtend overreedt Boris Frankel, de strafpleiter die deel uitmaakt van de groep, Seligman om voor de grap op een politiebureau tussen een aantal verdachten van een geval van inbraak en poging tot verkrachting te gaan staan. Tot ontsteltenis van de groep, die van achter een halfdoorlaatbare spiegel toekijkt, wijst het slachtoffer, een vrouw die nog onder het trauma van het voorval lijdt, Seligman als de dader aan. De advocaten vrezen meteen dat de grap nu eens een keer te ver is gegaan, maar Seligman is vol vertrouwen. Hij heeft een waterdicht alibi. Op de bewuste avond heeft hij thuis met zijn vrouw en Boris gedineerd. Maar Boris raadpleegt zijn bureau-agenda en ontkent het, en de vrouw van Seligman bevestigt dat er die avond geen diner bij hen thuis was. Vervolgens gaan Boris en de vrouw van Seligman naar een motel, waar ze elkaar de kleren van het lijf rukken en hun vurige verhouding voortzetten.

Toen ik dit verhaal vanmorgen herlas en terugdacht aan het plezier dat de Boogieman beleefde aan wrede poetsen, kon ik niet langer geloven, zoals ik eens had gedaan, dat hij na onze ruzie zo kwaad was geweest dat hij mij uit nijd had verraden. En toch – en toch – ik sloeg het Parijse journaal van McIver open en raadpleegde de aantekening van 22 september 1951:

> ... Terloops zei ik een keer tegen Boogie: ‘Ik zie dat je een nieuwe vriend hebt.’
> ‘Iedereen heeft recht op zijn eigen Vrijdag, vind je niet?’

Nee, dat heeft Boogie nooit gezegd, besloot ik, voordat ik begon aan een van mijn doelloze ochtendwandelingen. Het is een kwaadaardig verzinsel, echt iets voor die leugenachtige McIver. Er was zo veel warmte tussen Boogie en mij geweest. Ik was zijn loopjongen niet. Kameraden, dat waren we, gebroederlijk tegen de lullo's. Dat kon ik niet verkeerd begrepen hebben. Ik kon niet geloven dat Boogie – zelfs niet in zijn door drugs verwoeste toestand aan het meer, zijn eens zo hoogvliegende talent onherstelbaar vernaggeld – er voor altijd vandoor zou gaan alleen maar om wraak te nemen op mij. Waarschijnlijk waren wij het eerder die schuld hadden aan zijn zelfvernietiging, omdat we hem, toen we jong en dwaas waren, hadden vereerd als de enige van onze groep die voorbestemd was voor grootheid. En die uitgevers die achter hem aan hadden gelopen in New York en hem vette voorschotten hadden beloofd voor een roman die hij wist niet te kunnen leveren, zullen zijn kruis alleen maar verzwaard hebben. Ik had het probleem eindelijk opgelost. Boogie, op de vlucht voor ondraaglijke verwachtingen, was ergens ondergronds gegaan en had een nieuwe identiteit aangenomen, net als Margolis. 'Rust, rust, verstoorde geest.' Ik vergeef je.

Ik moet een uur gelopen hebben, misschien langer, zo in gedachten verzonken dat ik op onbekend terrein was geraakt. Ik had geen idee waar ik was tot ik zag dat ik voor het Provinciaals Bus Station stond. En, o mijn god, daar ving ik die onrustbarende glimp op van de dame uit mijn bijwijlen natte dromen, juffrouw Ogilvy met het schaamhaar waarin eens voor mij parelende druppels hadden geglinsterd. Tachtig jaar oud inmiddels, schatte ik. Knobbelige handen die de stangen omklemden van haar looprek waaraan ze uitdagend een Engelse vlag had gehangen. Krom. Geslonken. Uitpuilende ogen. In koor met anderen scandeerde ze:

> Een, twee, drie, vier,
> waarvoor zijn we hier?
> Rolstoelservice,
> Rolstoelservice.

Het moeten er vijfendertig geweest zijn, misschien wel meer, allemaal aan een rolstoel gekluisterd. Een tableau vivant van Jeroen Bosch. Of een scène uit een film van Fellini. Mensen met één of twee geamputeerde ledematen. Mensen die een beroerte hadden gehad, of kinderverlamming, met weggeteerde benen dun als bezemstelen. Mensen die leden aan Parkinson of multiple sclerose, trekkend met hun hoofd, spuug sijpelend over hun kin. Ik ontvluchtte het tafereel en hield een taxi aan.

'Waar naar toe, meneer?'

'... eh, rijden...'

'Ja, zeker. Doe ik. Maar waar naar toe?'

'... rechtuit...'

'Wilt u naar een dokter?'

'Néé.'

'Waar dan naar toe?'

'... de binnenstad...'

'Juist, ja.'

'... het is de straat naast, weet je wel, ik wil...'

'Ja, ik snap het.'

'... hij komt meteen na waar dat hotel is...'

'Welk hotel?'

'Klopt.'

'Ik breng u naar een dokter.'

'Néé.'

'... weet je waar die boekwinkel is op de hoek?'

'Als u het gevoel krijgt dat u moet overgeven, doe het dan in christusnaam niet hier. Laat het me weten, dan stop ik.'

'Ik hoef niet over te geven.'

'Er is altijd een lichtpuntje in de duisternis, hè?'

'... je kunt er drankjes krijgen, ik wil...'

'Een café?'

'Natuurlijk een café. Ik ben niet achterlijk, hoor.'

'Wat heb ik toch weer een geluk vandaag,' zei hij en hij stopte. 'Hebt u een portefeuille bij u, misschien zit daar iets in met uw huisadres. Dan breng ik u daar naar toe.'

'Ik weet wel waar ik woon.'

'Zeg het dan. Ik zal het niet doorvertellen.'

'... het zou dichtbij genoeg zijn waar ik naar toe ga als je me afzet in die straat met die heiligennaam.'

'O, daar heb ik wat aan in klote-Montreal.'

'... Catherine. Op de hoek, alsjeblieft.'

'Welke hoek?'

Shit shit shit. '... op de hoek meteen na die religieuze straat...'

'Religieuze straat?'

'Niet rabbijn, of mullah. Katholiek.'

'Cardinal?'

'Bishop.'

'Hé, wat leuk. U wilt naar de hoek van Ste. Catherine en Crescent, niet?'

'Precies. Ik ga naar Dink's.'

Hughes-McNoughton zat me daar al op te wachten. 'Gaat het wel, Barney?'

'Ik weet mijn eigen naam nog, dank je.'

'Natuurlijk. Geef hem een kop koffie, Betty.'

'Whisky.'

'Zeker. Maar eerst koffie.'

Ik wachtte tot mijn hand ophield met trillen voordat ik de koffie opdronk. Hughes-McNoughton stak mijn Montecristo voor me aan. 'Voel je je al wat beter?'

'Ik wil dat je de papieren voor me klaarmaakt zodat ik mijn kinderen volmacht kan geven.'

'Daar heb je geen advocaat voor nodig. Dat kan een notaris wel. Maar waarom zo'n haast?'

'Laat maar.'

'Ik zal je een verhaal vertellen, al was het maar om mijn rol als *advocatus diaboli* te onderstrepen. Toen ik een jonge, onervaren advocaat was en nog vertrouwen had in de menselijke natuur, had ik een cliënt, een aardige oude jood in de sjmatehandel, die besloot zijn bloeiende zaak aan zijn zoons over te dragen zodat er geen successierechten hoefden te worden betaald. Ik deed het vuile werk. We dronken samen champagne – de ouwe, zijn zoons en ik. Toen die ouwe de volgende morgen in zijn kantoor op de fabriek verscheen, vertelden zijn twee zoons hem dat hij niet meer hoefde te komen. Ze hadden hem niet meer nodig. Dus wees voorzichtig met wat je doet, Barney.'

'Erg grappig, maar zo zijn mijn kinderen niet.'

Ik kon in mijn toestand niet meer dan één whisky aan. Terwijl ik terug naar mijn appartement wandelde, nog steeds een beetje onwel en op mijn hoede voor de volgende aanval van geheugenverlies, dacht ik: zoveel onafgemaakt. Miriam, Miriam, mijn grote liefde. Mijn kinderen, mijn kinderen. Mike heeft geen idee hoeveel ik van hem hou. Ik ben bang dat het huwelijk van Kate geen stand houdt. En wat zal er van Saul worden?

Toen Saul niet ouder was dan acht of negen, stuurde ik hem weleens naar boven naar mijn slaapkamer om een trui te pakken of een script dat ik nodig had. Dan kon er een half uur voorbijgaan zonder dat hij terugkwam en dan wist ik dat hij langs een boekenkast was gekomen, er een boek uit had gepakt en nu ergens op zijn buik lag te lezen. Toen hij verdiept was in *A History of the Kings of England*, onderbrak hij op een avond de conversatie aan de eettafel met de klacht: 'Als papa de koning was, dan erfde Mike na zijn dood de troon en werd heerser over het rijk, en dan was ik alleen maar de hertog van het een of ander.'

Pas tien jaar oud en mijn op één na eerstgeboren zoon begreep toen al dat hij in een onrechtvaardige wereld was terechtgekomen.

O jee, o jee, ware ik een engel des Heren, ik zou de deuren van mijn kinderen merken met een X, opdat plagen en rampspoed aan hen voorbijgingen. Helaas mis ik de kwalificaties. Dus toen ik nog volop de tijd van leven had, ergerde ik me. Ik vitte. Ik verbeterde. Ik had het helemaal verkeerd.

Klote klote klote.

Na de dood van zijn vrouw schreef Samuel Johnson aan dominee Thomas Wharton: 'Ik heb mijzelf sindsdien afgesneden van de mensheid gevoeld, een soort eenzame zwerver in de wildernis van het leven, stuur- en doelloos: een sombere toeschouwer in de wereld waar ik weinig mee van doen heb.'

Maar mijn vrouw was niet dood, alleen maar afwezig. Tijdelijk afwezig. En ik moest met haar praten. Ik moest onmiddellijk met haar praten. Ze was in die stad in Ontario, dacht ik. Niet Ottawa. De stad met de Prins Arthur Kamer, weet je nog? Ja. Ik ben nog niet helemaal mesjogge. Ik weet zelfs waarmee je spaghetti afgiet. Dat doe je met die dinges die ik in een keukenla heb liggen. Er zijn zeven dwergen, wie kan het schelen hoe ze heten? Lillian Kraft schreef niet *The Man in the Brooks Brothers Shirt.* Of *Suit.* Een van de twee. Dat was Mary McCarthy. Ik pakte de telefoon, ging kiezen – stokte – en begon te vloeken. Ik wist het nummer van Miriam niet meer.

NAWOORD
DOOR MICHAEL PANOFSKY

Op 24 september 1996, om 10:28 in de voormiddag, stuitten een landmeter en twee houthakkers, in dienst van Drummondville Pulp & Paper, op een open plek bij de top van de Mont Groulx op de verspreide resten van een menselijk lichaam: een schedel, een afgerukte wervelkolom, een heupbeen, een dijbeen, gebroken ribben en een gebroken scheenbeen. De Provinciale Politie werd erbij gehaald en de beenderen werden verzameld en gedeponeerd bij een patholoog-anatoom van het Notre-Dame Hospital in Montreal. Dr. Roger Giroux verklaarde dat het de overblijfselen waren van een Kaukasische man, tussen de dertig en veertig jaar oud, die door onbekende oorzaak dertig tot veertig jaar geleden was gestorven. Hij speculeerde dat de gebroken ribben, de afgerukte wervelkolom en het gebroken dijbeen te wijten waren aan het feit dat de onbekende man hard geslagen was met een stomp voorwerp, of van aanzienlijke hoogte was gevallen. Waarschijnlijker echter, opperde hij met verwijzing naar de sporen van tanden, hadden coyotes, of andere dieren, de beenderen gekraakt in een poging bij het merg te komen. Het verhaal, gepubliceerd door de *Gazette*, trok de aandacht van een gepensioneerde rechercheur van de Sûreté de Québec, Sean O'Hearne. Op zijn aandringen werd een oud dossier heropend en een rechercheur uit New York overgevlogen om de schedel te onderzoeken. Kort daarop werd bevestigd dat het om de stoffelijke resten ging van Bernard Moscovitch, die op 7 juni 1960 in die omgeving was vermist. Een triomfantelijke O'Hearne werd geïnterviewd door de *Gazette* en *La Presse* en verscheen in verscheidene lokale tv-programma's, evenals de tweede vrouw van mijn vader, altijd met een ingelijste foto van de heer Moscovitch op schoot. 'Hij heeft me zijn eeuwige liefde verklaard,' zei ze. Verslagen van het proces van mijn vader in St. Jérôme werden opnieuw gepubliceerd onder de kop HEEFT HET RECHT GEZEGEVIERD? of DE BEENDEREN DER WRAKE. Mijn vaders advocaat, John Hughes-McNoughton, pareerde vanuit Dink's (een bar in Crescent Street in Montreal) de vragen van één journalist met '*Credo quia impossibile*' en van een andere, die hem confronteerde met de hernieuwde aanklacht, met slechts de woorden '*Argumentum ex silentio*', waarna hij hem wegwuifde. Een ondernemende fotograaf van *'Allo Police* slaagde erin het Koning David Verpleegtehuis binnen te komen en een foto te nemen van mijn vader die gebraden borststuk gevoerd werd door Solange. Ik vloog over uit Londen, Kate uit Toronto en Saul werd met de auto uit New York gebracht door een vrouw die Linda heette. We ontmoetten elkaar in het buitenhuisje in de Laurentians, waar we eens zo'n gelukkig gezin hadden gevormd en waar we in het reine probeerden te komen met de onthulling dat Barney gelogen had en uiteindelijk toch een moordenaar was. Kate verzette zich natuurlijk tegen het onomstotelijke bewijs.

'Boogie was dronken en het is heel goed mogelijk dat hij op die plek is terechtgekomen, lelijk viel, allebei zijn benen brak en van honger en dorst is gestorven. Hoe durven jullie allebei zo gauw de schuld op papa te schuiven als hij zijn eigen naam niet eens meer weet?'

'Kate, je bent niet de enige hier die van streek is. Wees alsjeblieft redelijk.'

'Ja, redelijk. Papa was een maniakale moordenaar. Dat is nogal duidelijk, hè? Hij schoot Boogie dood, sleepte hem naar die bergtop en brak zijn benen met een schop.'

'Ik zeg niet dat het zo…'

'Er was geen enkel spoor dat er zelfs maar een ondiep graf was gegraven. Denken jullie dat papa hem daar heeft laten liggen om door wilde dieren te worden opgegeten?'

'En als hij nu eens geen tijd had?'

'Al die jaren niet?'

'De resten zijn niet ver gevonden van de plek waar papa die aanleunhut had waar hij ons een keer over heeft verteld. Ze hebben glasscherven in de buurt gevonden. Van een fles whisky.'

'Nou en?'

'Kate, we weten hoe je je voelt, maar…'

'Ze waren allebei dronken. Misschien heeft hij hem per ongeluk gedood. Dat kan ook goed volgens mij.'

'Hij heeft voor geen van ons ooit iets achtergehouden en we zijn het aan hem verplicht hem het voordeel van de twijfel te gunnen. Dus jullie geloven maar wat je wilt, maar al word ik honderd, dan nog zal ik ervan overtuigd zijn dat hij onschuldig is. Bovendien weet ik toevallig dat hij het idee nooit opgegeven heeft dat Boogie nog leeft en ergens anders woont en op een dag zal komen opdagen.'

'Dat heeft hij nu dus gedaan, nietwaar?'

We waren in het buitenhuisje bij elkaar gekomen om een besluit te nemen over Barneys onvoltooide manuscript, dat we allemaal gelezen hadden, en ook om de voorwerpen uit te zoeken waar voor ons herinneringen aan vastzaten en die we wilden hebben, om vervolgens het huisje af te sluiten, dat we al te koop hadden aangeboden. De voortekenen waren niet gunstig. De onroerendgoedmakelaar had gezegd: 'De dag na het referendum hebben tweeënveertig mensen me hier opgebeld die hun eigendommen wilden verkopen en ik moet de eerste gegadigde nog binnen krijgen.'

Dit was niet ons eerste familieconclaaf, of ons tweede, nadat we hadden gehoord dat Barney aan de ziekte van Alzheimer leed. Destijds had Saul ons eraan herinnerd dat onze grootmoeder de ziekte ook had gehad en dat we dus allemaal risico liepen.

Om te beginnen, zei Saul, moesten we geen deodorants gebruiken op zinkbasis, of in aluminium pannen koken, want die waren ook verdacht. Saul is zowel geabonneerd op *Lancet* als het *New England Journal of Medicine* en hij wees erop dat recent onderzoek heeft aangetoond dat nicotine stimulerend werkt op de hersenen en dat rokers minder kans lopen Alzheimer te krijgen.

'Alleen maar omdat ze voor die tijd al overleden zijn aan longkanker,' zei Kate, 'dus je kunt die sigaar nu meteen uitdoen.'

'Punt?'

'Punt,' zei Kate en viel smartelijk huilend in Sauls armen.

De diagnose Alzheimer was vier maanden eerder, op 18 april 1996, bevestigd tijdens een bijeenkomst ten burele van Volslagen Onnodige Producties, met als aanwezigen dr. Mortimer Herscovitch, geassisteerd door twee specialisten, alsmede Solange en Chantal Renault en natuurlijk Kate, Saul en ik. Saul reisde per trein naar Toronto om het aan Miriam te vertellen. Ze barstte in huilen uit na het aanhoren van het nieuws en belde Barney zodra ze haar stem weer meester was en vroeg of ze hem mocht zien.

'Ik denk niet dat ik dat aankan.'

'Alsjeblieft, Barney.'

'Nee.'

Maar hij begon zich weer elke ochtend te scheren, verminderde zijn consumptie van alcohol en sigaren en sprong op telkens als de telefoon of de deurbel ging. Solange belde Miriam. 'Kom zo gauw je kunt,' zei ze.

'Maar hij heeft nee gezegd.'

'Hij gaat nog niet eens een klein eindje wandelen, voor het geval je misschien komt als hij weg is.'

Miriam kwam de volgende ochtend en ze gingen samen lunchen in de Ritz, waar de gerant de zaken er niet beter op maakte door te zeggen: 'Hé, ik heb u in geen jaren meer samen gezien hier. Weer net als vroeger, hè?'

Later vertelde Miriam aan Saul: 'Ik zag dat hij geen wijs kon worden uit het menu en hij vroeg mij om voor ons beiden te bestellen. Maar in het begin was hij luchthartig, speels zelfs. "Ik verheug me op verstoppertje en krijgertje spelen met de andere malloten in het verpleegtehuis waar ik uiteindelijk in terechtkom. Misschien hebben ze er ook driewielertjes voor ons. Klapkauwgum. IJslollies." Schei uit, zei ik. Hij bestelde champagne, maar wat hij eigenlijk zei tegen de kelner was, breng ons een fles van, je weet wel, dat belletjesspul, wat we vroeger hier dronken, en de kelner lachte, want hij dacht dat hij geestig probeerde te zijn en ik voelde me zo beledigd voor hem. Als mijn man geestig wil zijn, wilde ik zeggen, dan is hij geestig.

Zou het niet geweldig zijn geweest, zei Barney, als ik had toegestemd om met hem naar Parijs te vliegen op de avond van zijn bruiloft? We haalden herinneringen op aan de goede oude tijd, toen we nog jong waren, en hij beloofde dat hij niet zou gaan overgeven, zoals op onze eerste lunchafspraak. Hoewel, bij nader inzien, zei hij, zou het een zekere symmetrie geven, nietwaar? Maar dit hoeft toch niet onze laatste lunch samen te zijn? zei ik. We kunnen nu als vrienden met elkaar omgaan. Nee, dat kan niet, zei hij. Het is alles of niks. Ik moest twee keer opstaan en naar de wc gaan, omdat ik bang was dat ik anders aan tafel in zou storten. Ik keek toe hoe hij ik weet niet hoeveel verschillend gekleurde pillen slikte, maar hij dronk zijn champagne op. Hij pakte mijn hand onder de tafel en zei tegen me dat ik nog steeds de mooiste vrouw was die hij ooit had gezien en dat hij het eens gewaagd had te hopen dat we tegelijk dood zouden gaan, als we over de negentig waren, net als Philemon en Baucis, en dat een genadige Zeus ons dan in twee bomen zou veranderen, waarvan de takken elkaar in de winter liefkoosden en onze bladeren zich in het voorjaar zouden vermengen.

Toen, ik weet het niet, misschien had hij die champagne niet moeten drinken. Hij begon woorden verkeerd uit te spreken. Hij kreeg moeite met zijn bestek. Hij pakte een lepel als hij een vork nodig had. Hij pakte een mes op bij het lemmet in plaats van het heft. Er kwam een beschamende verandering over hem, mogelijk veroorzaakt door frustratie. Zijn gezicht betrok. Hij dempte zijn stem en wenkte me dichterbij en hij zei dat Solange cheques vervalste. Ze bedonderde hem. Hij was bang dat ze hem zou dwingen een testament te tekenen dat ze zelf had opgesteld. Ze was een nymfomane die een keer de conciërge van zijn flatgebouw mee in de lift had getrokken, waarna ze haar rok optilde om te laten zien dat ze geen onderbroek droeg. De rekening kwam en ik zag dat hij niet in staat was de bedragen op te tellen. Teken maar, zei ik, wat hem aan het lachen maakte. Oké, zei hij, maar ik betwijfel of ze mijn nieuwe handtekening zullen herkennen. Hé, ik weet nog wel een paar dingen, zei hij. Ik heb haar hier een keer mee naar toe genomen met haar moeder en dat ouwe kreng zei: "Mijn man geeft altijd twaalfenhalf procent fooi."

Toen veranderde zijn manier van doen wederom. Hij werd teder. Liefdevol. Barney op zijn aanbiddelijkst. En ik realiseerde me dat hij vergeten was dat ik ooit bij hem was weggegaan en dat hij overduidelijk in de veronderstelling verkeerde dat we samen naar huis zouden gaan en misschien vanavond een bioscoopje pikken. Of in bed gaan liggen lezen, onze benen in elkaar gestrengeld. Of een late vlucht nemen naar New York, net zoals hij vroeger ook altijd met verrassingen kwam. O, in die tijd was hij zo leuk, zo onvoorspelbaar, zo liefdevol, en ik dacht: stel dat ik niet terugga naar Toronto en met hem mee ga naar huis? Op dat moment ging ik naar de telefoon en belde Solange om haar te vragen direct te komen. Ik keerde naar de tafel terug en hij was er niet. O, mijn god, waar is hij, vroeg ik aan de kelner. Naar de wc, zei hij. Ik wachtte voor de deur van de herenwc en toen hij naar buiten kwam, schuifelend, met een schaapachtig lachje, zag ik dat zijn gulp nog openstond en zijn broek nat was.'

Toen hij nog dagen had dat hij betrekkelijk goed bij zijn verstand was, liet onze vader John Hughes-McHoughton komen om papieren te tekenen die zijn kinderen volmacht verleenden. Volslagen Onnodige Producties werd aan The Amigos Three in Toronto verkocht voor vijf miljoen dollar contant en nog eens vijf miljoen aan aandelen in The Amigos Three. Zijn testament bepaalde dat de opbrengsten van de verkoop, alsmede van al zijn andere activa, waaronder een aanzienlijke aandelenportefeuille, in drieën gesplitst moesten worden: vijftig procent voor zijn kinderen en vijfentwintig procent voor Miriam en Solange. Eerst echter diende een aantal legaten verstrekt te worden:

Vijfentwintigduizend dollar voor Benoit O'Neil, die jarenlang beheerder was geweest van het buitenhuisje in de Laurentians.

Vijfhonderdduizend dollar voor Chantal Renault.

Zijn twee plaatsen in het rode vak in het nieuwe Molson Centre moesten nog vijf jaar aangehouden worden ten behoeve van Solange Renault.

De erven waren verplicht zolang hij leefde de maandelijkse rekening van John Hughes-McNoughton bij Dink's te betalen.

Honderdduizend dollar diende te gaan naar een mevrouw Flora Charnofsky in New York.

Er was ook een verrassing, in aanmerking genomen dat mijn vader zo vaak grappen maakte over sjwartzers. Een trustfund van tweehonderdduizend dollar diende te worden ingesteld voor een studiebeurs aan McGill, ten behoeve van een zwarte student die uitblonk in de letteren; voornoemde studiebeurs was ter nagedachtenis aan Ismail Ben Joessef, alias Cedric Richardson, die op 18 november 1995 aan kanker was gestorven.

Vijfduizend dollar diende te worden gereserveerd voor een wake bij Dink's, waarvoor al zijn vrienden waren uitgenodigd. Er mocht geen rabbijn spreken op zijn begrafenis. Hij diende ter aarde te worden besteld op de manier die hij zelf van tevoren geregeld had, op het protestantse kerkhof aan de voet van de Mont Groulx, maar er moest wel een davidsster op zijn zerk komen en het perceel ernaast was gereserveerd voor Miriam.

Saul raadpleegde onze moeder. Voor ze ophing was het enige wat ze kon uitbrengen: 'Ja. Zo hoort het te zijn.'

Nadat mijn vader zijn zaken geregeld had, ging hij snel achteruit. Aanvankelijk kwam het steeds vaker voor dat hij het juiste woord niet kon vinden voor de meest alledaagse voorwerpen, of dat hij de namen niet meer wist van de mensen die hem dierbaar waren, maar daarna gebeurde het wel dat hij bij het ontwaken niet meer wist wie of waar hij was. Kate, Saul en ik werden opnieuw naar Montreal geroepen en hadden weer een gesprek met dr. Herscovitch en de specialisten. Kate, die zwanger was, bood aan Barney bij haar in huis te nemen, maar de dokters waarschuwden dat een onbekende omgeving zijn problemen alleen maar zouden verergeren. Dus ging eerst Solange bij Barney in zijn appartement in Sherbrooke Street wonen. Hij sprak haar aan met Miriam en zei beschuldigend dat ze een ondankbare hoer was die zijn leven had verwoest, maar ze bleef hem voeren en zijn kin met een servet afvegen. Als hij haar een brief dicteerde, onsamenhangend of de woorden verkeerd uitgesproken, met kromme, herhaalde zinnen, dan beloofde ze hem meteen te posten. Als hij aan het ontbijt verscheen met zijn linkerarm in zijn rechter hemdsmouw, of zijn broek achterstevoren aan, dan gaf ze geen commentaar. Vervolgens begon hij tekeer te gaan tegen zijn spiegelbeeld, dat hij aanzag voor iemand anders, die hij met Boogie, Kate of Clara aansprak. Op een keer zag hij zichzelf aan voor Terry McIver en beukte met zijn hoofd tegen de spiegel; hij kreeg eenentwintig hechtingen in zijn schedel. Dus Kate, Saul en ik kwamen weer naar Montreal.

Tegen Solanges bezwaren in lieten we onze vader op 15 augustus 1996 in het Koning David Verpleegtehuis opnemen. Ofschoon hij nu niemand meer herkent, zijn kinderen incluis, hebben we hem niet in de steek gelaten. Kate komt één keer per week uit Toronto. Het toeval wilde dat ze op een middag een spelletje Chinees dammen zat te spelen met Barney toen Miriam kwam, die nog maar net van een lichte beroerte was hersteld. Zij en Kate maakten verschrikkelijk ruzie en praatten maanden niet meer tegen elkaar. Ze waren zelfs niet on speaking terms toen Saul ze bij elkaar bracht voor een lunch in Toronto. 'We zijn nog steeds één familie,' zei hij. 'Dus gedraag je. Jullie allebei.' Zijn barse manier van doen, die zo aan Barney deed denken, maakte dat ze zich gewonnen gaven. Saul gaat regelmatig op bezoek in het verpleegtehuis. Op een keer smeet hij Barneys bouwblokken door de kamer en schreeuwde: 'Hoe heb je dit met je kunnen laten gebeuren, klootzak dat je bent,' waarna hij huilend ineenzeeg. Zijn bezoeken zijn gevreesd bij de dienstdoende verpleegsters. Als hij een eivlek op Barneys kamerjas ontdekt, of beddenlakens die er niet vers gewassen uitzien, dan dreigt hij stennis te maken. 'Shit. Shit. Shit.' Op een middag toen hij kwam en zag dat het programma van Oprah Winfrey op de tv aanstond, rukte hij het toestel van zijn console en smeet het op de vloer. Verpleegsters kwamen toegesneld. 'Deze kamer is van mijn vader,' schreeuwde hij, 'en die kijkt niet naar zulke rotzooi.'

Mijn jongste broer is degene die iets van mijn moeders schoonheid heeft geërfd, naast het driftige karakter van mijn vader. Tussen Barney en Saul was altijd een gladiatorengevecht aan de gang, ze waren aan elkaar gewaagd en gaven elkaar geen duimbreed toe. Barney, die heimelijk de linkse stokebrand had vereerd die Saul als tiener was geweest en het nooit moe werd het verhaal over De 18de van Vijftien November te vertellen, verafschuwde later zijn ommezwaai naar harteloos rechts. Niettemin bleef hij de lievelingszoon, al was het maar omdat hij de schrijver was die onze vader altijd graag had willen zijn. Op de eerste bladzijde van mijn vaders memoires was hij zo vrij te beweren dat hij een plechtige gelofte schond door zijn eerste boek te schrijven op gevorderde leeftijd. Dit, evenals veel van wat hij verderop schreef, is niet geheel waar. Toen ik Barneys papieren doorwerkte, ontdekte ik verscheidene aanzetten tot korte verhalen die hij in de loop der jaren geschreven had. Ik vond ook het eerste bedrijf van een toneelstuk en vijftig bladzijden van een roman. Hij was, zoals hij beweerde, een veellezer, bovenal een bewonderaar van stilisten, van Edward Gibbon tot A.J. Liebling. Bladerend in zijn Schrijfboek van een Aantekenaar zag ik dat hij menige volzin van

Gibbon had genoteerd. Neem bijvoorbeeld deze twee. Gibbon over keizer Gordianus:

> Zijn zeden waren minder onberispelijk, maar zijn karakter was even beminnelijk als dat van zijn vader. Tweeëntwintig erkende concubines en een bibliotheek met tweeënzestigduizend banden getuigden van de verscheidenheid van zijn voorkeuren; en te oordelen naar de voortbrengselen die hij achterliet was zowel het ene als het andere meer bestemd voor gebruik dan voor uiterlijk vertoon.[1]

En van A.J. Liebling, over de bokstrainer Charlie Goldman, alias De Professor:

> 'Ik ben nooit getrouwd,' zei de Professor. 'Ik leef altijd à la carte.'[2]

'Net als Zack,' had hij eronder geschreven.

Ik heb Barneys gave om geld te verdienen geërfd. Helaas is dat een eigenschap die hij altijd in zichzelf heeft betreurd, wat de reden is, veronderstel ik, waarom ik altijd de minst geliefde van zijn kinderen ben geweest, degene die de volle lading van zijn sarcasme te verduren kreeg. Tegenover wie hij onmiddellijk klaarstond met een veroordeling. Hij kan schrijven wat hij wil, maar Caroline en ik hebben meer dan eens de hele *Don Giovanni* uitgezeten. Zoals mijn voetnoten uitvoerig getuigen, heb ik ook de *Ilias*, Swift, dr. Johnson en anderen gelezen. Maar als ik toevallig van mening ben dat dit exclusieve eurocentrische pantheon herzien dient te worden en uitgebreid, en als ik ook Mapplethorpe, Helen Chadwick en Damien Hirst de moeite waard vind, dan is dat mijn goed recht. Ik kan niet verhelen dat ik ressentimenten koester. Maar toch neem ik elke zes weken het vliegtuig om Barney te bezoeken. Ik heb het minst van zijn veranderde persoonlijkheid te lijden omdat de waarheid is dat we nooit een goede verstandhouding hebben gehad.

Barney heeft geen gebrek aan andere, meer regelmatige bezoekers. Solange is er zowat elke dag om hem te wassen en te helpen met zijn kleurkrijtboekjes. Oude drinkmaatjes van Dink's komen vaak langs: een advocaat van kwade zaken die John Hughes-McNoughton heet, een alcoholische journalist genaamd Zack en anderen. Pas toen ik een strenge brief kreeg van een directielid van het verpleegtehuis, vernam ik dat een zekere mevrouw Morgan één keer in de week kwam om hem te bevredigen. Een vieve oude man, Irv Nussbaum, wipt vaak even langs met een zak bagels of lange repen *karnatzel* uit de delicatessenzaak van Schwartz. 'Jouw vader,' zei hij een keer tegen me, 'was een van die echt wilde joden. Een

1 Gibbon, Edward, *The Decline and Fall of the Roman Empire*, vol. 1, p. 191, Methuen & Co., Londen 1909.

2 Liebling, A.J., *A Neutral Corner, Boxing Essays*, p. 41, Farrar, Straus & Giroux, New York 1996.

bandit. Een *mazik.* Een duivel. Ik zou hebben durven zweren dat hij uit Odessa kwam.'

Op zijn laatste verjaardag verraste Barney ons door met een snaaks lachje op het noemen van zijn naam te reageren. We hadden ballonnen meegebracht en feestmutsen, toeters en een chocoladecake. Miriam en Solange hadden de koppen bij elkaar gestoken en waren voor den dag gekomen met een origineel idee, leek het. Ze engageerden een tapdanser om voor hem op te treden. Een opgetogen Barney klapte in zijn handen en zong regels uit een lied voor ons:

> Mairzy doats,
> anddozy-doats,
> andlittleambseativity,
> akid'lleativytoo,
> wouldn'tyou.

Maar Barney struikelde en viel en deed het in zijn broek toen hij de passen van meneer Chuckle probeerde na te doen, en Miriam, Solange en Kate vluchtten de gang op, waar ze in elkaars armen vielen.

Ik herinner me een ander moment van herkenning, als het ware. Er kwam een brief uit Californië voor mijn vader. Hij was een raadsel voor mij, maar niet voor mijn vader, die hem las en tranen met tuiten huilde. Er stond:

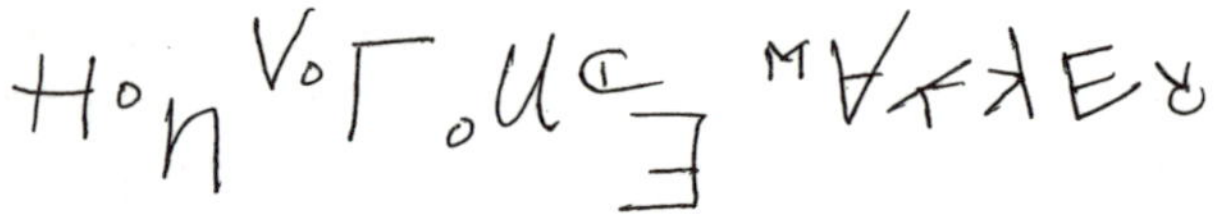

Moeder legde uit dat de brief afkomstig was van Hymie Mintzbaum, die een paar jaar eerder een lelijke beroerte had gehad. In Londen, in 1961, zei ze, had Hymie haar mee uit lunchen genomen en gezegd dat ze zonder meer met Barney moest trouwen. 'Alleen jij kunt die klootzak redden,' had hij gezegd.

Een kort terzijde, zoals Barney zelf zo graag zei. Al mijn recente reizen naar Montreal zijn deprimerend geweest. Niet alleen vanwege de toestand van mijn vader, maar ook door wat er geworden is van de stad waarin ik ben opgegroeid. Toen ik het telefoonboek pakte in de hoop contact op te nemen met oude studievrienden van McGill, ontdekte ik dat ze allemaal, op twee of drie na, naar Toronto, Vancouver of New York waren verhuisd, op de vlucht voor het groeiende tribalisme. Natuurlijk was het voor een buitenstaander belachelijk wat er in Quebec gebeurde. Er zijn hier echt volwassen mannen, functionarissen van de *Commission de protection de la langue française*, die elke dag met meetlinten de straat opgaan om ervoor te zorgen dat de letters van Engelse teksten op reclameborden half zo groot als en niet feller gekleurd zijn dan de Franse. In 1995, toen een overijverige taalinspecteur (of taalagent, zoals ze in het plaatselijke spraakgebruik worden genoemd) dozen matzes in de etalage van een koosjere kruidenier ontdekte met ééntalig opschrift, werd opdracht gegeven het aanstootgevende product van de planken te halen. De protesten waren echter zo luid, dat in 1996 de joodse gemeenschap een speciale ontheffing kreeg: dozen matzes met ééntalig opschrift waren voor een periode van zestig dagen per jaar wettelijk toegestaan. De oude Irv Nussbaum was dolblij met deze regeling: 'Moet je horen,' zei hij, 'marihuana, cocaïne en heroïne zijn hier het hele jaar door verboden, maar met Pesach wordt een uitzondering gemaakt voor de joodse drugs. Zestig dagen per jaar kunnen wij matzes smikkelen zonder de ramen te blinderen of de deuren op slot te doen. Ik wil me niet met zaken bemoeien waar ik niets mee te maken heb, maar ik weet dat je vader altijd heeft gehoopt dat je kinderen een behoorlijke joodse opvoeding kregen. Als je ze wilt trakteren op een reisje naar Israël, dan ben ik graag bereid te helpen met de regelingen.'

Het manuscript van mijn vader veroorzaakte wrijving tussen ons. Kate was voorstander van publicatie, Saul wilde zowel herzieningen als coupures en ik aarzelde, van streek als ik was over zijn gratuite wrede opmerkingen over Caroline. Maar er was werkelijk niets aan te doen. Barney had al een akkoord gesloten met een uitgever in Toronto en een codicil bij zijn testament verbood categorisch elke verandering of coupure. Het testament belastte mij ook, verrassenderwijs, met de publicatie van het manuscript. Na langdurige onderhandelingen met de uitgever werd overeengekomen dat ik voetnoten mocht toevoegen om de grootste feitelijke blunders te corrigeren, een taak die me noodzaakte heel wat te lezen. Mij werden nog twee andere privileges gegund. Ik mocht, na ruggespraak met Solange en de doctores Mortimer Herscovitch en Jeffrey Singleton, de onsamenhangende, hakkelende hoofdstukken herschrijven die handelden over Barneys ontdekking dat hij aan de ziekte van Alzheimer leed. Ik kreeg ook toestemming om dit Nawoord toe te voegen, na goedkeuring van Saul en Kate. Maar ze waren er niet blij mee. We maakten ruzie.

'Het is duidelijk dat ik hier de schrijver ben,' zei Saul verongelijkt, 'en ik zou degene moeten zijn die het manuscript onder handen nam.'

'Saul, ik verheug me echt niet op deze taak. Dat hij mij uitkoos, moet ik accepteren als zijn allerlaatste kat aan mijn adres. Ik ben immers zo punctueel, zoals hij op die neerbuigende manier van hem schreef? Hij kon erop rekenen dat ik de meest in het oog springende lacunes in zijn geheugen zou opvullen.'

'Ik weet toevallig,' zei Kate, 'dat veel van zijn zogenaamde fouten, citaten hier en daar die hij aan de verkeerde auteurs toeschreef, in werkelijkheid speciale valstrikken waren voor jou. Hij vertelde me een keer: Ik weet hoe ik ervoor moet zorgen dat Mike gegarandeerd eindelijk Gibbon en nog veel meer schrijvers gaat lezen. Mijn systeem is waterdicht.'

'Wat hij ook dacht, ik had toevallig de meeste van die mensen al gelezen. Maar we hebben een probleem.'

'Boogie?'

'Daar gaan we weer.'

'Kate, alsjeblieft. Begin niet weer. Hij was ook mijn vader. Maar het is duidelijk dat hij loog toen hij keer op keer schreef dat hij nog steeds verwachtte dat Boogie eens zou komen opdagen.'

'Papa heeft Boogie niet vermoord.'

'Kate, we zullen moeten leren leven met het feit dat Barney niet helemaal was zoals hij zich voordeed.'

'Saul, zeg ook eens wat.'

'Shit. Shit. Shit. Hoe kon hij zoiets doen?'

'Het antwoord luidt: hij heeft het niet gedaan.'

Ik legde de vraag voor aan John Hughes-McNoughton. 'In de regel,' zei hij, 'stelt een advocaat die vraag niet aan zijn cliënt. Het antwoord zou weleens averechts kunnen werken. Maar Barney heeft meerdere malen uit zichzelf gezegd dat het verhaal dat hij aan O'Hearne had verteld de zuivere waarheid was.'

'Geloofde u hem?'

'Een jury van twaalf eerbare mannen heeft hem onschuldig verklaard.'

'Maar nu is er nieuw en incriminerend bewijsmateriaal. Wij hebben recht op de waarheid.'

'De waarheid is dat hij je vader was.'

Onze vader, voordat hij gereduceerd werd tot een vrijwel vegetatieve staat, was een dominante persoonlijkheid. Kates echtgenoot, bijvoorbeeld, heeft zich altijd gekleineerd gevoeld in zijn aanwezigheid en had niet graag dat hij op bezoek kwam in Toronto. Barneys zielige toestand en Kates aanvaarding, zij het langzaam en met tegenzin, van wat hij gedaan had, al zou ze het nooit toegeven, dreef hen dichter bij elkaar. Maar iets in haar brak en schreeuwde om herstel. Gelukkig, echter, heeft de geboorte van haar zoon veel gedaan om haar optimistische inslag te restaureren. Ze heeft haar zoon Barney genoemd.

In de maanden volgend op de ontdekking van de beenderen van Bernard Moscovitch op de top van de Mont Groulx maakte mijn jongste broer een verrassende ommezwaai. Hij is weer teruggekeerd naar het linkse standpunt van zijn tienerjaren en zijn polemieken verschijnen nu in *Nation*, *Dissent* en andere organen die hij vroeger verafschuwde. Saul verzet zich heftig tegen mijn theorie dat zijn bekering pas tot stand kon komen toen hij zich niet langer verplicht voelde het conflict met onze vader aan te gaan. Miriam, die nu met een stok loopt, heeft gevraagd niet over haar te schrijven in dit Nawoord, buiten de mededeling dat zij en Blair zich hebben teruggetrokken in een huisje in de buurt van Chester, Nova Scotia.

Voor zijn hersenen begonnen te slinken, hield Barney Panofsky vast aan twee gekoesterde geloofsartikelen. Het leven was absurd en niemand begreep ooit iemand anders echt. Geen filosofie die troost biedt en zeker niet een die ik onderschrijf.

Ik schrijf deze regels op de veranda van ons buitenhuisje in de Laurentians en dit zal zeker mijn laatste bezoek hier zijn. Elk moment kan de makelaar nu komen met de Fourniers, aan wie ik de sleutels zal overhandigen. Hier, waar wij eens zo'n gelukkig gezin hebben gevormd, is het prettig te kunnen eindigen met iets totaal anders dan incriminerende beenderen. Ik belde Caroline om haar te vertellen wat er gebeurd was. Ik zat op de veranda, zei ik, en dacht terug aan vroeger, toen er plotseling met veel geraas een levensgroot blusvliegtuig aankwam. Het streek op het water van het meer neer en schepte zonder te stoppen ik weet niet hoeveel ton water op, vloog weg en stortte het uit over de berg.

Ik wou dat ik mijn videorecorder had meegebracht. Het was een ongelooflijk, echt Canadees gezicht en de kinderen zouden het prachtig hebben gevonden. In Londen zullen ze zoiets zeker nooit zien. Benoit O'Neil legde uit dat het een oefenvlucht was van brandweerpiloten in opleiding. Jaren geleden, zei hij, vlogen ze vaker over. Misschien wel één of twee keer per zomer, om nieuwe vliegtuigen te testen. Maar ik had zoiets nog nooit gezien.

'Nee, zeker niet,' zei hij, 'dat was ook in de tijd voordat jij geboren werd.'

Daarna arriveerde de makelaar met de Fourniers. Na beleefdheden te hebben uitgewisseld, verontschuldigde ik mij en reed weg. Ik had een goede vijftien kilometer gereden voordat ik op de rem trapte en in de berm stopte. O, Jezus, dacht ik terwijl het zweet me uitbrak, ik kan maar beter Saul bellen. Ik moet Kate mijn excuses aanbieden. Maar, o God, het is te laat voor Barney. Hij is nu niet meer in staat het te begrijpen. Klote klote klote.

VERANTWOORDING

Regels uit 'In Memory of W.B. Yeats' door W.H. Auden uit *Collected Poems* door W.H. Auden, bezorgd door Edward Mendelson.

Overgenomen met toestemming van Random House, Inc. en Faber and Faber Ltd.

Excerpt uit *In the Fifties* door Peter Vansittart.

Overgenomen met toestemming van Sheil Land Associates Ltd. en John Murray Ltd.

'Mairzy Doats' door Al Hoffman, Milton Drake en Jerry Livingston.
 Overgenomen met toestemming.

Regels uit 'The Truly Great' door Stephen Spender uit *Collected Poems 1928-1985* door Stephen Spender. Overgenomen met toestemming van Random House, Inc. en Faber and Faber Ltd.

Eerste vier regels van 'Howl' uit *Collected Poems 1947-1980* door Allen Ginsberg (Viking, 1985).
 Overgenomen met toestemming van HarperCollins Publishers Inc. en Penguin Books Ltd.

NOTEN VAN DE VERTALER

Hieronder volgen verklaringen van een aantal in de roman gebruikte termen of verwijzingen die voor de Nederlandse lezer wellicht niet makkelijk te begrijpen of te achterhalen zijn.

p. 7 'geluid van twee klappende handen'
Variant op de Zen-boeddhistische vraag: 'Wat is het geluid van één klappende hand?'

p. 8 'Punch Line'
Bij het ijshockey heet de voorhoede, bestaande uit drie spelers (een middenvoor en een linker- en rechtervleugelspeler), een *line*. Een line die langere tijd uit dezelfde spelers bestaat die goed samenwerken, krijgt vaak een bijnaam. De Punch Line van de Montreal Canadiens uit de jaren veertig bestond uit Maurice 'The Rocket' Richard, Hector 'Toe' Blake, en Elmer Lach. Een andere beroemde line was de Production Line uit Detroit.

p. 10 'laatste toevlucht van de schurk'
Uitspraak van dr. Samuel Johnson: 'Patriottisme is de laatste toevlucht van een schurk.'

p. 10 'Nee, dat was Drake.'
Volgens de overlevering speelde Sir Francis Drake (ca. 1543-1596) een spelletje bowls op een heuvel nabij de haven van Plymouth toen het nieuws van de aankomst van de Spaanse Armada hem bereikte.

p. 11 'Amagansett'
Chic zomerverblijf op de oostpunt van Long Island (vlak bij de 'Hamptons').

p. 14 'Het klinkt als dat mayonaisemerk.'
De merknaam van de mayonaise is 'Hellman's'.

p. 19 'mr. Milquetoast'
Een bedeesd, timide iemand. Naar de stripfiguur Caspar Milquetoast van Harold Tucker Webster (1885-1952).

p. 20 'Vrijdag de 13de'
Bekende griezelfilm uit het begin van de jaren tachtig, die vele vervolgen kreeg. Later werd er ook een Canadese tv-serie van gemaakt.

p. 21 'waar de dageraad als een donderklap opkomt'
China. Regel uit het gedicht 'Mandalay' van Rudyard Kipling: *An' the dawn comes up like thunder outer China 'crost the Bay!*

p. 22 'London Lighthouse'
Organisatie voor de opvang van en voorlichting aan aidspatiënten en seropositieven in Londen.

p. 22 *'Big Issue'*
De Engelse *Daklozenkrant*.

p. 28 *'chitlins'*
Gekookte kleine varkensingewanden. Een gerecht uit het zuiden van de Verenigde Staten waarvan veelal werd aangenomen dat het typisch eten was van en voor de (voormalige) negerslaven. Daaruit is wellicht de term *chitlin circuit* voortgekomen: theaters en nachtclubs met zwarte artiesten en een overwegend zwart publiek.

p. 31 'haar naam lijkt op die van de effectenmakelaars'
De effectenmakelaars zijn de firma E.F. Hutton. In de jaren zeventig werd de firma bekend door haar tv-reclame met de leus 'Als E.F. Hutton spreekt, luistert iedereen' (*When E.F. Hutton speaks, everyone listens*).

p. 32 'de Hamptons'
Verzamelnaam voor een aantal (dure) badplaatsen op de oostpunt van Long Island die allemaal op 'hampton' eindigen: Bridgehampton, Westhampton, Southampton en Easthampton.

p. 46 'de Main'
Boulevard St. Laurent in Montreal.

p. 53 'ijsmensen'
Term gebruikt door de Amerikaanse *Black Muslims* voor blanken. Gekleurde mensen worden *sun people* ('zonmensen') genoemd, en blanken *ice people* ('ijsmensen').

p. 71 'weg met de gele stenen'
De weg die Doortje moet volgen in *De Tovenaar van Oz*.

p. 77 'CJAD'
Regionale radio van Montreal. De naam van elk locaal radiostation in Canada begint met een C, gevolgd door de initialen van de oprichter van het station. De oprichter van de regionale radio van Montreal was J. Arthur Dupont.

p. 84 'Trilby'
Personage uit de gelijknamige roman van de Engelse schrijver George du Maurier (1834-1896). Het charmante schildersmodel Trilby O'Farrell raakt in de ban van Svengali, een Duits-Poolse musicus die een carrière als zangeres voor haar organiseert. Zijn macht over haar is zo groot dat haar stem het begeeft als hij sterft en ze langzaam wegkwijnt.

p. 90 'Svengali'
Zie 'Trilby' (blz. 84).

p. 139 'Aleph Zadik Aleph'
Joodse studentenvereniging in Noord-Amerika.

p. 142 'WASP'
Acroniem van *White Anglo-Saxon Protestant*, de blanke protestantse elite van Engelse afkomst in Noord-Amerika.

p. 147 'MacBarney heeft den slaap vermoord.'
Shakespeare, *Macbeth* (II,2): *Macbeth does murder sleep* (Burgersdijk: 'Macbeth vermoordt den slaap').

p. 151 'een heer uit Porlock'
Verwijzing naar een apocrief verhaal over Samuel Coleridge. De overlevering wil dat Coleridge bij het schrijven van zijn onvoltooide gedicht *Kubla Khan* gestoord werd door een bezoeker uit Porlock, een stad in Somerset. Nadat hij de bezoeker had weggestuurd, kon hij de draad van het gedicht niet meer opvatten zodat het onvoltooid bleef. De uitdrukking staat in het Engels voor een zaak of een persoon die de creativiteit van anderen in de weg staat.

p. 156 'Ieder zijn eigen albatros.'
Verwijzing naar het verhalend gedicht 'The Rime of the Ancient Mariner' van Samuel Coleridge. De zeeman in het gedicht doodt een albatros en moet daar de rest van zijn leven voor boeten – de albatros hangt figuurlijk om zijn nek. Vandaar de betekenis van 'albatros' in het Engels spraakgebruik: een obstakel op de weg naar succes, een loden last, een handicap.

p. 181 'Kom leef met mij en wees mijn lief.'
Bekende regel uit twee bijna gelijkluidende Engelse gedichten. Het eerste is 'The Passionate Shepherd to His Love' van Christopher Marlowe en het tweede, een parodie op het eerste, is 'The Bait' van John Donne.

p. 184 'Habs'
Bijnaam van de ijshockeyclub Montreal Canadiens (officieel *Club d'Hockey Canadien*). Afgeleid van *les habitants*, de benaming voor de oorspronkelijke Franse kolonisten van Quebec.

p. 259 'de geest van Banquo'
Shakespeare, *Macbeth*. Banquo is een edelman die Macbeth heeft laten vermoorden, maar die later aan hem verschijnt om hem lachend te wijzen op het geslacht van koningen waarvan hij de stamvader is.

p. 269 'Ondergrondse Spoorlijn'
Amerikaans: *Underground Railway*. In de vorige eeuw, vóór de afschaffing van de slavernij, een geheim netwerk dat ontsnapte slaven hielp te ontkomen naar noordelijke vrije staten of naar Canada.

p. 294 'kardinaal Newman, laat staan dr. Arnold'
John Henry Newman (1801-1890), van huis uit anglicaan, later bekeerd tot het roomskatholicisme, was een van de grote geestelijke gestalten van de negentiende eeuw. Hij heeft zich onder andere diepgaand beziggehouden met de intellectuele vorming van de katholieke jeugd en bouwde de katholieke universiteit van Dublin op. Zijn ideeën over de vorming van het intellect zijn neergelegd in zijn meesterwerk *The Idea of a University* (1852).
Thomas Arnold (1795-1842) was een Engelse pedagoog, theoloog en historicus, die directeur was van de Rugby School, een van de oudste *public schools* in Engeland. Zijn opvoedingssysteem werd het model waarnaar de andere public schools zich richtten.

p. 303 'de wereld van telegrammen en woede'
Regel uit een gedicht van E.M. Forster.

p. 321 'Leno of Letterman'
Jay Leno was de opvolger van Johnny Carson, de eerste beroemde gastheer van een praatprogramma. Het programma van Jay Leno heette *The Tonight Show* en werd uitgezonden door NBC.
David Letterman heeft een praatprogramma voor CBS, getiteld *Late Night with David Letterman.*

p. 326 'Burbank met een Baedeker... Bleistein met een Sigaar'
Toespeling op een gedicht van T.S. Eliot, getiteld 'Burbank with a Baedeker, Bleistein with a Cigar'. De naam 'Burbank' staat waarschijnlijk voor de typische Amerikaan in Europa en 'Bleistein' is bij Eliot de archetypische jood.

p. 326 'Rachel, geboren Rabinovitsj, rukt met moordende klauwen aan de druiven.'
Regel uit het gedicht 'Sweeney Among the Nightingales' van T.S. Eliot.

p. 343 *''Allo Police'*
Montreals boulevardblad dat zich toelegt op de misdaadverslaggeving.

INHOUD